Jonas Wolf
Heldenblut

PIPER

Zu diesem Buch

Die Lebenswege der Kaufmannssöhne Rutgar und Jagold scheinen klar vorgezeichnet, als sie plötzlich überraschende Kunde ereilt: Jagold wurde aufgrund einer alten Blutlinie zum König Westborns erklärt. Es ist ein finsteres, kaltes Land voller Gefahren, in denen mehr als nur Orks in den Wäldern lauern. Als die Brüder mit einer Armee von Halblingen die Kreaturen in ihre Schranken weisen, entfesseln sie ein Übel, das ihr neu gewonnenes Reich in den Untergang zu stürzen droht – und Heldenblut wird fließen.

Jonas Wolf, geboren 1976 in Hamburg, schrieb schon als Kind Geschichten und Märchen. Seine Liebe zur Fantasy entdeckte er mit J. R. R. Tolkiens Epos über die Vernichtung eines magischen Rings und Robert E. Howards Erzählungen um einen grimmigen Barbaren. Sein Roman »Heldenblut« steht in dieser ehrwürdigen Tradition und verbindet sie mit Einflüssen aus der modernen Fantasy.

Jonas Wolf

HELDENBLUT

Roman

Piper München Zürich

Entdecke die Welt der Piper Fantasy:

 Piper-Fantasy.de

Von Jonas Wolf liegen bei Piper vor:
Alles über Hobbits
Alles über Elfen
Heldenwinter
Heldenzorn
Heldenblut

Originalausgabe
August 2014
© 2014 Piper Verlag GmbH, München
Umschlaggestaltung: Guter Punkt, München/www.guter-punkt.de
Umschlagabbildung: Alan Lathwell
Satz: C. Schaber Datentechnik, Wels
Gesetzt aus der Minion
Papier: Munken Print von Arctic Paper Munkedals AB, Schweden
Druck und Bindung: CPI books GmbH, Leck
Printed in Germany   ISBN 978-3-492-26921-6

*Gewidmet all jenen,
die die Zukunft im Herzen tragen*

Prolog

Der Träumende Baum schrie, und die Welt erzitterte. Lahmes Kitz erwachte mit dem Geschmack von Blut im Mund. Zitternd wälzte sie sich auf die Seite und spie aus. *Er stirbt. Und er kann nichts dagegen tun.* Sie griff nach der Kette mit den Hauern ihrer Ahnen, die sie um den Hals trug. *Ihr, die ihr mir vorangeht in der Welt nach der Welt, steht mir bei und schenkt mir eure Kraft.* Sie wusste, was die Geister von ihr verlangten. Der Träumende Baum litt Qualen. Er rief nach ihr, und in seinem Schmerz scherte er sich nicht darum, welche Weiten zwischen ihnen lagen.

Wie in so vielem hatten die Ahnen recht: »Du kannst den Wald verlassen, aber der Wald verlässt dich nie.« Lahmes Kitz ahnte, dass sie für immer ein Geschöpf des Waldes bleiben würde. *Selbst jetzt noch, mitten im Herzen der steinernen, halb toten Welt der Menschen, trage ich den Wald in mir.*

Sie schlug das Fell zurück, mit dem sie sich vor dem kühlen Biss der Nacht geschützt hatte. Auf nackten Füßen huschte sie zu dem kleinen Altar unter dem Fenster des Zimmers, in das sie vom obersten Häuptling der Hauerlosen einquartiert worden war. Die Kälte des Steinbodens kroch ihr in die Zehen. Sie hatte sich noch immer nicht daran gewöhnt, keine warme Erde unter ihren Sohlen zu spüren, wenn sie in ihrer neuen Behausung umherging. *Was, wenn ich mich niemals daran gewöhne?*

Sie fand Trost in dem vertrauten Anblick der heiligen Gegenstände, die sie aus dem Wald mitgebracht hatte, um den Willen der Geister unter den Menschen zu wirken. Fahles Mondlicht schimmerte auf dem schwarzen Grund der Hungrigen Schale und auf der Schneide des Durstigen Messers. Sie kniete nieder, schloss die Augen und suchte nach der inneren Ruhe, die sie für ihr Opfer brauchte.

Der Besucher, mit dem sie gerechnet und den der Schrei des Träumenden Baums angekündigt hatte, trat grußlos in ihr Zimmer im höchsten Turm seines Palasts. Sie roch ihn – sauer, stechend. *Er hat Angst.* Es war der Gestank, den alle an sich hatten, durch deren Verstand sich der Schlafende Wurm fraß. Lahmes Kitz hegte keine Liebe zu diesem Menschen, an dessen Seite sie die Geister befohlen hatten. *Aber wer bin ich, an ihren Entscheidungen zu zweifeln? Sie sind alt und weise. Sie sind ewig. Ich bin jung und dumm und nur ein Tropfen im Fluss der Ewigkeit.*

»Er regt sich, nicht wahr?«, fragte der Hauerlose. Seine Stimme war heiser vor Erregung, als stünde er kurz davor, mit einer Braut zum ersten Mal das Lager zu teilen. »Er kommt mich bald holen, oder?«

Lahmes Kitz griff nach dem Durstigen Messer und wandte sich zu ihm um. »Er holt dich schon sehr lange.«

»Aber die Erde hat doch gebebt.« Der Mensch machte einen Schritt auf sie zu. »Oder habe ich das nur geträumt?«

»Du ziehst Grenzen, wo keine Grenzen sind.« Lahmes Kitz winkte ihn mit dem Durstigen Messer noch näher zu sich heran. »Komm. Setz dich zu mir.«

Der Mensch, dem sonst alle anderen Menschen zu gehorchen hatten, gehorchte nun ihr. Lahmes Kitz streifte ihm den Nachtmantel von den Schultern. Sein bleicher Leib war aufgedunsen, das dichte Haar, das einst auf Brust und Bauch gewuchert hatte, längst ausgefallen.

Lahmes Kitz spürte das Durstige Messer in ihrer Hand zucken. Sie packte den Griff fester und flüsterte beruhigend auf die Klinge ein. »Gleich, gleich.«

»Tu es«, verlangte der Mensch. »Ich muss es wissen.«

»Geduld. Erst muss ich etwas wissen. Was hast du geträumt?«

»Vom Meer«, sagte der Mensch. »Von zwei ineinander gewundenen Schlangen. So eng, dass man nicht mehr sehen konnte, wo die eine aufhört und die andere beginnt. Sie haben einander zu verschlingen versucht. Und von einem Mann habe ich geträumt. Einem alten Mann mit Haut wie Borke und Haaren wie Zweigen. Von Schädeln unter der Erde und aus Gebein gebauten Palästen. Von einem Hund, der eine Wölfin bestieg, und als sie damit fertig waren, zerfetzte die Wölfin dem Hund die Kehle und wälzte sich in seinem Blut.«

Lahmes Kitz gefiel nicht, was sie da zu hören bekam. *Er hat recht. Der Wurm regt sich.* Dem Durstigen Messer gefiel es umso mehr. Sein Griff pulsierte heiß. »Wo waren wir dabei?«

»Was meinst du? Ich habe uns nicht gesehen.«

»Ich meine mich und die meinen. Mein Volk.« Noch hegte sie eine leise Hoffnung. *Es ist ein großes Unheil, das da naht, aber vielleicht kann ich es noch abwenden. Vielleicht bin ich dazu ausersehen, unsere Retterin zu sein.* »Wir Norger waren nicht in deinem Traum?«

»Doch.« Der Mensch verzog sein plattes Gesicht zu einem hässlichen Lächeln. »Ihr wart alle tot. Zu Leichenbergen aufgehäuft. Zu Asche verbrannt. Im Wind verstreut.«

»Du lügst.« Am liebsten hätte Lahmes Kitz ihm die Hauer in den Hals geschlagen. *Tu es nicht! Du brauchst ein Opfer! Sie warten darauf!* Wenn die Geister Blut einforderten, reichte es nicht, es einfach nur sinnlos zu verspritzen. Alles musste so geschehen, wie es Sitte und Brauch war, seit die Nebel der Zeit sich zum ersten Mal gelichtet hatten, um den Frühesten Tag zu gebären. Und noch dazu war Lahmes Kitz verunsichert. *Wer spricht da zu mir? Der Mensch oder der Wurm?* Für den Wurm war die Wahrheit nur weiteres Futter, an dem er sich labte. So sangen es schon die Ahnen der Ahnen in den Versen, die sie der Träumende Baum gelehrt hatte. »Warum lügst du mich an?«

»Glaub, was du willst.« Der Mensch zuckte mit den Achseln. »Ich will nur, dass du mich schneidest. Wenn du mich schneidest, sehe ich klarer. Der Schmerz schärft meine Sicht. Wenn dem nicht so wäre, hätte ich dich längst zurück in den Wald gejagt, aus dem du gekrochen kamst.«

Es war beileibe nicht die erste Warnung dieser Art, die sie hörte. Sie wusste, was sie darauf zu geben hatte. Nichts. *Seine Worte sind leere Nüsse. Nur Geklapper. Er braucht mich. Ich deute die Bilder, die der Wurm ihm schickt. Wer sonst könnte das für ihn tun?*

Sie nahm die Hungrige Schale und presste ihren Rand in die Falte unter seiner linken Brust. Er keuchte vor Vorfreude und lehnte sich ihr entgegen. Sie setzte das Durstige Messer zum Schnitt an. »Blut kennt keine Täuschung, Blut kennt keine List«, begann sie die alte Anrufung in der Sprache ihres Volkes. »Blut kennt nur die Wahrheit, Blut zeigt uns das, was ist.«

Die Spitze des Durstigen Messers durchstieß die Haut und bäumte sich in ihrer Hand auf. Der Mensch stöhnte. Dunkel floss das Blut in die Hungrige Schale hinab, doch als es sich an ihrem Grund zu sammeln begann, gerann es schneller, als es je hätte gerinnen dürfen.

»Behütet mich, ihr Ahnen.« Lahmes Kitz schleuderte das Durstige Messer von sich. Ein dichter Schwarm schwarzer Motten flatterte aus der Hungrigen Schale auf, stieß ihr gegen Lippen und Hauer. Der Mensch lachte irr. Wie ein hauchfeiner Schleier legte sich der Schwarm auf ihr Gesicht. Auf unzähligen Beinen krabbelten die blutgeborenen Tiere ihr über Wangen und Stirn. Einer der Motten gelang es, ihr durch die geschlossenen Lippen Kopf und Fühler in den Mund zu zwängen. Lahmes Kitz zerbiss die Kreatur. Schale Fäulnis troff auf ihre Zunge. Sie spürte, wie sich die Finger des Menschen um ihre Kehle schlossen und ihr die Luft abschnürten. Sie schrie nicht. *Wenn ich schreie, bin ich verloren. Dann gehöre ich dem Wurm. Für immer und ewig. Mit Haut und Haar, Leib und Seele. Es bleibt nur ein Ausweg. Blut muss durch Blut getilgt werden.*

Lahmes Kitz krümmte die Hände zu Krallen und schlug sie in das rettende Fleisch. Der Mensch schrie, wie es der Träumende Baum getan hatte, und ein weiteres Mal erzitterte die Welt.

I

VERHEISSUNG

1

*Wer als Gastgeber sparen will,
erspart sich am besten gleich das ganze Fest.*

Sprichwort von der Silbernen Insel

»Ihr seht gelangweilt aus, junger Herr.«
Rutgar Karridakis tat der Kurtisane den Gefallen und schenkte ihr einen langen Blick. Er gestand gerne ein, dass sie vieles richtig gemacht hatte: Ihre Haltung brachte die natürlichen Reize hervorragend zur Geltung, in ihrer Stimme lag eine verheißungsvolle Mischung aus Unschuld und Verruchtheit, und sie hatte einen günstigen Augenblick abgepasst, um ihn in der kleinen Nische anzusprechen, in die er sich zurückgezogen hatte.

Dennoch war ihr ein entscheidender Fehler unterlaufen. Es war nicht der Hauch Goldpuder zu viel auf den hohen Wangen und auch nicht das schwere, süßliche Duftöl, das seinen Geschmack nicht traf. Auch nicht, dass sie ihre gewiss furchtbar gelenkigen Glieder ein wenig zu aufdringlich zur Schau stellte und ihm mit zarten Fingern über die Schulter strich.

Ihr war ein viel fundamentaleres Missgeschick unterlaufen: Sie hatte seine Gemütslage falsch eingeschätzt.

»Du streifst hier um den falschen Baum, Kätzchen«, sagte er höflich, aber bestimmt, wandte sich von ihr ab und trat an das Geländer der Galerie, die sich rings um den gewaltigen Ballsaal im Stammhaus der Familie Karridakis erstreckte. *Ich bin nicht gelangweilt, ich bin angewidert.*

»Schade«, hauchte ihm die Kurtisane ins Ohr. »Ihr wisst nicht, was Euch entgeht.«

Er widerstand der ohnehin nicht sehr großen Versuchung, ihr hinterherzuschauen, wie sie zur nächsten Treppe schritt. *Ich habe für ein Leben genug Huren die Hüften wiegen sehen.* Er hielt seine Aufmerksamkeit vielmehr auf das Spektakel unten im Saal gerichtet, das seine Abscheu vor der Welt im Allgemeinen und der feinen Gesellschaft der Silbernen Insel im Besonderen bereits seit Stunden nährte.

Niemand vermochte ernsthaft daran zu zweifeln, dass die Karridakis Günstlinge der Götter waren. Wen die Götter liebten, dem schenkten sie Reichtum. Die Schatztruhen seiner Familie waren seit Generationen zum Bersten gefüllt, und keiner ihrer Buchhalter – so hieß es zumindest – hatte je eine Zahl in roter Tinte schreiben müssen.

Rutgar hatte davon gehört, dass es an anderen Orten in der Welt als ungebührlich galt, mit seinem Vermögen zu protzen. Fürwahr ein interessanter Gedanke. Auf Taurar gehörte es zum guten Ton, dass man zeigte, was man besaß. Daher hatte sich sein Vater bei der Ausrichtung dieses Festes auch nicht lumpen lassen.

Die gläsernen Kugeln, die mit leuchtenden Gasen aus dem heißen Bauch der Insel gefüllt waren, um den Ballsaal in ein farbenfrohes Licht zu tauchen, waren auf Hochglanz poliert. Eine ganze Hundertschaft Gaukler – darunter Tänzer, Jongleure, Feuerspucker, Possenreißer und sogar ein Hornbärenbändiger – unterhielt die verzückten Gäste mit allerlei Kunststücken. Musikanten in vor Jadeplättchen schillernden Jacken zupften auf mehreren Podesten langhalsige Lauten, bliesen Nasenflöten und schlugen Schellenkränze.

Köche hatten ihrer Phantasie an wahren Bergen von köstlichen Speisen freien Lauf gelassen: Zuckerwerk war zu großen Galeeren gesponnen, gebratene und glasierte Schwäne waren zu einem riesenhaften Vertreter ihrer eigenen Art zusammengefügt, der wie ein fleischgewordener Bote der Göttin der Treue über dem Büfett thronte. Einem besonders fähigen Herdmeister war es sogar gelungen, aus Muscheln, Hummern und anderem Meeresgetier ein erstaunlich lebensechtes Abbild des Gastgebers zu schaffen.

Aus einer übermannshohen Kristallschale mit dem Durchmesser eines Gartenteichs schöpften leicht bekleidete Mägde auf elfenbeinbeschlagenen Trittleitern goldenen Perlwein, in dem mundgerechte Stücke exotischer Früchte schwammen.

Über allem schwebte der penetrante Geruch von Duftwässerchen und Haarölen, denn die geladenen Gäste hatten es sich nicht nehmen lassen, sich zu einem solch wichtigen Ereignis ordentlich herauszuputzen. Rutgar in seinen schlichten grauen Leinengewändern starrte aus dem Halbdunkel seines Aussichtspunkts verächtlich auf die bunte Pracht feinster Stoffe unter sich. *Selbst wenn ich mit den Armen rudern würde, würden sie mich übersehen. Ich bin ein Nichts. Ein Geist, den das lärmende Treiben der Lebenden in seiner Ruhe gestört hat.*

Wäre er ein guter Sohn gewesen – so wie sein Bruder –, hätte er sich über den Anlass freuen müssen, der Vertreter aller Hohen Häuser Taurars an diesem Abend zusammengeführt hatte. Es kam nicht oft vor, dass ein Oberhaupt eines der Häuser seinen siebzigsten Geburtstag erlebte – üblicherweise schloss sie Dilabia, die Strenge Mutter, schon wesentlich früher in ihre kalten Arme. Tödliche Ränke und Blutfehden unter den Handelshäusern forderten ihren Tribut, von Völlerei und Exzessen ganz zu schweigen.

»Er ist alt geworden«, murmelte Rutgar, als er seinen Vater betrachtete, der inmitten seiner Familie auf einem leicht erhöhten Podium am Ende des Ballsaals saß. Lediglich seine kerzengerade Haltung erinnerte noch an die imposante Erscheinung, die Berengir Karridakis einmal geboten hatte. Die starken Schultern, auf denen er seinen Erstgeborenen so oft durch die Dachgärten des Palastes getragen hatte, waren schmal geworden, sein ehedem volles, goldenes Haar schütter und schlohweiß. Falten durchfurchten seine Wangen, und man merkte ihm an den verkniffenen Lippen an, wie er sich darum bemühte, dass ihm der Mund nicht offen stand. Wie immer seit seinem

Sturz aus der Sänfte im vergangenen Herbst – ein Unfall, den die Träger mit blutig gepeitschten Rücken bezahlt hatten – waren seine Beine unter einer Seidendecke verborgen. Wer wusste, worauf er zu achten hatte – und Rutgar zählte zu diesem erlesenen Kreis –, erkannte dennoch, wie schief die gebrochenen Knochen trotz der Bemühungen der Heiler zusammengewachsen waren. *Er wird nie wieder tanzen können, geschweige denn auch nur gehen.* Rutgar studierte das Gesicht seines Vaters. *Ich frage mich, was dieses Pack hier mittlerweile in dir sieht. Den gerissenen Handelsfürsten, der buchstäblich von Geburt an von goldenen Tellern gegessen hat? Die gierige Spinne in einem der am weitesten verzweigten Netze von Intrigen und geheimen Absprachen, das je auf Taurar gewoben wurde? Den Mann, dem es gelungen ist, eine Prinzessin aus der fernen Stadt der Dünen zur Braut zu nehmen und ihren fruchtbaren Acker dreimal zu bestellen, obwohl er zu jener Zeit schon mehr als vierzig Sommer alt gewesen war? Ich sehe nur den bleichen Schatten vergangener Größe.*

Für die Feier zu seinen Ehren trug Rutgars Vater ein altes Familienerbstück auf dem Haupt, das nur selten in der Öffentlichkeit gezeigt wurde. Angeblich erzählte dieser Kopfputz die Geschichte der Karridakis in Metallen und Geschmeide. Vor über fünfhundert Jahren, so ging die Legende, war der erste Karridakis auf der Silbernen Insel angelandet – tief gedemütigt, seines Throns in einem fernen Land im Westen beraubt und nahezu völlig mittellos. Neben dem Flaggschiff seiner Flotte hatte er allein seine Krone vor den schändlichen Thronräubern retten können – einen mit prächtigen Juwelen verzierten eisernen Stirnreif. Um Aufnahme auf Taurar zu finden und das Fundament für sein Handelsimperium zu legen, hatte der erste Karridakis sämtliche Edelsteine der Krone aus ihrer Fassung gebrochen und bei den Pfandleihern versetzt. Seitdem hatte Generation um Generation seiner Nachfahren ihr Bestes getan, der Krone ihren alten Glanz zurückzugeben und diesen sogar noch zu übertreffen. Der einfache Eisenreif von einst war inzwischen unter Zeugnissen des Reichtums regelrecht verschüttet – Gold, Silber, Perlen, Smaragde, Rubine, Saphire und nahezu jedes kostbare Material, das je seinen Weg nach Taurar gefunden hatte, türmte sich nun zu einer glitzernden und funkelnden Monstrosität auf.

Rutgar war ehrlich überrascht, dass das Gewicht der Krone dem Greis, den er seinen Vater nannte, noch nicht das Genick gebrochen hatte. Er musste allerdings einräumen, dass sie ihre Wirkung auf die Gratulanten nicht verfehlte, die sich von so viel Prunk angemessen beeindruckt zeigten. Gerade war es Brekk Sokatteris, der seine Aufwartung machte. Brekk war der nichtsnutzige Spross eines Hohen Hauses, das traditionell mit Leder, Haut und den »feinen Waren« sein Geld verdiente – eine vornehme Umschreibung für Sklavenhandel, der von den Bewohnern der Silbernen Insel, ähnlich wie das regelmäßige Entleeren von Sickergruben, als lästige, aber unvermeidliche Tätigkeit erachtet wurde. Von Brekks Schultern in einer weinroten Ledertunika hing ein hüftlanges Cape aus Pfauenfedern, gehalten von einer bronzenen Fibel.

Rutgar schürzte die Lippen. *Aber der Schweiß auf deiner Stirn ist nicht nur deiner Kleidung geschuldet, du Trottel, oder? Dein Blick ist unstet, und du nestelst ständig an der Schnalle deiner Tunika. Ich tippe auf Feenstaub. Oder Geilnuss. Womöglich auch eine gehörige Dosis von beidem.*

Ein beharrliches Zucken um Brekks Mundwinkel stellte Rutgar vor eine echte Herausforderung, ihm seine kurze Ansprache von den Lippen abzulesen, doch er meisterte sie. »Mögen Euch weitere siebzig Jahre vergönnt sein und der Stern Eures Hauses heller strahlen als die Sonne!«

Rutgar konnte sich ein Lächeln nicht verkneifen. Sein Vater mochte inzwischen altersmilde genug sein, um Brekks Worte für bare Münze zu nehmen, doch was Rutgar aus ihnen deutete, war wenig schmeichelhaft: »Ich und die meinen wünschen uns nichts sehnlicher, als dass du alter Drachen endlich in einer Gruft vor dich hinmoderst und dein Haus restlos ausgelöscht wird.«

Rutgar war schon gespannt darauf, was sein Vater auf Brekks vergiftete Lobpreisung entgegnen würde, doch wie so oft machte ihm Lifara einen Strich durch die Rechnung. »Haus Karridakis dankt Haus Sokatteris für seine Glückwünsche.« Seine jüngere Schwester war ihrer Mutter wie aus dem Gesicht geschnitten – sie hatte dieselben unergründlich dunklen Augen, denselben sinnlichen Mund und dieselben Locken von der Farbe eines sternklaren Nachthimmels. Ihre Antwort an Brekk wäre jedoch der viel gerühmten Doppelzüngigkeit ihres Vaters würdig gewesen. »Mögen die Götter geben, dass alles, was Ihr Euch für unser Haus erhofft, auch dem Euren widerfahren wird.«

Brekk quittierte den kaum verschleierten Spott mit einem mehrfachen Blinzeln und einem zaghaften Lächeln, ehe er Platz machte für den nächsten Gratulanten.

Rutgar hob sein Glas anerkennend in Lifaras Richtung, auch wenn keine Aussicht darauf bestand, dass sie seine Geste wahrnahm. Sie hatte sie sich trotzdem verdient. *Könnte es sein, Vater, dass du das falsche deiner Kinder in die Hallen der Heimlichen Künste geschickt hast? Wer seine Gegner so mit Worten zu treffen versteht wie unsere kleine Lifara, der hätte sich bestimmt auch im Umgang mit Dolchen und Giften sehr geschickt angestellt.* Doch das war alles in allem ein abwegiger Gedanke. Rutgar fuhr sich mit dem Finger über die rechte Wange und zeichnete die Narbe nach, die sich vom Ohr am Mund vorbei bis zum Kinn hinunter zog. *Verzeih, Vater, ich tue dir unrecht. Ich hätte wohl genauso gehandelt wie du. Warum eines seiner hübschen Kinder zu den Meuchlern in die Ausbildung geben, wenn man ein entstelltes übrig hat? Man spannt ja auch kein edles Vollblut vor den Pflug, wenn ein kräftiger Ochse im Stall steht.*

Auf Taurar wurden hohe Anforderungen an die äußere Erscheinung eines Menschen gestellt, damit dieser als makellos galt. Die Frau, die nun vor Berengir Karridakis trat, erfüllte sie alle. Man sah Astrud Pungirios nicht an, dass sie seit fast einem halben Jahrhundert dem Gott der Liebe und des Handels diente, und Frömmler behaupteten immer wieder, Nundirovil selbst hielte seine schützende Hand über sie. Rutgar vermutete zwar stark, dass Astruds reine, marmorglatte Haut, ihr zu unzähligen Zöpfen geflochtenes rotes Haar und die mit gottesgefälligen Schriftzeichen bemalte Stirn der unermüdlichen Arbeit der Zofen und Pagen aus dem Tempel des Immerzu Lächelnden geschuldet war, doch das Ergebnis blieb das gleiche. Rutgar hatte von anderen Männern oft genug gehört, wie geradezu schmerzlich schön Astruds Anblick war. Wer mit ihr den Akt der fleischlichen Dankbarkeit vollziehen wollte, musste dafür ein kleines Vermögen als Opfergabe entrichten.

Astruds Begleiter hingegen war sicher für schmaleres Geld zu haben, denn die Anzahl der Gläubigen, die sich für Fürbitten des Leibes an einen rundlichen jungen Mann wandten, war gewiss kleiner. Rutgar runzelte die Stirn. Irgendetwas an dem Pagen machte ihn nervös. Die wallende Robe in Gelb und Rot, unter der man wesentlich Gefährlicheres verstecken konnte als einen stattlichen Bauch, war es nicht. Dann dämmerte es ihm. *Er sieht ein bisschen aus wie einer meiner Jahrgangskameraden aus den Hallen der Heimlichen Künste. Wie hatte er noch gleich geheißen? Krassio? Oder Grandius? Aber warum zerbreche ich mir darüber den Kopf?*

Kaum ein Absolvent der Meuchlerschule führte später noch den Namen, unter dem er dort eingezogen war. Darin unterschied sich Rutgar von den anderen. Ein Karridakis hätte sich eher die Daumen abgeschnitten, als seinen Namen abzulegen. Das war allerdings nicht der einzige Unterschied zwischen Rutgar und einem Großteil seiner Kameraden: Er hatte nie zu den arroganten Besserwissern gehört, die einem korpulenten Mann die nötige Kraft und Gewandtheit für eine Eignung als Meuchler absprachen. Die Erinnerung daran, wie Krassio oder Grandius mit einigen dieser Großmäuler den Boden aufgewischt hatte, war in seinem Kopf und seinem Herzen noch äußerst lebendig. *Wie hatte dieser Mops am Ende abgeschnitten? Im oberen Jahrgangsviertel, wenn ich mich nicht ganz gewaltig irre.* Rutgar schüttelte den Kopf. *Was mache ich mir solche Sorgen?*

Das da unten ist ein anderer Mann – ich schätze, diesem Pagen fehlen zehn oder zwölf Jahre, um mit mir in den Hallen der Heimlichen Künste darin unterwiesen worden zu sein, wie man am saubersten und am hinterhältigsten mordet. Es sei denn, er hat sich erstaunlich gut gehalten. Das könnte durchaus sein. Denn wie heißt es noch so schön? Fett schlägt keine Falten. Aber andererseits ... wenn es in meinem Jahrgang einen fetten Meuchler gegeben hat, warum dann nicht auch in einem anderen?

»Ehrenwerter Berengir«, las Rutgar der Priesterin von den Lippen. »Ich spreche mit der Stimme Nundirovils zu Euch, und der Immerzu Lächelnde möchte, dass Ihr Folgendes wisst: All die Liebe, die Ihr ihm angedeihen ließet, rührt sein Herz. Sie soll niemals in Vergessenheit geraten, und als sichtbares Zeichen seiner Huld wurde mir aufgetragen, Euch dies zu Eurem Ehrentage zu überreichen.« Sie wandte sich ihrem Pagen zu. »Huneg.«

Der feiste Mann reagierte hastig, und seine rechte Hand verschwand in den Falten der seidenen Robe.

Rutgar holte tief Luft und rang den Impuls nieder, die in seinem Ärmel verborgene Klinge durch eine rasche Drehung des Unterarms in die Hand rutschen zu lassen. Wenn Astrud im Namen ihres Gottes ein falsches Spiel spielte, dann war jetzt der Augenblick für sie gekommen, alles auf eine Karte zu setzen. Falls Huneg da gerade im Begriff war, eine kleine Handarmbrust zu zücken und Berengir Karridakis mit einem Bolzen in die Stirn ins Jenseits zu schicken, konnte die Hohepriesterin hinterher womöglich sogar glaubhaft leugnen, etwas von den mörderischen Absichten ihres Gehilfen gewusst zu haben. Doch was Huneg da hervorzog, war keine Waffe – oder zumindest keine offensichtliche. Es handelte sich um einen Gegenstand, der klein genug war, dass Huneg ihn so bequem an Astrud weitergeben konnte, wie man bei einer Partie 23 Augen die Würfel dem nächsten Spieler in der geschlossenen Faust reichte.

Astrud präsentierte Berengir und seinen Gästen das Gottesgeschenk, indem sie es zwischen Daumen und Zeigefinger nahm und hoch über ihren Kopf hob. Von der roten Münze ging ein kräftigeres, silberdurchwirktes Schimmern aus, als es angesichts ihrer geringen Größe eigentlich zu erwarten gewesen wäre. Das Raunen, das unten durch den Saal ging, bestätigte Rutgars Verdacht.

»Skaldat.«

Er grinste schief. Es war keine leichte Aufgabe, seinem Vater ein Geschenk zu machen, denn was schenkte man einem Mann, der schon alles hatte? Die scheinbar alterslose Priesterin hatte diese Prüfung mit Bravour gemeistert. Natürlich hatte sie da gegenüber den anderen Gratulanten einen beachtlichen Vorteil. Im Tempel des Immerzu Lächelnden herrschte kein Mangel an kostbaren Schätzen, und dazu zählten eben auch allerlei wertvolle Gegenstände aus einem äußerst seltenen Metall, dessen Zaubermacht unter den Gelehrten ebenso wie unter dem einfachen Volk unbestritten war.

»Diese Münze stammt noch aus den Zeiten des Alten Geschlechts«, erklärte Astrud feierlich. »Aus jenen Tagen, da Sterbliche den Frevel begingen, so werden zu wollen wie die Götter – unsterblich und auf ewig jung. Sie haben längst ihre Strafe erhalten, und sie war grausam und gerecht. Doch die Götter in ihrer unerschöpflichen Gnade tilgten nicht alles aus der Welt, was das Alte Geschlecht in seinem Hochmut schuf. Deshalb ist es mir auch Ehre und Vergnügen zugleich, Euch an Nundirovils Güte teilhaben zu lassen, Berengir Karridakis. In dieser Münze – so steht es in unseren Chroniken geschrieben – ist ein gebändigter Geist des Zorns gebunden, und sie verfügt über eine Eigenschaft, wie sie wundersamer kaum sein könnte. Bringt man sie mit dem Werk eines Falschmünzers in Berührung, dann schmilzt dieses dahin wie heißes Wachs. Es gibt kein besseres Mittel, um die eigenen Geldtruhen von solchen Ausgeburten der Sünde reinzuhalten.« Astrud ließ die Münze sinken und streckte die Hand in Richtung des Podests aus, auf dem die Karridakis versammelt saßen. »Nehmt nun diese Gabe und empfangt damit Nundirovils Segen.«

Selbstverständlich erhob sich Berengir Karridakis nicht. Rutgar wunderte sich nicht darüber. *Falls du Rotzopf darauf spekuliert hast, dass mein Vater sich als der gebrechliche Krüppel zu erkennen gibt, der er in Wahrheit ist, dann hat dein Gott dir einen schlechten Rat erteilt.* Es war Rutgars Bruder, der sich erhob, um die Münze in Empfang zu nehmen.

Wie immer, wenn er Jarold beobachtete, regten sich in Rutgar widerstreitende Empfindungen. Zum einen war da das vertraute Unbehagen, sich einem Doppelgänger gegenüberzusehen. Sie hatten beide die dunkle Haut und das schwarze, gelockte Haar ihrer Mutter geerbt, und ihr Vater hatte ihnen beiden seinen schlanken Wuchs und die grünen Augen vermacht. Wenn Rutgars grässliche Narbe nicht gewesen wäre, hätte man sie nur allzu leicht miteinander verwechseln können. Doch die Götter hatten anders entschieden. An jenem Tag, an dem die Brüder gemeinsam das Licht der Welt erblickten, hatten sie sich einen besonders grausamen Scherz erlaubt. Zwillingsgeburten verliefen selten ohne Komplikationen, und die von Jarold und Rutgar bildete da keine Ausnahme. Zu heftig und zu eng nebeneinander drängten sie darauf, dem Schoß ihrer Mutter zu entfliehen. Die Hebamme sah sich zu einem tiefen Schnitt ins Fleisch der Gebärenden gezwungen, und die Klinge fuhr dem Kind, das sich in diesem grotesken Wettbewerb einen winzigen Vorteil erarbeitet hatte, quer über das zarte Gesicht. Mit einer klaffenden Wunde glitt es seinem Bruder voran zwischen den Schenkeln der Mutter hervor. Damit waren gleich drei Schicksale besiegelt: Die ungeschickte Hebamme verhungerte in einem Kerkerloch, dem zweitgeborenen Jarold fiel die Rolle des Stammhalters des Hauses Karridakis zu, und Rutgar war zu einem Dasein als lebende Erinnerung an die Wankelmütigkeit der Götter verdammt. Erstaunlicherweise hatte er nie gelernt, seinen Bruder zu hassen. Jarold besaß genügend Eigenheiten, die Rutgars Hass gerechtfertigt hätten: Er war so selbstversessen und eitel, dass er an keinem Spiegel vorbeigehen konnte, ohne sich nicht wenigstens einen kurzen Moment darin zu betrachten. Wenn er seinen Willen nicht bekam, war er maßlos in seinem aufbrausenden Zorn. Er stahl sich ohne Rücksicht auf bestehende Bündnisse in die Schlafgemächer der schönsten Frauen der anderen Hohen Häuser. Und zu den seltenen Gelegenheiten, da ihn doch einmal die Schwermut packte, schrieb er grauenhaft schlechte Gedichte, die er jedem ungefragt vortrug, der dumm genug war, ihn in seinem Weltschmerz trösten zu wollen. Doch eines hatte Jarold nie getan: Nicht einmal hatte er seinen Bruder mit Abscheu oder Ekel angeblickt. Abgesehen von ihrer beider Mutter war er der einzige Mensch, der Rutgar je sanft über die verschandelte Seite des Gesichts gestreichelt hatte. *Und dafür liebe ich dich, Bruder.*

Der Erbe der Karridakis ging gemessenen Schritts auf die Priesterin zu, gekleidet in reinstem Weiß, den langen Hals umrahmt von einem Kragen aus Schwungfedern von Schwänen. Nachdem er die Skaldatmünze mit einer leichten Verbeugung entgegengenommen hatte, befühlte er sie und hob die Augenbrauen. »Sie ist heiß.«

»Dann wird sie Euch in kühlen Nächten vielleicht warm halten«, erwiderte Astrud.

Jarold stimmte in das höfliche Lachen der Umstehenden ein und zog sich an den Platz zur Rechten seines Vaters zurück. Die nächsten Gratulanten in der Schlange rückten auf, und das Gelächter schwoll an, anstatt verhalten abzuebben. Selbst die beiden Hellebardenträger vor dem Aufgang zum Podest, die bisher wie versteinert gewirkt hatten, rangen sichtlich darum, eine ungerührte Miene zu bewahren. Das ungleiche Paar, das nun vor dem Podest stand, gab auch allen Grund zu der Vermutung, es hätte sich zur allgemeinen Belustigung in eine alberne Verkleidung gehüllt. Falls sie zu den üblichen Gästen bei Veranstaltungen wie diesen gehörten, erkannte Rutgar sie jedenfalls nicht wieder, so gelungen waren ihre Kostüme. Wenn er ihren Aufzug richtig deutete, hatte sich das Pärchen – er ging davon aus, dass sie Vater und Tochter waren – als primitive Krieger gewandet.

Der Vater – ein groß gewachsener Bär von einem Mann – hatte sich einen wilden Vollbart stehen lassen, der sein kantiges Gesicht von knapp unter den Wangenknochen bis hinunter zum Kinn völlig überwucherte. Er sah aus wie aus dem finstersten Albtraum eines taurarischen Barbiers entstiegen. Auch mancher Kürschner von der Silbernen Insel wäre ob des schwarzen Pelzumhangs bestürzt gewesen, den der Hüne um die Schultern geschlungen hatte – dort, wo der Pelz nicht zerzaust und völlig ohne Glanz war, prangten kahle Stellen. Quer über seinen breiten Rücken hatte er ein Breitschwert von regelrecht absurden Dimensionen geschnallt, das in einer kruden Lederscheide ohne jede Zierde steckte. Als Rüstung trug er doch tatsächlich ein reichlich ramponiert wirkendes Kettenhemd und Handschuhe aus zu Schuppen übereinandergelegten Eisenbändern, die er aus einer Schauhalle geliehen haben musste.

Die Tochter, die ihrem Vater nur bis knapp über die Hüfte reichte, war nicht minder martialisch gekleidet. Über einen von Schrammen und Beulen übersäten Plattenpanzer hatte sie einen Waffenrock aus grobem Leinen geworfen, auf den ein Wappen gestickt war, das Rutgar verdächtig an einen Pferdeapfel erinnerte, aus dem zwei Grashalme hervorragten. An dem derben Gürtel um die Hüfte des Mädchens hingen ein halbes Dutzend schmaler Messer sowie zwei gedrungene Klingen, die man mit viel gutem Willen als Kurzschwerter durchgehen lassen konnte. Neben dem weißblonden Haar, das ihr zu einem strengen Zopf geflochten den Rücken hinunterbaumelte, waren jedoch die Füße das Ungewöhnlichste an der Kleinen – sie ging barfuß, und für ein Kind, das unmöglich älter als zehn oder zwölf Jahre sein konnte, waren die Füße ausgesprochen groß.

Dieser Umstand fiel umso mehr auf, da das Mädchen nun gemeinsam mit ihrem Vater vor dem Podest niederkniete. Die Feiergäste verstummten schlagartig, und Rutgar brummte überrascht. Was für eine absonderliche Geste! Die Bewohner der Silbernen Insel mochten sich so oft – und je nach Stand des Begrüßten auch so tief – voreinander verbeugen, dass viele von ihnen bereits in jungem Alter an steifen Hüften litten, aber vor jemandem das Knie zu beugen? Das war für freie Menschen doch undenkbar! Wohl ob der plötzlichen Stille – denn selbst die Musikanten und Gaukler im Saal hatten ihr Lärmen und Turnen eingestellt – sah sich das Mädchen einmal rasch mit offenem Mund um. Dann räusperte es sich und sprach: »Mein König, ich ...«

»Warum spricht das Kind?« Berengir schaute fragend den Begleiter des Mädchens an. »Habt Ihr mir etwa nichts zu sagen?«

»Verzeiht mir meine Unverfrorenheit, Eure Hoheit, aber Ihr irrt Euch«, sagte die Kleine. Ihre Stimme war für so einen Dreikäsehoch merkwürdig rau und dunkel. Überdies sprach sie einen sonderbaren Dialekt – manche Laute dehnte sie zu lange, andere verschluckte sie fast ganz. »Ich bin kein Kind.«

»Du siehst mir aber wie eines aus«, erwiderte Berengir. »Und noch hat mein Augenlicht mich nicht im Stich gelassen.«

Lifara legte dem Greis eine Hand auf den Arm. »Sie hat recht. Du musst genauer hinsehen.«

Rutgar folgte dem Hinweis, den seine Schwester gegeben hatte. *Tatsächlich! Kein Mädchen hat so viele Fältchen um die Augen. Und der Panzer. Die Platte vor ihrer Brust wölbt sich, als wären darunter zwei süße Birnchen. Aber was ist sie dann? Eine Verwachsene?*

»Ich sehe da nur ein Kind«, beharrte Berengir auf seiner Meinung.

»Ich glaube, sie ist ein Dimidian«, sagte Lifara.

»Ein Dimidian?«, entfuhr es Jarold, und dem Erben des Hauses Karridakis stand der Unglaube deutlich ins Gesicht geschrieben. »Ein Halbling?«

»So ist es!« Die kniende Frau nickte eifrig, suchte aber weiterhin Berengirs Blick. »Ich bin ein Halbling. Erlaubt mir, dass ich mich vorstelle. Mein Name ist Nastasira von Zwiebelbrach, und ich habe den weiten Weg aus Westborn auf mich genommen, um mich mit einer wichtigen Nachricht an Euch zu wenden.«

»Westborn?« Die Erwähnung der einstigen Heimat, aus der die Karridakis vor langer Zeit vertrieben worden waren, weckte Berengirs Interesse. »Westborn hat uns nicht vergessen?«
»Niemals!«, sagte die Halblingsfrau mit Nachdruck. »Euer Andenken blieb in vielen Geschichten erhalten, Eure Hoheit. Geschichten, die von der Güte und der Weisheit Eures Blutes berichteten. Und ich bringe frohe Kunde: Der Letzte aus der Linie der Thronräuber, die die Herrschaft über unser Land an sich riss, hauchte im Winter sein Leben aus.« Sie hob erwartungsvoll den Kopf. »Westborn wartet.«

Berengir legte den Kopf so weit schief, wie es seine Krone erlaubte. »Worauf?«

»Auf die Rückkehr seines rechtmäßigen Königs.«

2

*Unterzeichne keinen Vertrag, den du
nicht zu erfüllen gedenkst – es sei denn, du tust es,
um einen anderen Vertrag zu erfüllen.*

Aus *Hundert Hinweise zur Heimlichen Kunst*

Erneut kam Gelächter unter den Zuschauern dieser Posse auf, doch diesmal war auch viel lautes Gemurmel zu hören.
»Es reicht! Genug davon!« Lifara sprang auf, ein Zornesfunkeln in den Augen. »Wer trägt die Verantwortung für das hier?« Anklagend sprang ihr Finger zwischen mehreren der versammelten Granden hin und her. »Gefallen dir unsere Pfefferpreise nicht mehr, Asperio? Ist das die Rache für den Brand in deinen Lagerhäusern, den du uns anlastest, Ignis? Hast du diesen schlechten Scherz ausgeheckt, um einen alten Mann vor aller Augen als leichtgläubigen Narren vorzuführen, Lusus?«

Ehe die Führer der anderen Hohen Häuser auf diese Bezichtigungen reagieren konnten, hallte die Stimme der Halblingsfrau durch den Saal: »Das ist kein Spiel! Ich meine es ernst! Westborn wartet auf seinen König!« Sie erhob sich aus ihrer knienden Position. »Und ich kann es beweisen!«

»Da bin ich ja mal sehr gespannt«, warf Jarold spöttisch ein. »Nur zu! Lasst uns sehen, wie Ihr eine Legende beweisen wollt.«

»Lass es gut sein, Nasta«, meldete sich der bärtige Hüne an ihrer Seite erstmals zu Wort. »Diese Leute lachen nur über uns. Wir sind einem Traum hinterhergejagt, und jetzt ist es an der Zeit, aus ihm zu erwachen. Gehen wir nach Hause.«

»Nein, Leviko.« Nasta schüttelte den Kopf. »Ich habe mir nicht auf diesem vermaledeiten Schiff die Seele aus dem Leib gekotzt, um jetzt unverrichteter Dinge wieder abzuziehen. Zeig ihnen den Ring.«

Einen Wimpernschlag lang verharrte Leviko reglos. Dann schnürte er umständlich einen Lederbeutel auf, den er an einer Kette um den Hals trug. Zum zweiten Mal an diesem Abend sah Rutgar das Schimmern von Skaldat. Sein Herz schlug schneller. *Ist das wirklich wahr? Diese beiden abgerissenen Gestalten da sollen den Ring dabeihaben, mit dessen tragischer Geschichte man mich quält, seit ich denken kann?* »*Der Königswürde Unterpfand*«, *wie es in unserer Haushymne heißt?* Wenn man der Legende Glauben schenkte – und welcher Karridakis hätte das nicht getan? –, hatte Hausvater Fuga diesen Ring bei seiner Flucht aus Westborn dem Hafenmeister gegeben, um sich die bedingungslose Unterstützung bei der überstürzten Abreise zu sichern. War das Kleinod, das dieser Waldschrat da unten nun in die Höhe hielt, tatsächlich dieser seit einem halben Jahrtausend verloren geglaubte Ring? Er war jedenfalls aus dem richtigen Material gefertigt. Ob er auch die richtige Form hatte – den Leib eines Schwans, dessen ausgebreitete Schwingen den eigentlichen Ring bildeten –, vermochte Rutgar von der Galerie aus nicht zu erkennen.

Auch Jarold erhob sich jetzt von seinem gepolsterten Stuhl, schritt vom Podest hinunter und baute sich so dicht vor der Halblingsfrau auf, dass einige der weiß gewandeten Hauswachen die Hände auf die Knäufe ihrer Säbel legten. »Gebt mir den Ring!«, verlangte er.

Nasta nickte. »Gerne. Deshalb sind wir ja hier. Überzeugt Euch von seiner Echtheit. Ihr wisst sicher selbst, wie Ihr das am zuverlässigsten überprüft, mein ... Prinz.«

Jarold ging nicht weiter auf die Anrede ein, sondern ließ sich den Ring aushändigen und tat, wozu man ihn aufgefordert hatte. Er steckte den Ring auf seinen Finger, hielt ihn an die Lippen und flüsterte ein einziges Wort.

Die vielen Lichter im Saal strahlten einen Augenblick heller. Erst ganz leise wie ein ferner Windhauch und danach immer drängender und lauter erfüllte das Rauschen gewaltiger Flügelschläge den Raum. Diejenigen Gäste, die die Legende um den Ring nicht kannten, sahen erschrocken zur Decke oder zu den schmalen Fenstern hinauf. Andere beschrieben rasch mit zwei Fingern einen Kreis vor ihrem Herzen, um sich den Schutz Nundirovils zu sichern.

»Bei all meinem Gold! Der Ring singt!«, flüsterte Rutgar.

»Glaubt Ihr mir jetzt?«, rief Nasta freudestrahlend. Sie begann sich einmal um die eigene Achse zu drehen, die Arme zufrieden in die Hüften gestemmt. Unvermittelt hielt sie inne, und das breite Grinsen war wie weggewischt.

Rutgar folgte ihrem Blick. Einer der Küchenjungen am Bankett machte sich an einem gebratenen Schwan zu schaffen. Seine Hand war bis zu den Knöcheln im Innern des Vogels verschwunden.

Das ersterbende Rauschen der Schwingen war für Rutgar sofort vergessen. Seine in der Halle der Heimlichen Künste geschärften Instinkte schlugen Alarm. Er machte seinen Geist frei, wie es ihm seine strengen Lehrmeister wieder und wieder eingeschärft hatten. »Streife all deine Erwartungen an die Welt ab wie eine Schlange ihre Haut«, hatte ihre wichtigste Lektion gelautet. »Nichts von dem, was du denkst, meinst, fühlst und glaubst, zählt. Es zählt nur das, was ist.« Wie ein Hund, den man zu lange an der kurzen Leine gehalten hatte, stürzte sich Rutgars entfesselte Wahrnehmung auf die Vorgänge drunten im Ballsaal. Es gab vieles, in das sie ihre Fänge schlug. Die Feuerspuckerin, die ihren Mund mit Öl füllte, obwohl es niemanden gab, der ihr in diesem Augenblick Beachtung geschenkt hätte, wenn sie Flammen spie. Der Bärenbändiger, der den festen Sitz des Halsbands der von ihm abgerichteten Bestie zu prüfen schien. Der Lautenschläger, der alle sieben Saiten seines Instruments mit einer Hand umfasst hielt, als wollte er sie vom Brett reißen.

Rutgar kam nicht dazu, einen Warnruf auszustoßen. Seine feine Nase witterte einen Geruch, der längst hätte verflogen sein müssen. Schwer und süßlich wie verrottende Blüten. *Die Kurtisane! Die Hure ist noch immer auf der Galerie. Meine Ablehnung hat sie gar nicht vertrieben – und nun ahne ich auch den Grund dafür!* Rutgar ließ sich in die Hocke fallen. Der Dolch der Kurtisane zuckte ins Leere, statt sich ihm von hinten in den Nacken zu bohren. Er packte den Arm der Frau und nutzte den Schwung, den sie in ihren Stoß gelegt hatte, um sie über das Geländer der Galerie zu schleudern. Ihre bloßen Füße streiften seinen Hinterkopf, er geriet aus dem Gleichgewicht, und seine Stirn prallte hart gegen die Balustrade. Sein Blick verschwamm. Ein Stechen in der rechten Handfläche verriet ihm, dass er sein Weinglas am Arm der Attentäterin zerdrückt haben musste. Er achtete nicht weiter darauf, sondern zog sich am Geländer in die Höhe und zwang sich, seinen Kopf ruhig zu halten. Seine Sicht klarte auf.

Drunten im Saal herrschte Chaos. Die Kurtisane war ungebremst und Kopf voran auf den nackten Fliesen gelandet. Das Blut, das aus ihrem Schädel strömte, trieb die Gäste auseinander. Diese verhielten sich ansonsten genau so, wie es den guten Sitten entsprach: Sie stießen empörte Rufe und entsetzte Schreie aus und drängten sich in größeren Gruppen zusammen. Keiner von ihnen hätte auch nur einen Gedanken daran verschwendet, sich in den Ablauf des gerade stattfindenden Mordanschlags einzumischen – das ziemte sich zum einen schlicht nicht, und zum anderen war es eines der vielen ungeschriebenen Gesetze Taurars, dass ein anständiger Attentäter sich seine Opfer nur unter den Angehörigen jenes Hohen Hauses suchte, das in seinem laufenden Vertrag festgeschrieben stand. Und die Meuchler, die an diesem Abend auf das Haus Karridakis angesetzt waren, gingen mit großem Eifer ans Werk.

Zwei Wachen, deren Uniformen lichterloh brannten, wälzten sich brüllend am Boden, in dem verzweifelten Versuch, die hungrigen Flammen zu ersticken. Der verdächtige Musikant stach die Klinge, die im Hals seiner Laute verborgen gewesen war, einem der Hellebardenträger am Rand des Podests in den Rücken. Der Hornbär war drauf und dran, sich mit kräftigen Prankenhieben und heftigen Kopfstößen einen Weg durch die Abwehrreihe zu bahnen, die einige der Wachen um Rutgars Vater gebildet hatten. Der Küchenjunge, der eben noch seine Faust in einen der gebratenen Schwäne gesteckt hatte, zielte nun mit einer Handarmbrust mitten ins Getümmel.

Eines war Rutgar umgehend bewusst: Wenn er den langen Weg über eine der Wendeltreppen wählte, würde er niemals rechtzeitig dort unten ankommen, um den Ausgang dieses Gefechts noch entscheidend zu beeinflussen. *Mir bleibt nur eine Wahl.*

Er kletterte auf das Geländer und sprang hinab. Er landete in der riesigen Schüssel mit Perlwein und tauchte so tief in sie ein, dass seine Sohlen den Boden berührten. Die Flüssigkeit brannte ihm in den Augen und in den Schnitten in seiner Rechten. Er stieß sich ab, sein Kopf durchbrach die dicke Schicht aus Früchten, die auf dem Perlwein schwamm. Einen tiefen Atemzug später bekam er den Rand der Schale zu packen. Seine vollgesogene Kleidung war schwerer, als er erwartet hatte, und so schaffte er es erst im zweiten Versuch, sich aus der Schüssel herauszuwuchten. In einem prasselnden Schwall platschte er zu Boden, rollte sich auf den Rücken und kroch ein Stück nach hinten.

Dankbar nahm er zur Kenntnis, dass die Verteidiger ihre Schockstarre inzwischen überwunden hatten und sich dem feigen Angriff entgegenstemmten. Der zweite Hellebardenträger rächte seinen Kameraden, indem er dem Lautenschläger, der Mühe hatte, seinen Dolch aus dem Leib des Toten zu ziehen, den Schädel spaltete. Unterstützung erhielten die Hauswachen auch von der Halblingsfrau und dem Hünen aus Westborn. Ganz offenkundig war ihre Verkleidung gar keine Verkleidung: Nasta schleuderte dem Küchenjungen, der dabei war, seine

Armbrust nachzuladen, eines ihrer Messer in die Schulter und setzte sofort mit gezücktem Kurzschwert nach. Leviko hingegen hatte den Hornbären todesmutig in einen Ringkampf verwickelt – eine seiner gepanzerten Fäuste steckte dem Ungetüm bis über die Knöchel im Rachen, mit der anderen hieb er wieder und wieder auf den Leib des Bären ein.

Rutgar warf einen raschen Blick zu seinen Geschwistern. Lifara hatte hinter ihrem Polsterstuhl Deckung gesucht, aus dessen Rückenlehne ein Armbrustbolzen ragte. Zwischen den Fingern ihrer fest auf die Wange gepressten Hand quoll Blut hervor, doch abgesehen davon schien sie unverletzt. Jarold hatte sich in den Ring aus Wachen eingereiht, die das Oberhaupt des Hauses schützten. Der schmale Degen, den er gezogen hatte, diente eigentlich eher als Zierde, aber Rutgar baute darauf, dass die Wachen schon auf seinen Bruder achtgeben würden.

Er rappelte sich auf und sah sich nach der letzten Attentäterin um. Er entdeckte die Feuerspuckerin entgegen aller Regeln des ehrenhaften Meuchelns inmitten einer Gruppe von Gästen, die augenscheinlich alle nicht so recht wussten, wie sie auf die Anwesenheit dieser dreisten Person reagieren sollten. Rutgar nahm ihnen die Entscheidung ab. Mit einer Drehung seines Handgelenks ließ er den Dolch aus der Unterarmscheide gleiten. Dann spurtete er auf die menschlichen Schutzschilde zu und rempelte zwei von ihnen beiseite. Die Feuerschluckerin hielt ihre Fackel vor die zum Spucken gespitzten Lippen. Rutgar trieb ihr seinen Dolch von unten durch die weiche Stelle im Unterkiefer und hieb mit der linken Faust gegen den Knauf der Waffe. Der Mund der Frau klappte auf, Öl und Blut spritzten daraus hervor. Rutgar ließ den Dolch stecken, wo er war. Stattdessen wand er der Meuchlerin die Fackel aus den erschlaffenden Fingern und wirbelte zum Podest herum.

Kaltes Grauen kroch ihm den Nacken hinauf. Der Halblingskriegerin war es gelungen, ihr Schwert in den Bauch des Küchenjungen zu bohren. *Gut gemacht, Mädchen. Sehr gut.*

Weniger gut war, dass der Attentäter in einem erschütternden Beispiel von Vertragstreue den Arm über die kleine Frau hinweg ausgestreckt hielt. Er hatte auf Jarold angelegt, der – ob nun aus Tollkühnheit oder schierem Unvermögen – einen Schritt zu weit aus dem Ring der Verteidiger hervorgetreten war. Rutgar sah seinen Bruder schon mit einem Bolzen im Herzen am Boden liegen, da warf sich Nasta ihrem Widersacher mit vollem Gewicht entgegen. Der falsche Küchenjunge taumelte einen Schritt nach hinten. Die Wache neben Jarold fasste sich an die Seite und klappte in sich zusammen. Jarolds Kopf zuckte in die Richtung, aus der das tödliche Geschoss gekommen war. Rutgar sah ihn erbleichen, als er beobachtete, wie Nasta ihr Schwert in der Wunde des Attentäters drehte und die Klinge im Leib des Gegners mit einer Hand nach unten riss. Mit der anderen zog sie ihr zweites Schwert und schlug es wie ein Steigeisen in die Brust des Jungen. Der begriff nun endlich, dass er tot war, und kippte nach hinten.

Eine schier ohrenbetäubende Stille legte sich über den Ballsaal, durchbrochen allein vom Stöhnen und Ächzen der verwundeten Wachen und den klagenden Lauten des Hornbären, der mit gebrochenem Kiefer im Kreis umherwankte, bis Leviko ihn mit einem furchteinflößenden Schlag seines Breitschwerts von seinem Leid erlöste.

Die Hinterbeine des Tiers zuckten noch, als sich der Erste der Gäste seiner guten Kinderstube erinnerte und zu applaudieren begann. Es dauerte nur zwei Wimpernschläge, dann stimmte der Rest des Publikums mal mehr, mal weniger begeistert mit ein. »Lang lebe Berengir! Lang lebe das Haus Karridakis!«, erklangen die den Geboten der Höflichkeit geschuldeten Rufe.

Die Bediensteten des Hauses erinnerten sich jetzt ebenfalls ihrer Pflichten. Mägde und Knechte eilten herbei, um die Leichen fortzuschaffen, die Verletzten davonzutragen und den Boden zu wischen.

Mit triefend nasser Kleidung, vollgelaufenen Stiefeln und dem widerlichen Prickeln von Perlwein zwischen den Zehen gesellte sich Rutgar an die Seite seines Bruders, der auf die Halblingsfrau zugeschritten war. Dieser Narr! *Was soll das? Das Protokoll sieht doch vor, dass du in Fällen wie diesem in der Nähe der Wachen bleibst, bis man vollkommen sicher sein kann, dass der Anschlag ausgestanden ist.* Selbst Lifara, die sich auch nicht immer zu beherrschen wusste, besaß trotz der Wunde an der Wange genügend Verstand, um auf dem Podest darauf zu warten, dass der Leibarzt eintraf.

»Ihr habt mein Leben gerettet«, sagte Jarold zu der Kriegerin, die ihre Schwerter an einem Tischtuch säuberte. In seiner Stimme lag Dankbarkeit, aber auch Verblüffung. »Wieso?«

»Ihr seid der Sohn des Königs, oder?«, gab Nasta nüchtern zurück.

»Wenn Ihr damit meint, dass ich der Sohn des Gastgebers bin, dann ja.« Jarold nickte. »Dann bin ich der Sohn des Königs.«

»Und somit seid Ihr auch mein Prinz«, erklärte Nasta. »Der rechtmäßige Erbe des Throns von Westborn. Ich habe einen heiligen Eid geschworen, alle von königlichem Blut mit Leib und Leben zu schützen.« Sie zuckte mit den Schultern. »Ich wollte nicht als die Ritterin in die Geschichte eingehen, die auszog, ihrem Land einen verlorenen König zurückzugeben, und dann tatenlos dabei zusah, wie dessen Linie ausgelöscht wurde.«

»Oh.« Jarold machte ein Gesicht, das Rutgar zu fürchten gelernt hatte: Seine Augenbrauen wanderten ein ganzes Stück nach oben, während er gleichzeitig die Lippen ein wenig schürzte. Es war das Gesicht, das mit höchster Zuverlässigkeit ankündigte, wenn sich in seinem Geist irgendein besonders törichter Einfall zusammenbraute. »Ihr sagt also, ich bin ein Prinz und hätte Anrecht auf einen Thron?«

Nasta ließ das blutige Tischtuch sinken. »Habe ich mich so missverständlich ausgedrückt? Was wärt Ihr für ein Prinz, wenn

Euch kein Thron zustünde? Natürlich müsste Euer Vater erst darauf verzichten, diesen Thron zu besteigen, aber …«

Jarold fuhr ihr ins Wort, um ihr eine Frage zu stellen, die Rutgar für den Rest seines Lebens bereuen sollte: »Wie lange dauert eine Fahrt nach Westborn?«

3

Wer klagt, er lebe im Elend, der ist noch nie in Westborn gewesen. Hier kommt es vor, dass die Huren ihre Freier bezahlen anstatt umgekehrt.

Aus *Die zwölf großen Reisen einer ehrenwerten Marketenderin*

Rutgar wusste genug über die alten Sprachen, die die Menschen zur Zeit der Ausbreitung der großen Reiche gesprochen hatten, um zu verstehen, was der Name Sunnastad bedeutete. Sonnenstadt. Allem Anschein nach waren die meisten Menschen auch damals schon genauso verlogene Bastarde gewesen wie heute. Oder es war eine Person mit einem ganz besonderen Sinn für Humor gewesen, die dieser Ortschaft ihren Namen gegeben hatte. Statt der Sonne waren nur bleierne Wolkenberge am Himmel zu sehen, und wenn die schäbigen Bauten, die sich dort am Ufer der kleinen Bucht zusammendrängten, in Westborn als Stadt durchgingen, wie sahen dann hier erst die Dörfer aus?

Natürlich wohnten auch auf Taurar nicht alle Bewohner in Palästen aus Marmor und Jade, doch selbst die Ärmsten der Armen verstanden sich darauf, ihre Behausungen mit bunten Muscheln und Kletterpflanzen so zu schmücken, dass sie zumindest einigermaßen heimelig wirkten. In Sunnastad jedoch hingen an den Holzhütten an den halb zerfallenen Kais des Hafens bestenfalls löchrige Netze und verwitterte Ruder. Hier und da hatten einige Karacken angelegt, die unter der Fahne kleinerer Reiche im Osten segelten. Rutgar hatte aber nicht die geringste Ahnung, was einen Handelsfahrer hierher verschlug.

Mit welchen Waren will man sich in diesem Nest denn den Laderaum füllen? Trockenfisch vielleicht? Tran? Pelze? Den steilen Küstenhang hinauf erstreckte sich ein Gewirr aus engen Gassen zwischen größeren und kleineren Schutthaufen, die ob ihrer schmalen Türen und Fenster erst nach einigem Hinsehen als Häuser zu erkennen waren. Das Kreischen der Möwen in der Luft klang wie Hohngelächter angesichts der armseligen Unterschlupfe, in die sich die einheimischen Zweibeiner zum Schlafen verkrochen. Lediglich zwei Gebäude boten einen etwas interessanteren Anblick: Aus dem einen ragten überall unzählige dünne Stangen oder Masten, weshalb es Rutgar an ein riesenhaftes grauschwarzes Tier erinnerte, das ein übereifriger Jäger mit Aberdutzenden von Speeren zur Strecke gebracht hatte. Das andere kam von seiner gesamten Erscheinung her dem am nächsten, was man auf Taurar als anständiges Haus bezeichnet hätte. Verglichen mit dem Rest der Stadt war dieses Bauwerk herausragend gut in Schuss – das Reet auf seinem Dach wies keine einzige klaffende Lücke auf, die von Weitem sichtbaren Teile seiner Fassade waren farbenfroh mit Blumen und Früchten bemalt, und in seinen Fenstern spiegelte buntes Glas die am Himmel aufgetürmten düsteren Wolkenberge.

Das Schiff, das ihn an diesen tristen Ort gebracht hatte, hätte ihm von Anfang an eine Warnung sein sollen. Die *Seekönigin* war eine heruntergekommene Kogge, die auf Taurar höchstens noch als Übungsziel für Ballisten verwendet worden wäre. Ihr Heck war dick mit Seepocken verkrustet, ihre Galionsfigur eine traurig dreinblickende Meerjungfrau, der eine Brust und beide Arme fehlten. Im Laderaum hatte sich ein penetranter Gestank nach fauligem Holz, ranziger Butter und toten Ratten eingenistet. Die See war beinahe durchgängig rau gewesen, kaum dass die Silberne Insel hinterm Horizont verschwunden war. Rutgar hatte es während der wochenlangen Überfahrt nach Westborn irgendwie geschafft, trotz des miserablen Proviants – Zwieback mit Dörräpfeln im Wechsel mit Hartbrot und kalter Specksuppe – nicht die Fische mit seinem Mageninhalt zu füttern. Andere Mitreisende hatten weniger Glück gehabt: Oftmals hingen sein Bruder und die Zwiebelritterin an entgegengesetzten Seiten des Schiffs gleichzeitig über der Reling und spien, als triebe sie ein böser Geist dazu an, ihr Innerstes nach außen zu kehren. Rutgar wusste nicht, ob er dieses gemeinschaftliche Übergeben als gutes Omen für die Zusammenarbeit zwischen dem frischgekürten Prinzen und der Halblingsfrau deuten sollte. Freundlicheres Wetter hatte die Spuckerei schon mal nicht heraufbeschworen. *Es könnte sein, dass du diese Reise zu vorschnell bewilligt hast, Vater. Ich bete nur darum, dass sie in mehr endet als nur in enttäuschten Hoffnungen und falschen Versprechungen. Du, Jarold, Lifara – ihr werdet alle so unausstehlich, wenn etwas nicht nach eurem Kopf geht.*

Der Anker der *Seekönigin* wurde geworfen, und die Besatzung begann damit, das Schiff an den Pollern auf dem Kai zu vertäuen. Die Arbeit ging ihnen leicht und routiniert von der Hand, und es konnte nicht mehr lange dauern, bis sie das Fallreep ausklappten.

Rutgar hörte schwere Schritte hinter sich auf dem Deck. Die peinliche Erfahrung mit der als Kurtisane verkleideten Meuchlerin beim Geburtstagsfest hatte ihn Vorsicht gelehrt, und so wandte er sich rasch um.

Leviko, der hünenhafte Gefährte der kleinen Kriegerin, hob die Arme. »Lasst Euren Dolch stecken, Prinz. Ich wollte nur sehen, wie aufgeregt Ihr seid, gleich den Boden Westborns zu betreten.«

»Meine Aufregung hält sich in Grenzen«, gab ihm Rutgar eine ehrliche Antwort. Leviko wusste seine Aufrichtigkeit sicher zu schätzen. Wer sich freiwillig in einen Ringkampf mit einem Bären begab, war gewiss kein Mann, der Wert auf übersteigerte Höflichkeit legte. »Und ich bin kein Prinz. Ihr müsst mich mit meinem Bruder verwechseln.«

»Wohl kaum«, brummte Leviko. »Ihr seid leicht auseinanderzuhalten. Eurem Bruder fehlt die Narbe. Aber wenn er ein Prinz ist, dann seid Ihr auch einer, oder nicht?«

»Wenn Ihr unbedingt darauf besteht …« Rutgar wies auf den Kai, wo außer einer Handvoll steinalter Fischersleute und einigen Kindern in zerlumpter Kleidung, die jauchzend einen toten Fisch mit Stöcken pikten, niemand zu sehen war. »Ich hatte mit einem größeren Empfang für den zukünftigen König gerechnet.«

»Ja?« Levikos Zauselbart spaltete sich zu einem schiefen Grinsen. »Hattet Ihr gedacht, die Massen würden jubeln, junge Maiden würden Rosenblätter auf seinen Weg streuen, und Fanfarenstöße würden jeden seiner Schritte begleiten? Westborn ist nicht die Silberne Insel.«

»Was Ihr nicht sagt«, seufzte Rutgar. Er fragte sich, ob es nicht doch ein gnädigeres Schicksal gewesen wäre, wenn die *Seekönigin* sie in einem Orkan alle in ein nasses Grab gerissen hätte.

So gestaltete sich die Ankunft von Jarold Karridakis, Prinz von Westborn, am Stammsitz seiner Ahnen reichlich unzeremoniell. Das Fallreep knallte auf den Kai, und dann überquerte die Gesandtschaft aus Taurar im Gänsemarsch das wackelige, schmale Brett. Es grenzte an ein Wunder, dass keiner der weit gereisten Besucher aus dem Gleichgewicht geriet und ins Hafenbecken stürzte. Unter Umständen zahlte es sich bereits aus, dass die Teilnehmerzahl der Delegation eine höchst göttergefällige war: Mit acht Schätzen gewann Nundirovil das Herz seiner angebeteten Drachin Sternenschwinge, acht Tränen vergoss Dilabia, die Strenge Mutter, über das Dahinscheiden jedes noch so lästerlichen Sünders, acht Fässer Wein leerte Satiridios vor seiner Schlacht gegen die Geierdämonen der Kreischenden Höllen. Wenn man an die Macht der Zahlen glaubte, konnte diese Mission nur mit einem epochalen Triumph für Haus Karridakis und die gesamte Silberne Insel enden.

Kaum hatte sein Fuß den Boden Westborns berührt, ging Jarold ganz in seiner neuen Rolle als Thronanwärter auf. Unbeirrt von den fehlenden Massen, die seinem Erscheinen entgegengefiebert hatten und nun in Begeisterungsstürme ausbrachen, straffte er die Schultern und schritt auf einen alten Fischer zu, der pfeiferauchend auf einer Kiste hockte.

»Ich wünsche Euch einen angenehmen Tag, werter Herr.« Er verneigte sich knapp, wie er es daheim auf Taurar vor einem Lakaien seines Hauses getan hätte. »Dürfte ich mich nach Eurem Befinden erkundigen?«

Der Alte, dessen grobe Wollmütze aussah, als wäre sie mit seinem grauen Haar verwachsen, gab einen Laut von sich, der ein tiefes Lachen, aber auch genauso gut ein Knurren hätte sein können. »Was geht Euch das an, wie es mir geht?« Er musterte Jarold von Kopf bis Fuß. »Seid Ihr ein Gaukler? Ihr seht mir aus wie ein Gaukler, mit Eurem bunten Hemd, den ausgestellten Hosen und der braunen Haut. Tretet Ihr auf dem Marktplatz auf?«

Nasta war inzwischen auf ihren kurzen Beinen herangeeilt, bloßes Entsetzen im Gesicht. »Ihr müsst ihm verzeihen«, bat sie Jarold. »Er weiß nicht, mit wem er da spricht.«

»Mit wem spreche ich denn?«, erkundigte sich der Alte amüsiert. »Und habt Ihr diese Gaukler hierhergelockt, Ritterin?«

»Das sind keine Gaukler, du Torfkopf«, zischte Nasta. »Du sprichst mit dem neuen Prinzen von Westborn. Du solltest besser vor ihm auf die Knie fallen, anstatt ihn so zu beleidigen.«

»Ich habe es im Kreuz«, blaffte der Alte. »Seine Hoheit wird mir bestimmt vergeben. Und wenn nicht, dann soll er mir die Rübe abschlagen lassen. Aber dann ist er keinen Deut besser als der, der sich vor ihm auf dem verfluchten Thron den Hintern platt gesessen hat.«

Nasta hatte schon die Faust zum Schlag erhoben, aber Jarold legte ihr eine Hand auf die Schulter. »Haltet ein. Der Mann hat recht. Woher soll er wissen, wer ich bin? Aber er soll mich kennenlernen.« Wie so oft bei Jarold folgte auf ein vernünftiges Handeln sogleich ein törichtes: Er schnürte seine Geldbörse auf und reichte dem Alten eine kleine Münze, bevor Rutgar es verhindern konnte. »Hier. Geht zu einem Heiler und kauft Euch eine Salbe für Euren Rücken.«

»Oho.« Der Alte prüfte die Münze mit einem nahezu zahnlosen Biss. »Echtes Gold!«

Es kam, wie es kommen musste. Wie Schakale, die ein leckeres Stück Aas gewittert hatten, näherten sich weitere Fischer. Auch manche der Stauer, die damit beschäftigt waren, das Gepäck der Delegation von Bord der *Seekönigin* zu schaffen, stellten die Arbeit ein und kamen rasch angelaufen.

»Steck dein Geld weg«, riet Rutgar seinem Bruder. »Oder du bist bald der ärmste Prinz der Welt.«

»Ich muss meinen Untertanen zeigen, dass ich großzügig bin und mich ihrer Sorgen annehme.« Er suchte Unterstützung bei Nasta. »Oder irre ich mich da?«

»Wir sollten uns lieber auf den Weg machen«, empfahl sie. »Ich weiß nicht, wie das bei Euch ist, aber ich habe nach so einer langen Schiffsreise immer das Gefühl, als würde der Boden unter meinen Füßen schwanken. Sitzen hilft. Und im Palast gibt es Bänke mit weichen Polstern.«

»Na schön«, meinte Jarold und schnürte seine Geldbörse wieder zu. »Ihr kennt Eure Landsleute besser als ich. Auf zum Palast.«

Die Delegation zog eine kleine Menschentraube hinter sich her, als Nasta sie den Kai hinunterführte. Rutgar stellte fest, dass die Einwohner Sunnastads einen sehr charakteristischen Geruch verströmten. *Diese Leute stinken nach gammeligem Fisch und kaltem Rauch. Schade, dass ich kein Duftölhändler bin – ich könnte hier leicht ein Vermögen machen.*

Auch fähige Straßenbauer hätten in Sunnastad rasch Arbeit gefunden, denn das Kopfsteinpflaster des großen Marktplatzes, den der Tross nun erreichte, war so löchrig und uneben, dass an ein zügiges Voranschreiten kaum zu denken war. Zusätzliche Hindernisse bot der Irrgarten aus Holzbuden, an denen neben Fisch und Meeresfrüchten ein überraschend großes Angebot an Waren zum Verkauf stand: Steingut und Töpferwaren, gusseiserne Töpfe und Pfannen, Äpfel und Pflaumen, Rüben und Kohl, Kräuter und Gewürze, Körbe und kleine Fässer, Lampen und Flint, Filzhüte und einfacher Schmuck aus Bernstein und Glasperlen. Einen winzigen Augenblick lang versetzte plötzliches Heimweh Rutgar einen feinen Stich.

Sie legten einen Zwischenhalt an einer Garküche ein, weil Jarold unbedingt darauf bestand, von den dort auf einem Schwenkgrill brutzelnden Lammrippchen zu kosten. »Ich hatte schon geglaubt, ich würde nie mehr Fleisch in den Magen bekommen«, sagte er.

Nasta übernahm die Bezahlung und trug Leviko auf, die Schaulustigen zu zerstreuen, die ihnen bis hierher nachgelaufen waren – eine Aufgabe, der der Hüne mit großer Lust, groben Worten und dem einen oder anderen kräftigen Schubser nachging.

»Wirft das kein schlechtes Licht auf den Prinzen?«, fragte Rutgar.

»Ein Prinz Westborns speist nicht in der Öffentlichkeit«, klärte Nasta ihn auf. »Und weil ich dieses Gebot gerade nicht durchsetzen kann, halte ich es für angebracht, dafür zu sorgen, dass ihm dabei wenigstens nicht die halbe Stadt zuschaut.«

Rutgar musste sich mehr Wissen über die landesüblichen Gepflogenheiten verschaffen, wenn er seiner Arbeit als Hüter seines Bruders zuverlässig nachkommen wollte. Die Chroniken des Hauses Karridakis hatten wenig über Westborn hergegeben – abgesehen von allerlei Randnotizen, die man getrost ins Reich der Fabel verweisen konnte. Nebelverhangene Auen, auf denen Einhörner grasten. Berge, die in Wahrheit schlafende Riesen waren. Wandelnde Bäume, die die dichtesten Wälder eifersüchtig als ihre ureigenste Domäne verteidigten. Ein halbes Jahrtausend in der Fremde hatte die alte Heimat offenbar zu einem Land verklärt, das vor Wundern nur so strotzte. Die Wirklichkeit sah etwas anders aus. Selbst wenn die Lammrippchen – Jarolds verzückter Miene nach zu urteilen – köstlich waren.

»Entschuldigt, aber mir scheint, uns ist jemand aus der Gruppe abhandengekommen.«

Der Mann, der Rutgar so freundlich ansprach, war das seltsamste Mitglied der taurarischen Gesandtschaft. Er hatte zu den Musikanten bei Berengirs Geburtstagsfest gehört, und nach Jarolds begeisterter Bitte, an seines Vaters Statt nach Westborn zu reisen und den Thron für das Haus Karridakis zurückzufordern, war dieser sonderbare Kerl nach vorn getreten. In blumigen Worten hatte er sich Jarold als Reisegefährte angedient und ihm versprochen, sein großes Abenteuer in Verse von unvergesslicher Schönheit zu gießen. Wie Rutgar seinen Bruder kannte, hätte sich Jarold vermutlich eher eine Hand abgehackt, als ein solches Angebot auszuschlagen. Auch ihr Vater hatte keine Einwände gehabt. Im Gegenteil: Berengir Karridakis hatte sich höchst erfreut gezeigt. Dieser Freiwillige erinnerte ihn an einen anderen Barden, der vor über drei Jahrzehnten anlässlich seiner Hochzeit aufgetreten war und ein Lied über das Alte Geschlecht gesungen hatte, von dem alle Anwesenden zu Tränen gerührt gewesen waren. Die beiden Männer trugen sogar den gleichen Namen, und dieser Fulmar der Jüngere behauptete doch glatt, der Sohn Fulmar des Älteren zu sein und auf den Spuren seines Erzeugers durch die Welt zu reisen.

Rattendreck. Rutgar befürchtete, dass sich die Leichtgläubigkeit seiner Familie noch bitter rächen würde. Er sah Fulmar tief in die Augen und stieß dort nur auf freundliche Offenheit. *Du kannst so treu glotzen, wie du willst, Lautenschläger. Ich werde einfach den Verdacht nicht los, dass es sich bei dir um einen Schwindler handelt. Einen, der wegen irgendeines undurchsichtigen Plans in eine Verkleidung geschlüpft ist. Aber warum hast du dir dann so wenig Mühe mit deiner Tarnung gegeben? Das Rot deines Haars und deines albernen Knebelbarts ist zu glänzend und tief, um nicht gefärbt zu sein. Die weißen Fäden in deinem Kapuzenumhang schimmern, als wären sie aus reinstem Skaldat. Doch wie hätte sich ein lausiger Wandermusikant ein solches Prunkstück leisten können? Blauen Samt magst du gerade noch bezahlen können, aber das Skaldat? Dafür hättest du eine halbe Ewigkeit durch die Lande tingeln und die Münzen aufsammeln müssen, die dir deine Zuhörer zuwerfen. Und wenn ich mir umgekehrt deine Laute so ansehe ... was für ein altertümliches Ding mit ihrem gewölbten Bauch und dem breiten Hals. Ich hab's. Du bist kein Barde. Du bist ein Schatzräuber, der das Grabmal eines Barden geplündert hat, der schon bei der Gründung des Dominums ein alter Mann gewesen sein muss.*

Fulmar blickte Rutgar unverwandt an und ließ die Musterung schweigend, aber mit einem feinen Lächeln auf den Lippen über sich ergehen.

Und jetzt grinst du also auch noch. Nur zu. Ich habe dich längst durchschaut. Und ich möchte nicht ausschließen, dass du zu den Meuchlern gehörst, deren Anschlag auf meinen Vater in einem blutigen Fiasko endete. Auch wenn es kaltschnäuzig von deinem Auftraggeber wäre, sein letztes verbliebenes Mordwerkzeug gemeinsam mit dem Ziel seines niederen Trachtens ans Ende der bekannten Welt zu entsenden. Daran, dass Fulmar sich Fähigkeiten angeeignet hatte, wie sie auch in den Hallen der Heimlichen Künste gelehrt wurden, bestand für ihn kein Zweifel: An Bord der *Seekönigin* war es diesem Rotschopf mit der sanften Stimme – der ständig über irgendeinen Scherz zu schmunzeln schien, den nur er verstand – mehrfach gelungen, wie aus dem Nichts neben ihm aufzutauchen. So wie gerade eben. Und das war alles andere als beruhigend.

»Habt Ihr mich eben nicht verstanden?«, hakte Fulmar nun nach.

»Wer fehlt?«, fragte Rutgar.

»Der junge trinkfeste Herr, der uns mit seinem Kammerdiener begleitet«, antwortete Fulmar.

»Brekk?«

Fulmar nickte.

»Verflucht!« Rutgar war von Anfang an dagegen gewesen, den Sklavenhändlersohn auf diese Reise mitzunehmen. Die schlechten Zähne mit ihren freiliegenden Hälsen; die unreine Haut unter einer Schicht aus Puder; der ausgezehrte Leib, dessen dürre Glieder wirkten, als könnte man sie so leicht zerknicken wie Reisig. Man brauchte Brekk Sokatteris doch nur anzuschauen, um festzustellen, dass er es mit dem Genuss von Rauschmitteln gehörig übertrieb. Berengir Karridakis hatte allerdings die einzigartige Gelegenheit gesehen, engere Bande zu einem der anderen Hohen Häuser zu knüpfen. »Zwei Hauserben gemeinsam auf großer Abenteuerfahrt – was könnte besser sein, um einen Ring der Freundschaft für sie zu schmieden?«, hatte der alte Mann mit einem versonnenen Lächeln gesagt, im Geiste tief versunken in die glorreichen Tage seiner Jugend. Und wer war Rutgar, seinem Vater zu widersprechen?

»Ich kümmere mich darum«, versicherte er dem Barden. »Weit kann der Kerl ja nicht sein.«

Er blickte sich suchend um, aber an den Ständen in seiner unmittelbaren Umgebung waren weder Brekk noch dessen Kammerdiener zu sehen. Der Kammerdiener. Das war noch so eine lästige Sache. Es war nicht so, dass Rutgar eine persönliche Abneigung gegen Heptisax hegte. Der junge Mann war mit seinem gewellten schwarzen Haar, der olivfarbenen Haut eines Flüchtlings aus dem Dominum und auch wegen der perfekten Manieren im Grunde eine ganz sympathische Erscheinung. Aber Rutgar hätte anstelle eines einfachen Bediensteten, der seinem Herrn überallhin nachtrippelte wie ein kleines Hündchen, um ihm Flusen vom Wams zu zupfen oder die Frisur zu richten, lieber noch einen fähigen Kämpfer in der Delegation gewusst.

Falls Brekk es schon jetzt irgendwie geschafft hat, sich in Schwierigkeiten zu bringen und mit einem Dolch zwischen den Rippen zu enden, kannst du deinen Ring der Freundschaft vergessen, Vater.

»Leviko!« Rutgar trat an den Hünen heran, der gerade den letzten Schaulustigen mit barschen Worten und drohenden Gesten klarmachte, dass es hier außer einem Mann, der ein paar Lammrippchen aß, nichts Spektakuläres zu sehen gab. »Ich brauche Eure Hilfe.«

Rutgar erläuterte sein Problem näher, und Levikos Bart geriet in eine eigentümliche Form der Bewegung, weil der West-

borner unter dem Gestrüpp in seinem Gesicht offenbar eine Grimasse schnitt. Er murmelte einen unverständlichen Fluch und stellte sich auf die Zehenspitzen. Bei seiner beachtlichen Größe war es ihm ein Leichtes, über die Köpfe der Menschen auf dem Markt hinwegzuspähen. »Er ist dort vorne. Bei den Schweineleuten«, grummelte er schließlich.
»Schweineleute?«
»Ich zeige es Euch.« Leviko scheuchte grob ein paar Marktgänger aus dem Weg, die Rutgar die Sicht auf den großen Brunnen in der Mitte des Platzes versperrten. Um das hässliche Ding, über dessen Becken die verwitterte, kopflose Statue eines vergessenen Heiligen oder Feldherrn die Arme ausbreitete, saßen und standen Menschen verstreut, wie Rutgar sie noch nie zuvor gesehen hatte.

Aus seiner Sicht war der Großteil der Westborner ohnehin jämmerlich ärmlich gekleidet, doch diese Schweineleute machten auf ihn den Eindruck, als würden sie eigentlich fernab jeglicher Zivilisation in der Wildnis hausen und hätten sich nur zufällig in eine Stadt verirrt. Ihre Kleidung war aus einfachen Materialien gefertigt – Tierhäute, Pelze und etwas, was verdächtig nach irgendwie haltbar und halbwegs geschmeidig gemachter Baumborke aussah. Rutgar hoffte inständig, dass das Haar der Schweineleute nicht von Natur aus so fettig war, sondern dass sie sich etwas hineinschmierten, um ihre langen Mähnen besser zu den festen Dutts und ineinander verschlungenen Zöpfen zu bändigen, die sie allesamt trugen. *Das könnte ihren Namen erklären. Vielleicht nehmen sie dafür Schweineschmalz. Nein, bestimmt nicht. Die Menschen schauen nirgendwo so genau hin, wenn es um Schmähungen ganzer Volksstämme geht. Es müssen ihre Eckzähne sein.* Alle Schweineleute hatten ungewöhnlich lange und dicke Eckzähne im Unterkiefer. Diese Hauer reichten manchen von ihnen bis über die Nasenflügel und verliehen ihnen gemeinsam mit dem grünbraunen Ton der Haut etwas Urtümliches und Bedrohliches, das im Betrachter einen leisen Fluchtinstinkt weckte.

Der vermisste Brekk hatte seine Scheu offenbar leicht überwunden – gewiss mithilfe irgendeines Mittelchens, das die Sinne entweder angenehm abstumpfte oder das trügerische Gefühl von euphorischer Unbezwingbarkeit hervorrief. Rutgar vermutete Letzteres, denn der Sklavenhändlersohn gestikulierte wild, während er auf ein Paar der sonderbaren Hauerträger einredete, die vor ihm auf dem Brunnenrand saßen. Sein Kammerdiener hingegen, der sich zwei, drei Schritte abseits hielt, spielte nervös an einem der Knöpfe seines Hemdkragens. Rutgar lernte etwas aus dieser Aufstellung: *Mein lieber Heptisax, du bist ein ganzes Stück schlauer als der Trottel, dem du Dienst und Treue geschworen hast.*

»Das sind die Schweineleute«, erklärte Leviko in einem gereizten Tonfall, als hätten ihm freche Kinder Kletten in den Bart geworfen. »Dieser Abschaum macht den echten Menschen schon Ärger, seit der Erste von uns nach Westborn gekommen ist. Verlauste Banditen aus dem Wald, die unsere Höfe überfallen und den Holzfällern auflauern. Aber sie werden langsam weniger, weil unsere Ritter ihnen oft genug eine blutige Schnauze verpasst haben. Und jetzt kommen immer mehr von ihnen zu uns gekrochen, weil es ihnen im Wald zu ungemütlich wird. Sie sind kräftig, aber zu nichts zu gebrauchen. Wenn sie nicht gerade stehlen oder betteln, schlagen sie sich gegenseitig die Köpfe ein – oder die von unvorsichtigen Narren, die sich mit ihnen einlassen.« Er spie aus. »Als sie hier auftauchten, hofften die meisten, der König würde weiter die Ritter auf sie hetzen. Hat er aber nicht getan. Er hat sie einfach geduldet. Was für ein Irrsinn!«

»Es gibt keinen Grund, sie mit Spottnamen zu überziehen«, merkte Fulmar an, der wieder einmal wie von Zauberhand neben Rutgar aufgetaucht war. »Diese Menschen haben einen Namen.«

»Ihr meint Orks?«, meinte Leviko.

Rutgar horchte auf. *Meint er das ernst? Diese mitleiderregenden Gestalten sollen die furchtbaren Ungeheuer sein, mit denen* meine Vorfahren sich in ferner Vergangenheit erbitterte Schlachten und legendäre Duelle geliefert haben? Die haushohen Riesen, unter deren Schritten die Erde erzitterte und die mit einem einzigen Hieb ihrer Äxte den Stamm eines tausendjährigen Baumes spalten konnten? Die grausigen Dämonen, die mich als Kind bis in meine Albträume hinein verfolgt haben, wenn Vater in schillernden Farben von ihren blutigen Untaten berichtete?

»Das ist nur ein Beweis dafür, wie oft die Menschen erst etwas falsch verstehen und dann auch noch ein Schimpfwort daraus machen«, meinte der Barde. »Dieses Volk, das Ihr als Orks oder in Eurer unermesslichen Freundlichkeit als Schweineleute bezeichnet, nennt sich selbst Norger. Es verfügt über eine reichhaltige Geschichte mit vielen faszinierenden Mythen und Sagen.«

»Wer von ihnen wann zum ersten Mal hinter welchen Baum geschissen hat, oder wie?«, knurrte Leviko.

»Ihr scheint Euch gut mit diesen Norgern auszukennen«, wandte Rutgar sich an den Barden. »Ich dachte, dies wäre Euer erster Besuch in Westborn.«

»So viel Misstrauen …« Fulmar schüttelte den Kopf und setzte ein entwaffnendes Lächeln auf. »Erstens habe ich nie behauptet, ich wäre noch nie hier gewesen – Ihr habt immerhin einen wandernden Musikanten vor Euch, mein Freund. Aber zweitens muss man nicht eigens ins schöne Westborn ziehen, um einen Norger zu sehen. Dank der eifrigen Bemühungen so verdienter Handelshäuser wie dem der Sokatteris wurde seit jeher der eine oder andere Norgerstamm aus seiner Heimat verschleppt. Ich selbst habe mit eigenen Augen manche von ihnen in den Arenen des Dominums kämpfen sehen und hatte die Gelegenheit zu einigen aufschlussreichen Gesprächen über ihre Sitten und Gebräuche.«

»Konntet Ihr dabei auch etwas über ihre Götter erfahren?« Diese an den Barden gerichtete Frage kam von Astrud Pungirios. Fulmar war offenkundig nicht das einzige Mitglied der Delegation, das Jarolds Imbiss weniger spannend fand als das, was sich gerade dort am Brunnen abspielte. Anfangs war Rutgar von der Entscheidung der Hohepriesterin, sich der Reisegesellschaft nach Westborn anzuschließen, überrascht gewesen. Im Verlauf der Überfahrt hatte sich das nach und nach gelegt. Jedes Mal, wenn er an der Tür der kleinen Kabine gelauscht hatte, die sich Astrud mit ihrem feisten Gehilfen teilte, waren die beiden in irgendeine äußerst tiefschürfende Debatte über Glaubensfragen verwickelt gewesen – über die Pflichten eines wahren Götterfürchtigen, Nundirovils frohe Botschaft über die Erlösung von allen Sünden durch die Verrichtung fleischlicher Buße in die Welt hinauszutragen; über die angemessenen Spenden, die man als Diener des Immerzu Lächelnden dafür in Empfang zu nehmen hatte, einem reuigen Sünder das eigene Fleisch zur Verfügung zu stellen; über die vielen Arten, Nundirovils schrecklichen Zorn zu wecken, wenn man sein Fleisch einfach freimütig verschenkte. Was er da zu hören bekommen hatte, war zwar ein Dämpfer für Rutgars Lust auf ein bisschen Buße gewesen, andererseits hatte es ihm Aufklärung darüber verschafft, weshalb Astrud ihrem heimatlichen Tempel den Rücken gekehrt hatte: Sie war fest entschlossen, noch mehr Gefallen in Nundirovils Augen zu finden, indem sie ein ganzes Land zu seinem Glauben bekehrte. Und wie sich jetzt herausstellte, schlossen diese Ambitionen selbstverständlich auch die Norger mit ein. »Wie offen wären sie wohl für die Erlösung durch den Immerzu Lächelnden?«

»Sie kennen keine Götter, wie Ihr sie kennt«, antwortete Fulmar. »Sie glauben daran, dass die Geschicke der Welt von einer Vielzahl von Geistern bestimmt werden. Manche sind ihnen und anderen Menschen wohlgesonnen, andere feindselig. Ich befürchte, wenn Ihr ihnen von Nundirovil erzählt, würden sie ihn bestenfalls als einen besonders mächtigen Geist betrachten. Er hätte nicht weniger, aber auch nicht mehr Verehrung verdient als andere seiner Art.«

»Hm.« Die Ehrwürdige Geliebte hatte sich für diesen bedeutenden Tag in ein Gewand aus glänzender grüner Seide gehüllt,

das besonders viel von ihrem scheinbar alterslosen Fleisch präsentierte, an dem andere Buße tun konnten, sofern ihre Geldbörse groß genug dafür war. Langsam ließ sie einen ihrer roten Zöpfe durch die Finger gleiten.»Vielleicht ist das für einen Mann wie Euch nur schwer vorstellbar, aber ich kann bei meiner Bekehrungsarbeit sehr überzeugend sein.«
Fulmar zuckte mit den Achseln.»Vielleicht ist das für eine Frau wie Euch nur schwer vorstellbar, aber ich habe schon viele gesehen, die bereit waren, ihren Körper zu verkaufen, und für die ihr Lohn hinterher etwas enttäuschend ausfiel.«
Die göttergefälligen Glyphen auf Astruds Stirn wurden von Zornesfalten unleserlich gemacht.»Habt Ihr mich gerade eine billige Hure genannt?«
»Ich bitte Euch, lasst es gut sein, Ehrwürdige Geliebte.« Huneg schob seinen schweren Leib zwischen seine Herrin und den Barden.»Der Lautenschläger treibt nur Schabernack mit Euch, wie es seinesgleichen im Blut liegt, weil sie nie etwas Anständiges gelernt haben.«
Der Mut und die Frechheit des Tempelmopses entlockten Rutgar ein Lächeln, und auch Fulmar nahm seine Worte offenbar nicht mit Groll auf.»Verzeiht.« Der Barde legte in einer flüchtigen, entschuldigenden Geste beide Hände flach auf die Brust.»Ich wollte Euch keineswegs beleidigen. Ich wollte nur, dass Ihr Euch keine allzu großen Hoffnungen macht, die Norger zu einem Glauben zu bekehren, der ihnen so fremdartig ist wie Euch der ihre.«
Astrud kam nicht dazu, auf seine Entschuldigung zu reagieren, da sich in diesem Moment eine weitere Angehörige der Delegation in das Gespräch einmischte. Wie es sich für eine Frau ziemte, die die Sorgsame Kunst ausübte, trug Galla Piparion schwarze Handschuhe und einen schwarzen Schleier. Diese traditionelle Tracht verhinderte der allgemein geltenden Auffassung nach, dass die teils hochgiftigen Substanzen, mit denen die Alchimistin täglichen Umgang pflegte und die sich in ihrem Leib festsetzten, versehentlich über ihre Berührung oder ihren

Atem anderen Personen Schaden zufügten. Sein weiberversessener Bruder hatte Rutgar mehrfach zu verstehen gegeben, dass er diese Vorsichtsmaßnahmen in Gallas Fall für eine Tragödie hielt; Da ihre Stimme weich und glockenklar war, ging Jarold davon aus, dass das feine Tuch vor ihrem Gesicht Züge von geradezu blendendem Liebreiz verbarg.

»Mir ist es gleich, an welche Götter oder Geister diese Menschen glauben, und wir sollten darüber nicht in Streit geraten«, verkündete sie nun. »Wir sollten uns ihnen mit aller gebotenen Höflichkeit, aber auch aller erforderlichen Neugier nähern. Ich bin mir sicher, dass sie viel Wissen über seltene Stoffe bewahren, wie sie nur in den Wurzeln mancher Pflanzen oder den Eingeweiden einiger Bestien aus der Wildnis zu finden sind. Ich frage mich, wie man sie wohl dazu bringen könnte, uns diese Geheimnisse anzuvertrauen.«

Leviko lachte grimmig auf. »Euer törichter Freund dort drüben wird jedenfalls gleich das Geheimnis ergründen, wie es sich anfühlt, ein Orkmesser zwischen die Rippen zu bekommen, wenn er so weitermacht.«

Wo der Hüne recht hatte, hatte er recht. Brekk musste es irgendwie geschafft haben, die beiden Norger, mit denen er sich gerade unterhielt, gegen sich aufzubringen. Sie hatten sich vom Brunnenrand erhoben, und einer von ihnen stand stumm mit geballten Fäusten da, während der andere zwar die Hände hinter den Rücken genommen hatte, doch dafür seinen gedrungenen Hals so weit vorreckte, als wollte er Brekk jeden Augenblick ins Gesicht beißen.

So gern Rutgar Zeuge dieses blutigen Schauspiels geworden wäre, so ungern wollte er sich die Vorhaltungen seines Bruders anhören, dass er es nicht verhindert hatte. Er schritt forsch auf den Brunnen zu und ließ den Dolch in seine Rechte gleiten. Bei den Streitenden angekommen, zerrte er Brekk mit der Linken ein Stück nach hinten und stellte sich dem bissbereiten Norger entgegen. »Mein Freund hier ist nicht Herr seiner Sinne«, sagte er ruhig. »Gebt nichts auf das, was er so redet.«

»Schaff dich fort, Mensch!« Die Aufforderung des Norgers klang in einem Knurren aus. Sein Kumpan stimmte in den drohenden Laut mit ein.

»Was treibt Ihr da, Karridakis?«, quengelte Brekk. »Merkt Ihr nicht, dass Ihr diese Leute zornig macht?« Seine Stimme nahm einen befehlsgewohnten Ton an. »Nun steh doch da nicht bloß so herum, Heptisax. Tu etwas!«

Alles, was der kluge Kammerdiener tat, war, eine Armeslänge Distanz zwischen sich und die beiden Norger zu bringen und die Finger um einen der Knöpfe an seinem Kragen zu legen.

»Entschuldigt die Störung.« Rutgar hielt unbeirrt dem funkelnden Blick aus den schwarzen Augen des Norgers stand. »Ich verspreche, dass mein Freund Euch nicht weiter behelligen wird.« Er drehte sich um, packte Brekk am Arm, wirbelte ihn zur Garküche herum, wo der Rest der Delegation stand, und zog ihn mit sich. »Nicht umdrehen.«

»Habt Ihr den Verstand verloren?«, beschwerte sich Brekk, ohne jedoch Gegenwehr zu leisten. »Mit diesen beiden wären Heptisax und ich doch spielend fertig geworden.«

»Mit diesen beiden vielleicht. Aber was ist mit dem zusätzlichen Dutzend Norger, das da um den Brunnen herumsitzt? Glaubt Ihr, die hätten einfach nur zugesehen oder sich gar auf Eure Seite geschlagen?«

Brekk schnaubte entrüstet, doch immerhin hielt er den Mund.

Heptisax schloss zu ihnen auf und murmelte Rutgar ein einziges Wort zu, in dem Erleichterung, aber erstaunlicherweise keinerlei Furcht lag: »Danke.«

Noch während Rutgar darüber rätselte, wo der Kammerdiener so viel Unerschrockenheit gelernt hatte, kam Jarold auf sie zustolziert, wobei er sein letztes, vor Fett triefendes Lammrippchen mit so viel Würde vor der Brust trug, als wäre es ein Zepter. »Was war das denn?«, fragte er. »Kann ich dich nicht einen Wimpernschlag aus den Augen lassen, ohne dass du umgehend einen Streit provozierst, Bruder?«

Rutgar sparte sich eine Verteidigung, aber Leviko sprang für ihn in die Bresche. »Euer Bruder hat nur verhindert, dass Narrenblut fließt, Eure Hoheit.«

»Wie bitte?«, empörte sich Brekk. »Redet Ihr etwa von mir? Ich habe nur versucht, mich mit den Einheimischen anzufreunden.«

»Ihr Götter …« Jarold blies die Backen auf und winkte mit dem Lammrippchen ab. »Ich bin tatsächlich nur von Wilden umgeben.« Er beugte sich zu der Halblingsritterin herunter, die sich anscheinend dazu verpflichtet fühlte, ihrem zukünftigen König keinen Schritt von der Seite zu weichen. »Meintet Ihr nicht vorhin, ich würde im Palast erwartet?«

»So ist es«, bestätigte Nasta.

»Nun denn.« Jarold deutete in Richtung des einzigen halbwegs augenschmeichelnden Gebäudes mit dem Reetdach, das schon vom Hafen aus zu sehen gewesen war. »Dann führt mich ohne weitere Umschweife dorthin.«

»Dorthin?«, fragte Nasta nach.

»Ja. Zum Palast.« Jarold wedelte ungeduldig mit dem Lammrippchen. »Das sagte ich doch.«

»Hier liegt ein Irrtum vor, Eure Hoheit.« Nasta klang betreten. »Das ist das Haus der Sprudelnden Überfülle.«

»Das ist nicht der Palast?« Aus Jarolds Wangen wich das Blut und färbte sie von Braun zu Grau. »Aber wo ist er dann?«

Rutgar ahnte die Antwort zwar schon, doch als die kleine Frau tatsächlich auf den großen, garstigen Bau aus grauschwarzen Steinquadern deutete, der ihn bereits zuvor an ein von unzähligen Spießen durchbohrtes Monstrum erinnert hatte, wusste er dennoch nicht, ob er lachen oder verzweifelt stöhnen sollte. Er entschied sich gegen beides und für eine giftige Frage an seinen Bruder, dem der Mund so weit offen stand, dass man mühelos die Fleischfetzen zwischen seinen Zähnen zählen konnte: »Und wie ist es, mein Bester? Hattest du dir unser neues Zuhause genauso prächtig vorgestellt, oder war es in deinen Träumen nicht vielleicht ein Stück bescheidener?«

4

»Ein König ist immer nur so weise wie sein Hofstaat«,
tat ein kluger Ratgeber kund.
»Ein wahrer Weiser unter den Königen hätte keinen Hofstaat«,
wandte ein Narr ein.

Aus *Zwiegespräche unter Kerkerinsassen*

»Glaubst du, er hat es verstanden?«, fragte Leviko.
»Sicher«, gab Nasta zurück. »Du warst doch mit auf Taurar. Sie haben dort auch Tempel, oder nicht?« Ihre Antwort fiel ruppiger aus, als sie es eigentlich beabsichtigt hatte. Sie schrieb ihre Barschheit ihrer Anspannung zu. »Verzeih mir. Ich meine nur, es ist ja nicht allzu schwierig zu begreifen, was es mit dem Haus der Sprudelnden Überfülle auf sich hat, oder?«
»Stimmt.« Der Schemel, auf dem Leviko hockte, wirkte angesichts seines massigen Leibes so klein, dass man fast hätte meinen können, der bärtige Hüne hätte sich in eine Puppenstube verirrt. Dabei hatten er und Nasta sich lediglich in eine dunkle, muffige Gesindekammer zurückgezogen, während draußen in der Eingangshalle des Palasts einer alten Tradition Tribut gezollt wurde: Der Gesandtschaft, mit der Prinz Jarold angereist war, wurde Brot, Käse und Bier gereicht. Nasta hatte die Gelegenheit genutzt, um sich mit Leviko heimlich zurückzuziehen. Sie hatte nur rasch seine Meinung zum bisherigen Verlauf der Ankunft des neuen Königs von Westborn einholen wollen. Stattdessen äußerte Leviko nun seinen eingefleischten Groll gegenüber dem Untrennbaren Paar. »Selbst einem völlig Fremden wie Seiner Hoheit ist aufgefallen, dass irgendetwas

daran falsch ist, wenn zwei Schmarotzer in Protz und Prunk leben, während der Herrschersitz zerfällt.«

»Ach, Leviko«, seufzte Nasta. Sie war bestimmt keine Frömmlerin, aber wie so oft machte sich ihr grimmiger Freund die Sache zu einfach. »Diese Schmarotzer, wie du sie nennst, sind ein Symbol der Hoffnung. Die Aussicht darauf, dass nach dem Tod etwas anderes auf uns wartet als endlose Schwärze oder lodernde Höllen. Sie sind die Stellvertreter jenes Paares, das unsere Seelen in seinem Haus aufnehmen wird, um uns auf unser nächstes Leben vorzubereiten, sobald wir den letzten Atemzug in diesem getan haben. Sollen sie etwa unter der Brücke hausen? Und außerdem leben sie nur von dem, was die Gläubigen ihnen bringen. Nichts von dem, was sie besitzen, haben sie sich mit Gewalt genommen. Sie haben Orskarr nie dazu gezwungen, sie so reich zu beschenken.«

»Ich sage nur, dass ihnen etwas mehr Demut gut zu Gesicht stünde.« Er sah zur Decke der Kammer hinauf. »Hier fällt alles auseinander, und diese beiden Faulenzer streiten sich wahrscheinlich gerade darüber, welchen Flügel der Halle sie als Nächstes mit Gold auskleiden lassen.«

»Es war nicht die Entscheidung des Untrennbaren Paares, den Palast mit diesen grässlich unnützen Stangen zu schmücken, anstatt die Löcher im Dach zu stopfen«, gab Nasta zu bedenken. »Diese Wahl traf Orskarr ganz allein.«

»Vorsicht.« Leviko hob einen Finger. »Du sprichst von dem Mann, dem ich einst die Treue schwor, und wenn mich nicht alles täuscht, hast du das Gleiche getan.«

»Du hast recht.« Nasta war ein wenig verärgert. *Wie kommt er dazu, mir zu unterstellen, ich hätte vergessen, welchen Eid ich an dem Tag geleistet habe, an dem man mich zur Ritterin schlug?* »Und ich habe meinen Schwur nie gebrochen, du Hund. Ganz gleich, wie sonderbar unser König zum Ende seines Lebens hin wurde. Habe ich mich verweigert, als er von uns Rittern verlangte, einen ganzen Tag lang mit unseren Schwertern auf die Wogen der See einzuschlagen, um sie zu zwingen, unseren

Fischern wieder volle Netze zu bescheren? Als er uns befahl, das gesamte Land nach einem roten Hund mit drei Beinen abzusuchen, der die verfaulte Hand eines Diebes im Maul trägt? Als er anordnete, dass sämtliche Mauern des Palasts mit Stacheln ausgerüstet werden müssen, damit er jedem Ungeheuer, das ihn verschlingen will, quer im Hals stecken bleibt?«

»Nein, hast du nicht«, räumte Leviko leise ein. »Du hast seine Launen schweigend erduldet.«

Launen waren ein milder Ausdruck für die Verirrungen jenes Königs, dem das einfache Volk und der Hofstaat Beinamen wie der Traurige, der Verblendete oder der Wahnsinnige verliehen hatten. »Orskarr ist tot. Jarold ist die Zukunft.« Nasta schaute kurz zu der schlichten Holztür hinter sich. »Ich bin nur froh, dass er nicht gleich wieder auf das Schiff gestiegen ist, nachdem er gesehen hat, wohin wir ihn gelockt haben.«

»Oh, es gibt nichts, wofür wir uns schämen müssten, nur weil er von einem Ort stammt, an dem man sich den Hintern mit Seide abwischt und sich alle so aufführen, als wären sie die Herren der Welt.« In einer überraschend zärtlichen Geste legte Leviko ihr seine schwere Pranke auf die Schulter. »Seine Hoheit ist anders, als du ihn dir vorgestellt hattest, hm?«

»Er ist ...« Die Antwort fiel ihr schwer. Sie gehörte einer Sippe an, in der die zahllosen Legenden über den guten König Primo aus der Linie der Karridakis die Zeiten seit dem Thronraub überdauert hatten. Die Speisung der Zehntausend nach der schlimmsten Missernte, die Westborn je gekannt hatte; die Begnadigung des Räubers Ribbald, der stets nur von den Reichen genommen hatte, um den Armen zu geben; der Bau des Winterwalls, der den Bauern im Norden Schutz vor den aus den Wäldern in ihre Weiler und Gehöfte einfallenden Orks bot. Die Zwiebelbrachs hatten all das nie vergessen – genauso wenig wie den Treueeid, den sie an Primo und sein Blut geleistet hatten. Um nicht in Schande zu fallen, weil sie sich gezwungen sahen, auch vor dem neuen König das Haupt zu beugen, hatten sich die Zwiebelbrachs gewissermaßen einer List bedient: In ihrem Eid hieß es, dass sie Primo dienen würden, bis der letzte Tropfen seines Blutes vergossen war. Dass Primo den Thronräubern durch seine Flucht übers Meer entronnen war, ließ den Zwiebelbrachs ein Hintertürchen offen: Ihr König war nicht tot und seine Linie nicht ausgelöscht. Primo war nur an einen Ort geflüchtet, an dem sie ihm nicht mehr mit gezückten Klingen und erhobenen Schilden beistehen konnten. Also verlegten sie sich darauf, insgeheim die Erinnerung an ihn lebendig zu halten, während sie zugleich ihre alten Pflichten für das neue Königshaus wahrnahmen. Sie waren beileibe nicht die einzige Halblingssippe, die das so hielt, aber sie waren eine der erfolgreichsten darin, die Kunde vom guten Primo von Generation zu Generation weiterzutragen. Als dann Orskarr als Letzter aus der Linie der Thronräuber das Zeitliche segnete, schien für die Zwiebelbrachs und viele Gleichgesinnte der geeignete Zeitpunkt gekommen, das Volk von Westborn an etwas Entscheidendes zu erinnern: Es hatte immer noch einen König, obwohl Orskarr keinen Erben hinterlassen hatte – den Nachfahren eines guten Königs, der jenseits des Meeres nur darauf wartete, die Geschicke des Landes zu lenken. Man brauchte ihn nur zu finden und zurückzuholen. Das war Nastas Aufgabe gewesen, und sie hatte sie erfüllt. *Nur dass ich anstelle der väterlichen Figur, die mit weiser Hand alles zum Guten regeln wird, mit jemand vollkommen anderem aus der Fremde zurückgekehrt bin.*

»Er ist jung. Und ... weich.« Ihre Rüstung, in der sie sich sonst fühlte, als trüge sie eine zweite Haut, kam ihr mit einem Mal starr und beengend vor. »Er sieht nicht aus wie ein Mann, der schon viele Kämpfe gefochten hat.«

»Das wohl.« Leviko fasste sich an die Wange. »Sein Bruder hat immerhin eine Narbe vorzuweisen. Völlig verhätschelt können diese Prinzenbrüder also nicht sein.«

»Rutgar ist aber nicht der Erstgeborene.« Sie kaute auf ihrer Unterlippe. »Das ist möglicherweise trotzdem besser so. Er redet nicht sehr viel.«

»Im Gegensatz zu Jarold.« Leviko machte eine wegwerfende Geste. »Wir hatten mal einen Hund, der ständig kläffte und nicht für die Jagd zu gebrauchen war. Er wurde erst ruhiger, als mein Vater ihm die Klöten abschnitt.«

»Du sprichst über unseren zukünftigen König«, erinnerte sie ihn.

»Du warst diejenige, die ihn unbedingt suchen gehen musste. Du weißt selbst am besten, dass wir noch einen anderen Weg hätten beschreiten können.«

»Ich will nichts mehr davon hören.« Plötzlicher Zorn wallte in ihr auf, den sie nur mit Mühe zu bändigen vermochte. »Diese Unterhaltung haben wir oft genug geführt, und sie nahm jedes Mal den gleichen Ausgang.«

Sie wandte sich um und trat durch die Tür in die Eingangshalle. Ihre Wut wurde gemildert, als sie sah, dass das Gefolge des Prinzen sich ausgiebig an dem kleinen Willkommensbankett bedient hatte. Das große Käserad auf der langen Tafel war zur Hälfte verzehrt, und alle hielten einen Humpen Bier in der Hand. Das sah Nasta gern. *Fein. Das ist ein gutes Zeichen. Mit vollem Bauch werden sie nicht ganz so enttäuscht darüber sein, dass dieser Palast so wenig Prunk versprüht.*

Nasta trat an Jarold heran, der sich von einer Magd erklären ließ, wie der Schimmel in den Käse kam, den er gerade verspeiste. Er nickte viel, aber seine Augen verrieten, dass sein Interesse eher ihrem Busen als ihrem Wissen über die Käseherstellung galt. Nasta räusperte sich.

»Ja?«

»Wir wären dann so weit, in den Thronsaal zu schreiten.«

»Sehr gut.« Jarold entließ die Magd mit einem freundlichen Lächeln. »Dann ... schreitet voran.«

Ihr Weg führte sie tiefer in den Palast. Ein Dichter, der für seine Dreistigkeit mit dem Leben bezahlt hatte, hatte den Bau einmal das schwarze Herz von Westborn genannt. Für Nasta war diese Anekdote der Beweis dafür, dass es bisweilen klüger war, die Wahrheit zu verschweigen. Der Dichter hatte kein sehr abwegiges Bild gewählt: Die Gänge und Hallen wirkten auch an diesem Tag so, als würden die Schatten und die Dunkelheit über sie gebieten, ganz gleich, wie viele Fackeln, Kerzen und Öllampen das Gesinde entzündete. Ungeachtet dessen herrschte ein geschäftiges Treiben: Knechte schafften Brennholz für die Kamine heran oder kalte Asche fort. Stufen wurden emsig gefegt, Wandteppiche ausgeklopft und Spinnweben beseitigt. Die Leibgardisten des Königs patrouillierten jeden Winkel, und hier und da huschten Schreiber mit Armen voller Pergamentrollen vorbei.

Bei der Ankunft im Thronsaal stellte Nasta zufrieden fest, dass man sich vorbildlich auf das Erscheinen des zukünftigen Königs vorbereitet hatte. Die Buntglasfenster mit Szenen aus dem Krieg gegen Angilak Aklark – den Häuptling, der vor hundert Jahren versucht hatte, die Orkstämme von der Westküste unter sich zu vereinen – waren so sauber geputzt, dass das Blut, das aus den Hälsen der geköpften Feinde schoss, wie frisch vergossen glänzte. Bei den zahllosen ausgestopften Tieren, die als Jagdtrophäen links und rechts die Wände des Saals säumten – darunter solche Seltenheiten wie weiße Hirsche, sechsbeinige Eber und sogar ein Waldlöwe mit zwei Köpfen –, waren die von Mottenfraß befallenen Stellen kunstfertig ausgebessert worden. Ein schmaler roter Teppich führte von den Doppelflügeltüren – aus Schwarzeiche mit aufwendigen Kupferbeschlägen in Form gekreuzter Streitäxte – bis zu dem flachen Podest, auf dem unter einem mit Silberschuppen bestickten grünen Baldachin der Thron Westborns stand.

Nasta geleitete die Gruppe zu den samtgepolsterten Hockern, die vor dem Podest aufgestellt waren. Alle nahmen Platz, bis auf Jarold, der die Stufen zum Thron hinaufging.

»Verzeiht bitte, Eure Hoheit.« Nasta eilte dem Prinzen nach. »Ihr müsst Euch noch gedulden, ehe Ihr Euch dort niederlasst.«

»Das ist doch mein Thron, oder?« Jarold legte den Kopf schief. »Oder ist das etwa der Ehrenplatz für einen Eurer Priester, und der König sitzt auf einem dieser Hocker?«

»Es wird Euer Thron sein«, versuchte Nasta, die Verwirrung zu bereinigen. »Nach der Krönung.«

»Oh, richtig.« Jarold schlug sich vor die Stirn. »Da ist ja noch eine Hürde zu nehmen.«

Sie kehrten zu den anderen zurück, und Nasta bedeutete Leviko mit einem Wink, das Wort zu ergreifen.

»Mein Prinz«, hob der Hüne an. »Bevor ich Euch einige der wichtigeren Personen des Hofstaats vorstelle, der bald der Eure sein wird, möchte ich, dass Ihr eines wisst: Euer Seneschall wird Euch mit der gleichen unerschütterlichen Treue dienen, wie er auch schon Eurem Vorgänger gedient hat.«

»Das freut mich zu hören.« Jarold lächelte gönnerhaft. »Aber ich verstehe nicht ganz, warum mir das mein neuer Seneschall nicht selbst sagen kann.«

»Das hat er gerade«, raunte ihm Nasta zu.

Jarold zuckte sichtlich zusammen. »Ihr meint, Leviko ist mein …?«

»Ich weiß, dass ich nicht wie jemand aussehe, der sich darum schert, ob genug Korn in den Speichern ist oder das Essen zur rechten Stunde aufgetischt wird.« Leviko stand auf und sah in gespielter Selbstverachtung an sich herab. »Aber ich kann dafür sorgen, dass andere Leute ihre Arbeit anständig machen und sich niemand vor seinen Pflichten drückt.« Er winkte den beiden Leibgardisten an der Tür des Saals zu. »Schickt sie rein!«

Es folgte die Vorstellung einiger der bedeutenderen Angehörigen des Hofstaats. Den Anfang machte Telo Stiraz, der Hauptmann der Garde. Nasta wusste, dass der stämmige Kahlkopf sich ehrlich darum bemühte, seinen Aufgaben nachzukommen, und er stellte sich mit dem Schwert in der Hand zumindest bei Übungskämpfen auch ganz geschickt an. Telo hatte sich zur Begrüßung seines neuen Herrn in vollen Ornat geworfen – Stiefel mit hellem Pelzsaum am Schaft, ein blauer Umhang, dessen steifer Kragen mit einem Drachenkopf bestickt war, und eine Zierscheide aus Wildleder für seine Klinge. Seine sauber herausgeputzte Erscheinung biss sich jedoch mit dem feinen Geäst geplatzter Äderchen auf seiner Säufernase, und Nasta glaubte, ein leichtes Lallen zu hören, als er seinen Namen nannte. *Ach, alter Mann, dein liebster Waffenbruder ist und bleibt eben das Bier.*

»Wie viele Männer habt Ihr unter Euch, Hauptmann?«, wollte Jarold wissen, einen Daumen unter dem Kinn wie ein Feldherr, der über ein besonders riskantes Manöver seiner Truppen sinnierte.

»Zwei Dutzend, Hoheit.«

Jarold blickte enttäuscht drein. »Nur zwei Dutzend Männer. Und das ist dann schon mein ganzes – wie sagt man noch gleich?«

»Stehendes Heer«, sprang sein Bruder für ihn in die Bresche.

»Stehendes Heer«, plapperte Jarold ihm nach.

»Hier in Sunnastad schon«, sagte Telo, die Augen zusammengekniffen, als müsste er seine eigenen Gedanken beim Aussprechen fest im Blick behalten, damit sie ihm nicht entwischten. »Aber grundsätzlich ist im Ernstfall jeder erwachsene Bürger zum Wehrdienst verpflichtet, und unsere Waffenkammern hier sind ausreichend gefüllt, um rasch eine Verteidigung auf die Beine zu stellen. Im Rest des Reiches … nun … dort sind die Wallfürsten dafür verantwortlich, in ihrem Lehen die Ordnung zu wahren und es vor allen Feinden Westborns zu schützen. Die edle Nastasira wird Euch dazu allerdings wesentlich mehr erzählen können als ich. Die Ritter unterstützen die Wallfürsten bei ihren Aufgaben … und sie ist eine Ritterin …«

»Lasst uns derlei Dinge lieber in kleinerer Runde besprechen«, schlug Nasta vor.

»Nun gut.« Jarold faltete die Hände im Schoß. »Es ist weise, sich in heiklen Angelegenheiten nicht vor zu vielen Lauschern an der Wand auszutauschen.«

Rutgar verdrehte die Augen, blieb aber stumm. Nasta war verunsichert. *Was missfällt dir so, Narbenmann? Meine Vertröstung oder die selbstgefällige Art deines Bruders? Ich kann mit beidem sehr gut leben.* Sie brauchte keine Hellseherin zu sein, um zu erahnen, dass Rutgar von dieser Reise alles andere als begeistert war. Erstens sprach sein Mienenspiel Bände, und zweitens hatte Jarold auf der Überfahrt ihr gegenüber mehrfach Andeutungen gemacht. Sie hoffte inständig, dass er nicht gelogen hatte, was das Verhältnis zwischen ihm und seinem Bruder anging. »Rutgar sieht die Welt als Schlund, der einen irgendwann verschlingt«, hatte er ihr auf Deck mit schwacher Stimme erzählt, als sie nebeneinander über der Reling hingen, weil ihre Mägen von der aufgewühlten See in Aufruhr versetzt worden waren. »Er versucht ständig, alle Leute in seiner Nähe mit sich hinunter in dieses Maul zu ziehen, aber ich bin ihm bis jetzt noch jedes Mal durch die Finger geglitten.«

Während Nasta noch ihren Überlegungen über Rutgar Karridakis und dessen Einfluss auf seinen Bruder nachhing, ließ Leviko das Paar vortreten, das hinter dem Gardehauptmann schon unruhig mit den Füßen scharrte. Um Wiborna Kuscharka und Jidolo Jid rankten sich im Palast zahlreiche Legenden. Von der spindeldürren Köchin mit dem kurz geschorenen grauen Haar hieß es, sie habe einmal einen Küchenjungen mit einer Schöpfkelle zum Schwachsinnigen geprügelt, weil dieser es gewagt hatte, unerlaubt den Deckel von einem der Töpfe zu nehmen. Angesichts des strengen Regiments, das Wiborna in ihrem Hoheitsgebiet führte, wollte Nasta nicht abstreiten, dass hinter diesem Gerücht mehr als nur ein Körnchen Wahrheit steckte. Auch an der beliebtesten Mär über Jidolo musste zweifelsohne etwas dran sein: So wie der aufgedunsene Leib des Vorkosters aus übereinandergeschichteten Speckwürsten zu bestehen schien, auf die man eine große Rübe als Kopf gesetzt hatte, war es sehr leicht, sich vorzustellen, dass er irgendwo in den Falten versteckt einen kleinen Notproviant an Schinken, Zwieback und Dörräpfeln mit sich herumtrug. Die verstörendste Behauptung der anderen Bediensteten war aber die, dass Wiborna und Jidolo ihr Herz aneinander verloren hatten und man besser tunlichst darauf achtete, nicht allzu unbedarft eine Vorratskammer zu öffnen. Ansonsten, so wurde schaudernd berichtet, wurde man unter Umständen eines Anblicks gewahr, der sich einem ins Gedächtnis einbrannte wie altes Öl in eine heiße Pfanne.

Trotz all des Geredes über sie machten die Köchin und der Vorkoster Jarold mit einer freundlichen Höflichkeit die Aufwartung, an der nicht das Geringste auszusetzen war. Bedauerlicherweise erregte Jidolos Leibesfülle Anstoß bei einem der Mitglieder aus Jarolds Gefolge.

»Ist es klug, dass ein Vorkoster so fett ist?«, erkundigte sich Astrud im Plauderton. Soweit Nasta das verstanden hatte, handelte es sich bei dieser Rothaarigen um eine sonderbare Mischung aus Geweihter und Hure. Unantastbarkeit gepaart mit der Neigung, kein Blatt vor den Mund zu nehmen – eine unangenehme Kombination. »Ich meine, ich schätze einen kräftig gebauten Kerl ebenso sehr, wie jeder vernünftige Mensch es tun sollte, aber doch nicht in einer solchen Funktion. Ich vermeine mich zu entsinnen, dass die Wirkung so mancher Gifte vom Gewicht ihrer Opfer abhängt. Was einem Koloss wie diesem guten Mann hier vielleicht nur etwas Blähungen bereitet, zersetzt einer Person von schmalerer Statur am Ende das gesamte Gedärm.«

»Ich mache meine Arbeit gut«, entgegnete Jidolo, dessen Kopf vor lauter gekränkter Ehre rot anlief wie ein Radieschen. »Ich esse immer so viel von jedem Gericht, bis ich mit Gewissheit sagen kann, dass es niemandem schaden wird.«

»Und das sieht man doch auch, nicht wahr?«, unterstützte ihn Wiborna. Die Köchin kniff ihren Begleiter kräftig in die Seite. »Seine Hoheit kann völlig unbesorgt alles genießen, was ich zubereite.«

»Was meinst du dazu, Huneg?«, wandte sich Astrud an ihren Gehilfen. »Dich hat der Immerzu Lächelnde doch auch mit einem fülligen Wuchs gesegnet.«

Der feiste junge Mann verzog sein hübsches Gesicht, als säße er auf einem harten Dorn und nicht auf weichem Samt. »Mir scheint, als würde Meister Jid hier seinem Beruf nicht erst seit gestern nachgehen, Ehrwürdige Geliebte. Er hat gewiss genügend Erfahrung gesammelt, um ein Gespür für die Vorgänge im Innern seines Leibes zu entwickeln.«

Jidolos Falten am Hals kräuselten sich in einem glücklichen Nicken.

»Noch dazu«, fuhr Huneg fort, »gibt es leider Gifte, die nicht an ihrem Geschmack zu erkennen sind und mit solcher Verzögerung ihre Wirkung entfalten, dass kein Vorkoster der Welt zuverlässig vor ihnen schützen kann. Vor einem solch heimtückischen Anschlag kann einen ohnehin nur die Gunst Nundirovils bewahren.«

»Wohl wahr, wohl wahr«, murmelte Astrud. Dann schlug die Hurenpriesterin aufreizend die langen Beine übereinander und gab sich zufrieden.

Nasta hingegen wurde ein wenig flau. Sie hatte vor ihrer Reise nach Taurar schon viel zu viele Intrigen und Ränke bei Hofe erlebt. Es konnte nichts Gutes für die Zukunft verheißen, dass die Besucher aus der Fremde sich offenbar allesamt mit dem höchst unehrenhaften Gebrauch von Gift auskannten. *Ist es möglich, dass ich mich zu einer Entscheidung drängen ließ, die ich noch bitterlich bereuen werde?*

Das leise Klirren von Glas, das sachte auf Glas schlug, begleitete den Auftritt der ehemaligen Leibärztin König Orskarrs. An Kreva Dravinuschs breitem Gürtel baumelten Schröpftöpfe und mit bräunlichem Wasser gefüllte, bauchige Flaschen, in denen sich fingerdicke Egel wanden. Unaufgefordert begann die resolute Greisin, deren Nase mausespitz zulief und aus der auch das eine oder andere lange Haar spross, ihre Heilkünste anzupreisen. »Bei mir seid Ihr in den besten Händen, Hoheit. Plagt Euch ein Husten vom kalten Zug, mache ich meine Töpfe heiß und setze sie Euch auf den Rücken«, krächzte sie. »Schwärt Euch eine wunde Stelle in der Leiste von einem zu scharfen Ritt im Sattel, saugen Euch meine Egel flugs die faulen Säfte aus. Und wenn Ihr nicht in den Schlaf findet, rühre ich Euch einen

Trunk aus Alraune und Schierling an, der Euch die süßesten Träume schenken wird.«

Jarolds Augen weiteten sich – ob nun vor Grauen oder Verblüffung über Krevas Praktiken. »Das ist sehr freundlich von Euch, aber …« Er hüstelte. »Es ist nur so, dass …«

»Ihr braucht Euch nicht zu bemühen«, wurde Jarold unterbrochen. In der hellen Stimme der Frau mit dem schwarzen Schleier vor dem Gesicht, die zu seiner Linken Platz genommen hatte, lag keine Spur von Zurückhaltung. »Uns allen ist nur zu schmerzlich bewusst, wie weitverbreitet hierzulande noch allerlei Aberglaube und Scharlatanerie ist. Ich mache Euch keinen Vorwurf daraus. Ihr wisst es ja nicht besser.«

Kreva holte scharf und tief Luft. »Scharlatanerie?«

»Wie gesagt: Das soll kein Vorwurf sein.« Die Alchimistin sprach nun deutlich lauter. »Doch wenn Ihr meint, ich würde Euch mit Euren Mittelchen an den Prinzen lassen, dann sitzt Ihr leider einem großen Irrtum auf. Falls ihm etwas fehlen sollte – und davor mögen alle Götter sein –, bin ich diejenige, die ihm *einen Trank anrührt*, wie Ihr Euch so vortrefflich ausgedrückt habt.«

Erneut erklang das Klirren von Glas, da Kreva nun vor Zorn förmlich bebte. »Sollten wir das nicht Seine Hoheit entscheiden lassen?«

Brekk – dieser scheinbar ständig schwitzende Nichtsnutz aus Jarolds Heimat, der vorhin nichts Besseres zu tun gehabt hatte, als sich nach dem Anlegen gleich mit Orks einzulassen – hob die Hand. »Ich würde mich jedenfalls sehr für Eure Tränke interessieren, gute Frau. Vor allem für den, der so süße Träume bringt. Mit Alraune und Schierling, sagtet Ihr?«

Kreva musterte Brekk mit vorgerecktem Kopf. »Ah«, sagte sie schließlich. »Jemand, der mein Wissen und meine Fähigkeiten zu würdigen weiß, ja?«

»Unbedingt«, sagte Brekk mit einem Seitenblick zu Galla. »Es ist nicht jeder so engstirnig.«

»Tut, was Ihr nicht lassen könnt, Sokatteris.« Galla zupfte ihre Handschuhe zurecht. »Ohne die Dummen, die sich für klug halten, wäre die Welt ein langweiliger Ort.«

Nasta sah Krevas Hand zu einem ihrer Gläser zucken. *Ich kenne dieses Gesicht. Wage es bloß nicht, du alte Hexe. Das ist nicht mehr Orskarrs Hof, wo du jedem, der dir widerspricht, eine Ladung Egel in den Schoß werfen kannst.* Sie machte sich innerlich bereit, sich schützend vor Galla zu werfen, um den Frieden zumindest halbwegs zu wahren, doch diese Prüfung blieb ihr erspart.

Leviko klatschte zweimal laut in die Hände. »So, das reicht!« Er brüllte nicht, sondern hob nur leicht die Stimme, aber ob seines Brustumfangs waren seine Worte auch so durchdringend genug. »Der Prinz hat eine lange Reise hinter sich, und wir dürfen seine Geduld nicht über Gebühr strapazieren! Morgen ist auch noch ein Tag.« Wie ein Schäfer trieb er die vor dem Thron aufgereihten Höflinge vor sich her den Teppich hinunter in Richtung der Flügeltüren. Einige murrten zwar, doch niemand versuchte aus dem Strom auszubrechen.

Die Blicke der gesamten taurarischen Delegation hefteten sich an Jarolds Lippen.

Der zuckte mit den Schultern. »Nun, ich würde vorschlagen, Ihr lasst Euch von meinem Seneschall Eure Gemächer zeigen.«

Die Fremden machten Gesichter und Geräusche wie die Zuschauer eines überraschend schnell zu Ende gegangenen Hundekampfs, fügten sich aber Jarolds Willen. Alle bis auf einen, denn Rutgar blieb wie angewurzelt sitzen, ein grauer Schatten seines Bruders.

Obwohl Nasta nichts dagegen gehabt hätte, ihre nächsten Worte nur unter vier Augen mit dem Prinzen auszusprechen, beschloss sie, Rutgar so zu behandeln, wie Jarold es die meiste Zeit über tat, und nicht weiter auf den Mann zu achten. »Es tut mir leid, dass es zu diesem unschönen Zwist gekommen ist. Ich werde Kreva deutlich zu verstehen geben, wie sehr sie hier über die Stränge geschlagen hat.«

Jarold schmunzelte wie über einen guten Witz. »Rügt sie mir bloß nicht zu scharf. Galla und ihr vorlautes Mundwerk waren auch nicht ganz unschuldig. Auch wenn sie mich wahrscheinlich nur vor einem Aderlass oder dergleichen beschützen wollte.« Er rieb sich vergnügt die Hände und sah zu seinem Bruder. »Glaubst du, sie mag mich?«

»Es schert mich einen feuchten Kehricht, ob sie dich mag oder nicht.« Rutgar deutete zu einer Seite des Saals. »Mich schert allerdings, wer diese Frau dort drüben ist.«

Nasta zischte einen üblen Fluch. *Ist das die Möglichkeit? Was bildet diese freche Orkin sich eigentlich ein?* Nur in einen Mantel aus blau schillernden Federn gehüllt stand Kaimu Kala vor einem der ausgestopften weißen Hirsche, die Fingerspitzen mit den langen schwarzen Nägeln sanft auf die Schnauze der Trophäe gelegt.

»Was machst du da?«, rief Nasta.

»Ich wollte den neuen Prinzen sehen«, kam die Antwort in jenem sonderbar entrückten Tonfall, den Nasta so zu hassen gelernt hatte. »Ich wollte sehen, wen das Meer uns gebracht hat.«

»Sie sieht aus wie diese merkwürdigen Menschen vorhin am Brunnen«, sagte Jarold. »Ist sie eine von ihnen?«

Nasta war es ein Rätsel, wie man diese Frage in Anbetracht von Kaimu Kalas Hauern überhaupt stellen konnte. Vermutlich lag es an ihrem eher schmächtigen Körperbau. »Sie ist eine Orkin, Hoheit.«

»Eine Orkin?« Jarold lachte auf. »Das kann nicht sein. Orks sind menschenfressende Riesen, die ...«

»Sie ist eine Orkin«, sagte Rutgar. »So sehen Orks aus, wenn sie nicht in alten Sagen und Legenden umgehen. Finde dich damit ab. Und übrigens: Wenn von Schweineleuten die Rede ist, sind sie auch gemeint. Sie leben hier wohl eigentlich in den Wäldern. Die, die in Gegenden abwandern, die hier als zivilisiert durchgehen, zählen dann zu deinen Untertanen. Das wurde mir zumindest so erzählt.«

»Ist das wahr?«

Nasta nickte. »Ja.«

»Erstaunlich.« Jarold betrachtete die Orkin, die wieder dazu übergangen war, stumm den toten Hirsch zu streicheln. »Und dieses Exemplar? Was ist ihre Aufgabe bei Hofe?«

Nasta war versucht, mit einem geknurrten »Unruhe stiften« zu antworten, entschied sich allerdings dagegen und für die Erklärung, die Orskarr für die Anwesenheit der Orkin im Palast durchgesetzt hatte: »Sie ist die königliche Wahrsagerin.«

»Sie kann in die Zukunft sehen?«, fragte Jarold.

»Ich weiß es nicht«, antwortete Nasta. »Sie behauptet es zumindest.«

»Ich spreche mit den Geistern.« Kaimu Kala blickte aus dunklen Augen zu ihnen herüber. »Ich lege nur die Worte aus, die sie mir anvertrauen. Aber die Geister lügen nie.«

»Galla hatte recht«, stellte Jarold fest. »Westborn ist ein abergläubisches Land.«

»Die Frau mit dem Schleier riecht nach Gift«, sagte die Orkin. »Sie ist gefährlich. Sie liebt den Tod mehr als das Leben. Sie weiß es nur noch nicht.«

»Oh, eine Weissagung!« Jarold lachte.

»Hör damit auf, den Prinzen zu belästigen«, blaffte Nasta, der endgültig die Geduld auszugehen drohte. »Hast du in deinem Turm keine Schlange auszuweiden oder ein Eichhorn abzuziehen?« Mit einem Seufzer wandte sie sich an Jarold. »Ihr solltet nichts auf ihr Geschwätz geben, Hoheit.«

»Da wage ich, meine berechtigten Zweifel anzumelden«, sagte da jemand.

Nasta wirbelte herum und zückte eines ihrer Wurfmesser.

»Ich wollte niemanden erschrecken.« Hinter dem Thron stand Fulmar, der Musikant mit dem roten Bart. »Bitte steckt doch Eure Waffen weg.«

Aus den Augenwinkeln nahm Nasta wahr, dass auch in Rutgars Hand eine schmale Klinge blitzte. »Warum habt Ihr Euch hier versteckt?«

»Versteckt?« Fulmar schüttelte den Kopf. »Da liegt ein Missverständnis vor. Schaut.« Er ging in die Hocke und verschwand, vollständig von der breiten Lehne des Throns verborgen. »Ich war nur in diese Schnitzereien vertieft. Sehr faszinierend. Wenn man genau hinsieht, kann man noch erkennen, dass diese Drachen einmal Schwäne gewesen sein müssen. Gute Arbeit, vor allem an den Köpfen. Hier war ein wahrer Meister seines Fachs am Werk, und …«

»Ich glaube, es ist besser, wenn Ihr jetzt geht.« Nasta schob ihr Messer zurück in die Scheide am Gürtel. Ihr Herz pochte zwar immer noch wild, aber dieser seltsame Kerl stellte wohl keine Bedrohung für Leib und Leben des Prinzen dar. »Lasst Euch von einer der Wachen an der Tür den Weg zu Eurer Unterkunft zeigen.«

»Ich kann ihn dorthin bringen«, sagte Kaimu Kala. Die Orkin ließ endlich den toten Hirsch in Ruhe und trat in die Mitte des Saals. »Er kann mir viel erzählen.«

Fulmar tauchte wieder hinter dem Thron auf, ein breites Grinsen im Gesicht. »O ja, das kann ich.«

»Schön.« Nasta packte die Gelegenheit, die beiden Störenfriede auf einmal loszuwerden, beim Schopf. »Dann will ich Euch nicht länger aufhalten.«

Fulmar schlenderte gemächlich auf die Orkin zu und begrüßte sie mit Verbeugung samt Handkuss. Der Ausdruck von Überraschung auf Kaimu Kalas breitem Gesicht war unbezahlbar.

Nasta sah den beiden nach, wie sie aus dem Saal schritten. Fulmar hatte sich bei der Orkin untergehakt und tuschelte ihr etwas ins Ohr, das ihr ein heiseres Lachen entlockte. Erst nachdem sich die Türen mit einem dumpfen Schlag hinter ihnen geschlossen hatten, wandte Nasta ihre Aufmerksamkeit wieder dem Prinzen zu.

»Sie war also Orskarrs Wahrsagerin?«, fragte Jarold, die Ellenbogen auf die Knie gestützt und die Stirn gerunzelt.

»Ja, das war sie wohl.« *Und noch einiges mehr, aber das gehört nicht hierher.* »Ich kann sie aus dem Palast entfernen, wenn Ihr dies wünscht, Hoheit.«

»Nein, nein. Sie soll ruhig bleiben. Sie ist so … exotisch.« Er schenkte ihr einen langen, forschenden Blick, bei dem sie das Gefühl überkam, Schicht um Schicht ihrer Rüstung würde von ihr abblättern. »Würdet Ihr mir einige Fragen beantworten?«

»Natürlich.«

»Ich bin nämlich etwas verwundert«, sagte Jarold. »Als Ihr mit dem Seneschall in meine Heimat gekommen seid, dachte ich, es müsste in Westborn noch weitaus mehr Menschen wie Euch geben.«

»Menschen wie mich?«

»Halblinge. Außer Euch habe ich hier noch keinen anderen gesehen.«

»Oh, es gibt schon noch mehr von uns.« Nasta war froh, dem Prinzen über etwas Auskunft geben zu dürfen, worüber sie bestens Bescheid wusste. Sonst war sie nicht unbedingt auf den Mund gefallen – darüber hätten ihre Mutter und so manch anderer Ritter ein Lied singen können –, aber irgendetwas an Jarold machte ihre Zunge schwer und ungeschickt. »Die meisten meiner Leute leben im Norden. Entlang des Winterwalls. Sie haben sich dort fest niedergelassen, obwohl die Wälder dahinter seit dem Bau des Walls so weit geschrumpft sind, dass man inzwischen lange reiten muss, wenn man ein Orkdorf finden will.«

»Warum sollte man nach einem Orkdorf suchen?«

»Nun, das war nach unserer Ankunft in Westborn unsere Aufgabe – die Bauern zu beschützen, wenn die Orks auf Kriegszug gingen.«

»Nach Eurer Ankunft? Ihr seid keine Eingeborenen?«

»Nein.« Wie immer, wenn sie über die Geschichte ihres Volkes nachdachte, wurde Nasta erfüllt von einem gewissen Stolz auf den Mut und die Unerschrockenheit ihrer Vorfahren. »Als der Große Karablosch vor langer Zeit mit einer kleinen Schar Getreuer von den Immergrünen Almen aufbrach, um der wahren Bestimmung entgegenzugehen, die ihm das Untrennbare Paar enthüllt hatte, gelangten sie bald an die Gestade Tristborns. Sie hörten von den Menschen dieses Reiches Geschichten, dass sich erst wenige Generationen zuvor Siedler nach Westen aufgemacht hatten, um ein wildes, kaltes Land jenseits der See in Besitz zu nehmen. Sosaschra, bis dahin Karabloschs loyalste Gefährtin, sah darin ein Zeichen: Dieses wilde, kalte Land, von dem die Menschen sprachen, musste auch ihr Ziel sein. Die neue Heimat, die ihnen das Götterpaar versprochen hatte. Karablosch hingegen beharrte darauf, dass das Land, das den Halblingen verheißen war, warm und freundlich sein würde. So gerieten sie in einen erbitterten Streit, der darin endete, dass die Schar sich spaltete: Karablosch zog weiter die Küste hinunter gen Süden, und Sosaschra setzte mit ihren Anhängern nach Westborn über.«

»Karablosch? Sosaschra?« Jarold lächelte schief. »Ihr redet, als hättet Ihr einen zu großen Happen heißes Fleisch im Mund.«

»Verzeiht, Hoheit.« Sie schlug die Augen nieder. »Unsere Sprache ist nicht auf die Ohren von Menschen ausgelegt.«

»Lasst Euch von diesem ungehobelten Klotz nicht ablenken«, sagte Rutgar nüchtern. »Geschichtsstunden waren ihm schon immer ein Gräuel, aber ich finde, er sollte sich das anhören – ob es ihm nun gefällt oder nicht. Fahrt ruhig fort. Wie wurden Eure Ahnen in Westborn aufgenommen?«

Nasta war bestürzt. *Wie kann man nur so dreist sein? Das ist doch keine Art, mit einem zukünftigen König umzugehen!* Erst als Jarold auffordernd nickte, setzte sie ihre Erzählung fort. »Zunächst wussten die Menschen nicht, was sie mit meinesgleichen anfangen sollten. In der ersten Siedlung, auf die meine Ahnen trafen, begegnete man ihnen mit Neugier, aber auch Erheiterung. Man fragte sich, wie sie auf den Feldern arbeiten oder Holz hacken sollten. Doch dann überfielen Orks das Dorf, und es waren unsere Messer, unsere Schleudern und unsere Schwerter, die den Angreifern den Garaus machten. Die Kunde von diesem Sieg wurde bis nach Sunnastad getragen, und der König selbst – Nautos der Weise, einer der ältesten Vertreter Eurer eigenen Blutlinie – rief Sosaschra und ihre Krieger zu sich. Er erhob sie in den Ritterstand, und ihm leisteten sie den ersten Schwur, fortan für das Wohl Westborns und seines Herrschers zu streiten. Und so ist es bis heute geblieben.«

Jarold schwieg einen langen Moment, ehe er mit einem lauernden Unterton fragte: »Wo wir gerade von Königen sprechen: Was für ein Mensch war mein Vorgänger?«

Nasta zögerte mit einer Antwort. *Ihr lockt mich auf dünnes Eis, mein Prinz. Orskarr ist immerhin der Nachfahre der Verschwörer gewesen, die Eure Familie dereinst um ihren Thron gebracht haben. Aber ich kann nicht schlecht über einen Toten reden – noch dazu über einen, von dem die älteren Ritter erzählen, sie hätten sich in seiner Jugend große Hoffnungen auf eine lange und weise Regentschaft gemacht. Das verbietet mir die Ehre.* »König Orskarr war ein Herrscher, der sich stets darum bemühte, Entscheidungen zu treffen, die für ihn und das Reich den besten Ausgang nach sich zogen. Er machte großzügige Spenden an das Haus der Sprudelnden Überfülle. Er hatte stets ein offenes Ohr für die Belange seiner Untertanen, die jenseits des Winterwalls leben. Und er strebte eine Aussöhnung aller Völker Westborns an.«

»Dann war er ein unangefochtener Herrscher? Von allen geliebt?«

»Kein Herrscher wird von allen geliebt. Geachtet vielleicht, aber geliebt?« Nasta schüttelte den Kopf. »Das ist ein Ding der Unmöglichkeit.«

»Ihr müsst verstehen, dass man dort, wo ich aufwuchs, keine Könige kennt.« Jarold sah sie durchdringend an, und kurz lief Nasta Gefahr, sich im unergründlichen Grün seiner Augen zu verlieren. »Auf Taurar misst man einen Menschen nicht nur nach seinem Blut, sondern auch danach, wie er mit der Macht umgeht, die ihm seine Abstammung verleiht. Ich will nur wissen, wie die Menschen Westborns über Orskarrs Herrschaft urteilen.«

Nasta gab ihren inneren Widerstand auf. *Es hat keinen Sinn, ihm die Wahrheit zu verschweigen. Früher oder später wird er*

sie ohnehin erfahren. Es ist besser, sie kommt aus meinem Mund.
»Orskarr war nie ein glücklicher Mensch. Die Nähe zu anderen war ihm unangenehm, und es war ihm auch nie vergönnt, eine Frau zu finden, die ihm einen Erben schenkte. Deshalb nannten ihn viele den Traurigen. Er glaubte fest an die Möglichkeit, die Orks zu befrieden und zu ganz gewöhnlichen Untertanen zu machen, die sich unserem Recht und Gesetz beugen. Dafür hieß man ihn den Verblendeten. Je länger seine Herrschaft währte, desto quälendere Träume plagten ihn, die aus seinem Unvermögen erwuchsen, die hehren Ziele in die Tat umzusetzen. Seine Träume verleiteten ihn mal zu großer Grausamkeit, mal zur Verfolgung von Plänen, deren Sinn sich niemandem außer ihm erschloss. Daher bezeichnete man ihn als den Wahnsinnigen.«

Jarold schluckte schwer. »Wie ist er gestorben?«

Nasta glaubte, das Knacken und Knistern von brechendem Eis zu hören. »Ein Unfall. Er ist gestürzt. Aus dem Fenster seines Turmgemachs. Mitten in der Nacht. Man entdeckte seinen Leichnam erst am darauffolgenden Morgen.«

»Zerschmettert auf einem Hof oder einem Vordach?«

Nasta sah erst auf ihre nackten Zehenspitzen, dann zu dem verwaisten Thron. »Nein. Aufgespießt auf einem der Stäbe, die er an den Außenmauern des Palasts hatte anbringen lassen.«

Ein zähes Schweigen breitete sich aus, und Nasta fröstelte.

»Ihr sprecht von einem Sturz«, brach Rutgar die Stille. »Seid Ihr Euch sicher, dass er nicht gesprungen ist? Oder dass ihn jemand gestoßen hat?«

»Zur Stunde seines Todes war der König allein.« Nicht zum ersten Mal seit Orskarrs Ableben hätte Nasta schwören können, dass die kalten, toten Augen der Jagdtrophäen im Thronsaal sie anklagend musterten. »Kein Zeuge, der etwas anderes behauptet, hat sich je zu Wort gemeldet.«

»Und nun wartet der Thron auf einen neuen König.« Jarold stand auf, schritt die Stufen zum Thron hinauf und legte eine Hand auf die Lehne. »Auf einen besseren Herrscher.«

»Ihr erkennt unsere große Not, Hoheit.« Nasta war es nicht gewohnt zu betteln, und sie rang um jedes Wort. »Westborn braucht Euch. Wann können wir mit den Vorbereitungen für Eure Krönungszeremonie beginnen?«

Jarolds Erwiderung stürzte sie in tiefe Zweifel, ob sie diese weite Reise über das Meer jemals hätte auf sich nehmen sollen. »Dürfte ich mir in dieser wichtigen Angelegenheit noch etwas Bedenkzeit erbitten?«

5

*Manche Geweihte befassen sich Jahrzehnte
mit der Frage, ob die Götter ohne Menschen je Glück
und Zufriedenheit erfahren könnten.
Dabei ist die Frage, ob die Menschen ohne Götter
nicht gewiss glücklicher und zufriedener wären,
die wesentlich erkenntnisreichere.*

Aus den *Irrungen eines Ketzers*

Rutgar stellte seinen Humpen ab und fuhr mit der Handfläche über die Tischplatte. *Rau und uneben wie ein Stück Treibgut.* Ein Tischler von der Silbernen Insel hätte sich eher die Taschen mit Steinen beschwert und wäre ins Wasser gegangen, anstatt ein solch grässlich misslungenes Möbel abzuliefern. In Westborn war dieses dunkle Monstrum aber offenbar eines Königs würdig. Es war das einzige Erbe seines Vorgängers, das Jarold nicht aus dem Turmgemach hatte schaffen lassen, in das er vor drei Tagen eingezogen war. Alles andere hatte das Gesinde auf Geheiß des Prinzen entfernt. Ein Bett mit zu Drachenklauen geschnitzten Pfosten; muffige Gobelins, deren vermeintlich erotische Szenen bestenfalls das Blut eines unerfahrenen Klosterzöglings in Wallung gebracht hätten; ein halbes Dutzend Kisten und Truhen, die neben Kleidung allerlei Belege für Orskarrs wachsenden Wahnsinn enthielten: in Wachspapier verschnürte Motten, in Blut und Exkrementen auf Hundeschädel geschriebene Schutzformeln gegen böse Geister, vertrocknete Reste von Haut und Fleisch, für die hoffentlich kein vernunftbegabtes Geschöpf sein Leben hatte lassen müssen. *Das*

Ausräumen dieser Kammer war die klügste Entscheidung, die du seit Langem getroffen hast, Bruder. Aber die Frist, die du Nasta gegenüber gesetzt hast, war weniger klug. Sieben Tage. Das könnte man fast töricht nennen. Nicht, weil Astrud sich beschwert hat, acht Tage wären göttergefälliger gewesen und hätten Nundirovil das Herz erfreut. Sieben Tage reichen schon, um zu einem vernünftigen Urteil zu gelangen. Aber es wird nur dann vernünftig, wenn man sich auf seine inneren Überzeugungen verlässt und nicht auf all das, was von außen an einen herangetragen wird.

Genau das widerfuhr Jarold gerade. Wie Steinmetze, die mit ihren Meißeln einem unwandelbar scheinenden Fels nach und nach ihren eigenen Willen aufzwangen, trugen Jarolds Reisegefährten immer wieder ihre Argumente vor, um seine Ansichten langsam den ihren anzugleichen.

»Unsere kleine Ritterin hat nicht gelogen«, sagte Fulmar. Der Barde beugte sich ein Stück über den Tisch, um nach einem runzligen Apfel aus einer groben Tonschale zu greifen. »Dieses Land braucht Euch. Alles hier ruft nach einem Herrscher wie Euch. Kaimu Kala hat mir höchst beunruhigende Dinge anvertraut.« Er biss in den Apfel, kaute, verzog das Gesicht und pflückte mit spitzen Fingern einen grünen Wurm aus dem Gehäuse. »In ihrem Volk herrscht eine große Unruhe. Die Norger, die in die Städte der Menschen ziehen, sind nur ein Anzeichen davon. Offenbar befürchten sie, dass irgendein Ereignis bevorsteht, das ganz Westborn – wenn nicht gar die Welt – in ihren Grundfesten erschüttern könnte. Es ist nicht immer leicht, die Worte der Schamanin zu deuten, doch ich glaube, sie sieht in Euch denjenigen, der dieses Unheil abwenden kann.«

»Eure Einlassung ist sehr aufschlussreich.« Rutgar wählte in voller Absicht einen spöttischen Ton. Er hatte es sich zur Aufgabe gemacht, seinen Bruder so gut es ging vor dem unablässigen Geschnatter zu schützen – eine hehre, aber undankbare Mission, deren bislang einziger Lohn ein hartnäckiger, stechender Schmerz in den Schläfen war. »Ihr verbringt viel Zeit mit dieser Orkin, und Musikanten sind nie sehr wählerisch, wenn es darum geht, auf welchen Flöten sie so blasen oder an welchen weichen Saiten sie zupfen. Seid Ihr Euch sicher, dass Euer Ansinnen, meinen Bruder mit albernen Ammenmärchen zum Bleiben zu bewegen, nicht weniger Eurem Herzen und mehr Euren Lenden entspringt?«

Fulmar nahm die kleine Spitze mit einem Lächeln. »Es rührt mich tief, dass Ihr Euch so viele Gedanken um mein Herz und meine Lenden macht.« Er legte den angebissenen Apfel zurück in die Schale, setzte sich den Wurm auf den Handrücken und beobachtete die winzige Kreatur bei ihrem mühsamen Weg über seine Haut. »Und ich müsste tatsächlich lügen, würde ich behaupten, Kaimu Kala wäre keine anziehende Frau. Nichtsdestominder habe ich auf meinen langen Reisen gelernt, dass man den Einheimischen Gehör schenken sollte, wenn man begreifen will, was in einem Land vor sich geht – und zwar am besten jenen, die am weitesten von der Macht entfernt sind.«

»Richtig.« Der Barde erhielt Unterstützung von unerwarteter Seite: Brekk Sokatteris ließ das Dufttüchlein sinken, das er sich bis dahin schweigend vor die Nase gehalten hatte. »Wir täten gut daran, uns näher mit den Orks zu befassen. Wann erhält man denn schließlich einmal eine Gelegenheit, die Sitten und Gebräuche eines Volkes zu erforschen, das man ansonsten nur aus Legenden kennt?«

»Ich wusste gar nicht, dass Ihr unter die Völkerkundler gegangen seid.« Rutgar unterstrich seinen Hohn, indem er sich von Brekks Kammerdiener Wein nachschenken ließ. Was Heptisax ihm da aus einer Messingkanne in den Humpen goss, war zwar eine Beleidigung für den Gaumen, aber Rutgar hoffte, dass das saure Gesöff ihm wenigstens gegen seine Kopfschmerzen helfen würde. »Gewiss sind die Orks interessante Geschöpfe. Groß gewachsen, kräftig. Wenn man ihnen die Hauer stutzt und den Kuss der Knute angedeihen lässt, könnte ein gewiefter Geschäftsmann auf dem Markt der Tränen ein Vermögen mit ihnen verdienen, nicht wahr?«

»Behaltet Eure Unterstellungen für Euch, Karridakis.« Brekk tupfte sich den Schweiß von der Stirn. »Euch mag vielleicht nichts am Ruf Eures Hauses liegen, mir hingegen schon. Glaubt Ihr etwa, es würde unseren Ruhm mehren, wenn wir jetzt einfach unverrichteter Dinge heimkehren?«

Rutgar leerte seinen Humpen und winkte Heptisax gleich noch einmal zu sich heran. Anders war das Gewäsch dieses elenden Bastards nicht zu ertragen. »Euer Ruhm schert mich keinen Eselsfurz. Meine Sorge gilt meiner eigenen Familie. Ich werde nicht zulassen, dass sich die Geschichte wiederholt und uns die Westborner am Ende in Schimpf und Schande davonjagen, nur weil Ihr meint, hier auf Sklavenjagd gehen zu müssen.«

»Lasst uns nicht streiten.« Astrud küsste erst ihren Daumen und strich danach mit der Kuppe über eines der heiligen Symbole auf ihrer Stirn. »In einem Punkt sind wir uns doch sicherlich einig: Das Volk hier ist verwirrt und irrt in seinem Streben ziellos umher. Es schreit nach der liebevollen Zuwendung des Immerzu Lächelnden. Wir dürfen diesen Menschen ihre Errettung nicht verweigern. Nundirovils Gebote verlangen, dass wir uns ihrer Sorgen annehmen und sie in seine sanfte Umarmung geleiten. Alles andere wäre Sünde.«

»Natürlich.« *Ich hatte fest damit gerechnet, dass du diese Karte spielen würdest, Priesterin. Du tust ja in den letzten Tagen nichts anderes, als wärst du überzeugt davon, irgendwann doch noch einen Stich zu machen. Ich weiß nicht, wie es meinem Bruder ergeht, aber mir geht dein Beharren auf die Regeln der Frömmigkeit inzwischen etwas auf den Geist. Und so wie er dreinblickt, geht es deinem armen Pagen nicht anders. Spannend.*

Er befand, dass der rechte Zeitpunkt gekommen war, Huneg ein Zeichen seiner Wertschätzung zu geben. »Wie beurteilt Ihr denn die Lage, Huneg?«

»Ich glaube, dass Untätigkeit die größte Sünde wäre.« Huneg sprach langsam, aber mit großer Überzeugung. »Im Handel wie in der Liebe lehrt uns Nundirovil, dass Zaudern und Zögern der Torheit den Weg ebnen. Je weiter wir eine Entscheidung über eine Rückkehr nach Taurar vor uns herschieben, desto größer ist der Schaden, den wir so oder so anrichten. Wenn wir zu lange warten, bevor wir bekannt geben, dass wir bleiben, gewinnen die Westborner womöglich den Eindruck, ihr neuer König besäße nicht genug Tatkraft. Kehren wir zu spät nach Hause zurück, werden die Spötter dort behaupten, wir wären trotz angestrengter Bemühungen nicht in der Lage gewesen, unsere Mission zu Ende zu bringen. Also wäre mein Rat: Es ist nicht so wichtig, wie unsere Entscheidung ausfällt. Wichtiger ist, dass sie bald getroffen wird.«

Rutgar lächelte dem jungen Geweihten zu. »Ihr sprecht mir aus der Seele.«

Hunegs runde Wangen nahmen die Farbe von Milch an, in die man eine bescheidene Menge Blut getröpfelt hatte. Das Gesicht der Ehrwürdigen Geliebten hingegen war urplötzlich von einem leuchtenden Rot, das dem ihres Haars in nichts nachstand.

»Das hier ist ein wildes Land«, sagte Galla, und die Alchimistin verhinderte damit wohl eine scharfe Rüge der zornigen Hohepriesterin. »Alle hier sind so schrecklich ungebildet. Seid ihr schon einmal in der hiesigen Bibliothek gewesen? Tausende von Schriftrollen über dieses oder jenes Ereignis, das den Hohlköpfen hier von Bedeutung erscheint. Über kleinste Scharmützel gegen die Orks, den Ausgang von Turnieren in der hintersten Provinz und die angeblichen Umtriebe von Geistern in alten Ruinen. Dem stehen nicht einmal hundert Bände gegenüber, deren Verfasser eine einigermaßen klare Vorstellung davon hatten, welches Wissen der Nachwelt tatsächlich dienlich sein könnte.« Sie spie ihre Worte mit solch kräftiger Verachtung aus, dass ihr Schleier sich aufbauschte wie ein Segel im Sturm. »Ich befürchte, wir können nicht davon ausgehen, an diesem Ort irgendeine vernünftige Unterstützung zu erhalten.«

Ein drittes Mal ließ sich Rutgar von Heptisax den Humpen mit Wein auffüllen. »Ihr klingt beinahe enttäuscht, meine Beste.«

Galla lachte ein bitteres Lachen. »In der Tat. Und ich bin gerne bereit, Euch die Gründe für meine Enttäuschung darzulegen. Als Eurer Familie der Schwanenring zurückgebracht wurde, dachte ich, es müsste hier große und gut erschlossene Skaldatvorkommen geben. Ich hoffte wenigstens auf das eine oder andere unerschlossene Vorkommen. Und was finde ich stattdessen vor? Tand. Ja, den Westbornern ist Skaldat nicht unbekannt, aber sie verwenden es offenbar nur in sehr unreiner Form für allerlei eingeschränkte Zwecke. Kleine Scheiben aus rotem Skaldat, die man vor dem Zubettgehen reibt, damit das in ihnen gefangene Feuer einem nachts die Füße wärmt. Dünne Stangen aus grünem Skaldat, die man in Beete steckt, damit die Rüben besser wachsen.« Sie seufzte. »Nichtsdestotrotz habe ich mich durchgerungen, einige Experimente anzustellen. Sie sollen mir verraten, ob man hier am Ende vielleicht nicht doch Skaldat findet, das rein und mächtig genug ist, dass der Abbau sich lohnen würde. Am liebsten natürlich schwarzes oder weißes.«

»Ihr treibt Eure Hoffnung an wie ein totes Pferd, das längst unter Euch zusammengebrochen ist«, murmelte Rutgar.

»Mag sein«, räumte die Alchimistin ein. »Doch wenn man bedenkt, was sich mit weißem oder schwarzem Skaldat alles bewerkstelligen ließe. Vergesst nicht: Man sagt, weißes Skaldat könne selbst den Tod besiegen, wenn man es entsprechend zu verarbeiten weiß. Und schwarzes Skaldat soll einem Feind am anderen Ende der Welt den Tod bringen können, sofern man nur die richtigen Flüche kennt, um seine Macht zu entfesseln. Man kann sich kein mächtigeres Werkzeug vorstellen, um einer Gesellschaft die gewünschte Ordnung zu verleihen. Daher würde ich vorschlagen, dass ich die vom Prinzen festgelegte Frist für weitere Proben und Versuche nutze. Falls ich dann immer noch mit leeren Händen dastehe, können wir unverzüglich die Heimreise antreten.«

Jarold, der nun schon seit einiger Zeit schweigend vor dem Fenster gestanden hatte, durch das sein Vorgänger in den Tod gestürzt war, wandte sich bedächtig um. »Ich danke Euch für Eure Anreize.« Das Funkeln in seinen Augen strafte seinen höflichen Ton Lügen. »Interesse an den Orks, Sorge um das Seelenheil der Westborner, die Aussicht auf reiche Skaldatfunde – all das sind hehre Anliegen. Aber Ihr vergesst bei Euren Überlegungen etwas sehr Wesentliches.« Mit einem Mal hatte seine Stimme eine kalte, schneidende Schärfe, wie sie Rutgar noch nie zuvor von ihm gehört hatte und die den Schmerz in seinen Schläfen weiter nährte. »Ich bin der Prinz von Westborn. Ob und wann ich zur Silbernen Insel zurückkehre, ist ganz allein meine Entscheidung. Jedem von Euch, der daran Anstoß nimmt, steht es frei, hinunter zum Hafen zu gehen und sich ein Schiff zu suchen, das ihn nach Hause bringt. Doch Ihr sollt wissen, dass ich dieses mangelnde Vertrauen nicht vergessen werde – ob nun als König von Westborn oder als Erbe des Hauses Karridakis.« Im Gegensatz zum Tag seiner Ankunft in der Fremde war Jarolds Kleidung schlicht – schwarze Schaftstiefel, Hemd und Hose in einem Grün, das auf seine Augen abgestimmt war, ein Zierdegen am Gürtel. Dennoch ging von ihm eine rohe, barsche Angriffslust aus, die Rutgar vor die Frage stellte, ob dieses raue Land, in das es ihn verschlagen hatte, bereits auf den Prinzen abzufärben begann. »Wer sich jetzt – im vielleicht wichtigsten Augenblick meines Lebens – von mir abwendet, der soll ...«

Es klopfte an der Tür.

Jarold ließ seine Drohung unvollendet. »Ja?«

Rutgar blickte zu dem sich öffnenden Spalt und musste den Blick senken, weil er sich immer noch nicht daran gewöhnt hatte, wie klein die Person war, die dort stand.

Nasta neigte das Haupt vor Jarold. »Ich hoffe, ich störe nicht, Hoheit.«

»Nein, nein, ganz und gar nicht.« Als hätte das Eintreten der Zwiebelritterin einen bösartigen Geist vertrieben, der in Jarold eingefahren war, breitete der Prinz in einer Geste des Willkommens die Arme aus. »Ich war nur gerade dabei, meinen

Freunden hier begreiflich zu machen, was bei meiner Entscheidung für sie auf dem Spiel steht. Was gibt es?«

»Heute ist ein Tag der Drängenden Bitten.«

»Das werdet Ihr mir näher erläutern müssen«, verlangte Jarold, und zwar ohne jegliches Anzeichen jener gereizten Ungeduld, die er in den letzten Tagen gegenüber seinem Gefolge gezeigt hatte.

»Es ist in Westborn Brauch, dass der König in jedem Mondlauf an drei Tagen ein offenes Ohr für die Ängste und Nöte seiner Untertanen hat und eine Reihe von Bittstellern empfängt.«

»Eine schöne Sitte. Aber ich bin noch nicht der König.«

»Die Leute wurden schon zu lange vertröstet. Und auch wenn Ihr noch nicht der König sein mögt – selbst falls Ihr es niemals werden solltet –, werden die Bittsteller sich trotzdem darüber freuen, sich heute nicht an den Seneschall wenden zu müssen.«

Letzteres überraschte Rutgar kaum. *Es ist sicher kein Vergnügen, sich Leviko zu stellen, wenn man den König um einen Gefallen anbetteln will. Wahrscheinlich ist das ungefähr so aussichtsreich wie der Versuch, einem Bären eine Honigwabe aus den Pranken zu stehlen.*

»Nun, warum nicht?« Jarold richtete seinen Zierdegen. »Ich könnte die Abwechslung vertragen. Hier oben ist es mir zu … stickig.« Er schritt auf die Tür zu, und die restlichen Taurarer machten Anstalten, sich zu erheben. »Spart Euch bitte die Mühe. Tauscht Euch doch lieber weiter so fruchtbar aus, wie Ihr es bislang getan habt.«

Rutgar, der wusste, dass die bissige Anmerkung unmöglich ihm gelten konnte, ließ die anderen mit betretenen Gesichtern zurück und folgte seinem Bruder und Nasta auf den Gang hinaus und die breite Wendeltreppe hinunter ins Erdgeschoss der Burg. Nasta geleitete sie durch einen von einer Säule verborgenen Hintereingang in den Thronsaal. Rutgar hatte erwartet, dass sich hier eine kleine Menschenmenge aus Bittstellern, Gardisten und Höflingen zusammendrängen würde, doch bis auf die Jagdtrophäen war der Saal leer.

»Nicht jeder wird vorgelassen, und das Ganze folgt einem strengen Protokoll.« Nasta war inzwischen recht gut darin geworden, die fragenden Blicke ihrer Gäste richtig zu deuten. »Die Namen aller Bittsteller, die seit dem letzten Tag der Drängenden Bitten um eine Anhörung ersuchen, werden in eine Urne gegeben. Aus dieser Urne lost der Seneschall oder ein von ihm ernannter Stellvertreter drei Namen aus.«

»Ich soll mir nur drei Bitten anhören?«, fragte Jarold.

»Die Zeit des Königs ist kostbar.« Nasta grinste. »Und manche Bitten werden sehr wortreich vorgetragen.«

»Ich verstehe. Ist das alles?«

»Im Grunde schon.«

»Im Grunde?«

»Es ist wichtig, dass Ihr Euch erst alle drei Bitten anhört, ehe Ihr Euch zu ihnen äußert.«

»Warum das?«

»Weil es Sitte ist, dass der König eine der drei Bitten gewährt.« Nasta hob die Hände. »Ich weiß, ich weiß. Noch seid Ihr nicht der König, aber Ihr seid von königlichem Blut. Daher fände ich es nur angebracht, dass wir die Bitte, auf die Eure Wahl fällt, auch tatsächlich gewähren. Das würde das einfache Volk erheblich beruhigen.«

Rutgar stöhnte innerlich auf. *Ich ahne, was du kleines Schlitzohr vorhast.*

Jarold schürzte die Lippen und beugte sich so dicht zu Nasta herunter, dass seine Lippen fast ihr Ohr berührten. »Eine Frage«, raunte er. »Könnte es sein, dass Ihr versucht, mir ein Dasein als König schmackhaft zu machen, indem Ihr mich ein wenig von der Macht dieses Amtes kosten lasst?«

Für eine Kriegerin, die sicher schon zahlreiche Feinde grausam in die Nachwelt geschickt hatte, beherrschte Nasta die Kunst des unschuldigen Augenaufschlags überraschend gut. »Ich befürchtete nur, Ihr könntet Euch in Eurem Gemach zu sehr langweilen.«

Die Flügeltüren des Thronsaals knarrten leise, und Leviko streckte seinen bärtigen Kopf in den Raum. »Sind wir so weit?«

»Gleich.« Nasta eilte zu einem der Polsterhocker und trug ihn mit einer Hand auf das Thronpodest. »Wenn Ihr bitte Platz nehmen würdet, Hoheit.«

»Natürlich.« Jarold setzte sich auf den Hocker und nahm eine Haltung ein, die er wohl für besonders königlich hielt: leicht nach vorn gebeugt, einen Ellenbogen auf dem Oberschenkel abgestützt und die Wange in die rechte Handfläche geschmiegt. Er setzte eine ernste Miene auf und fixierte die Flügeltüren. »Ich bin schon sehr gespannt.«

»Verzeiht, Hoheit.« Nasta senkte die Stimme zu einem Flüstern. »Ihr müsst Euch bitte mit dem Rücken zu den Türen setzen.«

»Andersherum? Mit dem Gesicht zum Thron?« Jarold blinzelte wenig herrschaftlich wie ein Schuljunge, der an einer schweren Rechenaufgabe verzweifelte. »Aber dann sehe ich ja gar nichts von den Bittstellern.«

»Genau das ist die Absicht dahinter. Das sorgt für eine noch weisere Entscheidung. Sie fußt allein auf den Bitten selbst. Wenn die Bittsteller für den König gewissermaßen unsichtbar bleiben, wird er auch nicht durch ihre äußere Erscheinung beeinflusst.«

Rutgar hustete, um ein Lachen zu unterdrücken. Wenn diese Ritterin gaehnt hätte, wie furchtbar oberflächlich sein Bruder sein konnte, hätte sie sicherlich kräftig geschmunzelt. Er machte es sich auf einem Hocker bequem und verschränkte zufrieden die Arme vor der Brust. Seine Unterhaltung für die unmittelbare Zukunft schien gesichert. *Gut so. Ich brauche dringend etwas, das mich von meinem schmerzenden Schädel ablenkt.*

Nachdem Jarold die gewünschte Position endlich eingenommen hatte, gab Nasta Leviko ein Zeichen. Zwei sehr kleine Personen traten ein, und zum ersten Mal sah Rutgar andere Halblinge als die Zwiebelritterin. Sie waren beide deutlich älter als Nasta – mehr Falten, graueres Haar –, was ihnen angesichts ihrer ansonsten weichen, fast kindlichen Züge etwas Unheimliches verlieh. Noch dazu gingen sie Hand in Hand und in einem steten Gleichschritt, wie ihn nur jahrelange Übung und Gewohnheit hervorzubringen vermochte. Wie Nasta auch gingen diese Bittsteller barfuß, doch das war auch schon das Einzige an ihnen, was man fälschlicherweise für ein Anzeichen von Armut hätte halten können. Sie waren die mit Abstand am feinsten gekleideten Westborner, denen Rutgar bis jetzt begegnet war. Zugegeben, ihre Gewandung war aus schlichten Materialien gefertigt – Wollhosen, Leinenhemden und kurze Kapuzenumhänge aus Filz –, aber alles war in kräftigen Farben gehalten und reich mit kunstfertigen Stickereien von Blüten, Früchten und Lämmerköpfen verziert. Als hätten sie die Entfernung zwischen Türen und Thronpodest entweder genau abgezählt oder schon Hunderte Male zuvor zurückgelegt, hielten sie in einer eleganten, angedeuteten Verneigung unmittelbar vor der untersten Stufe an.

»Seid uns gegrüßt, Spross des Hauses Karridakis«, sagte die männliche Hälfte des Pärchens.

»Ihr, von dem wir hoffen, dass man Euch schon bald als Jarold den Großen preisen möge«, ergänzte die weibliche.

Jarold zuckte zusammen. »Zwei Bittsteller auf einmal? Oder ein Gaukler, der mit zwei Stimmen sprechen kann?«

»Sie gehören zusammen, Hoheit«, wisperte Nasta rasch.

Die beiden Bittsteller hatten gute Ohren, denn der kleine Mann fragte sofort: »Wie könnte es auch anders sein?«

»Es könnte niemals anders sein«, sagte seine Begleiterin in einem formelhaften Ton. »Ich bin Lini, die Nährende Gattin.«

»Und ich bin Lesch, der Wachsame Gatte.«

»Gemeinsam«, kam es wie aus einem Mund, »sind wir das Untrennbare Paar.«

Trotz seines immer schlimmer werdenden Brummschädels begriff Rutgar, wer da vor dem Thronpodest stand. *Ihr seid die Bewohner des einzigen Hauses in ganz Sunnastad, das keiner Instandsetzungsarbeiten bedarf. Hat Nasta nicht irgendwann* erwähnt, dieses Haus sei in Wahrheit eine Art Tempel? Dann wärt ihr also Geweihte dieses sonderbaren Zweigestirns, das die meisten Leute hier anbeten. Wie schön ... Jetzt begann auch sein Magen leicht zu rebellieren – Verhandlungen mit Priestern waren immer unangenehm. Oder wie sein Vater es stets so passend ausgedrückt hatte: »Eher bekommt man drei Aale zu einem Zopf geflochten, als dass aus dem Mund eines Götterdieners ein ehrliches Wort ohne Hintergedanken kommt – und sei es nur, dass er einem ein schlechtes Gewissen einreden will, weil man nicht fromm genug ist.«

»Wie lautet Eure Bitte?«, fragte Jarold. Da Rutgar das Gesicht seines Bruders nicht sehen konnte, hatte er keine Ahnung, ob Jarold wusste, wen Leviko da gerade in den Thronsaal gelassen hatte.

»Es ist eine simple Bitte«, sagte Lesch.

»Ein bescheidenes Ersuchen«, sagte Lini.

»Alles, worum wir Eure Hoheit bitten wollen ...«

»... ist, dass Ihr in Eurer unermesslichen Großzügigkeit ...«

»... uns und damit ...«

»... das Haus der Sprudelnden Überfülle ...«

»... in gleichem Maße unterstützt ...«

»... wie es Euer Vorgänger ...«

»... zeit seiner Regentschaft stets getan hat.«

»Dies ist unsere demütige Bitte«, schloss das Paar gemeinsam.

Es mochte an der verwirrenden Redeweise der beiden Halblinge liegen, doch in Rutgar erwuchs das ungute Gefühl, dass diese Bitte nicht einmal halb so harmlos war, wie Lesch und Lini es glauben machen wollten. *Ihr sprecht hell und freundlich, und ihr habt ein entrücktes Lächeln auf den Lippen. Aber ihr lächelt nicht für meinen Bruder. Ihr lächelt für den Rest unseres überschaubaren Publikums hier. Ich würde gerne wissen, ob das alles nur eine Maske ist. Ein Mummenschanz, hinter dem ihr etwas ganz anderes verbergt als Demut und Bescheidenheit, ihr kleinen Schausteller.*

»Das ist wahrlich eine Bitte, die mir einfach zu erfüllen scheint«, sagte Jarold gönnerhaft.

Rutgar schloss die Augen und seufzte leise. *Du Trottel!* Lesch und Lini hatten wie geübte Puppenspieler an einem Faden gezogen, der Jarold schon daheim in Taurar stets zuverlässig zum Tanzen gebracht hatte. Er hatte es schon immer gehasst, wenn man dem Haus Karridakis Knauserigkeit oder zu dürftig gefüllte Schatzkammern unterstellt hatte. Rutgar erinnerte sich an so manchen eilig anberaumten Ballabend mit seitenlanger Gästeliste, nur weil Jarold irgendwo aufgeschnappt hatte, es würde das Gerücht umgehen, die Geschäfte des Hauses liefen nicht zufriedenstellend. *Und jetzt hast du dich hier mit einem toten König zu messen, der diesem Untrennbaren Paar größere Zuwendungen hat angedeihen lassen. Nie im Leben kannst du der Versuchung widerstehen, diesen Priestern zu zeigen, dass dein Beutel mindestens genauso prall und dick ist wie der Orskarrs des Wahnsinnigen.*

»Aber«, fuhr Jarold fort, »die Höflichkeit gebietet, dass ich mir erst die anderen beiden Bitten anhöre, ehe ich mich entscheide, welcher meiner Untertanen heute Nacht etwas ruhiger schlafen soll.«

Lesch und Lini gefror das Lächeln auf den Lippen, und sie wichen beide einen kleinen Schritt zurück. Anscheinend war es eine völlig neue Erfahrung für sie, vom König – oder in diesem Fall eben dem möglicherweise angehenden König – vertröstet zu werden.

»Wir sind sicher ...«, sagte Lesch.

»... dass Ihr die richtige Wahl treffen werdet ...«, sagte Lini.

»... Eure Hoheit«, sagten sie zusammen, wobei es ihnen nicht ganz gelang, ihre Zerknirschung zu verbergen.

Sie waren allerdings noch nicht aus dem Rennen um Jarolds Gunst, denn die nächste Bittstellerin war eine nach faulem Fisch und vergorenem Wein stinkende, zahnlose Vettel in einem zerschlissenen, fleckenübersäten Kleid und klobigen Holzschuhen. Die Alte kreischte und zeterte, bis ihr die Stimme versagte.

Ihre Tirade war gegen die Orks gerichtet, mit solch erheiternden Höhepunkten wie »Die Schweineleute werden uns noch alle auffressen!«, »Sie stellen mir ohne Unterlass in niederster Absicht nach!« und »Sie vergiften unsere Brunnen mit dem Blut unserer geschlachteten Kinder!«. Ihre Bitte bestand letztlich darin, restlos jeden Ork in Sunnastad vierteilen zu lassen oder sie wenigstens geschoren und gebrandmarkt davonzujagen, nachdem man »die Böcke dieser garstigen Brut« samt und sonders entmannt hatte.

Rutgar verspürte nicht den geringsten Anflug von Besorgnis, dass Jarold dieser Bitte nachgeben würde. Jarold neigte von Natur aus zu Torheiten, aber er trug keinen völlig hohlen Kopf auf den Schultern. Auch wenn vielleicht sogar die Mehrheit der Menschen von Sunnastad in Sachen Orks genauso oder ähnlich dachte – und das war letztlich nur eine Vermutung –, sprach einiges dagegen, die Schweineleute zu vertreiben oder gar umzubringen. Jarold durfte seine Herrschaft nicht mit einem Akt der Grausamkeit beginnen – noch dazu mit einem solchen, der am Ende darin mündete, dass die in den Wäldern verbliebenen Orks ihrerseits auf die Idee kamen, Rache an den Menschen zu üben.

Jarold enttäuschte Rutgar nicht. Er vertröstete die Vettel mit einem »Ich verspreche Euch, dass die Straßen Sunnastads wieder sicherer werden, sobald ich auf dem Thron sitze« und ließ den letzten Bittsteller in den Saal rufen. Der kernige junge Bauer, der mit der Kappe in der Hand vor das Thronpodest trat, war von einer reizenden Unbeholfenheit bei seinem Vortrag. Erst vergaß er seinen Namen zu nennen – Arator –, woraufhin er sich vor lauter Wut auf sich selbst so hart auf die breit gewölbte Brust schlug, dass Rutgar die Rippen zu knacken hören glaubte. Danach berichtete er in grässlich ungeschliffenen Sätzen davon, dass ihm in den letzten Wochen nach und nach gleich drei seiner Milchkühe abhandengekommen waren. Ein schwerer Schlag, wo sein Weib doch gerade diesen Sommer seinem dritten Sohn das Leben geschenkt hatte und irgendein Feiertag zu

Ehren des Untrennbaren Paares anstand, bei dem ein weiteres Stück Vieh geopfert werden musste, falls Arator nicht Gefahr laufen wollte, dass die Götter seinem jüngsten Kind grollten.

Lesch und Lini beeilten sich, dem Bauern zu versichern, dass die Götter, als deren Stellvertreter in der Welt sie dienten, Nachsicht und Milde zeigen würden.

Ungeachtet dessen war Jarolds Interesse geweckt. »Wo sind diese Kühe verschwunden?«

»In einem Wald«, sagte Arator, der den Blick schüchtern gesenkt hielt, obwohl er zu Jarolds Rücken sprach. »Neben ihrer Weide.«

»Dann sind sie also weggelaufen?«

»Nein. Sie laufen nicht weg. Etwas muss sie geholt haben.«

»Und was?«

»Bestimmt irgendwelche dreckigen Orks«, krächzte die stinkende Vettel heiser und stampfte mit einem ihrer Holzschuhe auf. »Vor denen ist doch nichts sicher. Bestimmt schänden sie die armen Tiere noch, bevor sie sie bei lebendigem Leib auffressen!«

Arator schüttelte den Kopf. »Keine Orks. In diesem Wald leben schon lange keine mehr. Sie sind alle nach Sunnastad gegangen.«

»Und was holt die Kühe dann?«, fragte Jarold.

»Laubschrecken.«

Nastas Augen weiteten sich, und sie straffte die Schultern. »Wie kommt Ihr darauf, dass es Laubschrecken sind?«

»Weil ich ein Bein von Wakka im Wald wiedergefunden habe. Nur noch die Knochen. In vielen kleinen Stücken. Ich habe eines von ihnen angefasst. Es war ganz weich, und dann brannten mir die Finger. Da bin ich davongelaufen.« Arator schluckte. »Ich habe Angst. Davor, dass die Laubschrecken zurückgekommen sind, um die Stücke auch noch zu fressen. Und dass sie jetzt wissen, wie Menschen schmecken.«

»Verzeiht unsere Einmischung …«, sagte Lini.

»… aber Ihr habt im Grunde noch keine Bitte vorgetragen …«, sagte Lesch.

»... guter Mann. Und das müsst Ihr«, sagten sie gemeinsam.

»O ja.« Arator fasste seine Kappe mit beiden Händen. »Ich bitte darum, dass jemand kommt und die Laubschrecken tötet.«

Für einen kurzen Moment sah es so aus, als würde Jarold sich umdrehen, ehe er sich eines Besseren besann. »Was sind diese Laubschrecken, von denen ich da ständig höre?«

»Laubschrecken sind ...«, setzte Nasta an.

»Ich nehme an, sie sind gefährlich?«, fiel ihr Jarold ins Wort.

»Durchaus, Hoh...«

»Sehr gut.« Jarold klatschte in die Hände. »Sehr, sehr gut.«

Rutgar sprang auf und die Stufen des Thronpodests hinauf, doch es war bereits zu spät. Jarold hatte sich von seinem Hocker erhoben und den Zierdegen gezückt. »Fürchtet Euch nicht länger«, sagte er, als er sich zu dem Bauern umwandte. »Diese Bestien werden meinen Stahl kosten.«

Arator sank auf ein Knie. »Danke, Hoheit. Danke.«

Rutgar warf Nasta einen zornigen Blick zu. *Wenn du hinterlistiges Stück ihn nicht wegen dieses albernen Brauchs in den Thronsaal gelockt hättest, wäre es ihm nie in den Sinn gekommen, auf Bestienjagd zu gehen.* Und er war nicht der Einzige, der mit Jarolds Entscheidung unzufrieden war.

Lesch und Lini verbeugten sich Hand in Hand. »Wir werden dafür beten ...«, sagte Lesch.

»... dass Eure Jagd den besten Ausgang für uns alle nimmt ...«, sagte Lini.

»... Eure Hoheit«, sagten sie gemeinsam.

Rutgar hatte selten einen zweideutigeren Segen gehört.

6

Wer mir nicht glaubt, dass Westborn
ein Reich der Armut ist, an den möchte ich mich gerne
mit folgender Frage wenden: Wo sonst
sieht man Ritter auf Schweinen und Hunden reiten?

Aus *Die zwölf großen Reisen*
einer ehrenwerten Marketenderin

Wenn es einen Ort im Königspalast gab, der in Nastasira von Zwiebelbrach angenehme Erinnerungen an ihre Heimat weckte, dann waren es die Stallungen. Sie vermutete, dass es am Geruch lag – jener aufdringlichen Mischung aus Stroh, Exkrementen und Pferdeschweiß, die einen umfing wie eine warme Umarmung. Der Rest des Palasts roch für ihren Geschmack meistens viel zu sauber – oder nach feuchtem Moder. Zudem war in den Stallungen jemand untergebracht, den sie bei ihrer Reise nach Taurar schmerzlich vermisst hatte und um dessen Wohlergehen sie besorgt gewesen war. Sie war froh, wieder bei Bluthauer zu sein. Ihm schien es genauso zu gehen. Zumindest grunzte er jedes Mal freundlich, wenn er sie sah, und schubberte seinen Kopf an ihrer Hüfte. Nicht zu kräftig, sondern eher behutsam und stets darauf bedacht, sie nicht versehentlich mit den handlangen Hauern zu erwischen, denen er seinen Namen verdankte. Dann kraulte sie ihm die Borsten an der Stelle, wo sie sich zwischen den Ohren zu einem steifen Puschel aufrichteten, bis er genug von der Liebkosung hatte.

Während Klev Domonovik – der alte Stallmeister, der mit seinen weit auseinanderstehenden Augen und seinem langen schmalen Kinn große Ähnlichkeit zu den Tieren in seiner Obhut aufwies – ein passendes Ross für Jarold auswählte, sattelte Nasta Bluthauer für den anstehenden Jagdzug selbst. Die feigen Stallburschen trauten ihm nicht so recht über den Weg, weil er erbarmungslos zuschnappte, wenn man ihn zu ruppig anfasste. Jarold lehnte derweil an einem Pfosten und beobachtete sie interessiert. Als Nasta gerade den letzten der drei Gurte zuzurrte, die dem Sattel die nötige Stabilität verliehen, sagte der Prinz: »Ihr reitet also ein Schwein.«

»Einen Keiler, Eure Hoheit.«

»Ihr klingt, als wäre das eine Selbstverständlichkeit. Wie ist es dazu gekommen?«

Nasta nahm das Zaumzeug zur Hand, und Bluthauer hob bereitwillig den Kopf, damit sie es ihm überstreifen konnte. »Er kam zu mir, als er noch ein Frischling war.«

»Er kam zu Euch? Ihr meint, Ihr habt ihn gefangen, als er noch ein Jungtier war?«

»Nein. Er kam zu mir.«

»Das werdet Ihr mir erklären müssen.«

»Das gehört bei uns Halblingen zur Ausbildung als Ritter.« Nasta verspürte ein leises Heimweh, als sie an die Zeit zurückdachte, in der sie sich niemals hätte vorstellen können, Zwiebelbrach zu verlassen und nach Sunnastad zu gehen. »Sobald unser Entschluss feststeht, das Reich mit unserem Blut zu verteidigen, fasten wir drei Tage und drei Nächte. Danach machen wir uns auf in den Wald. Wir gehen immer weiter, tief hinein, bis das Unterholz so dicht wird, dass man sich durch ein Geflecht von Ranken und Zweigen zwängen muss. Wir kämpfen uns voran, bis wir an einen Ort gelangen, wo selbst am helllichten Tag alles in trüber Düsternis liegt. Dort warten wir und lauschen dem Herzschlag des Waldes. Wir werden eins mit seinen Wurzeln und Wipfeln, und wir singen das Lied, das Wind und Wasser in ihm flüstern. So lange, bis uns etwas antwortet. Mir hat Bluthauer geantwortet. Er kam auf mich zugetrottet, einen langen, blutenden Riss in seiner Flanke.« Versonnen rieb sie mit der

Hand an Bluthauers Fell entlang, tastete nach den letzten Spuren der Narbe – einem feinen Grat unter der Haut. »Als ich in seine Augen sah, wusste ich sofort, was ihm widerfahren war. Er hatte an einem verrotteten Baum schmackhafte Pilze gewittert und sich zu weit von seiner Mutter fortgewagt. Der Duft war einfach zu verlockend für ihn. Er fand die Pilze und machte sich genüsslich über sie her. Er ahnte nicht, dass er in tödlicher Gefahr schwebte. Vor lauter Freude über den köstlichen Geschmack der Pilze achtete er nicht mehr auf das, was um ihn herum geschah. Sonst hätte er vielleicht bemerkt, dass einem Räuber bei seinem Anblick schon der Magen knurrte. Ein Nebelluchs pirschte sich an ihn heran – von oben, in den Ästen. Und die Katze hätte ihre Beute beinahe bekommen, als sie zum Sprung ansetzte. Doch genau in dem Augenblick, in dem der Luchs sich auf Bluthauer stürzte, hörte er etwas, das ihn den Kopf heben und ein Stück zur Seite weichen ließ. So sprang der Luchs ins Leere, und alles, was er zustande brachte, war, Bluthauer einen wütenden Prankenhieb zu versetzen. Bluthauer rannte auf den Laut zu, den er gehört hatte. So kam er zu mir. Er hatte mein Lied gehört.«

»Und der Luchs?«

Nasta lächelte. »Der Luchs muss begriffen haben, dass es nicht gut für ihn ausgeht, wenn er sich mit mir anlegt. Ich war zwar noch keine echte Ritterin, aber mit einem Luchs wäre ich spielend fertig geworden. Und ich wusste, dass der Wald uns beistehen würde.«

Jarold schwieg einen Moment. Dann hoben sich seine Augenbrauen. »Das ist eine ungewöhnliche Geschichte. Fasten, ein Gang in den Wald, eine tiefe Versenkung, Zwiesprache mit einem Tier … Solche Rituale hätte ich eher von einer Hellseherin wie Kaimu Kala erwartet.«

»Wollt Ihr mich verhöhnen?« Nasta fuhr zusammen, und Bluthauer schnaubte protestierend. »Vergleicht Ihr mich etwa mit dieser Orkin?«

»Ich bitte um Verzeihung.« Ohne jede Scheu vor der massigen Präsenz des Keilers überbrückte Jarold die kurze Distanz zu ihr mit zwei schnellen Schritten, griff nach ihrer Hand und führte sie zu seinen Lippen. Nasta spürte seinen Atem heiß über ihre Finger streifen. »Ich wollte dich nicht beleidigen.«

»Ihr … du …« Jarolds Wechsel zur vertrauten Anrede brachte Nasta durcheinander. *Hat er gerade meine Hand geküsst? Und warum hält er sie immer noch fest? Was soll das? Soll ich die Hand zurückziehen? Ziemt sich das?*

»Du wirkst verunsichert«, stellte Jarold fest.

Um ihre Hand aus seiner lösen zu können, tat Nasta so, als müsste sie noch einmal den Sitz des Sattels auf Bluthauers Rücken prüfen. »Ich frage mich nur, ob Ihr tatsächlich auf diesen Jagdzug gehen wollt.«

»Natürlich.« Jarold fasste mit beiden Händen nach dem Saum seines wattierten Waffenrocks und straffte das gute Stück, das ihm auf den hochgewachsenen Leib geschneidert war. »Sorgst du dich etwa um mich?«

»Was für eine Frage.« Es wäre ihr lieber gewesen, er würde sie wieder Ihrzen und Euchzen. *Aber wie soll ich ihm das nahebringen, ohne dabei schrecklich unhöflich zu erscheinen?* »Ihr seid der Prinz. Es ist nicht auszudenken, wenn Euch etwas zustoßen würde.«

»Ich verstehe.« Er grinste. »Dann solltest du besser gut auf mich aufpassen.«

Sie warf einen Blick auf den Degen mit der merkwürdig ausgebeulten, an einen Schwanenleib gemahnenden Glocke, den er nun statt seiner Zierwaffe am Gürtel trug. »Ich zweifle nicht an Eurem Kampfgeschick.«

»Woran dann?«

»Ob es richtig gewesen ist, die Bitte dieses Bauern zu erfüllen.« Sie schlang Bluthauers Zügel um den Sattelknauf. »Selbstverständlich ist es nötig, dass man diesen Gerüchten über Laubschrecken auf den Grund geht.«

»Aber?«

»Aber Ihr hättet einige Gardisten schicken können, um sich der Sache anzunehmen.« Nasta zögerte. Es fühlte sich seltsam an, Kritik an ihrem zukünftigen Herrscher zu üben – ein wenig so, als würde sie die Sonne dafür rügen, dass sie im Winter früher hinter dem Horizont versank als im Sommer. »So hättet Ihr die Möglichkeit gehabt, dem Bauern zu helfen, ohne damit das Untrennbare Paar vor den Kopf zu stoßen.«

Jarold zog ein Gesicht, das Nasta nun schon einige Male an ihm gesehen hatte – sie hatte sich noch nicht endgültig entschieden, ob es von erfrischender Unschuld oder haarsträubender Torheit zeugte. »Habe ich das denn?«

»Nun, ich glaube schon.« Sie versuchte, ihre Worte vorsichtig zu wählen. »Sie hatten sich daran gewöhnt, dass Euer Vorgänger ihnen jeden Wunsch erfüllte. Ihr habt ihnen den Eindruck vermittelt, ein einfacher Bauer wäre wichtiger als die Stellvertreter der göttlichen Zweifaltigkeit auf Erden. Ganz gleich, ob das in Eurer Absicht stand oder nicht – Ihr seid ihnen auf die Zehen getreten, und das wäre vermeidbar gewesen, wenn Ihr nicht so … forsch … entschieden hättet.«

»Vorhaltungen und Vorwürfe.« Jarold seufzte schwer. »Jetzt hörst du dich fast schon an wie Rutgar.«

Nasta beschlich ein ungutes Gefühl. *Ich habe einen wunden Punkt getroffen. Ich übe besser keine Kritik mehr an ihm. Zum Glück kann man über sein Gefolge etwas freimütiger reden.* »Es wundert mich, dass Euch Euer Bruder nicht begleitet. Sonst weicht er kaum einen Schritt von Eurer Seite, und jetzt lässt er Euch allein auf die Jagd gehen. Fühlt er sich nicht wohl?«

»Das kannst du laut sagen.« Jarold nickte ernst. »Er kotzt wie ein Reiher und kann keine zwei Schritte aus dem Bett machen, ohne dass ihm schwarz vor Augen wird.« Er zuckte mit den Achseln. »Es mag sein, dass er einfach die hiesige Küche nicht verträgt.«

Nasta fiel es schwer, sich Rutgar Karridakis als krankes, schwaches Häuflein Elend vorzustellen. Mit seiner verwegenen Narbe und seiner schweigsamen Art wirkte er viel zu sehr wie ein Mann, dem die Welt mit keiner gängigen Waffe beizukommen verstand. Dass ihn ein bisschen zu viel Fett und Salz in den Mahlzeiten von den Beinen holen konnte, klang abwegig.

Klev riss sie aus ihrem Sinnieren. Der Stallmeister führte das Pferd heran, das er Jarold für den Ausritt zugedacht hatte. Diggur – so stellte Klev das Tier vor – war ein in die Jahre gekommener, mausfalber Wallach, der jede ihm hingehaltene Hand interessiert, aber träge beschnupperte. Nastas Sorge, Jarold könne Anstoß daran nehmen, dass man ihm ein so gutmütiges Pferd bereitstellte, wie es eigentlich nur halb blinde Greise und ängstliche Kinder ritten, erwies sich als unbegründet. »Ich habe seit Jahren nicht mehr auf einem Pferd gesessen«, räumte er ohne jede Spur von Scham ein. »In meiner Heimat gibt es auch nicht sehr viele lohnenswerte Gelegenheiten dafür. Zu viele Häuser, zu wenig offenes Gelände. Ich habe nur Reiten gelernt, weil mein Vater darauf bestand. Für Paraden und Umzüge. Um die einfachen Leute zu beeindrucken. Ich hoffe bloß, wir müssen nicht in den gestreckten Galopp, um diesen Laubschrecken nachzusetzen.«

»Wir wären schlecht beraten, in vollem Lauf durch den Wald zu preschen«, beruhigte ihn Nasta. Sie war im Begriff, ihm endlich mehr über Laubschrecken zu erzählen, als draußen vor dem Stall Hufschlag erklang. Zart und tänzelnd, voll wilder Anmut. Nasta hätte die »Ahs« und »Ohs« der Stallburschen nicht gebraucht, um zu wissen, wer da auf den Hof geritten kam.

Bik nahm Nasta die Entscheidung ab, ob sie aus dem Stall heraustreten sollte, um ihn zu begrüßen. Sie hörte den Ritter draußen nach ihr fragen, und kaum hatte er eine Antwort erhalten, eilte er auch schon durch die offene Tür auf sie zu. Als er sie kräftig an seine Brust drückte, stieg ihr der würzige Duft in die Nase, den sie untrennbar mit Bik verband, seit Tausendender an seine Seite gefunden hatte.

»Lass dich anschauen!«, rief Bik dann und schob sie eine Armeslänge von sich. »Ich muss doch wissen, ob dir keine Schuppen gewachsen sind, wo du so lange auf dem Wasser unterwegs warst.«

Einen Moment lang verlor Nasta sich in seinem vertrautem Anblick – das breite Gesicht mit den wulstigen Brauen, das kurz geschorene blonde Haar, die Schneiden der beiden Wurfäxte, die er über Kreuz auf dem Rücken trug, die Panzerschienen an den Oberschenkeln, in die die Wappenfeldfrucht seiner Sippe eingeätzt war. Jetzt konnte es keinen Zweifel mehr geben: *Ich bin wirklich wieder zu Hause.* Sie war zurück aus einer Fremde, die ihre Geduld und ihren gesunden Verstand immer wieder auf die Probe gestellt hatte. »An mir ist nichts neu«, sagte sie lachend. »Weder Schuppen noch Kiemen.«

»Sieh an, sieh an.« Jarold saß inzwischen im Sattel, und es gelang ihm, Diggur zu einigen Schritten in Richtung der offen stehenden Stalltür zu bewegen. »Ich wusste gar nicht, dass Eurer Herz bereits vergeben ist, Nasta. Wollt Ihr mich denn Eurem Verlobten nicht vorstellen? Oder ist er gar Euer Gatte?«

Nasta entging nicht, dass er wieder zur distanzierteren Anrede gewechselt war. *Tut er das aus Höflichkeit, oder ist er gekränkt? Noch dazu grundlos?* Sie schüttelte Biks Hände von ihren Schultern und wandte sich dem Prinzen zu. »Ihr versteht da etwas falsch. Das ist nicht mein …« Sie biss sich auf die Zunge. Sie wusste eindeutig zu wenig über die taurarischen Gepflogenheiten, was die Feinheiten der romantischen, aber auch der körperlichen Liebe anging. Gab es in der Kultur, aus der der Prinz stammte, überhaupt eine Entsprechung für das Arrangement, das sie mit Bik getroffen hatte? *Ich hole lieber ein Stückchen zu weit aus, als mich versehentlich zu kurz zu fassen.* »Biks Sippe und meine Sippe sind einander seit Langem in tiefer Freundschaft verbunden. Unsere Eltern pflanzten gemeinsam einen Baum für uns und legten einen Garten für uns an, weil sie es gerne sähen, wenn wir ein Haus teilen würden. Aber dafür müsste einer von uns sein Dasein als Ritter aufgeben, und deshalb ist das Ganze auch nicht mehr als ein frommer Wunsch von ein paar alten Halblingen. Und um auf die körperliche Seite unserer Beziehung zu sprechen zu kommen …«

»Das ist einer von diesen Fremden, die du geholt hast, oder?« Bik kniff die Augen zusammen und schob das Kinn vor, als trübe das schlechte Licht im Stall seinen Blick. »Er ist aber ganz schön dunkel im Gesicht. Fast schon wie ein Ork. Sehen die dort alle so aus?«

»Das ist Jarold Karridakis«, zischte Nasta ihm ins Ohr. »Und bald Jarold der Erste, wenn alles gut geht.«

»Aha.« Bik nahm die Offenbarung sehr gefasst auf, aber er war noch nie jemand gewesen, der sich schnell einschüchtern ließ – sei es nun von marodierenden Orks, wilden Bestien oder einem zukünftigen König auf einem klapprigen Wallach. In aller Seelenruhe ging er auf ein Knie, ohne dabei das Haupt zu beugen. »Bikschavost von Möhrenberg. Stets zu Euren Diensten, Hoheit!«

»Dann ist Euer … Freund … also auch ein Ritter?«, fragte Jarold nach.

»Ja, das ist er«, bestätigte sie. *Auch wenn er ab und an das Benehmen eines Bauern mit offener Hose an den Tag legt.*

»Wo ist sein Schwein? Draußen?«

»Welches Schwein?«, raunte Bik Nasta aus dem Mundwinkel zu. »Hat er getrunken?«

»Bik reitet auf einem Hirsch«, klärte sie das Missverständnis auf, ehe die Lage eskalieren konnte.

Jarold bestand darauf, Tausendender sofort zu bestaunen, und ritt auf Diggur auf den Hof hinaus – in einem so gemächlichen Tempo, dass Bik und Nasta bequem neben dem Wallach hergehen konnten. Der Hirsch, dem ein mutiger Stallbursche einen Futtersack mit gerösteten Bucheckern vor die Schnauze gehängt hatte, war eine beeindruckende Kreatur. Sein ausladendes Geweih mochte es zwar nicht auf ganz so viele Enden bringen, wie sein Name behauptete, aber die, die es gab, waren mit spitzen Metalldornen besetzt. Alles an ihm war schneeweiß, bis auf seine Augen, die die Farbe von frisch verspritztem Blut hatten, und seine schwarzen Hufe, deren Kanten Bik messerscharf geschliffen hielt. Nachdem Bik wortkarg einige

Fragen Jarolds nach dem Alter, der Herkunft und dem Kampfgeschick Tausendenders beantwortet hatte, begann der Möhrenberger seinerseits Fragen zu stellen. Als er hörte, was Nasta und Jarold in die Stallungen geführt hatte, war er nicht mehr davon abzubringen, sie auf ihrem Ausritt zu begleiten. Nasta sah dem Prinzen an, dass er davon nicht sonderlich begeistert war, doch in diesem Fall musste sie seine Wünsche ignorieren. Zwei Ritter waren immer besser als einer, und als Sohn eines Handelsfürsten würde Jarold die Wahrheit hinter dieser einfachen Rechnung schon begreifen. Nasta war schlichtweg wohler dabei, nicht ganz allein die Verantwortung für seine Unversehrtheit zu tragen, sofern sie denn tatsächlich auf Laubschrecken stießen. Im Grunde – und das hatte sie Jarold bislang tunlichst verschwiegen – bestand ihr weiterer Plan für diesen Fall darin, unverzüglich nach Sunnastad zurückzukehren und den Prinzen im Palast abzuliefern, ehe sie sich mit einer größeren Anzahl fähiger Kämpfer daranmachte, der gefräßigen Plage Herr zu werden.

Jarold ahnte davon nichts, und zu Beginn ihres Ausritts wurde er daher auch nicht müde, Nasta und Bik über Laubschrecken auszuquetschen. Wie gefährlich waren diese Geschöpfe denn nun genau? Einzeln waren sie verhältnismäßig leicht zu bezwingen, aber zu mehreren konnten sie einen unvorsichtigen Gegner mit ihren langen Fangbeinen und kräftigen Kauwerkzeugen leicht in Stücke reißen. Wie hatte er sich diese grauenhaften Kreaturen vorzustellen? Am ehesten wie eine Mischung aus landlebendem Krebs und fleischfressender Heuschrecke – allerdings von der Größe eines durchschnittlichen Packponys. War ihr Biss giftig? Nein, sie spuckten bisweilen eine ätzende Flüssigkeit, die eigentlich dazu diente, ihre Nahrung aufzuweichen und verdaulicher zu machen.

Jarold gingen die Fragen erst aus, als sie Sunnastad längst hinter sich gelassen hatten und die Straße sich durch die Felder und Wiesen schlängelte, die sich von den Toren der Hauptstadt nach Norden hin erstreckten. Von den anderen Reisenden, die auf dem löchrigen Pflaster unterwegs waren, ernteten sie teils offen neugierige, teils verstohlene Blicke. Nasta hatte Verständnis dafür. Es kam schließlich nicht jeden Tag vor, dass man seinen Karren ganz an den Straßenrand lenken musste, um einem Wallach, einem Keiler und einem Hirsch samt Reitern Platz zu machen.

Nach einigen Stunden zweigte von der Straße ein matschiger Weg ab, der einem morschen Schild zufolge zum Gehöft des Bauern Arator führte. Da die Strecke von dort an mal leicht bergauf und dann wieder ein wenig bergab ging – mitten über mit saftigem Gras bewachsene sanfte Hügel –, fiel Jarold als ungeübtester Reiter immer wieder ein Stück hinter seine beiden Begleiter zurück. Er schimpfte dann wie ein Rohrspatz, aber gerechterweise mehr über sein eigenes Unvermögen als über Diggurs Verhalten, denn der alte Wallach zeigte sich tadellos gefügig.

Bei diesen Gelegenheiten versuchte Bik mehrfach, ein Gespräch mit Nasta zu beginnen, doch sie unterband seine Bemühungen mit warnenden Blicken und barschen Gesten. Erst als Jarold nach einer Rast verlangte, um hinter einem Strauch sein Wasser abzuschlagen, ließ sie ihren Freund gewähren.

Er lenkte Tausendender so dicht an sie und Bluthauer heran, dass sie ihn selbst mit gesenkter Stimme gut verstehen konnte. »Weiß er es?«

»Was?«

»Komm schon, Nasta. Stell dich nicht dumm. Du weißt, was ich meine.« Er drehte kurz den Kopf, als würde er nach dem Plätschern lauschen, das hinter dem Strauch erklang. Dann beugte er sich weit aus dem Sattel und ganz nah zu ihr herunter. »Ist er das alles wirklich wert, mein Herz?«

Die wohlige Erinnerung an so manche Nacht atemlosen Begehrens, das sie mit diesem Hitzkopf geteilt hatte, drohte ihren Zorn über seine anmaßende Art zu ersticken. »Lass das, du Torfkopf. Ich bin nicht in der Stimmung für Eifersüchteleien.

Er ist die einzige vernünftige Wahl, ob es dir nun passt oder nicht. Was hast du eigentlich gegen ihn?«

Bik richtete sich in seinem Sattel kerzengerade auf. »Nichts. Ich finde nur, er wäre dort, wo er herkommt, glücklicher geworden als hier. Und wenn du ihm reinen Wein eingeschenkt hättest, würde er das mit Sicherheit genauso sehen.«

Jarold trat hinter dem Busch hervor. »Redet Ihr über mich?«

»Ja. Tun wir«, sagte Bik rasch, um Nasta mit einer Antwort zuvorzukommen. »Ihr seid nun schließlich ein wichtiger Mann, nicht wahr?«

»Mir war, als hätte ich da etwas von Wein gehört.« Jarold reckte sich erst und rieb sich dann die Innenseite seiner Oberschenkel. »Haben wir zufällig welchen dabei? Ich könnte ein Schlückchen vertragen.«

Sie zeigte auf Diggurs Hinterbacken. »Wenn, dann in Euren Proviantaschen.«

»Dann wollen wir doch mal sehen.« Jarold stakste zu seinem Wallach und begann sich auf die Suche nach einem Weinschlauch zu machen. »Warum hegt Ihr einen solchen Groll gegen mich, Ritter von Möhrenberg?«, fragte er wie beiläufig, als sein Kopf halb in einer der Proviantaschen steckte.

Bik warf Nasta einen überraschten Blick zu. Sie schüttelte den Kopf und legte einen Finger an die Lippen. Bluthauer, der ihre plötzliche Anspannung spürte, grunzte aufgeregt.

»Nun, wie ist es?«, kam es von Jarold. »Wollt Ihr mir nicht antworten? Oder sagt Ihr mir jetzt gleich, ich würde mir das alles nur einbilden?« Sein Kopf tauchte aus der Tasche auf, und er hielt den gesuchten Weinschlauch in der Hand. »Im Ernst, mein Bester. Mein Bruder ist nicht der Einzige, der aus Gesichtern lesen kann wie aus einem Buch – und schon gar nicht, wenn die Gefühle darauf so groß geschrieben stehen wie bei Euch.«

»Ihr wollt eine Antwort?« Bik klang bestens gelaunt, aber Nasta kannte den überdrehten Unterton in seiner Stimme nur zu gut, und sie betete zu den Untrennbaren, dass er sich im

Zaum halten würde. »Ihr könnt gerne eine Antwort bekommen.« Mit seinen nächsten Sätzen bewies Bik, dass Nasta bei den Untrennbaren gerade auf taube Ohren gestoßen war. »Es ist nichts gegen Euch an sich. Es ist nur so, dass es da eine gewisse und allseits geliebte Ritterin gibt, die es sehr wohl verdient hätte, von ihresgleichen auf den Thron gehoben zu werden. Oder wenn Ihr es kürzer wollt: Westborn braucht keinen König aus der Fremde, sondern eine Königin aus der Heimat. Findet Ihr nicht auch, dass Nastasira die Erste einen ganz wunderbaren Klang hat?«

7

Auf Schreckenfang gehen:
beschönigende Umschreibung für ein sinnloses
Unterfangen, das höchstwahrscheinlich mit dem Tod
eines oder mehrerer Beteiligter endet.

Aus *Eigenarten der Westborner Zunge*

Leise verklang das spitze Geschrei von Arators neugeborenem Nachwuchs auf der anderen Seite des hügeligen Felds. Das Gehölz, in das die Kühe angeblich verschleppt worden waren, lag nur wenige Steinwürfe von dem kleinen Häuschen entfernt, in dem der erfolgreiche Bittsteller mit seiner Familie hauste.

Die staunenden Blicke der Bauernfamilie brannten Nastasira noch im Nacken, als sie am Waldrand behutsam von Bluthauers Rücken rutschte. Der Eber grunzte freundlich und steckte seine Schnauze in den morastigen Boden, aus dem zwischen großen Pfützen vereinzelt scheue Grashalme hervorspitzten. Mit einem enthusiastischen Satz landete Jarold neben seinem Wallach, und seine Reitstiefel versanken schmatzend bis zu den Knöcheln im Matsch.

Nasta warf einen verstohlenen Blick über das Sattelhorn auf die freudige Miene des Prinzen. *Erstaunlich, wie gut er Biks Frechheit verdaut hat.* Es hatte Jarold nur ein Schmunzeln und ein anerkennendes Nicken in Nastas Richtung gekostet, um dem Hirschreiter den Wind aus den Segeln zu nehmen: »So eine angenehme Konkurrenz.« Sie hatte gar nicht gewusst, was sie dazu sagen sollte, aber seltsamerweise war eine Erwiderung gar nicht notwendig gewesen. Jarold war mit ungebrochen guter

Laune weitergeritten und hatte zwei verdutzte Halblingsritter hinter sich gelassen.

Tausendender gab ein unwilliges Schnauben von sich, als Bik ihm beim Absteigen etwas Schlamm auf die weißen Fesseln spritzte. Missmutig trottete der Ritter um den Hirsch herum und erleichterte die Satteltaschen um eine Portion Kautabak. Nasta erwiderte seinen Blick mit einem giftigen Stirnrunzeln.

»Dort drinnen lauern also diese Laubschrecken, ja?«, durchbrach Jarold das angespannte Schweigen. Der Thronerbe betrachtete den Waldrand, als gälte es, die Stärke eines gegnerischen Heeres anhand der ersten Aufstellungsreihe abzuschätzen.

»Ganz genau, Eure Hoheit.« Nasta bemühte sich um einen unbeschwerten Tonfall. »Das Unterholz sieht sehr dicht aus. Wir sollten die Tiere am besten hier lassen und …«

»Eine ausgezeichnete Idee.« Jarold zog seinen Degen und machte bereits den ersten Schritt voran, noch ehe das leise Singen des Stahls ganz verklungen war. »Dann los!«

»Aber Euer Hoheit, wir müssen …« Nasta brach ab, als ihr aufging, dass sie seinen Tatendrang nicht würde bremsen können. Hastig überprüfte sie den Sitz ihrer Waffengurte und setzte dem Menschen nach. Aus dem Augenwinkel sah sie, wie Bik zu ihr aufschließen wollte. Sie schnappte sich die baumelnden Zügel des genügsamen Wallachs und wirbelte herum.

»Du bleibst beim Pferd. In diesem Unterholz bricht es sich nur die Beine«, sagte sie mit belegter Stimme.

Eine vertraute Mischung aus verletztem Stolz und Trotz stieg dem Möhrenberger in die Augen, und er öffnete den Mund.

»Nein«, murrte Nasta. »Du hast heute schon genug gesagt.«

Sie drückte ihm die Zügel in die Hand und lief Jarold hinterher, ohne ihren langjährigen Kameraden eines weiteren Blicks zu würdigen.

Jarolds dunkelgrüner Wollumhang verschwand gerade hinter den ersten schuppigen Kiefernstämmen. Nasta rannte los und verfluchte sogleich das schmierige Erdreich, das ihr eiskalt zwischen den nackten Zehen hindurchquoll.

Unter dem dichten Dach aus Baumkronen herrschte bedrückendes Halbdunkel. Schon außerhalb des Waldes musste sich das Sonnenlicht mühsam durch dicke Regenwolken kämpfen, und hier drinnen reichte seine Kraft nicht mehr aus, um bis zum Boden vorzudringen. Alarmiert sah Nasta sich um. Ein Teppich aus feuchtem Laub und Kiefernnadeln erstickte die Geräusche ihrer Schritte völlig, und genauso verhielt es sich mit denen des Prinzen. Klammes Unbehagen stieg in ihr auf: Sie hatte ihn aus den Augen verloren.

Nasta spitzte all ihre Sinne nach einem Anzeichen, wohin Jarold wohl verschwunden sein mochte. Ihre Mühen schienen zu fruchten: Sie hörte, wie sich in einiger Entfernung ein schwerer Körper durchs Unterholz vorarbeitete. Zweige knackten, und schwere Tropfen prasselten von nassen Blättern.

»Hoheit?«

Keine Antwort.

Nasta biss die Zähne zusammen und schlug sich mit den Knäufen ihrer Kurzschwerter einen Weg durchs Gestrüpp, das ihr bis knapp über den Kopf reichte. Mit den Fußsohlen streifte sie ein tief ins Erdreich gegrabenes Muster aus Schleifspuren und kreisrunden Löchern, das sich wellenförmig unter den Büschen hindurch tiefer in den Wald fortsetzte. *Der Bauer hat recht: Hier hausen Laubschrecken, und darunter mindestens ein ausgewachsenes Exemplar.*

Ein lang gezogenes Wimmern, das Nasta die Nackenhaare aufstellte, klang zwischen den Stämmen hindurch, gefolgt vom charakteristischen Sirren einer schnell geführten schmalen Klinge.

»Hoheit!«

Sie ließ alle Vorsicht fahren und warf sich mit Gewalt nach vorn. Wild drosch sie das Gestrüpp mit ihren Armen und schierem Körpergewicht nieder, um sich der Quelle der Kampfgeräusche zu nähern. *Wenn ich die Schmach erleide, dass der Prinz als Schreckenfutter endet, stürze ich mich in mein Schwert.*

In einem Regen aus kalten Tropfen, abgerissenen Blättern und splitternden Zweigen brach sie aus dem Unterholz auf eine Lichtung. Gerade noch rechtzeitig hob sie den Kopf, um zu sehen, wie ein blitzender Degen einen durchscheinenden Flügel abtrennte, der an den einer zu absonderlicher Größe gewachsenen Stubenfliege erinnerte. Die Kreatur, der der Flügel bis vor einem Wimpernschlag noch gehört hatte, gab ein weithin hallendes Wimmern von sich und klapperte mit ihren fangdornbewehrten, scherenartigen Vorderbeinen. Eitergelbe Flüssigkeit tropfte vom Flügelstumpf und aus einem halben Dutzend Schlitzen in ihrem Rückenschild. Schnarrend peitschte sie mit einem dornigen Fuß nach Jarold. Der Prinz sprang wie ein Tänzer von einem Bein aufs andere und wandte dem widerwärtigen Geschöpf, das ihm bis zur Hüfte reichte, mit einem Mal nur seine schmale Seite mit dem Waffenarm zu. Das Monstrum hieb ins Leere.

Nasta fand ihr Gleichgewicht wieder und verfiel in einen flotten Spurt, um die kurze Distanz, die sie noch von ihrem Lehnsherrn trennte, rasch zu überbrücken. Ihr eigener Herzschlag dröhnte ihr in den Ohren, als sich die sichelartigen Mundwerkzeuge der Laubschrecke klickend öffneten wie die Blüte einer fleischfressenden Pflanze, die beim Herannahen eines Insekts den Blick auf ihren verlockend süßen, tödlichen Grund freigab. Die Schrecke wiegte den Oberkörper leicht nach hinten. Jeden Augenblick würde sie ihre ätzende Verdauungsflüssigkeit auf den Erben des Throns von Westborn speien.

Nasta trennten noch vier Laufschritte von Jarold. Zwei Schritte zu viel, wie ihr ihre Erfahrung mit eiskalter Gewissheit verriet.

Dem Prinzen war das lautstarke Erscheinen seiner Begleiterin nicht entgangen. Sein Kopf ruckte herum, und er nahm sich die Zeit, Nasta im Angesicht der waidwunden Laubschrecke ein siegessicheres Augenzwinkern zu schenken.

Dieser selbstgefällige Geck hat nicht die geringste Ahnung, in welcher Gefahr er schwebt. »Hoheit, Vorsicht!«, brüllte sie.

»Ha!«, stieß Jarold triumphierend hervor, machte einen kräftigen Satz zur Seite und durchtrennte den ekelhaft dürren Hals der Schrecke, der ihren dreieckigen Kopf mit dem lang gezogenen Leib verband. Mit irr zuckenden Flügelstummeln brach die Kreatur zusammen.

Keuchend kam Nasta neben Jarold zum Stehen, der mit großer Geste seinen Degen an einem belaubten Ast abstreifte, ehe er ihn wieder in der Scheide versenkte. »Kinderspiel!«, strahlte er. »Das war wirklich erfrischend. Dieses Geschmeiß wird den fleißigen Leuten, die die Felder Westborns bestellen, nicht mehr das Vieh von der Weide stehlen!« Seine grünen Augen blitzten überrascht, als er Nastas Miene bemerkte. »Du warst doch nicht etwa ernsthaft besorgt um mich? Wirklich, du kannst deine Schwerter ruhig wegstecken. Ich habe dieser Bestie gründlich den Garaus gemacht, das kann ich dir versprechen.«

Nasta maß die niedergestreckte Schrecke mit einem gründlichen Blick. Ihre Befürchtungen bestätigten sich. Sie sog laut Luft zwischen den Zähnen ein und musterte den Rand der Lichtung, wo das Unterholz fest in der Hand undurchdringlicher Schatten war.

»Nein, Hoheit, Ihr versteht nicht«, warnte sie eindringlich, während sie versuchte, sich zwischen Jarold und die düstere Baumreihe zu drängen. »Dieses Tier ist der Größe nach zu urteilen das Männchen, und …«

»Na wunderbar!«, unterbrach sie der Prinz. »Da haben wir also gleich den kräftigen Bock erledigt.«

Nasta schaute flehend zu ihm auf. »Bitte zieht wieder Euren Degen. Bei Laubschrecken sind es die größeren Weibchen, die sich um die Männchen streiten. Und dieser hier hat es geschafft, ziemlich laut zu brüll…«

Sie nahm die huschende Bewegung am Rande ihres Gesichtsfelds im letzten Augenblick wahr. Reflexhaft hob sie die scharf geschliffenen Spitzen ihrer Kurzschwerter in die Richtung des heranrasenden Schattens und zog gleichzeitig den Kopf ein. Mit einem knallenden Klacken schlugen die Fangbeine des Laubschreckenweibchens keinen Fingerbreit über ihrem Scheitel zusammen. Ihre Freude über den fehlgegangenen Hieb der Bestie, die von ihrer Größe locker an einen kleinen Esel heranreichte, währte indes nicht lange: Die Laubschrecke walzte über sie hinweg wie ein kutscherloses Fuhrwerk. Sie spürte, wie ihre ausgestreckten Klingen wirkungslos am Brustpanzer der Kreatur abglitten, ehe der Zusammenprall mit dem zornigen Geschöpf ihr die Luft aus den Lungen trieb. Sie stürzte auf den weichen Untergrund und breitete instinktiv die Arme aus, als der längliche Körper des riesigen Insekts sich über sie schob. Wie durch ein Wunder hatte sie ihre Schwerter beim Sturz nicht losgelassen, und die Schrecke stolperte und zischte, als eines ihrer Standbeine sich an Nastas linker Klinge verhakte. Nasta wurde zwei Schritte weit über den Waldboden gezerrt. Sie stöhnte ob des plötzlichen Rucks, der ihr schier den Arm auskugelte, und fauliges Laub füllte ihren Mund. Über das klackernde Zetern der Laubschrecke hörte sie durch splitternde Zweige weitere schwere Körper herannahen.

»Hoheit!« Sie spie die widerliche Masse aus, die sie unfreiwillig geschluckt hatte. »Hoheit! Vorsicht! Da kommen noch mehr!«

Jarolds Beine ragten unmittelbar vor dem Bauch der Laubschrecke auf. »Lass sie gehen, du ekles Gezücht!«, rief der Prinz, und Nasta hörte den Degen singen. Die Mundwerkzeuge des rasenden Schreckenweibchens klickten.

Nasta handelte blitzschnell: Sie ließ ihre Kurzschwerter los und umklammerte ein Beinpaar der Schrecke mit beiden Armen. Die Bestie zischte und bäumte sich in jener verräterischen Haltung auf, die ein Ausspeien ihres ätzenden Fraßsafts ankündigte. Im gleichen Moment zog Nasta mit aller Kraft die Standbeine des Monstrums zu sich heran. Das Gewicht ihrer gepanzerten Scheren riss die Schrecke vornüber, und ihr Leib schlug mit einem dumpfen Schmatzen vor Jarolds Füßen auf. Knackend bohrte sich der Degen des Prinzen wieder und wieder in die gefallene Kreatur, deren Gliedmaßen im Todeskampf Fontänen aus schwarzem Morast aufwirbelten.

Nasta blinzelte Laubreste aus den Augen und rollte sich mit vor Anstrengung brennenden Brustmuskeln zur Seite. Ihre spitzen Ohren hatten sie nicht getäuscht: Mit hoch aufgerichteten Fühlern erschien ein weiteres Schreckenweibchen auf der Lichtung, das es von seinen Ausmaßen mit einem Zugochsen aufnehmen konnte. Die Fangbeine zum Hieb weit gespreizt, hielt es geradewegs auf den Prinzen zu, der sein zweites Opfer an diesem Tag noch immer mit dem Degen bearbeitete.

»Nein!«, brüllte Nasta.

Sie wollte sich aufrichten, da traf sie ein dornenbesetzter Fuß der sterbenden Schrecke mit einem metallischen Knirschen in den Rücken. Stöhnend sackte sie zusammen, einen sauren Geschmack im Mund. Bunte Funken tanzten ihr vor den Augen, als sie das entsetzte Gesicht Jarolds sah, der vergeblich versuchte, seinen zwischen den Flügeldecken der Schrecke verkanteten Degen frei zu bekommen. Erneut knackte es im nahen Gestrüpp, als sich ein weiterer massiger Leib den Weg auf die Lichtung bahnte.

Die Fangbeine fuhren nieder – und verfingen sich krachend in einem weißen Geweih. Tausendender röhrte und wollte offenbar den Schwung seines hohen Sprungs, der ihn zwischen Jarold und die Schrecke getragen hatte, dazu nutzen, das Monstrum mit sich zu reißen, doch die Kreatur bewahrte dank ihrer schwirrenden Flügel das Gleichgewicht. Die Halsmuskeln des weißen Hirschs traten unter dem Fell hervor, als die Schrecke versuchte, ihre Scheren aus Tausendenders Geweih zu ziehen – ein schwieriges Unterfangen, denn die Wucht des Schlags mit den Fangbeinen hatte mehrere der metallenen Dornen auf Tausendenders Geweihspitzen durch ihre natürliche Panzerung getrieben. Das garstige Geschöpf und das edle Tier hingen nun auf Gedeih und Verderb aneinander. Der weiße Hirsch leistete den Befreiungsbemühungen der Schrecke brüllend

Widerstand, und seine Wirbel knirschten unter der Anstrengung.

Donnernd wurde die Schrecke von den Füßen gerissen, als Bluthauers massiger Leib mit der rohen Urgewalt eines Katapultsteins in ihre Seite einschlug. Endlich gelang es Tausender, den Kopf ganz zu senken, und hinter dem Gewirr aus Fangbeinen und Geweih erschien Biks Gesicht. Mit einem wütenden Schrei trieb der Möhrenberger die Schneide seines Kriegsbeils durch die knotigen Beingelenke der Schrecke, die die verkanteten Scheren mit dem Rest des Körpers verbanden, und befreite sein Reittier so aus der misslichen Lage. Grunzend wühlte Nastas treuer Eber mit seinen Hauern in den inzwischen offen liegenden Eingeweiden der Laubschrecke, deren Kopf nun nur noch ziellos von einer Seite zur anderen zuckte.

Nasta stützte beide Hände auf den Boden und versuchte vorsichtig, sich aufzurichten. Ein scharfer Schmerz ließ sie leise keuchen, doch sie hatte schon ganz zu Beginn ihrer Ausbildung als Ritterin gelernt, ernsthafte Verletzungen von unangenehmen Schrammen zu unterscheiden. Der Treffer der Laubschrecke würde ihr mit Sicherheit einen prächtigen Bluterguss auf Höhe der Schulterblätter bescheren, doch ihre treue Rüstung hatte sie vor Schlimmerem bewahrt.

In ihrem Sichtfeld tauchten Biks mit dicken Lederstreifen umwickelte Füße auf. Nasta bemerkte, dass sich in den blonden Locken auf seinem Spann eine stolze Menge Hirschhaar verfangen hatte. Nastas Gedanken rasten: *Er hat Jarold das Leben gerettet. Dabei hat er doch noch auf dem Weg hierher glasklar gemacht, dass er das Ende seiner Blutlinie geradezu herbeisehnt, um mich auf dem Thron zu sehen!*

Eine mit einer Möhre verzierte Armschiene mitsamt ausgestreckter Hand neigte sich zu Nasta hinunter. Sie packte Biks Arm und ließ sich schnaubend auf die Füße hieven. Fragend sah sie ihrem Mitstreiter ins Gesicht, doch der musterte sie zunächst prüfend von oben bis unten, ehe er ihrem Blick schließlich mit gerunzelten Brauen begegnete.

»Siehst du?«, knurrte er. »Ich schere mich sehr wohl um das, was du willst.« Mit einer überraschenden Behutsamkeit, die so gar nicht zu seiner zorngefärbten Stimme passen wollte, klaubte er ihr ein nasses Ahornblatt aus dem Haar. »Aber eines wird sich in deinem Leben niemals ändern: Du wirst dir trotzdem auch immer das anhören müssen, was ich will, Nastasira von Zwiebelbrach.«

8

Wer als Künstler ohne Plan vorgeht,
der versucht, eine Streitaxt wie ein Stilett zu führen.

Aus *Hundert Hinweise zur Heimlichen Kunst*

Die kleine Kammer stank erbärmlich nach Erbrochenem. Schwer und sauer hing der Geruch träge im Raum, und selbst die kühle Nachtluft, die vom Fenster hereinwehte, schien ihn nicht vertreiben zu können. Rutgar wusste nicht mehr, wie oft sein Magen schon versucht hatte, sich in wilden Krämpfen aus dem Hals herauszuzwängen. Seit Jarolds Ankündigung, auf Schreckenjagd zu gehen, waren seine Innereien in üblem Aufruhr. So gern er seinen Bruder begleitet hätte, um ihn nötigenfalls vor einem eher unrühmlichen Ende zu bewahren, war er fast anderthalb Tage lang kaum zu einem klaren Gedanken fähig gewesen: Alles, was er überhaupt zustande brachte, war, zu einem Ball zusammengerollt auf dem Bett in seiner abgedunkelten Kammer zu liegen und sämtliche Götter um eine Antwort anzuflehen, warum ausgerechnet ihn das grässliche Schicksal ereilte, an einer Fäulnis der Gedärme zugrunde zu gehen. Offenkundig vertrug er entweder irgendein Gewürz der westbornischen Küche nicht, oder er hatte sich etwas Garstiges eingefangen, das nun regelrecht versessen darauf war, ihn von innen heraus aufzufressen. Beim ersten Schwall, der ihm aus dem Mund geschossen war, hatte er einen Augenblick lang geglaubt, tatsächlich Blut zu spucken. Dann hatte ihn der Geruch von Rotwein daran erinnert, woher die Farbe dessen rührte, was er da ausspie. Er schämte sich wie ein Hund, so sehr die Beherrschung über sich und seinen Körper zu verlieren. Er wagte gar nicht daran zu denken, was seine Ausbilder aus den Hallen der Heiligen Künste dazu gesagt hätten, wie er mehrfach auf allen vieren zum Fenster gekrochen war, um den abscheulichen, zähflüssigen Inhalt seines Nachttopfs aus dem Fenster zu leeren. Zuallererst hätten sie ihn wahrscheinlich aufs Schärfste dafür gerügt, seine Ausscheidungen nicht genauestens zu inspizieren – wie wollte er denn sonst zu einer Einschätzung gelangen, was eigentlich mit ihm los war? Doch wie er nun verwundert feststellte, konnte er sich nicht daran erinnern, ob er sein Erbrochenes nicht vielleicht doch irgendwann näher betrachtet hatte.

Er konnte sich letztlich nur einer Sache sicher sein: Was immer da in ihm wütete, war in einer Hinsicht mit einem heftigen Fieber zu vergleichen. Es machte nicht nur seinen ganzen Bauch so hart wie eine zu fest gespannte Trommel, sondern es löste auch Schübe aus, in denen es unmöglich war, zwischen Wachen und Träumen zu unterscheiden. Eine Zeit lang hatte er sich in einem schwachen, kindlichen Körper wiedergefunden, der vor Hitze glühte. Seine Mutter – oder war es seine Schwester? – hatte an seinem Bett gesessen, ihm die Stirn mit nassen Tüchern gekühlt und das Lied von den acht Schwänen gesungen, die das Leid der Unglückseligen allein durch das Rauschen ihrer Schwingen linderten. Als er zu sich gekommen war, hatte er festgestellt, dass er die einfache Weise mit tränenfeuchten Wangen leise vor sich hin summte.

Eine andere Schande war ihm den Göttern sei Dank erspart geblieben: Er hatte bei der wichtigsten Aufgabe, die er derzeit für seine Familie wahrnahm, nicht versagt. Jarold war wohlbehalten von seinem Abenteuer zurückgekehrt. Sein Bruder hatte kurz den Kopf durch die Tür gesteckt und ihm in knappen Worten, aber breit grinsend seinen Kampf gegen die schrecklichen Bestien aus einem nahen Wald geschildert. Oder war auch das nur ein Traumgesicht gewesen? Es war niemand da, den er hätte fragen können. Höchstwahrscheinlich hatte er sämtliche Hilfe, die ihm angeboten worden war, abgelehnt – ganz gleich, ob sie nun von den Westbornern oder den Gesandten von der Silbernen Insel kam. Wenn er krank war, hielt er es so, wie es viele Tiere taten: Er verkroch sich in eine Ecke, um stumm und für sich allein zu leiden.

Er drehte das Gesicht in den schwachen Luftzug aus Richtung Fenster. Der kühle Hauch streichelte ihn sanft in eine Welt hinüber, in der es ganz gewöhnlich war, dass man ihm wortreich Respekt und Anerkennung zollte; in der er nur erlesene Stoffe am Leib trug, deren Zartheit wie flüchtige Küsse auf der Haut war; in der man seinen Ausführungen über den Zustand der Welt und darüber, wie er zum Besseren zu ändern war, voller Ergriffenheit lauschte; in der man ihn auf Schultern zu einem weißen Thron mit geschwungenen Schwanenhälsen als Armlehnen trug und man ihm eine Krone aus reinstem Bergkristall aufs Haupt setzte und seinen Namen pries.

Dann zersprang die Krone in einem Schauer umherspringender Splitter, mit einem Klirren, das Rutgar stöhnend zurück in jene Welt entsandte, in der er zusammengekrümmt in seinem kalten Schweiß lag. Eine Auswirkung zeigte das unerwartete Aufschrecken: Er fühlte ein ziehendes Reißen im Gedärm. Zum ersten Mal, seit ihn die Krankheit ereilt hatte, gewann er den Eindruck, dass etwas nicht oben, sondern unten aus ihm herausdrängte. Er wertete das als gutes Zeichen, aber er war nicht gewillt, seine eigene Bettstatt zu besudeln. Diese Schmach würde er um jeden Preis zu verhindern wissen.

Er wälzte sich zum Rand des Betts, schwang die Beine darüber und kämpfte sich mithilfe des Kopfteils in die Höhe. Ein heftiges Zittern fuhr durch seine Beine, doch er schaffte es, auf den Füßen zu bleiben, indem er den Oberkörper ein Stück nach vorn beugte und tief Luft holte. Kälte kroch ihm die nackten Füße hinauf, und es fühlte sich an, als würde sich unter seinem weiten Oberhemd eine feine Frostschicht auf der klammen Haut bilden. Er versuchte, sich den Aufbau des Baus, in dem er untergebracht war, ins Gedächtnis zu rufen. Er war sicher, dass der nächste Abort nicht weit sein konnte – irgendwo an der Außenwand des Rundturms, der die königlichen Gemächer beherbergte. Seine eigene Kammer, die mit vier großen Schritten zu durchmessen war und vermutlich früher einmal einer Zofe als Quartier gedient hatte, lag näher an der breiten Wendeltreppe, die sich um die Mittelachse des Turms wand. Er wankte zur Tür und stieß sie auf. Da fiel es ihm wieder ein, und er gönnte sich ein zaghaftes Lächeln. *Nach links. Ich muss mich links halten. Ja, dort muss der Abort sein.* Nach rechts lag Jarolds Gemach, vor dem Tag wie Nacht ein Leibgardist Wache schob.

Nur um sich zu vergewissern, dass er sich nicht irrte, wandte er den Kopf nach rechts – in der festen Erwartung, einen Wächter zu sehen, der auf seine Hellebarde gestützt eingedöst war. Stattdessen offenbarte sich ihm im warmen Zwielicht einer beinahe erloschenen Fackel ein vollkommen anderer Anblick: Ein Mann in einem schwarzen Kapuzenumhang hielt die Wache in einer sonderbaren Umarmung, von der Rutgar sofort begriff, dass sie kein Schauspiel entflammter Leidenschaft darstellte. Eine Hand des Umhangträgers lag auf dem Mund der Wache, die andere zur Faust geballt im Nacken.

Rutgar vollführte die Geste, mit der er seine im Ärmel verborgene Klinge stichbereit zwischen die Finger gleiten ließ, doch seine Hand blieb leer. Ein verärgertes Zischen fuhr ihm über die Lippen. *Ich Narr!* Er hatte den Dolch abgelegt, nachdem er aus seiner ersten von vielen Fiebervisionen erwacht war – er konnte gut darauf verzichten, im Wahn womöglich einen Unschuldigen niederzustechen. *Das habe ich jetzt von so viel gut gemeinter Vorsicht.*

Der Mann im Umhang wandte ihm das Gesicht zu – Nase, Mund und das vorspringende Kinn waren unter schwarzem Stoff vermummt, den der heimliche Eindringling sich um den Kopf gewickelt hatte. Aus einer Lücke zwischen zwei der schmalen Bahnen lugte ein breiter, spitzer Hauer hervor, und oberhalb der behelfsmäßigen Maske funkelten dunkle, zornige Augen. Schmatzend glitt eine schwarz glänzende Klinge zwei Fingerbreit aus dem Nacken des Gardisten, ohne gänzlich herauszugleiten, als der orkische Attentäter sein Opfer aus der tödlichen Umklammerung entließ und es mit beinahe beiläufiger Sanftheit mit dem Rücken gegen die Wand des Gangs bettete.

Rutgar rechnete damit, dass der Meuchelmörder nun gegen ihn vorgehen würde, und wappnete sich innerlich für sein letztes Gefecht: *Komm nur! In meiner Verfassung mag ich kein ernst zu nehmender Gegner für dich sein, aber ich werde meine Haut so teuer wie möglich verkaufen.*

Zunächst hielt er es für einen weiteren Wachtraum, als der Mann in Schwarz kehrtmachte und mit wehendem Umhang vor ihm davonrannte – ein Eindruck, der dadurch noch verstärkt wurde, dass der Meuchler bei seiner überstürzten Flucht kaum ein Geräusch verursachte außer dem feinen Schaben von Ledersohlen auf Stein.

Rutgar nahm die Verfolgung auf – wankend und wie mit Beinen aus Gallert. Nach kaum einem halben Dutzend Schritten zog sich sein Gedärm in einem schmerzhaften Krampf zusammen. Er zwang sich, den Kopf oben zu halten, und erspähte immerhin, wo das Ziel des fliehenden Attentäters zu liegen schien: Der Ork hielt auf ein schmales Fenster zu – wenig mehr als eine etwas zu breit geratene Schießscharte, aber die Öffnung war dennoch groß genug, um sich gerade so hindurchzuwinden.

Rutgar begriff, dass er den Ork niemals rechtzeitig einholen würde. Es war Zeit, die Taktik zu ändern. Er schwankte neben die Leiche des Gardisten, riss die so gut wie erloschene Fackel aus der Halterung und schleuderte sie dem Flüchtenden mit aller verbliebenen Kraft hinterher. »Alarm!«, krächzte er dabei, so laut er nur konnte. »Alarm!«

Das Wurfgeschoss verfehlte den Vermummten knapp. Die Fackel schrammte zwei Handbreit zu hoch am Mauerwerk entlang, prallte in eine Nische, stieß dort einen hässlichen Blechpokal von seinem Sockel und schied endgültig dahin. Rutgar fluchte. Natürlich wäre es ein Wunder gewesen, den Attentäter durch den Fackelwurf aufzuhalten, aber diesen Kerl so deutlich zu verfehlen, war ihm dennoch beinahe peinlich. *Hätte gerade noch gefehlt, dass ich einen der Wandteppiche treffe und den ganzen Turm in Brand stecke.*

Der Ork erreichte das Fenster, sprang auf den Sims und wand sich in einer derart fließenden Bewegung durch den Spalt, dass man hätte meinen können, er besäße keinen einzigen festen Knochen im Leib. Als Rutgar am Fenster anlangte, warf er einen vorsichtigen Blick hinaus und wurde sofort von einem üblen Schwindel erfasst, der ihm den Magen umzukehren drohte. Er hielt die Luft an, stützte sich mit beiden Händen links und rechts am Fenster ab und peilte die Spitze der nächsten eisernen Stange an, die aus der Turmmauer ragte. Als die Welt um ihn herum sich endlich nicht mehr drehte, streckte er den Kopf ein Stückchen weiter in die Nacht hinaus. Er wollte nicht ausschließen, dass ihm seine Sinne einen Streich spielten, aber er glaubte, inmitten der düsteren Schemen am Fuß des Turms einen noch düstereren Schatten auszumachen, der sich mit beachtlicher Gewandtheit an einer Stange entlanghangelte, welche über die äußere Burgmauer hinausragte. Am Ende der Stange angekommen, fiel der Schatten aus Rutgars Sichtfeld.

»Wenn man auch so wahnsinnig ist, Kletterhilfen an seiner Festung anbringen zu lassen …«, murmelte er, um seine flatternden Nerven zu beruhigen. Er verbannte seinen Ärger darüber, die Verfolgung des Attentäters nicht fortführen zu können, in einen hinteren Winkel seines Bewusstseins. *Keine Zeit für unnötigen Zorn.*

Er stapfte zurück zur Tür zum Gemach seines Bruders und öffnete sie. Jarold saß aufrecht auf seinem Bett und hatte offenbar gerade eben erst ein kleines Öllämpchen entzündet, denn er blinzelte Rutgar aus vom übermäßigen Weingenuss zugeschwollenen Lidern müde entgegen. »Was ist da los?«, nuschelte er. »Habe ich es eben scheppern gehört?«

»Zieh dich an, aber bleib hier drin«, trug ihm Rutgar auf. »Wir hatten einen ungebetenen Gast.«

Darauf vertrauend, dass sein Bruder nach dem Sieg über zu groß geratenes Krabbelgetier nicht zu sehr von sich selbst überzeugt war, um gegen die einfachsten Regeln der Vernunft zu verstoßen, zog sich Rutgar für einen Moment in seine eigene Kammer zurück. Unter Aufbietung seines gesamten Willens und dem stummen Aufsagen der kraftspendenden Formel »Ich bin nicht mein Leib, mein Leib ist nur mein Diener« streifte er sich seine grauen Obergewänder über und legte die Unterarmscheide mit dem Stoßdolch an. Sehr zu seiner Befriedigung stellte er fest, dass die Aufregung seine Übelkeit nicht verschlimmerte. Im Gegenteil: Jetzt, wo seine Fähigkeiten dringend gebraucht wurden, fühlte er sich ein ganzes Stück besser.

Als er wieder auf den Gang hinaustrat, hatte sich bereits eine kleine Gruppe alarmierter Burgbewohner eingefunden, die die Leiche des Gardisten umringte. Jarold hatte die Tür zu seinem Gemach einen Spaltbreit geöffnet, aus dem er nun herauslugte, um das Treiben vor der Schwelle zu beobachten. Zwei der Anwesenden waren keine Überraschung: Nasta wäre eine schlechte Ritterin gewesen, hätte sie die beunruhigenden Vorgänge ignoriert, und Ähnliches galt auch für Telo Stiraz, den Hauptmann der Leibgarde. *Oh, halt,* korrigierte sich Rutgar in Gedanken. *Dieser fette Glatzkopf ist ein Versager, wenn es ein Attentäter bis vor die Tür meines Bruders schafft, ohne dass es einem seiner Leute auffällt.*

Dass Kaimu Kala ebenfalls zugegen war, nahm ihn hingegen zunächst etwas wunder, bis ihm einfiel, dass die Orkschamanin weiterhin jene Kammer in der Spitze des Königsturms bewohnte, in der sie auch zu Lebzeiten des wahnsinnigen Orskarr untergebracht gewesen war. Statt ihres Umhangs aus blauen, schillernden Federn trug Kaimu Kala einen Pelz um die Schultern, der so schwarz war, als wäre er aus der Nacht selbst herausgeschnitten worden. Ihre Züge, die Rutgar auf unangenehme Weise an den Attentäter erinnerten, zeigten keinerlei Regung – wenn sich ihr Busen nicht in ruhigen Atemzügen gehoben und gesenkt hätte, hätte sie sehr wohl eine der unheimlichen Jagdtrophäen aus dem Thronsaal sein können.

Ganz anders verhielt es sich mit dem Gesicht eines Mannes, dessen Anwesenheit Rutgar noch mehr erstaunte: Brekk Sokatteris. Der nichtsnutzige Kaufmannssohn schnitt mit bebenden Lippen und zuckenden Lefzen eine angewiderte Grimasse nach der anderen.

»Was treibt Ihr hier, Sokatteris?«, ranzte ihn Rutgar an. »Habt Ihr um diese Zeit etwa keinen Rausch auszuschlafen?«

Brekk warf einen kurzen Blick zur Seite, als würde er erwarten, dass sein treuer Kammerdiener sich an seiner statt über diese Beleidigung empörte, doch Heptisax tat anscheinend gerade das, was man als vernünftiger Mensch zur angebrochenen dritten Morgenstunde tat – er lag in seinem warmen Bett und träumte gewiss davon, einen besseren Herren zu haben als seinen jetzigen. Und falls ihn das laute Treiben geweckt haben sollte, hielt er sich bestimmt an die guten Sitten, wie er sie von Taurar kannte, und wartete geduldig ab, bis der Mordanschlag und dessen Nachwehen abgewickelt waren. »Nicht, dass Euch das irgendetwas anginge, Karridakis, aber ich habe drunten in seiner Wachkammer mit dem guten Hauptmann hier Karten gespielt«, plapperte Brekk drauflos. »Ziegenbeutel – eine echte Herausforderung selbst für den klarsten Geist. Wusstet Ihr, dass die Leute hier in Westborn drei Kartenfarben kennen? Weiß, schwarz und rot. Das eröffnet so viele neue Möglichkeiten, dass einem der Kopf schwirrt. Aber sei's drum. Ihr schert Euch nicht um Spaß. Ihr schert Euch nur darum, möglichst finster dreinzublicken. Ich verstehe das schon. Wie dem auch sei, wir saßen also da und droschen Karten – und was für ein Blatt ich gerade auf der Hand hatte! –, und da hörten wir plötzlich Eure weibischen Schreie, die ...«

Rutgar hatte genug gehört. »Ihr habt Karten gespielt, während meinem Bruder die Meuchler nachgestiegen sind?« Er nahm den Gardehauptmann fest in den Blick. »Ist das Eure Vorstellung von einem gewissenhaften Dienst zum Schutz Eures Prinzen?«

Stiraz ballte die Fäuste, aber er senkte den Kopf, um Rutgars Starren auszuweichen. »Verzeiht, mein Herr, aber unter dem alten König musste ich die Zügel etwas schleifen lassen. Gezwungenermaßen, wenn Ihr versteht.«

Rutgar schüttelte den Kopf. »Nein, ich verstehe nicht.«

»Gegen Ende hin war es unter Orskarr schlimm«, sagte Stiraz leise und wischte sich mit dem Handrücken über die Nase, als wollte er ein Schluchzen unterdrücken. »Er sah überall Verräter und ließ ständig wahllos Leute hinrichten. Viele meiner besten Männer liefen einfach davon, und irgendwann sah ich mich gezwungen, zwielichtige oder verzweifelte Gestalten anzuheuern, weil es in ganz Sunnastad niemanden mehr gab, der sich bei der Garde verdingt hätte.«

»Und wäre das nicht umso mehr Grund, dass man sich jetzt bei der Verrichtung seiner Arbeit wieder etwas mehr anstrengt, anstatt sich bei Wein und Karten das Gehänge zu schaukeln?«, erkundigte sich Rutgar mit aller gebotenen Höflichkeit.

»Wir sollten ungeachtet unseres verständlichen Grolls über diesen ungeheuerlichen Vorfall eines nicht vergessen«, unternahm Nasta einen Versuch, die Wogen zu glätten. Die Halblingsfrau zeigte auf den ermordeten Gardisten. »Dieser Mann hier hat sein Leben gegeben, um den Herrscher Westborns zu schützen. Ihm wird doch wohl kaum jemand unterstellen wollen, dass er seine Pflichten vernachlässigt hat.«

Wo sie recht hat, hat sie recht. Rutgar ging in die Hocke, um sich die Leiche näher anzuschauen. Erst jetzt nahm er wahr, dass die Waffe der Wache ein kleines Stück abseits lag – der Attentäter musste seinem Opfer erst die Hellebarde entrissen haben, ehe er ihm den Dolch in den Hals getrieben hatte. *Mir dämmert, was das Klirren war, das mich aus meinem merkwürdigen Traum mit der zerspringenden Krone gerissen hat.* Er sah zu Nasta auf. »Ich gehe davon aus, dass dieser Mann sich wenigstens ansatzweise gewehrt hat. Wir haben es ihm zu verdanken, dass ich überhaupt auf diesen feigen Angriff aufmerksam geworden bin.«

»Er wird das Begräbnis eines Helden bekommen«, versicherte ihm Nasta.

Rutgar betrachtete den Dolch, der der Wache den Tod gebracht hatte und noch immer im Nacken steckte. Die Waffe erschien ihm ungemein fremdartig: Das, was er von ihrer blutverschmierten Klinge sehen konnte, war aus einem glatten schwarzen Material gefertigt. Der krude Griff bestand aus rauem Horn, womöglich aus dem Geweih eines Hirschen oder Rehbocks. Kantige Symbole, die an Reihen spitzer Zähne gemahnten, waren in ihn hineingeritzt. Rutgar zog prüfend an dem Dolch, der sich mühelos aus der Wunde löste. Er ignorierte Brekks erschrockenes Würgen und stellte sich eine spannende Frage: *Warum hat der Meuchler diesen Dolch zurückgelassen?*

»Vulkanglas.« Stiraz beugte sich in einer Wolke aus saurem Weingestank zu Rutgar hinunter. »Dann müssen Orks im Spiel sein. Die meisten Schweineleute wissen nicht einmal, wie man Eisen schmiedet.«

»Ja. Ich habe einen Ork gesehen.« Um seinen Magen und sein Gedärm zu schonen, richtete sich Rutgar aus seiner hockenden Haltung auf. »Er war vermummt, aber seine Hauer hatte er nicht versteckt.«

»Orks?« Jarold öffnete die Tür ein wenig weiter. »Könnte es sein, dass es diese Leute vom Marktplatz waren, die Ihr gegen Euch aufgebracht habt, Brekk? Trachten sie am Ende gar nicht mir, sondern Euch nach dem Leben? Oder schlimmer noch: Glauben sie etwa, es würde Euch einen schmerzlichen Verlust beifügen, wenn sie mich umbringen?«

»Wir sollten nicht zu vorschnellen Urteilen gelangen, Karridakis.« Brekk hatte sich von der Leiche abgewandt und hielt sich ein in Rosenöl getränktes Dufttüchlein unter die Nase. »Orks waren hierzulande doch nie sehr wohlgelitten. Dass sie jetzt und hier ein solches Blutbad anrichten, hat unmöglich etwas mit mir zu tun.«

»Blutbad? Was für ein Blutbad?« Rutgar runzelte die Stirn. »Ist das nicht angesichts eines einzelnen Toten ein bisschen übertrieben?«

»Aber es sind doch mindestens drei Tote!«, entrüstete sich Brekk. »Da werde ich doch von einem Blutbad reden dürfen!«

Angesichts des unlängst erfolgten Anschlags auf sein Haus daheim in Taurar hielt Rutgar drei Tote zwar immer noch nicht für einen berechtigten Anlass, gleich das Wort Blutbad zu bemühen, aber darüber konnte er sich später aufregen. »Drei Tote? Wo sind die anderen beiden?«

»Drunten im Turm, vor dem Aufgang zur Treppe«, klärte ihn Stiraz auf.

Rutgar knurrte und machte sich auf den Weg nach unten, begleitet vom Gardehauptmann, der beschwichtigend auf ihn einredete und immer neue Erklärungen dafür fand, wie der Attentäter die Wachleute überlistet haben musste. »Da ist Hexerei im Spiel. Oder Skaldat. Oder ein anderes Artefakt, wie sie diese Wilden bauen. Vielleicht hat er sich auch durch ein grausiges Ritual die Unterstützung eines Dämons oder bösen Geistes gesichert.«

»Was meint Ihr dazu?«, fragte Rutgar Kaimu Kala, die sich ihm ebenfalls angeschlossen hatte – bislang jedoch dankenswerterweise schweigend.

»Nichts.« Die Orkin blickte ungerührt drein, während sie die Stufen der gewundenen Treppe hinunterschritt. »Ich weiß noch nicht genug, um etwas zu meinen.«

»Aber gibt es solche Rituale?«

»Die Geister lassen sich durch vieles rufen und freundlich stimmen.« Kaimu Kala zog ihren Pelz fester um sich. »Atem, Samen, Blut. Und es gibt genügend Geister, denen es gleich ist, welches Blut sie fließen sehen.«

Die beiden toten Gardisten lagen unter dem Rundbogen, den man passieren musste, wenn man vom Fuß des Turms aus die Treppe betreten wollte, die zu seiner Spitze hinaufführte. Der Meuchler hatte die Leichen so abgelegt, dass sie in den von den Stützpfeilern geworfenen Schatten beinahe unsichtbar waren. Stiraz eilte los, eine Fackel zu besorgen, um etwas Licht ins Dunkel zu bringen. Es zeigte sich, dass jeder der Gardisten einem Pfeil zum Opfer gefallen war, der sich ihm durchs Auge in den Schädel gebohrt hatte.

Stiraz wies auf die bunte Fiederung der Geschosse und die Runen, die in die Schäfte graviert waren. »Schweineleute. Ohne jeden Zweifel.«

Rutgar spürte dennoch ein seltsames Kribbeln im Hinterkopf. *Irgendetwas hier ist faul.*

»Was schaut Ihr so misstrauisch?«, wollte Stiraz wissen.

»Ich habe nur *einen* Meuchler gesehen«, sagte Rutgar.

»Und?«

»Und der hatte keinen Bogen dabei.«

»Er könnte ihn abgelegt haben«, schlug Stiraz vor. »Nachdem er diese armen Kerle einen nach dem anderen ins Jenseits befördert hat.«

»Merkt Ihr denn nicht, was Ihr da erzählt?« Rutgar musste tief Luft holen und sich mit einer Hand am nächsten Pfeiler abstützen, da sein Magen erneut aufbegehrte. »Was für ein Meisterschütze soll das denn gewesen sein? Zwei Männern genau ins Auge zu schießen, und noch dazu in so rascher Folge, dass der zweite nicht einmal die Warnglocke dort drüben läuten kann, nachdem es den ersten erwischt hat?«

Stiraz nahm den Kopf zwischen die Schultern und riss die Augen weit auf. »Womöglich hat ihm auch hier ein Geist geholfen.«

»Das ist nicht das Werk eines Norgers«, verkündete Kaimu Kala mit einer Entschlossenheit, die jegliche Einwände abwehrte. »Kein Norger kann das getan haben. Meine Leute tragen daran nicht die Schuld.«

Ihre Überzeugung weckte Rutgars Neugier. »Wie könnt Ihr Euch da so sicher sein?«

»Weil sie ihresgleichen zu schützen trachtet, diese verschlagene Brut«, giftete Stiraz.

»Ich kann mich nicht erinnern, Euch Versager nach Eurer Meinung gefragt zu haben«, sagte Rutgar scharf. »Wenn mir danach ist, mir das klägliche Maunzen eines alten, zahnlosen Löwen anzuhören, gebe ich Euch Bescheid.«

»Die Pfeile.« Kaimu Kala kniete sich neben eine der Leichen und streichelte über die Fiederung des Pfeils. »Das sind Federn des Roten Forkenschweifbussards. Dieser Vogel lebt nur im Revier der Ukimja Ukwato, der Leisen Klauen.«

»Ist das so?« Rutgar war verwirrt. »Was wollt Ihr mir damit sagen?«

»Der Dolch oben. Sein Griff ist von einem Riedspringer.« Kaimu Kala lächelte zufrieden. »Riedspringer findet man nur dort, wo die Mawimba Mawawa wohnen, die Sumpfsänger. Also sind die Norger unschuldig.«

»Ich verstehe nicht ganz«, räumte Rutgar ein.

»Da gibt es auch nichts zu verstehen«, zischte Stiraz. »Das ist doch nur wirres Zeug.«

»Ihr seid also nicht nur unfähig, sondern auch noch taub.« Rutgar rieb sich den Magen. »Das ist Eure letzte Warnung, Hauptmann. Ihr redet besser nur noch, wenn Ihr gefragt werdet.«

Stiraz' Augen funkelten, aber er hielt den Mund.

»Ich helfe Euch beim Verstehen«, sagte Kaimu Kala. »Der Tag, an dem die Leisen Klauen und die Sumpfsänger gemeinsam ausziehen, um Blut zu vergießen, ist der Tag, an dem Wasser kein Feuer mehr löscht.«

»Dann sind diese beiden Stämme also miteinander verfeindet?«, fragte Rutgar.

»Sie führen eine Mütterfehde«, antwortete Kaimu Kala. »Die einen ruhen erst, wenn die letzte Mutter der anderen getötet ist.«

Rutgar wog die Worte der Orkin ab. *Was für einen Grund hätte sie, mich anzulügen? Da fallen mir eigentlich nur zwei Möglichkeiten ein: Entweder sie ist selbst in den Anschlag verstrickt, oder sie befürchtet Vergeltungstaten gegen die Angehörigen ihres Vol-*

kes. *Ersteres glaube ich nicht, denn sonst wäre sie längst aus der Burg geflüchtet, anstatt mich bei meinen Ermittlungen zu unterstützen. Und Letzteres ist ein hehres Motiv, das ich ihr schlecht verübeln kann. Und trotzdem …* »Aber ich habe mit eigenen Augen einen Norger gesehen.«

»Ist das die Wahrheit?« Sie sah ihn lange und durchdringend an. »Es war ein Norger, der den Prinzen töten wollte?«

»Ich habe die Hauer eines Norgers gesehen.« Rutgar versuchte, den Attentäter noch einmal vor seinem inneren Auge heraufzubeschwören. »Den Rest des Gesichts konnte ich nicht erkennen.«

»Und Ihr riecht krank«, fügte Kaimu Kala mit geblähten Nasenlöchern hinzu. »Krankheit kann die Sinne täuschen, Prinzenbruder. Täuschung ist der Weg der Menschen. Sie geben sich oft als Norger aus, wenn der Zwang, Böses zu tun, von ihnen Besitz ergreift. Und alle glauben dann, dass wir es sind, die morden und rauben und plündern und brandschatzen.«

»Stimmt das?«, erkundigte sich Rutgar bei Stiraz. »Kommt das häufiger vor, dass sich irgendwelche Banditen als Orks verkleiden, um den Verdacht von sich abzulenken?«

Stiraz zögerte mit einer Antwort, als würde er erst abwarten wollen, ob Rutgar tatsächlich etwas an seiner Meinung lag. »Was heißt schon häufig?« Stiraz zuckte mit den Achseln. »Jedenfalls ist es nicht so, dass noch nie jemand von so etwas gehört hätte. Und warum auch nicht? Es ist ja eine gute Tarnung, weil die Orks dazu neigen, unschuldige Menschen zu überfallen und umzubringen, die ihnen kein Haar gekrümmt haben.«

Nun sah Rutgar fragend zu Kaimu Kala.

»Manchmal töten Norger, und manchmal werden Norger getötet«, sagte sie ruhig. »Solange der Wald lebt, wird es immer so sein.«

Ehe Rutgar sich diese rätselhafte Äußerung näher erläutern lassen konnte, wurde er durch rasche Schritte auf der Treppe abgelenkt. Er war schon bereit, seinen Dolch zu zücken, da erkannte er die vertraute Gestalt, die da die Stufen hinuntereilte.

»Was bei allen Göttern machst du hier?«, pflaumte er seinen Bruder an. Er musste ein übles Aufstoßen unterdrücken, als er Jarold am Arm fasste und einige Schritte mit sich fortzog. »Willst du denn unbedingt abgestochen werden?«, flüsterte er mit einem eklen, sauren Geschmack im Mund.

»Reg dich nicht auf.« Jarold deutete mit dem Daumen über die Schulter hinter sich. »Ich habe schlagkräftige Begleitung.« Er meinte die Zwiebelritterin, die nun in den Rundbogen trat, um die Leichen dort in Augenschein zu nehmen. »Sie würde nie zulassen, dass mir etwas zustößt.« Jarold legte ihm in einer Geste der Vertrautheit den Arm um die Schultern. »Kannst du mir schon verraten, was es mit diesem ganzen Trubel auf sich hat?«

»O ja.« Rutgar schob ihn ein Stückchen von sich weg. »Entweder bist du aus irgendwelchen Gründen bei den Orks bereits so unbeliebt, dass bis aufs Blut verfeindete Stämme gemeinsam Krieger entsenden, die in den magischen Künsten bewandert sind, um dich auf jeden Fall tot zu sehen.«

Jarold gefror das breite Grinsen. »Oder?«

Rutgar krallte die Finger in seinen Bauch, um gegen einen quälenden Krampf anzukämpfen. Als er wieder zu Atem kam, offenbarte er keuchend seine naheliegende, aber nichtsdestominder erschütternde Vermutung: »Oder jemand vermeintlich Zivilisiertes hat beschlossen, dich loszuwerden. Jemand, der den Mord an dir gerne den Orks in die Schuhe schieben möchte. Und wenn ich die Westborner nicht völlig falsch einschätze, leben alle von ihnen, die gerissen genug wären, eine solche Intrige zu spinnen, hier.«

»Hier?«

»Hier in dieser Burg.«

9

*Der Grat zwischen unserer Kunst und der
Scharlatanerie kann bisweilen höchst schmal verlaufen –
in solchen Fällen ziemt es sich, genau zu
wissen, auf welcher Seite man in die Tiefe stürzen will.*

Aus *Berechtigte Warnungen an Sorgsame Künstlerinnen*

Die späte Abendsonne strahlte durch die hohen Fenster und brach sich als trügerisches Leben in den toten Glasaugen der am höchsten aufgehängten Jagdtrophäen. Unter der gewaltigen Harpyie, die als Orskarrs letzte Jagdbeute dem Königsstuhl am nächsten stand und aus ihrem gezahnten Schnabel zu brüllen schien, war ein neuer Sockel aufgebaut worden. Jarold hatte darauf bestanden, das kleinere Laubschreckenweibchen aus dem Wäldchen zu holen und in beeindruckender Drohhaltung im Thronsaal auszustellen. Immerhin hatte er selbst der rinderfressenden Bestie den Garaus gemacht, nachdem Nasta sie zu Fall gebracht hatte. *Hoffentlich braucht der Balgabzieher noch ewig, um das Vieh so zu bearbeiten, dass etwas halbwegs Lebensechtes dabei herauskommt. Schön, dass der Prinz so stolz auf sich ist, aber in meinem Lehnseid war nie die Rede davon, dass ich den ständigen Anblick von solch riesenhaftem Kroppzeug ertragen muss.*

»Jedenfalls«, fuhr Telo Stiraz fort, »haben wir damit begonnen, alle Schweineleute von Sunnastad zu befragen und ihre Behausungen zu durchsuchen, Hoheit. Man kann ja nie wissen. Vielleicht bietet jemand von diesem Pack dem feigen Meuchler Unterschlupf.« Telo warf Kaimu Kala einen misstrauischen

Blick zu. Im Schatten des doppelköpfigen Waldlöwen lag die Gestalt der Orkin fast völlig im Dunkeln. Nur das leise Rascheln ihres Federumhangs wies darauf hin, dass sie nicht ebenfalls zu der langen Reihe regloser Jagdtrophäen gehörte.

Nasta teilte die Bedenken des Hauptmanns. *Was wohl in Kaimu Kalas Kopf vorgeht – jetzt, wo ein Angehöriger ihres Volkes in Sunnastad des Hochverrats verdächtig ist? Wenn der Schuldige wirklich Hauer im Gesicht trägt, haben wir Pech gehabt. Dann werden die Schweineleute enger zusammenstehen als die Latten an einem Zaun. Keinen Mucks werden sie dazu sagen, wer das neue und alte Königsgeschlecht um ein Haar im Keim erstickt hätte. Die Orks konnten Recht und Unrecht noch nie auseinanderhalten. So trotzig, wie sie sind, wenn es darum geht, ihren Willen durchzusetzen, kennen sie weder Reue noch Einsicht.*

»Und?«, erkundigte sich Rutgar ungeduldig. »Haben die behutsamen Nachfragen deiner Garde irgendetwas Verwertbares ergeben?« Der Bruder des Prinzen hielt die Arme vor der Brust verschränkt und funkelte den redlich bemühten Hauptmann grimmig an.

Der fasste seinen abgegriffenen Lederhelm fester, als befürchtete er, unter Rutgars giftigem Blick könnte ihm das Rüstzeug aus den Fingern rutschen. Hilfe suchend sah er zu Jarold hinüber.

Der schien sich jedoch nur für ein schwach erleuchtetes Buntglasfenster zu interessieren, in dem die geschlagenen Sippenführer des letzten Orkaufstands dem König ihre Waffen zu Füßen legten.

Telo schluckte und rang sich eine Antwort ab. »Noch nicht. Aber ich bin mir sicher, wenn wir nur entschlossen fortfahren, werden wir sicher bald den Aufenthaltsort ...«

Rutgar winkte unwirsch ab. »Werden wir nicht. Weil ich mir sehr sicher bin, dass die Norger auch weiterhin kein hilfreiches Wort mit jemandem wechseln werden, der ihre Türen auftritt und ihre Hütten auf den Kopf stellt.«

Telo bekam kreisrunde Augen und bewegte stumm den Mund, als probte er eine Erwiderung.

Rutgar beendete diesen Versuch, indem er einfach fortfuhr. »Ihr werdet sofort mit diesen sinnlosen Durchsuchungen aufhören. Ich werde die Ermittlungen nun allein fortsetzen. Ihr hört von mir, Hauptmann, sollte ich die Unterstützung Eurer Garde dabei brauchen.« Er blickte zu Jarold. »Einverstanden, Bruder?«

»Einverstanden«, entgegnete Jarold geistesabwesend, senkte den Blick vom Fenster zu Telo, lächelte strahlend und fuhr in nun aufrichtig freundlichem Ton fort: »Habt vielen Dank, Hauptmann, für Eure aufopfernde Mühe und die nicht minder lobenswerten Anstrengungen Eurer Männer. Ihr dürft jetzt gehen.«

Telo sah verwirrt zwischen Rutgar und Jarold hin und her, scheiterte aber offenbar daran, aus den widersprüchlichen Rückmeldungen über die Güte seiner Arbeit schlau zu werden. Er nickte, verneigte sich ungelenk und verschwand rasch durch das offen stehende Eichenportal nach draußen.

Rutgar hatte die Augen geschlossen und massierte mit Daumen und Zeigefinger seinen Nasenrücken, als hätte ihm das Gespräch Kopfschmerzen bereitet.

Nasta fiel auf, wie blass der Prinzenbruder immer noch war, obwohl er sich von den schlimmsten Auswirkungen seiner Übelkeit erholt hatte. Sie war hin- und hergerissen. *Natürlich hat er recht, wenn er sagt, dass das Vorgehen der Garde nicht gerade dafür sorgt, dass uns die Orks unterstützen werden. Aber bei der Suche nach Hinweisen auf den Meuchler ihre Hütten nicht gründlich zu durchsuchen – ist das wirklich klug?*

Ihre Gedankengänge wurden unterbrochen, als Jarold sich ihr zuwandte und gut gelaunt mit einem Stiefelabsatz aufstampfte. »Jetzt, wo die Ermittlungen bei meinem Bruder in so guten Händen sind, würde ich mich gerne wieder der Aufgabe zuwenden, Westborn besser kennenzulernen.« Er deutete mit einer Kopfbewegung auf den leeren Trophäensockel. »Gibt es noch andere Ungeheuer in der Nähe, die meine Untertanen Hab und Gut oder gar das Leben kosten können? Ich würde unseren kleinen Jagdausflug sehr gerne wiederholen, meine Teuerste. Der letzte war ungemein unterhaltsam.«

Nasta spürte, wie ihr das Blut in die Wangen schoss. »Nun, Hoheit, ich … also das Wort *unterhaltsam* hätte ich sicher nicht gebraucht, denn schließlich wärt Ihr doch beinahe …«

Sie musste nicht fortfahren, denn mit einem Mal trat die schwarz verschleierte Alchimistin, die sich den ganzen Morgen über im Hintergrund gehalten hatte, auf die Treppenstufen vor dem Königsthron. Galla Piparion hob einen schlanken, behandschuhten Finger. »Wenn ich kurz etwas anmerken dürfte?«, hallte ihre wohlklingende Stimme von den hohen Mauern des Raumes wider.

Jarold beugte sich vor und musterte mit hellen Augen den Schleier, als hoffte er darauf, das Gesicht dahinter doch irgendwie lesen zu können. »Aber selbstverständlich.«

Die Angesprochene neigte dankend den Kopf. »Ich habe eine Kleinigkeit anzumerken, was das Kennenlernen von Westborn angeht. Meine Nachforschungen haben Hinweise auf einen Ort im Osten ergeben, an dem sich eine hohe Konzentration von rotem Skaldat befindet.« Galla machte eine dramatische Pause, ehe sie fortfuhr. »Es böte sich an, das Angenehme mit dem Nützlichen zu verbinden und diesen Ort zu besuchen, der immerhin großen Reichtum verspricht. Sobald ich etwas Genaues über die Lage des roten Skaldats herausgefunden habe, natürlich.«

»Erstaunlich«, entfuhr es Jarold mit hochgezogenen Augenbrauen.

»Nachforschungen?« Der bärtige Seneschall Leviko konnte sich nicht zurückhalten. »Wie ist das möglich? Der Hofstaat seiner Hoheit hat den Palast doch kaum verlassen, höchstens für kurze Besorgungen in Sunnastad selbst. Wie könnt Ihr so weit in den Osten blicken?«

Galla seufzte vernehmlich, als verletzte sie solch geringes Zutrauen in ihre Fähigkeiten. Mit ausgestrecktem Arm wies sie auf die Priesterin namens Astrud, die sich daraufhin geschmeidig von ihrem Hocker erhob und ergeben das Haupt in Jarolds Richtung neigte. »Dank einer edlen Gabe Nundirovils hatte ich die Möglichkeit, an eine kleine Menge rotes Skaldat zu kommen. Und dank einer glücklichen Fügung habe ich in dieser Burg eine Unterkunft erhalten, die von einem Wandteppich geziert wird, der eine Karte von Westborn zeigt. Da Skaldat immer zu Skaldat wandert, stehe ich kurz davor, den nächstgelegenen Fundort ausfindig zu machen.«

Nasta runzelte die Stirn. *Woher hat diese Hurenpriesterin noch mehr rotes Skaldat? War die Münze, die sie Jarolds Vater zum Geschenk gemacht hat, etwa nur der winzige Teil eines viel größeren Vorrats, auf den sie jederzeit zurückgreifen kann?*

Jarold schüttelte verwundert den Kopf. »Skaldat wandert zu Skaldat? Erläutert das bitte.«

Galla nickte und fuhr fort. »Es ist in der Tat so, dass eine kleinere Menge Skaldat von einer bestimmten Farbe dabei helfen kann, eine größere Menge derselben Farbe zu entdecken. Es ist, als wäre alles Skaldat einer Farbe einst Teil desselben Ganzen gewesen und strebte nun immer zueinander. Indem ich das Skaldat erwecke – im Falle des roten Skaldats, indem ich es in einer Feuerschale erhitze –, kann ich es einsetzen, um im Spiel von Flammen und Schatten auf dem Wandteppich mehr Skaldat zu entdecken.«

»Und wie genau?«, warf Rutgar ein, die Augen zu schmalen Schlitzen verengt.

Galla begegnete ihm mit einem sonnigen Lächeln, das ungeachtet ihres Schleiers laut und deutlich in ihrer Stimme mitschwang. »Ich kann nicht all meine Geheimnisse in dieser Runde preisgeben, geneigter Rutgar. Es hat seine Gründe, weshalb die Sorgsame Kunst ein jahrelanges Studium erfordert.«

»Ah ja«, antwortete Rutgar tonlos. »Und sind Eure Ergebnisse ebenfalls ein Geheimnis? ›Im Osten‹ klingt ehrlich gesagt noch nicht wie etwas, das es wert wäre, als ›Ergebnis‹ bezeichnet zu werden.«

Nasta stutzte. *Was hat der Prinzenbruder denn für eine schlechte Laune? Ob ihn vielleicht doch noch sein Magen plagt?*

Galla antwortete in einem merklich kühleren Tonfall: »Es gilt in jedem Fall, noch einige Variablen näher zu bestimmen. Der Fundort, der natürlich wegen des roten Skaldats in irgendeiner Form heiß sein dürfte, liegt außerdem noch in der Nähe von Wasser und Pflanzen. Nur welches Wasser und welche Pflanzen, das muss genauer ergründet werden. See, Meer, Quelle oder Mündung, Moor, salzig oder süß. Nadelwald, Steppengras, Mangroven, Laubwald, Mischwald … oder etwas Exotischeres.«

Nasta blinzelte. *Quelle, Wald, Hitze und im Osten?* »Hoheit?« Zaghaft trat sie einen Schritt vor. »Ich glaube, hier könnte Hedskilde gemeint sein.«

Galla fuhr zu ihr herum und faltete interessiert die Finger ineinander. »Hedskilde?«

»Ja.« Auch die Blicke der anderen ruhten nun auf ihr. »Es liegt im Osten von hier. Eine alte Wallburg in der Nähe eines Orkwalds, von heißen Quellen umringt. In diesem Lehen wird seit langer Zeit rotes Skaldat gesammelt.«

Rutgar schmunzelte. »Aha. Ein ganz neues Vorkommen, das Ihr da aufgetan habt, Galla.«

Galla wandte sich betont langsam in Richtung des Throns um. »Ich habe mit keinem Wort gesagt, dass es nur neue Skaldatvorkommen sind, die mich interessieren.«

»Sehr schön!« Jarold unterbrach das sich anbahnende Wortgefecht mit einem begeisterten Klatschen. »Eine ausgezeichnete Idee, Galla. Ich werde mir diesen Ort nur zu gern ansehen. Heiße Quellen! Das klingt sehr vielversprechend. Nach Entspannung für Körper und Geist.«

Rutgar sah mit einem Gesichtsausdruck zu ihm herüber, der darauf hindeutete, dass er glaubte, sein Bruder habe bereits zu heiß gebadet.

Nasta witterte die Chance, die Bedenkzeit, die der König in spe sich ausgebeten hatte, drastisch zu verkürzen. »Tatsächlich ist es Sitte in Westborn, Hoheit, dass der neue König die wichtigsten Orte seines Reiches bereist und bei allen Wallfürsten einkehrt. Sobald Ihr den Thron bestiegen habt, werden wir also auf eine große Reise gehen, und Hedskilde zählt tatsächlich zu unseren ersten Zielen.«

Jarold legte nachdenklich zwei Finger ans Kinn. »Nun habe ich mich ja aber leider noch nicht entschieden.«

Nasta nickte mit einem hoffnungsvollen Augenaufschlag.

»Aber das ist ja kein Hindernis«, fuhr der Thronerbe fort. »Seneschall Leviko? Macht alles für eine Reise zu den Wallfürsten bereit. Ich werde mir das Reich ansehen, bevor ich mich für oder gegen die Krone entscheide.«

Die Enttäuschung ließ Nasta beinahe in die Knie gehen. Es half nicht, dass Rutgar sie zusätzlich mit einem Blick bedachte, der sogar einen meisterhaft gefertigten Buntstahlsäbel binnen weniger Wimpernschläge zu Schlacke zersetzt hätte.

»Jawohl, Hoheit.« Leviko nickte und betrachtete Nasta besorgt, ehe er sich umwandte und den Saal verließ.

»Das ist keine gute Idee«, gab Rutgar zu bedenken. »Wir haben noch nicht herausgefunden, wer für den Anschlag verantwortlich ist. Solange wir nicht wissen, aus welcher Richtung der nächste Dolch geflogen kommt, sollten wir nicht einfach die Burg verlassen. Auf der Straße sind wir noch angreifbarer.«

Jarold lächelte, doch sein Blick blieb kühl. »Ich habe doch dich, Bruder, und vollstes Vertrauen in deine Fähigkeiten. Ganz davon abgesehen, dass dem alten König ein einfaches Fenster in ebenjener Burg hier zum Verhängnis wurde.«

Rutgar verdrehte die Augen. »Wir wissen ja wohl beide, dass das Fenster dem König wohl nicht absichtlich nach dem Leben getrachtet hat, oder? Und natürlich hast du mich. Trotzdem kommen meine Fähigkeiten unglaublich viel besser zur Geltung, wenn du davon absehen könntest, dich aus purer Langeweile dem nächstbesten mordlüsternen Feind an den Hals zu werfen.«

Der Thronerbe runzelte die Stirn. Ganz offensichtlich wollte er sich den Spaß, den er mit einer Reise durch Westborn verband, nicht verderben lassen. »Wenn wir doch nur eine Möglichkeit hätten, die Zukunft vorherzusehen.« Sein Blick wanderte in Richtung der Orkin.

»Das ist doch nicht dein Ernst«, zischte Rutgar.

»Das ist mein voller Ernst«, widersprach sein Bruder, und Jarolds nächster Satz jagte Nasta einen Schauer über den Rücken. »Ich habe davon geträumt, wie sie mir die Zukunft vorhersagt. Ich habe vieles aus dem Traum wieder vergessen, aber ich weiß noch, dass es faszinierend war. Ich freue mich sehr darauf.«

Nasta fiel auf, dass die Sonne inzwischen untergegangen war. Die Feuerschalen neben dem Thron und bei der Ausgangspforte waren nun die hellsten Lichtquellen im Saal. Kaimu Kala trat mit rundem Rücken zum ersten Treppenabsatz vor, der zum Thron hinaufführte. Die pechschwarzen Augen der Orkin schimmerten, und sie verbarg Arme und Hände unter ihrem blauen Federumhang.

Nasta ballte die Fäuste. Nicht nur sie selbst, sondern auch alle anderen anwesenden Mitglieder des Hofstaats bedachten die Orkin mit abweisenden Mienen. Die Leibgardisten in der Nähe des Throns wechselten schockierte Blicke. *Wie schafft es diese Schweinefrau nur immer wieder, die Aufmerksamkeit der Herrscher Westborns zu fesseln? Und das auch noch ohne große Worte …*

Unter Kaimu Kalas Umhang kamen ein Messer und eine dunkle Schale zum Vorschein. Sogar von hinten war beides ausgezeichnet zu sehen, denn sie streckte die Hände weit zu den Seiten aus, damit alle Anwesenden die Werkzeuge ihres Rituals erkennen konnten. Nasta musterte die erblassten Leibgardisten, die ihre Hellebarden nun halb gesenkt trugen. *Sie hat gut daran getan, das Messer schon so früh zu ziehen. Sonst wäre sie jetzt tot.*

»Hören und schmecken«, begann die Schamanin, »müssen dich die Geister.« Sie deutete auf die kleineren verschlossenen

Pforten, die vom Thronsaal in Nebenräume führten. »Alle Türen müssen geöffnet werden, und sie hören dich.« Sie legte das Messer in die Schale und hob beides in Jarolds Richtung. »Gib ihnen Blut, und sie schmecken dich.«

Jarold betrachtete die Schale mit leicht geweiteten Augen. »Wie viel?«

»Nicht viel.« Kaimu Kala schob das Kinn vor und präsentierte stolz ihre makellosen Hauer. »Noch.«

Jarold leckte sich über die Lippen. Einen Moment lang rührte er sich nicht, doch dann winkte er in Richtung der Türen und blaffte barsch die Leibgardisten an: »Worauf wartet ihr? Öffnet die Türen!«

Zögernd setzten sich die Soldaten in Bewegung. Während die Orkin gemessenen Schritts die Treppen erklomm, öffneten sich knarrend die Pforten. Ein eiskalter Windhauch aus den unbeheizten Teilen der Burg erfasste Nasta. Fröstelnd zog sie ihren Wappenrock enger um sich, als die Flammen in den Feuerschalen unruhig zu flackern begannen.

Ohne Scheu ergriff die Orkin die Hand des Thronerben mit ihren langen Fingern und drehte überraschend sanft dessen Handfläche nach oben. Von Rutgar, der einen Schritt näher gekommen war, ließ sie sich dabei nicht beirren. Sie hatte die Augen halb geschlossen, und ihre Lider zuckten. Die Zugluft blähte den Federumhang auf, und ihre dicken Zöpfe tanzten um den Kopf.

Schatten aus schweren, kriegerischen Zeiten erwachten in Nastas Erinnerung, als die Orkin weithin hallend in der Sprache ihres Volkes zu sprechen begann – fremdartige Laute, rasch und eng aneinandergereiht, der gutturale Klang der Wildnis.

Kaimu Kala hob das Messer, das aussah, als wäre es aus einer narbigen Borke gerissen und nicht etwa aus Metall geschmiedet worden. Trotzdem zog die Schneide eine feine rote Linie über Jarolds Daumenballen, doch kein Blut quoll daraus hervor. Die Orkin, die noch immer in ihrer wilden Sprache sang, führte das Messer über die Schale, und ein einzelner, übergroßer Tropfen Blut löste sich aus der Wunde. Kaimu Kala nahm die Schale in beide Hände und presste sie mit einem kehligen Seufzen fest gegen ihren Bauch. Beinahe genießerisch atmete die Schamanin tief ein und legte den Kopf in den Nacken. Ihre Nasenlöcher blähten sich weit wie die Nüstern eines wilden Tieres.

Eine tiefrote Ameise kletterte aus der Schale an Kaimu Kalas Gewand empor. Fast wäre Nasta das kleine Tier im flackernden Licht der aufgewühlten Feuerschalen entgangen. Zielstrebig stieg das Insekt höher hinauf, erreichte den faltigen Hals der Schamanin, krabbelte über ihr Kinn und die geöffneten Lippen hinweg und verschwand in ihrer Nase. Unbeirrt sprach Kaimu Kala weiter, doch sie ging dabei in die Knie, schwenkte den Kopf hin und her wie eine Betrunkene. Dann sah Nasta das Blut, das aus dem Nasenloch zu rinnen begann, in dem die Ameise verschwunden war. Der Blutfluss wurde heftiger, doch die Schweinefrau saß ungerührt mit wiegendem Körper auf der Treppe, und das Einzige, was nun versiegte, war der stete Strom ihrer Worte. Die atemlose Stille wurde nur vom Heulen des eisigen Windes durchbrochen, der zwischen den geöffneten Türen durch den Thronsaal streifte.

Plötzlich presste die Schamanin beide Hände auf die Ohren. Ihr schmerzverzerrtes Gesicht zuckte, und sie biss die Zähne so fest aufeinander, dass Nasta sie knirschen hörte. Wenige Herzschläge später brach Kaimu Kala mit einem lauten Wimmern in sich zusammen. Ihr Kopf schlug hart auf die Stufen, und sie rollte schlaff und so gut wie leblos bis auf den roten Teppich hinunter.

Alle Anwesenden schienen zu Salzsäulen erstarrt, bis Jarold von seinem Hocker aufsprang und zu der gestürzten Orkin hinabeilte. Zärtlich bettete er sie in seine Armbeuge und fuhr ihr mit einer Hand über die Stirn. Auf seinen Fingern glitzerte Blut.

Kaimu Kala schlug die Augen auf. »Der Baum schreit«, sagte sie – so heiser und düster, als wäre zuvor jahrelang kein Wort mehr aus ihrer Kehle gedrungen.

»Und über mich?«, fragte Jarold. »Was hast du über mich erfahren?«

»Du wirst den Saft dieses Landes trinken. Er wird in dir aufsteigen, und die Tiere des Waldes werden vor, auf und in deinem Leib wohnen.«

Jarold strahlte. »Ich werde also gut sein für dieses Land?«

»Tod und Verderben«, entgegnete die Orkin mit bebenden Lippen. »Die Diener der reichen Lande werden Tod und Verderben bringen.«

10

*Wer jede Ware kennt,
dem vergeht die Lust am Handeln.*

Aus den *Lektionen in Liebe
des Immerzu Lächelnden*

Allein dem Namen nach hätte Rutgar vermutet, dass es sich bei der *Durchbohrten Jungfrau* um ein Freudenhaus handelte. Früher mochte dem so gewesen sein – in einer Zeit, als jener Teil des Hafenbeckens, an dessen Kai diese Kaschemme stand, noch nicht hoffnungslos versandet gewesen war. Wenn man die Augen ganz fest zusammenkniff, konnte man sich mit etwas Vorstellungskraft vorgaukeln, dass die hellblaue Farbe an der Tür und an den Fensterläden nicht verblasst und verwittert war. Und dass die Tür und die Fensterläden nicht bedenklich schief in den Angeln hingen.

Im von Tranfunzeln beleuchteten Innern der Taverne erblickte Rutgar dann schließlich den Grund für ihren Namen. Über dem Tresen hing ein durch Lufttrocknung vor der Verwesung bewahrter Schwertfisch, auf dessen natürliche Waffe etwas aufgespießt war, was man mit viel gutem Willen als armlose Meerjungfrau von zwergenhafter Gestalt deuten konnte. Wer die Welt nicht so wohlmeinend sah, erkannte darin nicht mehr als ein ungewöhnlich großes Seepferdchen, dem jemand Brüste aus rot lackierten Walnüssen und Haar aus schwarzen Wollfäden gebastelt hatte.

Soweit Rutgar die Klientel einzuschätzen vermochte, fanden sich hier die glückloseren – um nicht zu sagen die glücklosesten – Bewohner Sunnastads ein, um in stickiger und überhitzter Umgebung auf vielfach zerbrochenem und nur notdürftig wieder zusammengezimmertem Mobiliar einen Humpen verwässertes Bier zu heben.

Er blieb mit gerümpfter Nase im Eingang stehen und wandte sich an den fülligeren seiner beiden Begleiter. »Und Ihr hegt wirklich keinen Zweifel daran, dass Nundirovil jegliche Form des Handels gefällig ist? Selbst in einem Loch wie diesem?«

»Solange der Handel ehrlich vonstattengeht«, bestätigte Huneg ernst. Der Tempelpage ließ seine Hand mit den kurzen, aber kräftigen Fingern einen winzigen Augenblick sanft auf Rutgars Schulter ruhen. »Nur wer unredlich und mit Lügen handelt, weckt den Groll meines Herrn.«

»O nein.« Fulmar schob sich stöhnend an ihnen vorbei und schüttelte vehement den Kopf. »Nicht noch ein Streitgespräch zu Glaubensfragen. Das überlebe ich nicht.« Der Barde ging ein paar Schritte rückwärts und umkurvte mit traumwandlerischer Sicherheit Gäste wie Mobiliar gleichermaßen. »Wie steht's? Trinkt Ihr einen mit mir?«

»Ich hatte mir gerade erst den Magen verdorben«, erwiderte Rutgar lapidar, während Huneg nur rasch abwinkte.

»Wie Ihr mögt.« Fulmar steuerte zielgerichtet auf den Tresen zu, die Hand schon erhoben, um die Aufmerksamkeit des Wirts auf sich zu lenken – eines zahnlückigen Gesellen, den der übermäßige Genuss von scharfen, geisthaltigen Getränken so sehr ausgezehrt hatte, dass der aufgehängte Schwertfisch zu Lebzeiten seine liebe Mühe gehabt hätte, dieses wandelnde Knochengerippe aufzuspießen.

»Was hat Euch eigentlich hierher verschlagen?«, fragte Rutgar den feisten jungen Mann an seiner Seite. »Wie seid Ihr auf diesen grässlichen Ort gestoßen?«

»Nun, Tempelherrin Astrud schickt mich kreuz und quer durch die Stadt, um alle Lokale in Augenschein zu nehmen, die das schöne Sunnastad so zu bieten hat.« Hunegs angenehme Bassstimme verriet nicht den geringsten Anflug von Hohn –

vermutlich verlernte man das, wenn man daran gewöhnt war, im Zuge der Gottesdienste kleine Glieder als beeindruckend mächtig und faltige Haut als makellos glatt zu bezeichnen.

»Bei meinen entsprechenden Streifzügen bin ich rasch auf die *Durchbohrte Jungfrau* gestoßen – dieses Haus hat einen gewissen Ruf, wenn Ihr versteht.«

»Ich glaube, ich verstehe. Astrud möchte sehen, was die Konkurrenz ohne göttlichen Beistand zu bieten hat.« Rutgar machte eine abschätzige Geste, die sämtliche Gäste und den dürren Wirt einschloss. »Ihr würdet wirklich mit diesen Leuten ein gemeinsames Opfer an Nundirovil darbringen, auch wenn sie stinken wie die Iltisse?«

Huneg lächelte schief. »Es hat seine Gründe, weshalb zum Auftakt unseres Gottesdienstes in der Regel ein ausgiebiges Bad gehört. Wie Ihr doch sicher aus eigener Erfahrung am besten wisst, oder seid Ihr kein götterfürchtiger Mann?«

»Doch, doch. Man könnte mich beinahe schon einen Frömmler heißen.« Der Gedanke an die vielfältigen Künste, die Huneg und seinesgleichen gemeistert hatten, um den Immerzu Lächelnden zu ehren, drohten eine Erregung in ihm zu wecken, die ihm an diesem Ort ungelegen kam. »Und warum nennt Ihr Astrud Tempelherrin?«, fragte er, um sich abzulenken. »Hier gibt es doch gar keinen Tempel Nundirovils.«

»Noch nicht.« Huneg zwinkerte verschwörerisch. »Noch nicht.«

»Schön.« Rutgar beschloss, sich nicht länger um die Absichten der Geweihten zu scheren, sondern sich lieber dem eigentlichen Anlass für sein Erscheinen in dieser Kaschemme zuzuwenden. Er ließ den Blick ein zweites Mal über die versammelten zwielichtigen Gestalten schweifen. »Wo steckt er denn nun, damit ich ihm endlich den Hals umdrehen kann?«

»Dort drüben müssen wir hin.« Huneg wies auf eine Tür im hinteren Bereich des Schankraums, an der ein sonderbarer Gegenstand angebracht war. Er war anscheinend aus einzelnen Gehörnteilen verschiedener Tiere gefertigt, die man mittels

Harz und dünnen Lederschnüren zusammengefügt hatte. Rutgar brauchte einen Augenblick, um sich darüber klar zu werden, was dieses ungewöhnliche Ding wohl darstellen sollte: einen Baum. Einen kahlen, tot wirkenden Baum, in dessen Wurzelwerk sich eine Kreatur eingenistet hatte, die sich nur als zusammengerollter, geschuppter Wurm beschreiben ließ.

»Was ist das für ein Teil?«, wollte er wissen.

»Da bin ich überfragt«, antwortete Huneg.

»Ich nicht.« Wieder einmal tauchte Fulmar wie aus dem Nichts neben Rutgar auf, so schnell war er mit einem Steinguthumpen in der Hand vom Tresen zurück. Auf ganz ähnliche Weise hatte sich der Barde mit dem feuerroten Haar auch diesem Ausflug aus der Burg angeschlossen, nachdem Huneg sich mit seiner peinlichen Entdeckung sehr diskret an Rutgar gewandt hatte. Kaum waren er und der Tempelpage aus dem Haupttor getreten, trat Fulmar hinter einem am Straßenrand abgestellten Karren mit einer Lieferung verschrumpelter Kohlköpfe hervor und bot an, sie zu begleiten – ganz so, als wüsste er bereits, wohin die beiden unterwegs waren. »Das, meine werten Herren«, sagte der Barde nun, »ist ganz unverkennbar ein Totem. Das Abbild eines der Bewohner der Geisterwelt, von deren Existenz die Norger überzeugt sind. Oder eher zwei dieser Bewohner, wenn man genau sein möchte.« Fulmars angenehm volltönende Stimme nahm einen Klang an, den Rutgar bislang noch nie bewusst wahrgenommen hatte – der Widerhall einer so tiefen Schwermut, dass sie dazu in der Lage schien, den Schlag eines Herzens bis zur völligen Stille zu dämpfen. »Das eine – das obere – ist eine Art denkender und fühlender Riesenbaum, dessen Krone angeblich den zarten Bauch des Himmels streift und dessen Wurzelwerk die Welt zusammenhält. Das darunter ist der Wurm, der bedauerlicherweise auf ewig damit beschäftigt ist, an den Wurzeln des Baums zu fressen und ihn so zu vergiften. So lange, bis der Baum eines Tages von seiner inneren Fäulnis zerfressen umstürzt. Das ist der Tag, von dem die Norger überzeugt sind, dass an ihm die Welt endet.«

»Wenn man den Zustand dieses Drecklochs zum Maßstab nimmt, kann das ja nicht mehr sehr weit hin sein«, murmelte Rutgar und machte sich auf den Weg zur Tür, an der dieses sonderbare Zeugnis orkischer Schaffenskraft hing. *Ich habe genug gehört. Brekk hat sich entschieden, dem Ruf seiner Familie alle Ehre zu machen – als Lüstlinge, die jeder Perversion von Natur aus zugetan sind. Deshalb hat er sich in diesen geheimen Orkschrein begeben, um aus reinem Nervenkitzel an irgendeinem unaussprechlichen Ritual zu Ehren eines wurzelfressenden Wurms teilzunehmen. Auf Taurar könnte ich ihm das ja vielleicht noch durchgehen lassen, aber hier in Westborn steht mehr auf dem Spiel als die Frage, ob er sich etwas einfängt, von dem ihm die Nüsse abfaulen. Hier geht es um die Ehre aller Bewohner der Silbernen Insel – und vor allem um die meines Bruders.*

Rutgar riss barsch die Tür auf und nahm eiligen Schritts die hölzernen Stufen, die in einen von einem merkwürdig wabernden grünbläulichen Licht erhellten Kellerraum hinabführten. Er musste sich dabei durch eine beinahe körperlich spürbare Wand üblen Geruchs vorkämpfen, und sein nach wie vor angegriffener Magen zog sich zu einem kleinen, schmerzenden Klumpen zusammen. Es stank in erster Linie nach scharfem Schweiß, doch darunter lag ein nicht minder widerliches Aroma – wie wenn man den Kopf in ein modriges Loch hineinsteckte, in dem vor einigen Tagen eine Ratte verendet war, die sich den pelzigen Bauch mit Zimt vollgeschlagen hatte.

Rutgars Ekel legte sich ein wenig, als er bemerkte, woher die ungewöhnliche Beleuchtung rührte: Die blassen Kalksteinwände des Kellers waren mit mannshohen Symbolen – überwiegend Kreise, Spiralen und lang gezogene Wellenmuster – in einer Farbe bemalt, die von innen heraus leuchtete. Das Schimmern erinnerte Rutgar an die Abertausende Tintenfische, die sich einmal alle zehn Jahre in der Strahlenden Bucht zusammenfanden, um für ihren Nachwuchs zu sorgen. Auch diese Tiere schienen in einem solch kalten Feuer zu erglühen wie die Schriftzeichen, die die Orks hier an die Wände geschmiert hatten, um ihren zahllosen mächtigen Geistern zu huldigen, vor denen sie sich offenbar so sehr fürchteten.

Weitaus beunruhigender als das Licht war das Treiben der Orks, die sich hier unten eingefunden hatten. Ihre Zahl war schwer zu schätzen, denn sie wälzten sich in kleineren und größeren Grüppchen auf dem mit Strohmatten ausgelegten Boden über- und untereinander. Manche widmeten sich dabei allerlei Formen der körperlichen Liebe, aber beileibe nicht alle. Rutgar sah Dinge, von denen er umgehend beschloss, sie aus Gründen der eigenen geistigen Unversehrtheit wieder zu vergessen: Ein fetter Mann presste die Köpfe zweier Frauen gegen seine Brüste, als flösse Milch aus ihnen und er würde sie stillen. Ein anderer Mann leckte unablässig die Wangen einer ausgemergelten Frau, die stumm schwarze Tränen weinte. Ein junges Mädchen biss sich Teile ihrer Fingernägel ab, spie sie sich in die Handfläche und verteilte sie wie schmackhafte Häppchen an eine Schar von Verehrern, die sie eifrig bedrängte. Krächzend schlug eine Vettel, die auf dem Bauch eines Bewusstlosen kauerte, mit den Armen, als wäre sie ein Vogel, der sich in die Lüfte erheben wollte. Keiner schien auch nur die geringste Notiz geschweige denn Anstoß an Rutgars Anwesenheit zu nehmen.

»Ah«, hörte er den Barden neben sich. »Das machen sie also hier unten.«

»*Was* machen sie also hier unten?«, fragte Rutgar ungehalten.

»Wenn mich nicht alles täuscht, sind wir gerade Zeuge, wie diese Norger einen heiligen Rausch ausleben.« Fulmar war fasziniert von den Sitten der Orks. »Sie haben gemeinsam die Najoka Majaji verzehrt. Die Eier des Wurms. Eine Anspielung auf den Geist aus dem Totem oben, wie Ihr sicher schon ahnt. Die Norger akzeptieren, dass der Drang zur Hemmungslosigkeit und Zerstörung ein fester Bestandteil des Lebens ist. Der Wurm ist nichts, was man hassen müsste. Er sollte allerdings so lange im Zaum gehalten werden, wie es irgendwie möglich ist. Wer seine niedersten Triebe und Instinkte regelmäßig in geordnete Bahnen leitet, anstatt sie einfach nur aufzustauen, stibitzt dem Wurm damit gewissermaßen einen Teil der Kraft, die er braucht, um sein Werk zu verrichten. So glauben es die Norger. Zumindest hat mir das Kaimu Kala so erklärt. Falls ich sie da richtig verstanden haben sollte. Das gemeinsame Verzehren der Eier nennen sie Utoroni Nedoto Bovu, die Flucht in den fauligen Traum. Das Besondere bei dieser Zeremonie ist allerdings, dass es keine echten Wurmeier oder so etwas sind, was diese Leute gegessen haben. Das ist gewissermaßen nur ein Bild. In Wahrheit sind die Eier kleine, leuchtende Schwammpilze. Ich nehme an, die Zeichen an der Wand sind auch mit ihrem Saft gemalt.«

»Gibt es da denn keine gefährlichen Ausdünstungen?« Rutgar zog sich vorsichtshalber den Saum seines Hemds über die Nase. »Heißt das etwa, dass wir uns auch gleich so verrenken und ich anfange, irgendeinen Eurer Körpersäfte auflecken zu wollen?«

»So unterhaltsam und vergnüglich das gewiss wäre, es besteht nicht der geringste Grund zur Sorge«, entgegnete Fulmar. »Die Eier entfalten ihre Wirkung nur, wenn man sie isst.«

Huneg gluckste amüsiert. »Ihr solltet Euch einmal reden hören.«

Rutgar legte seine Nase wieder frei und schenkte dem Geweihten einen misstrauischen Blick. »Ihr wirkt von diesem Anblick hier nicht sonderlich berührt.«

Huneg zuckte mit den Achseln. »Ich mag noch keinen leuchtenden Schwammpilz gegessen haben, um Nundirovil ein guter Diener zu sein. Aber ehrlich gesagt habe ich bei den Feierlichkeiten anlässlich der Mysterien des Willfährigen Fleisches schon Bemerkenswerteres gesehen als das hier.«

Zwei Regungen kamen in Rutgar auf, um sich sogleich miteinander zu vermischen – Bestürzung und Neugier. »Ist das Euer Ernst?«

»Mein vollster«, bestätigte Huneg ohne Umschweife.

Rutgar seufzte schwer. *Warum lasse ich mich überhaupt noch von irgendetwas überraschen?* Er kannte die Antwort auf diese Frage natürlich. Magister Inumbro, der in den Hallen der Heimlichen Künste für den Unterricht in Observation und Obfuskation zuständig gewesen war, hatte sie ihm schließlich wieder und wieder tatkräftig eingebläut: »Wer glaubt, nicht mehr überrascht werden zu können, erlebt irgendwann eine Überraschung, die er nicht überleben wird.« Rutgar kannte allerdings auch den Grund für seine ausgesprochen schlechte Laune, die nur teilweise mit seiner Magenverstimmung zusammenhing: *Ich bin angefressen, dass jemand um ein Haar an mir vorbeigekommen wäre, um meinen Bruder zu töten. Und nicht weniger angefressen bin ich, weil ich bei meinen Ermittlungen nur so schleppend vorankomme.* Schleppend war dabei noch eine beschönigende Formulierung. Keiner im Palast wollte in der fraglichen Nacht etwas gesehen oder gehört haben. Das ließ im Grunde nur drei Schlüsse zu: Entweder waren sowohl die Einheimischen als auch die Besucher aus Taurar mit einer besonders heimtückischen Form der Blind- und Taubheit geschlagen. Oder der Attentäter war ein nicht zu unterschätzender Könner seines Fachs. Oder irgendjemand log ihm dungdreist ins Gesicht. Alle drei Möglichkeiten trugen nicht gerade zur Beruhigung seiner Nerven bei. *Und dann muss Brekk losziehen und ausgerechnet inmitten einer Horde schwammpilzsüchtiger Schweineleute nach Zerstreuung suchen.* Auf dem Weg zur *Durchbohrten Jungfrau* hatte ihn Fulmar gefragt, weshalb er sich überhaupt die Mühe machte, sich Brekks Ausschweifungen persönlich anzunehmen, anstatt einfach dem Schicksal seinen Lauf zu lassen. Rutgar hatte ihm eine durch und durch ehrliche Antwort gegeben: »Ich kann es mir schlecht erlauben, dass Brekk sich und uns hier bei einer seiner Eskapaden bis auf die Knochen blamiert. Dann würde es unter den Bewohnern dieser Stadt nur heißen, der kommende König hätte nicht einmal seinen eigenen Hofstaat im Griff – geschweige denn sein Reich. Nein, sosehr es mir auch missfällt, hier für Sokatteris die Amme zu spielen, darum komme ich nicht herum.«

Um nicht vor Ärger laut aufzuschreien, beschloss er, das Positive an der Lage zu sehen: Wenigstens war Brekk unter den anderen Eierfressern leicht auszumachen, was weniger an den leuchtenden Symbolen und mehr an der Tatsache lag, dass er der einzige Mensch war, der an der Zeremonie – wenn man sie denn so nennen wollte – teilnahm. Brekk ruhte mit nacktem Oberkörper lang ausgestreckt mit dem Gesicht nach unten auf dem Boden, während zwei Orks damit beschäftigt waren, ihm Achselhaare auszuzupfen, die sie dann einzeln einen Augenblick inspizierten. Regeln folgend, die man vermutlich nur nachvollziehen konnte, wenn man selbst ausgiebig von dem Schwammpilz gekostet hatte, schnippten sie danach manche achtlos beiseite, während sie andere zu einem komplexen Muster zwischen Brekks Schulterblättern anordneten.

»Mir reicht das jetzt hier«, verkündete Rutgar. Er stapfte zwischen die Eifresser und zerrte Brekk unsanft auf die Beine. Einer der Orks reagierte darauf mit einem kehligen, befremdlich rasselnden Knurren aus tiefster Kehle und versuchte, mit weit geöffnetem Mund nach Rutgars Knie zu schnappen – nichts, was sich nicht durch einen beherzten Fausthieb hätte unterbinden lassen.

Huneg half Rutgar, den missratenen Kaufmannssohn die Treppe nach oben und durch den Schankraum ins Freie zu befördern. Die undankbare Aufgabe, Brekk wieder einigermaßen zu sich zu bringen, erforderte den Einsatz einer Ladung schlammigen Hafenwassers, einiger kräftiger Ohrfeigen und einer breiten Salve ausgesuchter Schimpfwörter.

»Welcher Dämon ist in Euch eingefahren, Euch auf ein derart schwachsinniges Abenteuer einzulassen?« Rutgar schlüpfte aus seinem Umhang und reichte ihn Brekk, damit der sich abtrocknen und seine hässlich spitzen Männerbrüste bedecken konnte. »Bedeutet Euch die Ehre Eures Namens denn gar nichts mehr?«

»Ihr habt gut reden«, greinte Brekk, der mit glühenden Wangen und glasigen Augen auf einer löchrigen Regentonne in der schmalen Gasse hockte, in die Rutgar seine Befragung verlegt hatte, um vor neugierigen Blicken geschützt zu sein. »Eure Familie liebt Euch wenigstens.«

»Was?« Rutgar war zu konsterniert von dieser Behauptung, um ihr wortgewandter zu begegnen. »Was?«

»Leugnet es doch nicht.« Brekk, der sich Rutgars grauen Umhang inzwischen umständlich um die Schultern geschlungen hatte, fuhr sich schwach übers Gesicht. »Bei den Sokatterris hätte man ein Kind mit Eurer Entstellung einfach ins Meer geworfen. Doch wie ist es Euch stattdessen ergangen? Euer Vater hat Euch zum Beschützer Eures Bruders gemacht und Euch sogar eine Ausbildung verschafft, um die Euch eine ganze Menge Leute aufrichtig beneiden.«

»Ihr redet irr.« Rutgar spürte die Narbe auf seiner Wange glühen. »Das ist dieser Pilz, der aus Euch spricht.«

»Auf mich macht er eigentlich einen ganz vernünftigen Eindruck«, sagte Fulmar. Der Barde hatte seine Laute vom Rücken genommen und schlug einen schrägen Missklang an. »Soweit Männer wie er mit Vernunft gesegnet sind.«

»Ja, ja, spottet nur.« Brekk winkte schwach ab. »Glaubt, was Ihr wollt. Ich kenne die Wahrheit.«

»Und die wäre, mein trauriger Freund?«, fragte Huneg mit einer Sanftheit, die Rutgar niemals hätte aufbringen können.

»Die Wahrheit ist, dass mein Vater nur auf eine Gelegenheit wie das Erscheinen der Zwiebelritterin und dieses Zottelbären gewartet hatte, um mich loszuwerden.« Brekk wimmerte, gewann jedoch dankenswerterweise seine Fassung rasch wieder zurück. »Ich bin eine einzige Enttäuschung für ihn. Ich kann nicht gut mit Zahlen umgehen. Ich kann ein gutes nicht von einem schlechten Geschäft unterscheiden. Ich bin im Umgang mit anderen so ungeschickt, dass ich sie vor den Kopf stoße, wenn ich ihnen ein Kompliment machen will. Ich kann nicht einmal mit einem dem Auge schmeichelnden Aussehen dagegenhalten. Wisst Ihr, warum mein Vater mich an diesen verfluchten Ort geschickt hat? Weil er hofft, dass ich hier verrecke und nicht länger eine einzige Peinlichkeit für ihn bin.«

Rutgar öffnete den Mund zu einer geharnischten Erwiderung darüber, wie es um die Verteilung von Zuneigung unter seiner Familie tatsächlich bestellt war, aber Brekk setzte seinen Schwall von Worten zu schnell fort.

»Nein, nein, lasst mich ausreden. Das habe ich verdient. Ich weiß, was Ihr vor Euch seht. Jemanden, der sich nicht im Zaum halten kann. Jemanden, der jeder Versuchung hinterherläuft. Jemand Schwaches, der nicht weiß, wann es besser ist, Nein zu sagen. Selbst mein eigener Kammerdiener hat das durchschaut. Und Heptisax steht erst seit ein paar Monaten in meinen Diensten, seit sein Vorgänger das Weite suchte, weil er es satthatte, mich morgens regelmäßig von meinen eigenen Ausscheidungen säubern zu müssen. Aber soll ich Euch etwas verraten? Ich habe mir das alles nicht ausgesucht. Ich bin, was ich bin, und ich wurde dazu geboren. Und wisst Ihr, warum ich den Rausch und die Stoffe, die ihn bringen, so sehr schätze? Weil sie nicht über mich urteilen. Vor ihnen ist jeder gleich. Sie richten jeden zugrunde, der sich ihnen voll und ganz hingibt. Das Leid, das sie bringen, ist gerecht und fast wie Liebe. Ich …«

»O Ihr Götter, holt mich jetzt und hier«, stöhnte Rutgar. Es war lange her, dass ihm jemand in Sachen Selbstmitleid das Wasser gereicht hatte, doch Brekk Sokatteris schien das mühelos zu gelingen, und Rutgar hatte die Nase voll davon. »Würdet Ihr mir einen Gefallen tun, Barde?«

Fulmar zupfte zwei Saiten in einer kleinen Abfolge unheilschwangerer Töne. »Worum soll es sich denn handeln?«

»Würdet Ihr dieses Häuflein Elend zusammenkehren und in der Burg abliefern?«, bat Rutgar. »Ich brauche erst noch etwas von der guten frischen Seeluft hier draußen.«

»So sei es.« Fulmar schlug lächelnd einen heiteren Akkord an. »Ich mache den Straßenfeger für Euch.« Der Barde trat an Brekk heran und stupste ihn aufmunternd mit dem Kopf der

Laute in die Seite. »Auf, auf, mein Häuflein. Lass dir Beine wachsen. Tragen werde ich dich sicher nicht. Aber ich unterhalte dich gern mit einer fröhlichen Weise.« Er setzte diese Drohung umgehend in die Tat um und schubste Brekk mit gezielten Stößen aus der Gasse.

Rutgar erlaubte es sich, kurz die Augen zu schließen und sich an die nächste Hauswand zu lehnen. Er versuchte, seinen Geist von sämtlichen Gedanken zu läutern – ein Unterfangen, das wegen eines höflichen Räusperns kläglich scheiterte.

»Werdet Ihr wirklich nur noch hier herumstehen und nichts tun, außer die Seeluft zu genießen, wie Ihr es angekündigt habt?«, erkundigte sich Huneg.

Rutgar hielt die Augen weiter geschlossen. »Hättet Ihr etwas dagegen?«

»Ihr seid ein freier Mann.« Huneg machte eine kleine Pause, und Rutgar konnte die leisen Schritte hören, mit denen sich der Diener Nundirovils näherte. »Aber der Geruch aus diesem Orgienkeller klebt einem an der Haut wie Pech. Ich habe vorhin etwas entdeckt, bei dem es sich offenbar um ein öffentliches Badehaus handelt, wenn ich mich nicht aufs Entsetzlichste getäuscht habe. Hättet Ihr nicht vielleicht Lust, mich zu begleiten?«

»Ich habe meine Geldbörse vergessen.« Rutgar riss die Augen auf. »Ich kann dem Immerzu Lächelnden gerade kein Opfer zukommen lassen.«

Huneg grinste ihn breit an. »Soll ich Euch ein Geheimnis anvertrauen?«

Rutgar nickte mit staubtrockenem Mund.

»Es stimmt schon, dass fleischliche Buße ihren Preis haben muss.« Huneg grinste noch ein wenig breiter. »Aber ich gehöre zu den Jüngern meines Herrn, bei denen man notfalls auch einmal anschreiben lassen kann.«

11

*»Es ist schön, wenn die Kameradschaft so tief reicht,
dass man gewillt ist, füreinander zu sterben«,
seufzte der eine Soldat.
»Aber doch nur, solange man fern einer
jeden Schlacht ist und sich in der Kaserne betrinkt«,
wandte der andere ein.*

Aus einem Fragment des Stummen Barden

Der steife Seewind zerrte heftig an ihrem Umhang, als Nastasira von Zwiebelbrach die Stiegen und Rampen aus festgestampfter Erde erklomm, die von Sunnastad zur Burg hinaufführten. Mit einer Hand umklammerte sie ihre prall gefüllte Gürteltasche. Die gerösteten Kastanien darin sandten eine wohlige Wärme durch ihre von der Morgenkälte klammen Finger. So fein der unablässige Nieselregen auch sein mochte, über Nacht hatte er sich zu recht tiefen Pfützen in den ausgetretenen Felskuhlen des Hangs gesammelt, und Nasta musste darauf achten, nicht mit einem unbedachten Schritt auszugleiten. Trotzdem beeilte sie sich, die mit moosigem Kies bedeckte Rampe zu den Stallungen zu erreichen. Immerhin würde sich Bluthauer ganz besonders freuen, wenn die Leckerei, die sie ihm zugedacht hatte, noch eine Erinnerung an die Hitze der Flammen in sich trug.

Helles Gekläff und tiefes, grunzendes Gebell hallten von den Mauern wider. Als Nasta bemerkte, dass der Radau nicht von den unter ihr liegenden Hafenhütten stammte, sondern aus Richtung der Stallungen, hielt sie kurz inne, eine Hand zur Stütze an einer von dürrem Efeu bedeckten Ziersäule. Waren tatsächlich irgendwelche Straßenköter bis zu den Ställen gelangt? Stallmeister Klev sorgte sonst eigentlich mit großer Zuverlässigkeit dafür, dass sämtliche Bewohner des Palasts ihre Vierbeiner genau im Auge und dicht bei sich behielten, wann immer Tausendender und Bluthauer zugegen waren. Die stundenlangen Konzerte aus Knurren, Kläffen und Winseln, zu denen die Witterung von Wildtieren die Hunde ansonsten verleitet hätte, wären sonst unerträglich gewesen.

Als Nasta dicht genug ans erste Gebäude herangekommen war, machte sie zwei Stallburschen aus, die mit zusammengezogenen Schultern zu einer kleinen Gestalt hinuntersahen, die ihnen wild gestikulierend eine geharnischte Standpauke hielt – vorgetragen in einer dünnen, näselnden Stimme, die Nasta überall wiedererkannt hätte.

»Selbst der letzte minderbemittelte Schlammspringer sollte merken, dass Tiere von derart ausgesuchtem Stammbaum wie Zwingpracht und Wühlzahn nicht einfach wie Fluchtvieh in irgendwelche stickigen Verschläge gesperrt werden können! Ich bin es eigentlich leid, es Euch Spitzbuben wieder und wieder erklären zu müssen: Diese edlen Räuber stumpfen ab, wenn man sie neben Kühe und Gäule in einen halb geschlossenen Kasten stellt! Alles an ihnen drängt nach draußen, ins Freie, in die ungezähmte Welt; ihr Jagdinstinkt, ihr Geruchssinn, ja ihr gesamtes Wesen ist –«

Der Redefluss versiegte jäh, als der unzufriedene Besucher Nasta bemerkte. Hinter dem Rücken des einen betretenen Knechts tauchte ein Halblingskopf mit einer blonden Lockenpracht auf, die perfekter nicht hätte frisiert sein können. »Nastasira von Zwiebelbrach!«, gellte das Stimmchen über den Platz vor den Stallungen. Mit begeistert erhobenen Händen schlüpfte der Blondschopf zwischen den beiden Burschen hindurch, die sich umgehend aus dem Staub machten, jetzt, da die Aufmerksamkeit des unangenehmen Gesellen von ihnen abgelenkt war. Der Halbling trug violette Pluderhosen und eine schimmernde Zierbrünne, über der eine grüne Schärpe mit einem aufgestickten Blumenkohlemblem prangte. Hinter seinem Kopf ragte ein gut gefüllter Köcher neben einem abgespannten Kurzbogen hervor.

»Uschkar von Kohlfeld!« Nasta kam ihrem Kameraden entgegen und machte Anstalten, ihn in die Arme zu schließen.

Ehe es so weit kommen konnte, bremste Uschkar unvermittelt ab, das Gesicht zu einer Miene entsetzlichen Leidens verzogen. »Nein, nein, nein, Nasta, besser nicht. Ich habe mir den schlimmsten Rotz eingefangen, den man sich vorstellen kann. Womöglich ist es etwas noch weitaus Schlimmeres – so etwas lässt sich ja zu Beginn eines langen Siechtums noch nicht abschätzen. Meinen Atemwegen spielt diese Umstellung auf salzige Seeluft jedenfalls immer übel mit.« Er hüstelte krächzend und strich Nasta mit spitzen Fingern über die unter ihrem Fellumhang verborgene Schulter, um die vorsichtige Begrüßung abzuschließen.

Nasta lächelte. Dass Uschkar wieder einmal der Meinung war, jedem erzählen zu müssen, die schwarze Leibesfäule kröche jeden Moment aus seiner Nase hervor, überraschte sie nicht. Bik trieb diese Eigenart regelmäßig schier in den Wahnsinn, doch Nasta hatte gelernt, damit umzugehen. Ihr eigener Vater hatte stets dazu geneigt, beim kleinsten Kratzer, den er sich irgendwo einfing, sogleich einen Wundbrand zu prophezeien, der ihn Leib und Leben kosten würde. »Natürlich, Uschkar, entschuldige. Das hatte ich fast vergessen«, antwortete sie über das noch immer anhaltende Gebell hinweg. »Gibt es Ärger mit den Hunden?«

»Wenn es doch nur Ärger wäre, Verehrteste! Es ist eine Katastrophe!«, nahm er sein Gejammer wieder auf. »Stell dir vor, das Gesinde hat die armen Tiere doch glatt nach drinnen …«

»Ich verstehe. Ich kümmere mich gleich darum«, schnitt sie ihm mit verbindlichem Nicken das Wort ab und marschierte durch die offene Tür in das Halbdunkel des Stalls.

Mit einer Hand klaubte sie die duftenden Kastanien aus ihrer Gürteltasche und ließ sie in Bluthauers Fresstrog fallen. Freudig schnaubend machte sich der Keiler über die Leckerei her. Nasta wollte durch die Holzstäbe fassen, um ihn zwischen den Ohren zu kraulen, doch mit einem Mal vermischte sich das unaufhörliche zweistimmige Gebell mit dem Schmerzgeheul eines Mannes, begleitet von einigen dumpfen Schlägen und dem ärgerlichen Schimpfen einer weiblichen Stimme. Nasta eilte tiefer in den Stall hinein, vorbei an Tausendender, der wie zum Schutz vor dem Lärm das geweihgekrönte Haupt senkte und sich in den letzten Winkel seines Verschlags zurückzog. Endlich sah Nasta das Opfer der Hiebe, die sie gehört hatte: Jämmerlich stöhnend und den eigenen Leib mit beiden Armen umklammernd wankte ein Pferdeknecht auf sie zu. Trotz der schlechten Lichtverhältnisse erkannte sie, dass sein nackter Oberarm eine prächtige rote Schwellung aufwies. Den Kampfgeräuschen nach zu urteilen, hatten auch Bauch und Beine ähnliche Male davongetragen, die sich schon sehr bald in Blutergüsse in interessanten Farben verwandeln würden.

»... nirgendwo mit dir hingehen!«, verstand sie nun die Worte der zeternden Frau. »Ich würde meine Spannwolle darauf verwetten, dass du nicht in der Lage bist, dieses freche Federvieh im Haus anderer Leute im Zaum zu halten. Ich habe immer mehr den Eindruck, du hast sogar Spaß daran, wie sich Froschfresser hier aufführt!«

Hinter dem verprügelten Stallknecht reckte ein graubraun gefiederter Vogel seinen langen Hals bis unter die Decke. Mit seinem Schnabel, der auf unerfreuliche Weise an ein Beil aus Horn gemahnte, zupfte der ungewöhnliche Hausgast genüsslich einzelne Halme aus dem Reet, mit dem das Dach gedeckt war. Eine geschuppte, dreizehige Klaue seiner kräftigen Beine hatte der Vogel auf den Rand seines Verschlags aufgestellt, um besser an die Köstlichkeit heranzukommen. Von einem seiner Stummelflügel baumelte an nur noch einem einzelnen Riemen ein lederner Schoner, auf dem eine dicke weiße Rübe eingestickt war. Zu mehr war der Stallbursche offensichtlich nicht in der Lage gewesen, ehe der Vogel seinen Unwillen, sich seiner Rüstung entledigen zu lassen, deutlich gemacht hatte. Am Körper trug der Beilschnabel einen keilförmig vor die Brust geschnürten Lederpanzer, mit dem er von vorn aussah wie ein Schlachtschiff auf zwei Beinen. *Keine Frage, dich kenne ich, mein Bester. Auch wenn ich nicht die geringste Ahnung habe, warum du Froschfresser getauft wurdest, denn mit so kleiner Beute hast du dich noch nie begnügt.* Nasta lächelte. *Uschkar ist wohl nicht allein gekommen. Sind am Ende wirklich alle anderen auch hier?*

»Oh, strafe mich nicht so für meine Verfehlungen, ich bitte dich. Verwette nicht deine Spannwolle! Niemals würde ich auf den Anblick dieser feinen Löckchen verzichten wollen, die deinen Fuß herrlicher zieren, als die Gischt es mit den Wogen tut. Und der Klang deiner erhobenen Stimme, wie gemahnt er mich doch an das Schnurren des Schimmerluchses beim Lichte des …«

»Bokian von Rübengrund! Jeschevikka von Kohlfeld!«, rief Nasta über die feurigen Schmeicheleien hinweg und hielt auf die kleine Gestalt zu, die mitten im Gang auf ein Knie niedergegangen war. Der Ritter erhob sich, ohne jedoch die Hand seiner Angebeteten loszulassen – eine Halblingsfrau mit langem weizenblondem Haar, die noch immer vor Zorn schnaubte.

»Nastasira von Zwiebelbrach!«, erwiderte das Pärchen den Gruß der Schildschwester. Bokian verzichtete auf eine Umarmung, denn sie hätte schmerzhaft enden können: Sein Lederpanzer war über und über mit aufgesetzten, spitzen Orkzähnen versehen. Jeden einzelnen Hauerträger hatte Bokian in den Häuptlingskriegen eigenhändig getötet, und er machte kein Hehl daraus, dass er Orks höchstens als Trophäenlieferanten betrachtete.

Jeschevikka hingegen drückte Nasta mit klimpernden Ohrringen drei Küsse auf die Wangen. Die Rüschen, die aus dem Kragenausschnitt ihrer Brünne hervorquollen, rochen, als wären sie ausgiebig in Rosenwasser getränkt worden. Nasta räusperte sich unwillkürlich.

»Froschfresser führt sich ganz fürchterlich auf, und Bok unternimmt nichts dagegen, obwohl mit so einem Beilschnabel nicht zu spaßen ist.« Jeschevikka wollte den Streit nun fortführen. »Ich meine, natürlich ist es barbarisch, wie das Gesinde unsere Reithunde unterbringen wollte, aber Prügel haben sie deshalb noch lange nicht verdient.«

»Ah ja, das«, schnitt Nasta ihr das Wort ab. »Deshalb bin ich hier. Dein Bruder hat mich draußen schon darauf angesprochen. Komm, lass uns die beiden rausbringen.«

Begeistert griff Jeschevikka nach dem Riegel am nächsten Verschlag, und eine Handbewegung später kam eine schnüffelnde Hundeschnauze zum Vorschein. Fell von der Farbe frisch geronnenen Blutes, ein massiger Rumpf mit stämmigen Gliedern und geifertriefende, schwarze Lefzen: Hätte Nasta das Tier nicht gekannt, hätte sein Anblick ihr sicherlich einen mächtigen Schrecken eingejagt. So jedoch tätschelte sie ihm unbefangen die Stirn, ohne sich darum zu sorgen, dass dieses Geschöpf ihr ohne viel Anstrengung die ganze Hand hätte abbeißen können. Bokian befreite währenddessen den grau gelockten Reithund Uschkars aus seiner Unterbringung. Das Tier, das schwanzwedelnd hinter ihnen hertänzelte, war selbstverständlich makellos gestriegelt und gebürstet, und die grüne Wappenschärpe um die Flanken glänzte von den feinen Silberfäden, mit denen sie durchwirkt war.

Draußen war Uschkars Publikum für seine Ausführungen zur standesgemäßen Unterbringung von Reithunden um zwei Zuhörer angewachsen. Stallmeister Klev lauschte den verschlungenen Sätzen mit verkniffenem Gesicht, doch am Ende war es nicht er, sondern Jarold höchstpersönlich, der den schwadronierenden Hundereiter nach den Gründen seiner Unzufriedenheit befragte. Nasta stieg die Schamesröte ins Gesicht. *Jesche kennt uns nur zu gut: Wir sind wirklich nicht die Besten darin, einen guten ersten Eindruck zu hinterlassen.*

Jarold blickte ernst auf und entdeckte die Prozession aus Halblingen und Reithunden, die gerade aus der Stalltür ins Freie trat. Beim Anblick der Tiere schlug seine Miene sogleich in helle Begeisterung um. Er deutete auf die beiden Hunde, deren Köpfe ihm gut bis zur Brust reichten. »Könnt Ihr mir verraten, aus welchem Wald Ihr diese beiden Ungeheuer hier an Eure Seite gerufen habt? Ich muss mir diesen Ort dringend einmal ansehen.«

»Wie meinen?«, erwiderte Uschkar verblüfft, doch nach einigen Herzschlägen begriff er, worauf sein Lehnsherr hinauswollte, und prustete kurz. »Aber nein, Herr«, sagte er rasch. »Meine Schwester und ich haben unsere treuen Gefährten natürlich nicht aus irgendeinem Gehölz herangepfiffen.«

»Vorsicht!«, zischte Bokian ihm zornig zu und sprach damit auch Nasta aus dem Herzen. Unzählige Male schon hatten sie Uschkar erklärt, dass sie es nicht schätzten, wenn er die Art und Weise, in der sie zu ihren Tieren gekommen waren, als ein rückständiges Ritual abtat – und Bokian hatte bei seinen Erklärungen schon das eine oder andere Mal auf die nicht zu unterschätzende Überzeugungskraft seiner Fäuste zurückgegriffen. Uschkar schluckte und grinste ängstlich in Bokians Richtung, ehe er sich beeilte, Jarold den Sachverhalt zu erläutern.

»Wir Kohlfelds sind ausgesprochen stolz darauf, dass unsere Tiere in einer langjährigen Zucht zu ihrer heutigen Pracht herangezogen wurden.« Der Halbling verneigte sich. »Und selbstverständlich seid Ihr herzlich eingeladen, unser traditionsreiches Gehünd zu besichtigen, sobald es Eure zahllosen Aufgaben erlauben!«

Jarold lächelte huldvoll zu Uschkar hinab. »Es wäre mir ein großes Vergnügen.« Dann wanderte sein Blick zu den übrigen Halblingen. »Aber ich glaube, wir wurden noch nicht vorgestellt.«

Nasta beeilte sich, dieses Versäumnis nachzuholen, während Stallmeister Klev eine leise Verwünschung ausstieß und sich in

Richtung des Hauptgebäudes trollte. *Oh, ich kann dich gut verstehen, Klev – so begeistert, wie Jarold ist, wird er Uschkar keinen einzigen Wunsch abschlagen, wenn es um die Unterbringung der Hunde geht.*

Gemeinsam machte sich die ungewöhnliche Gruppe, in der Jarold wie ein Riese wirkte, ins Innere des Palasts auf. Als der Prinz und die Ritter den Thronsaal schon beinahe erreicht hatten, stellte die Dienerschaft, die unter dem genussfreudigen Orskarr viel gelernt hatte, eine ihre größten Stärken unter Beweis: Scharfe Augen hatten Jarold und die Anzahl seiner Gäste bereits erspäht, und wartende Mägde reichten diskret Humpen mit gewärmtem Bier, das die klamme Morgenkühle rasch aus den Knochen vertreiben sollte. Verzückt stürzten die Halblinge das schaumige Getränk hinunter.

Jarold hingegen verzog den Mund, nachdem er einen kleinen Schluck genommen hatte. Nasta konnte es ihm nicht verübeln: Bestimmt war er angesichts der Hitze, die einen Großteil des Jahres auf der Silbernen Insel herrschte, ganz anders temperierte Tropfen gewöhnt. Sie wollte gerade zu einer Erklärung ansetzen, als sie bemerkte, dass Jarolds Miene nicht dem Bier galt: Aus dem Thronsaal war Rutgar Karridakis getreten, der mit Grabesmiene und im bleichen Grau, in das er sich stets kleidete und das Nasta auf unangenehme Art an Leichentücher und Wiedergänger aus uralten Grabmälern erinnerte, auf seinen Bruder zuschritt.

»Wo warst du?«

Jarold schloss mit einer Geste die versammelten Halblinge mit ein. »In sicherer Gesellschaft, wie du siehst. Klev war so freundlich, mich über die Ankunft meiner Ritter zu unterrichten, und so habe ich sie bei den Ställen begrüßt.«

Rutgar schenkte den Neuankömmlingen, die ihn staunend musterten, keine besondere Beachtung. »Dann haben wir jetzt wohl alle Halblinge Sunnastads von Rang und Namen unter einem Dach versammelt«, murrte er.

»Ihr meint, das Untrennbare Paar ist hier?«, entfuhr es Nasta.

»Ganz genau. Sie sagen, es sei dringend.«

»Bestens.« Jarold nahm noch einen Schluck aus seinem gewärmten Steinkrug. »Dann bin ich ja gerade rechtzeitig gekommen. Meine Gäste werden sich gewiss freuen, Lini und Lesch zu sehen.«

Rutgar warf einen finsteren Blick auf die Pforte, die in den Saal führte. »Ich bin mir aber nicht ganz so sicher, ob du dich freuen wirst. Die beiden sehen aus, als wäre ihnen in ihrem hübschen Häuschen die Milch angebrannt. Ich würde sie lieber wegschicken.«

»Ach was.« Jarold schüttelte unwirsch den Kopf. »Du meinst, sie sind noch wütend wegen der Bitte, die ich ihnen ausgeschlagen habe? Deshalb werden sie doch bestimmt nicht gleich unhöflich werden. Immerhin gibt es dann erst recht kein Gold von mir.«

Rutgar wiegte nachdenklich den Kopf, öffnete Jarold dann aber die Tür. Lini und Lesch hatten auf zwei Hockern am unteren Rand der Stufen zum Thronpodest Platz genommen und erhoben sich in einer fließenden Bewegung, als das Eichenportal knarrte. Die Ritter drängten hinein und waren im Begriff, das Untrennbare Paar überschwänglich zu begrüßen, doch die eisige Miene der beiden Kleriker ließ sie Abstand halten. Das freundliche Geplapper der Halblinge erstarb, und Linis und Leschs helle Stimmen waren die einzigen, die nun noch zu hören waren.

»Seid uns gegrüßt …«

»… Spross des Hauses Karridakis.«

Nasta fiel sofort auf, dass die beiden ihre Begrüßung von der letzten Begegnung genau wiederholten – bis auf ihren Wunsch, Jarold bald als Jarold den Großen preisen zu wollen. Den ließen sie weg. Nasta lief es kalt über den Rücken.

»Was kann ich für Euch tun?« Der Thronfolger trat näher und schritt beiläufig die Stufen hinauf, was ihn noch höher über die Köpfe des Untrennbaren Paares aufragen ließ.

»Uns ist zu Ohren gekommen …«, begann Lini.

»… dass Ihr Euch von einer Norgerin die Zukunft vorhersagen ließet«, beendete Lesch.

»Wir hoffen, es handelt sich dabei nur um ein bösartiges Gerücht«, sprach das Untrennbare Paar gemeinsam. Hohl hallten die Worte von den Mauern wider.

Nasta konnte sehen, wie Bokian neben ihr förmlich erstarrte.

»Ist das wahr?«, zischte der Vogelreiter.

Jarold trat zu seinem Stuhl unterhalb des eigentlichen Throns und studierte den reich bestickten Baldachin. Ohne sich umzuwenden, beantwortete er die Frage der Halblinge in kühlem Tonfall. »Und wenn dem so wäre?«

»Dann«, hob die Nährende Gattin an, »böte dies Anlass zu großer Beunruhigung …«

»… und wir würden uns bemüßigt fühlen«, fuhr der Wachsame Gatte fort, »Seiner Hoheit mit äußerster Demut davon abzuraten, es wieder zu tun.«

Jarold drehte den Krug in seinen Fingern, regte sich sonst jedoch nicht. »Und was genau ist der Grund, von etwas abzuraten, das der alte König, der Euch doch aufs Großzügigste unterstützte, so lange getan hat?«

»Nun, wie Ihr sicherlich wisst«, begann Lini, »war der Gesundheitszustand des verehrten Orskarr zum Ende seines Lebens hin ein Grund zur Besorgnis für jeden braven Untertanen Westborns.«

»Und Gerüchte besagen«, ergänzte Lesch, »die Einflüsterungen seiner norgischen Wahrsagerin seien daran nicht unschuldig gewesen.«

»Es wäre doch schade«, sagte das Paar, »müssten die Untertanen sich erneut darum sorgen, weil ihnen Gerüchte über dieselbe Angewohnheit des neuen Herrschers zu Ohren kämen.«

Nun drehte Jarold sich tatsächlich um, die Augen vor Zorn sprühend. »Diese Audienz ist beendet.«

Lini und Lesch verneigten sich, standen auf und verließen ohne ein weiteres Wort den Saal, während alle ihnen schweigend hinterhersahen.

Nasta schaute zu Bokian, der neben ihr mit den Zähnen knirschte. Seine Finger spielten mit einem Orkhauer an seiner Rüstung, während er den unrühmlichen Auszug des Untrennbaren Paares verfolgte. »Bok«, wisperte sie schwach, »Jarold hat es nicht so gemeint.«

»O doch«, hörte sie Rutgar in ihrem Rücken sagen. »Es mag nicht allzu oft vorkommen, aber bisweilen weiß mein Bruder sehr genau, was er tut.«

12

*Zeig niemals Furcht, wenn du eine
Botschaft überbringst. Furcht lässt die Worte stocken,
und stockende Worte sind das Lied des Lügners.*

Benimmregel der Zwitschernden Pfeifer

Jarold Karridakis ging unruhig vor dem Thronpodest auf und ab. Das Abendlicht, das durch die Fenster des großen Saals fiel, verlieh seinem dunklen Haar einen warmen Glanz, als würden sich glimmende Kohlen in den gewellten Strähnen spiegeln. »Ihr meint also ganz im Ernst, ich hätte es auch wirklich nicht übertrieben?«

»So wahr der Immerzu Lächelnde gütig ist.« Astrud Pungirios nickte so enthusiastisch, dass zu befürchten stand, die Zopfpracht der Priesterin habe sich mit einem Mal in rote Vipern verwandelt, die aufgebracht und angriffslustig um- und übereinander krochen, weil jemand ihr Nest gestört hatte. »Ich finde nicht den geringsten Grund, sich wegen eines kleinen Blutopfers derart bestürzt zu zeigen. Diese Halblinge führen sich auf wie kleine Kinder, die sich zum ersten Mal an einem Messer geschnitten haben. Was sollte am Verströmen von Säften falsch sein, wenn es dazu dient, den Göttern zu huldigen?«

»Und ich möchte an eines erinnern«, fügte Huneg eifrig hinzu, wobei er den Blick fest auf Rutgar gerichtet hielt. »Auch wenn wir unseren Dienst an Nundirovil verrichten, fließen die Säfte. Und es ist ihm eine wahre Freude, wenn sie das möglichst lange und reichlich tun.«

»Was Ihr nicht sagt«, murmelte Rutgar und verlagerte sein Körpergewicht auf dem Polster des Hockers von einer Hinterbacke auf die andere. Dieses ganze Gespräch schien ihm herzlich unnütz. Jarold hatte die Geweihten aus der Heimat zu sich einbestellt, um die Frage zu erörtern, ob er das Untrennbare Paar bei ihrer letzten Begegnung womöglich doch ein bisschen zu heftig vor den Kopf gestoßen hatte. *Zu heftig vor den Kopf gestoßen? Das hat man erst, wenn Blut von der Stirn spritzt. Warum diese Besorgnis, Bruder? Seit wann gibst du so viel darauf, was irgendwelche Götterdiener denken? Ach ja, richtig. Seit du dir von Kaimu Kala die Zukunft hast vorhersagen lassen.* Er war nicht völlig überrumpelt. Natürlich holten sich mächtige Männer gerne den Rat derer, von denen sie glaubten, sie stünden mit höheren Mächten auf gutem Fuß. Es war nur so, dass Jarold zu Hause auf der Silbernen Insel ungefähr so viel Begeisterung für solche Dinge gezeigt hatte wie ein dreibeiniger Straßenköter fürs Pinkeln.

»Das beruhigt mich ungemein.« Jarold nickte den beiden Gottesleuten dankbar zu und unterbrach sein ruheloses Dahinpirschen für einen kleinen Augenblick. »Ihr ahnt ja nicht, wie sehr mich Eure Worte beruhigen. Und wie sehr ich mich darüber freue, die Gunst Nundirovils auf meiner Seite zu wissen.«

»Nun, werter Herr, das wiederum freut mich zu hören.« Astrud neigte den Kopf und ließ gleich ein ganzes Bündel ihrer Zöpfe durch die Finger gleiten. »Auch wenn ich mich nicht erinnere, dass Ihr Nundirovil Eure Liebe und Hingabe auch nur ein einziges Mal tatkräftig unter Beweis gestellt hättet, seit wir zu dieser Reise aufgebrochen sind.«

Rutgar lächelte ob der leisen Kritik stumm in sich hinein. Das war ein Vorwurf, den man *ihm* nun wirklich nicht mehr machen konnte. Nicht seit seinem gemeinsamen Badehausbesuch mit Huneg, der sich als äußerst entspannend erwiesen hatte. *Du verstehst wirklich einiges von deinem Handwerk, Tempelmops.*

»Nehmt mir meine Zurückhaltung bitte nicht übel«, wollte Jarold die Vorhaltungen abwiegeln. »Die Entscheidung, vor der ich stehe, lastet schwerer auf mir, als ich es je für möglich gehalten hätte. Ich dachte anfangs, es würde mir leichtfallen, zwischen Taurar und Westborn zu wählen. Doch inzwischen fühle ich mich, als hätte man mir das Herz zwischen zwei kräftige Rösser gespannt, die nun in entgegengesetzte Richtungen ziehen. Der Gedanke, das eine Land zu enttäuschen, um das andere glücklich zu machen, reißt mich schier entzwei.«

»Habt Ihr zu viel Geschmack an fremden Früchten gefunden, dass die Beeren von daheim Euch nicht mehr süß genug sind?«, frage Astrud in neckischem Ton.

Rutgar horchte auf – das war eine höchst profane Anspielung seitens der Priesterin. Wenn er sich recht an die Lehren des Immerzu Lächelnden erinnerte, urteilte Nundirovil nicht darüber, mit und an wem man den Dienst zu seinen Ehren verrichtete – es war einzig und allein wichtig, dass dieses Liebesgeschäft mit einem angemessenen Austausch sowohl von Zärtlichkeiten als auch von handfesten Gaben durchgeführt wurde. »Spart Euch Eure Nadelstiche. Sagt uns lieber, was wir Eurer Meinung nach tun können, damit dieses sonderbare Pärchen nicht tatsächlich noch Unruhe stiftet.«

»Gerne.« In Astruds Augen tanzte plötzlich ein listiges Funkeln. »Auf gar keinen Fall solltet Ihr der Versuchung nachgeben, dieses kleine Priesterpaar in Watte zu packen. Im Gegenteil: Fasst sie so hart an wie irgendmöglich. Ihr dürft nicht vergessen: Sie sind weich. Sie haben unter diesem alten König wie die Maden im Speck gelebt und sich dick und rund gefressen. Sie kennen es nicht einmal mehr, dass man ihnen einen Wunsch ausschlägt. Sie sind wie verzogene Gören, die keine Geschwister haben und das Teilen nicht gewohnt sind.« Sie leckte sich die Lippen. »Diese Schwäche müsst Ihr unbedingt ausnutzen.«

»Und wie?« Jarold setzte sich auf die oberste Stufe des Thronpodests.

»Das ist simpel.« Astruds Zähne blitzten auf in einem Lächeln, das Rutgar vorkam, wie wenn ein Raubtier vor dem Sprung in flüchtiger Erregung die Zähne bleckte. »Diese beiden lieben Kleinen brauchen etwas Konkurrenz. Kein Markt hat nur einen Stand. Stattet mich und meinen treuen Gehilfen hier mit einem Ort aus, an dem wir Nundirovil unsere Ergebenheit offen zur Schau stellen können. Seid unbesorgt. Es muss nicht gleich der Tempel der Tausend Freuden sein. Ein kleiner Schrein genügt schon. Ihr müsstet lediglich …«

»Verzeiht, mein Prinz!«

Levikos Stimme trug mühelos über die gesamte Länge des Thronsaals. Der Seneschall hatte nur einen Flügel der Tür geöffnet, und sein massiger Leib verbarg alles, was hinter ihm lag.

Jarold erhob sich. »Was gibt es?«

»Einen Besucher, der um eine Audienz bittet. Er sagt, sein Anliegen dulde keinen Aufschub.«

Nun stand auch Rutgar auf und bezog schützend Stellung vor seinem Bruder. *Ein Besucher? Ungewöhnlich. Die Audienz für heute hat Jarold doch schon längst hinter sich gebracht.* Von den drei Bittstellern hatte sich der Prinz für ein Mädchen entschieden, das vielleicht acht oder neun Sommer gesehen hatte. Mit großen, in Tränen schwimmenden Augen hatte das niedliche Geschöpf in einem bezaubernden Lispeln davon berichtet, dass ihm seine Ritterpuppe in einen Brunnen gefallen und in der nassen Schwärze versunken war. Jarold war von dieser Tragödie so gerührt gewesen, dass er befohlen hatte, den fraglichen Brunnen nötigenfalls sogar trockenlegen zu lassen, falls sonst nichts half, den treuen und so schmerzlich vermissten Gnomonomäus Orkentöter zu retten. »Wer bittet um Einlass?«, wollte Rutgar wissen.

»Oh, Ihr werdet ihn gewiss sprechen wollen«, beantwortete Leviko die Frage nur halb. »Er ist mit einem Schiff gekommen.«

»Ist das ungewöhnlich in einer Hafenstadt?«, wunderte sich Jarold.

»Es ist ein Schiff aus Eurer Heimat«, gab Leviko sein Geheimnis endlich preis.

Diese Eröffnung verschaffte Rutgar äußerst zwiespältige Gefühle: Zum einen war da eine Freude, die er vor einigen Wochen noch für unmöglich gehalten hätte. Die Verachtung für die Gepflogenheiten seiner Heimat schien sich mit der Distanz zu Taurar nach und nach in eine sonderbare Form der Nostalgie zu verwandeln – wie wenn man sich eines wenig folgsamen Hundes entledigte, nur um anschließend sein weiches Fell und sein freundliches Bellen zu vermissen. Zum anderen war sein Misstrauen auf einen Schlag geweckt – Westborn lag von der Silbernen Insel aus betrachtet verdächtig nahe am Rand der bekannten Welt, und ganz sicher verirrte sich kein Taurarer, der noch bei halbwegs klarem Verstand war, grundlos hierher. Nein – wer von der Silbernen Insel nach Sunnastad kam, tat das mit irgendeiner festen Absicht. Rutgar war gespannt darauf, was diese Absicht wohl sein mochte. Und weil er die Leute aus seiner Heimat nur allzu gut kannte, ließ er seinen Dolch behutsam aus der Scheide gleiten, verbarg die Klinge jedoch im Saum seines eigens für solche Zwecke großzügig geschnittenen Ärmels.

Kaum hatte Leviko einen Schritt zur Seite und der Besuch aus Taurar einen in den Thronsaal getan, erkannte Rutgar, dass seine Vorsicht unangebracht war. Und dass ihn eine ganz bestimmte Gepflogenheit seiner Heimat, auf die er gut und gern verzichten konnte, bis hierher verfolgt hatte.

Von den Zwitschernden Pfeifern hatte niemand etwas zu befürchten. Diese Gilde füllte auf der Silbernen Insel eine sehr bedeutsame Rolle aus: Ihre Mitglieder traten als Kuriere und Botschafter von tadellosem Ruf auf – in einer Gesellschaft, die so sehr von Fehden und Intrigen zwischen Dutzenden größerer und kleinerer Häuser bestimmt war, handelte es sich um eine nützliche, verantwortungsvolle Aufgabe; eine, die sich die Pfeifer auch entsprechend vergüten ließen. Einerseits hatte Rutgar ein gewisses Verständnis dafür: Auch wenn es als äußerst unschicklich galt und empfindliche Sanktionen für das gesamte

Haus nach sich zog, einen Pfeifer, der nur seiner Arbeit nachging, zu verletzen oder gar zu töten, kam es ab und an vor, dass der Empfänger einer unschönen Nachricht die Nerven verlor und seinen aufwallenden Zorn am Übermittler der Neuigkeit auslebte. Andererseits fand Rutgar die ganze Sache auch irgendwie ziemlich feige – genau wie die Tatsache, dass sämtliche Pfeifer sich nur mit einer eng anliegenden weißen Porzellanmaske in der Öffentlichkeit zeigten, die bis auf ihren Mund alle Teile des Gesichts verdeckte.

Auch die restliche Kleidung des Pfeifers war dazu angetan, Rutgar vor Augen zu führen, wie viel Protz und Prunk er beim Aufbruch nach Westborn hinter sich gelassen hatte: Stiefel aus blauem Echsenleder mit hohen Absätzen, schwarze Pluderhosen aus Samt, ein wie geschmolzenes Gold am gertenschlanken Leib dahinfließendes Seidenhemd, wippende Pfauenfedern an einem aufwendig mit Smaragden verzierten Dreispitz.

»Ich bringe Kunde aus fremdem Mund«, setzte der Pfeifer zu der traditionellen Begrüßungsformel seiner Zunft an, nachdem er das Podest erreicht und Leviko die Tür zum Saal mit einem zähen Knarren wieder von außen geschlossen hatte. »Die Worte sollen über meine Lippen zu Euch kommen, wie sie an mich gerichtet wurden. Mögt Ihr lauschen, Jarold Karridakis?«

»Ja«, sagte Jarold schnell.

»Mögt Ihr mir versichern, dass mir kein Leid zustoßen wird, auch falls die Kunde, die ich trage, Euch betrüben sollte?«

»Ja.«

»Mögt Ihr mir die Worte anvertrauen, die Ihr dem Urheber der Kunde gegebenenfalls entgegnen wollt?«

»Ja, verdammt.«

Der Pfeifer ließ sich von Jarolds wachsender Ungeduld nicht zu Verletzungen der Etikette hinreißen. Wahrscheinlich half es ihm, dass das glatte Porzellan über den Zügen seine Regungen nicht wiederzugeben vermochte. »Ich danke Euch.« Der Pfeifer sah zu Astrud und Huneg. Er bedachte die beiden Geweihten mit der Andeutung eines Nickens und der Nundirovil so gefälligen Geste des prall gefüllten Beutels, ehe der Blick aus seinen ungewöhnlich hellen, grauen Augen zurück auf Jarold fiel.

»Würdet Ihr es vorziehen, die Kunde in einem vertraulicheren Rahmen zu erhalten, werter Herr Karridakis?«

Jarold lächelte ein Lächeln, das beinahe aufrichtig wirkte. »Ich hege keine Geheimnisse vor den Göttern und auch nicht vor ihren Dienern.«

»Wie Ihr wünscht.« Der Pfeifer zückte das teuerste und zugleich faszinierendste Zeichen seines Standes – einen Holzfächer, dessen kunstvoll geschnitzte Stäbe in ihrer Gesamtheit nicht nur ein recht geschmackvolles Vogelmotiv ergaben, sondern überdies mit einem Lack überzogen waren, dem man eine kleine Menge schwarzes Skaldat beigemischt hatte. Dadurch wohnte dem schillernden Gegenstand eine beeindruckende Zaubermacht inne, deren Zeuge die Anwesenden nun werden würden. »Höret denn nun also die Kunde, die Euch Lifara Karridakis zu schicken trachtete«, kündigte der Pfeifer an. Dann nahm er den aufgefalteten Fächer vor den Mund, und von da an klangen seine Worte, als stünde ihre jüngere Schwester vor Jarold und Rutgar. Einzig ein leises Zwitschern wie von einer aufgeregten Vogelschar, das die Silben zu begleiten schien, verriet die Illusion als das, was sie war. »Sei mir gegrüßt, Jarold.«

Mehr brauchte es nicht, damit in Rutgar ein alter Verdacht hochstieg, den er in den vergangenen Wochen mühsam verdrängt hatte – seit jenem Abend, an dem Nastasira und Leviko vor seinen Vater getreten waren, um ihm davon zu berichten, dass Westborn auf die Rückkehr seines rechtmäßigen Königs warte. Seit die als Gaukler und Gesinde getarnten Attentäter versucht hatten, aus Berengir Karridakis' Geburtstagsfeier ein in der Geschichte Taurars beispielloses Blutbad zu machen. Einen Augenblick lang glaubte er Lachen, Lautenschläge und Schreie zu hören, und er hatte den Duft von Schaumwein, Blut und gebratenen Schwänen in der Nase.

»Es bricht mir das Herz«, fuhr der Zwitschernde Pfeifer fort, durch den Lifara zu ihnen sprach. »Bruder, unser Vater –

Berengir Karridakis, der Schwan von Taurar – ist nicht mehr. Es gefiel den Göttern, ihren treuen Knecht aus ihrem Dienst zu entlassen.«

Rutgar horchte in sich hinein, um zu ergründen, was diese Nachricht in ihm auslöste. Er fand nur Stille und eine schwache Enttäuschung darüber, nicht dabei sein zu können, wenn der Leichnam seines Vaters auf dem Schiff der Toten die letzte Reise antrat. Die anderen Anwesenden nahmen die Kunde nicht ganz so ungerührt auf. Rutgar sah, wie die Haut seines Bruders einen blutleeren Graustich annahm. Jarold öffnete den Mund, schwieg jedoch. Huneg hielt den Blick demütig gesenkt, Astrud hatte den Kopf zur Seite abgewandt.

»Auf dass Dilabia, die Strenge Mutter, Milde mit dem Sünder zeige …«, murmelte die Ehrwürdige Geliebte, doch es war nicht ihr Segensspruch, der Rutgar zu denken gab. Etwas an der Art, wie ihr drei ihrer Zöpfe über die Wange hingen, weckte eine unangenehme Erinnerung. Ihm dämmerte, dass er sich einer Wahrheit, die er seit Längerem zumindest ahnte, absichtlich verweigert hatte.

»Sosehr dich dieser Verlust auch schmerzt, Bruder, habe ich dennoch eine wichtige Bitte an dich«, sagte der Pfeifer. »Vernachlässige ob dieses Vorfalls um der Götter willen die Pflichten in deiner neuen Heimat nicht. Bleib dort und kümmere dich um die dringenden Angelegenheiten, die es für dich gewiss noch zu erledigen gilt. Sei unbesorgt: Ich habe die Geschäfte des Hauses übernommen und werde die Karridakis sicher durch diesen Schicksalssturm leiten. Leb wohl, Bruder, leb wohl. Und denke immer daran: Dein Vater hat dich sehr geliebt.« Der Pfeifer senkte den Fächer und sprach mit seiner eigenen Stimme weiter: »Und so endet die Kunde, die ich überbringe, werter Herr Karridakis. Jedes Wort, jede Silbe, jeder Laut ist wahr.«

»Ich habe Fragen.« Jarold bekam kaum die Zähne auseinander, so angespannt war er angesichts dieser Unverfrorenheit. »Wirst du sie mir beantworten?«

»Ich werde sagen, was ich weiß«, antwortete der Pfeifer mit der nächsten festen Formel. Einer der nützlicheren Aspekte im Gebaren der Zwitschernden Pfeifer war, dass sie alle einen Eid ablegten, stets die Wahrheit zu sprechen, sobald sie ihre Maske anlegten. Damit sicherten sie sich zusätzlich gegen fehlgeleitete Rachegelüste der Empfänger ihrer Botschaften ab. Auf Taurar ging die Mär, der einzige Pfeifer, der es je gewagt hatte, eine Lüge auszusprechen, sei daraufhin von seinesgleichen zur Strecke gebracht, in tausend Stücke geschnitten und an die Möwen im Großen Hafen verfüttert worden. Damit die Vögel Verrat wie Verräter in alle Winde verstreuten, wie es so schön hieß.
»Fragt.«
»Wisst Ihr, wie mein Vater gestorben ist?«
»Ja.«
»Wie?«
»Ein Barkenunfall auf dem Kanal der Verzückenden Lichter«, berichtete der Pfeifer völlig ohne jedes Anzeichen von Gefühl. »Eure Prunkbarke stieß aus noch ungeklärter Ursache gegen einen Brückenpfeiler und sank binnen weniger Augenblicke.«
»War mein Vater allein an Bord?«
»Nein.«
Rutgar biss sich auf die Zunge, um bei der Wahl seiner Antwort nicht ausfällig zu werden. Jarold verlieh das Grauen über diese Botschaft anscheinend mehr Geduld. Er klang merkwürdig ruhig, als würde er seine Aufmerksamkeit vollständig auf den nächsten Moment bündeln – wie ein Junge, der eine Schlange zu fangen versuchte, ehe sie sich durchs hohe Gras davonmachte. »Wer befand sich mit ihm in der Barke?«
»Die sechs Staker und Eure Frau Schwester.«
»Hat sie sich öffentlich dazu geäußert, wie es zu diesem Unglück kommen konnte?«
»Sie hat vor dem Rat der Häuser gesprochen«, bestätigte der Pfeifer. »Sie sagte, sie wollte noch zu Eurem Vater schwimmen, um ihn über Wasser zu halten, doch die Fluten hätten ihn zu schnell hinabgezogen.«

»Wurde seine Leiche gefunden?«

»Zum Zeitpunkt meiner Abreise noch nicht.«

Das bedeutete, dass Rutgar nach dem derzeitigen Stand der Dinge doch kein Ritual verpasste, mit dem man seinen Vater ins Reich der Toten überstellte. *Doch das zählt nicht. Alles, was jetzt zählt, ist die Tatsache, dass ich tatenlos dabei zugesehen habe, wie meine Schwester einen Plan in die Tat umsetzt, an dem sie schon seit langer Zeit gefeilt haben muss.*

»Mein Beileid«, sagte Astrud in die Stille hinein.

»Ich begreife das alles nicht.« Jarold schüttelte den Kopf. »Was hat das zu bedeuten? Was will sie von mir?«

»Oh, Jarold, ich bitte dich.« Rutgar hielt es nicht mehr aus. Wie schon so oft in seinem Leben war es ausgerechnet an ihm – dem Halbverstoßenen, dem Entstellten –, seinem einfältigen Bruder, der wie zum Hohn zum Erben des Hauses auserkoren worden war, in einfachen Worten zu erklären, wie die Welt beschaffen war. »Sie hat Vater entmachtet. Und dich gleich mit. Auch wenn es den Anschein haben mag, dass sie dich in aller Ruhe hier in der Verbannung sterben lassen will, ist dem nicht so. Sie wird dich ermorden wollen. Sie hat es schon versucht. Erinnerst du dich an Vaters Feier? Das war ihr Werk. Wenn die Westborner nicht gewesen wären, hätte sie womöglich Vater und dich auf einen Streich erledigt.«

»Aber sie wurde doch verletzt. Ein Bolzen streifte ihre Wange«, hielt Jarold dagegen, und auch Astrud und Huneg blickten eher verständnislos drein.

»Eine der ältesten Listen, die je zum Einsatz kamen.« Rutgar verspürte einen wachsenden Zorn auf sich selbst. *Ich hätte ihr Spiel viel früher durchschauen müssen. Ich hätte von Anfang an auf meine Instinkte hören müssen. Und wenn Lifaras Plan schon zu weit fortgeschritten gewesen wäre, hätte ich sie wenigstens dazu zwingen können, die Macht über unser Haus mit mir zu teilen.* »Das unschuldige Opfer. Das war ihre Rolle. Ich habe niemanden gesehen, der je auf sie gezielt hätte. Ich sah nur, wie sie hinter einem Stuhl Deckung suchte. Gleich von Beginn des

Angriffs an. Weil sie ja wusste, dass er kommen würde. Und sie hat diese Deckung nie verlassen.«

»Aber die … die Wunde …«, stammelte Jarold.

»Hat sie sich selbst zugefügt, Mann. Mit einer kleinen Klinge, die sie in ihrer Hand verborgen hielt.« Rutgar lachte bitter auf. »Und weißt du, was das Schönste ist?«

Jarold schüttelte den Kopf.

»Das Schönste ist, dass sie dir höchstwahrscheinlich bereits jemanden hinterhergeschickt hat. Oder mit uns mitgeschickt. Vielleicht hat sie ihn dir sogar vorausgeschickt, weil du ja gleich nach dem Anschlag hast verlautbaren lassen, dass du auf jeden Fall nach Westborn gehen wirst. Und dieser Jemand hat ja bereits einmal zugeschlagen und hätte um ein Haar Erfolg gehabt. Das ist wirklich kein schlechter Plan, den unsere Schwester da geschmiedet hat.« Rutgar hielt den Kopf schief. »Halt, nein. Das nehme ich alles zurück. Das Schönste ist, dass keiner von uns – weder ich noch du noch Vater – jemals auf der Rechnung hatte, dass das Herz der süßen Lifara eine solche Mördergrube ist.«

Jarold schwieg noch immer. Er brachte nicht mehr zustande, als Rutgar mit hängenden Mundwinkeln und aus großen Augen anzusehen – wie ein Kind, dem man erklärte, dass sein zerbrochenes Lieblingsspielzeug leider nicht wieder heil zu machen war.

»Alles, was man mir über Euch erzählte, ist wahr«, meldete sich Huneg beeindruckt zu Wort. »Ihr seid ein kluger, aufmerksamer Mann, Rutgar Karridakis.«

Er unterdrückte ein Lächeln. *Nett, dass du das sagst, mein feister Freund. Ich bin Komplimenten nie abgeneigt. Aber warum machst du mir gerade jetzt eines? Jetzt, wo ich endgültig weiß, dass jeder aus unserer Gesandtschaft ein gedungener Meuchler sein könnte – und hast du mich bei unserer ersten Begegnung nicht an diesen Jungen erinnert, den ich aus den Hallen der Heimlichen Künste kannte?*

»Du hast das alles gewusst?« Jarold fand die Sprache wieder.

»Ich habe es geahnt. Ein kleiner, aber entscheidender Unterschied.«

»Und du hast mich trotzdem ziehen lassen? Ohne ein Wort? Trotz deiner Ahnungen?« Jarold straffte die Schultern. »Das hat unseren Vater das Leben gekostet.«

»Mag sein«, räumte Rutgar ein. »Aber es hat deines womöglich gerettet.«

»Wie das?«

Rutgar seufzte. »Wenn du dir nicht einmal das zusammenreimen kannst ...«

»Ich glaube, ich weiß, was Euer Bruder meint.« Huneg hob vorsichtig die Hand, und erst als ihm niemand das Wort verbot, sprach er weiter. »Wenn er Euch seinen Verdacht bezüglich Eurer Schwester geschildert hätte, hättet Ihr gewiss umgehend die Konfrontation mit ihr gesucht. Jemand, der sich als so heimtückisch und hinterlistig wie Eure Schwester erweist, hat sicher mit einer solchen Möglichkeit gerechnet und entsprechende Absicherungsmaßnahmen vorbereitet. Es ist davon auszugehen, dass Ihr ein solches Treffen mit ihr nicht überlebt hättet. Nötigenfalls hätte sie Euch eigenhändig ermordet und hinterher beteuert, Ihr hättet Euch Ihr in unsagbar schrecklicher Absicht genähert.«

»Werdet nicht unverschämt!«, fauchte Jarold.

»Ich wollte Euch nicht kränken«, entschuldigte sich Huneg. »Aber Ihr seid ein Mann, dem man nachsagt, er würde sich bisweilen ... schwierigen Gelüsten hingeben.«

Eine Weile herrschte zähes Schweigen. »Und was nun?«, fragte Jarold dann tonlos.

Rutgar wusste nicht mehr, wie oft er diese Frage schon von ihm gehört hatte. Wenn sie als Kinder beim Spielen eine teure Vase umgestoßen hatten, die in tausend Scherben zersprungen war; wenn Jarold versehentlich den Spross eines anderen Hauses tödlich beleidigt hatte, indem er mit derselben Gürtelschnalle auf einem Fest erschienen war; wenn er eine seiner Liebschaften mit einem dicken Bauch versehen hatte, obwohl ihnen Berengir Karridakis immer wieder eingeschärft hatte, dass nichts so peinlich und zugleich so gefährlich war wie ein im Rausch gezeugter Bastard.

Kopfschüttelnd trat Rutgar dichter an seinen Bruder heran und flüsterte ihm den ersten Schritt einer möglichen Lösung ins Ohr.

Jarold nickte und verbeugte sich knapp vor dem Zwitschernden Pfeifer. »Habt Dank für Eure Kunde. Ich habe sie vernommen.«

Der Pfeifer verbeugte sich seinerseits, eine Hand galant am Dreispitz. »Ihr habt gehört. Wollt Ihr auch sprechen?«

»Das will ich.«

Der Pfeifer schritt an Jarolds Seite und hielt ihm den Fächer vor den Mund. »So sprecht.«

»Schwester ...« Jarold holte tief Luft. »Mit großer Trauer vernahm ich deine Botschaft vom Dahinscheiden unseres Vaters. So gern ich nach Taurar zurückkehre, um dir und meinem Haus in dieser Stunde der Not beizustehen, so unverzichtbar ist bis auf Weiteres mein Verbleib hier im schwer geprüften Westborn. Ich hoffe, du kannst mir verzeihen.« Er bedeutete dem Pfeifer, dass er alles gesagt hatte, was er zu sagen gedachte.

Der Pfeifer faltete den Fächer zusammen. »Ob sie schmerzt oder ob sie freut, ich bringe jede Kunde.«

»Und dem Boten gilt weder Gram noch Groll, nur Dank«, brachte Jarold den zeremoniellen Teil der Verabschiedung zu Ende. »Ihr erhaltet Euren Lohn von meinem Seneschall. Gute Reise, Pfeifer.«

Nach einer kleinen Reihe von Verbeugungen vor den anderen Personen im Saal vollführte der Bote eine elegante Drehung auf dem Absatz seines Stiefels und schritt davon.

»Und jetzt«, sagte Rutgar, als sich die Tür hinter dem Pfeifer geschlossen hatte, »kannst du dir Gedanken darüber machen, wann du von hier aufbrechen willst, um Lifara in die Schranken zu weisen.« Er war recht zufrieden mit sich. *Ich freue mich schon auf ihr Gesicht, wenn wir erst einmal mit gezückten Klingen vor ihr stehen.* »Sie wird womöglich damit rechnen, dass wir sie belügen, aber sie hat keine Gewissheit. Das verschafft uns einen Vorteil. Ich würde dennoch zur Eile drängen. So verkürzen wir die Zeit, die sie hat, um ihren Griff noch enger um das Haus zu schließen.«

Jarold verschränkte trotzig die Arme vor der Brust. »Ich kann hier nicht so einfach weg.«

»Nicht?« Rutgar schürzte die Lippen. Es war, wie es war. Sein Bruder war sprunghaft wie ein Zicklein auf einer Blumenwiese.

»Nein«, bekräftigte Jarold. »Zumindest nicht, ohne den Leuten, die mich mit offenen Armen empfingen, ihre Freundlichkeit wenigstens ein bisschen zu vergelten.«

»Woran denkst du?«

»An ein Fest zum Abschied.« Glühender Eifer loderte in Jarolds Stimme auf. »Auf dass Sunnastad und Westborn mich nie vergessen mögen.«

13

*Meiner Erfahrung nach läuft ein Turnier
in Westborn folgendermaßen ab: Alle bewerfen
sich mit Dung, und bei wem am meisten
haften bleibt, der hat gewonnen.*

Aus Die zwölf großen Reisen
einer ehrenwerten Marketenderin

Nasta verzog angestrengt das Gesicht und gab dem Schmiedegesellen mit einer knappen Handbewegung zu verstehen, dass der Kinnriemen des Helms, den er ihr gerade anpasste, noch zu kurz war. Vorsichtig zog ihr der Junge das schwere Rüststück vom Kopf, diesmal sogar ohne ihr mit dem Nasenschutz beinahe ein Auge auszustechen. Sie richtete sich auf und sah an sich herunter. Der Plattenpanzer glänzte vor frischem Fett, und die fleißigen Handwerker hatten die alten Scharten anlässlich des heutigen Turniers so gründlich ausgewetzt, dass sie unter der Politur nur noch als schwache Schatten durchschienen. Es war beinahe schade, den Wappenrock mit dem Zwiebelemblem wieder darüberzuziehen.

Nasta stand auf, um die beiden kurzen Holzschwerter zu überprüfen, mit denen sie sich am heutigen Gestech beteiligen wollte. Jarold hatte mehrfach beteuert, er wolle unbedingt Zeuge des Könnens seiner »Dimidiansgarde« werden, wie er die Halblingsritter inzwischen gerne nannte. Also gab es nun ein Abschiedsturnier auf der Abschiedsfeier. Nasta fiel auf, dass sie nun schon seit einigen Augenblicken wehmütig vor sich hin starrte. *Meine lange Reise auf die Silberne Insel, meine Bemü-*

hungen, ihm mein Land und meine Leute näherzubringen – war das alles umsonst? Oder bleibt er am Ende doch oder kehrt zumindest bald von jenseits des Meeres wieder, wenn ihm gefällt, was er heute sieht? Diese Hoffnung war ihr einziger Antrieb, beim anstehenden Schauwaffengang ihr Bestes zu geben.

»Was für eine barbarische Tradition!«, murrte Uschkar, der sich auf einem Lehnstuhl von einem Barbier die Locken legen ließ. »In Gestechen kann man nicht mit den feineren Techniken des Kriegshandwerks glänzen. Meinen Bogen darf ich dabei nicht verwenden, und auch die Raffinessen des Degenfechtens leben von der scharfen Klinge. Stattdessen soll ich hier mit irgendwelchen groben Stecken wild um mich hauen wie ein Bär mit der Schnauze in der Honigwabe!« Er seufzte und wartete anscheinend ab, ob einer der anderen Ritter in seinen Klagegesang einstimmte. Als sich niemand um seine Nöte scherte, seufzte er noch einmal und fuhr sich durchs Haar. »Sehr gut, Bursche. Und jetzt dasselbe für Zwingpracht.«

Der Angesprochene blinzelte ratlos.

»Na, den edlen Kanisch.«

Weiterhin Schweigen.

»Den grauen Hund mit dem lockigen Fell!«

Endlich eilte der Bedienstete davon, und Uschkar verzog sich in Richtung der Waffenständer, wobei er unschöne Vermutungen über die Eltern des begriffsstutzigen Burschen ausspie.

»Ein wahrlich guter Grund zum Feiern.« Bokian, der seiner Reitlanze gerade eigenhändig eine stumpfe Spitze aufsetzte, grinste bis über beide abstehende Ohren. »Ich weiß ja, dass du dir wirklich Mühe gemacht hast, Nasta. Aber ich kann nicht aufrichtig traurig sein: Die Schweineleute haben ihre Hauer doch schon längst auch in diesen Fremden geschlagen. Da freut es mich, dass er den Thron gar nicht erst besteigen wird.«

»Ganz deiner Meinung, alter Kohlkopf«, schaltete sich Bik ein. »Und sobald der Letzte aus Primos Linie aus dem Rennen um den Thron ausgeschieden ist, ist es an den Wallfürsten, ihre

Wahl zu treffen. Und dann wollen wir doch mal sehen, ob wir nicht einen Halbling auf diesen zu groß geratenen Stuhl gehievt bekommen!«

»Ich kann es kaum erwarten, euch da draußen gleich einen auf die hohlen Rüben zu geben«, grollte Nasta. »Ihr wisst genau, dass eine direkte Linie nicht einfach aus diesem Rennen ausscheiden kann, wie Ihr so schön sagt. Wenn Jarold wirklich nicht auf den Thron will, werden wir seinen Bruder fragen. Und falls der auch nicht will, können die Kinder der beiden eben irgendwann übers Meer schippern und ihren Anspruch geltend machen.«

»Ach, bis dahin machen wir den Thron halblingsgroß, dann sitzt sich darauf jeder Nacktfuß den Hintern eckig«, tönte Jesche und deutete mit ihrer Keule herausfordernd auf Nasta. »Und wenn hier eine Halblingskönigin gefragt ist, dann habe ich ja wohl eindeutig die besten Karten. Ich sehe schlichtweg um einiges besser aus!«

»Pass bloß auf.« Nasta musste allmählich doch schmunzeln, als sie in die feixenden Gesichter ihrer Kameraden blickte. Drohend hob sie den Finger und deutete auf Jesche. »Wenn ich dir erst einen neuen Scheitel gezogen habe, ist es nicht mehr so weit her mit deiner Schönheit.«

Bokian nutzte die Chance, neben Jesche auf ein Knie zu gehen und ihr in den Händen ein kleines Präsent entgegenzurecken. »Selbst mit zwei Scheiteln wärst du wunderschön, meine Angebetete! Doch natürlich wird es nicht dazu kommen: Hier, nimm meinen Lieblingskamm als Zeichen meiner Gunst für dieses Turnier!«

Während Jesche huldvoll den Kamm in ihrem Brustausschnitt verschwinden ließ, hielt Bik ihr die grobe Bürste vors Gesicht, die er benutzt hatte, um Tausendender zu striegeln. »Und hier ein Zeichen meiner persönlichen Gunst. Für die Haare auf deinen Zähnen.«

Nasta lachte schallend und klatschte in die Hände. »Schluss jetzt, du Möhre. Rauf auf die Rücken und rein in den Dreck.«

Vergnügt ritten sie durch die Gänge des Palasts bis zu dem Tor, das auf den Turnierplatz hinausführte. Um den frisch geharkten Acker waren Geländer aus halbierten Baumstämmen gezogen worden, die einem Menschen bis zum Hals reichten. An Fahnenpfosten flatterten die Flaggen Sunnastads und Westborns über den Köpfen der versammelten Städter, die sich entlang der Südseite des Gestechfelds an die Begrenzung drängten. Die Leibgarde des Königs hatte mit hoch aufgerichteten Hellebarden vor der Absperrung Aufstellung genommen, und auf drei Podesten spähten Gardisten mit Armbrüsten ernst über den Platz.

Von Bluthauers Rücken aus konnte Nasta den Festbereich, der nur für geladene Gäste zugänglich war, sehr gut ausmachen. Zwei benachbarte Wallfürsten, die die Gelegenheit genutzt hatten, sich auf diesem Fest den Bauch vollzuschlagen, waren gekommen, um den nach wie vor leeren Thron zu feiern. Eher schmerzlich war dieser Tag jedoch für die Zunftmeister, zuvörderst für die schmuckbehängten Grobschmiede, die Orskarrs Burgstachel-Auftrag zu reichen Leuten gemacht hatte. Aufträge aus dem Munde eines Königs würden nun fürs Erste weiterhin ausbleiben, und so schwärmten sie um Leviko herum, der ständig versuchte, einen der bratenbeladenen Tische zwischen sich und die schnatternden Zünftlinge zu bringen. Gaukler bliesen auf dem Gefechtsacker Feuerzungen in die Luft oder jonglierten – teils zu Menschenpyramiden aufgetürmt – mit allem, was nicht niet- und nagelfest war. Die Festgäste konnten sich überdies am malerischen Anblick der Meereswogen ergötzen, denn der Platz fiel zu zwei Seiten über muschelbedeckte Klippen zur See hin ab. Man hätte die Kulisse als gelungen bezeichnen können, wäre da nicht der Getränkebrunnen gewesen. Jarold hatte sich einen Weinquell gewünscht, und die Steinmetze hatten ein zweistöckiges Gebilde aus grauem Stein herangeschafft, das stark an eine Vogeltränke erinnerte. Außerdem hatte die Palastköchin leider erst nach Ankunft der ersten Gäste festgestellt, dass sie die Menge an Wein, die für den

Betrieb eines solchen Brunnens benötigt wurde, unterschätzt hatte. Und so war das eingefüllt worden, was in der größten Menge in den Burgkellern geruht hatte: Bier. Unentwegt flockte nun also herb riechender Schaum aus dem kleinen Oberbecken des Brunnens, während sich im breiten Hauptbecken Sunnastader Braukunst sammelte, um in rasender Schnelle schal zu werden. Gewiss war dieses weithin sichtbare Missgeschick ein Grund zur Freude für das Untrennbare Paar, das Jarolds Reise zurück übers Meer sicher kaum erwarten konnte.

Nasta löste den Blick vom Schaum gewordenen Elend und sah, wie Jarold höchstpersönlich hoch zu Ross auf den Turnierplatz geritten kam, begleitet vom Jubel des Publikums. Sein lockiges Haar wehte in der Meeresbrise, seine dunkle Haut glänzte wie nasser Marmor, und seine Augen strahlten. Er trug einen Brustpanzer aus gehärtetem Leder, auf dem das Wappen Westborns eingeprägt war. Ein dunkelgrüner Wappenrock fiel über seine edlen Reitstiefel und schien vor der nagelneuen hellgrünen Pferdedecke, die der Stallmeister dem Wallach übergeworfen hatte, geradezu zu leuchten.

Nasta bemerkte, dass sie ins Stieren geraten war, doch Bluthauer hatte sie beide davor bewahrt, einfach im Tor zu verharren. Der Keiler war weitergetrottet und hatte von selbst seinen Platz im großen Kreis der Teilnehmer am Gestech eingenommen. Nasta rieb ihm dankbar über den borstigen Rücken. *Du meinst es heute wirklich gut mit mir.* Insgeheim hatte sie nämlich gefürchtet, Bluthauer würde ihr den Maulkorb übel nehmen, den alle mit Hauern oder Fängen bewehrten Reittiere für das stumpfe Gestech tragen mussten. Allem Anschein nach konnte der Keiler diese Sicherheitsmaßnahme aber verschmerzen.

Hinter Jarolds Pferd ging Rutgar mit ausladenden Schritten. Er hatte die Kapuze seines graublauen Umhangs hochgeschlagen, was den Blick, den er den versammelten Halblingen zuwarf, gleich noch finsterer machte.

»Verehrte Gäste, geschätzte Sunnastader!«, richtete Jarold das Wort ans Volk. »Seit geraumer Zeit habe ich, Jarold Karridakis, mit meinem Gefolge nun schon die Gastfreundschaft der Königsburg von Westborn genießen dürfen. Obwohl es mir nicht vergönnt sein wird, den Thron zu besteigen, fühle ich mich dennoch verpflichtet, Euch etwas dafür zurückzugeben, dass ich so lange in Sunnastad residieren durfte. So seht heute die treue Dimidiansgarde des Königshauses von Westborn im Streit mit stumpfer Waffe gegeneinander antreten – und gegen mich.«

Johlen, Jubel und Klatschen brandeten über den Turnierplatz. Jarold hob dankend die Arme in die Luft und ließ sich von einem Gardisten ein langes Holzschwert und einen Schild hinaufreichen. Nasta sah, wie Rutgar die Augen zusammenkniff und zu ihr herüberkam.

»Aufgemerkt, Halbling!«, sagte der Zwilling über den Jubel des Publikums hinweg. »Jarold hat sich nicht davon abbringen lassen, mit Euch zu kämpfen. Ich hoffe, es ist klar, dass ihm dabei nichts zustoßen darf. Nichts auch nur annähernd Ernsthaftes. Habe ich mich klar ausgedrückt?«

Nasta nickte heftig und brachte ein »Selbstverständlich!« über die Lippen, ehe Rutgar sich auch schon wieder von ihr abwandte, um seine ernste Ansage für jeden der Halblingsstreiter im Kreis zu wiederholen. *Ob Jarold ahnt, wie sein Bruder dafür sorgt, dass er von uns mit Samthandschuhen angefasst wird? Auszuschließen ist es nicht. Immerhin hat er mir persönlich eingestanden, dass er kein passabler Reiter ist.*

Jarold setzte seinen mit Wangenklappen ausgestatteten Helm auf und hob das Holzschwert. »Möge das Gefecht beginnen!«

Im erneut aufbrandenden Jubel stießen die Halblinge ihren Reittieren die Fersen in die Flanken. So schnell sie ihre Beine trugen, preschten sie allesamt zur Mitte voran. Bereits wenige Galoppsprünge nach Beginn des Gestechs vernahm Nasta das aufgeregte Gebell von Jesches massigem Hund. Sofort schloss sie ihre Schenkel fester um den runden Rücken ihres Ebers und lehnte sich dem unvermeidlichen Aufprall entgegen, während sie Bluthauer in die Richtung lenkte, aus der das Bellen sich ihnen näherte. Geifer sprühte aus den Schlitzen im Maulkorb von Wühlzahn, als Bluthauer seinen polsterbewehrten Kopf genau im richtigen Augenblick mit großem Schwung gegen den des Hundes rammte. Erdkrumen spritzten, Hufe und Pfoten fanden neuen Halt, und geschlagen taumelte Wühlzahn zur Seite. Nasta schrie triumphierend und hieb mit ihrem Holzschwert kräftig nach Jesches ungedecktem Rücken. Der Treffer ließ die Brünne der Kohlfelderin klingeln, doch irgendwie schaffte sie es, sich auf dem Rücken ihres jaulenden Reittiers zu halten.

Nasta fluchte saftig und versuchte, sich auf dem Feld zu orientieren. Zu weit entfernt, um ihr in absehbarer Zeit gefährlich zu werden, ritt Bik gegen Uschkar an. Dieser hantierte recht hilflos mit seiner Holzwaffe, schaffte es aber immerhin, eine von Biks zwei Keulen abzuwehren. Tausendender schoss so dicht an Uschkars Reithund vorbei, dass kein Haar mehr zwischen die beiden gepasst hätte. Als Bik in einer raschen Aufwärtsbewegung seinen Ellenbogen ins Spiel brachte, zeigte sich, dass der Möhrenberger nie mit seinen Keulen hatte treffen wollen. Uschkars blonde Locken flogen, als der Stoß ihn von Zwingprachts Rücken auf den weichen Acker beförderte. Unter dem Johlen des Volks überschlug er sich zweimal, ehe er jammernd liegen blieb und sein Handgelenk umklammerte.

Etwas dichter bei Nasta traf Jarold gerade auf Bokian. Ross und Laufvogel rammten einander in einem gemäßigten Trab, und das Federvieh keifte durch seine Schnabelpolsterung, während es vergeblich versuchte, dem Wallach die Augen auszuhacken. Der Vierbeiner scheute, doch irgendwie gelang es Jarold, den Falben in Bokians Nähe zu halten. Beherzt rückte er dem Halbling mit seinem Holzschwert zu Leibe. Bokian, der Rutgars Wunsch nach einer Schonung Jarolds wohl respektierte, leistete nur halbherzig Widerstand.

Als sie Jesche erspähte, die mit angelegter Holzlanze auf sie zuhielt, umfasste Nasta ihr Sattelhorn fest mit einer Hand, um Bluthauer neu auszurichten – ohne Schild hatte sie dieser

Attacke nur wenig entgegenzusetzen. Sie machte sich dennoch zu einem Sprunghieb gegen Jesches Brust bereit, als sie das Rote in Wühlzahns blutunterlaufenen Augen erkennen konnte. *Ganz ohne Gegenwehr lasse ich mich nicht über den Haufen reiten, du Schnepfe.*

Ihr waghalsiges Manöver erwies sich am Ende als überflüssig: Urplötzlich war Tausendender heran und verhakte die Lanze der Kohlfelderin mit einer geübten Bewegung von Kopf und Hals in seinem Geweih. Danach wechselte der weiße Hirsch ruckartig die Laufrichtung. Jesche wurde mitsamt Lanze aus dem Sattel gehoben, und Bik grinste breit zu Nasta herüber. Seine Freude währte jedoch nicht lange, denn Wühlzahn ließ die Schmach seiner Reiterin nicht auf sich sitzen: Wütend knurrend rammte der Hund seinen klobigen Schädel gegen Biks Seite, und der Möhrenberger kippte mit rudernden Armen aus dem Sattel.

Nasta schlug einen weiten Bogen um das Gewühl auf dem Acker, da schlossen sich mit einem Mal Finger um ihren Knöchel. Ihr entfuhr ein überraschter Schrei, und sie mühte sich redlich, den Griff um ihre beiden Kurzschwerter nicht zu lockern. Vergebens: Der Aufprall auf dem Acker schlug ihr die linke Waffe aus der Hand. Durch die umherstiebenden Erdbrocken erkannte sie Jarold, wie er sein Holzschwert in ihre Richtung schwang. Nasta fügte sich in die mit Rutgar getroffene Absprache: Sie ließ sich in voller Absicht zu viel Zeit, um ihr Kurzschwert zu heben, und gestattete es Jarold so, ihr die Spitze seiner Waffe an den Hals zu setzen. Ergeben hob sie die Hände, und Jarold lächelte zu ihr hinunter, ehe er sich auf die Suche nach weiteren Gegnern machte. Verblüfft stellte sie zwei Dinge fest: *Ich will dieses Lächeln nicht mehr missen, und wie ungerecht ist es bitte schön, dass er wegen irgendwelcher Familienstreitigkeiten daheim auf den Thron von Westborn verzichten will?*

Lang ausgestreckt auf dem weichen Erdreich blickte sie sich um und entdeckte nur wenige Schritte neben sich Jesche. Die Ritterin lag geschlagen auf dem Bauch und wirkte trotzdem nicht allzu verärgert. Das konnte nur eines bedeuten: Sie musste ebenfalls von Jarold geschlagen worden sein, denn wenn einer der anderen Halblinge sie so bezwungen hätte, wären ihre hübschen Züge sicher von Wut, Enttäuschung und Missgunst verdunkelt gewesen. Jesche bemerkte nun ihrerseits Nastas forschende Blicke und streckte ihr die Zunge heraus.

Nasta erwiderte die freche Geste und schaute nach Jarold. Der Prinz, der kein König sein wollte, sah sich mit erhobener Holzwaffe um. Nacktes Entsetzen packte Nasta, als der stolze Taurarer von einem brüllenden Bik zu Boden gebracht wurde: Zielsicher trat der Möhrenberger dem Menschen in die Kniekehlen und schubste ihn anschließend mit Anlauf auf den Rücken. Jarold hob das Holzschwert, doch natürlich war es dem Halblingsritter ein Leichtes, die Waffe mit nur einem einzigen Hieb in hohem Bogen davonsegeln zu lassen. Bik wollte sich schon abwenden, doch der Mensch packte ihn am Schienbein. Mit zusammengebissenen Zähnen zog Jarold Bik unaufhaltsam zu sich heran.

»Bik! Nicht!«, schrie Nasta, die genau wusste, was als Nächstes kommen würde, denn Bik hatte augenscheinlich keine Lust, Rutgars Anweisung zu befolgen. *Er hört mich nicht. Oder er will mich nicht hören.* So oder so ließ er zu, dass Jarold ihn fast ganz zu sich heranzog. Dann drehte er sich im letzten Moment und begrub den Oberkörper des Menschen unter seinem Gewicht. Daraufhin begann er mit geballter Faust auf das Gesicht seines Gegners einzuschlagen. Jarold schrie auf, doch sein Griff um Biks Bein löste sich noch immer nicht. Der Möhrenberger drosch weiter auf Jarold ein, Blut spritzte.

»Nein!« Nasta sprang entgegen allen Regeln eines ordentlichen Gestechs in die Höhe und warf sich auf den anderen Ritter. Ihr Brustpanzer schabte kreischend über die Nieten an Biks Rüstung, dem der kräftige Aufprall die Luft aus den Lungen trieb. »Bist du verrückt geworden?«, brüllte Nasta, die auf ihrem Kameraden zum Liegen gekommen war. Um ihn zur Besinnung zu bringen, rieb sie dem Hirschreiter eine Ladung

Erde ins Gesicht. »Du schlägst ihm noch alle Zähne in den Hals!«

Bik spie aus, umfasste ihr Kinn und drückte es mit aller Kraft nach oben. Nasta hielt dagegen, so gut sie konnte, und versuchte, ihre Hand in seine Ellenbeuge zu bekommen. »Und wenn schon?«, fauchte der Möhrenberger. »Ist mir doch gleich, dass sein Bruder glaubt, ihm würde ein leerer Sack zwischen den Beinen schlackern. Er will mit uns kämpfen, also kämpfe ich mit ihm. Und wenn er ein richtiger Kerl ist, will er das auch so!«

»Du lernst es aber auch nie!«, keuchte Nasta und bog Biks Hand zur Seite, während sie ihr Knie für einen schmerzhaften Stoß in Position brachte. Ein merkwürdiges Geräusch – ein Klacken, das in ein Surren überging – ließ sie innehalten. Auch Biks Blick wanderte zum Himmel.

»Armbrüste!«

Nasta ging in die Hocke und sah zu den Podesten hinüber. *Tatsächlich! Die Gardisten schießen ihre Waffen ab!* Entsetzt suchte sie nach dem Grund für den Angriff, derweil der Jubel des Volks einfach nicht abbrechen wollte – offensichtlich betrachtete man alles als Teil der Darbietung.

»Da!«, brüllte Bik, der sich inzwischen ebenfalls halb vom Boden aufgerappelt hatte. Nasta folgte seinem Fingerzeig: Hinter der Absperrung zum abgegrenzten Festplatz fochten die Gardisten und Rutgar wie besessen gegen eine ganze Schar dunkler Gestalten. Ein Dolchtreffer des Zwillings in eine ungeschützte Stelle an der Hüfte seines Gegners verhinderte knapp, dass der Widersacher es ganz über das Hindernis schaffte. Andere hatten allerdings dank ihrer großen Zahl mehr Glück. Unweit von Nasta warf ein in Lumpen gekleideter Angreifer den Leib des Gardehauptmanns in hohem Bogen über das Geländer. Telo Stiraz landete leblos im Dreck, die Augen im blutigen Gesicht blicklos zum Himmel gerichtet.

Erst eine, dann zwei, dann drei Gestalten setzten über die Baumstämme hinweg. Nasta gefror schier das Blut in den Adern, als sie einen genauen Blick auf einen der Unruhestifter erhaschen konnte. »Orks!«, schrie sie und breitete die Arme aus. »Das sind Orks! Beschützt den König!«

Hastig blickte sie sich um, doch in ihrer Nähe lagen nur die harmlosen Schwerter und Stangen aus Holz, die sie im Gestech hatten verwenden dürfen. Sie fluchte. Bluthauer grunzte und quiekte ohrenbetäubend laut, während er versuchte, seinen Maulkorb an einem der Stützpfosten des Geländers abzustreifen. Die gesamte Absperrung erzitterte unter seinem Gewicht. Sie hörte Uschkar nach Pfeil und Bogen brüllen, während die drei Angreifer in vollem Lauf über den Acker hetzten, blutige Säbel in den Händen.

Was das Abstreifen des Maulkorbs anging, hatte Jesches Wühlzahn mehr Glück als Bluthauer. Mit einem gewaltigen Satz war der riesige Hund an einen der Säbelschwinger heran und schloss die Fänge um Hals und Unterkiefer des Orks, ehe er mitsamt seinem schreienden Opfer zu Boden ging. Gemeinsam warfen sich Bik und Bok in den Weg eines zweiten Hauerträgers. Biks Griff um das Bein des Angreifers löste sich zu schnell, doch Bok traf mit einem Stabhieb die ungeschützte Kehle. Kaum war der Ork gurgelnd zusammengebrochen, war auch schon Jesche über ihm und rammte ihm beide Daumen in die Augenhöhlen.

Nasta schaffte es noch, sich ein Holzschwert vom Boden zu schnappen, um sich damit dem dritten Ork entgegenzustellen, der mit unverminderter Geschwindigkeit auf sie zustürmte. Nasta sah, dass der Schweinemann aus vielen Wunden blutete und keinerlei Rüstung trug. Sein ausgemergeltes Gesicht war zu einer Fratze der Verzweiflung und Raserei verzogen. Im allerletzten Wimpernschlag vor dem Zusammenprall drehte sich Nasta aus dem Laufweg ihres Angreifers heraus und hieb ihm mit aller Kraft die Waffe ins Gesicht. Holz splitterte, der Ork heulte auf. Doch mehr noch als dieser Treffer warfen ihn die beiden Pfeile, die ihm plötzlich aus Oberarm und Brustkorb sprossen, aus der Bahn. Er wankte, und Nasta gelang es nicht mehr, seine Schritte vorherzuahnen. Als seine Hüfte mit voller Wucht gegen ihre Schläfe prallte, wurde sie beiseitegeschleudert wie eine Lumpenpuppe.

Der Attentäter hob zu einem unmenschlichen Geheul an, bleckte die Hauer und schwankte auf Jarold zu, der noch immer benommen von Biks Treffern versuchte, sein Langschwert zu heben.

»Nein! Hoheit!«, hörte Nasta sich schreien. Sie sah, wie Rutgar über die Absperrung flankte und quer über den Acker zu hetzen begann. *Ihr Untrennbaren! Er kommt zu spät!*

Aus dem Nichts erschien Fulmar neben dem Ork. Etwas Silbernes, Spitzes blitzte in der Hand des Barden auf und fuhr dem Ork in den Schädel, der ohne einen weiteren Laut in sich zusammenbrach. Mit ähnlich behutsamen Bewegungen, wie er sonst die Saiten zupfte, löste Fulmar die federdünne Klinge aus dem Knochen und säuberte sie sogleich mit ungerührter Miene an den Hosen des Gefallenen.

Nasta starrte mit offenem Mund. *Wie hat er das gemacht? Er war doch nicht einmal in Jarolds Nähe.* Er war aus leerer Luft neben ihn getreten, um ihm das Leben zu retten. Sie rang um die richtigen Worte, während Fulmar dem dankbaren Taurarer beruhigend die Hände auf die Schultern legte.

Offensichtlich war Nasta die Einzige, die das Wunder mit eigenen Augen gesehen hatte. Rutgar war inzwischen bei seinem Bruder angelangt. Er musterte Jarold gründlich, nickte zufrieden und wandte sich dann dem Ork zu. Er drehte die Leiche mit einem Fußtritt auf den Rücken und betrachtete die zerlumpte Kleidung, an der die aufgewühlte Erde in dicken Batzen hängen blieb.

»Die Orks sind nass«, stellte er fest – schreiend, da weite Teile des Publikums das scheinbar eigens für sie gebotene Spektakel mit Beifallsstürmen feierten. »Sie müssen vom Meer aus die Klippen hochgeklettert sein.«

Fulmar deutete auf den Säbel. »Und diese Waffen sind zu gut, wenn man sie mit dem Rest ihrer Ausrüstung vergleicht.

Jemand hat sie ihnen genau für diesen feigen Angriff zur Verfügung gestellt.«

»Das würde ich auch so sehen«, gab ihm Rutgar recht. »Es waren dreißig, würde ich schätzen. Sie haben uns wegen ihrer Überzahl überrannt. Wie geübte Kämpfer kamen sie mir allerdings nicht vor.«

Bik trat neben Nasta. »Da weiß wohl noch jemand außer dir, dass direkte Blutlinien nicht verzichten, sondern nur erlöschen können«, wisperte er.

Nasta presste die Lippen zusammen und lief zu Jarold, der sich Blut und Erde aus dem Gesicht wischte. »Seid Ihr in Ordnung, Hoheit?«

Der Mensch nickte. In seinem Blick loderten verletzter Stolz und Zorn. »Mir geht es ausgezeichnet. Und du darfst mich in Zukunft mit ›Majestät‹ anreden, Nasta.« Jarold schob den Unterkiefer vor und wandte sich an den Barden, um Sätze zu sprechen, von denen Nasta gehofft hatte, dass er sie an sie richten würde. »Sag dem Seneschall, er soll die Krönungszeremonie vorbereiten. Westborn braucht mich ganz offensichtlich mehr als die Silberne Insel.«

II

SCHICKSAL

14

*Wen die Götter lieben, dem schenken sie reichlich
Skaldat. Bedenket aber immer,
dass die Liebe der Götter gefährlich ist.*

Aus *Berechtigte Warnungen an Sorgsame Künstlerinnen*

Wie ein Teppich aus dunklen und hellen Flicken in saftigem Grün ergoss sich üppiger Bewuchs über die sanft geschwungene Hügelkette, bis hin zu einem braunen Band aus gestampfter Erde – der Reichsstraße, die dank der Kälte des Nachtfrosts vor der Überwucherung gefeit war. Am Horizont wehten zerrissene Banner aus weißem Dampf. Hedskilde, die Stadt der heißen Quellen, war nicht mehr weit. Wahrscheinlich hätten die Teilnehmer der Krönungsfahrt den großen Wachturm des Wallfürsten bereits sehen können, wären die dichten Schwaden nicht gewesen, die sich fest an die Hügel schmiegten und den Reisenden so die Sicht erschwerten.

Den eisblauen Himmel unmittelbar über den Kutschen und den Wagen mit Gepäck und Proviant störte jedoch kein Wölkchen. Bestes Reisewetter. Nasta stieg der herbe Geruch in die Nase, der von den stoisch dahintrottenden Zugochsen ausging. Sie hatten sehr rasch aus Sunnastad aufbrechen können. Alles war bereits für die Krönungsfahrt vorbereitet gewesen – die Vorräte gesammelt, die Halblingsritter herbeigerufen. Immerhin hatte Jarold die Reise schon Wochen zuvor in Auftrag gegeben, als er sich dazu entschlossen hatte, mehr von Westborn zu sehen, ehe er seine Entscheidung fällte. *Nur hat man damals noch nicht ahnen können, wie schnell aus dem Thronfolger nun tatsächlich ein Thronbesteiger werden sollte.*

Wie unzählige Male zuvor überprüfte Nasta die Position ihrer Schildgeschwister. Zu ihrer Linken ritt Uschkar mit geschultertem Bogen und blitzendem Degen auf dem flinken Zwingpracht, den Blick aufmerksam auf die Höhen der Hügelkette gerichtet. Rechts, wo das Land zu einem steingrau daliegenden See hin abfiel, trabte Bokian auf Froschfresser dahin, Schild und Morgenstern prominent zur Schau gestellt. Das Gefieder des Laufvogels verschmolz geradezu mit dem Gestein. Ohne den Halbling auf seinem Rücken hätte man ihn beinahe für einen der vielen Felsbrocken halten können, die wie von Riesenhand überall auf dem weichen Grund aus Gras und Moos ausgestreut lagen. Den hinteren Teil des Zugs bewachten Jesche und Bik, und Seneschall Leviko hatte darauf bestanden, mit einer Handvoll Gardisten die Nachhut zu bilden.

Die vielen scharfen Augen und blitzenden Waffen waren dringend notwendig. Nicht etwa nur deshalb, weil eine orkische Verschwörung Jarold nach dem Leben trachtete. Und auch nicht deshalb, weil der Bruder des Königs vermutete, diese orkische Verschwörung wäre nichts weiter als ein Schutzschild für eine Ränke, die ihren Anfang bereits in der fernen Heimat der Karridakis genommen hatte. Nach dem Überfall der Schweineleute auf den königlichen Palast in Sunnastad hatte ihr Jarold in einer ruhigen Minute etwas Fürchterliches anvertraut: Auf einer halb von Rosenranken verschlungenen Bank im Palastgarten hatte er ihr berichtet, dass ihm seine eigene Schwester nach dem Leben trachtete. Nasta bezweifelte zwar, dass der Arm dieser verschlagenen Person über viele, viele Meilen glitzernder See bis nach Westborn reichte, aber ganz auszuschließen war es nicht. Der Grund für die offen zur Schau getragene Wehrhaftigkeit des Zugs war allerdings weitaus einfacher, wenngleich keinen Deut weniger trist, weil er Auskunft darüber gab, wie es seit den letzten Tagen von Orskarrs Herrschaft um Recht und Gesetz im Reich bestellt war: Leider vergaßen im hohen Norden genügend Dörfler beim Anblick schmackhafter Ochsen jeglichen Anstand und sämtliche Zurückhaltung, und es war wichtig zu zeigen, dass der Ärger, den man sich bei einer Attacke auf den Zug einhandelte, die Mahlzeit nicht wert war.

Nasta richtete den Blick nach vorn und musterte den tiefroten, mit Hermelinfell verbrämten Mantel, der von Jarolds Schultern bis auf die Kruppe seines Pferdes fiel. Ein breiter goldener Reif hielt ihm die Locken aus der Stirn – die Königskrone. Nasta bemerkte, dass sie bei diesem Anblick entrückt lächelte. *Wie sehr haben wir alle darum bangen müssen! Wie viel habe ich aufs Spiel gesetzt, um diesen Anblick erleben zu dürfen! Wie groß waren meine Zweifel und meine Enttäuschung gerade noch vor ein paar Tagen!* Doch nun war endlich altes Recht erfüllt, und der jüngste Abkömmling eines guten Herrschers hatte sich Westborn vorangestellt. *Nichts wird mehr so sein, wie es war. Die Schatten werden sich lichten. Ich spüre es. Dieser König ist dazu auserkoren, ein neues Zeitalter einzuläuten. Und ich werde nie von seiner Seite weichen ...*

Im Gegensatz zu den anderen Mitgliedern des Hofstaates, die sich in die gepolsterten Kutschen zurückgezogen hatten, war Jarold nicht davon abzubringen gewesen, selbst zu Pferde zu reisen. »Ich will besser sehen als *aus* einer Kutsche und besser gesehen werden als *in* einer Kutsche!« Das waren die Worte gewesen, mit denen er sich standhaft gegen Nastas und Rutgars Bitten gewehrt hatte, von seinem Plan abzusehen. Und so kam es, dass Nasta nun hinter Jarold durch die Ostmarken von Westborn ritt, immer in der Hoffnung, dass die Sattelschwielen den ungeübten Reiter irgendwann doch noch in den Schutz einer Kutsche zwingen würden.

Ein greller Pfiff gellte durch die Morgenluft. Nasta lenkte Bluthauer ein Stück den Hang hinunter, um in Richtung der Nachhut spähen zu können. Bik war von Tausendenders Rücken gestiegen und hockte neben einem Felsen. Er bedeutete Nasta mit einem ernsten Wink, näher zu kommen.

»Ich sehe mir das an«, teilte sie Jarold und Rutgar mit, ehe sie ihren Keiler in einen raschen Trab versetzte. Hinter ihr schallten Rufe, als der Zug aus Wagen und Kutschen zum Stehen gebracht wurde – ein langwieriges Unterfangen, das die älteren Fuhrleute gern »die Bändigung des Wurms« nannten.

Bik zeigte Nasta hinter dem Felsen, an dem er auf sie gewartet hatte, einen tiefen Riss im felsigen Boden.

»Und?«, fragte sie ratlos.

»An dieser Spalte ist etwas faul.« Bik ging auf ein Knie nieder und wies auf eine der zerklüfteten Seiten des Risses. »Schau. Sprossen.«

Nastas Blick folgte seinem ausgestreckten Finger. Es stimmte: In den Stein waren einfache Eisenstangen getrieben, die eine krude Leiter in die Tiefe bildeten. Nasta schürzte die Lippen. »Ich muss mir ansehen, wohin das führt. Das ist eine Möglichkeit, ungesehen von unseren Spähern hinter den Zug zu kommen.«

»Klar. Aber allein gehst du nicht.« Bik löste eine seiner Äxte aus ihrer Halterung auf dem Rücken.

Nasta nickte, zog eines der Messer aus dem Gürtel und nahm die Klinge zwischen die Zähne, ehe sie vor Bik in die Spalte hinabkletterte.

Schon nach den ersten paar Sprossen spürte sie, wie es um sie herum heißer wurde. Als sie am Grund der Spalte festen Fels unter ihren Sohlen ertastete, standen ihr dicke Schweißperlen auf der Stirn. Sie trat einige Schritte vor, um Bik nach unten zu lassen, ging in die Hocke und sah sich vorsichtig um.

Die Dunkelheit wirkte zuerst vollkommen undurchdringlich, doch als sich ihre Augen etwas an die neuen Lichtverhältnisse gewöhnt hatten, nahm sie den rötlichen Schein wahr, der an mehreren Stellen vom Boden ausging und die niedrige Decke bestrahlte. Allmählich konnte sie auch die kantigen Umrisse der Felssäulen erkennen, die die Höhle wie schwarzes

Rahmenwerk zerteilten. Sie wartete ab, bis auch Bik sich orientieren konnte, bevor sie leise die Höhle in Richtung der nächsten Lichtquelle durchquerte.

Als sie die leuchtenden Stellen am Boden erreichte, stutzte sie: Es waren kleine Teiche – rostrotes Wasser, vollkommen still. Die Hitze, die hier unten herrschte, ging eindeutig von ihrer Oberfläche aus. Mit zusammengekniffenen Augen spähte sie in einen der Teiche, während Bik sich zu ihr gesellte.

»Was ist das?«, flüsterte sie und deutete auf ein längliches, menschengroßes Gebilde, das ungefähr einen Schritt weit vom Rand des Teichs entfernt reglos im Wasser lag. Vielleicht hätte sie es sogar übersehen, wenn es nicht eine ganz besonders auffällige Eigenschaft besessen hätte: Es glühte rot.

»Keine Ahnung, was das sein soll.« Bik zeigte auf eine andere Stelle am Ufer. »Da drüben sind noch mehr von diesen Dingern versenkt.«

Nasta tastete sich geduckt am Teich entlang weiter voran, bis sich ihre Hand um ein Kettenglied schloss. Sie bat Bik, ihr zu helfen, und gemeinsam brachten sie eines der schweren Gebilde nach oben. Als es die Oberfläche durchstieß, breitete sich schlagartig ein scharfer Geruch wie von Schweiß oder glimmendem Stoff in der Höhle aus, und die Hitze wurde schier unerträglich. Nasta wandte das Gesicht ab. Das Ding erinnerte sie an einen riesigen schimmernden Kristall, der von glühenden Adern durchzogen war.

»Rotes Skaldat!«, hörte sie Bik keuchen. »Das fliegt uns ganz leicht um die Ohren oder setzt uns in Brand oder ruft einen Lodervogel herbei. Schnell, wieder rein damit!« Nasta ließ die Kette durch ihre Hände rasseln, bis das Gebilde wieder in den Teich hinabgeglitten war.

»Wie kann das sein?«, murmelte Bik leise vor sich hin. »Ich bin nun wirklich kein Skaldatmeister, aber rotes Skaldat, das die Macht des Feuers in sich birgt, im Wasser? Das passt doch überhaupt nicht zusammen!«

»Ich bin mir sicher, Alchimistin Galla kann dir das ...«

Ein ohrenbetäubendes Brüllen löschte ihre Worte aus. Eine mehrere Schritt lange Kreatur mit einem riesigen Maul schoss aus dem Teich hervor. Klauen kratzten so scharf über das felsige Ufer, dass es in den Ohren schmerzte und sich einem die Härchen im Nacken aufrichteten. Glühend heiße Wassertropfen prasselten schmerzhaft auf nackte Haut. Nasta schrie und wich zurück, gerade noch rechtzeitig, um einem Schwall aus heißem Qualm auszuweichen, der begleitet von einem bestialischen Gestank nach Schwefel und Fäulnis in ihre Richtung wallte.

»Nasta!« Als scharf umrissener Schatten inmitten des rötlichen Zwielichts raste Bik heran. Sie hörte zwei dumpfe Schläge, als seine Äxte auf das Wesen niederfuhren. Es brüllte erneut und fuhr zu seinem Angreifer herum. Das lärmende Geschöpf war so nah, dass Nasta es mit den Fingerspitzen hätte berühren können, und sie glaubte, dicke Schuppen an seinem Leib zu erkennen. Ein langer Schwanz peitschte durch die Luft, und sie hörte Bik schreien. Scheppernd ging ihr Schildbruder zu Boden. Nasta riss ihre Kurzschwerter aus dem Gürtel.

»Dreki!«, rief eine fremde Stimme, die aus allen Richtungen gleichzeitig zu kommen schien. »Dreki!«

Das Wesen brüllte ein weiteres Mal, und eine lange, gespaltene Zunge zuckte ihm aus dem Maul. Dampf quoll aus dem aufgerissenen Schlund. Der kantige Kopf pendelte von einer Seite zur anderen, doch ansonsten verharrte die Kreatur auf der Stelle.

»Erklärt Euch«, verlangte der unsichtbare Fremde befehlsgewohnt.

Nasta hörte Bik stöhnen und das Leder seiner Rüstung knarren. Sie atmete auf. Ihr Freund lebte und war noch in der Lage, sich zu rühren. Sie drehte unaufhörlich den Kopf hin und her, um den Besitzer der Stimme vielleicht doch irgendwo zu entdecken.

»Nastasira von Zwiebelbrach und Bikschavost von Möhrenberg«, rief sie schließlich über das laute Schnauben der Kreatur hinweg. Sie war selbst davon überrascht, wie unerschüttert und sicher ihre Stimme klang. »Dimidiansgarde von Jarold dem

Ersten, König von Westborn – und damit auch Euer König! Und nun: Erklärt Ihr Euch!«

Nasta packte die Griffe der Schwerter fester, als sie eine kleine Flamme entdeckte, die hinter einer Felssäule hervorkam.

Der Fremde lachte leise. »Nasta! Das muss eine Ewigkeit her sein.«

Die Flamme entpuppte sich als kleine Laterne, deren Träger nicht besonders hoch über den Boden aufragte. Dunkle, kurze Locken wanden sich um ein hageres Halblingsgesicht mit dichten Augenbrauen und schmalen Lippen. Das geschuppte Wesen, das von Kopf bis Schwanzspitze gute vier Schritt messen mochte, eilte mit abgehackten Bewegungen an die Seite des Halblings. Seine Hand strich zärtlich über den Hals der Echse. Ein sanftes Schnauben des Tiers ließ kleine Wölkchen aus seinen Nüstern aufsteigen.

»Anjosiva von Lauchhag?«, entfuhr es Nasta ungläubig.

»Ebendieser.« Die Gestalt, die nicht mehr als einen Lendenschurz trug, schmunzelte. Ein spiralförmiges Hautbild bedeckte die linke Brust und Schulter des dürren Gesellen. Er hob die Laterne und runzelte besorgt die Stirn. »Bikschavost? Alles in Ordnung?«

»Ja, ja«, murmelte Bik und wuchtete sich umständlich auf die Beine. Er knackte prüfend mit den Halswirbeln. »Und wie ist es mit deinem ... Begleiter?«

»Mach dir keine Sorgen um Dreki.« Anjosiva winkte ab. »Es braucht mehr als einen kleinen Axthieb, um seine Schuppen zu durchdringen.«

Nasta steckte ihre Waffen weg und ging auf den halb nackten Echsenkenner zu. »Was ist dieses Wesen, Anjo? Wo ist Sonnenfell?« Sie erinnerte sich noch gut an die majestätische Raubkatze, die auf den Zusammenkünften der Wallfürsten in Orskarrs Palast stets viel Bewunderung auf sich gezogen hatte.

Anjo seufzte. »Das ist eine lange Geschichte. Lass es mich so zusammenfassen, dass das Klima der Südlande und ein unglücklicher Schlangenbiss zu viel für meinen lieben Luchs waren. Doch der heiße Sumpfwald hat mir Dreki geschenkt, als ich um einen neuen Gefährten bat. Und nun ist er schon seit langen Jahren bei mir. Dort, wo er herkommt, nannte man ihn einen Steinwaran.«

Bik rieb sich den Hintern und kam dann ebenfalls näher, um Anjo mit einem Handschlag zu begrüßen. »Sie haben da unten Feuer speiende Echsen?«

»Nicht ganz. Das kann Dreki erst, seit er in diesen Skaldatteichen badet, um in der Kälte hier droben überleben zu können. Ich will mich nicht darüber beschweren.«

Nasta musterte die Echse mit großen Augen. »Wirklich erstaunlich. Was hat dein Wallfürst nur dazu gesagt, als er das bemerkte?«

Anjo lachte. »Der hat sich gefreut, und freut sich immer noch. Ich bin hier Wallfürst. Schon seit vielen Jahren.« Er streckte die Laterne von sich und machte eine einladende Handbewegung. »Aber lasst uns doch in meinem Heim weiter darüber reden. Hedskilde hat mehr zu bieten als finstere Höhlen, und ich bin mir sicher, Ihr schätzt Drekis Anwesenheit womöglich nicht ganz so sehr wie ich.«

»Wartet«, warf Bik ein, »der Königszug ist noch dort oben. Wir müssen ihnen Bescheid geben.«

Der Wallfürst von Hedskilde nickte gelassen. »Sobald wir oben sind, schicke ich rasch einen meiner Leute los. Es wird für alles gesorgt – immerhin wurdet ihr vom königlichen Seneschall angekündigt. Und es ist wirklich nicht weit.«

Ganz selbstverständlich setzte Anjo sich in Bewegung. Dreki gab ein schnarrendes Geräusch von sich und kroch davon. Mit einem lauten Klatschen warf der Steinwaran sich in einen der blassroten Teiche.

Nasta und Bik wechselten einen ernsten Blick. Bik zuckte mit den Achseln. Nasta nickte und setzte sich ebenfalls in Bewegung, um Anjo hinterherzukommen.

»Was ist das hier?«, erkundigte sie sich mit einer die gesamte Höhle umfassenden Geste. »Ich habe einen solchen Ort noch nie gesehen.«

»Das ist ebenfalls eine lange Geschichte«, begann Anjo, »aber nicht zu lang.«

Sie wanderten auf einem schmalen Felssteg über zwei rote Teiche hinweg, tiefer in die Höhle hinein.

»Schon seit vielen, vielen Jahren wird in Hedskilde rotes Skaldat abgebaut. Und zwar in diesen unterirdischen Höhlen. Je tiefer man graben musste, desto waghalsiger und gefährlicher wurden die Minen angelegt. Irgendwann zu gefährlich. Nachdem mehrere schwere Unglücke binnen kürzester Zeit die Reihen der Hedskilder Bergleute stark gelichtet hatten, sandte mein damaliger Wallfürst Einar von Hedskilde mich aus, um nach einer Lösung für die Fährnisse beim Abbau des Skaldats zu suchen. Und so begab ich mich natürlich nach Süden, dorthin, wo die größten Skaldatmeister ihre Kunst ausüben. Dort verlor ich Sonnenfell, aber ich gewann Dreki und eine Menge nützliches Wissen über rotes Skaldat.«

Im Gänsemarsch hielten sie nun auf eine vollkommen glatt wirkende Felswand zu. Erst als Anjo sich mit einer einfachen Drehung durch eine schmale Spalte zwängte und sich in den Stein hineinzuwinden schien, bemerkte Nasta, dass es einen Durchgang gab. Der Boden hinter der Wand war eben und gepflastert. Anjo hängte die Laterne an einen Haken an der Wand und öffnete einen schmalen Schrank, um ein Hemd, eine Hose und einen Umhang daraus hervorzuziehen.

»Ich ließ die Minen mit Wasser aus den heißen Quellen fluten, die es in dieser Gegend schon immer gab. Seitdem muss niemand mehr die gefährliche Aufgabe auf sich nehmen, rotes Skaldat mit Hacken aus dem Fels zu schlagen. Das Skaldat ist im Wasser gelöst. Und die Spulen in den Teichen lagern es an.«

»Aber wie soll das gehen?«, fragte Bik verdutzt, als hätte Anjo in einer fremden Zunge zu ihnen gesprochen. »Wie ›anlagern‹? Das ergibt doch keinen Sinn!«

Nasta erinnerte sich an die kleine Lehrstunde, die Galla im Thronsaal gegeben hatte. »Die Spulen sind mit rotem Skaldat beschichtet«, rief sie begeistert. »Skaldat zieht Skaldat derselben Farbe an! Es löst sich also aus dem Wasser. Es schürft sich ganz von selbst!«

Anjo bedachte Bik mit einem herablassenden Lächeln, während er sich weiter anzog. »Ich bin froh, wenigstens eine ebenbürtige Gesprächspartnerin zu haben. Völlig richtig, Nastasira. Ich sehe, dir ist der Wert meiner Erfindung nicht minder bewusst als den Hedskildern.«

Nasta warf einen flehentlichen Blick zu Bik. Sie kannte ihn lange genug, um zu wissen, wie kurz er davorstand, Anjo für seine letzte schmähende Bemerkung büßen zu lassen.

»Als ich aus dem Süden zurückkehrte, war Einar leider seinem hohen Alter erlegen. Das hielt mich natürlich nicht davon ab, meine Erkenntnisse in die Tat umzusetzen. Die Hedskilder – dankbar, dass sich niemand mehr in den Minen in die Luft sprengen lassen musste – machten mich zu ihrem neuen Wallfürsten. Manchmal bekommt man am Ende eben doch, was man verdient. Solange man sich nur auf mehr versteht, als – nun sagen wir mal – sinnlos mit ein Paar Äxten um sich zu dreschen.«

»Das ist ja eine faszinierende Geschichte«, sagte Nasta rasch, um Anjos Aufmerksamkeit bei sich zu halten. Der Wallfürst sollte nicht bemerken, wie sehr Bik um Fassung rang – es hätte ihn gewiss nur zu weiterem Spott angestachelt. »So was hört man nicht alle Tage.«

»Nicht wahr?«, bestätigte Anjo zufrieden und begann damit, seinen Umhang zuzuschnüren. »Darf ich fragen, Nastasira, wo du dir dein beträchtliches Wissen über Skaldat angeeignet hast?«

»Oh, damit ist es nicht weit her. Ich habe nur darauf geachtet, was die Hofalchimistin unseres Königs so erzählt.«

Anjos Augen leuchteten. »Er hat eine Alchimistin mitgebracht? Wunderbar. Sie muss bleiben. Irgendwie. Um jeden Preis. Womit wir beim interessantesten Punkt unserer Plauderei angelangt wären.« Er strich den Umhang glatt und fuhr sich durch die Locken. »Wie werden wir diesen Menschenkönig wieder los?«

Nasta war sprachlos.

Anjo deutete ihren leeren Blick offenbar als Unschlüssigkeit und fühlte sich dadurch aufgefordert, seine eigenen Ansätze auszubreiten. »Ich bin mir doch recht sicher, dass der Einfluss der Halblinge im Reich inzwischen groß genug ist, um einen … wie nennen sie uns so gern? Dimidian? Um einen Dimidian auf dem Thron nicht nur zu dulden, sondern sogar willkommen zu heißen. Den Glauben an das Untrennbare Paar haben sie ja schon übernommen, und so gut wie alle Priester der Untrennbaren sind Halblinge. Das ist die geistliche Autorität. Und die Wallfürsten werden schon seit so vielen Jahren von uns Rittern unterstützt, dass sie uns als verlässlich und gewissenhaft kennengelernt haben. Das ist die weltliche Autorität. Und dieser Jarold? Der ist doch nicht einmal von hier, und bisher kennt ihn kaum einer. Es heißt sogar, etwas würde mit seiner Haut nicht stimmen. Dass sie an die eines Orks erinnern würde. So jemanden werden die Leute hier niemals als echten König sehen. Wie wäre es, wenn …«

Anjo brach mitten im Satz ab, als sein Kopf knirschend gegen die Wand gerammt wurde. Bik hatte seine rechte Hand in Anjos Lockenschopf vergraben und zog den kreischenden Wallfürsten zu sich heran.

»Wie war das?«, zischte Bik. »Ich glaube, ich habe dich nicht richtig verstanden. Ich höre aus deinem dummen Geschnatter immer nur ›Hochverrat‹ und ›Bruch meines Lehnsschwurs‹ heraus.«

Nasta fuhr herum, als sie Dreki brüllen hörte. Die Echse kam rasend schnell näher.

»Loslassen!«, keuchte Anjo und spuckte etwas Blutiges auf den Boden, das mit einem leisen Klackern davonhüpfte.

Bik verpasste seinem Opfer einen kräftigen Schwinger in die Magengrube, und es ging gurgelnd in die Knie.

Klauen fuhren über den Fels bei dem Spalt, durch den sie gerade eben gekommen waren. Dreki tobte, doch Nasta entspannte sich. *Der Eingang ist zu schmal für dich, mein Guter. Dein Herr ist auf sich gestellt.*

»Vielleicht ist dir hier oben ja trotz all des roten Skaldats das Hirn eingefroren, Anjo. Ich erkläre dir das besser noch einmal: Du wirst vor Jarold auf die Knie gehen und ihm die Treue schwören, genau wie Einar das vor Orskarr getan hat. Und dann wirst du brav weiter hier oben dafür sorgen, dass die Hedskilder zufrieden sind und dass dein rechtmäßiger König Jarold zufrieden ist. Genau wie es sich für einen Wallfürsten gehört. Und falls du das nicht tust, komme ich wieder vorbei, mit ein paar mehr Leuten, und dann stecke ich dich höchstpersönlich in einen deiner wunderbaren Skaldatteiche. Nur um zu sehen, ob man dabei zuerst ersäuft und dann verbrennt oder umgekehrt.« Bik schüttelte den hageren Halbling wie einen nassen Sack. »Habe ich mich klar genug ausgedrückt?«

»Anjo!«, rief Nasta, um die Aufmerksamkeit des jammernden Wallfürsten auf sich zu lenken. »Anjo!«

Bik stellte das Schütteln ein, und der Angesprochene hob den Kopf. Blut lief ihm über das Kinn, und Tränen füllten seine panisch blinzelnden Augen.

»Und im Gegenzug wird Jarold viel mehr nach Westborn bringen, als jeder Halbling es je könnte. Alchimisten aus Taurar. Gold und Händler von den Silbernen Inseln.« Nasta glaubte jedes ihrer Worte mit einer Inbrunst, die sie selbst ein wenig überraschte. »Du bist schlau genug, um zu erkennen, was das bedeutet. Für Hedskilde. Und für dich.«

Sie konnte in Anjos Augen sehen, dass sie gewonnen hatte. Der gedemütigte Waranreiter stellte seine Gegenwehr so schlagartig ein, als wäre ein fremder Geist in ihn gefahren. Ungeachtet seiner Verletzung nahm sein Gesicht ob der zahlreichen Möglichkeiten einen verträumten Ausdruck an, ehe Bik ihn unzeremoniell fallen ließ. Stöhnend presste der Wallfürst beide Hände aufs Gesicht.

Bik schnaubte verächtlich und zwinkerte Nasta zu. Sie lächelte. Und sie schämte sich insgeheim dafür, jemals an Biks Treue gegenüber Jarold gezweifelt zu haben.

15

»*Warum musste das Alte Geschlecht sterben?*«,
fragte der Schüler.
»*Weil jedes Geschlecht vergehen muss, damit die,
die nach ihm kommen, nichts aus seinen
Fehlern lernen können*«, *antwortete der Meister.*

Aus einem Fragment des Stummen Barden

Nicht schlecht. Ich hätte es nicht für möglich gehalten, in Westborn auf einen Ort zu stoßen, an dem ich größere Entspannung finde als zu Hause in der Himmelstherme. Die Spötter aus der Heimat wären entsetzt gewesen über Rutgars Einschätzung, denn in der Höhle, die eine der viel gerühmten heißen Quellen Hedskildes in sich barg, fehlte doch so einiges, was auf der Silbernen Insel bei einem echten Badevergnügen als unverzichtbar galt: Ganz abgesehen davon, dass man in ein von der Natur geschaffenes und von vielen felsigen Inselchen durchsetztes Becken steigen musste, dessen Grund und Ränder nicht mit glattem Marmor ausgelegt waren und das von seiner Form her schrecklich unregelmäßig war, gab es hier keine auf dem Wasser treibende Schüsseln mit gekühltem Obst. Kein zartes Klingen von Glockenspielen in der duftgeschwängerten Luft, keine kräftigen Sklaven, die bereitstanden, einem mit prickelndem Schaum harte Muskeln weich zu kneten.

All das zählte nicht für Rutgar. Was er hier fand, wie er so in einer Nische im hintersten Teil des Beckens trieb – die Arme weit von sich gestreckt, den Kopf im Nacken –, waren drei einfache Dinge, aber sie waren ihm ungemein kostbar: Dunkelheit,

Wärme und Stille. Das Wasser, das ihn trug, war eine einzige Liebkosung, die es ihm erlaubte, seine Gedanken frei umherstreifen zu lassen. Erstaunlicherweise wagten sie sich jedoch weder allzu weit von den Ereignissen der vergangenen Tage fort noch allzu weit in die Zukunft hinein. Das lag womöglich daran, dass nach dem ganzen Aufruhr in Sunnastad – der Orküberfall, die eilig anberaumte und recht schlichte Krönungszeremonie, der beinahe schon überstürzte Aufbruch zur Königsfahrt – die Zeit in Hedskilde angenehm ruhig verlaufen war.

Daran war der hiesige Wallfürst nicht ganz unschuldig. *Ich frage mich, ob dieser hagere Winzling noch alle Sinne beisammenhat. Wer hält sich denn freiwillig eine Dampf speiende Riesenechse als Haustier?* Andererseits hatte Anjosiva von Lauchhag seinen Lehnsschwur ohne Zögern und mit einer geradezu kriecherischen Höflichkeit erneuert. Was ihm nicht leicht gefallen sein konnte, denn Jarold gefiel sich in seiner neuen Rolle ausnehmend gut – mit allen damit einhergehenden Anflügen unausstehlichen Hochmuts. Aber wenn Rutgar den Zustand von Anjosivas unterer Gesichtshälfte berücksichtigte – die aufgesprungenen, geschwollenen Lippen und die Grün- und Blauschattierungen der Schwellungen am Kinn –, dann war das Buckeln des Wallfürsten vor Jarold gewiss kein Zufall. Anjosiva hatte von einem unglücklichen Sturz gesprochen. *Ja, genau. Netter Versuch. Aber erstens weiß ich, wie jemand aussieht, dem man mit der Faust Bescheid gestoßen hat, und zum anderen sind mir Biks aufgeplatzte Knöchel sehr wohl aufgefallen. Mir soll es recht sein. Es ist mir gleich, wie die Halblinge miteinander umspringen, um dafür zu sorgen, dass Jarold als neuer Herrscher Anerkennung findet – Hauptsache ist, sie tun genau das.*

Rutgar war beileibe nicht der Einzige aus dem königlichen Gefolge, der sich in Hedskilde wohlfühlte. Bei Galla Piparion hatte das weniger mit den für alle Untertanen zugänglichen warmen Quellen zu tun, denen man eine heilende Wirkung nachsagte. Das Interesse der Alchimistin galt verständlicherweise jenen Höhlen, die Anjosiva von der Außenwelt abgeschottet hatte, um dort in aller Ungestörtheit rotes Skaldat zu gewinnen. Als der Wallfürst ankündigte, dem König zur Thronbesteigung unter anderem ein großes, mit Pech abgedichtetes Fass zu schenken, in dem eine ordentliche Menge des zaubermächtigen Minerals eingelagert war, hatte Rutgar schon gedacht, Galla würde sich vor rasender Begeisterung jeden Augenblick den Schleier vom Gesicht reißen, um das Gefäß mit Küssen zu bedecken. Stattdessen verlegte sie sich auf großspurige Ankündigungen, was sich mit dem Skaldat alles bewerkstelligen ließe – vom Schneidern von Gewändern, die ihren Träger selbst in der bittersten Eiseskälte wärmten, über die Errichtung eines von innen heraus hell wie ein Leuchtfeuer strahlenden Turms bis hin zur Schaffung einer Sprengladung von schier unvorstellbarer Zerstörungsgewalt, indem man die Kraft von herkömmlichem Feuerstaub mit der des Skaldats zusammenführte. Man würde sehen, was an ihren Behauptungen dran war. Vermutlich traf der alte Satz seines Lehrmeisters für die An- und Abwendung von Giften zu: »Würde mir für jeden hoffnungsfrohen Vorsatz einer Sorgsamen Künstlerin ein Blick auf einen nackten Busen geschenkt«, hatte Vevenatus immer gesagt, »würde ich nur noch Titten und Nippel sehen.«

Es war aber nicht alles eitel Sonnenschein in Hedskilde. Zu den eher zu verschmerzenden Belästigungen zählte die Tatsache, dass Kreva Dravinusch ihm bei jeder sich bietenden Gelegenheit damit in den Ohren lag, ihm »endgültig über seine schwere Erkrankung hinwegzuhelfen«. Die greise Leibärztin hatte inzwischen offenbar eingesehen, dass sie an Jarold nicht herankam, doch leider hatte ihr irgendwer etwas von Rutgars Magengrimmen erzählt. Jetzt wurde sie nicht müde, ihm anzudienen, ihm ein paar Egel an den unmöglichsten Stellen anzusetzen, damit die widerwärtigen Viecher ihm »die giftigen Säfte aussaugen konnten«.

Je hartnäckiger Kreva ihm an den Hacken klebte, desto mehr war in Rutgar der Wunsch gewachsen, seiner verschlagenen Schwester ihr vergiftetes Blut bis auf den letzten Tropfen aus den

Adern saugen zu lassen. Das Ganze blieb jedoch nur ein halbherziges Verlangen, denn um eines konnte er bei allem Groll um Lifaras Verrat nicht umhin: Letzten Endes hatte sie nur nach den grausamen und perversen Spielregeln gehandelt, die auf Taurar nun einmal galten.

Er setzte sich gerade mit der Frage auseinander, ob und auf welche Weise er Vergeltung an seiner Schwester üben würde, sobald Jarold genug König gespielt hatte, als er leise Stimmen hörte und kurz darauf eine sachte Welle durch das Wasser gehen spürte, die ihn zwang, den Kopf ein Stückchen anzuheben.

Am anderen Ende des Beckens waren zwei Schemen zu erkennen, einander zugewandt und träge mit den Armen rudernd. Rutgar erkannte die Besucher der Höhle sofort am Klang der Worte, die sie miteinander in der kehligen Sprache der Orks wechselten. Er entnahm dem Tonfall der Unterhaltung, dass Fulmar und Kaimu Kala einander durchaus Intimes anvertrauten. Mit kaum merklichen Bewegungen wie eine auf der Lauer liegende Raubechse veränderte er seine Position nach und nach so, dass er den Barden und die Schamanin noch besser in den Blick nehmen konnte. Sie redeten noch ein, zwei Augenblicke in der Muttersprache Kaimu Kalas weiter, bis Fulmar plötzlich ein wenig die Stimme hob: »Bitte verzeih, aber ich fürchte, was ich sagen will, kann ich nicht in der Zunge der Norger ausdrücken. Ich habe sie nur aus zweiter Hand gelernt, und noch dazu aus alten, staubigen Büchern.«

»Ich verstehe.« Kaimu Kala glitt näher an Fulmar heran und strich ihm das feuchte Haar aus der Stirn. »Es ist schwer, was du zu sagen hast, nicht wahr?«

»Ist es das nicht immer, wenn es um Familie geht?« Ein verhaltenes Lachen ohne jede Freude. »Du musst wissen, dass der Mann, den ich hier suche, mein Bruder ist. Und du weißt bestimmt schon, dass Blut in Liebe ebenso verbindet wie in Hass. Das ist unter uns Tegin nicht anders als unter allen anderen Menschen.«

Ein Zucken durchfuhr Rutgar, und es kostete ihn Mühe, nicht den ganzen Oberkörper aufzurichten und mit den Füßen nach festem Grund zu suchen. *Ich muss mich verhört haben. Oder bin ich eingeschlafen und träume diese Episode nur?*

»Dein Bruder. Hasst du ihn, oder liebst du ihn?«, fragte Kaimu Kala.

Der Barde lachte erneut. »Das lässt sich nicht so leicht voneinander trennen. Auch darin unterscheiden wir Tegin uns nicht von euch.«

Tegin. Da ist es schon wieder. Das war kein Wort, das in einer vernünftig geführten Unterhaltung auftauchen sollte – zumindest nicht außerhalb der Studierstuben irgendwelcher Gelehrten, die sich mit Geheimnissen und Mysterien aus grauer Vorzeit befassten. Rutgar beschloss, dass er wissen wollte, ob er wachte oder träumte. Er nahm eine aufrechte Haltung an, watete auf das andere Ende des Beckens zu und rief laut: »Ihr verlauster Lautenschläger seid also ein Tegin? Was kommt als Nächstes? Ihr reitet auf Drachen und seid mit einer Elfenprinzessin verheiratet?«

»Ah, ein Karridakis, der die Freuden des Bades zu schätzen weiß.« Wenn Fulmar von Rutgars Auftauchen überrascht war, ließ er es sich nicht anmerken. »Ich muss Euch enttäuschen. Die meisten Drachen, die ich kenne, lassen keinen ungeschuppten Kümmerling auf ihren Rücken, und was meine mögliche Verbindung zum Schönen Volk angeht – nun, ich bin ungebunden und noch zu haben, falls Ihr das fragen wolltet.«

»Er spricht die Wahrheit.« Nur Kaimu Kalas Kopf schaute aus dem Wasser, was Rutgar an eine alte Legende aus dem Sagenschatz seiner Familie denken ließ, wonach die Orks ihren erschlagenen Feinden die Häupter stahlen, um sie in grausigen Weissagungsritualen zu verwenden. »Fulmar ist ein Sturmvogel.«

»Ein was?«

»Ein Sturmvogel«, wiederholte die Norgerin. »Ein Vogel, der niemals landet.«

»Es ist, wie ich sagte.« Fulmar hatte sich abgewandt, um an den Beckenrand zu schreiten. Er griff suchend in seine abgelegte Kleidung, machte eine reibende Geste, flüsterte ein Wort in einer Sprache, die Rutgar nicht kannte. Dann erstrahlte in seiner Hand ein eiförmges Stück poliertes weißes Skaldat und tauchte das Gesicht des Barden in ein hartes Licht. »Ich bin, was ich bin. Ich bin ein Tegin.«

»So, so.« Rutgar hatte nicht vor, sich von diesen Taschenspielertricks beeindrucken zu lassen. »Nehmen wir einmal an, dass Ihr nicht versucht, Euch als etwas Interessanteres darzustellen als einen leidlich begabten Musikanten. Nehmen wir an, Ihr gehört tatsächlich zum Alten Geschlecht. Dann müsste ich leider feststellen, dass mich Eure Anwesenheit hier alles andere als beruhigt. Warum? Weil Euresgleichen in den Geschichten, die seit Urzeiten über Euch im Umlauf sind, nicht sonderlich gut abschneidet. Tjofurr der Graue hat mehr Schatzkammern geplündert, als Nadeln an einer Kiefer sind. Die schöne Gotvadirra schlich sich jede Nacht zu einem anderen Mann ins Bett, nur um ihn am nächsten Morgen zu verschneiden und ausbluten zu lassen. Und wenn ich mich nicht irre, hat Skolirr in verschiedensten Verkleidungen als herrschaftlicher Berater drei Reiche in den Untergang geführt. Nicht der beste Leumund, den man sich denken könnte.«

Fulmar blickte ihn stumm, beinahe mitleidig an.

»Und jetzt«, knurrte Rutgar, dem die Miene des Barden gar nicht gefiel, »jetzt erklärt Ihr mir gefälligst, warum Ihr Euch bei uns eingeschlichen habt, um mit nach Westborn zu reisen.« Ein naheliegender Verdacht kam in ihm auf. »Hat meine Schwester Euch angeheuert? Steht Ihr in ihren Diensten, um Jarold zu beseitigen?«

Kaimu Kala zischte etwas, was eindeutig nach einer Verwünschung klang, wie man sie ausstieß, wenn jemand etwas sehr, sehr Dummes fragte.

»Dann wäre ich ein schlechter Meuchler.« Fulmars Gelassenheit war nahezu aufreizend. »Wie Ihr Euch vielleicht erinnern mögt, habe ich Eurem Bruder bei der unschönen Episode anlässlich des großen Turniers das Leben gerettet. Und falls Ihr Euch nicht erinnert, dann fragt Nastasira. Sie hat mich dabei gesehen.« Er hielt den Leuchtstein ein Stück tiefer, und Schatten legten sich über sein Gesicht. »Mein Hiersein hat einen Grund, ja. Es ist einer, der Euch nicht allzu fremd vorkommen dürfte. Ich sorge mich um meinen Bruder. Wir gingen vor langer Zeit im Zwist auseinander, und fast genauso lange glaubte ich, er würde nur seinen gekränkten Stolz pflegen. Doch dann hörte ich Kunde aus Westborn, die mir Anlass zur Sorge bot. Es hat den Anschein, als hätte sich mein Bruder in etwas verrannt. Etwas, von dem er ohne Hilfe von außen nicht ablassen wird.« Der Barde – wenn Fulmar denn wirklich dieser Zunft angehörte – schüttelte sachte den Kopf. »Und was Eure Vorbehalte meinesgleichen gegenüber anbelangt: Wie würde es Euch gefallen, wenn ich Euch so behandelte, als würde ich Euch nach den Taten der schlimmsten Vertreter Eures Volks beurteilen? Nach denen eines wahnsinnigen Königs oder einer machtgierigen Frau, die bereit ist, ihre gesamte Familie auszulöschen, um ihre Ziele zu erreichen?«

»Er kennt uns gut«, hauchte Kaimu Kala ehrfürchtig. »Er weiß um jede unserer Schwächen.«

Sonderbarerweise war es genau die Gegenwart der Schamanin, die verhinderte, dass Rutgar noch stärker an seinem Verstand zu zweifeln begann. Bis zu seiner Ankunft in Westborn waren Orks für ihn nur Kreaturen aus alten Schauermärchen gewesen, doch inzwischen hatte er sich an ihre Existenz gewöhnt. Angesichts dessen erschütterte ihn die Behauptung des Barden weitaus weniger, als sie es unter anderen Umständen getan hätte. Er entschied sich, die Sache nach außen mit derselben Gleichgültigkeit anzugehen wie Fulmar, der keineswegs wirkte wie bei einer groß angelegten Lüge ertappt. »Gut, Ihr seid ein Tegin. Ein Barde vom Alten Geschlecht. Mag sein. Es gibt nichts, was es nicht gibt. Aber was bedeutet das genau? Was von den Legenden ist wahr? Dass Ihr unsterblich seid?

Dass Euch die ewige Jugend geschenkt ist? Dass Ihr hinter den Kulissen der Welt waltet, um irgendeinen Plan in die Tat umzusetzen, der Eure verlorenen Königreiche wiederauferstehen lässt? Dass Euch Eure Arroganz all Euren weltlichen Besitz kostete, als Ihr gegen die Gesetze der Götter aufbegehrt habt? Was?«

»Die einen sagen so, die anderen so.« Der angebliche Vertreter des Alten Geschlechts schenkte Rutgar ein versöhnliches Lächeln. »Ich verstehe Euer Ungemach. Das tue ich wirklich. Aber entgegen allem, was man über die Tegin erzählt, kann ich keine Wunder vollbringen. Nichts, was ich hier und jetzt tue, könnte Eure Zweifel ausräumen. Ich könnte Euch meinen Mantel vorführen, doch was würde das beweisen? Bestenfalls, dass ich ein kundiger Skaldatmeister bin oder einen solchen kenne – denn der Mantel verleiht mir Unsichtbarkeit, wenn ich es so möchte. Doch macht mich das über jeden Zweifel erhaben? Nein. Wir beide haben keine andere Wahl, Rutgar Karridakis. Ihr werdet meinem Wort vertrauen müssen.«

Rutgar setzte zu einer Antwort an, da weckte ein Scharren und Schnauben vom Eingang der Höhle her seine Aufmerksamkeit. Er spannte instinktiv die Armmuskeln an, als er sah, was sich da züngelnd und mit weit aufgerissenen kalten Augen in die Kaverne hineinschob: die grässliche Echse, die der hiesige Wallfürst verhätschelte wie einen Schoßhund. Rutgar hatte das untrügliche Gefühl, dass das Erscheinen des geschuppten Ungetüms dem Wasser einiges von seiner Wärme entzog, denn mit einem Mal fröstelte er.

»Ganz ruhig«, sagte Kaimu Kala. »Uns droht keine Gefahr.«

»Und woher wollt Ihr das wissen?«, fragte Rutgar heiser, als das Tier die Stelle passierte, an der er seine Kleider abgelegt hatte – leider samt seinem Dolch.

»Ich weiß es eben.« Kaimu Kala schob ihre Hauer ein Stück nach vorn. »Dreki wird uns nicht fressen.«

»Ich glaube, sie weiß, wovon sie spricht«, merkte Fulmar an, der auch jetzt noch vollkommen unbeeindruckt schien.

Aus den Nüstern des Steinwarans stiegen zwei kleine Dampfwölkchen auf. Er sah sich suchend um und schob sich ins Wasser. Kräftige Schwanzschläge trugen ihn weit in das Becken hinein.

»Er schert sich tatsächlich nicht um uns«, stellte Rutgar fest, und das Wasser nahm wieder seine gewohnte Temperatur an.

Dreki hielt auf eine der zahlreichen kleinen Inseln zu, erklomm sie schwerfällig und begann sich über einer kleinen Kuhle im Fels wieder und wieder im Kreis zu drehen, als jagte er seinem eigenen Schwanz hinterher. Nach jeder fünften oder sechsten Drehung drückte das Tier den Hinterleib in die Kuhle und gab einen lang gezogenen, pfeifenden und krächzenden Laut von sich, den Rutgar nur als Aufschrei einer gepeinigten Kreatur zu deuten vermochte.

»Was hat er denn?«, fragte Fulmar.

»Ich gehe helfen«, kündigte Kaimu Kala als Antwort an und schwamm gemächlich zu dem Inselchen mit dem Tier hinüber. Dort angekommen, näherte sie sich dem Waran ohne jede Scheu, und auch Dreki machte keinerlei Anstalten, sich der Orkin gegenüber feindselig zu zeigen. Im Licht des Leuchtsteins, den Fulmar nun hoch über den Kopf hob, war ausgezeichnet zu erkennen, wie die Echse es zuließ, dass ihr die Zweibeinerin abwechselnd Flanken und Bauch rieb. Dabei sang die Schamanin eine eigentümliche Weise, in der immer wieder schnelle, drängende Passagen auf ruhige, getragene Abschnitte folgten.

Rutgar beobachtete das ungewöhnliche Schauspiel gebannt. Was immer die Orkin mit dem Waran trieb, übte eine sonderbare Wirkung auf ihn aus – das Gefühl, Zeuge eines unglaublich elementaren, faszinierenden Ereignisses zu werden. Nach und nach wurden Drekis Schreie leiser, bis sie schließlich ganz verstummten. Der Steinwaran machte sich über der Kuhle breit und verharrte reglos. Kaimu Kala wandte sich von dem Tier ab, wusch sich die Hände und schwamm zu ihren Zuschauern zurück.

»Was war das?«, wollte Fulmar wissen.

»Nicht viel«, entgegnete die Schamanin bescheiden. Sie mochte sich die Hände gewaschen haben, aber sie hatte dennoch den scharfen, erdigen Geruch der Echse angenommen. »Ich habe ihr nur geholfen, ihre Eier zu legen.«

»Ihre Eier?« Wieder einmal glaubte Rutgar, er müsse sich verhört haben. »Ich dachte, das wäre ein Männchen. Und sein Besitzer denkt das offensichtlich auch.«

»Das kann sein, aber das macht es nicht wahr.« Kaimu Kala sah Rutgar durchdringend an. »Viele von Euch halten mich für ein Weibchen.«

»Was?« Rutgar sah rasch nach unten, aber es war trotz des Leuchtsteins zu dunkel in der Höhle, um im Wasser mehr als die Umrisse von Kaimu Kalas Brüsten auszumachen. »Aber Ihr seid doch ein ... Weibchen. Oder?«

»Ihr denkt zu schneidend, zu teilend.« Sie schüttelte den Kopf. »Schwarz, weiß, gut, böse, Mann, Frau, tot, lebendig – kann etwas nicht das eine und auch das andere sein? Durchdringen sich diese Dinge für Euch nie?«

»Ihr Götter«, seufzte Rutgar. »Mir reicht's.« *Ich habe genug. Genug von dieser Hauerfratze, die immer nur in Rätseln spricht. Genug vom breiten Grinsen dieses Rotschopfs. Genug vom widerlichen Gestank dieser Echse.* Alles, was ihm eben noch Entspannung beschert hatte – die Wärme, das Dunkel –, bedrängte ihn nun und drohte ihm die Luft abzuschnüren. Er stieg aus dem Becken, suchte seine Sachen zusammen, klemmte sie sich unter den Arm und tapste auf nassen Sohlen davon.

Er zog sich an, während er im Gehen Stück für Stück trocknete. Die Burg des Wallfürsten war in den Hang jener beachtlichen Anhöhe hineingebaut, die von den Höhlen mit den heißen Quellen durchzogen war. Anjosiva oder einer seiner Amtsvorgänger hatten sogar eine Verbindung zwischen dem Kavernensystem und den Gängen der Burg geschaffen: Rutgar zählte die Stufen der schier endlosen Wendeltreppe nicht, aber seine Oberschenkel brannten, als er – bis dahin wieder vollständig angekleidet – den Wachposten passierte, der den Übergang zum Sitz des Wallfürsten gegen ungebetene Gäste sicherte. Der neue König und sein Gefolge fielen nicht darunter – sie hatten sogar die besten Quartiere erhalten, was im Fall von Hedskilde bedeutete, dass sie tief im Fels lagen und vor Überfällen gut geschützt waren.

Wie immer, wenn er sich lange im Wasser aufgehalten hatte, nagte nun ein zäher Hunger an Rutgar. Er ließ sich von der Wache den Weg zur Küche weisen, prägte sich die Angaben grob ein und folgte ansonsten seiner Nase. Es war recht spät, aber trotzdem blubberte noch ein Kessel auf dem Herd, in dem die dürre Wiborna rührte, als gäbe es kein Morgen mehr. Neben den Bemühungen der königlichen Köchin barg der nach Eintopf duftende Raum, von dessen Decke Kochwürste dick wie Männerarme baumelten, noch eine weitere Überraschung: Auf einer Bank hockte Huneg und löffelte aus einer Holzschüssel grobe Möhrenstücke, Lauchstreifen und kleine Fleischklöße.

»Du bist noch auf?«, fragte Rutgar und kam sich sofort sehr dumm vor.

Der Tempelpage ohne Tempel nickte geflissentlich, schluckte die halbe Portion Eintopf in seinem Mund hinunter und lächelte dann strahlend. »Rutgar! Hast du mich etwa vermisst?« Er winkte ab und klopfte neben sich auf die Bank. »Vergiss es. Setz dich zu mir. Wiborna lässt mich kosten, was sie morgen früh auftischen will – als Kräftigung vor dem Aufbruch. Ich bin mir sicher, sie gibt dir auch etwas ab.«

Wiborna drückte Rutgar eine Schüssel mit heftig dampfendem Inhalt in die Hand. »Lasst es Euch schmecken. Das ist ein Befehl.«

»Du kostest das Essen vor?«, wunderte sich Rutgar. »Ist das nicht die Aufgabe von Jid?«

»Der faule Sack schläft«, keifte Wiborna. »Ich bin froh, dass mir der kleine Mops da aushilft. Vergrault ihn mir bloß nicht. Und jetzt setzt Euch endlich.«

Rutgar folgte der Anweisung und ließ sich neben Huneg nieder. Er aß einen Löffel Eintopf. *Nicht schlecht. Für die Verhältnisse daheim eine echte Zumutung, aber für das, was in Westborn als Kochkunst durchgeht, braucht sie sich für dieses Werk nun wirklich nicht zu schämen.* »Ausgezeichnet«, log er.

Wiborna lief rot an, verneigte sich und rührte umso wilder im Kessel.

Aus einer Laune heraus – und weil er über das gerade Erlebte unmöglich Stillschweigen bewahren konnte – fragte Rutgar den stattlichen Geweihten: »Was hältst du eigentlich von Fulmar?«

»Dem Barden?«

»Ja.«

»Nun …« Huneg klopfte sich nachdenklich mit der bauchigen Seite des Löffels gegen die Oberlippe. »Er ist recht unterhaltsam, und er gibt mir ein großes Rätsel auf.«

Etwas an dieser Einschätzung – womöglich die heitere Art, in der sie vorgetragen war – ging Rutgar gegen den Strich. Huneg hatte diesen Aufschneider gefälligst nicht unterhaltsam zu finden. »Ein Rätsel? Welches denn?«

Huneg zerstrubbelte erst sein eigenes Haupthaar und legte dann eine Hand in seinen Schritt. »Ob es bei ihm unten genauso brennt wie oben.«

Rutgar sprang auf, schleuderte die Schale Eintopf von sich und stürmte aus der Küche. *Hat sich denn alles und jeder gegen mich verschworen?*

»Ihr hättet mir sagen können, dass es Euch nicht schmeckt«, rief ihm Wiborna hinterher. »Lügen helfen niemandem weiter.«

Rutgar gelangte zu der Überzeugung, dass die Köchin zeit ihres Lebens nicht oft genug aus ihrer Küche herausgekommen war. »Du solltest dich bloß weiter an deine Töpfe halten, Weib«, murmelte er und bändigte mühsam den Zorn, der in ihm hochgewallt war. »In Töpfen findet man nur, was man selbst in sie hineingesteckt hat.«

16

Die Hauerlosen halten uns für dumm,
weil wir keine Häuser und Straßen aus Stein bauen.
Wissen sie denn nicht,
wie viele Häuser aus Straßen und Stein
der Wald schon verschlungen hat?

Aus *Gespräch mit einem Ork*

Vorsichtig tauchte Nasta eine Fingerspitze in das Harz. Es war größtenteils ausgehärtet, doch die Risse im Holz waren noch nicht verwittert. Auch hatte sich noch nicht viel anderes Grüngewächs in den offenen Stellen festgesetzt.

»Das ist auf keinen Fall frisch«, teilte sie ihre Erkenntnisse mit Uschkar. »Das muss schon vor Wochen hier angebracht worden sein.«

»Bist du sicher, dass sie es nicht trotzdem unseretwegen eingeritzt haben?« Der Kohlfelder spielte nervös an der Sehne seines Bogens. »Vielleicht ist einer der Attentäter vom Turnier doch entkommen und hat seine Kumpane gewarnt!«

Nasta ging einige Schritte rückwärts und legte den Kopf in den Nacken, um das Rindenbild in voller Größe zu betrachten. Jemand hatte mit einer mindestens unterarmlangen Klinge Kerben in die Lärche getrieben, die in ihrer Gesamtheit eine Art dornigen, ineinander verflochtenen Zopf bildeten. Das Bild verlief von der hohen Krone des Baumes auf voller Länge seines Stamms bis hinunter zu den Wurzeln. Aus den Schnitten war dunkles Harz geronnen und erweckte den unheimlichen Eindruck, als blutete der Baum aus den Wunden.

»Ich glaube nicht, dass einer entkommen ist«, murmelte Bokian, während er Froschfresser beruhigend die zarten Daunen unterhalb des scharfkantigen Schnabels streichelte. »Und selbst wenn ... Orks neigen nicht dazu, denen zuzuhören, die feige die Beine in die Hand nehmen, sobald ihre Kampfgefährten in der Schlacht gefallen sind.«

Uschkars Blick irrlichterte unsicher zwischen den Bäumen hin und her. Dann runzelte er die Stirn und hob einen Finger. »Ach, da fällt mir ein ...« Er kramte in der großen Tasche an seinem Gürtel. »Es könnte sehr wohl unseretwegen sein! Schaut, was ich tiefer im Wald gefunden habe!« Mit fest zusammengepressten Lippen hielt er ein etwa handgroßes Gebilde in die Höhe. »Mit solchen wie diesen war ein ganzer Busch behängt.«

Zwischen seinen spitzen Fingern hing eine Art Puppe aus einem Bündel Fäden, die man mit Knoten in einzelne Abschnitte untergliedert hatte, die Kopf, Arme und Beine darstellten. Das Püppchen stank erbärmlich nach Harn. Nasta runzelte die Stirn. *Das sind gar keine Fäden.* »Das sind Haare.«

Uschkar nickte heftig. »Ganz genau! Blonde Haare, um genau zu sein.«

»Dann ist es mit Sicherheit nicht von einem Ork«, fügte Bokian hinzu, »denn die sind nie blond. Außer ihr Haar bleicht in der Sonne aus, wenn man sie erschlagen hat.«

Nasta nahm Uschkar das Püppchen aus der Hand, der sichtlich froh war, es loszuwerden. »Ich verstehe immer noch nicht, weshalb dieses Ding irgendwie darauf hindeutet, dass sie die Schnitzerei unseretwegen angebracht haben«, sagte sie. »Der König ist doch auch nicht blond.«

»Aber ich!«, kreischte Uschkar nahezu und umklammerte mit der freien Hand seine Herzgegend.

Bokian lachte. »Mäßige dich, Kohlfeld. Ganz bestimmt hat sich eine ganze Orksippe nicht nur deinetwegen an diesem Baum hier verewigt. Du stellst die Hauer, die du damals gesammelt hast, doch nicht einmal zur Schau.«

»Der Zopf des Abudakar«, wisperte Kaimu Kala plötzlich, die sich zu Fuß genähert hatte, ihren schillernden Mantel eng um die Schultern gezogen. »Der Zopf bindet nur das Böse im Innern.« Sie wies in das Halbdunkel jenseits des Waldrands, wo das Unterholz wie eine undurchdringliche, lebendige Wand erschien. »Der Zopf weist nicht nach außen. Er betrifft uns nicht.«

»Das ist also ein Zopf des Abudakar?«, fragte Nasta.

Die Schamanin zuckte mit den Achseln. »Mag sein. Mag auch nicht sein. Wenn eine Geschichte erzählt wird, behalten nicht alle Ohren das Gleiche.«

»Und das Püppchen?«, setzte Nasta gereizt nach.

»Dieses Zeichen kenne ich nicht.«

»Na, wie ausgesprochen hilfreich«, knurrte Nasta und wandte sich den anderen Rittern zu. »Wir reiten jetzt weiter am Waldrand entlang bis zur nächsten Siedlung. Uschkar, kein Spähen dort drinnen. Halte dich vorsichtshalber von den Bäumen fern.«

Das Grüppchen zerstreute sich. Bokian half Jesche galant auf ihren Reithund und hauchte ihr einen Kuss auf den Spann, was Uschkars Schwester mit kieksendem Gelächter belohnte.

Nasta grinste und wandte sich zu Uschkar um, der sich wieder auf Zwingprachts Sattel schwang.

»Wie lange geht das eigentlich schon so zwischen Bok und deiner Schwester?«

Der eitle Bogenschütze verzog den Mund, als hätte er an einer Bitterbeere geleckt. »Das geht schon seit der Anreise zu Orskarrs Palast so. Ohne Unterlass hängt er ihr im Nacken und preist jedes Mottenloch in ihrem Leibchen.«

»Das muss doch aber nichts Schlimmes sein. Meint er es denn ernst?«

Uschkar lenkte Zwingpracht zu ihr herum, und er hatte die Brauen so weit angehoben, dass sie fast gegen seinen Haaransatz stießen. »Ob er es ernst meint, fragst du? Todernst meint er es! Sie sollte wirklich aufpassen, dass er ihr nicht einfach einen Ring überstreift, wenn sie ihre Hände einmal nicht im Blick hat. Und die Ritterwürde streift er dann genauso schnell ab, um sie ehelichen zu können.«

Nasta kletterte auf Bluthauers Rücken, und der Keiler grunzte freundlich. »Du wirkst nicht sonderlich begeistert über sein Werben.«

»Warum sollte ich auch?« Uschkar lief puterrot an. »Dieser Tunichtgut will doch nur an das Vermögen von uns Kohlfelds. Was – wie ich in aller Bescheidenheit anmerken darf – nicht ganz unbeträchtlich ist. Und dabei hat er selbst nichts vorzuweisen außer seinen geschmacklosen Hauertrophäen! Wer sich freiwillig mit so was schmückt, hat doch …« Er verstummte umgehend, als Bokian mit der Vorhut näher kam, und beeilte sich, seine Späherposition am Waldrand einzunehmen.

Auch Nasta ritt nachdenklich zu ihrem Platz im mittleren Teil des Zugs. *Hoffentlich schmälern Uschkars Unwille und die Turteleien zwischen seiner Schwester und dem Vogelreiter unsere Aufmerksamkeit nicht zu sehr. Wir müssen auf dieser Reise unbedingt alle Sinne beisammenhalten. Auch wenn ich nicht daran glaube, dass die Orks nur wegen Uschkar irgendwelches verstörendes Schnitzwerk am Waldrand hinterlassen haben. Aber wir sollten trotzdem in Erfahrung bringen, was die Stämme zu diesem Verhalten getrieben hat, um nicht zur falschen Zeit am falschen Ort zu sein. Falls diese Zeichen zu bedeuten haben, dass die Orks einen größeren Kriegszug oder einen schnellen Überfall planen. Außerdem ist die orkische Verschwörung gegen Jarold ja kein Hirngespinst, auch wenn ihre Verästelungen sich wahrscheinlich nicht bis in diesen Wald hier erstrecken. Rutgar glaubt zwar immer noch, ihre Schwester wäre für die Anschläge verantwortlich, aber ich werde einfach das Gefühl nicht los, dass er die Orks unterschätzt. Für ihn sind sie nicht mehr als rauschsüchtige, einfältige Hüttenbewohner, die einfach in den Tag hinein leben und alles, was sie nicht essen oder schänden können, totschlagen, um es im Anschluss daran zu essen oder zu schänden.*

Aber ich – nein, jeder von uns Rittern – weiß es besser. Orks sind zu hinterhältigstem, planvollem Vorgehen fähig. Wie sonst hätten sie gleich mehrfach die großen Städte und Herrscher Westborns um ein Haar vernichten können? Man darf sie nicht aus den Augen lassen, sonst erlebt man die übelsten Überraschungen.

Nach wenigen Wegminuten wich der Wald von der Straße zurück und gab den Blick auf einen winzigen Handelsposten frei, der sich an einen gerodeten Hügel klammerte. Die wenigen Wagen und Kutschen, die wie Schweine am Trog entlang der Straße aufgereiht waren, überforderten das kleine Wirtshaus rettungslos. Söldner und Fuhrknechte hatten Decken auf dem feuchten Boden ausgebreitet und Hängematten zwischen Planwagen gespannt. Die Wartezeit auf eine ordentliche Bedienung war außerdem so lang, dass die Wagenführer dazu übergegangen waren, die Ladung neu sortieren zu lassen, um ihre Bediensteten zu beschäftigen. Dennoch beschloss Leviko, eine kurze Rast einzulegen, um die Tiere zu tränken und einige Vorräte aufzufüllen.

Nasta selbst beschloss, sich im Gasthaus oder bei den Händlern nach frischem Gemüse oder Nüssen zu erkundigen. Um sich ob ihrer geringen Größe auf dem überfüllten Rastplatz keinen versehentlichen Tritt einzufangen, wand sie sich geschickt zwischen Deichseln und Wagenrädern hindurch. Gleichzeitig versuchte sie, die Ladung der einzelnen Händler im Auge zu behalten, um schnell an die gewünschte Ware zu kommen. Unter den gelangweilten Fuhrleuten waren bedenklich viele Glücksspiele im Gang. Nasta hatte genügend Reiseerfahrung, um zu wissen, dass bei einem solchen Zeitvertreib oft erst die Karten gedroschen und die Würfel geworfen wurden, ehe bald danach die Fäuste und die Zähne flogen.

»Zu wenig«, grollte eine heisere Stimme, als Nasta gerade im Begriff war, sich hinter einer Reihe Rübensäcke hervorzuarbeiten. »Noch drei Silber musst du mir geben.« Sie ahnte schon anhand der Mischung aus eigenartigem Leiern und kantigen Lauten, dass da ein Norger sprach.

»Ah ja. Muss ich?« Mehrere Männer lachten. »Eine Tracht Prügel kannst du haben, Ork, wenn du mir deine Schweineschnauze nicht sofort aus den Augen schaffst.«

Nasta spähte um den nächsten Sack herum. Ein Ork von außergewöhnlicher Größe ragte vor einer Gruppe von Packern auf, die sich um einen Planwagen versammelt hatten. Die meisten trugen lange Messer im Gürtel, und manche hatten wie beiläufig Knüppel auf den Boden gestützt. Auf dem Kutschbock saß ein Mann, der die dünnen Haarsträhnen auf seinem sonnenverbrannten Schädel offenbar mit einem dichten, beinahe bauchnabellangen Bart auszugleichen trachtete. Er kaute selbstgefällig auf einem Strohhalm.

»Drei Tage länger sind wir unterwegs gewesen als geplant. Drei Tage länger habe ich Euch beschützt. Also noch drei Silber.« Der Ork rollte mit den Schultern und legte seine Hand auf das Schwert an seiner Seite, eine zweischneidige Waffe mit abgerundeter Spitze. Nasta fröstelte, als sie die Brandwunden an seinem haarlosen Schädel, Nacken und Rücken sah. Als hätte ihm jemand kochendes Blei über den Hinterkopf gegossen. Dünne, aus winzigen roten und gelben Holzperlen gefertigte Bänder waren um seine muskulösen Oberarme gewunden. Trotz des schneidenden Winds war sein narbiger Oberkörper nackt, und er trug ein dickes, leuchtend rotes Tuch, das ihm – gehalten von einem vielfach geschlungenen Hüftknoten – bis über die Waden fiel.

»Stimmt. Drei Tage länger.« Der Bartträger spuckte aus. »Aber wahrscheinlich waren die Ochsen nur deshalb so langsam, weil du ständig deine Nase in ihrem Hintern hattest.«

Alle lachten, und einer der Knechte ließ sich dazu hinreißen, wie ein Schwein zu grunzen, was zu noch lauterem Grölen führte.

Nasta sah, wie der Ork die Muskeln in seinem Unterarm anspannte, um seine Waffe aus der Scheide zu ziehen. »Ich suche eine Auskunft für drei Silberstücke, Norger«, sagte sie rasch.

Die Wagenbesatzung reckte die Hälse, um zu sehen, woher die hohe Stimme gekommen war, und auch der Ork wandte sich um. Seine schwarzen Augen richteten sich auf Nasta, und seine Lippen kräuselten sich um die großen Hauer in seinem Unterkiefer. Durch den ungewöhnlich fleischigen Nasenrücken hatte er fünf einfache Eisenringe gezogen, die einander überlappten und dabei ein eigenes, bedeutungstragendes Muster bildeten.

»Norger? Was soll das sein? Ist das der Name der Schweineschnauze?«, rief einer der Knechte halblaut, und einige seiner Kameraden zuckten mit den Achseln.

»Ich meine es ernst«, rief Nasta laut und trat weiter von den Rübensäcken weg. Sie verschränkte die Arme vor der Brust und schob herausfordernd den Unterkiefer vor. »Und ich habe nicht den ganzen Tag Zeit. Also, wie sieht es aus?«

Der Ork ließ sein Schwert los und kam mit raumgreifenden Schritten auf sie zu. Die Leute am Wagen, die hinter ihm noch eine Weile feixten, während er sich entfernte, waren für ihn anscheinend vollkommen vergessen. Er blieb eine Armlänge vor Nasta stehen und blickte zu ihr hinunter. Seine Hauer knirschten, da er kräftig mit den Kiefern mahlte.

»Weißt du, was das ist?« Sie hielt das Püppchen, das Uschkar im Wald gefunden hatte, zu ihm hoch.

Zuerst rührte der Norger sich nicht, dann ergriff er das Gebilde, roch daran und drehte es zwischen den Fingern.

»Mein Name ist Taga Miwitu«, sagte er.

Nasta wurde rot, was ihrem Gegenüber, das sich noch immer mit der Puppe beschäftigte, allerdings entging. »Nastasira von Zwiebelbrach«, gab sie hastig zurück.

Taga Miwitu nickte. »Ja. Ich weiß, was das ist«, rumpelte er und schwieg dann erwartungsvoll.

Nasta kramte drei Silbermünzen aus der Tasche. Erst als diese im gewickelten Saum seines Hüfttuchs verschwunden waren, fuhr der Ork fort.

»Es ist eine Warnung«, begann er. »Eine Warnung für Norger, sich nicht mit den Menschen einzulassen. Und eine

Warnung für Menschen, sich nicht mit den Norgern einzulassen.«

Nasta nickte interessiert. So wie es aussah, wusste dieser Kerl recht genau, wovon er da redete. *Und er besitzt im Gegensatz zu Kaimu Kala auch noch die Fähigkeit, sich verständlich auszudrücken.* »Woher haben die Norger die blonden Haare, aus denen die Puppe ist?«

Taga Miwitu grinste wölfisch. »Norger gehen Menschen mit blonden Haaren hinterher. Dann warten sie, bis Haare ausfallen. Oder sie bitten ganz freundlich darum.«

Nasta schluckte schwer, und sein Grinsen wurde ein ganzes Stück breiter.

Mit dem Versprechen, auch für weitere Auskünfte gut zu bezahlen, brachte Nasta den Ork mit zum Wagenzug. Bokians Miene sprach Bände, doch der Norger ignorierte seine Blicke und die Hauer auf seiner Rüstung auf die gleiche Weise, wie es die Schamanin des alten Königs bislang immer getan hatte.

Nasta begann, das in die Lärchenrinde eingeritzte Bild mit einem Stecken ins Erdreich zu zeichnen, und erzählte Uschkar dabei von der Bedeutung des Püppchens.

»Und hast du ihn auch gefragt, warum das Püppchen so stinkt?«, erkundigte er sich.

Die Augen des Orks blitzten, und er griff sich in den Schritt. »Es stinkt, weil jemand draufge…«

»Iiiiih!«, entfuhr es Uschkar, und er trollte sich mit angewidert vom Körper abgespreizten Händen.

Nasta schmunzelte und beendete ihre Zeichnung. »Hier. Was ist das? Es war in einen Baum am Waldrand geschnitzt.«

Taga Miwitu betrachtete die Zeichnung, ging auf ein Knie nieder und ergänzte sie an einigen Stellen um weitere Striche, bis sie ein genaueres Abbild des Rindenschnitts darstellte.

»Das«, erklärte er knurrend, »soll Unheil abwenden, das in den Wald eindringen will.«

»Der Zopf des Abudakar«, meldete sich auf einmal Kaimu Kala zu Wort, »bindet das Böse im Innern. Er weist nicht nach außen.«

Taga Miwitu blickte die Norgerschamanin zum allerersten Mal an. Die Ringe in seiner Gesichtshaut klimperten, als er die Stirn runzelte. »Bist du eine Majani Toroka? Eine Grasläuferin?«

»Ebenso wenig, wie du noch einer bist«, antwortete Kaimu Kala in ihrem eigenartigen Singsang. »Jeder sieht, wie ausgebrannt du bist.«

Einen Augenblick lang sah es so aus, als würde der Norger ihr den Hals umdrehen wollen. Der Eindruck verflog jedoch so rasch wieder, wie er gekommen war. Taga Miwitu wandte sich an Nasta. »Das Zeichen soll Unheil vom Wald abwenden«, wiederholte er ernst.

Nasta streckte ihm die Hand entgegen. »Wir könnten einen Führer durch diese Gegend brauchen, Taga Miwitu. Du nimmst ein Silber pro Tag, richtig? Das bekommst du auch.«

Der Norger sah sich um, als müsste er erst abwägen, was das kleinere Übel war: die Gesellschaft von Halblingen oder dieser völlig götterverlassene Ort, an den es ihn verschlagen hatte. Dann nickte er Nasta zu, ließ sie stehen und begann den Zug abzulaufen. Kaimu Kala folgte ihm in gebührendem Abstand. Aus ihrem teilnahmslosen Gesicht war, wie so oft, rein gar nichts abzulesen.

»Bist du von den Untrennbaren verlassen, Verehrteste?«, fuhr Bokian sie an, als die Norger außer Hörweite waren. »Willst du gleich einen ganzen Stamm Schweineleute anstellen, damit sie uns noch einfacher im Schlaf die Kehlen durchschneiden können?«

Nasta stieß ihm scharf mit der offenen Hand gegen die Brust, um ihren Unmut kundzutun. »Du hast scheinbar nicht aufgepasst, Bok. Ich traue den Orks immer noch genauso wenig über den Weg wie du. Aber die beiden können sich nicht leiden. Das bedeutet, dass jede Lüge, die einer von beiden erzählt, nur zu gern vom jeweils anderen aufgedeckt wird.« Sie lächelte versöhnlich. »Erinnerst du dich nicht an das Sprichwort, das du mir damals selbst beigebracht hast? Mehr Wahrheit als aus einem Orkmund erhält man stets aus zwei Orkmündern.«

Bokians Miene entspannte sich. Er musterte Nasta einige Herzschläge lang, dann lächelte er zurück. »Sicher, dass du nicht auf den Thron willst?«

Nasta lachte und knuffte ihn in die Seite.

17

*In vielen Kulturen kennt man einen Dämon
von unstillbarem Hunger, dem die Gestalt eines Wurms
nachgesagt wird. Die meisten Gelehrten halten
dies entweder für reinen Zufall oder einen Ausdruck
des allgemeinen Ekels des Menschen vor allerlei
Getier. Ich erachte dies als törichte Versuche
der Selbstberuhigung, die man aufs Bitterste bereut,
sobald man erst im Bauch des Wurms gelandet ist.*

Aus *Schweflige Fundstücke:
Betrachtungen eines vermissten Dämonologen*

Im angenehm gedämpften Licht einer rücksichtsvollen Nachmittagssonne kroch der königliche Tross durch eine Landschaft voran, deren Reizen sich nicht einmal Rutgar zu verschließen vermochte. Die Straße wand sich neben einem Fluss mit einem so schmalen und felsigen Bett dahin, dass seine dahinrasenden Wasser vor Wut weiß schäumten. Am steinigen Ufer schritten schlanke, kniehohe Stelzvögel mit graublauem Gefieder umher, die mit ihren gebogenen Schnäbeln in Ritzen und Spalten nach Essbarem pickten. Hier und da krallte sich eine Kiefer, deren Stamm im Wuchs von peitschenden Winden dicht über den Boden gezwängt worden war, in den rauen Untergrund.

Etwas geschmälert wurde dieses wilde Idyll für Rutgar durch das Pferd seines Bruders. Wie schon seit mehreren Tagen schritt er seitlich versetzt hinter Diggur her, und der schwankende mausfalbe Hintern des Wallachs war fester Bestandteil seines

Sichtfelds. Er wollte sich dennoch nicht beschweren: Die Alternative wäre gewesen, selbst auf einem Pferderücken zu sitzen. *Und ich habe keine Lust auf wunde Schenkel und schmerzende Knie.*

Da der Wind günstig stand und ein schwaches Aroma nach Weihrauch und Minze zu ihm trug, roch er ein anderes Wesen mit einem beachtlichen Hintern, das sich ihm näherte, noch bevor es ihn ansprach. »Dürfte ich ein paar Worte mit dir wechseln?«

Mit einem Mal war Rutgar dankbar dafür, dass Diggur ihm etwas bot, worauf er seinen Blick richten konnte. Am liebsten hätte er einfach geschwiegen, aber irgendetwas sagte ihm, dass er Huneg zumindest zuhören konnte. Immerhin war der Geweihte eigens von dem Gepäckwagen heruntergestiegen, auf dem er sonst neben einer verhärmten Fuhrfrau mit ihrem zunftgemäßen breitkrempigen Hut auf dem Bock saß. Also nickte er.

Huneg, dessen rote Roben vor den blassen Farben der Flussniederung wie aus Feuer gegossen schienen, hielt sich nicht mit langen Vorreden auf. »Ich weiß nicht, womit ich dich verletzt haben könnte, aber was immer es war, es tut mir leid. Und wenn du mir verrätst, was es war, dann werde ich versuchen, es in Zukunft zu vermeiden. Darauf hast du mein Ehrenwort.«

Rutgar nickte wieder nur. Er steckte in einer Klemme, in der er bisher so noch nie gesteckt hatte – die kecke Art, in der Huneg über den Barden gesprochen hatte, hatte ihn getroffen, aber er wollte auch nicht, dass der Geweihte erfuhr, wie viel ihm an ihm lag. Warum dem so war, wusste er selbst nicht genau. *Was kümmert es mich, was Huneg denkt und fühlt? Lenkt mich das nicht bloß von meiner wichtigsten Aufgabe ab – Jarolds Leben so lange zu schützen, bis er zur Besinnung kommt und wir uns nach Taurar aufmachen, um unserer Schwester zu zeigen, was wir von ihrer Machtergreifung halten?*

»Ich muss mich ohnehin entschuldigen«, fuhr Huneg fort. »Ich bin nicht so aufmerksam gegenüber anderen, wie ich sein könnte. Ich weiß, das klingt nach einer faulen Ausrede. Es ist nun einmal die Wahrheit. Ich fürchte, Astrud hat mir zu viel damit aufgebürdet, die frohe Kunde Nundirovils allein in diese entlegenen Provinzen zu tragen. Ich bin dieser Aufgabe nicht gewachsen. Ich bin ein Geschöpf der Stadt, nicht der Wildnis. Vielleicht wäre es besser gewesen, Astrud wäre selbst gegangen und hätte es mir überlassen, in Sunnastad nach einem geeigneten Standort für einen Tempel zu suchen.« Er verstummte und wartete offenbar darauf, ob Rutgar sich zu diesen Auslassungen äußern wollte. Das wollte der nicht. Huneg seufzte. »Ich bin nicht dumm. Ich weiß, dass deine schlechte Laune etwas mit dem zu tun haben muss, was ich da neulich nachts in der Küche sagte. Und ich vermute, es geht um Fulmar.«

»Und wenn?«, ließ sich Rutgar nun doch zu einer Bemerkung hinreißen, ehe er seine Zunge wieder im Zaum hatte.

»Dann kann ich dir sagen, dass ich von meiner Seite aus nicht darauf erpicht bin, mit ihm meinen Gott zu ehren«, erklärte Huneg. »Aber ich will ehrlich sein. Du darfst nicht vergessen, wer und was ich bin. Ich bin ein Diener Nundirovils, als Kind in die Obhut meinesgleichen gegeben, wofür meine Eltern den Preis meines Herzens in Gold erhielten. Bis ich diese Schuld beim Immerzu Lächelnden abgearbeitet habe, gehöre ich ihm. Und es ist meine Pflicht, den Akt der fleischlichen Dankbarkeit mit jedem zu vollziehen, der das entsprechende Opfergeld entrichtet. Und das würde auch für Fulmar gelten, wenn er mit einer solchen Bitte an mich heranträte. Ich hätte keine andere Wahl, wenn ich Nundirovil nicht erzürnen wollte. Ich möchte, dass du das weißt.«

Der junge Geweihte blieb einfach stehen, um auf seinen Wagen zu warten, dem er vorangeeilt war. Rutgar ging weiter, drehte sich nach ein paar Schritten um, und als sein Blick dem Hunegs begegnete, konnte er nicht anders, als ein verständnisvolles Nicken anzudeuten. Zu mehr war er nicht imstande, aber mehr hatte Huneg anscheinend auch nicht erwartet: Er setzte ein schüchternes Lächeln auf, ehe er sich seinerseits umwandte, um seinem Wagen nun doch entgegenzugehen.

Ein leises Grunzen zur Rechten stahl Rutgar die nötige Aufmerksamkeit, um noch länger über diese kurze Begegnung nachzudenken. Nastasira von Zwiebelbrach, die die letzte Stunde mit Jarold über die Vorzüge eines heißen Bades geplaudert hatte, hatte ihr grässliches Borstenvieh gezügelt. Auf seinem Rücken war sie mit Rutgar auf Augenhöhe, und sie suchte nach seinem Blick, um dann verschlagen zu grinsen. »Ihr müsst ein sehr frommer Mann sein, Rutgar Karridakis.«

»Was?«

»Ihr verbringt viel Zeit mit diesem Priester, oder nicht?« Sie neigte sich ein Stück aus dem Sattel zu ihm hinüber. »Mögt Ihr ihn am Ende mehr, als man einen Priester mögen sollte?«

Rutgars gerade halbwegs besänftigter Groll auf die Welt, die die Götter augenscheinlich nur erschaffen hatten, um ihn aufs Erfindungsreichste zu quälen, flackerte wieder auf. »Ihr verbringt viel Zeit mit meinem Bruder, oder nicht?«, blaffte er. »Mögt Ihr ihn am Ende mehr, als man einen König mögen sollte?«

Ihr Grinsen verschwand, ersetzt durch einen verkniffenen Zug um die Lippen. »Ich wollte nur freundlich sein.« Sie hieb dem Keiler die Hacken in die Flanken und trieb ihn das Ufer hinunter zu einer flacheren Stelle, wo es sich gut trinken ließ.

Rutgar sah ihr nach und bereute seinen Mangel an Beherrschung. *Was mache ich da? Die Zwiebelritterin ist mir gegenüber nie unfreundlich gewesen. Im Gegenteil: Sie ist sogar ausnehmend nett, und zwar auf eine so ungezwungene Art, wie sie auf Taurar wahrscheinlich schon vor vielen, vielen Generationen ausgestorben ist. Und ja, sie verbringt viel Zeit mit Jarold, und der streckt seine Finger nach allem aus, was ihn auch nur halbwegs in Wallung versetzt. Aber ist das ihre Schuld?* Wenn er seine Empfindungen ehrlich gegeneinander abwog, wie man es von jemandem erwarten konnte, der in den Hallen der Heimlichen Künste ausgebildet worden war, kam er nur zu einem Schluss: *Ich werfe ihr unbewusst vor, dass sie die Auslöserin für all die Ereignisse ist, die genau zu diesem Moment an einem*

Fluss mitten im Nirgendwo geführt haben. Wenn sie nie zur Silbernen Insel aufgebrochen wäre, um nach Abkömmlingen von Primo Karridakis zu suchen, hätte es weder Jarold noch mich je übers Meer in dieses fremde Land verschlagen. Ich wäre im Nachgang des Anschlags bei Vaters Geburtstagsfeier schneller darauf gekommen, dass Lifara die Meuchler gedungen haben muss – zumindest hätte ich vielleicht den Barkenunfall, bei dem Vater das Leben verlor und durch den Lifara zum Oberhaupt unseres Hauses aufstieg, verhindern können. Und ich hätte mir vermutlich nie eingestehen müssen, dass Huneg eine Saite in mir anschlägt, von der ich geglaubt habe, sie wäre längst gerissen. Kurzum: Er lastete Nastasira allerlei an, für das sie streng genommen gar nicht richtig verantwortlich war. Und von den Leuten, die sein Bruder schon umworben hatte, um sie für ein Abenteuer zwischen den Kissen zu gewinnen, zählte sie zu einem erlauchten Kreis – den Personen, bei denen Rutgar sich vorstellen konnte, dass sie unter Umständen dabei halfen, seinen Bruder zu einem besseren Menschen zu machen. *Sofern er sich dazu hinreißen lässt, sie ernsthaft für eine längere Beziehung in Betracht zu ziehen, und sie nicht nur als Wetzstein für seinen Säbel sieht.*

Der Tross gelangte an eine großzügig angelegte Wegkreuzung. Tiefe Rillen im Boden verrieten, dass hier häufiger schwer beladene Fuhrwerke wendeten. Der Grund dafür war leicht ersichtlich: Linker Hand erstreckte sich eine Holzbrücke über den Fluss, deren Bohlen arg morsch und mitgenommen wirkten. Rutgar bezweifelte, dass sie das Gewicht eines der Wagen aus dem Tross hätten tragen können. Jenseits der Brücke stand ein unbesetztes Schlagbaumhäuschen, auf dessen Dach ein Bäumchen Wurzeln geschlagen hatte, und ein Stück dahinter ein paar dicht beisammenstehende Hütten, die in dieser Gegend wohl als Dorf durchgingen.

Zwei Männer und eine Frau in schlichter Kleidung aus Wolle und Leinen und mit den charakteristisch verhärmten Gesichtern von Bauern, wie sie Rutgar erst während der Zeit in Westborn vertraut geworden waren, waren an dem großen Pfosten in der Mitte des Platzes beschäftigt. Mit behutsamen Bewegungen entfernten sie etwas von dem baumstammdicken Wegweiser, was man auf den ersten Blick für sonderbare Wucherungen am Holz hätte halten können. Nur dass die wenigsten Wucherungen vom Wind zerzauste rote Haarsträhnen, von Krähen leer gepickte Augenhöhlen und in Todesqual aufgerissene, zahnlose Münder besaßen.

Jarold richtete sich selbstsicher in den Steigbügeln auf, doch Rutgar sah an Diggurs schlackernden Zügeln, wie sehr seinem Bruder mit einem Mal die Hände zitterten. »Was ist hier geschehen?«

Es war schwer zu sagen, ob der Bauer die sichtbaren Anzeichen von Jarolds Königswürde – den hermelinbesetzten Mantel und den goldenen Stirnreif – überhaupt als solche erkannte. Er war aber auf jeden Fall froh, seine Geschichte loszuwerden. »Das war auf Befehl des Königs, hoher Herr«, sagte er in einem schweren Akzent, in dem die einzelnen Worte fest aneinanderklebten. »Des alten Königs, des toten Königs. Orskarr. Gut, dass er tot ist. Er war nicht mehr ganz richtig im Kopf.« Er nahm kurz die Hand über den Schädel, als wollte er sich vor einem züchtigenden Schlag schützen. »Die armen Leute hier, das war seine Schuld.« Ein langer Blick auf die sterblichen Überreste, die zu seinen Füßen auf einem Tuch ausgebreitet lagen. »Letzten Sommer behauptete er, alle Leute mit roten Haaren, die die linke Hand der rechten vorziehen, stünden mit Dämonen im Bunde. Man müsse sie erschlagen und an den Wegkreuzungen zur Schau stellen. Als Abschreckung für andere, nicht auch zu Dämonenanbetern zu werden. Das hat der Büttel hier sehr ernst genommen. Wir hatten Angst, etwas dagegen zu sagen. Weil es sonst geheißen hätte, wir wären Dämonenanbeter. Dabei sind wir keine.« Der Bauer zuckte mit den breiten Schultern. »Und nun haben wir gehört, dass es einen neuen König gibt, der anders sein soll als Orskarr. Wir hoffen darauf, dass er uns nicht zu neuen Gräueltaten zwingt.«

Jarold sah sich suchend nach Angehörigen des alten Hofstaats in seiner Umgebung um. »Ist das alles wahr?«

Leviko, der inzwischen vom Ende des Zugs zu ihnen aufgeschlossen hatte, antwortete als Erster. »Ja, Eure Majestät«, räumte der Seneschall unumwunden ein. »Wie Ihr Euch vielleicht erinnert, war Euer Vorgänger auf dem Thron gegen Ende seiner Regentschaft … unberechenbar.«

»Wie der Wurm.« Kaimu Kala trat dicht an Jarolds Pferd heran und strich dem Wallach mit den Krallen durch die sauber gestutzte Mähne. »Wenn ihm niemand mehr Einhalt gebietet, frisst er, bis alles gefressen und einmal durch seinen Leib gepresst ist.«

»Hast du Orskarr das auch erzählt? Hast du ihm das eingeflüstert?« In Jarolds Stimme lag kein Vorwurf, eher eine drängende Neugier. »Hast du ihm diese Sache mit den Rotschöpfen eingeredet?«

»Was wahr ist, bleibt wahr.« Die Schamanin streichelte dem Pferd mit dem Handrücken die Nüstern. »Der Wurm ist keine Lüge. Wenn der König vom Wurm erfahren will, erfährt der Wurm vom König.«

Jarold runzelte die Stirn und brachte durch einen kleinen Ruck an den Zügeln Diggurs Kopf aus der Reichweite der Orkin. »Sprichst du gerade von mir oder von Orskarr?«

Kaimu Kala bleckte die Hauer. »Ist eins nicht wie das andere? Auch der neue König kann vom Wurm hören, wenn er will.«

»Ich will.« Jarold nickte eifrig. »Ich muss alles über ihn wissen.«

Rutgar verdrehte die Augen. Es war schockierend mitzuerleben, wie leicht sein Bruder dieser Betrügerin auf den Leim ging. Offenbar reichte es, sich etwas Ungeziefer in die Nase zu stecken und wirre Prophezeiungen auszustoßen, um das Vertrauen des neuen Monarchen von Westborn zu gewinnen.

»Also heraus mit der Sprache«, drängte Jarold. »Erzählt mir von diesem Wurm, dem Orskarr verfallen war.«

»Ja, aber nicht so. Darüber spricht man nicht auf diese Weise. Wenn man darüber spricht, dann ist das …« Sie blickte Hilfe suchend zu Fulmar, der wie so oft genau dann zur Stelle war, wenn man ihn brauchte.

»Es ist heilig«, sagte der Barde mit dem Rotschopf, der sich der Orkin gegenüber als Unsterblicher ausgab. Sein Blick wich dabei keinen Moment von den an der Luft getrockneten Leichenteilen. »Über derlei Dinge zu sprechen, ist für die Norger ein Ritual. Ein Dienst an den Geistern, an die sie glauben. So ähnlich wie ein Besuch im Tempel.«

Jarold schürzte die Lippen. »Ein Ritual, sagt Ihr?«

Rutgar schöpfte Hoffnung, dass sein Bruder nun darauf verzichten würde, näher auf den Unfug der Schamanin einzugehen.

»Wie viel Aufwand ist dafür vonnöten?«, wollte Jarold wissen, und Rutgars gerade geweckte Hoffnung starb einen schmählichen Tod. »Könnten wir diesen … Geisterdienst … hier durchführen?«

»Ich muss einen Misingo Unjamawo anlegen, einen Kreis des Schweigens«, erläuterte Kaimu Kala. »Und ich muss mich reinigen. Mehr nicht.« Sie zeigte zum Flussufer. »Dort unten können wir es tun.«

»Sehr schön. Triff deine Vorbereitungen.« Mit herrischer Geste deutete Jarold auf Leviko. »Seneschall! Lasst den Tross eine Rast einlegen. Ich muss alles über den Wurm erfahren, ehe wir weiterziehen. Und nun macht nicht so ein Gesicht. Dort drüben in diesem Weiler steht womöglich ein Gasthaus, das Erfrischungen für unsere Leute bereithält. Esst und trinkt auf meine Kosten. Seid großzügig. Zeigt meinen Untertanen, dass ich und mein Vorgänger nichts gemeinsam haben.«

Leviko fügte sich mit versteinerter Miene, aber ohne großes Murren in sein Schicksal – genau wie Rutgar es tat. Wenn sein Bruder sich erst einmal etwas in den Kopf gesetzt hatte, hatte er sich auch früher kaum davon abbringen lassen. *Und jetzt ist er auch noch ein König.*

Kaimu Kala schritt hinunter zum Fluss und begann einige faustgroße Steine zusammenzusuchen. Jeder von ihnen erhielt eine Markierung in Form eines kantigen Symbols aus Kreide, die die Schamanin aus einem mit bunten Holzperlen und Vogelknochen bestickten Beutel zog, den sie seit dem Auszug aus Sunnastad mit sich herumschleppte. Leise auf Orkisch vor sich hinsingend legte sie dann die Steine in einem etwa fünf Schritte durchmessenden Kreis aus, dessen eine Seite bis in den zahm ans Ufer lappenden Fluss hineinragte. Den letzten Stein behielt sie in der Hand. »Fünf müssen in den Kreis«, verlangte sie.

»Fünf Leute?«, wunderte sich Jarold.

»Die Welt ist aus fünf Dingen gemacht.« Taga Miwitu, der anscheinend von der Spitze des Zugs herbeigeeilt war, um zu sehen, was es mit dem Halt auf sich hatte, präsentierte Jarold die kräftigen Finger seiner Rechten. »Also gehen fünf in den Misingo Unjamawo. Ich gehe mit. Damit sie Euch nicht belügt.«

»Ich auch.« Das war Nastasira, die ihren Keiler noch vom Tränken am Zügel führte. »Jemand muss Euch beschützen, Majestät.«

»Das geht nicht.« Der Orkführer schüttelte entschlossen, wenn auch mit einem leichten Bedauern auf den groben Zügen den Kopf. »Du kannst nicht in den Misingo Unjamawo.«

Nasta machte ein Gesicht, als würde sie ihm am liebsten eines ihrer Kurzschwerter in den Bauch rammen. »Wieso nicht?«

»Du bist eine Mutunusu.« Taga Miwitu deutete mit der Handkante zwischen Bauchnabel und Rippenbogen an, bis wohin ihm die Ritterin reichte. »Du zählst nur halb.«

»Du willst mir doch die Füße scheren, oder?« Nastas Keiler spürte ihr aufgebrachtes Unbehagen und grunzte grollend. »Ich bin für die Sicherheit des Königs verantwortlich.«

Taga Miwitu wies mit dem Kinn auf Rutgar. »Soll er doch seines Bruders Hüter sein.«

Rutgar seufzte bloß, während Jarold Nasta ein bittersüßes Lächeln schenkte. »Tut mir leid, meine Teuerste, aber wir müssen uns wohl an die Vorgaben der Orks halten, nicht wahr?«

Nasta bedachte Kaimu Kala mit einer beleidigenden Geste, gab sich aber ansonsten geschlagen.

»Wer ist unser fünfter Mann?«, fragte Jarold.

»Das ist bereits entschieden«, knurrte Rutgar. »Da sitzt er nämlich schon in diesem Hexerzirkel.«

Jarold reckte den Hals, um zum Fluss hinunterzuschauen. »Der Barde? Das scheint mir eine sehr gute Wahl.« Er stieg einigermaßen anmutig aus dem Sattel, da sich die Übung der jüngsten Zeit langsam auszuzahlen begann. »Und nun kommt.«

Als sie den Kreis erreichten, zeigte ihnen die Schamanin, wo sie sich im Schneidersitz niederlassen sollten, und Jarold schaffte es entgegen Rutgars Erwartungen, nicht über den harten Untergrund zu jammern. Dann wurde der letzte Stein platziert, und Rutgar stellte fest, dass bei allen Vorbehalten so etwas wie eine gespannte Erwartung in ihm aufstieg. Der Rest des Trosses war mit einem Mal vergessen, und seine Wahrnehmung konzentrierte sich voll und ganz auf das Innere des Zirkels – auf das Rauschen des Flusses, das Schimmern der weißen Skaldatfäden in Fulmars Umhang, den kräftigen Geruch von Kräutern und Fett, die von einer Salbe herrührten, mit denen Taga Miwitu die großflächigen Narben an seinem Schädel behandelt hatte.

In seiner merkwürdigen Stimmung störte er sich nicht einmal an dem langwierigen Läuterungsritus, den die beiden Orks vollzogen. Erst wuschen sie sich den Mund mit Wasser aus dem Fluss aus. Danach entzündete Kaimu Kala einen kleinen Span und führte das Flämmchen erst bei sich, dann bei Taga Miwitu dicht an den Lippen vorbei. Anschließend hauchten sie einander heftig ins Gesicht, um sich unmittelbar danach mit zwei kleinen Stöckchen, die sie vom Boden aufhoben, gegen die Hauer zu schlagen. Sie brachten ihr Treiben damit zu Ende, dass sie beide niederknieten, um an einem Kiesel zu lecken.

»Den fünf Dingen ist gehuldigt, und wir haben uns der Wahrheit verpflichtet«, sagte Kaimu Kala feierlich. »Mögen uns die Geister verzeihen, dass wir in der Sprache der Hauerlosen sprechen.« Sie neigte das Haupt so tief, bis ihre Stirn das feuchte Flussufer berührte. Dann richtete sie den Oberkörper kerzengerade auf. »Am Anfang ist das Nichts. Das Nichts ist nichts als das Nichts, bis es die ersten Träume träumt. In seinen ersten Träumen erträumt es das Wasser, den Himmel und die Erde, um das Feste von all dem zu trennen, was nicht fest ist, und alles Weite von all dem, was nicht weit ist.«

»Und so entstand auch das Land, das ihr Hauerlosen heute Westborn nennt.« Taga Miwitu breitete die Arme aus. »Und alle anderen Länder in der Welt, denn alles kommt aus dem Nichts, und alles geht auch wieder dorthin, um neu erträumt zu werden.«

»Das Nichts erträumt aber nicht nur Schönes.« Kaimu Kala hob warnend einen krallenbewehrten Finger. »Für jedes Gute, das das Nichts erträumt, erträumt es auch mindestens ein Schlechtes. Und das Schlechteste aus allen Träumen des Nichts ist Seboko. Der Wurm. Seboko frisst die anderen schlechten Träume, damit sie in seinem Bauch weitergären können.«

»Dann ist der Wurm eine Verkörperung des Bösen?«, fragte Jarold, die Stimme heiser vor Aufregung.

Taga Miwitu schüttelte den Kopf. »Der Wurm ist nicht böse. Er ist einfach.«

»Er ist einfach«, wiederholte Kaimu Kala. »Doch er bringt Dinge, die den Sterblichen nicht gefallen. Das macht ihn für sie böse, und deswegen nennen sie ihn auch oft böse.«

»Wie geht die Geschichte weiter?« Fulmar saß leicht vornübergebeugt und hielt seine Laute umschlungen wie eine Geliebte, von der er sich Trost erhoffte. Für jemanden, der sich als unsterblich ausgab, hatte er überraschend wenig Geduld. »Die Welt und Westborn waren erschaffen. Was ist dann geschehen?«

»Weil das Schlechte gärt, steigen Dämpfe von ihm auf, und Säfte sickern aus ihm heraus.« In Kaimu Kalas Wangen zeugten tiefe Grübchen von dem Ekel, den sie bei ihrer Schilderung empfand. »Deshalb setzen sich die anderen mächtigen Geister, die aus den Träumen des Nichts geboren sind, zusammen und halten Rat. Während sie noch Rat halten, fallen die Mibingo Mawe vom Himmel. Die Steine, die ihr Hauerlosen Skaldat nennt.«

»Das Skaldat ist vom Himmel gefallen?«, keuchte Jarold. »Wie kann es da so tief in der Erde verborgen sein? Galla hat mir erklärt, es wären die geronnenen Ausscheidungen der Götter selbst. Das Blut, der Schweiß und die Tränen, die beim Lenken der Geschicke der Welt vergossen werden.«

»Vielleicht ist beides wahr.« Taga Miwitu hob die Achseln.

»Die Ankunft der Mibingo Mawe ist ein gutes Omen«, fuhr die Schamanin mit ihrer unglaublichen Erzählung fort. »Dank den Mibingo Mawe brauchen die Sterblichen die Geister nicht, um dem Wurm zu begegnen. Sie können es selbst tun, und sie finden einen Weg: Sie pflanzen einen Baum. Den Miti Nidoto – den Baum, der träumen kann. Mit Träumen, die fast so mächtig sind wie die des Wurms. Der Träumende Baum schlägt Wurzeln über dem Wurm und treibt sie in den Wurm hinein. Er ist mit ihm verbunden wie die Mistel mit der Eiche.«

»Aber ...« Fulmar zögerte sichtlich, seine nächste Frage zu stellen. Erst als er den Hals der Laute noch fester umfasst hatte, fand er den Mut dazu. »Ist der Träumende Baum damit denn nicht ein Teil des Wurms?«

»Nein.« Kaimu Kala klang, als würde sie in dieser Sache nicht den geringsten Widerspruch dulden. »Der Baum teilt seine Träume mit dem Wurm. Damit der Wurm glaubt, die Welt wäre so, wie sie in seinen Träumen ist.«

»Eine Welt, in der die Tochter die Mutter gebiert«, ergänzte Taga Miwitu, und es bescherte Rutgar eine Gänsehaut, dass der sonst so forsche Ork seine Worte nur wisperte. »Eine Welt, in der Norger aus Eiern schlüpfen. In der es flüssiges Feuer regnet und blutige Daunen schneit. In der Schmerz Lust ist und Lust Schmerz. Nacht Tag und Tag Nacht. Oben unten und unten oben. In der kein Gesetz mehr gilt, weil alle Gesetze gelten.«

»So ist es«, bekräftigte die Schamanin laut. »Und weil der Miti Nidoto die wache Welt vor der Welt in seinen Träumen schützt, die die Träume des Wurms sind, nennt man ihn auch den Miti Ulimwengu. Den Weltenbaum.«

»Und das ist nicht nur so eine Legende von euch?« Jarold leckte sich die Lippen, und ein begehrlicher Glanz, den Rutgar schon früh zu fürchten gelernt hatte, war in seine Augen getreten. »Es gibt diesen Baum wirklich?«

»Ja«, sagten die beiden Orks wie aus einem Mund.

»O ja«, wiederholte Taga Miwitu, die Brauen ehrfürchtig hochgezogen.

»Jeder Norger weiß, wie man sich auf den Weg zum Miti Ulimwengu macht. Er ist uns ...«, ihr Blick fiel auf Fulmar, »... heilig.«

»Er steht in dem Wald, dem eure Leute den Namen Orkenforst gegeben haben.« Der Orkführer hielt Jarold die Hand entgegen, als wartete er nur auf eine Bezahlung. »Ich kann euch hinbringen, wenn ihr wollt.«

»Der Miti Ulimwengu darf niemals sterben.« Der Stolz der Schamanin war plötzlich in ein drängendes Flehen umgeschlagen. »Wenn er stirbt, erwacht der Wurm und findet sich in einer Welt wieder, die ihm fremd ist. Dann wird er alles tun, um diese Welt so zu machen, wie sie in seinen Träumen ist.«

»So? Meint ihr beide das, ja?« Rutgar schlang die Arme um die Knie. Er konnte das nicht glauben – nein, er wollte es nicht glauben, weil es ihm zu schrecklich vorkam. »Man fällt einen einzigen Baum, und schon ...« Er versuchte, sich an eines der Beispiele zu erinnern, das der Späher gegeben hatte. »Und schon geht die Welt in einem Regen aus flüssigem Feuer unter?«

»Lacht nicht.« Kaimu Kala schenkte ihm einen Blick voll schärfster Strenge. »Ihr zweifelt an Seboko. Ihr glaubt, der Wurm ist nur eine Geschichte. Dabei kann man ihn spüren, wenn er sich regt. Manchmal reicht es schon, über ihn zu reden, und die Zeit selbst ekelt sich vor seinem Namen.«

»Achte nicht weiter auf meinen Bruder«, bat Jarold die Orkin.

»Er ist ein Holzkopf. Sag mir lieber eines: Weiß ich jetzt alles?«

»Niemand weiß alles«, sagte die Schamanin. »Aber du weißt, was alle wissen.«

»Das soll mir genügen.« Jarold stand auf. »Genug von Würmern und Bäumen geredet. Da legt sich einem nur ein Schatten übers Herz.« Er lachte ein Lachen, das etwas zu laut und etwas zu schrill war, um echter Heiterkeit zu entspringen. »Es wird Zeit, dass ich mehr von meinen schönen Provinzen hier zu Gesicht bekomme.« Der König trat aus dem Zirkel heraus.

Beinahe rechnete Rutgar damit, dass ein Blitz vom Himmel herabfuhr, um seinen Bruder zu erschlagen, oder sich die Erde auftat, um ihn zu verschlingen. Nichts dergleichen geschah. Rutgar erhob sich und folgte ihm.

Jarold winkte bereits mit beiden Armen und rief: »He, Leviko!«

Der Seneschall, der oben an der Kreuzung beim Tross geblieben war, wandte sich zu ihnen um. »Majestät?«

»Sammelt unsere Leute ein und gebt den Befehl zum Aufbruch.« Er klatschte mehrfach in die Hände, um den Hünen anzuspornen. »Es kann weitergehen.«

»Jetzt schon?« Leviko war üblicherweise schwer zu verblüffen, doch Jarold war es glänzend gelungen. »Ihr hattet Euch doch gerade erst hingesetzt.«

Zunächst dachte Rutgar noch, Leviko würde sich womöglich einen Scherz erlauben, doch dann fiel ihm auf, dass dem unmöglich so sein konnte: Alle Kutscher, die er sehen konnte, standen noch bei ihren Wagen, als wären sie gerade eben erst vom Bock gesprungen. Die Leute aus dem nahen Dorf waren nach wie vor damit zugange, die verdorrten Leichen vom Wegpfosten zu entfernen. Rutgar hatte das Gefühl, als ginge ein Zittern durch die Erde unter seinen Füßen – nur einen Wimpernschlag, dann war es vorüber. Ihm fiel ein, was Kaimu Kala als Letztes über den Wurm erzählt hatte, und er spürte, wie ihm das Blut aus den Wangen wich. »Die Zeit selbst ekelt sich vor ihm«, murmelte er und machte rasch ein Zeichen, wie er es als Kind zum letzten Mal mit Überzeugung getan hatte – die Andeutung des prallen Beutels des Immerzu Lächelnden, aus dem er seine Gunst ausschüttete, um die Frommen vor dem Bösen zu bewahren. Er hoffte inständig, dass ihm Nundirovil gewogen war, und er schwor, ihm so bald wie möglich in fleischlicher Dankbarkeit zu huldigen.

18

*Angst ist der schlechteste Ratgeber
in jedem Handel – es sei denn, man selbst ist derjenige,
vor dem sich das Gegenüber fürchtet.*

Aus *Gesetze des Marktes auf der Silbernen Insel*

Nasta nahm ein weiteres dickes Moosbüschel zwischen die Finger und prüfte, ob es genauso trocken war wie die zuvor. Dann stellte sie sich auf die Zehenspitzen und steckte es zu den anderen unter ihren Schlafsack. Vorsichtig blickte sie zur Seite, um nicht über Bluthauer zu stolpern, der am Fuß der gedrungenen Erle eingeschlafen war. Der Rücken des haarigen Berges hob und senkte sich mit jedem schnaubenden Atemzug.

Sie trat zurück und begutachtete ihr Werk mit in die Hüften gestemmten Händen. Auf der niedrigen Astgabel hatte sie ein Polster aus ausgerupftem trockenem Gras und weichen Moosballen geschaffen und ihren Schlafsack darauf ausgelegt. Dank der vielen jungen Blätter des Baumes war die behelfsmäßige Bettstatt von unten nur schwer zu erkennen. *Solange ich mich ordentlich mit meinem Gürtel sichere, sollte ich heute Nacht auch nicht herunterfallen.*

Die späte Dämmerung tauchte das hinter ihr liegende Lager in einen bläulichen Schimmer. Zahlreiche Laternen baumelten an Pfosten, Stangen und Kutschböcken und warfen mindestens so viel Schatten wie Licht. Die Rauchsäule des Kochfeuers stieg senkrecht aus dem Ring aus Wagen auf. Tatsächlich war dieses Tal derart günstig gelegen, dass der ansonsten allgegenwärtige, schneidende Wind seinen Boden nicht erreichte. Nasta gestand es sich zwar nur ungern ein, aber es gab nichts daran zu rütteln: *Taga Miwitu ist im Umgang in etwa so angenehm wie ein Igel beim Schmusen, aber er hat sich in den vergangenen Tagen als ausgezeichneter Führer erwiesen, und neben günstigen Wegen wählt er auch angenehme Rastplätze für den Königstross aus.*

Nasta hörte Schritte und wandte sich um.

Bik gesellte sich zu ihr und musterte mit einer hochgezogenen Augenbraue ihr Werk in der Astgabel. »Du willst also im Baum schlafen. Bist du unter die Waldhexen gegangen?«, spöttelte er.

Nasta schnaubte durch die Nase. »Ich möchte heute mit Bluthauer die Nachtwache verstärken. Und nichts ist für hinterhältige Angriffe einladender als ein Zelt, aus dem man nur in eine Richtung etwas sieht, aber in dem man ganz ausgezeichnet aus allen Richtungen gesehen wird.« Sie warf Bik einen gekünstelt vorwurfsvollen Blick zu. »Du schläfst doch in einem Zelt, richtig?«

Er grinste. »Stimmt. Vielleicht bin ich aber auch einfach bloß mutiger als du.«

Nasta lachte übertrieben und warf dabei mit großer Geste ihren Zopf auf die andere Schulter. »Wie schön, dass du dich für mutig hältst. Das werden wir noch gut brauchen können.«

Bik nickte und schaute nachdenklich zu dem Hügelgrat, hinter dem die Sonne vor wenigen Augenblicken verschwunden war. Sein Tonfall wurde wieder ernst. »Ich fürchte, es war keine gute Idee, dass Jarold Botschafter zu diesem Orkdorf geschickt hat, von dem sie uns beim Wallposten erzählt haben. Je weniger Orks wissen, dass wir hier sind, desto besser.«

Nasta seufzte. »Du musst Jarold verstehen. Er betrachtet auch die Norger als seine Untertanen, deren Nöte er sich annehmen will. Nur weil sie nicht so hoch aufragen wie die höchsten Häuser, glaubt er nun, dass auch alle anderen furchteinflößenden Eigenschaften, die ihnen in den Legenden zugeschrieben werden, nichts als maßlose Übertreibungen sind. Für ihn haben sie sich von wilden Ungeheuern in zahme Lämmchen verwandelt.«

»Das mag ja sein. Das macht es aber nicht richtiger. Und obendrein scheint es sich bei dieser einen Orksippe auch noch um besonders üble Zeitgenossen zu handeln. Ich meine, wenn sogar Bokian und Kaimu Kala sich ausnahmsweise einmal einig sind, dass man etwas sein lassen sollte, müssen doch die Alarmglocken läuten.«

»Aber die beiden hatten unterschiedliche Gründe, um die Entsendung von Botschaftern abzulehnen. Bokian will einfach nicht, dass sich der König von Westborn bei Orks vorstellt, als handelte es sich bei ihnen um verdiente Wallfürsten. Und Kaimu Kala sagte, man sollte einen großen Bogen um das Dorf schlagen, weil diese Sippe gegenüber Fremden ganz besonders feindselig ist. Dabei macht mir nur Sorgen, dass Taga Miwitu ihr nicht widersprochen hat. Denn das deutet darauf hin, dass das mit der besonderen Feindseligkeit stimmt.« Sie zuckte mit den Schultern, denn es brachte nichts, sich zu lange den Kopf über diese Sache zu zerbrechen. An Jarolds Entscheidung – nein, der Entscheidung des *Königs* – gab es ohnehin nichts mehr zu rütteln. Es war sinnvoller, sich über anderes mehr Gedanken zu machen. »Sag mal, mein Freund. Du bist doch aber nicht bloß gekommen, um mir damit in den Ohren zu liegen, oder?«

»Nun … puh …« Bik sog scharf die Luft ein und umschlang in einer umständlichen Geste die Finger seiner Rechten mit der seiner Linken. »Ich wollte … ich dachte, ich …«, druckste er herum, um dann zu verstummen und auf eine Stelle neben Nasta zu starren.

Sie drehte den Kopf und bemerkte nun auch, dass Bluthauer wach geworden war. Der Keiler stand mit aufgestellten Ohren da und sah regungslos in Richtung des Lagers. Dann erklang der lang gezogene, gequälte Schrei eines Mannes.

Sofort rannte Nasta los, Bik an ihrer Seite, so schnell ihre kurzen, kräftigen Beine sie trugen. Leider traf der halbe Königstross rascher am Quell der Unruhe ein, und so sahen die beiden Ritter sich gezwungen, sich mit Knuffen gegen Schenkel und Kniffen in Kniekehlen einen Weg durch die Leute zu bahnen, die sich um die Feuerstelle versammelt hatten. Was immer sich auch zugetragen hatte, es war dort geschehen, wo gerade das Nachtmahl zubereitet wurde.

Als Nasta endlich durch die vorderste Reihe der Gaffer drang, sah sie, dass Rutgar die Sache bereits in die Hand genommen hatte. Der Bruder des Königs stand gebückt über dem wohlbeleibten Vorkoster Jidolo Jid, der schreiend und weinend auf der leblosen Gestalt von Wiborna Kuscharka lag, den kugelrunden Kopf auf ihre flache Brust gebettet. Scheinbar hatte Rutgar vergeblich versucht, Jidolo mit Worten von der rechendürren Köchin herunterzubekommen, und griff nun zu körperlicher Gewalt. Mit einem offensichtlich schmerzhaften Hebelgriff am Handgelenk brachte er den völlig aufgelösten Vorkoster dazu, sich zur Seite zu rollen. Kaum war ihm das gelungen, befühlte er Wibornas Hals und Gesicht.

»Nimm die Finger von ihr!«, schrie der Vorkoster und schlug nach Rutgars Hand.

Jesche ging dazwischen und verhinderte Schlimmeres, indem sie sich an den speckigen Oberarm des großen Klopses hängte. »Vorsicht, Jidolo. Man muss doch feststellen, wie es ihr geht!«

»Sie ist tot!«, kreischte der verzweifelte Mann mit Tränen in den Augen. »Meinst du, das weiß ich nicht? Ich bin der königliche Vorkoster! Ich weiß, was in solchen Fällen zu tun ist. Ich habe auch längst versucht, sie zurück ins Leben zu rufen, aber vergebens! Sie ist tot!« Er vergrub das Gesicht in den Händen. »O ihr Untrennbaren, wie könnt ihr mir das nur antun?«

Jesche legte Jidolo hilflos die Hände auf die Schultern und redete leise und tröstend auf den armen Mann ein, der trotzdem in einen verzweifelten Weinkrampf verfiel.

Rutgars Gesichtsausdruck verriet Nasta indes, dass Jidolo recht hatte. Jetzt, da der massige Leib des Vorkosters ihr nicht mehr die Sicht versperrte, konnte sie im Licht des Kochfeuers alles besser erkennen. Sie trat näher an die Leiche heran und machte einen großen Schritt über die Schöpfkelle hinweg, die Wiborna offenbar achtlos neben dem gewaltigen Kessel, in dem ihre jüngste Schöpfung vor sich hin blubberte, hatte fallen lassen.

Die Köchin musste erst vor Kurzem gestorben sein. Frische, tiefe Schnittwunden bedeckten ihre Handflächen, Finger und Wangen, als hätte sie jemand ausgiebig in Scherben gewälzt. Ob Kinn und Lippen ebenfalls solch grässliche Wunden trugen, vermochte Nasta nicht zu beurteilen: Eine dicke Schicht aus rötlichem Schaum, in dem Blutschlieren zu sehen waren, war ihr im Todeskampf aus dem Mund gequollen.

Fulmar erschien neben Rutgar in der ersten Reihe, doch der Zwilling des Königs ignorierte den Barden. Stattdessen winkte er die schwarz verschleierte Alchimistin zu sich heran.

»Die Pupillen sind vollständig geweitet«, berichtete Rutgar.

Galla Piparion nickte ungerührt und führte ihr Gesicht ganz nah über den Mund der Köchin. Sie atmete tief ein, als röche sie an einer lieblichen Blüte, verharrte einen Moment und schüttelte dann langsam den Kopf. »Zu viel Blut. Ich kann kaum etwas riechen außer Blut. Und saurem Erbrochenen. Aber es muss eine Vergiftung sein. Die geweiteten Pupillen sind ein eindeutiger Hinweis.«

Rutgar streifte seine Handschuhe über. Nach einem langen, bedauernden Blick auf das feine Leder griff er einen Putzlumpen aus dem klobigen Packschrank, den die Köchin für ihre Utensilien mitgebracht und geöffnet aufgestellt hatte. Er wischte den blutigen Schaum beiseite und drückte der Toten die Kiefer auseinander.

Galla Piparion legte unter ihrem Schleier erschrocken die Hand vor den Mund, und sogar Rutgar entfuhr ein Keuchen. Als er sich wieder gefangen hatte, griff er der Leiche zwischen den Zähnen hindurch und zog unter einigen Mühen eine blutige, fingergliedlange Scherbe aus dem Mund hervor. Er schluckte schwer.

»Was hat sie deiner Meinung nach das Leben gekostet?«, fragte er Galla tonlos. »Die Vergiftung? Oder dass sie Scherben gegessen hat?«

Nasta wandte sich entsetzt zu dem Tisch um, auf dem die Gefäße standen, mit denen die Angehörigen des Trosses beim Nachtmahl versorgt wurden. Es waren zu wenige Tonbecher. Viel zu wenige.

Fulmar löste sich aus der ersten Reihe und ging zu der Kelle hinüber, die noch immer neben dem Kessel im Gras lag. Er hob sie auf und runzelte die Stirn. »Sie muss beim Würzen davon gekostet haben«, murmelte er. Dann wischte er mit einem Finger über das vom Eintopf feuchte Holz.

Nasta blinzelte überrascht, als sie bemerkte, was da unter der obersten Schicht von Soßenresten zum Vorschein kam. »Das leuchtet ja blau!«, entfuhr es ihr.

Rutgar wurde sofort hellhörig. Mit einem Mal war er auf den Beinen und stieß den Kessel um. Unter dem protestierenden Murren der Umstehenden ergoss sich der Eintopf über das Gras neben der Feuerstelle. Die enttäuschten Rufe verwandelten sich jedoch rasch in alarmiertes Raunen, als sich in der Pfütze zwischen den Gemüsestücken und Speckbröckchen ein nicht zu übersehendes blaues Leuchten ausbreitete.

Der Barde warf einen langen, bedeutungsschwangeren Blick in Richtung von Kaimu Kala, doch sie war nicht diejenige, die darauf reagierte.

»Nimm dich nicht so wichtig«, spöttelte Taga Miwitu. »Kein Norger teilt den fauligen Traum so überreichlich mit Menschen. Erst recht nicht, wenn er sie bloß töten will. Nicht einmal die stärksten Krieger überleben diese Menge.«

Nasta verstand kein Wort und beschränkte sich darauf, möglichst nicht im Weg zu stehen.

Rutgar schien zu überlegen, was als Nächstes zu tun war, als Brekk Sokatteris mit einem Mal die Hände über dem Kopf zusammenschlug. »Nein, nein, nein, nein, nein«, jammerte er mit weit aufgerissenen Augen. »Rutgar, ich weiß, was Ihr jetzt denkt, aber ich war es nicht! Natürlich habe ich von den Eiern des Wurms gekostet, wie Ihr wisst. Und ja, ich gebe zu, ich habe welche aus Sunnastad mitgenommen. Sie sind noch alle da, in meinem Gepäck. Dort werdet Ihr sie auch finden, falls Ihr dringend nachsehen wollt. Denn niemals – niemals! – würde ich sie benutzen, um jemandem ein Leid anzutun! Mehr noch: Ich wollte sie überhaupt gar nicht essen oder jemanden davon essen lassen! Zumindest nicht hier.«

Mit einem Mal erwachte Jidolo Jid wieder aus seiner Starre. »Mörder!«, brüllte der fette Vorkoster und sprang mit einer Gewandtheit auf, die seine gewaltige Masse Lügen strafte. Jesche, die weiterhin versucht hatte, dem Trauernden Trost zu spenden, musste sich mit einem Sprung zur Seite davor retten, von ihm umgewalzt zu werden. Am Ende brauchte es Rutgars und Levikos beherrschtes Eingreifen, um zu vereiteln, dass Jidolo den panischen Brekk erwürgte.

»Nein, bitte! Ich bin ein erbärmlicher Knecht meiner Rauschsucht – jeder weiß das! Und das gebe ich auch zu!«, kreischte der Kaufmannssohn. »Aber ich habe die Eier nur dabei, weil sich damit auf Taurar wahre Berge aus Gold verdienen lassen! Mein Vater wäre endlich stolz auf mich, Rutgar!« Offenkundig missdeutete Brekk den angewiderten Gesichtsausdruck, mit dem der Königsbruder ihn bedachte, als Interesse. Er leckte sich die Lippen. »Blau leuchtende Pilze aus einem fremden Land, die angeblich die Eier eines alles verschlingenden bösen Wurmgottes sind! Der ›Heilige Rausch‹ der wilden Orks aus den Legenden! Alle Genießer exotischer Freuden würden den Sokatteris die Türen einrennen, um dieses mystische Gewächs in die Finger zu bekommen!« Er faltete die Hände und schüttelte sie in Rutgars Richtung. »Bitte, nimm mir das nicht. Dein Bruder ist doch schon König hier. Das reicht doch sicherlich. Darf ich die Idee für mich behalten? Und die Eier? Ich flehe dich an!«

Nasta hatte genug gehört. Endlich gab es inmitten all dieses Wahnsinns und all dieses Grauens etwas, von dem sie genug verstand, um handeln zu können. »Leibgarde, zu mir!«, rief sie über Brekks Stimme hinweg, der wieder dazu übergegangen war, seine Unschuld zu beteuern. »Alle Gepäckstücke und Wagen werden auf der Stelle nach diesen leuchtenden Pilzen durchsucht. Und ihr Ritter …«, sie fing die Aufmerksamkeit der anderen mit ihren Blicken ein, »wir sichern umgehend das Lager von außen. Falls sich hier jemand eingeschlichen hat, dann wollen wir es ihm so schwer wie möglich machen, sich wieder davonzuschleichen.«

19

*Hüte dich vor Rachegelüsten, denn sie sind nur
etwas für zornige Kinder und Narren.*

Aus *Hundert Hinweise zur Heimlichen Kunst*

Nastasira hätte sich ihren Aufruf zu mehr Wachsamkeit sparen können. Kaum hatte sie geendet, brach ein ohrenbetäubendes Gebrüll los – in raschem Wechsel brummend kehlig und schrillend grell, als hätte jemand die Tore zur Unterwelt aufgestoßen und gleich zwei Sorten garstiger Dämonen auf die nichtsahnenden Sterblichen losgelassen. In die beunruhigenden Laute mischten sich sogleich heisere Warnrufe von Fuhrleuten und Soldaten an jener Lücke in der Wagenburg, die der behelfsmäßigen Festung als Tor diente. »Orks! Die Schweineleute sind da! Orks.«

Die beiden Wachen, die am Tor Dienst hatten, senkten zwar die Spieße, wichen aber einige Schritte vor dem halben Dutzend kräftiger Gestalten zurück, die lärmend ins Innere des Runds vordrangen. Trotz aller Überrumpelung verstand Rutgar, warum die Wachen sich den Orks nicht in den Weg stellten. Die Krieger mochten im tintigen Dämmerlicht ein Furcht einflößendes Äußeres besitzen – vulkanglasgespickte Kriegskeulen und andere einfache Waffen, mit zähnefletschenden Bestien bemalte Rundschilde aus hartem Holz, Federn und dornige Zweige im Haar, die Hauer gebleckt, die Gesichter von roter und gelber Farbe überzogen. Doch das war nicht der Grund für die Zurückhaltung der Wachen. Es war vielmehr das Gebaren der Schweineleute. *Sie führen sich nicht anders auf* als die Mannschaft eines Schiffs, das nach langer Fahrt endlich wieder einmal in einem Hafen angelegt hat. Diese Meute dort kann zwar vor Kraft und angestauter Rauflust kaum noch gehen und ist gewiss auch auf Ärger aus, aber ein echter Angriff in tödlicher Absicht würde anders aussehen. Dann wäre es nämlich äußerst töricht von ihnen, als geschlossener Pulk mitten in die Stellung des Feindes vorzurücken.

Ein rascher Seitenblick zu den beiden Norgern in ihrem Tross linderte Rutgars Besorgnis weiter. Sowohl die Schamanin als auch der Späher schauten erwartungsvoll drein, aber keineswegs so, als müssten sie um Leib und Leben fürchten.

Offenbar schätzte Leviko die Lage ähnlich ein. »Ruhig Blut, ruhig Blut«, mahnte der Seneschall, hatte jedoch vorsorglich eine Hand nach hinten über die Schulter auf den Griff seines Breitschwerts gelegt.

»Übereilt nichts«, sagte auch Jarold halblaut. »Vielleicht kommen sie, um zu reden.«

»Gut, gut!«, heulte Brekk auf. Der teigige Kaufmannsspross, der eben noch ein greinendes Häuflein Elend gewesen war, gewann mit einem Mal ein erstaunliches Maß an Tatkraft zurück. »Ihr könnt es ihnen sagen.« Er deutete auf den Leichnam der Köchin mit den blutschaumverkrusteten Lippen. »Ihr könnt ihnen sagen, dass ich es nicht gewesen bin.« Mit wehendem Hemdsaum rannte er plötzlich los, schnurstracks auf die Orks zu. »Ihr könnt ihnen sagen, dass einer von Euch vorhin heimlich ins Lager gekommen ist, um sie zu vergiften.« Er begann irr zu lachen und wie besessen mit den Armen zu rudern. »Sagt es! Sagt es! Sagt es! Sa…«

Sein wilder Lauf fand ein Ende, als es ihn mit einem Mal nach hinten von den Füßen riss. Er warf die Beine dabei so hoch in die Luft, dass es ein durchaus komischer Anblick gewesen wäre. Rutgar blieb jedoch das Lachen im Halse stecken, als er den Grund für Brekks Sturz sah: eine merkwürdige Wurfwaffe mit einer sichelförmigen Klinge aus Vulkanglas, die Brekks Gesicht über der Nasenwurzel quer gespalten hatte.

Ein flüchtiger Moment des gelähmten Entsetzens aller Umstehenden verstrich. Dann handelten die Halblingsritter. Die Angehörigen der Dimidiansgarde saßen in Windeseile in ihren Sätteln, um auf die Orkkrieger zuzustürmen, Schlachtrufe und Verwünschungen auf den Lippen.

Rutgar seinerseits tat das, wofür ihn seine Lehrmeister in den Hallen der Heimlichen Künste gelobt hätten: Er mischte sich nicht in einen Kampf ein, den schon andere für ihn führten, sondern machte sich daran, den wichtigsten Mann in der gesamten Wagenburg zu schützen. Er machte einen schnellen Schritt nach vorn, um sich selbst zwischen Jarold und die Orks zu bringen. Er streckte den Arm nach hinten, und wie nicht anders zu erwarten, spürte er Jarolds Brust gegen seine flache Hand prallen. »Du bleibst schön hier, Bruder«, sagte er, ohne sich umzuwenden, weil er auf keinen Fall von einem heranfliegenden Mordinstrument der Schweineleute überrascht werden wollte. »Das ist nicht dein Kampf.«

Er sprach die Wahrheit. Das, was die Ritter – und die mutigeren unter den einfachen Soldaten und Fuhrleuten – mit den Orks veranstalteten, war ein richtiggehendes Gemetzel. Die Schweineleute brüllten und kreischten tapfer weiter, während sie sich der Attacken der Menschen und Halblinge erwehrten. *Eines muss man diesen Wilden anrechnen. Sie verkaufen ihre Haut so teuer wie möglich.*

Boks großer Laufvogel hackte einem der Krieger den Schnabel in den Nacken, aber erst nachdem es dem Schweinemann gelungen war, einen Treffer mit seiner Keule zu landen, der den Halbling an der linken Hand erwischte. Selbst auf die Entfernung erkannte Rutgar, dass zwei Finger in einem grotesken Winkel von seiner Hand abstanden.

Geschickt schoss Uschkar Pfeil um Pfeil ab, der sich in ungeschützte Haut bohrte. Das bewahrte seinen Hund allerdings nicht davor, zum Ziel einer scharfen Wurfscheibe zu werden, die Zwingprachts bestens gepflegtes Fell durch eine tiefe Schramme am Hinterlauf verunstaltete.

Jesche wurde nach einem ersten erfolgreichen Ansturm beim zweiten Passieren der kleinen Orkrotte gar von einer langen Stangenwaffe aus dem Sattel gehoben, und einen Augenblick fürchtete Rutgar, Wühlzahn würde nur noch den Tod seiner Herrin rächen, als er dem Schuldigen die Kehle zerfetzte. Jesche rappelte sich allerdings so schnell wieder auf, dass es eine Art stumpfer Kampfstab gewesen sein musste, der sie vom Rücken ihres Reittiers befördert hatte. Mit etwas Glück war sie mit ein paar Prellungen davongekommen, die morgen früh in allen Farben des Regenbogens schimmern würden.

Alles in allem dauerte es dennoch kaum länger, als man einen Humpen Bier in einem Zug trank, bis die Orks niedergeschlachtet waren. Erneut legte sich eine kurze Starre über die Sieger des Gefechts, während das Blut der Schweineleute, die in Stücke gehauen und in Fetzen gerissen auf dem Kampfplatz verstreut lagen, in der kühlen Abendluft dampfte.

»Aufgesessen!«, hörte Rutgar seinen Bruder hinter sich brüllen. Es lief ihm kalt den Rücken hinunter. Er war schon bei vielen seiner Wutausbrüche zugegen gewesen, doch noch nie war es ein derart kalter Zorn gewesen, der Jarold gepackt hatte. Wo er sonst aufgebracht und überzogen gestikuliert oder sich theatralisch die Haare gerauft hätte oder in die Hocke gegangen wäre, um sogleich wieder aufzuspringen, als hätte ihn etwas in den Hintern gestochen, waren seine Bewegungen fließend und zielstrebig, als er auf seinen Wallach stieg. »Mir nach! Der Mord an meinem Untertanen soll nicht ungesühnt bleiben. Dafür soll ihr ganzes Dorf bluten!«

Ehe Rutgar ihn vom Pferd ziehen und diesem albernen Spuk ein Ende machen konnte, hatte Jarold Diggur auch schon die Sporen gegeben und hielt in gestrecktem Galopp auf das Tor der Wagenburg zu. Nasta und der kleine blonde Ritter, der ohne jeden Zweifel ihr Gespiele war, schlossen sich ihm auf Keiler und Hirsch an. Auch Leviko und die kleine Zahl an Soldaten und Gardisten, die den Tross zu Pferde begleiteten, machten sich daran, ihrem König zu folgen.

Rutgar sah sich einen Augenblick unschlüssig um. Es hatte keinen Sinn, auf ein Pferd zu steigen, denn er hätte es ohnehin kaum schneller als im Schritttempo reiten können. Seine Entscheidung, was zu tun war, fiel, als Taga Miwitu und Kaimu Kala an ihm vorüberhasteten. »Wartet!«, rief er. »Ich komme mit.«

Die Orks würdigten ihn keines Blicks, bis er kurz vor dem Tor zu ihnen aufgeschlossen hatte.

»Warum warne ich euch alle überhaupt?«, zischte Kaimu Kala. »Niemand hört auf mich. Nicht so, wie man auf mich hören sollte.«

»Niemand hört auf eine Gans, die ständig schnattert!« Taga Miwitu lachte.

Rutgar hörte das Rascheln von feinem Stoff. Galla Piparion kam mit gerafftem Rock herbeigestürzt. »Wo wollt Ihr hin?«, fragte die Alchimistin. »Zu Eurem Bruder?«

»Wohin sonst?«, seufzte Rutgar.

Die Sorgsame Künstlerin hakte sich unzeremoniell bei ihm unter. »Ich begleite Euch.«

Rutgar fragte sich, ob an den unschönen Gerüchten über die Frauen, wie Galla eine war, wirklich etwas dran war: *Bewahrt mich nur der dünne Samt ihrer Handschuhe davor, eine schwere Vergiftung zu erleiden, weil ihre Haut mit allerhand schädlichen Stoffen angereichert ist?*

»Seid unbesorgt, werter Herr Karridakis.« Sie schien seine Gedanken lesen zu können. »Bei mir seid Ihr sicher.«

Rutgar lächelte schief. *Kann es sein, dass sie ihr Werben um Jarold aufgegeben hat und nun darauf hofft, wenigstens mit dem Bruder des Königs anzubandeln?*

Jenseits des Tores entdeckte Rutgar ein weiteres Mitglied des Zugs, das sich anscheinend ebenfalls auf dem Weg zum nahen Orkdorf gemacht hatte: Heptisax. Der Anblick des Jünglings mit dem gewellten schwarzen Haar, der Jarold nicht von der Seite weichen wollte, weckte Rutgars Unmut. »Was treibt Ihr da?«, grollte er. »Schafft Euch zurück ins Lager.«

Heptisax wirbelte herum, die Fäuste geballt und schlagbereit, als hätte er befürchtet, ein Ork könnte sich an ihn herangeschlichen haben.

Rutgar wäre gern stehen geblieben, doch stattdessen zog er Galla weiter mit sich, denn die beiden Orks setzten ihre Schritte rasch und zielsicher. »Ihr habt Euch um den Leichnam Eures Herrn zu kümmern, Ihr treuloser Hund«, herrschte er Heptisax an. Erst als der Kammerdiener sich mit hängendem Kopf trollte und sie ein ganzes Stück weiter waren, fiel Rutgar auf, dass der andere womöglich im Sinn gehabt hatte, Brekk eigenhändig zu rächen. *Und wenn schon – was hat ein Diener bei der Erstürmung eines Orkdorfs verloren?* Rutgar versuchte nicht darüber nachzudenken, dass man das gleiche Argument auch gegen die Anwesenheit der verschleierten Frau vorbringen konnte, die ihm am Arm hing wie eine Klette.

Sie erklommen eine Anhöhe mit einem lichten Gehölz auf der Kuppe. Dahinter fiel das Gelände in eine weite Senke ab, an deren Grund der Wald begann. Bis unmittelbar zur ersten Baumreihe war der Boden wie mit Pockennarben überzogen, wo Stümpfe und Wurzeln aus dem Erdreich gezerrt worden waren. Wo einst Riesen in den Himmel aufgeragt hatten, wuchs nun nur noch hüfthohes Gestrüpp.

»Und ihr wundert euch«, sagte Taga Miwitu, den das rasche Dahineilen kein bisschen außer Atem brachte.

Rutgar schnitt eine kleine Grimasse. »Redest du mit mir?«

»Die Menschen und die Mutunusu fressen den Wald.« Taga Miwitu, dessen Worte sonst so gern von feinem Spott durchzogen waren, sprach mit grabesfinsterer Stimme. »Wo sollen die Norger hin, wenn nichts euren Hunger stillt? Wie sollen die Stämme freundlich bleiben, wenn ihr euch vor ihren Hütten erleichtert und ihnen sagt, sie sollen sich an dem Gestank erfreuen?«

Galla lachte glockenhell auf. »Ach, verschon uns mit deiner Düsternis, Ork. Auch unsere Heimat war einst bewaldet und die Heimat wilder Tiere. Und hat es Taurar geschadet, dass kein Fleck darauf mehr ungezähmt ist? Wenn du je auf der Silbernen Insel gewesen wärst, hättest du schon längst selbst zur Axt gegriffen, um diesen endlosen Forst zu roden.«

Taga Miwitu bedachte sie bloß mit einem gebleckten Hauer und einem schnarrenden Knurren.

Als sie den Waldrand erreichten, begann Rutgar, nach den charakteristischen Lauten eines Schlachtengetümmels zu lauschen, doch er hörte nur das Klopfen eines Spechts. Wenn nicht auch das Wiehern eines Pferdes gewesen wäre, hätte er fast geglaubt, der Orkspäher würde sie in eine falsche Richtung führen. Dann vernahm er plötzlich zornige Stimmen, das Scharren von Hufen und das Klirren von Rüstungen.

Vor ihnen tauchte das Dorf auf. Das Erste, was davon zu sehen war, war eine übermannshohe Dornenhecke rings um die gesamte Siedlung, die Raubtiere fernhielt. Hinter dem Dickicht erhoben sich in unregelmäßigen Abständen hölzerne Plattformen, die mit einigen Zugeständnissen als Wachtürme durchgingen. Das krude, aus Ästen zusammengezimmerte Tor stand weit auf. Dahinter gruppierten sich um einen vielleicht vierzig Schritt durchmessenden Platz, auf dem die Orks abscheuliche Götzenbilder aufgestellt hatten, rund ein Dutzend Lehmhütten mit Kuppeldächern und geflochtenen Grasmatten als Türen und Fenster. Zwischen den Hütten waren kleine Beete mit Kräutern und Gemüse, die dem Geruch nach zu urteilen mit frischen Exkrementen gedüngt wurden.

Rutgar sah dünne Rauchfäden von einigen Dächern aufsteigen, als wäre das Feuer in den Öfen darinnen eben erst gelöscht worden. Er sah ein klauenartiges Grabwerkzeug zum Jäten von Unkraut neben einem Kürbis in der Erde stecken. Er sah drei, vier Schalen mit Brei auf einem flachen Tisch vor einem der Häuser stehen. Er sah auf einer Bank neben einem der Beete einen Rock aus Leder liegen, in dem noch die Nadel steckte, mit der jemand begonnen hatte, einen kleinen Riss zu nähen. Er sah Jarold, die Ritter und die Soldaten, wie sie offenbar gerade dabei waren, Hütte für Hütte abzusuchen. Er sah ihre Reittiere über das Gelände verstreut auf der Suche nach besonders schmackhaften Gewächsen oder vergessenen Fleischhäppchen umhertrotten. Was er nicht sah, waren Orks. Das Dorf schien völlig verlassen. Über allem hing jedoch der süße Gestank einer eigentümlichen Fäulnis, als wäre eine riesige, unsichtbare Bestie irgendwo im Dorf verendet und verweste nun vor sich hin.

Jarold trat aus einer Hütte, bemerkte Rutgar endlich und stiefelte wutschnaubend auf ihn zu. »Diese Feiglinge! Diese verfluchten Feiglinge!«

»Was stinkt hier so?«, fragte Rutgar in der Hoffnung, den Zorn seines Bruders ein wenig zu dämpfen. »Da dreht sich einem ja der Magen um. Und davon hatte ich in letzter Zeit wirklich genug.«

»Das sind die hier.« Jarold wies auf eines der Götzenbilder. »Wer stellt sich so etwas freiwillig an einen Ort, an dem er wohnt?«

Rutgar kniff die Augen zusammen, denn inzwischen war die Nacht schon so weit hereingebrochen, dass alle festen Konturen zu blauen Schemen verwischten.

»Erlaubt mir bitte.«

Hell erstrahlte ein Leuchtstein aus weißem Skaldat eine Armeslänge von Rutgars Kopf entfernt und riss die Götzen aus dem trüben Halbdunkel.

»Vielen Dank.« Rutgar drehte sich absichtlich nicht zu dem Mann um, der da wieder einmal wie aus dem Nichts aufgetaucht war, um ihm Licht zu spenden. *Ob du nun ein Unsterblicher vom Alten Geschlecht bist oder nicht – ein Schausteller vor den Göttern bist du auf jeden Fall.*

Die Götzen sahen noch schlimmer aus, als sie rochen. An ein Gerüst aus mit schleimigem Schimmel überzogenen Knochen waren faulige Fleischbrocken angebracht, in denen es vor Maden wimmelte. Die widerlichen Hinterlassenschaften waren von grob menschenähnlicher Form – aus einem plumpen Rumpf sprossen zwei dünne Arme und zwei viel zu dicke

Beine. Die Köpfe waren löchrige braune Leinensäcke – eindeutig etwas, was die Orks nicht selbst hergestellt hatten –, die mit blutigen Daunen gefüllt waren. Als Augen dienten echte, am Stoff festgenähte Augäpfel, von denen Rutgar hoffte, dass sie einem Tier gehört hatten. Als Haare reichten einige schwarze Strähnen, die sich ein Ork abgeschnitten haben musste, und über das, was bei einem echten Menschen die Stirn gewesen wäre, verlief ein dünner Strich gelber Farbe. Die Erkenntnis, wen diese Totems abbilden sollten, traf Rutgar wie ein Blitz.
»Das bist du, Bruder.«
»Erzähl keinen Unsinn.« Jarold sah trotzdem genauer hin, Mund und Nase in die rechte Ellenbeuge gedrückt. »Das kann nicht sein.«
»Doch. Das da ist doch eindeutig deine Krone.«
»Fragen wir unsere Schamanin«, kündigte Jarold an, doch er kam nicht dazu, denn ein klagendes Stöhnen und der laute Ruf »Majestät!« verhinderten es.
Aus einer Hütte, über deren Eingang der Schädel eines Wolfs hing, neben dem zu Lebzeiten selbst ein Tier wie Wühlzahn oder Zwingpracht wie ein Zwerg gewirkt hätte, tauchte Leviko auf. Der Seneschall stützte gleich zwei Mann auf einmal, die ihm links und rechts an den Armen hingen. Rutgar erkannte sie als die beiden Unterhändler, die Jarold entgegen allen Warnungen in das Dorf entsandt hatte: zwei Gardisten mit Wurzeln in dieser Provinz, die von Leviko als vertrauenswürdig eingestuft worden waren.
»Majestät«, keuchte der eine, als sie heran waren. Er hatte eine prächtige Beule an der Stirn, wirkte ansonsten aber unversehrt. »Ihr müsst uns verzeihen. Wir haben versagt.«
»Was ist hier geschehen? Und wo sind die ganzen Orks?«
»Wir haben uns ihnen vorgestellt, wie Ihr es uns aufgetragen hattet«, antwortete der andere Unterhändler, der sich die Seite hielt und dem zwei Schneidezähne im Oberkiefer fehlten. »Dass Ihr sie als Eure Untertanen annehmen wollt. Da wurden sie zornig. Sie hätten ihren eigenen Anführer, sagten sie.

Sie würden Euch lehren, was es heißt, den Orks das Joch der Hauerlosen überstreifen zu wollen, sagten sie.«

»Dann haben sie uns so lange geprügelt, bis wir die Besinnung verloren«, fuhr der mit der Beule fort. »Als wir zu uns kamen, lagen wir gefesselt in der Hütte ihres Häuptlings. Vielleicht war es auch ihre Schamanin. Ich weiß es nicht genau. Sie waren noch nicht alle fort, aber wir haben sie gehen hören. Zum Schluss waren nur noch Alte und Kinder da, und die gingen dann zuletzt. Wir dachten schon, sie würden irgendein Ritual vorbereiten, bei dem sie uns opfern wollen. Oder dass sie uns verhungern lassen würden.« Der Mann fiel auf die Knie, fasste nach dem Saum von Jarolds Umhang und küsste ihn. »Den Untrennbaren sei Dank seid Ihr gekommen, uns zu retten, mein König.«

Jarold wartete, bis der Misshandelte sich wieder erhoben hatte, und trug zwei der Gardisten auf, die beiden befreiten Gefangenen mit Wasser zu versorgen. Dann wandte er sich zu Rutgar und seinen Begleitern um. »So behandelt man keine Menschen, die unter meinem Schutz stehen.« Jarold hatte einen Tonfall gewählt, der von persönlicher Kränkung zeugte – so hatte er auch geklungen, wenn ihm daheim auf Taurar ein Rivale die Herzensdame vor den Lippen weggeschnappt hatte. »Sie wollen nicht meine Untertanen sein? Sie glauben, meine Herrschaft wäre ein Joch? Gut.« Er spie aus. »Ich werde ihnen zeigen, wie ein Karridakis auf eine Schmähung antwortet. Ich werde sie restlos auslöschen. Das schwöre ich.«

Bei dieser Ankündigung, die nichts als Unheil bringen konnte, hegte Rutgar mit einem Mal einen ketzerischen Gedanken: *Die Götter sind mir immer noch nicht hold, trotz meines Eifers bei den Akten der fleischlichen Dankbarkeit, die ich mit dem Tempelmops seit Kurzem vollziehe.*

Kaimu Kala stellte sich Jarold mutig entgegen, einen Finger belehrend erhoben. »Die Krieger, die gestorben sind, waren keine Mörder. Sie wollten nur einen Kondobandia.«

»Einen was?«

»Einen Kampf unter Stellvertretern«, stand Taga Miwitu der Schamanin bei. »Sie hatten ihre besten Krieger geschickt, damit du deine besten Krieger gegen sie kämpfen lässt. Wer gewinnt, bekommt recht. Wer verliert, tut, was der Sieger will. So löst man unter uns Zwiste.«

»Was für ein Firlefanz!«, empörte sich Jarold. »Warum haben sie das nicht gesagt? Warum haben sie stattdessen den armen Brekk erschlagen?«

»Das war ...« Taga Miwitu zuckte mit den Achseln. »Das war ein Versehen. Sie haben sicher geglaubt, er greift sie an.«

»Er hatte doch nicht einmal eine Waffe.« Jarold winkte kopfschüttelnd ab. »Nein, nein. Versucht nicht, mich zu beschwichtigen. Ich will nichts mehr davon hören. Ihr seid doch alle gleich. Wie tollwütige Hunde. Unberechenbar.«

»Du weißt, dass das nicht wahr ist.« Kaimu Kala legte bittend die Hände aneinander. »Du weißt, wer da aus dir spricht.«

»Aus mir spricht der Mann, der nicht dulden wird, dass irgendwelche dahergelaufenen Orks ungesühnt einen Mann wie Brekk Sokatteris umbringen, während ich tatenlos danebenstehe«, eiferte sich Jarold und schlug die Hände der Schamanin beiseite. »Und nun hört auf, mich umstimmen zu wollen oder mir einzuflüstern, ich sei nur die Marionette eines ausgedachten Wurmdämons.«

»Ich wusste gar nicht, dass dir so viel an Brekk liegt«, sagte Rutgar vorsichtig.

»Muss ich dir denn eigentlich alles erklären?«, fauchte Jarold. »Hast du deinen Verstand auf Taurar gelassen? Was glaubst du wohl, welches Bild von mir bei meinen neuen Untertanen entsteht, wenn ich nicht einmal die Leute, die ich aus meiner alten Heimat mitgebracht habe, vor den Umtrieben bösartiger Orks beschützen kann? Wenn ich den Orks die Hand in Frieden reiche und sie mir dafür einen Finger abschlagen? Nein, Bruder, ich kann nicht anders. Ich muss jetzt Stärke zeigen. Stärke und Härte. Selbst wenn ich noch nicht weiß, wie ich einem Feind beikommen soll, der sich vor mir in den Wald verkriecht, anstatt sich mir auf offenem Feld zu stellen.«

»Da wüsste ich womöglich Abhilfe, Majestät«, meldete sich Galla zu Wort. Wie ein Schatten schwebte sie heran und schob sich zwischen die Orkschamanin und den König. »Ihr habt eine Waffe, wenn Ihr nur bereit seid, sie einzusetzen.«

»Ach?« Jarold rieb sich das Kinn. »Wovon sprichst du da, gute Frau?«

»Das rote Skaldat, das wir mit uns führen. Seine Macht ist … immens.« Gallas Stimme war heiser vor kaum gezügelter Erregung. »Seine Zerstörungskraft sucht in der ganzen Welt ihresgleichen. Man muss nur den Mut haben, diese Waffe zu führen. Sie ist nichts für Schwächlinge. Sie ist etwas für … Visionäre.«

»Das könnt ihr nicht tun.« Kaimu Kala war blass, und ihre Unterlippe bebte. »Ihr würdet die Geister erzürnen.«

»Schweig, du dummes Weibsstück!« Jarold lachte. »Du und dein Volk, ihr hattet eure Chance. Und ihr habt sie ausgeschlagen.« Der König wandte sich wieder an die Alchimistin, um ihr eine Frage zu stellen, bei der Rutgar der Atem stockte. »Diese Waffe … würde ihre Macht ausreichen, den Baum zu vernichten, von dem diese Wilden glauben, er hielte das Gefüge der Welt zusammen?«

20

*Wer nach Skogarjathar geht, sucht nach Ruhm und
Ehre. Wie bedauerlich, dass beide in ganz Westborn
so spärlich gesät sind.*

Aus *Die zwölf großen Reisen
einer ehrenwerten Marketenderin*

»Nasta? Nastasira!«

Die Ritterin schreckte hoch und rieb sich kräftig die Lider. Als sie die Hände wieder sinken ließ, blickte sie in die vorwurfsvollen und besorgten Mienen von Leviko, Rutgar und Jarold.

»Verzeiht bitte«, murmelte sie und tröstete sich mit dem Gedanken, dass zumindest in den hellen Augen des Königs nicht der geringste Groll glomm. Sie griff nach dem Krug mit warmem Bier, der auf der Armlehne des Stuhls stand, auf dem sie eingeschlafen war. Zwei Schlucke später fühlte sie sich wach genug für die auf dem Tisch ausgebreitete Karte. Sie konnte nicht allzu lange geschlafen haben, denn noch immer war die Strecke, die der Tross in den vergangenen Tagen zurückgelegt hatte, mit einer roten Kordel markiert. Nachdem sie Brekk Sokatteris und die Köchin Wiborna unter einem Haufen eilig aufgeschichteter Steine bestattet hatten – sie hatten kein Fass Honig dabei, in dem sie die Leichname sonst hätten befördern können, ohne dass sie zu sehr verwest wären –, waren sie auf dem schnellsten Weg in Richtung der nächsten größeren Siedlung aufgebrochen. Und diese Route hatte Nasta einiges abverlangt. Die langen Nachtwachen und ständigen Spähritte, die sämtliche Ritter auf sich genommen hatten, waren dringend erforderlich gewesen – nur so ließ sich sicherstellen, dass sie nicht außerhalb fester Mauern in einen Hinterhalt der Orks gerieten. Doch alles war ruhig geblieben, und so waren sie nun hier: in Skogarjathar, einer Wallfürstenstadt am Rand jenes Waldes, in dem angeblich der heilige Baum der Orks stand. In einer Stadt, die für nichts anderes berühmt war als dafür, dass – laut einer uralten und unter Halblingsrittern gern gesungenen Ballade – jeder aufrechte Streiter für das Reich, der danach strebte, einen guten Tod zu sterben, nur von hier aus in den Orkenforst aufzubrechen brauchte. Wer dies tat, so hieß es in dem Lied, der brauchte den Tod nicht mehr zu suchen – der Tod fand ihn rasch von selbst.

Nasta wurde gewahr, dass jemand sie beobachtete, und sie schaute auf. Jarold musterte sie eingehend, mit dem Anflug eines Lächelns auf den Lippen. »Sollen wir vielleicht lieber eine Pause einlegen?«

»Das wird nicht nötig sein.« Sie reckte sich einmal kräftig, dass ihr die Wirbel im Rücken knackten. »Diese ganze Angelegenheit duldet keinen Aufschub. Das Überraschungsmoment ist unser größter Vorteil.«

»Ach?« Jarold schürzte in spielerischem Spott die Lippen. »Ich hätte gedacht, unser größter Vorteil wäre die Wachsamkeit meiner schönsten Streiterin. Schade, dass sie auf eine Pause verzichten will. Ich hätte sie gern mit ihr verbracht. Aber … nun, vergessen wir das. Fürs Erste.« Er schlug auf seinem Reisethron – kaum mehr als ein purpurgepolsterter Hocker mit Armlehnen – gelassen die Beine übereinander. »Und nun sprich«, bat er dann seinen Seneschall. »Wiederhole doch bitte noch einmal die Angaben zu unserer Truppenstärke, Leviko.«

»Wir haben die Ritter«, erklärte der bärtige Hüne und durchmaß dabei den Schankraum des Gasthauses, in dem sie Kriegsrat hielten, mit großen Schritten. »Unsere fünfzehn Sunnastader Gardisten, mich und Taga Miwitu. Sowie die eingeforderten Teile des stehenden Heeres von Hedskilde und Skogarjathar. Macht zusammen knapp vierzig Mann.«

Rutgar runzelte die Stirn. »Das ist nicht gerade eine imposante Streitmacht.«

Jarold nickte. »Können wir das verstärken? Truppen ausheben lassen? Oder Boten zu den anderen Wallfürsten schicken und dort stehendes Heer einfordern?«

»Ich möchte Euch bitten, das noch einmal zu überdenken, Majestät«, meldete sich Nasta zu Wort und versuchte, keinen weiteren Gedanken mehr daran zu vergeuden, ob der König das eben erfolgte Angebot an sie tatsächlich ernst gemeint haben könnte. »Aushebungen unter den Bewohnern Westborns und das Einfordern von Truppen bei Wallfürsten, die Euch noch nicht kennengelernt haben, würde dem zuwiderlaufen, was ich als Eure eigentliche Absicht verstanden habe. Ihr wollt Euch einen Namen als Herrscher machen, der gütig zu seinen Untertanen, aber hart zu seinen Feinden ist ... zumindest habe ich Euer Handeln bisher so gedeutet. Wenn Ihr Bürger ans Schwert und Wallfürsten zur Kasse befehlt, ehe sie sich ein Bild von Euch und Eurer wahren Art machen konnten, lauft Ihr Gefahr, dass man Euch für kriegslüstern hält.«

Jarold hatte ihr aufmerksam gelauscht, doch ehe er antworten konnte, sprach Leviko bereits: »Erstens das, und zweitens braucht man für unsere Strategie gar keine weiteren Truppen.«

Der König hob die Brauen und wandte sich dem Seneschall zu. »Und was ist ... unsere Strategie?«

Leviko lehnte sich über die Karte und tippte auf die große grüne Fläche, die den Skogar darstellte – jenen tiefen Forst, in dem der Weltenbaum wuchs. »Wir müssen heimlich vorgehen, wenn wir Erfolg haben wollen. Wir wissen nicht, wie viele Orkstämme in diesem Wald hausen, wo sie hausen, wie das Gelände beschaffen ist oder wo der Baum steht, den wir suchen. Falls Taga Miwitu uns nicht einen gewaltigen Bären aufbindet. Aber nehmen wir an, der Schweinemann sagt die Wahrheit und wegen des Wirkens dieses Wurmgeists besteht die Gefahr, dass einem die Sinne verwirrt werden. Im Grunde führen wir einen heimlichen Spähmarsch durch, der an seinem Ende sofort zu einem Angriff werden muss. Mit der Skaldatbombe eben.« Leviko befeuchtete seine Kehle mit einem tiefen Schluck aus einem Bierkrug. »Wir müssen schnell und leise sein. Mit einem großen Heer ist das kaum zu machen. Und die wenigen Truppen, die wir haben, sollten geübt mit ihren Waffen sein. Denn wenn wir entdeckt werden, müssen wir schnell dafür sorgen, dass niemand von unserer Anwesenheit erfährt.«

Jarold nickte ernst und schaute ins Leere.

»Außerdem müssen alle, die nicht kämpfen können, unbedingt hier in Skogarjathar bleiben«, betonte der Seneschall. »Wir können uns keinen großen Gesindezug leisten, und mit Wagen ist der Wald ohnehin nicht zu befahren. Jeder muss Ausrüstung und Verpflegung selbst tragen.« Er zuckte mit den Schultern und lehnte sich zurück. »Das ist mein Vorschlag dazu.«

Jarold blickte zu Rutgar. Der Zwilling des Königs nickte Leviko zu.

»Und genauso werden wir verfahren«, legte Jarold fest. »Mit zwei Ergänzungen. Ich werde kein Gepäck tragen. Ich verlange, dass Heptisax mitkommt und das für mich tut.« Rutgar verdrehte die Augen, sagte aber nichts. »Und wir nehmen außerdem Kaimu Kala mit. Wir benötigen ihr Wissen über die Bräuche der Orks.« Dann prostete er Leviko zu. Dieser nickte, und die Steinkrüge klirrten.

Nasta hüpfte von ihrem für einen Halbling viel zu hohen Stuhl auf den Boden und ging zur Theke hinüber, um sich den Krug wieder aufzufüllen. Der König hatte das ganze Gasthaus nebst Hof und Stallungen für sich in Anspruch genommen und die Wirtsleute mitsamt ihren Angestellten hinauskomplimentiert. Das bedeutete, dass Geheimnisse hier zwar sicher waren, die Bedienung jedoch selbst erledigt werden musste.

»Ich bin immer noch nicht begeistert, dass du mit auf diesen Feldzug gehen möchtest«, murrte Rutgar. »Kannst du es nicht halten wie ein vernünftiger Herrscher und ganz weit zurückbleiben? Hier in der Stadt zum Beispiel.«

»Bruder, ›vernünftig‹ ist hier etwas ganz anderes als daheim. Wir sind nicht mehr in Taurar, wo Kriege mittels gedungener Mörder in den Schatten geführt werden, deren Auftraggeber im Wasser der Thermen dümpelnd auf die Ergebnisse warten. Das ist Westborn, wo die Könige aus den alten Legenden an der Spitze ihrer Krieger wider den Feind ritten! Und genauso werde ich es halten.«

Rutgar antwortete nicht, sondern schloss halb die Augen und nahm den letzten Schluck von seinem Bier.

Jarold schien davon keine Notiz zu nehmen und wandte sich an Leviko. »Und wie steht es um das wichtigste Werkzeug unseres Feldzugs – den Skaldatsprengsatz?«

Leviko zuckte mit den Achseln. »Ich habe seit gestern nichts mehr von Galla gehört. Da wir aber alle noch am Leben sind, glaube ich, es läuft wohl gar nicht so schlecht.«

Nasta lachte und bemerkte zu spät, dass sie die Einzige war, die den Galgenhumor des Seneschalls zu schätzen wusste. Rutgar und Jarold schwiegen und sahen Leviko ernst an.

»Wir könnten drüben bei ihr vorbeischauen«, schob der Seneschall eilig nach.

»Drüben« – damit waren die Stallungen am anderen Ende des großen Hofs gemeint. Die Tatsache, dass dort eine Sorgsame Künstlerin mit rotem Skaldat arbeitete, hatte dafür gesorgt, dass im gesamten Gebäude nicht ein einziger Zugochse untergestellt worden war. Alle Tiere, Kutschen und Wagen waren in großzügigem Abstand auf einer angrenzenden Weide untergebracht. Dementsprechend war der Hof erstaunlich leer und füllte sich nur zu den Essenszeiten: Dann wurde der Tross aus den Küchen des Gasthauses von jenen seiner Mitglieder bewirtet, die sich am ehesten befähigt fühlten, die verstorbene Wiborna Kuscharka zu vertreten. Jidolo Jid hatte im Gedenken an seine Geliebte die Führung über dieses tapfere Grüppchen übernommen, das weitaus mehr Klagen als Lob zu hören bekam. Der Vorkoster hatte sich als Zeichen der Trauer ein schwarzes Tuch um den Schädel gewunden, und dennoch hieß es, das meiste Salz im Essen stamme nicht aus Wibornas Kochschrank als vielmehr von Jidolos Stirn.

Gemeinsam marschierten Nasta, Leviko und die königlichen Zwillinge auf die still daliegenden Stallungen zu. Auf ihrem Weg begegneten sie nur Heptisax, der unter dem Vordach des Gasthauses einige Böcke aufgestellt hatte, um den Pelzen und dem Mantel des Königs mit einem Klopfer zu Leibe zu rücken. Jarold hatte gleich im Anschluss an das unglückliche Dahinscheiden von Brekk Sokatteris dem Kammerdiener angeboten, in seine eigenen Dienste zu treten, und Nasta konnte dem König diese Entscheidung nicht verübeln. *Auch wenn er nicht viel sagt, macht er doch immer ein freundliches Gesicht. Und wir können ihn ja schlecht zurück auf die Silberne Insel schicken. Dazu sind wir schon zu weit vom nächsten Hafen entfernt, wo er sich eine Überfahrt in die Heimat hätte organisieren können. Ganz zu schweigen davon, dass der Rückweg durch ein Gebiet geführt hätte, in dem wir am eigenen Leib erfahren mussten, dass dort mit Orküberfällen zu rechnen ist. Nein, Jarold hat eine weise Entscheidung getroffen. Trotz all seiner Schwächen schlägt eben ein gutes Herz in seiner Brust. So kann sich Heptisax im Dienst an einem neuen Herrn weiterhin nützlich machen, anstatt dass ihn ein skrupelloser Kapitän auf dem nächsten Sklavenmarkt verkauft oder ein grausamer Ork ihn auffrisst.*

Der Geruch nach Tieren, Stroh und Heu hatte sich nicht aus den Stallungen vertreiben lassen. Nasta atmete tief ein, als sie eine Öllampe entzündete, um den Weg bis zur Sattelkammer zu beleuchten. Dort hatte Galla Piparion ihr provisorisches Laboratorium eingerichtet.

Jarold klopfte an, und nach einer Weile öffnete sich die Tür. Mit der verschleierten Alchimistin trat jener scharfe Geruch nach draußen, den Nasta bereits aus den roten Höhlen unter Hedskilde kannte.

Neugierig lugte sie durch den offenen Spalt ins Innere. Unter der Decke erstrahlten derart viele und helle Laternen, dass kein

Schatten in der Kammer überdauern konnte. Offensichtlich hatte Galla den Raum nicht nur vollständig ausräumen, sondern auch aufs Gründlichste wienern lassen. Der Boden war so rein gefegt, dass man davon hätte essen können. Die Haken an der Wand, die für gewöhnlich Zaumzeug, Sättel und Halfter hielten, waren nun mit eigenartigem Werkzeug bestückt. Nasta erspähte Kolben, spiralartige Gebilde und filigrane Sporne, gefertigt aus Glas, Metall oder einem bleichen Material, das an Knochen erinnerte.

Schon fiel die Tür wieder ins Schloss, und Gallas verschleiertes Gesicht wandte sich dem König zu. Sie verneigte sich tief und begann sofort Bericht zu erstatten. »Ich stehe vor mehreren Problemen, Majestät, für die ich noch Lösungen erarbeite und unter gesicherten Bedingungen erprobe. Natürlich steht mir kein ordentliches Laboratorium zur Verfügung, weswegen alles länger dauert. Ich bitte deshalb untertänigst um Verzeihung.« Sie legte die behandschuhten Hände ineinander und fuhr fort. »Kein gewöhnliches Behältnis könnte erwecktes rotes Skaldat sicher genug umschließen, um es durch einen Wald zu befördern. Für einen Wagen auf einer Straße mag das Wasserfass gerade noch herhalten, aber für unebenes und unübersichtliches Gelände ist es zu gefährlich. Akzeptabel wäre ein Kanister aus massivem Metall. Blei beispielsweise – und das ist aus offensichtlichen Gründen nicht möglich. Zwei, höchstens vier Personen müssen den Sprengsatz immerhin bequem anheben können, um ihn – womöglich während eines laufenden Gefechts – an den Baum zu bringen. Zur Gewährleistung einer gefahrlosen Überbringung muss ich daher blaues Skaldat aus meinen eigenen Vorräten einsetzen. Zur Konstruktion eines leichten, aber belastbaren Behältnisses. Blaues Skaldat ist die einzige Möglichkeit, rotes Skaldat in Schach zu halten, da es seine Wirkung stark einschränkt und in der passenden Menge sogar kurzfristig aufhebt.«

Nasta nickte. Jeder wusste, wie viel Skaldat wert war. *Sie wirft hier nicht nur ihr Wissen, sondern auch einen beträchtlichen Teil ihres Vermögens in die Waagschale. Alles, damit Jarolds Plan aufgeht ...*

»Mir ist vor allem wichtig, dass Ihr Euch sputet«, schnitt Jarold die Erläuterungen ab. »Ihr arbeitet schon fast acht Tage an dem Skaldat. Beeilt Euch damit. Der Tross wartet. Ich mit ihm – und ich warte nicht gern.«

Galla Piparion war wie erstarrt, und Nasta war sich sicher, dass der Schleier, der ihre Gesichtszüge verbarg, ihr in diesem Moment gute Dienste leistete. »Verzeiht, Majestät. Ich beeile mich.«

»Das will ich hoffen.« Jarold wandte sich ohne weitere Worte um. Nasta musste sich beeilen, um dem König den Weg zu leuchten. Vor Verblüffung hätte sie ohnehin keinen Ton herausgebracht. *Weshalb ist er auf einmal so unhöflich? Habe ich ihn vielleicht mit meiner Weigerung, ein wenig Zeit mit ihm zu verbringen, so sehr verärgert?*

Draußen eilte Jarold mit großen Schritten in Richtung des Gasthauses davon, und Rutgar und Leviko folgten ihm auf dem Fuße. Nachdenklich löschte Nasta die Lampe und hängte sie an ihren Haken. Jarold hatte einen schlechten Tag. Das war die beste Erklärung. Immerhin war die Anspannung groß, der Tross stand schon lange still, und alle schmorten im eigenen Saft. Nasta wischte sich gähnend über die Augen. Ihr war nach einem weiteren Bier.

Insgeheim hatte sie gehofft, in der Schankstube die königlichen Zwillinge anzutreffen, doch diese war inzwischen von den anderen Rittern in Beschlag genommen worden: Gemeinsam saßen sie um den Kartentisch herum und prosteten einander zu. Die beiden Hunde lagen neben ihren Reitern. Zwingpracht gab sich folgsam, während Wühlzahn wieder und wieder versuchte, unter den Tisch zu kriechen – was Jesche strengstens unterband, da das Tier ansonsten die Platte von den Beinen gehoben hätte. Bokian, dessen zerschmetterte Finger dank einer stinkenden Salbe aus dem Fundus der königlichen Leibärztin unter dem dicken Verband gut verheilten – ja, die alte

Kreva hielt eisern an ihrem Titel fest –, stand auf einem Stuhl und stieß seinen Steinkrug in Richtung Decke. »Auf den König! Auf die Vernichtung des Baumes! Auf so viele Orkhauer, dass ich mir zwei neue Rüstungen damit besetzen kann!« Er legte den Kopf in den Nacken und leerte den Krug unter dem Johlen der anderen.

Nur Uschkar saß zurückgelehnt mit vor der Brust verschränkten Armen. »Du hast gut reden«, schmollte er. »Zwingpracht leidet noch immer schwer unter seiner Wunde. Wer weiß, ob er bis dahin wieder gesund wird!«

Der grau gelockte Hund hechelte freundlich und mit wachen Augen in die Runde. Ein mit gelbem Kräutersaft eingeriebener Umschlag zierte seine Flanke. Als das Tier seinen Namen hörte, wedelte es zaghaft mit dem Schwanz.

»Ja, sieh dir das Leid dieses Tiers nur an, Bruder.« Jesche schmunzelte, eine Hand in theatralischem Entsetzen am Busen, die andere als Stütze auf der Tischkante, um ihre verletzte Seite zu schonen. »Dein süßer Hund sieht trotzdem so aus, als könnte er noch mehr Orks reißen als du!«

Alle lachten. Nasta wollte sich mit ihrem Krug wieder den Fässern unter der Theke zuwenden, als sie bemerkte, dass Bik sich zu ihr gesellt hatte. Der Hirschreiter sah sehr ernst aus. »Hast du einen Augenblick Zeit für mich, Nasta?«

Er bat sie auf den Gang hinaus, der hinter der Gaststube zu den Zimmern führte. Bis auf einen Farn, der in seinem Tontopf in einer Ecke vor sich hin welkte, waren sie allein.

»Ich mache mir Sorgen«, begann er und steckte die Hände in die Taschen. »Dieser Feldzug gegen den heiligen Baum der Orks … das klingt … selbstmörderisch.« Er blickte auf den staubigen Bretterboden und suchte nach Worten, ehe er fortfuhr. »Wir sind wenige, wir haben keine Ahnung, wo der Baum genau ist, und wenn wir auch nur einen Herzschlag lang nicht aufpassen, stehen wir mitten in einem Orkstamm!«

Nasta legte ihm beruhigend eine Hand auf die Schulter. Sein Blick hellte sich auf, und er hob den Kopf. »Glaube mir«, sagte sie mit sanfter Stimme, »Leviko weiß das, und er hat an alles gedacht. Natürlich wird es schwierig werden, und natürlich müssen wir achtgeben. Aber das ist doch immer so gewesen.« Sie lächelte ihn aufmunternd an. »Und immer waren wir gut genug.«

»Ja. Ja, ich weiß«, murmelte Bik. »Aber, worauf ich hinauswill ... bitte geh nicht mit.«

Nasta zog die Stirn kraus. »Wie bitte?«

Bik hob beschwichtigend die Hände. »Nicht, weil ich dich für schwach halte! Ganz im Gegenteil. Du bist nicht nur mutig, sondern auch besonnen. Und das fehlt uns anderen oft. Jeder kennt dich als treue Ritterin an der Seite von mittlerweile zwei Königen. Auch die Wallfürsten sehen dich so. Wenn dir etwas zustößt ...«

»Bikschavost!«, unterbrach sie ihn ernst. »Mir wird nichts zustoßen. Und Jarold auch nicht. Unter Jarolds Führung werden wir ...«

»Hör mir endlich auf mit Jarold!«, donnerte Bik, die Hände zu Fäusten geballt. »Mir ist vollkommen gleich, was mit diesem hochnäsigen Popanz wird! Er hat einen Bruder und eine Schwester, die die Linie fortsetzen können, wenn sie denn wollen. Aber du? Wenn du stirbst, dann ...«

»Es reicht!« Nasta stieß ihn mit beiden Händen von sich fort. Der Hirschreiter riss entsetzt den Mund auf und prallte mit den Waden gegen den Farntopf. Mit rudernden Armen hielt er das Gleichgewicht. »Dir ist gleich, was aus unserem König wird? Soll ich dich ab jetzt etwa Anjo nennen? Wenn ich noch so ein Hirngespinst über einen Halbling auf dem Thron höre, muss ich kotzen! Und zwar im breiten Strahl!«

Sie wandte sich um und stürmte davon, die Zähne fest zusammengebissen, Tränen der Wut in den Augen. *Haben hier denn alle den Verstand verloren?*

»Nasta, aber ...«, hörte sie Bik noch schwach rufen. Dann knallte sie die Tür zur Schankstube hinter sich zu und versank im blutrünstigen Gesang der Ritter.

21

Auf ewig hat dies Reich Bestand!

Inschrift auf vielen verwitterten Steintafeln
unbekannter Herkunft

Rutgar schlug die Augen auf, als er seinen Bruder nicht mehr atmen hörte. Er griff nach rechts – dorthin, wo Jarold neben ihm unter dem einfachen Unterstand aus einer Astgabel und einem Stück Öltuch gelegen hatte. Er fasste ins Leere. Die Decke, auf der sich der König fest in seinen Mantel gewickelt hatte, barg noch einen letzten Rest Wärme.

Rutgar seufzte. *Er kann noch nicht lange fort sein.* Er hätte ihm nie von den Tricks erzählen dürfen, mit denen man es schaffte, einen im Halbschlaf vor sich hin dämmernden Leibwächter zu überlisten. Sich zu Beginn nur ein winziges Stück von seinem Aufpasser wegzubewegen, in kriechenden und scheinbar zufälligen Bewegungen; darauf zu achten, weiter gleichmäßig zu atmen, als würde man tief und fest schlummern. Ja, er hätte Jarold nie davon berichten sollen. Aber so war es nun einmal mit ihnen beiden: Sein Bruder beherrschte die Kunst, das schmeichelhafte Gefühl auszulösen, dass man ihm alles anvertrauen konnte.

Diese hinterlistige Ratte! Rutgar dachte ernsthaft darüber nach, Jarold ein Glöckchen um den Hals zu binden – oder besser noch: sich seine Fußknöchel mit einem Strick ans Handgelenk zu binden. *Dann hat es sich mit deinen unangekündigten Ausflügen, mein Freund.*

Rutgar brummte verärgert. *Wann wirst du endlich verstehen, dass ich es nur gut mit dir meine? Dass es töricht ist, sich ohne ein Wort der Warnung von mir zu entfernen? Insbesondere in feindlichem Revier – denn wenn dieser verfluchte Wald eines ist, dann genau das! Hinter jedem Baum kann ein Ork oder ein wildes Tier lauern, und wenn man den Geschichten glaubt, die die einfachen Soldaten im Flüsterton austauschen, dann sind das noch die gewöhnlicheren Gefahren hier.* Man musste hier immer die Augen offen halten, hieß es unter ihnen, denn wer mit geschlossenen Augen einen Schritt machte, konnte vom einen auf den anderen Augenblick spurlos verschwinden. Wer sich zu lange an einen Baum lehnte, verwuchs mit dessen Rinde oder wurde vom Stamm verschluckt – je nach Spielart des Gerüchts. An manchen Ästen wuchsen Blätter aus Stahl mit messerscharfen Rändern, die einen in Fetzen schnitten, wenn dieses Laub nach zu großen Erschütterungen des Waldbodens auf einen herabfiel. Und so weiter und so fort. Rutgar gab nicht viel auf dieses Gerede. Für ihn war es nur die schlichte Angst vor dem Unbekannten, die die Vorstellungskraft zu perversen Meisterleistungen anspornte.

Er stand auf und ging zu einem der wachhabenden Soldaten, der am äußersten Ring ihres kleinen Lagers angestrengt in die Dunkelheit hinausstarrte. »Habt Ihr den König gesehen?«

»Ja, Herr«, wisperte der klein gewachsene Mann mit dem grau gesprenkelten Vollbart unter seinem Topfhelm hervor. »Das war vor ...« Er überprüfte rasch den Ölstand an der winzigen Laterne, die von der Spitze seiner Hellebarde baumelte. »... vor gut einer Stunde.«

Angesichts des gehetzten Blicks in seinen Augen ahnte Rutgar, warum der Kerl so flüsterte. Es hatte weniger mit Rücksichtnahme gegenüber seinen schlafenden Kameraden zu tun als mit der Furcht, zu lautes Sprechen könnte die Aufmerksamkeit eines gefährlichen Waldbewohners wecken, der schon ums Lager herumstrich. »Und?«, half Rutgar dem Wächter auf die Sprünge. »Weiter?«

»Ihr braucht Euch nicht um unseren Gebieter zu sorgen, Herr.« Die Wache stützte sich auf ihre Hellebarde. »Unser König

Jarold ist tapfer wie ein Löwe. Und er ist auch nicht allein losgezogen. Sie sind da hinunter.« Er wies in die Richtung, aus der ihre kleine Streitmacht an diesen Ort gelangt war. »Ich glaube, sie wollten zu der Lichtung von vorhin.«

Rutgar brummte nur. Die Lichtung bedurfte keiner näheren Erläuterung – schließlich hatte Jarold Stunden mit ihrer näheren Untersuchung verbracht, und sie war auch der Grund, weshalb sie hier, ein kleines Stück entfernt den Hang hinauf, das Lager aufgeschlagen hatten. Eine andere Sache jedoch erforderte sehr wohl eine Nachfrage: »Mit wem war mein Bruder unterwegs?«

»Mit der edlen Dame Nastasira.«

»Ich verstehe.« Rutgar nickte dem Mann aufmunternd zu. »Habt Dank.«

Er machte sich auf durch den finsteren Forst zur Lichtung und verzichtete auf eine Laterne, denn er hatte vor, eine seiner Fähigkeiten zu schulen, die er sich in den Hallen der Heimlichen Künste angeeignet hatte. Jeder gute Meuchler musste lernen, sich unabhängig von den Lichtverhältnissen zügig und zielsicher voranzubewegen. Seine Übung fiel ihm trotz der unvertrauten Umgebung, die der Wald für ihn darstellte, leichter, als er gedacht hätte. Von den Grundsätzen her machte es auch keinen Unterschied, ob man sich nun durch einen nächtlichen Garten auf dem Anwesen eines Hausführers oder durch einen dunklen Wald bewegte: Man musste eben lernen, sich stärker auf die anderen Sinne als nur auf die Sicht zu verlassen. Darauf, wie sich der Untergrund unter den Sohlen anfühlte; wie Wind und Geräusche ihre Bahn durch größere Hindernisse in ihrem Weg veränderten; auf die Dinge, die man mit ausgestreckten Händen ertastete; auf die Gerüche von feuchtem oder trockenem Holz, von verrottendem Laub oder frischen Trieben und tausend andere, auf die man unter gewöhnlichen Umständen nicht achtete. Rutgar hatte diese Facette seiner Künste so weit gemeistert, dass selbst seine Lehrmeister sich von seinem außerordentlichen Talent beeindruckt gezeigt hatten. Er hätte mit verbundenen Augen durch einen voll besetzten Ballsaal schleichen können, in dem ein rauschendes Fest samt ausgelassenen Tänzen gefeiert wurde, ohne auch nur ein einziges Mal mit irgendetwas oder irgendwem zusammenzustoßen.

Was ihm zudem sehr zupasskam, war die Tatsache, dass die Lichtung, auf die sich Jarold und Nasta zurückgezogen hatten, das silberne Strahlen des Mondes förmlich anzuziehen schien. Wenn er sich darauf konzentrierte, sah er die etwas hellere Stelle in der Finsternis deutlich vor sich und musste nur darauf zuhalten.

Als er sie schließlich erreichte, machte sich in ihm das gleiche Gefühl breit wie früher an diesem Tag bei seinem ersten Besuch: ein nicht zu erklärendes Unbehagen. Nüchtern betrachtet hatte er von dem, was sich da auf der Lichtung erhob, nichts zu befürchten. Wie hätten ihm die sieben mannshohen, steinernen Stelen schaden sollen, die hier in einem weiten Kreis versammelt beieinanderstanden? Ja, sie waren auf sonderbare Weise behauen – in sich windenden Linien und Kreisen, die einander in einem solchen Gewirr überlappten, dass man an ein Schlangennest denken musste. Doch selbst wenn diese Symbole Schriftzeichen waren, die gemeinsam einen verheerenden magischen Fluch ergaben, um all jene zu befallen, die diesen Ort störten, ließ der verwitterte Stein nur den Schluss zu, dass die Urheber dieser Verwünschung schon vor Urzeiten in ihren Gräbern zu Staub zerfallen waren. Beim erneuten Anblick der Stelen begriff Rutgar jetzt mit einem Mal, woher seine Beklemmung rührte: Hier, an dieser Stelle mitten im wilden Forst, hätten diese Säulen längst von Moosen, Flechten und Ranken überwuchert sein müssen. Doch das waren sie nicht. Das Leben des Waldes mied diese ungerührten Zeugen einer fernen Vergangenheit offenbar. *Oder es gibt irgendjemanden, der sie regelmäßig freilegt und den Gewächsen rings um sie herum Einhalt gebietet.*

Beides waren keine sehr beruhigenden Vorstellungen, aber allem Anschein nach keine Gedankengänge, die Jarold und Nasta schreckten. Der König und seine Ritterin saßen nebeneinander auf Jarolds Mantel, den er unter ihnen ausgebreitet hatte. Rutgars Erscheinen am Rand der Lichtung war ihnen nicht aufgefallen. Er stellte fest, dass sein Groll auf den Bruder schon so gut wie verflogen war – und dass es ihn beruhigte, die kleine Halblingsfrau an seiner Seite zu sehen. Ihn plagte noch immer ein schlechtes Gewissen, weil er sie vor einigen Tagen so barsch angefahren hatte. Sollte er alles noch schlimmer machen, indem er jetzt in dieses intime Treffen hineinplatzte? Nein. Wozu? Er tat lieber das, was ihm als geduldeter, aber größtenteils missachteter Teil seiner Familie in Fleisch und Blut übergegangen war: schweigen und zuhören.

»Was glaubst du, was diese Steine sind?«, fragte Jarold die Ritterin gerade. »Wegweiser? Mahnmale? Eitle Kunst?«

»Was weiß denn ich?« Sie lachte auf, der Klang trunkseliger Heiterkeit. »Darauf kannst du von mir keine kundige Antwort erwarten. Die meisten harten Dinge, um die ich mich schere, sind nicht aus Stein.«

Rutgar entging nicht, dass sich beide in vertrauter Anrede ansprachen. Er erlaubte sich einen leisen Seufzer. Ihm dämmerte, was er da vor sich sah: *O Jarold. Du warst noch nie ein Kostverächter, wenn es um exotische Kissenkumpane geht. Und jetzt hast du dir in den Kopf gesetzt herauszufinden, wie die Lippen der kleinen Ritterin schmecken. Dass sie dich umgekehrt bewundert wie ein fleischgewordenes Wunder der Götter, kommt dir da nur entgegen. Du hast dir ein Fläschchen guten Met oder feinen Wein besorgt, sie zu einem heimlichen Treffen gebeten und gibst nun die Rolle des empfindsamen Denkers, der das Wesen der Welt zu ergründen hofft. Mir dämmert auch, wie das Ganze endet – in bittern Tränen, sobald du das Interesse an ihr verlierst.*

»Nein, ganz im Ernst jetzt.« Jarold stieß seine Schulter sanft gegen Nastas Schulter. »Ich finde, wenn man diese Steine erblickt, dann sieht man sich auf einmal Fragen gegenüber, die man sich sonst nur ungern stellt. Weil es schmerzt, länger über sie nachzudenken.«

»Und was für Fragen sollten das sein?«, erkundigte sich Nasta, ohne dass Rutgar hätte beurteilen können, ob ihr Interesse ehrlich oder nur ein spöttisches Spiel war.

»Nun, zum Beispiel die folgende: Was bleibt von einem, wenn man irgendwann seinen letzten Atemzug tut und in die Arme der Strengen Mutter hinabsinkt?«

»Geschichten, wenn man Glück hat«, sagte Nasta nach kurzem Schweigen. »Ein paar Absätze in den Chroniken. Und du hast Glück ... Majestät. Von dir als König wird man der Nachwelt berichten, von mir als Ritterin aus der Provinz wohl eher nicht.«

Jarold strich eine Falte aus dem Mantel, der ihnen als Decke diente. »Bedauerst du das?«

»Nein.« Sie lachte wieder. »Das ist nicht schlimm. Was ist so schlimm daran, wenn in tausend Jahren niemand mehr weiß, wer ich war? Viel schlimmer fände ich es, wenn mir plötzlich so viel Verantwortung aufgebürdet würde wie dir. Mit einem Mal ein ganzes Reich regieren. Das würde mich den Verstand kosten.«

»Du vergisst da etwas.«

»Was?«

Er beugte sich ein Stück näher an sie heran. »Ich wurde von Kindesbeinen an dazu erzogen, einmal große Verantwortung zu tragen. Ich hätte eines der wichtigsten Handelshäuser ganz Taurars führen sollen.«

»Und jetzt hat deine Schwester diese Macht an sich gerissen. Den einen Thron hast du gewonnen, nur um den anderen durch schnöden Verrat zu verlieren.«

»Ja«, stieß Jarold aus. »Ist das nicht entsetzlich?« Er bediente sich eines seiner ältesten Kniffe, deren Zeuge Rutgar schon mehrfach geworden war: Mit einem völlig überzogenen Schluchzen warf er den Kopf in ihren Schoß.

Die Ritterin kicherte, leistete aber keinerlei Widerstand. »Ist dir nicht wohl?«

Jarold drehte sich halb um und machte es sich auf ihren Schenkeln bequem, als wären sie ein Kissen. »Es geht schon wieder. Nur ein kleiner Schwächeanfall bei dem Gedanken an meine liebe Schwester. Mein Leben ist nicht leicht.« Er ächzte. »Hast du dir jemals gewünscht, du wärst jemand anders?«

»Nein.« Sie schüttelte erst den Kopf, brach die Bewegung dann aber ab. »Halt. Das stimmt so nicht. Früher, bei Baratro.« Sie begann, eine gehässige, helle Stimme nachzuahmen. »Schau mal, Nasta, ich darf schon reiten. Schau mal, Nasta, ich darf schon mit der Schleuder schießen. Schau mal, Nasta, ich darf schon mit einem echten Schwert üben.« Sie fiel wieder in ihren gewohnten Tonfall zurück. »Das war fürchterlich.«

»Wer ist Bataro?«

»Baratro«, berichtigte sie. »Mein älterer Bruder.«

»Du hast auch einen Bruder? Wir haben so viel gemeinsam.« Jarold fasste sie zart am Arm. »Was macht er jetzt? Wo ist er heute?«

»Er liegt in seinem Grab«, sagte sie nüchtern. »Er ist tot. Ertrunken.«

»Oh. Das tut mir leid.« Jarold zog seine Hand zurück.

»Das braucht es nicht. Es ist lange her und nicht deine Schuld.«

Jarold schwieg einen langen Moment. »Ich beneide meinen Bruder«, sagte er dann unvermittelt.

Nasta stellte die Frage, die Rutgar angesichts dieser überraschenden Eröffnung selbst auf der Zunge lag: »Warum?«

»Ist das nicht offensichtlich?« Jarold winkte schwach ins Nichts. »Er kann überall sein, und niemand nimmt ihn wahr.«

Rutgar gestattete sich ein Lächeln. *Weißt du am Ende doch, dass ich da bin, und feixt ein wenig mit mir?*

»Ist das so? Nimmt ihn niemand wahr?«

»Zu Hause auf jeden Fall. Er hat doppelt Glück.«

»Wieso?«

Auch Rutgar interessierte sehr, weshalb sein Bruder ausgerechnet ihn für einen Glückspilz hielt.

»Weil er so schrecklich entstellt ist«, sagte der König. »Glaub mir, die Leute schauen nicht gern auf hässliche Dinge.«

»Wo ist er denn bitte schön entstellt?«

»Na, die Narbe.«

Rutgar unterdrückte den Drang, sich an die Wange zu fassen.

»Die sieht man doch kaum«, wiegelte Nasta ab. Für einen winzigen Augenblick fragte sich auch Rutgar, wie wohl ihre Lippen schmeckten. »Und sie zeigt, dass er vor einem Kampf nicht zurückschreckt. Wenn ich ehrlich sein darf … Majestät … rein körperlich ist dein Zwilling der Anziehendere von euch beiden.«

»Wie bitte?« Jarold richtete sich entsetzt halb auf. Dann kniff er die Ritterin mit beiden Händen in die Seiten. »Das nimmst du sofort zurück.«

Nasta quiekte vergnügt, und Rutgar beschloss, dass er genug gesehen hatte. Diese Schäkereien gingen ihn nichts an, und er wollte nicht wissen, worin sie mündeten. Er schlug einen weiten Bogen um die Lichtung und trat den Rückweg zum Lager an. Diesmal verzichtete er auf irgendwelche Übungen, die ihm beweisen sollten, dass er nichts von seinen Künsten verlernt hatte – und das, obwohl irgendein Attentäter gleich zweimal verdammt nah an Jarold herangekommen war. Wenn er ganz ehrlich zu sich selbst war, gab es noch einen weiteren Grund, weshalb er nicht über Jarold wachen wollte, während er sich mit der Ritterin amüsierte: Er vermisste Huneg mehr, als er es je für möglich gehalten hätte. Der Tempelmops war in Skogarjathar geblieben. *Vermutlich verbreitet er gerade die frohe Botschaft des Immerzu Lächelnden unter den ungewaschenen Hinterwäldlern.* Rutgar biss die Zähne zusammen und versuchte, sämtliche Bilder von Hunegs frommem Dienst an und mit anderen aus seinem Schädel zu verbannen, als ihn ein leises Rascheln zu seiner Linken aus dem Tritt brachte.

Er verharrte, taxierte die Stelle, wo er die Quelle des Geräuschs vermutete – und stutzte. In einem Gebüsch drei oder vier Schritt entfernt saß eine schmale Gestalt in der Hocke. Ihr Hintern – ein bleicher Schemen wie ein zur Erde herabgefallener und geschrumpfter Mond in der Finsternis – leuchtete hell.

Nun nahm Rutgar einen deutlichen Geruch nach Seife und Mottenpulver wahr, und er wusste, wen er da vor sich hatte.

»Was treibt Ihr da?«, erkundigte er sich unnötigerweise beim neuen Leibdiener seines Bruders.

»Wonach sieht es denn aus?« Heptisax sprach im eigentümlichen Zungenschlag des Dominums, in dem immer etwas verabscheuungswürdig Überhebliches mitschwang, auch wenn dieses ach so unbezwingbare Reich im Süden erst vor etwas mehr als einer Generation von einer Horde reitender Barbaren empfindlich zurechtgestutzt worden war. »Aber ich verstehe, dass Ihr fragt: Ich mache das hier zum ersten Mal.«

»Euren Darm entleeren?« Rutgar grinste breit und hoffte, dass der Jüngling seine Zähne sah. »Dafür, dass es das erste Mal ist, seid Ihr erstaunlich schlank!«

»Nein«, zischte Heptisax peinlich berührt. »Das ist das erste Mal, dass ich mich mitten in der Nacht in einem unheimlichen Wald auf diese Weise erleichtern muss.«

Rutgar kniff die Augen zusammen. »Warum seid Ihr dafür so weit vom Lager fort?«

»Nun … Ihr müsst wissen … die Wachen …«, druckste Heptisax herum. »Sie … sind grob. Sie lachen gern über Dinge, die ich nicht zum Lachen finde. Darmwinde, wenn Ihr versteht.«

»Ihr seid aber schüchtern.« Rutgar kam zu einem naheliegenden Schluss. »Ihr könnt Euch nicht erleichtern, wenn jemand anders zugegen ist.«

»Ja, ja«, ächzte Heptisax. »Ich bin sehr schüchtern, und Ihr seid sehr klug.«

»Danke.« Rutgar deutete eine Verbeugung an. Es wäre höflich gewesen, sich diskret zurückzuziehen und Heptisax sein Geschäft verrichten zu lassen. Ein bisschen Strafe für die leicht impertinente Art des Leibdieners musste jedoch sein. »Aber wenn Ihr so ein empfindsames Pflänzchen seid, warum seid Ihr überhaupt auf diesen Feldzug mitgekommen?«

»Was ist das denn für eine Frage?« Heptisax zog sich die Hose ein Stück hoch, grunzte und legte den gerade erst bedeckten Streifen Haut wieder frei. »Ich freue mich, dass König Jarold mich in seine Dienste genommen hat, nach dem, was meinem Herrn Schreckliches widerfahren ist. Da kann ich ihn doch unmöglich bei der ersten sich bietenden Gelegenheit im Stich lassen. Nicht, wo ich in dieser grässlichen Wildnis auch noch eine Rechnung zu begleichen habe.«

»Ich verstehe.« Rutgar nickte anerkennend. Vielleicht war Heptisax am Ende doch ein feinerer Kerl, als er gedacht hatte. »So habt Ihr doch noch eine Möglichkeit, Brekk am Ende zu rächen.«

»Ja ...« Der Hingekauerte zuckte mit den Achseln. »Ja, das auch.«

»Weswegen noch?«

»Jarolds Name wird in den Geschichtsbüchern stehen.« Heptisax' Stimme bebte vor Ehrfurcht. »Ist es da nicht schön, wenn man als einfacher Diener seinen kleinen Anteil zum Lauf der Geschichte beitragen kann?«

Da er dem Leibdiener eben noch edle Absichten unterstellt hatte, widerte ihn diese freimütig zur Schau gestellte Geltungssucht umso mehr an. Es wurde Zeit, dieses würdelose Schmierenstück zu beenden. »Ich hoffe, Ihr habt für das, was da hinten gleich aus Euch herausfällt, ein Loch gegraben?«

»Wozu?«

»Grabt ein Loch. Oder die Soldaten werden noch viel grober zu Euch sein, falls sie auf das Ergebnis Eurer Bemühungen stoßen.« Er tippte sich an den Rand der Kapuze. »Viel Erfolg wünsche ich noch.«

Einige Augenblicke später passierte er den ersten Wachposten. Er wollte nur noch zurück in seinen Unterstand, doch davor hatten die Götter Kaimu Kala und Fulmar gesetzt. Die Orkin und der Barde saßen an einem der drei Feuer, die die Nacht über am Brennen gehalten wurden, um wilde Tiere abzuschrecken. Als Kaimu Kala ihn bemerkte, winkte sie aufgeregt. Rutgar fügte sich in sein Los – bei seinem derzeitigen Glück wäre ihm die Schamanin ohnehin nur nachgelaufen, wenn er so getan hätte, als hätte er sie nicht gesehen. Stattdessen trat er ans Feuer. »Kann ich etwas für dich tun?«

»Du kannst mit mir reden«, verlangte sie, ein schwaches Lodern des Zorns in ihren schwarzen, unergründlichen Augen. »Was hältst du davon, was dein Bruder tut?«

Rutgar lächelte schief. »Er ist der König. Ich habe nichts davon zu halten, oder?«

Kaimu Kala schlug sich mit beiden Fäusten auf die Oberschenkel. »Aber er ist dein Bruder.«

»O ja. Das ist er wohl.« Er ließ sich zwischen der Orkin und dem Rotschopf nieder. *Das kann länger dauern.* »Hör mir zu. Wenn es nach mir ginge, wären wir nicht hier. Ich würde diesen Baum einen Baum und den Wurm einen Wurm sein lassen. Ich würde auf dem schnellsten Weg nach Sunnastad zurückkehren, auf ein Schiff steigen, nach Hause segeln und meiner lieben Schwester beibringen, was es mit Familientreue auf sich hat. Aber stellt euch nur vor.« Er legte eine Kunstpause ein, wie sie der Barde bei einem seiner Vorträge wahrscheinlich auch benutzte. »Weil es die Götter oder das Messer einer ungeschickten Hebamme so wollten, bin ich nur der Zweitgeborene. Deshalb hat Jarold das Sagen. Deshalb ist er König. Und deshalb sitzen wir an diesem Feuer und müssen uns darüber unterhalten, wie wenig wir an seinen weisen Entscheidungen ändern können.«

Fulmar spendete leise Beifall, während Kaimu Kala ihn einen Moment lang nachdenklich musterte. »Ich verstehe. Ich spreche noch einmal mit ihm«, sagte sie dann.

Rutgar blies kopfschüttelnd die Backen auf. »Das würde ich an deiner Stelle lieber bleiben lassen.«

»Ja?«

»Ja. Und ich will dir auch erklären, wieso.« Er ließ längere Ausführungen folgen, die die Sturköpfigkeit seines Bruders am besten veranschaulichten. Er berichtete von der Fehde mit einem Seidenhändler, der Jarold angeblich um einen Zehntelballen hatte betrügen wollen und über den der Bruder so lange

Gerüchte in Umlauf brachte, bis der arme Tuchverhökerer den Freitod wählte, weil die Kundschaft ausblieb. Er schilderte Jarolds Zwist mit einem Duo anderer Gecken aus Taurar, der sich an der Frage entzündet hatte, ob es geschmackssicher war, mehr als drei Sorten Leder gleichzeitig zu tragen – ein Streit, der damit geendet hatte, dass Jarold seinen Widersachern eine Schar Straßenschläger auf den Hals hetzte, die ihre Opfer vermöbelten und nackt in ein Hafenbecken warfen. Er erzählte von der Ladung Geilnuss, an deren Qualität Jarold Zweifel anmeldete und sich erst zufriedengab, als die Kapitänin des Schiffs sich mit ihm von der Güte der Ware im Bauch ihrer Kogge überzeugt hatte. »Und deshalb«, brachte er seine Rede zu Ende, »weiß ich mit fester Gewissheit, dass es dir nichts bringen wird, sich in dieser Sache noch einmal an meinen Bruder zu wenden.«

Breit lächelnd spendete Fulmar abermals Applaus. »Es lohnt sich ja beinahe, eine Ballade daraus zu machen.«

Rutgar legte keinerlei Wert auf Lobeshymnen dieses Aufschneiders. »Verratet mir eins ... Tegin.« Er blickte Fulmar ins Gesicht, ohne aus der Miene des Barden schlau zu werden – wenn es dort eine Regung abzulesen gab, dann bestenfalls einen leisen Anflug von Belustigung. »Warum seid Ihr eigentlich mitgekommen? Ich dachte, Ihr sucht Euren Bruder. Wärt Ihr dazu nicht besser in Skogarjathar geblieben? Oder gleich in Sunnastad? Meiner Erfahrung nach halten sich die meisten Menschen gern in der Nähe anderer Menschen auf. Das macht so vieles im alltäglichen Leben leichter. Und wie lange hättet Ihr gebraucht, um ganz Sunnastad nach einem anderen Unsterblichen abzuklappern? Doch höchstens ein paar Wochen. Wenn Ihr es ganz gründlich angestellt hättet.«

Rutgar erreichte mit seinen Vorhaltungen zumindest eines – Fulmar sah nicht mehr belustigt aus. Eher ... enttäuscht. »Wie kommt Ihr darauf, dass ich nicht gerade in diesem Augenblick nach meinem Bruder suche? Und Ihr scheint Euch nicht so gut mit den Legenden über meinesgleichen auszukennen, wie Ihr behauptet habt. Wisst Ihr nicht, dass mich mein Alter und die Last meiner unzähligen Jahre einholen, sobald ich längere Zeit an einem Ort verweile? Wie hätte ich da in Skogarjathar bleiben können?«

Ehe Rutgar die Zeit für eine Erwiderung fand, sog Kaimu Kala lautstark Luft durch die Nase ein, gefolgt von einigen Worten in ihrer Muttersprache, die nicht sehr freundlich klangen. Rutgar folgte ihrem finsteren Blick und sah Nasta ins Lager taumeln, den blonden Zopf zerzaust, einen schlaffen Weinschlauch unter dem Arm. Die Ritterin wankte zu ihrem schlafenden Keiler, brach vor dem Untier in die Knie und kuschelte sich in sein Bauchfell. Das Wildschwein grunzte, scharrte kurz mit dem rechten Hinterlauf durch die Luft, furzte und grunzte ein weiteres Mal.

Rutgar wollte gerade bei Nasta nachfragen, wo sie Jarold gelassen hatte, als sein Zwilling am Rand des Lagers auftauchte. Ein versonnenes Lächeln im Gesicht, lehnte der König sich an einen Baum und zupfte sich mit einer Hand die Hose aus der Hinternspalte, während er mit der anderen unter Zuhilfenahme eines Stöckchens etwas von seiner Stiefelsohle kratzte.

Rutgar eilte zu ihm und bohrte ihm anklagend einen Finger in die Brust. »Tu das nie wieder, hörst du?«

Jarold machte es sich an dem Baumstamm bequemer und hieb mit dem Stöckchen nach Rutgars Nase. »Erteilst du mir jetzt etwa Befehle, Bruderherz?«

Rutgar machte einen Schritt nach hinten. »Nein, keine Befehle. Nur gut gemeinte Ratschläge.«

Da sprang vollkommen lautlos, aber mit einer erschreckenden Schnelligkeit Kaimu Kala heran, die rechte Hand zum Schlag erhoben. Ihre Krallen fuhren in den Baum, aus dessen Rinde schwarzblaues Blut spritzte. Nein, es war nicht der Baum, der blutete. Es war ein Tier, das große Ähnlichkeit mit einer handlangen, fellbewachsenen Eidechse hatte und dessen sechs Beinchen noch zuckten.

Rutgar weigerte sich, allzu viele Gedanken darauf zu vergeuden, dass ihn erneut jemand fast überrumpelt hätte. Er rümpfte lieber ob des Gestanks, den das Blut der kleinen Kreatur verströmte, die Nase. »Was bei den Zitzen der Strengen Mutter ist das?«

Fulmar beäugte das tote Ding, als hätte er noch nie etwas Faszinierenderes gesehen – was für einen Unsterblichen ein ziemliches Armutszeugnis gewesen wäre. »Ich glaube, das ist ein Bandika Ufu. Der Klebrige Tod. Schuppen, Speichel, Blut, das Fleisch – alles an diesem Geschöpf ist giftig. Wen es beißt, dessen Lungen füllen sich binnen weniger Augenblicke mit einem zähen Schleim. Man beginnt zu ersticken. Ohne Aussicht auf Rettung.«

Jarold starrte die Norgerin zwei, drei Wimpernschläge wortlos an. Dann fragte er: »Warum hast du das getan? Wenn dieses Vieh mich gebissen hätte, bräuchtest du dir keine Sorgen mehr um deinen Baum zu machen, von dem du sprichst, als wäre er dein Liebhaber.«

Kaimu Kala sah ihm tief in die Augen. »Ich glaube, du bist nicht so böse, wie du selbst denkst. Ich glaube, da ist viel Gutes in dir. Ich glaube, du bist stärker als der Wurm. Es ist nicht dein Schicksal, ein ganzes Volk auszulöschen.«

»Schicksal, ja?«, murmelte Jarold nachdenklich. »Man mag es nicht ganz ausschließen. Aber es könnte auch ganz anders sein.« Bei der Frage, die er nun an die Schamanin richtete, zweifelte Rutgar ernsthaft daran, ob er ihn so gut kannte, wie er glaubte. »Ist dir in den Sinn gekommen, dass es vielleicht dein Schicksal gewesen ist, hier und jetzt mein Leben zu retten, gerade damit ich dein ganzes Volk auslöschen kann?«

22

*Die Hauerlosen behaupten, wir verstünden nichts
vom Krieg. Wie kommt es dann, dass sie
in jeden Hinterhalt laufen, den wir ihnen legen?*

Aus Gespräch mit einem Ork

Nasta gönnte ihrer Wachsamkeit nicht die geringste Pause, auch wenn ihre Nerven bis zum Zerreißen gespannt waren. Unstet streifte ihr Blick umher. *Ich glaube, ich weiß jetzt, wie sich ein Lämmchen fühlt, das sich zu weit von seiner Mutter entfernt hat und um sich herum nur noch Räuber wittert.* Die Bäume standen dicht an dicht wie ein braun-grüner Wall, in den nur hier und da jemand schmale Breschen geschlagen hatte, und hoch über ihrem Kopf wucherte eine Art rankiges Moos zwischen den Ästen, dessen dicke Stränge kaum Licht bis zum Boden durchließen.

Inzwischen brannten an den Hellebarden vieler Soldaten Tag und Nacht kleine Sturmlaternen, die der Düsternis kaum zu trotzen vermochten. Wenn Nasta hinter sich schaute, war es, als würde sie von einer wie Perlen an der Schnur aufgereihten Formation von Glühwürmchen verfolgt. Das dichte Unterholz tat sein Übriges, um nicht nur das Vorankommen, sondern auch jeglichen Überblick über das Gelände zu erschweren. Hinzu kam, dass die kleine Streitmacht sich seit vorgestern stetig aufwärtsbewegte, als gälte es, einen Hügel von ungeahnter Höhe zu erklimmen. Das war sonderbar. Von Skogarjathar aus hatte rein gar nichts darauf hingedeutet, dass der Orkenforst einen Berg oder eine Hügelkette in sich barg.

Ähnlich sonderbar war die Wärme, die in diesem Wald herrschte. Die Haut klebte und juckte einem davon, und jeder tiefe Atemzug wurde zu einer echten Anstrengung. Nasta wischte sich träge über die feuchte Stirn. Zuerst hatte sie das Schwitzen für eine Begleiterscheinung des andauernden Bergaufwanderns gehalten. Mittlerweile war jedoch nicht mehr zu leugnen, dass die Hitze nicht von innen, sondern von außen kam – und sie machte die Pelzumhänge, mit denen man sich noch vor wenigen Tagen vor klirrendem Morgenfrost geschützt hatte, nur zu weiteren unhandlichen Gepäckstücken.

Ungeachtet dessen zweifelte sie nicht an ihrem Verstand. Die ungewöhnliche Empfindung angesichts der Beschaffenheit des Geländes hatte durchaus Erklärungen, für die man weder Magie noch den Einfluss irgendwelcher finsteren Wesenheiten heranziehen musste. *Vielleicht sind wir am Anfang lange bergab gelaufen, ohne es zu bemerken. So wenig, wie man hier im Unterholz sieht, ist das gut möglich. Dann käme uns ebenes Gelände oder gar der Hang auf der anderen Seite des Tals, das wir gerade durchqueren, natürlich umso steiler vor. Oder vielleicht erklimmen wir gerade einen Feuerberg. Daran besteht ja nun in Westborn kein Mangel. Irgendwoher muss ja das Vulkanglas kommen, das die Orks für den Bau ihrer Waffen verwenden.*

Einer der Soldaten aus Hedskilde, die ein Stück vor ihr marschierten, stolperte und fiel der Länge nach hin. Sie zügelte beiläufig Bluthauer, um dem Mann die Möglichkeit zu geben, sich wieder aufzurappeln. In Gedanken war sie noch immer bei der Frage, ob sie womöglich bald am Kraterrand eines Feuerbergs standen.

Der Gestürzte blieb einige Herzschläge lang liegen, und die Soldatin zu seiner Rechten griff nun nach seiner Schulter, um ihn wieder auf die Beine zu holen. In diesem Moment entdeckte Nasta den Wurfspeer, der unterarmlang aus dem Oberkörper des Mannes hervorragte.

»Alarm! Angriff!«, brüllte sie, während sie in allen Richtungen Ausschau nach dem unsichtbaren Angreifer hielt. Bluthauer schien sofort zu verstehen, was seine Reiterin befürchtete. Der Keiler presste sich dicht an den nächsten dicken Baumstamm, um ein schlechteres Ziel zu bieten. Dann sah Nasta schlanke Schemen durch die Luft huschen. Die Soldatin, die ihrem Kameraden hatte aufhelfen wollen, ging gurgelnd zu Boden, einen Speer im Hals.

»Sie sind in den Bäumen!«, schrie Nasta. Ihr gegenüber, nur zehn Schritt tief hinter einigen Büschen, riss Uschkar den Bogen hoch. Zu spät. Sie sah noch, wie sich seine Augen weiteten, ehe ein Speer aus dem Baum über ihm so mühelos den Stahl seiner Brünne durchschlug, als bestünde die Rüstung aus brüchigem Pergament. Die Waffe war mit solcher Wucht geschleudert, dass sie Uschkar aus dem Sattel und zu Boden riss. Ohnmächtig winselnd stieß Zwingpracht seinen Herrn mit der Schnauze an, doch der Ritter rührte sich nicht mehr.

»Nein! Uschkar!« Nasta drückte Bluthauer die Fersen in die Flanken. Der Keiler machte einen kräftigen Satz nach vorn, aus der sicheren Deckung heraus. Im selben Wimpernschlag wurde Nasta der Weg zu ihrem gefallenen Schildbruder abgeschnitten: Unmittelbar vor ihr ließ sich eine Gestalt aus den Zweigen auf den Boden hinab wie eine Spinne, die an einem ihrer Fäden über die nichts ahnende Beute herfiel. Nasta stockte der Atem. *Ist das ein Baumgeist?* Die Gestalt trug keinen Fetzen am massigen Leib, und ihre nackte Haut war rissig wie Borke. Dann sah Nasta die Hauer. *Doch nur eine Orkin!* Über und über mit braunem Schlamm eingerieben, der an ihr getrocknet war. Sie richtete den Blick ihrer schwarzen Augen auf Nasta und hob einen Speer.

Bluthauer prallte gegen die unheimliche Angreiferin. Sie strauchelte, ließ den Speer fallen und versuchte, den Hals des Tiers zu umklammern. Mit hohem Quieken warf der Keiler seinen Kopf zwischen den Beinen der Orkin hin und her, als durchwühlte er eine Suhle nach köstlichen Pilzen. Seine Hauer gruben sich dem vermeintlichen Baumgeist in die Innenseite der Schenkel. Blut spritzte über Bluthauers Nacken und prasselte wie ein warmer Regen auf Nastas Brust und Gesicht. Dann war die Schweinefrau auch schon zur Seite gekippt. Nasta rieb sich das Blut aus den Augen. Erst jetzt fiel ihr auf, dass der kurze Zweikampf in völliger Stille abgelaufen war. *Sie hat weder einen Angriffsschrei von sich gegeben, noch hat sie gebrüllt, als Bluthauer ihr die Adern in den Beinen aufriss. So muss es sein, wenn sich die Toten stumm erheben, um Rache an den Lebenden zu üben, weil unsere Herzen zu laut schlagen.*

Nasta duckte sich tief auf Bluthauers Rücken und drehte den Kopf. Sie brauchte dringend eine genauere Einschätzung der Lage. Sie bekam sie, und sie gefiel ihr ganz und gar nicht. Rechts von ihr wurden die Sunnastader Gardisten schwer bedrängt, auch wenn sie ihre Reihen, die sich um den König und den Skaldatsprengsatz schlossen, noch zu halten vermochten. Leviko hatte die Pranken um den Hals eines Angreifers gelegt, dessen hauerbewehrter Mund lautlos auf- und zuklappte wie das Maul eines Karpfen, den man aus dem Teich gezogen hatte. Hinter ihm jagte ein Schweinemann einem Soldaten eine gezackte schwarze Sichel durch den Unterleib.

Schweiß stach Nasta in die Augen. Sie blinzelte, sah sich nach Uschkar um und entdeckte Bokian, der bereits bei Zwingpracht angekommen war. Froschfresser umkreiste den jaulenden Hund. Der Beilschnabel krächzte bösartig, die stummeligen Flügel so weit vom Leib gespreizt, wie es die Natur zuließ. Sein Reiter stürzte sich auf die Orks, die weiter aus den Wipfeln herabfielen – wenn er diesen Tag überlebte, würde Boks Hauersammlung auf einen Schlag prächtig anwachsen.

Nun war auch Jesche auf Wühlzahn herangeprescht. Der riesige rotbraune Hund senkte den Kopf, nahm einen Arm des leblosen Uschkar mit unglaublicher Behutsamkeit ins Maul, um den Ritter in Sicherheit zu schleifen. Jesche – bleich und schön wie eine Statue aus den ältesten Schreinen Westborns – sprang einem gerade vom Blätterdach herabgestiegenen Ork mit gezückter Waffe in den Rücken. Halblingsfrau und Schweinemann verschwanden gemeinsam in einer laubgefüllten Kuhle.

Nastas Herz raste. Sie durfte jetzt nicht an das Los ihrer Kameraden denken. Sie taten das, wofür sie lebten und was sie zu tun geschworen hatten. *Jarold! Ihn gilt es zu schützen!* Der Verteidigungsring um den König konnte gewiss ihre Unterstützung brauchen. Sie wendete Bluthauer gerade rechtzeitig, um Zeugin eines eigenartigen Anblicks zu werden: Rutgar stach einem Ork, der nur aus einem aus der Erde ragenden Oberkörper zu bestehen schien, die Klinge seines Dolchs durch den Schädel.

»Sie kommen aus dem Boden! Achtet auf den Boden!«, schrie der Bruder des Königs und zerrte die Klinge aus dem schwach mit den Armen zuckenden Krieger. Entsetzt sah Nasta mit an, wie mehr und mehr Orks aus dem Boden auftauchten – Klappen aus geflochtenen Ästen, die mit einer dünnen Schicht aus Dreck und Erde getarnt waren, taten sich überall mitten unter den Verteidigern auf. Die Speerwerfer in den Wipfeln waren keineswegs die einzige Bedrohung hier: Die Schweineleute hatten einfach gewartet, bis die abgelenkten Gardisten über den wahren Hinterhalt hinweggelaufen waren. Nein, nicht darüber hinweggelaufen – bis sie gewissermaßen *über* ihm standen!

Mit weiten Sprüngen hielt Bluthauer auf den bedrängten König zu. Ein jäher Schauer aus Erdkrumen ging von rechts auf Nasta nieder. Sie roch den Ork, der aus seinem Versteck aufgesprungen war, noch bevor sie ihn sah – eine sonderbar widerstreitende Mischung aus Moschus und frischen Tannenzweigen. Beide Kurzschwerter waren nötig, um den Hieb mit dem schwarzen Faustdolch zu parieren, den der Ork gegen sie führte, als sie an ihm vorüberritt. Ihre Oberschenkel brannten, als sie nach dem kurzen Zusammenstoß freihändig um ihr Gleichgewicht rang, um nicht aus dem Sattel zu fallen.

Kaum war sie an dem Dolchschwinger vorbei, bohrte sich ihr eine glühend heiße Spitze in die Seite. Aus dem Augenwinkel nahm sie einen anderen Ork wahr. Sie keuchte, als dessen Stoßspeer erst tiefer in ihr Fleisch eindrang, um sich dann jedoch am Rand ihres Brustpanzers zu verhaken. Der Schmerz trieb ihr die Tränen in die Augen, doch Bluthauers Masse und seine Geschwindigkeit reichten mühelos aus, um dem Angreifer die Waffe aus den Händen zu reißen. Als der Druck von ihrem Oberkörper wich, blieb Nasta nicht die Zeit, einen Blick auf die frische Wunde zu werfen: Sie machte eine weitere Tarngrube aus, mitten zwischen den verzweifelt fechtenden Leibgardisten des Königs. Mit ein paar raschen Sprüngen war Bluthauer auf der Klappe und hielt sie mit seinem Gewicht verschlossen. Nasta beachtete den Schwindel, der sie befiel, nicht weiter und glitt aus dem Sattel. Mit aller Kraft trieb sie die Klingen ihrer Kurzschwerter durch die Spalten in der grob geflochtenen Abdeckung. Sie spürte einen weichen Widerstand. Noch zwei-, dreimal ließ sie ihre Waffen niederfahren, bis die Klingen ganz mit Orkblut überzogen waren.

Sie hob den Kopf. Einen Augenblick überwog das Grauen in ihrem Verstand den Schmerz in ihrem Körper. Gleich fünf der grausig stummen Krieger kreisten Rutgar, Jarold, Heptisax und die letzten beiden Leibgardisten ein. Mit grimmiger Miene hielt Jarold tapfer stand, als die ersten Hiebe auf ihn niedergingen. Die Art, wie er mit seinem feinen Rapier die zahlreichen Attacken der Gegner parierte, rang ihr Respekt und Bewunderung ab. Doch das würde sein Leben nicht retten. Nasta musste zu ihm. Sie wollte sich aufrichten, doch Schmerz und Schwindel zwangen sie wieder in die Knie.

Plötzlich war Tausendender heran und rammte einen der Angreifer mit gesenktem Geweih aus dem Weg, um den Bedrängten eine Lücke für den Rückzug zu schaffen. Die anderen Orks fuhren herum, was Rutgar die Gelegenheit verschaffte, einen weiteren Gegner mit einem ansatzlosen Schnitt quer über die Kehle auszuschalten. Die Gardisten drängten sich zwischen die königlichen Zwillinge und die Orks und zogen sich im Krebsgang zurück. Tausendender trat derweil mit seinen messerscharf geschliffenen Hufen auf den am Boden liegenden Ork ein, doch die drei anderen Krieger schenkten dem Tod ihres Waffenbruders keinerlei Beachtung. Als wären die Menschen nur Farne, die man auf einem schmalen Waldpfad achtlos beiseiteschob, fällten sie die Leibgardisten. Nichts stand mehr zwischen ihnen und Jarold, der ihnen den Rücken zugewandt hatte, weil er sich in vier, fünf Laufschritten Entfernung gemeinsam mit seinem Bruder zweier weiterer Orks erwehren musste. Die Schweineleute hoben die Waffen und eilten los.

Bik stellte sich ihnen in den Weg, mit nichts als seiner Wasserflasche in der Hand. Mit kühler Miene stand er da und wartete einfach nur ab. Eine grässliche Angst krallte sich in Nastas Herz. *Was soll das? Hat er den Verstand verloren? Will er sie mit Wasser in die Flucht schlagen wie ein paar vorlaute Katzen am Hafen?*

Dann waren die Feinde bis auf Armeslänge an Bik heran. Er starrte sie unverwandt an und schüttelte die Flasche.

Ein gleißender Feuerball hüllte ihn und die anstürmenden Orks ein. Die zischenden Flammen erloschen so schnell wieder, wie sie entfacht worden waren. Die einzige Spur, die sie zurückließen, war glimmendes Laub auf dem Waldboden.

Nasta gelang es irgendwie, wieder auf die Beine zu kommen. Zwei der Schweineleute, die auf Bik eingedrungen waren, hasteten taumelnd als Dämonen mit lodernden Kronen davon, und kein Schrei drang ihnen über die Lippen, obwohl ihr Haar lichterloh brannte. Ein anderer Ork war auf Bik zu liegen gekommen. Bleierne Sorge schnürte ihr die Luft ab, doch dann sah sie, wie Biks Beine sich bewegten. Der Halbling begann sich schwach unter dem toten Feind herauszuarbeiten.

Neben Nasta rissen zwei Soldatinnen eine Bodenklappe auf, schleuderten eine ölgefüllte Laterne in das Loch, verschlossen es wieder und hielten die Klappe zu. Zäher Qualm kroch durch die Ritzen – Qualm und der verstörend angenehme Geruch von Fleisch, das auf dem Grillrost verkohlte.

Nasta hielt ihre Schwerter über Kreuz vor sich und suchte die nähere Umgebung nach vorrückenden Gegnern ab, doch ganz offensichtlich war der Angriff so gut wie zurückgeschlagen. Dennoch verbot sie sich, jetzt schon erleichtert aufzuatmen: Die Bodenklappen oder die dichten Wipfel konnten noch immer böse Überraschungen bergen. Sie huschte in ein nahes Dickicht und spähte zu den Königszwillingen hinüber, die Heptisax schützend zwischen sich genommen hatten. Der neue Leibdiener des Königs hielt sich brav geduckt, während Jarold und sein Bruder das Halbdunkel des Waldes mit angestrengten Blicken zu durchdringen versuchten.

Nasta wollte sich gerade wieder abwenden, als sie Heptisax aufstehen sah. Sie hatte sich geirrt. Er hatte sich nicht vor Angst zusammengekauert. Er hatte sich nach etwas gebückt: Er hielt einen orkischen Wurfspeer in den Händen. Der König suchte nach unentdeckten Verstecken im Boden und konnte nicht ahnen, dass die wahre Gefahr unmittelbar hinter ihm stand. Heptisax richtete den Blick auf Jarolds ungeschützten Rücken. Nasta tastete nach einem ihrer Wurfmesser. Sie spürte den rauen Griff zwischen den Fingern und krümmte sich wie ein Wurm am Haken, als sie den Arm heben wollte. Die frische Wunde an ihrer Hüfte brannte, doch sie zwang sich, den Arm nach hinten zu nehmen. Heptisax hielt den Speer bereits zum Stoß erhoben, sein Gesicht die gnadenlose Maske eines erfahrenen Meuchlers. Nasta warf das Messer. Etwas Heißes floss in breitem Strom ihr Hosenbein hinunter, als sich die Klinge endlich aus ihrer Hand löste. Nastas Knie wurden weich, sie fiel auf die Hände. Das Messer schlug in Heptisax' Achsel ein. Der Verräter schrie auf, und der Speer drohte seinen Händen zu entgleiten. Rutgar fuhr herum. Heptisax fasste den Speer fester und schaffte es sogar noch, die Waffe wieder anzuheben. Er war jedoch viel zu langsam, als dass er seine freie Hand hätte nutzen können, um Rutgars reflexhaften Dolchstoß abzuwehren. Bis zum Heft verschwand die Klinge in seiner Brust, und der Attentäter sackte zusammen.

Wühlzahn trat an Nastas Seite, den reglosen Uschkar im Maul. Vorsichtig legte er ihn neben ihr ab. Jesche stieg vom Rücken ihres Hundes. Sie sah aus, als hätte man sie an ihrem blonden Haarschopf aufgehängt und in ein Becken voller Blut getaucht, denn sie war vom Kopf bis zu den nackten Zehen rot besudelt. Ihr klarer Blick verriet jedoch, dass es nicht ihr eigener Lebenssaft war.

»Heiler! Heiler, hierher!«, rief Jesche. Kreischend raste Froschfresser auf seinen kräftigen Beinen heran, und Bokian sprang ab, noch ehe sein Vogel ganz zum Stehen gekommen war. Der Morgenstern baumelte ihm wieder am Gürtel – offensichtlich war der Angriff tatsächlich vorüber.

»Wir müssen uns beeilen«, drängte Jesche. »Wir haben sie unmöglich alle erwischt. Der Rest wird Verstärkung holen.«

Bokian ließ sich neben Uschkar nieder und schnallte dessen Brünne ab, in der noch immer der orkische Wurfspeer steckte. Er ließ das Rüstungsteil beiseitefallen und enthüllte Uschkars völlig unversehrten Brustkorb. Verblüfft nahm er die Brünne wieder auf und legte sie halb an – die Panzerung hatte der Waffe eine Handbreit vor Uschkars Haut Einhalt geboten. Von der Spitze des Speers tropfte eine schwärzliche, zähflüssige Masse.

»Sobald dein fallsüchtiger Bruder begriffen hat, dass er doch nicht tot ist, und wieder aufwacht«, murmelte Bok, »dann sag ihm, dass er mehr Glück als Verstand hatte. Wie immer. Das hier ist Orkenpech. Ein bösartiges Gift, das wir unterwegs auf keinen Fall behandeln können. Man verfault davon bei lebendigem Leib.«

Jesche beugte sich über den Wurfspeer und schloss erleichtert die Augen, verzog dann aber den Mund. »Wir haben mehrere Verwundete, die von so was erwischt wurden. Wenn das stimmt, was du sagst, haben wir im Grunde die Hälfte unserer Streitmacht verloren.«

Nasta fühlte unter der Kleidung nach ihrer stark blutenden Wunde. Als Bokian ihre Bemühungen bemerkte, half er ihr und legte den handlangen Schnitt an ihrer Seite frei. Er fing etwas Blut mit seinen unverletzten Fingern auf und roch daran. »Nichts«, gab er erleichtert preis. »Sieht aus, als wäre das Glück auch dir hold gewesen. Vielleicht war diese Pampe nur auf ihren Wurfspeeren.«

»Und wenn nicht?«, fragte Jeschke ernst. »Wir müssen umkehren. Sonst sterben einfach zu viele! Ganz davon zu schweigen, dass wir mit den vielen Verwundeten zu langsam wären. Wir wären wie ein Reh, dem der Jäger gemütlich hinterherschlendern kann, weil er seine Läufe mit Pfeilen gespickt hat. Die Schweineleute würden uns ganz leicht nachkommen.«

»Wir kehren nicht um.«

Der König war an sie herangetreten, ohne dass sie es bemerkt hatten. Sein kalter Blick ließ erahnen, dass er keine Widerrede duldete, und trotzdem wiederholte Jesche: »Wir können aber auch nicht weitergehen, Majestät. Wir haben zu viele Verwundete.«

»Wir kehren nicht um.« Der König drehte einen toten Ork mit dem Fuß vom Bauch auf den Rücken und schabte mit dem Absatz seines Stiefels kräftig über den Brustkorb des Toten. »Wir sind nämlich so gut wie am Ziel.«

Gemeinsam blickten die Halblinge auf den Ork, dessen erdige Tarnung Jarold entfernt hatte. Zuerst musste Nasta ein Würgen wegen der Beulen unterdrücken, die die grünliche Haut wie ein widerlicher Ausschlag überzogen. Dann wurde sie der Struktur gewahr, in der die runden Gebilde angeordnet waren: ein Baum. Winzige runde Narben bildeten über dem Brustbein eine Krone mit verzweigten Ästen und einen Stamm, der bis zum Bauchnabel – und noch tiefer – hinunterführte.

»Es kann nicht mehr weit sein«, unterstrich Jarold und ging davon.

»Majestät …«, versuchte es Nasta, doch der König war bereits außer Hörweite. *Berührt ihn die Tatsache, dass ein Attentäter so nah an seiner Seite gestanden hat, denn gar nicht?* Rutgar hatte zumindest teilweise richtig gelegen. Heptisax musste abgesehen vom heutigen Mordversuch für mindestens einen weiteren Anschlag verantwortlich sein. Wer außer ihm wäre so leicht an den Wurmeiervorrat von Brekk Sokatteris gekommen? Sie alle hatten den servilen Leibdiener völlig unterschätzt.

Unsanft wurde sie aus ihren Gedanken gerissen, als sie Bik näher kommen sah. Er taumelte, und sie stand auf, um ihn zu stützen. Die Wunde in ihrer Seite war sofort vergessen. Fast schämte sie sich dafür, als sie sah, wie es ihm ergangen war: Sein Gesicht war schier vollständig verbrannt. Dort, wo seine Augen und seine Stirn hätten sein müssen, war ihm das Fleisch zu einer einzigen Masse zusammengeschmolzen – teils schwarz verkohlt, teils rund klaffend, Nadeln, Blätter und Dreck vom Waldboden klebten in den feuchten Stellen.

»Bik …«, hörte sie sich sagen. »O Bik …«

»Wie ist das passiert?«, fragte Bokian. Nasta entging die aufsteigende Panik in seiner Stimme nicht. *Und hat er nicht recht, in Panik zu verfallen? Biks Augen sind fort!*

Bik drehte sich schwach in Nastas Armen. »In den Höhlen von Anjo, diesem Aufschneider. Ich konnte nicht anders. Ich musste mir etwas von ihm klauen. Roten Skaldatschlamm aus den Teichen. Ich habe ihn in meine Trinkflasche getan. Und vorhin habe ich das Wasser rauslaufen lassen. Damit das Skaldat erwacht. Und dann habe ich die Flasche geschüttelt. Damit es zornig wird. Anders hätte ich die Orks nicht aufhalten können. Nicht alle.«

Nasta hörte sich schluchzen.

»Weine nicht.« Bik drehte sein schwer entstelltes Gesicht zu ihr. Seine geschwollenen Lippen krümmten sich zu einem Lächeln, und er strich ihr zärtlich über den Kopf. »Ich werde nie vergessen, wie schön du bist.«

23

*Versuche nie, unseren Fluch der Ewigen Wanderschaft
zu überlisten. Viele haben es versucht,
alle sind gescheitert. Am Ende bist es nur du,
der größeres Leid erfahren wird,
als du dir auszumalen vermagst.*

Aus den Lehren des Alten Geschlechts

Rutgar spähte angestrengt in den tiefen Talkessel hinab. So viele Zweifel er auch an den Schilderungen der Norger, was das Erscheinen des Skaldats in der Welt anging, haben mochte, er konnte eines schlecht verleugnen: Der Krater hier sah tatsächlich so aus, als hätte sich ein gewaltiger Gesteinsbrocken mit unvorstellbarer Wucht in die Erde gebohrt.

Dass er nicht überprüfen konnte, wie viel von dem fliegenden Berg aus Skaldat in der Mitte des Kessels übrig geblieben war, lag daran, dass sich dort etwas so Riesiges erhob, wie er es noch nie gesehen hatte. Wenn die Wolken tief hingen, kratzte bisweilen auch die dünne Spitze des großen Haupttempels Nundirovils auf Taurar an ihren Bäuchen, doch der Träumende Baum hier im Herzen des Orkenforsts durchstieß die Wolken, sodass seine ausladende Krone, die einem Berg hätte Schatten spenden können, nicht mehr als ein schwacher grauer Schemen war, der sich nahezu über den gesamten Himmel erstreckte.

Rutgar vermutete beinahe, dass Kaimu Kala und Taga Miwitu ein Fehler bei der Übersetzung unterlaufen war: *Kann es sein, dass es nicht »Träumender Baum«, sondern »Baum wie aus einem*

Traum« heißen müsste? Wie kann so etwas überhaupt existieren, ohne dass außerhalb dieses Waldes jemand davon weiß?
Der Eindruck einer den Verstand benebelnden Unwirklichkeit wurde dadurch noch verstärkt, dass er nicht hätte sagen können, welche Art von Baum da genau ins Riesenhafte angewachsen war. Die Borke war an einigen Stellen rau wie bei einer Eiche, an anderen buchenglatt und an wieder anderen von aufgesprungenen Rissen überzogen, wie man es von Birken kannte. An den Ästen sprossen junge wie alte Blätter in verschiedensten Farben und Formen: hellgrüne und sattgrüne, aber auch braune, gelbe, rote und welche mit einem merkwürdigen Stich ins Blaue. Manche waren lang und lanzenförmig, manche kurz und rundlich, manche an den Rändern spitz zerfasernd oder gemahnten an Hände mit weit gespreizten Fingern. Darüber hinaus beherbergten die Äste eine Vielzahl an Schmarotzern und boten vielen um den Baum herumgewucherten Schlingpflanzen Halt: buschig-graue Bartflechten, Misteln mit ihren roten Beeren, im Wind wehendes Feenhaar, Lianen mit schiffstaulangen Luftwurzeln. Auch das Wurzelwerk des Baumes war imposant, obschon Rutgar das Gefühl nicht loswurde, dass die Zahl der Stränge, die wie haushohe braune Würmer über den Boden krochen, niemals ausreichen konnte, um diesen Giganten fest im Erdreich zu verankern. Er wollte gar nicht darüber nachdenken, wie weit der Baum sich gewissermaßen unterirdisch und damit unsichtbar rings um seinen Stamm noch durch den Krater erstreckte. Und überhaupt der Stamm – diese lebendige Säule war ein gutes Stück breiter, als die größte Handelsgaleere, die er je im Hafen der Silbernen Insel gesehen hatte, lang gewesen war.

Aber es gelang ihm wesentlich besser als seinen Begleitern, sich vom Anblick des Baumes loszureißen und sich auf die vor ihnen liegende Aufgabe zu konzentrieren. Wieder einmal war er dankbar für seine strenge Ausbildung. Wer vorhatte, sich einem Ziel zu nähern, das sich beispielsweise inmitten eines mit Juwelen ausgekleideten Spiegelsaals aufhielt, durfte sich auf keinen Fall von der imposanten, die Sinne fesselnden Umgebung ablenken lassen. Zugegebenermaßen waren die Übungen, die man unter anderem mit Gruppen nackter Tänzer durchgeführt hatte, angenehm gewesen, aber eine weitere wichtige Lektion hatte gelautet: »Man kann es sich nicht immer aussuchen, wo man seine Klinge wispern lässt.«

Rutgar widmete sich den letzten Vorbereitungen für die Mission. »Sind wir alle sicher, dass wir dieses Ding gut tragen können?«

Er sprach von dem Skaldatsprengsatz, den Galla Piparion gebaut hatte und der nun zwei Schritte hinter dem Kraterrand lag. Ihm war immer noch nicht ganz wohl bei dieser Sache. *Skaldat ist ein nützliches Zeug, ja, aber es ist nichtsdestoweniger unberechenbar. Ich setze es schon unter geordneteren Bedingungen nur ungern ein, und hier von geordnet zu sprechen, wäre eine Dreistigkeit. Aber wenn es irgendwie hilft, dass mein verblendeter Herr Bruder sich früher zu einer Rückkehr nach Hause entschließt, dann will ich es zumindest versuchen. Aber was zerbreche ich mir über derlei Dinge eigentlich den Kopf? Noch steht ja nicht einmal fest, dass ich den nächsten Tag noch erlebe.*

»Unser Plan muss aufgehen.« Jarolds Augen leuchteten. »Unser Plan *wird* aufgehen.« Er legte eine Hand auf den Sprengsatz – ein mit Eisenbändern beschlagenes Holzfass von der Größe eines kräftig gewachsenen Hundes, das im Deckel mit einem Zündmechanismus in Form eines herausziehbaren, hauchdünn mit blauem Skaldat überzogenen Blechs versehen war. Es war in eine Öltuchplane geschlagen, und der Plan, von dem Jarold sich so überzeugt zeigte, sah vor, dass je ein Träger an jeder Ecke der Plane ausreichen sollte, um das Fass hinunter zum Baum zu befördern. »An mir wird es nicht scheitern.« Jarold rollte mit den Schultern wie ein Faustkämpfer, der sich auf ein Duell im Ring einstellte, das jeden Augenblick beginnen sollte. »Ich würde dieses Fass um die halbe Welt tragen, wenn es denn sein muss.«

»Solange ich eine Ecke auf der rechten Seite übernehmen kann«, sagte Leviko mit wesentlich weniger Begeisterung als sein König. Der Seneschall musterte seine Rechte, die in einem klobigen Panzerhandschuh steckte. »Ich bin auch keine zwanzig Sommer mehr, und wenn ich rechts schwer hebe, zieht mir der Schmerz bis ins Bein hinunter.«

»Wie steht es mit Euch, Barde?«, wollte Jarold wissen.

Fulmar nickte stumm, den Mund halb offen, die beinahe glasig wirkenden Augen unverrückbar auf den Baum gerichtet.

»Na schön.« Jarold rieb sich die Hände. »Ich hoffe aber sehr, dass Euch mehr Worte einfallen, sobald es daran geht, unsere Großtat in ein Lied zu verwandeln, das man noch in ferner Zukunft singen wird.« Sein Lächeln wurde ein wenig schmaler, und er hob in schulmeisterlicher Manier beide Zeigefinger. »Vergesst mir eines nicht: Wir müssen schnell sein. Sobald mein Bruder bis tausend gezählt hat, sollten wir den Sprengsatz gelegt haben.«

Leviko sah zu Rutgar. »Werdet Ihr das zuverlässig hinkriegen? Was, wenn die Ablenkung zu groß wird?«

»Er wird es schaffen«, antwortete Jarold rasch. »Es gibt keine Ablenkung, die groß genug wäre, um meinen Bruder in ihren Bann zu schlagen.«

Es war ein seltenes Lob, aber nichtsdestominder zutreffend. Wenn Rutgar etwas gesagt hätte wie »Ich habe schon in einem brennenden Haus bis tausend gezählt, während ich gegen einen mit Menschenfleisch großgezogenen Wachhund mit vergifteten Fängen gekämpft habe«, wäre das nicht einmal eine Lüge gewesen. Er beließ es jedoch bei einem schlichteren »Überlasst das Zählen ruhig mir«.

»Wenn die tausend erreicht sind«, fuhr Jarold fort, »brechen die anderen ihren Angriff ab. Obwohl …« Er schaute zum gegenüberliegenden Rand des Talkessels. »Notfalls werden sie gewiss weiterkämpfen.«

Rutgar hoffte, dass es nicht so weit kommen würde. Ihm war vollkommen klar, warum sein Bruder den gesamten Plan noch einmal darlegte, obwohl sie ihn schon Dutzende Male besprochen hatten, seit sie am frühen Morgen auf den Träumenden Baum gestoßen waren. Es war die Unruhe des jungen Heerführers vor der entscheidenden Schlacht. Sie war durchaus verständlich, aber Rutgar fand, dass sie in Anbetracht der ihnen zur Verfügung stehenden Mittel und der äußeren Umstände eine tragfähige Vorgehensweise ausgeheckt hatten: Um den vier Bombenträgern die Gelegenheit zu verschaffen, an ihr Ziel zu gelangen, würde der Rest des Zugs einen Angriff auf der gegenüberliegenden Seite des Kraters starten. So würden die Gegner von der eigentlichen Bedrohung ihres Heiligtums fortgelockt. *Und wenn alle Stricke reißen, bin ich gern gewillt, die Sprengladung einfach dann zu zünden, sobald wir da unten im Kessel auf unüberwindbaren Widerstand stoßen.*

»Sobald wir die Platte aus dem Deckel des Fasses ziehen«, erläuterte Jarold weiter, »fängt mein Bruder erneut an zu zählen. Diesmal bis fünfhundert. Das ist die Zeit, die wir haben, um uns vom roten Skaldat zu entfernen, ehe es seine Macht entfesselt. Noch Fragen?«

Niemand hatte welche, und so begann das Warten erneut. Die Dimidiansgarde würde die Vorhut des Ablenkungsangriffs bilden, und erst wenn sie sich in Position gebracht und zugeschlagen hatte, konnten Rutgar und die anderen mit dem Skaldatfass loslaufen. Es war ein zähes Geduldsspiel.

Rutgar betrachtete wieder den Krater. Eines war beruhigend: Die Zahl der orkischen Verteidiger hier war geringer, als er es erwartet hätte. Er schätzte die Zahl der nackten Spinnenkrieger mit den Narbenbildern des Baumes in der Haut auf höchstens fünf Dutzend. Hinzu kamen vielleicht ein Dutzend Schweineleute mit absurden Kopfbedeckungen aus Schädeln, Federn, Krallen und anderen Überresten toter Tiere, bei denen es sich Kaimu Kala zufolge um Schamanen handelte, die ihren Stämmen den Rücken gekehrt und sich dem Schutz des Träumenden Baumes verschrieben hatten. »Weil er nach ihnen ruft«, hatte die Orkin gesagt.

Die Baumhüter selbst bereiteten Rutgar jedoch weniger Sorgen als das, was den Baum sonst noch umgab: An mehreren Stellen im Kessel ragten Gesteinsbrocken aus der Erde, die das charakteristische Schimmern des zaubermächtigen Skaldats besaßen – die größten hätten sogar eine der zwischen ihnen verstreuten orkischen Lehmhütten unter sich zermalmen können. Die vorherrschenden Farben schienen Schwarz und Weiß zu sein, aber wenn Rutgars Augen ihm keinen Streich spielten, waren auch andere Arten des Skaldats vertreten: grünes, das angeblich jedem noch so kargen Acker reichliche Ernte abringen konnte; gelbes, dem man die Macht nachsagte, jeden Stoff in pures Gold zu verwandeln; das seltene silberne Skaldat, mit dem man einigen reißerischen Erzählungen nach ins Totenreich reisen oder zu Verstorbenen sprechen konnte … *Gut, dass Galla Piparion das nicht sieht. Bei einem solchen Anblick hätte sie sicher völlig die Beherrschung über sich verloren und wäre mit gerafften Rockschößen und wehendem Schleier in den Krater hinuntergerannt.* Womöglich hätte die Alchimistin ihm auch die Frage beantworten können, die sich ihm mehr und mehr aufdrängte. So jedoch musste er sie wohl dem Mann stellen, den er nach wie vor für einen Aufschneider hielt. »Was tun wir, wenn die Schamanen das viele Skaldat nutzen, um damit irgendwelche finsteren Zauber zu wirken?«

Fulmar schien ihn nicht einmal zu hören. Das rote Haar vom Wind zerzaust, stand er einfach nur brettsteif da und starrte hinauf zur wolkenverhangenen Krone des Träumenden Baums. Er murmelte beständig eine Silbe, die für Rutgar keinen Sinn ergab. »Dridd. Dridd. Dridd. Dridd.«

Laut und klar erklang eine Stimme in Rutgars Kopf. »Barmirr«, sagte sie in einer eigentümlichen Mischung aus Freude und Wehmut. Einen Wimpernschlag lang hörte er helles Kinderlachen und hatte den Duft einer Sommerwiese in der Nase. Dann waren die Eindrücke auch schon wieder verflogen. Er hätte sie vielleicht der nervlichen Belastung der Bombenmission zugeschrieben, wenn sie ihn nun nicht schon zum dritten

Mal in völlig gleichartiger Weise heimgesucht hätten. Noch dazu wusste er, dass es zumindest Jarold und Leviko genauso erging. Sie sprachen zwar nicht darüber, doch er musste sie nicht fragen. Er merkte es ihnen an – sie schauten dann rasch über die Schulter und blickten sich suchend um. So wie jetzt. *Wie Kinder, die sich in einen dunklen Keller gewagt haben, von dem man ihnen erzählt hat, dass es darin spukt.*

»Schade.« Jarold rollte noch einmal mit den Schultern und blies sich eine Strähne aus der Stirn. »Wirklich schade.«

Rutgar nahm die Gelegenheit, noch ein paar Worte zu wechseln, dankbar wahr. »Was ist schade?«

»Dass Bik unseren Triumph nicht wird sehen können«, sinnierte Jarold. »Keiner von uns hat mehr dafür gegeben als er.«

Rutgar erinnerte sich zwar an einige Gefallene aus ihren Reihen, die diese Einschätzung als sehr ungerecht empfunden hätten – wenn sie denn dazu noch in der Lage gewesen wären –, doch er berichtigte seinen Bruder nicht. Ihm stand der Sinn eher nach einem nichtigen Geplänkel. »Meinst du nicht eher, es ist schade, dass Nasta den Angriff dort drüben anführt, anstatt uns zu begleiten?«

»Lass diese Scherze!« Jarold warf ihm einen erstaunlich eisigen Blick zu. »Sie wird ihre Aufgabe gut machen. Hüben wie drüben. Ich meine es ernst, was ich über meinen blinden Ritter sagte.«

Rutgar studierte die mit einem Mal verschlossene Miene seines Bruders. *Ist dir trotz allem Übermut vielleicht plötzlich bewusst geworden, dass wir im Begriff sind, Leib und Leben aufs Spiel zu setzen, um für den Tod eines einzigen Mannes Vergeltung zu üben? Noch dazu eines Mannes, den keiner von uns sonderlich geschätzt hat? Eines Mannes, der einfältig genug war, einen getarnten Meuchler als Leibdiener anzustellen?*

Der Gedanke an Brekk und sein unrühmliches Ende weckte sofort Rutgars schlechtes Gewissen in Sachen Heptisax. *Wie konnte ich nur übersehen, dass ich die größte Gefahr die ganze Zeit über unmittelbar vor der Nase hatte? Es muss an Westborn liegen. An dieser fremden Umgebung, diesem Land, wo wirklich alles anders ist als auf Taurar. Daheim hätte ich das Gift im Wein geschmeckt, mit dem Heptisax versucht hat, mich vor seinem ersten Anschlag auf Jarold diskret aus dem Weg zu räumen. Letzten Endes verdankt der König sein Leben nur meinem robusten Verdauungstrakt.*

Er hatte inzwischen sogar eine starke Vermutung, wie Heptisax in jener Nacht vorgegangen war. Um die falsche Spur in Richtung der Orks zu legen, hatte er sich unten bei den beiden Wachen am Fuß des großen Turms der Sunnastader Burg eines einfachen Kniffs bedient. Rutgars Ausbilder hatten sogar einen eigenen Namen dafür. Den Dolchgruß. Oder den Pfeilgruß, je nachdem, welche Waffe man zum Einsatz brachte. Für Heptisax war Letzteres zutreffender: Er hatte sich den Gardisten nicht als Ork verkleidet genähert, sondern in der Erscheinung, die ihnen bekannt und vertraut war – die des harmlosen, unterwürfigen Leibdieners. Sie hatten gewiss nicht geahnt, dass er zwei Pfeile orkischer Machart in seinen Ärmeln verborgen hielt, die er ihnen gewissermaßen im Vorbeigehen in die Köpfe rammte. Das löste auch das Rätsel, wie ein einzelner in den Palast eingedrungener Schütze so schnell hintereinander zwei Ziele hatte treffen können, ohne dass eines der Opfer Alarm schlug – nämlich gar nicht. Streng genommen hatte Heptisax die beiden erstochen, ehe er sich dann eine krude Orkmaske übergestreift hatte.

Und das war gewiss nicht die einzige Gelegenheit, bei der er verdammt nahe daran gewesen war, seine Mission zu erfüllen. Es war gut möglich, dass er die Bande heruntergekommener Orks angeheuert hatte, derentwegen Jarolds Abschiedsfest sich in den Auftakt zu seiner Krönung verwandelt hatte. Und was es mit ihrer nächtlichen Begegnung, bei der er Heptisax in verfänglicher Pose begegnet war, wohl wirklich auf sich hatte, darüber gab er sich auch keinen Illusionen hin. *Doch all das braucht mich eigentlich nicht mehr zu scheren. Heptisax ist Futter für die Aasfresser dieses Forsts. Wie er es verdient hat. Sein*

Kadaver ist bestimmt schon von eifrigen Mäulern und Schnäbeln in Fetzen gerissen, und ...

Rutgar kniff die Augen zusammen. Auf der anderen Seite des Kessels fasste sich ein Norger – auf die Entfernung ins Zwergenhafte geschrumpft – an den Hals, wankte und kippte schließlich um. Uschkar hatte seinen Bogen sprechen lassen. »Es geht los!«

Rutgar begann zu zählen und griff nach seiner Ecke der Plane vorne rechts. Sein Bruder ging vorne neben ihm, dahinter Fulmar, und Rutgar selbst hatte Leviko im Rücken.

Als er die zehn erreicht hatte, waren sie erstaunlicherweise schon beim Abstieg, während drunten Trommeln geschlagen und in Hörner gestoßen wurde. Der Sprengsatz kam ihm schwerer vor, als sie den steilen Hang aus losem Geröll hinunter stolperten und schlitterten.

Fünfzig.

Wie durch ein Wunder kam niemand zu Fall. War es möglich, dass einer ihrer zivilisierten Götter – die Untrennbaren, Nundirovil, vielleicht sogar die Strenge Mutter – eine schützende Hand über sie hielt, damit sie nicht den wilden Geistern der Orks zum Opfer fielen?

Achtzig.

Der Wind trug Schlachtenlärm heran – Schreie, das Klirren von Rüstungen und Waffen, das Stampfen von Hufen.

Hundert.

Sie erreichten den Grund des Talkessels. Rutgar gab die Richtung vor. Er wollte einer Route folgen, die er von oben ausgespäht hatte. Sie führte grob in die Mitte des Stamms.

»Schneller! Schneller!«, feuerte sie Jarold an.

Hundertdreißig.

Ein Rucken am Fass brachte Rutgar um ein Haar aus dem Tritt.

»Was war das?«, quetschte Leviko zwischen zusammengebissenen Zähnen hervor.

»Nicht stehen bleiben!«, bellte Jarold.

Das Rucken wiederholte sich, noch heftiger als beim ersten Mal. Es fühlte sich an, als wollte das Fass einen Satz aus dem Öltuch herausmachen. Aber wohin?

Beim dritten Rucken achtete Rutgar darauf. *Dort! Natürlich!* Sie hielten gerade auf einen größeren Brocken rotes Skaldat zu. »Skaldat zieht es zu Skaldat«, murmelte er, um dann laut »Weiter rechts!« zu rufen.

»Was?«

»Wir müssen einen Bogen um die Skaldatbrocken schlagen«, erklärte er seinem Bruder die Lage.

»Aber dann brauchen wir länger!«

»Wir haben keine Wahl!«

»Passt das in unsere Planung?«

»Wir werden sehen.«

Zweihundert.

Wie ein schlingerndes Schiff in schwerer See schwankten sie mal hierhin, mal dorthin – stets darauf bedacht, zumindest den größeren Skaldatmassen weiträumig auszuweichen. Rutgar brannte die Schulter vor Anstrengung, doch darauf achtete er nicht weiter. Ihn plagte eine andere Sorge. Er hatte die Route durch den Krater und hin zum Stamm eigentlich so geplant, dass sie nicht allzu nahe an den verstreuten Behausungen der Orks vorbeiführte. Das ließ sich nun nicht länger bewerkstelligen. Er konnte nur hoffen, dass es den Angreifern gelang, wirklich alle Verteidiger in ein Scharmützel zu verwickeln. Den Geräuschen nach zu urteilen, verhielt es sich zum Glück so.

Zweihundertsiebzig.

Weiter.

Zweihunderteinundsiebzig.

Nur weiter.

Zweihundertzweiundsiebzig.

Ein Ork tauchte aus dem Schatten eines Skaldatbrockens auf und rannte auf sie zu. Schweigend, nackt, mit braunem Schlamm zur Tarnung eingerieben. Ein Spinnenkrieger wie die, in deren

Hinterhalt sie im Wald geraten waren. Der Schweinemann, der es von der Statur her locker mit Leviko aufnehmen konnte, schwang eine mannslange Keule. Während die Orks Waffen wie diese sonst durch Vulkanglassplitter noch gefährlicher machten, war dieses Mordinstrument am Kopf mit einem Ring aus faustgroßen, spitzen Steinen versehen, um die herum die Luft rötlich schimmerte. *Skaldat!*

»Absetzen! Absetzen!«, schrie Rutgar, da war der Angreifer auch schon heran.

Rutgar ließ seine Ecke der Plane los, um sich unter dem ersten Keulenhieb wegzuducken. Er hörte die Luft rauschen und spürte eine stechende Hitze am Hinterkopf.

Jarold machte einen Ausfallschritt. Sein Degen bohrte sich dem Ork quer durch die Wade. Ohne einen Laut versetzte er dem König einen Stoß mit der Schulter und sandte ihn zu Boden. Jarold hielt seine Klinge umklammert und zog sie verzweifelt in einer sägenden Bewegung hin und her. Der Ork hob die Keule.

Etwas Schweres, Ächzendes prallte Rutgar in den Rücken. *Leviko!* Gemeinsam krachten sie schwer gegen den Ork, der aus dem Gleichgewicht geriet. Zu dritt stürzten sie zu Boden. Die Keule des Schweinemanns schlug dumpf gegen den öltuchumwickelten Sprengsatz – und blieb daran haften! Während Leviko mit angewinkeltem Arm versuchte, dem Ork den Kehlkopf zu zerdrücken, löste Rutgar sich halb aus dem Gewirr von Gliedmaßen. Nach einem raschen Seitenblick auf Jarold – den Göttern sei Dank war er unversehrt! – zückte er seine Klinge und stach auf den Unterleib des Orks ein. Der Krieger wand sich hin und her, aber gegen Levikos Masse und den Schmerz gab es kein Ankommen. Etwas im Hals des Schweinemanns knackte, seine Beine zuckten, der Geruch von Blut und Eingeweiden aus seinem durchlöcherten Bauch vermischte sich mit dem von Exkrementen. Trotzdem stellte Rutgar seine Attacken erst ein, als er sich vollkommen sicher war, dass kein Leben mehr im Gegner steckte.

Dreihundert.

Jarold befreite seinen Degen aus der Wade des toten Orks, während Leviko und Rutgar mit vereinten Kräften die Keule des Kriegers vom Sprengsatz lösten. Fulmars Interesse schien weiterhin einzig und allein dem Baum zu gelten. Er stand da, den Zipfel seiner Ecke in der Hand und stierte auf den Stamm des riesigen Gewächses. Dann endlich konnten sie ihren Weg fortsetzen.

Rutgar bediente sich einer weiteren Kunst, wie sie ihm von den Meistern seiner Zunft beigebracht worden war, um sich von dem Zwischenfall mit dem Ork nicht den Mut rauben zu lassen. Er kapselte einen Teil seines Verstands bewusst vom Rest ab, um sich in diesem Winkel genau auszumalen, wie ihre Mission von Erfolg gekrönt war. Wie sie die Ladung legten; wie sie die Platte mit dem blauen Skaldat aus dem Deckel zogen; wie sie zurück zum Rand des Talkessels rannten; wie der Baum hinter ihnen in einem tosenden Feuerball verging.

Dreihundertsechsunddreißig.

Helles Kinderlachen erklang in seinen Ohren, und ein kräftiger Blütenduft umfing ihn. »Barmirr« hörte er die eindringliche Stimme sagen. »Barmirr.« Er schüttelte den Kopf, und die Sinnestäuschung – so es denn eine war – verflog.

Vierhundertzwei.

Sie folgten einer immer dicker werdenden Wurzel, während das Blut des Orks auf Rutgars Händen allmählich trocknete, und gelangten schließlich an den Stamm des Träumenden Baumes.

»Links! Links!«, wies er die anderen an.

Jarold stieß ein keuchendes Lachen aus. »Fast geschafft, Männer. Fast geschafft.«

Er hatte recht. Zumindest die Orientierung fiel ihnen nun leichter. Außerdem gab es so dicht am Baum kaum noch Skaldatbrocken, denen sie hätten ausweichen müssen.

Rutgar lauschte nach der Schlacht. War der Lärm leiser geworden? Hätte er nicht lauter klingen müssen, nun, da sie sich näher an das Kampfgeschehen heranbewegt hatten? Oder hatten die Ritter und Gardisten die Orks womöglich dazu verleitet, sie tief in den Wald hinein zu verfolgen?

»Was ist das für ein verfluchter Baum?« Levikos angestrengte Worte troffen vor Ekel. »Das ist keine Rinde.«

Rutgar schauderte, als er sah, was der Seneschall meinte. Die Borke des Baumes wirkte aus der Nähe gar nicht mehr wie Rinde, sondern wie ledrige, von Abertausenden Fältchen durchzogene Haut.

»Weiter!«, drängte er und versuchte sich ins Gedächtnis zu rufen, dass ihn auch wesentlich Verlockenderes – nackte Tänzer beispielsweise – nicht von seinem Ziel hätte abbringen können.

Fünfhundertelf.

Einen winzigen Augenblick wurde die Bombe leichter, dann aber umso schwerer, und beinahe hätte es ihm den Planenzipfel aus der Hand gerissen.

»Verdammte Axt!« Leviko war gestrauchelt. Das Haar des Seneschalls war eine nasse Matte, und was unter seinem Bart von seiner Gesichtshaut zu sehen war, war kalkweiß.

»Geht es?«

»Es muss!«, stöhnte Leviko und schob sich kurz die rechte Hand unter die linke Achsel. »Es muss!«

»Auf! Auf!« Jarold gestikulierte wild mit seiner freien Hand. »Haltet da nicht Maulaffen feil! Es ist nicht mehr weit!«

Leviko kämpfte sich auf die Beine und griff nach der Plane. »Wie Ihr wünscht, Majestät, wie Ihr wünscht ...«

Fünfhundertsiebenundzwanzig.

Jarold hatte nicht gelogen. Sie waren fast an der Stelle, die Rutgar vorhin vom Kraterrand aus als besten Ablageort für die Bombe ausgemacht hatte. Nur dass sie von dort wie eine kleine Spalte im Stamm ausgesehen hatte – kaum mehr als ein Kratzer, wie ihn eine Katze an einer Zimmertür hinterließ, wenn sie daran scharrte. Jetzt jedoch erwies sich, dass diese Wunde viel tiefer reichte: Sie war die Öffnung zu einer regelrechten Höhle.

Offenbar besaß dieser Ort auch für die Orks eine besondere Bedeutung. Sie hatten vor dem Spalt links und rechts zwei Reihen von Totems aufgestellt, durch deren Spalier das kleine Grüppchen nun mit seiner Bombe eilte. Die Götzenbilder waren menschenähnlich: Sie verfügten über Arme und Beine aus Knochen und Holz, und ihr Rumpf war mit silbrigen Drahtfäden umwickelt, doch anstelle von Köpfen hatten sie lediglich große Knäuel aus aufgebauschter roter Wolle.

»Seht mal, Barde!«, sagte Jarold mit jener sonderbaren Form der Belustigung, wie sie die Todesgefahr in manchen Menschen weckt. »Die sehen aus wie Ihr. Ihr dürft Euch freuen. Ihr seid ein Gott unter den Orks!«

Fulmar antwortete nicht. Rutgar wollte seinen Bruder aus reinem Spaß an der Boshaftigkeit darauf hinweisen, dass die Orks keine Götter kannten, da überfielen ihn ein weiteres Mal jene Sinnesreize, als deren Urheber er den Träumenden Baum vermutete. Kinderlachen. Blütenduft. Die Stimme. »Barmirr.«

Er trieb sich weiter an, und anscheinend hatte er seine Muskeln nun so weit überbeansprucht, dass sie ihm vorgaukelten, die Sprengladung wäre ein wenig leichter geworden – oder es war die Hoffnung darauf, dass diese Tortur bald vorüber war, die für die sonderbare Minderung der Last sorgte.

Fünfhundertdreiundfünfzig.

Sie betraten die Höhle. Rutgar hatte schon damit gerechnet, dass sie sich im Dunkeln zum tiefsten Punkt vorantasten mussten, aber er hatte sich getäuscht. Schon nach wenigen Schritten war er in ein kräftiges, blaues Leuchten gehüllt, und der Spalt weitete sich zu einer Kaverne von solch immensen Ausmaßen, dass man hätte meinen können, in der gewaltigsten Tempelkuppel der Welt zu stehen.

Einige Herzschläge lang herrschte nur ungläubiges Staunen. Der Ursprung des bläulichen Scheins war nicht zu übersehen. *Das sind dieselben Pilze, die ich im Keller dieser Kaschemme in Sunnastad gesehen habe. Die Pilze, derentwegen Brekk gestorben ist. Wie nannten die Norger sie noch gleich? Wurmeier?* Wie auch immer: Hier bedeckten sie in großen Kolonien Wände und Decke der Höhle, und Rutgar beschlich das ungute Gefühl, sich in das Innere einer Kreatur vorgewagt und einen Frevel begangen zu haben, vor dem jeder Sterbliche sich tunlichst hüten sollte. Vieles von dem, wessen er hier gewahr wurde, war unmöglich – zumindest hatte es auf natürliche Weise nichts an oder in einem Baum verloren.

Aus dem Boden wuchsen an verschiedenen Stellen lange, gelbliche Gebilde, die man in einer Höhle aus Fels vielleicht für Tropfsteine hätte halten können. Doch dazu waren sie viel zu schmal, und sie bestanden aus dem falschen Material: Horn. Rutgar weigerte sich, daran zu glauben, dass das wirklich Nägel waren, wie sie auch an seinen Fingern und Zehen wuchsen.

Es gab jedoch noch weitere entfremdete Teile eines menschlichen Körpers zu entdecken. An den runden Wänden wucherten zwischen den Pilzen büschelweise rote Haare. Rutgar machte armlange Zungen aus, die schlaff von holzigen Wucherungen herabhingen. Zähne, die sich aus feinen Knospen schälten. Nackte, pulsierende Muskeln, wie schwankende Pfeiler. Und ganz hoch droben – am höchsten Punkt der Decke – glitzerten Hunderte von blauen Augen, die zu ihnen herabstarrten.

Als ob das alles noch nicht genug wäre, jeden Besucher an seinem Verstand zweifeln zu lassen. Rutgar hätte jeden Eid geschworen, dass die Erde unter seinen Füßen bebte, als würde sich etwas von noch unglaublicherer Größe als der Baum darunter bewegen. Etwas, das sich in einem unruhigen Schlaf hin und her wälzte – begleitet vom mahlenden Geräusch trockener Schuppen, die aneinanderrieben. Es stank so sehr nach Blumen, dass einem das Atmen schwerfiel, und man schien von Kindern umringt, deren Gelächter einen aus allen Richtungen bedrängte. Ein Heulen. »Barmirr.« Ein Jauchzen. »Barmirr.« Ein Greinen. »Barmirr.«

»Das ist kein Baum«, flüsterte Leviko, heiser vor Anstrengung und Grauen. »Das kann kein Baum sein. Ihr Untrennbaren – lasst das bitte keinen Baum sein.«

Sechshundertzwei.
Fulmar brach endlich sein Schweigen, doch angesichts dessen, was er zu sagen hatte, wäre es Rutgar lieber gewesen, der Barde hätte für immer sein Maul gehalten. »Das ist mein Bruder. Ich habe ihn gefunden. Mein Bruder. Barmirr.« Er fiel auf die Knie, hob die Hände und redete flehentlich auf die Augen an der Decke ein – in einer harten Sprache, die Rutgar nicht kannte und die dennoch Bilder von eisigen Weiten und unergründlichen Nachthimmeln heraufbeschwor. Tränen rannen dem Barden über die Wangen.

»Was flennt er plötzlich so?« Jarold wirkte nicht verwundert, sondern eher angeekelt. »Und was faselt er da von einem Bruder?«

»Achte nicht auf ihn«, empfahl ihm Rutgar mit aller Nüchternheit, die er an diesem albtraumhaften Ort aufbringen konnte. »Unser feuriger Lautenschläger hält sich doch tatsächlich für einen Tegin.«

»Das Alte Geschlecht?« Jarold lachte nicht lauthals los, wie Rutgar es erwartet hätte. Er strahlte allerdings über das ganze Gesicht, und im Licht der Pilze wirkte er wie eine grausige Maske des Venustus – jenes blauhäutigen Dämons in Diensten des Vertrauenswürdigen Betrügers, der seine Opfer dadurch tötete, dass er ihnen immer wieder den gleichen Schwank erzählte, bis ihnen der Schädel zersprang. »Weißt du, was das bedeutet?«

»Nein ...«

»Dass uns ein so ein altes, stolzes Wesen auf der Reise begleitet, ist das beste Omen, das man sich wünschen kann!«

»Verzeiht, Majestät.« Leviko hatte damit begonnen, das Fass mit dem roten Skaldat aus der Plane zu wickeln. »Es scheint, als stünden wir vor einem kleinen Hindernis.«

Sechshundertfünfundsechzig.
Vielleicht war es passiert, als sie das Fass hatten fallen lassen, nachdem Leviko gestrauchelt war. Vielleicht schon vorher beim Angriff des Orks. Es spielte keine Rolle. Das Ergebnis war

dasselbe: Das Behältnis für das rote Skaldat hatte irgendwann unterwegs einen Riss erlitten, und nun schwappte Wasser in der Mulde, die sich durch das Gewicht des Fasses in der Plane gebildet hatte. Rutgar stellte fest, dass er nichts spürte – nicht einmal Enttäuschung. Einfach nur nichts.

»Die Lösung liegt auf der Hand.« Leviko pochte sanft auf den Fassdeckel. »Im Grunde hat sich nicht viel geändert. Jemand muss nach wie vor die Platte herausziehen.«

»Die Platte herausziehen?« Jarold schüttelte den Kopf, als stünde ein ausgemachter Trottel vor ihm. »Aber ohne dass das Wasser das Skaldat noch einen Moment auseinanderhält …«

»Das ist es, was Ihr belauscht habt!« Fulmar war aufgesprungen und redete auf Rutgar ein, die Wangen feucht, die Augen irr. »In den heißen Quellen. Bei dem Halbling mit der Dampf speienden Echse, wisst Ihr noch? Der Zwist zwischen mir und meinem Bruder? Darum ging es. Er wollte einen Weg finden, um dem Fluch der Ewigen Wanderschaft zu entgehen. Er muss sich in diesen Baum verwandelt haben, versteht Ihr? Er wollte unbedingt recht behalten. Aber er wusste nicht, was für einen schrecklichen Preis er dafür bezahlen würde.« Er breitete die Arme aus, drehte sich einmal um die eigene Achse. »Ist das überhaupt noch ein Leben? Und wenn ja, ist es dann ein besseres als eines, an dem man nie zu lange an einem Ort verweilen kann, ohne dass einen die Last der Jahre einholt? Was hast du dir dabei gedacht, Bruder? Hm? Wolltest du ein Gott sein? Dachtest du, du würdest so den Freitod finden?« Erst jetzt schien Fulmar das Malheur mit dem Fass zu bemerken. »Oh-oh.« Er schlang in geübten, schnellen Bewegungen, für die sich auch ein Gaukler nicht hätte schämen müssen, die Laute vom Rücken und schlug einen traurigen Akkord an. »Ist es Zeit für eine Klage?«

»Er hat den Verstand verloren«, stellte Jarold fest.

»Man kann nur verlieren, was man besitzt«, merkte Leviko an.

»Sehr lustig.« Fulmar zupfte eine rasche, heitere Weise. »Meint Ihr, ich wüsste nicht, was hier geschehen ist? Was das Schicksal nun von uns verlangt? Das weiß ich sehr wohl.« Seine Stimme wurde todernst. »Ich werde bleiben. Ich werde tun, was nötig ist. Das bin ich meinem Bruder schuldig.« Er hielt Jarold die Laute entgegen, während er sich aus seinem skaldatdurchwirkten Umhang zu schälen begann. »Hier. Nehmt mein Instrument. Werdet ein Dichterkönig. Die erforderliche dramatische Ader habt Ihr in jedem Fall.« Galant gelang es ihm, seinen Umhang nun ganz abzustreifen und Rutgar anzudienen. »Und der hier ist für Euch. Er sollte Euch bei Eurer Berufung sehr von Nutzen sein, findet Ihr nicht?« Sein Blick wanderte zu Leviko. »Ihr müsst mir vergeben, ehrwürdiger Seneschall. Ich habe heute leider nichts für Euch.«

»Das macht gar nichts.« Leviko lächelte verständnisvoll. »Dafür habe ich etwas für Euch.«

»Ach?« Fulmar stutzte. »Im Ernst?«

»Im Ernst.« Leviko machte zwei Schritte auf den Barden zu, versetzte ihm einen gezwiebelten Schlag mit dem Panzerhandschuh gegen die Schläfe, fing Fulmar auf und ließ ihn sanft zu Boden gleiten. Dann richtete er sich auf und wandte sich zu den königlichen Zwillingen um. »Ich bleibe.«

Achthundertvierundvierzig.

»Ihr wollt bleiben?« Jarold wirkte regelrecht empört. »Warum bildet Ihr Euch ein, dass Ihr besser seid als ein Barde vom Alten Geschlecht?«

Rutgar verdrehte die Augen. »Lohnt es sich, darüber zu streiten?«

Leviko war offenbar dieser Auffassung. »Gerade *weil* er ein Barde vom Alten Geschlecht ist, ist es besser, wenn ich bleibe.« Er deutete zur Decke hinauf. »Es reicht, wenn heute ein unsterbliches Geschöpf sein Ende findet.«

»Das ist sehr edel von Euch«, sagte Jarold, dessen Aufgebrachtheit in Bewunderung umgeschlagen war. »In Eurer Brust schlägt das Herz eines stolzen Schwans.«

Ehe ihm vor so viel Heldenmut alles hochkam, beschloss Rutgar, eine Annahme auf die Probe zu stellen, auf die er nach

Levikos Sturz gekommen war. »Seid Ihr sicher, dass das alles nichts mit der Wunde an Eurer Hand zu tun hat?«

»Wie ...?« Der Seneschall wurde noch ein wenig blasser, als er ohnehin schon war. »Woher wisst Ihr davon?«

»Es ist meine Aufgabe, derlei Dinge zu bemerken.« Rutgar zuckte mit den Achseln. Eigentlich wollte er nur noch eines – so schnell wie möglich fort von diesem grauenhaften Ort. »Ihr schont Eure Rechte. Ihr seid schwach. Ihr stolpert. Danach haltet Ihr Euch die falsche Hand. Soll ich es aussprechen, oder wollt Ihr?«

»Majestät ...« Leviko fiel auf ein Knie, das Kinn auf der Brust. »Vergebt mir. Ich wurde beim Hinterhalt der Spinnenkrieger verwundet. Einer ihrer Speere. Ich griff mit der Hand nach der Spitze, um meinem Gegner die Waffe zu entreißen. Es war nur ein kleiner Stich ... aber seitdem faule ich. Ich kann es spüren. In mir lodert ein Fieber.« Er hob den Kopf und blickte zum Fass. »Feuer gehört zu Feuer.« Er schaute auf, ein Grinsen im Gesicht. »Wenigstens habe ich diesen Bastard, der mir das eingebrockt hat, erwürgt.«

Neunhundertelf.

Rutgar bückte sich nach Fulmar und zog den benommenen Barden in die Höhe. »Könnten wir dann jetzt gehen?«, fragte er an seinen Bruder gerichtet.

»Ja, sofort.« Jarold half seinem Seneschall auf, schloss ihn kurz in die Arme und geleitete ihn danach zum Fass. »Wir brauchen einen Vorsprung.«

»Ich zähle bis fünfhundert«, kündigte Leviko an. »Eins. Zwei. Drei.«

Rutgar wandte sich nach einem letzten anerkennenden Nicken an den Seneschall um und zählte im gleichen Tempo weiter, während Jarold an seine Seite eilte, um ihm zu helfen, den Barden zu stützen.

Bei dreiunddreißig hatten sie das bläuliche Leuchten in der Höhle hinter sich gelassen und traten in einen Tag hinaus, dessen grelles Licht obszön war wie die zu dick aufgetragene Schminke einer alten Hure.

Bei neunundachtzig hatten sie die Reihen aus Totems passiert, und aus dem Kinderlachen und Blütenduft waren ein zorniges Kreischen und der Gestank von vergorenem Met geworden.

Bei zweihundertzweiundzwanzig kamen sie an der Stelle vorbei, an der sie den toten Ork hatten liegen lassen, und Rutgar fielen zwei Dinge auf: wie gierig der Staub dieses Tals das Blut des Kriegers aufgesogen hatte und dass er keinen Schlachtenlärm aus der Ferne mehr vernahm.

Bei dreihundertsechzehn waren sie am Hang angelangt, der mit dem immer noch so gut wie bewusstlosen Fulmar zwischen ihnen um einiges schwerer zu erklimmen war, als sich zuvor der Abstieg gestaltet hatte.

Bei dreihundertsiebenundneunzig verlor das Rufen des Baumes an Dringlichkeit, und der Zorn in seiner Stimme flaute mehr und mehr ab.

Bei vierhundertdreiundfünfzig erreichten sie die Stelle oben am Rand des Kessels, von der sie aufgebrochen waren. Die Brüder setzten den Barden ab und schauten zurück zum Baum.

»Hat es geklappt?«, fragte Jarold atemlos. »Verdammt! Es hat nicht geklappt, oder?«

Rutgar achtete nicht auf ihn, sondern beobachtete, wie auf der gegenüberliegenden Seite des Kraters die Orks aus der Schlacht zurückkehrten. Sie hatten sichtbare Verluste hingenommen, und einige hatten so schwere Wunden erlitten, dass sie von ihren Kameraden getragen werden mussten. Ungeachtet dessen konnte er sich gut vorstellen, dass sie das Gefühl hatten, einen wichtigen Sieg errungen zu haben.

Bei fünfhundert begann es dann, von einem Wimpernschlag auf den anderen. Aus dem Triumph der Orks wurde die vernichtendste Niederlage, die ihresgleichen je erlitten hatte. Es gab keinen Feuerball, keinen ohrenbetäubenden Knall. Nur eine gespenstische Stille, als der Baum verging, wie ein Stück Kohle von der Glut verzehrt wurde: Rote, glimmende Adern fraßen sich durch den Stamm, hinunter zu den Wurzeln, hinauf in die Krone. Sie weiteten sich nach und nach, bis Stücke aus dem Baum herausbrachen. Selbst dann herrschte noch immer eine verstörende Ruhe, bis auf die Stimme in Rutgars Kopf, die schrie und schrie – er vermochte jedoch nicht zu sagen, ob vor Schmerz oder Freude. Er wusste nur, dass er soeben Zeuge wurde, wie etwas starb, vor dessen Alter er selbst nicht mehr war als eine flüchtige Ahnung in der Ewigkeit.

24

*Es mag Euch überraschen, dass ich in Westborn
trotz allem viel Liebe gesehen habe –
vorrangig zwischen Hunden auf der Straße und
Versehrten in dunklen Gassen,
aber das ist immerhin besser als nichts.*

Aus *Die zwölf großen Reisen
einer ehrenwerten Marketenderin*

»Kommst du nicht mit rein?«

Nasta konnte über Bik nur staunen. Der Halbling lag im heißen Wasser eines flachen Teichs und planschte einladend mit den großen Füßen. In die tieferen Höhlen von Hedskilde durfte er nicht. Zu groß war die Gefahr, dass er unglücklich stürzte, jetzt, da er blind war. Und trotzdem sah sie ihn unter der dicken Augenbinde lächeln.

»Nein, ich darf nicht.« Sie beließ es bei wenigen Worten, damit er die Tränen in ihrer Stimme nicht hörte. »Meine Wunde.« Unbewusst fuhr sie mit den Fingern über den dicken Verband an ihrer Hüfte. Sie war froh, endlich aus diesem schrecklichen Wald heraus zu sein – auch wenn ein Teil von ihm immer in ihr bleiben würde. *Der Schnitt wird verheilen und verschwinden, aber Leviko wird nie mehr zurückkehren. Biks Augenlicht wird nie mehr zurückkehren.*

»Ach, richtig. Verzeih.« Bik patschte fordernd mit der flachen Hand aufs Wasser. »Gibt's eigentlich noch was von diesem leckeren Schinken?«

»Sicher.« Nasta schnitt eine dicke Scheibe von dem Stück

luftgetrockneten Schinken ab, den sie für ihn aus der Küche mit in die Höhlen genommen hatte. Anjo hatte bei der wenig begeisterten Vorratsglucke durchgesetzt, dass Veteranen der Schlacht »wider das finstere Herz der Orks« jeder Wunsch zu erfüllen war, und so durften Leckereien sogar zum Baden entführt werden. *Das ist das Mindeste, was Bik verdient hat. Ich würde meine eigenen Augen dafür geben, dass er seine zurückerhält.* In manch düsteren Momenten seit ihrem triumphalen Einzug in Hedskilde, bei dem sie abgesehen von einer heftigen Übelkeit nichts als kalte Leere in sich gespürt hatte, stieg immer wieder derselbe quälende Gedanke in ihr auf: *Ist Biks Leid womöglich unsere Strafe für das, was im Orkenforst vorgefallen ist?*

Bik kaute mit genießerischem Schmatzen auf dem Fleisch herum, das sie ihm zwischen die Lippen schob. »Und jetzt du ein Stück!«

»Nein, danke. Ich bin nicht hungrig.«

»Ach, komm schon.« Bik sah in die Richtung, aus der ihre Stimme kam, und lächelte. »Für mich.«

Sie seufzte übertrieben und steckte sich ebenfalls ein Stück der salzigen Köstlichkeit in den Mund.

»Und? Hast du eins?«

»Ja.«

»Kaust du schon?«

»Ja.«

»Lass mal fühlen.« Er streckte eine Hand aus.

»Nein!«, prustete sie. So war er eben. Er wusste sie seit jeher mit seinen Späßen zu unterhalten.

Bik lachte und tauchte noch einmal den Hinterkopf in das heiße Wasser. »Wo sind eigentlich die anderen?«

»Feiern, du weißt schon. In den Zelten am Hang.«

»Ah, stimmt. Dort dürfen wir nicht fehlen, oder?« Er setzte sich auf. Nasta steckte das Messer weg, klemmte sich den guten Schinken unter den Arm und drückte Bik den Bademantel in die Hand, der von Anjos Bediensteten in Halblingsgröße geschneidert worden war. Der geblendete Ritter hüllte sich in den weichen Stoff und ließ sich von Nasta aus der warmen Höhle führen, was angesichts des unebenen Bodens ein mühseliges Unterfangen darstellte. Kurz vor dem Ausgang legte Nasta ihnen beiden zusätzlich Pelze über die Schultern, um sich gegen die kühle Abendluft zu wappnen.

Wie auf Kommando standen Bluthauer und Tausendender gleichzeitig auf, als sie ihre Reiter aus der Höhle kommen hörten. Gemeinsam trotteten Keiler und Hirsch neben den Halblingen auf die von Feuerschein erleuchteten Festzelte zu, die man an einem nahen Hang für den Königstross aufgeschlagen hatte. Bluthauer schob seine Schnauze unter Nastas Achsel und schnaufte. Sie kraulte ihm dankbar das Kinn. Als guter Freund schien er ihre Trauer zu spüren.

Tausendender hielt derweil das Geweih, in das zum Zeichen des Sieges silberne und goldene Bänder geflochten waren, hoch erhoben, doch Nasta war aufgefallen, welch trüben Stich die roten Augen des Hirschs angenommen hatten. Trotzdem hatte Bik seine Hand an die Flanke des alten Weggefährten gelegt, um sich von ihm zum Festplatz bringen zu lassen.

Der Duft eines über dem Feuer bratenden Ochsen hatte sich unter den Zeltplanen gesammelt und vermischte sich mit dem Pfeifenrauch, der schwer und süßlich von der Gruppe versammelter Halblinge aufstieg. Jubelnd und lachend tranken und aßen die Ritter im Licht ihres eigenen Freudenfeuers. Das muntere Spiel der Flammen spiegelte sich auf den rund drei Dutzend Paaren von Orkhauern, die die siegreichen Streiter aufgehäuft hatten.

»Unser Held!«, brüllte Jesche mit roten Wangen, als sie Bik erspähte. »Hierher! Komm und nimm dir auch eine Pfeife!«

Bik ließ sich von ihr zu einem freien Hocker geleiten und saugte genießerisch an dem Rauchwerk, das man ihm reichte.

»Lass dir eins sagen, mein Bester«, lallte Bokian. »Leviko und du, ihr habt das Meiste auf dem Schlachtfeld gelassen, aber eures Opfers wegen haben wir noch immer den größten König, den Westborn je gesehen hat. Ein sauberes Westborn wird es

von nun an sein, und in Sunnastad hat es schon angefangen!«
Er nahm einen viel zu großen Bissen Rindfleisch, als dass er
hätte weitersprechen können.

»Kann mir mal jemand übersetzen, was mein volltrunkener
Freund hier meint?«, fragte Bik schmunzelnd.

»Aber mit Vergnügen.« Uschkar strich eine verirrte Locke
zurück in seine aufwendige Haartracht. »Die Orks haben bereits damit angefangen, sich aus allen Menschenstädten zurückzuziehen«, erklärte er. »Auch aus Sunnastad. Händler hier
in Hedskilde haben erzählt, die Hütten der Schweineleute am
Hafen stünden vollkommen leer.«

»Wo sie wohl hingehen?«, fragte sich Nasta laut, während sie
sich ihrerseits einen freien Stuhl suchte, zwischen dessen Beinen sie den Schinken ablegte.

»Wen schert schon, wo sie hinwollen!«, brüllte Bokian und
spuckte dabei den letzten Rest Ochsenfleisch ins Feuer. »Solange das Geschmeiß bloß fort ist! Und wem haben wir das zu
verdanken? Dir, Bik! Und Leviko! Und Jarold dem Ersten –
mögen die Untrennbaren ihn behüten!« Er spülte mit Wein nach,
und alle johlten, um seine Worte zu bekräftigen.

»All unsre Fährnisse auf einen Streich erledigt. Wie wunderbar!«, frohlockte Uschkar und nippte an seinem Becher.

Nasta hoffte inständig, dass er recht hatte. *Ich werde gewiss
noch einige Zeit brauchen, um mich an Biks Versehrtheit zu gewöhnen, aber irgendwann lässt der Schmerz vielleicht nach. Und
vielleicht hat es wirklich mehr Sinn, sich dessen zu erinnern, was
wir gewonnen haben, anstatt über das Verlorene zu trauern.
Jarold ist außer Gefahr. Sowohl Heptisax als auch irgendwelche
orkischen Verschwörer – falls es sie denn je gegeben hat – können
ihm nun nichts mehr anhaben. Einer glorreichen und friedlichen
Herrschaft steht nichts mehr im Wege.* Ein Stück weit erleichtert
lehnte sie sich auf ihrem Stuhl zurück und zog tief an ihrer
glimmenden Pfeife.

»Nasta?« Sie sah sich zu Bik um, der sich am Rand seiner
Augenbinde kratzte. »Kannst du mir noch ein Stück Schinken

geben? Und ich glaube, danach sollten wir uns dringend etwas Ochsenfleisch und Wein besorgen. Uns beiden wird doch von diesem Kraut immer das Maul so taub.«

Nasta klopfte ihm bestätigend auf den Schenkel und beugte sich selig lächelnd zum Schinken hinunter. Mit dem Messer säbelte sie eine weitere dünne Scheibe vom Fleisch und stutzte. Was war das? Im flackernden Feuerschein war es, als wäre ein walnussgroßer schwarzer Punkt auf der Schnittfläche erschienen.

Sie legte das Messer weg und nahm den Schinken auf den Schoß, um besser zu sehen. Sie hatte eine Art Höhle im Fleisch freigelegt. Bläuliche, feine Härchen bedeckten die Innenseite, in der sich eine fette Made eingerollt hatte. Nasta hatte das Tier halbiert, und gelblicher Schleim rann hervor. Beide Hälften bebten und wanden sich, als würde noch Leben in ihnen stecken.

Nasta würgte trocken, warf den Schinken hinter sich in die Dunkelheit und bezweifelte, dass sie jemals wieder unbefangen das Fleisch eines Schweins genießen würde.

III

ERFÜLLUNG

25

*Betrachtet einen Liebeshandel immer erst dann
für vollzogen, wenn Ihr gewiss sein
könnt, dass sich beide Seiten befriedigt zeigen.*

Aus den *Lektionen in Liebe des Immerzu Lächelnden*

Die Luft im Saal war schal und schwanger vom Muff der vielen alten Trophäen entlang der Wände, zu denen sich inzwischen eine Laubschrecke in Drohhaltung gesellt hatte. Jarold zog den grünsilbernen Baldachin vom Thron, damit die Sonnenstrahlen den Weg von den hohen Fenstern hinunter zu Nasta fanden. Seine Augen und der Reif auf seiner Stirn schimmerten um die Wette, als er sich wieder seiner Ritterin zuwandte, und ein Lächeln kräuselte seine Lippen. »Fühlst du dich besser?«

Nasta blickte ihn gedankenverloren an, vielleicht einige Atemzüge zu lange. Als sie es bemerkte, nickte sie mit erröteten Wangen. »Viel besser, Majestät.«

»Sehr gut. Nun zurück zu Bik«, nahm der König den Gesprächsfaden wieder auf. »Du kümmerst dich aufopferungsvoll um ihn. Was kannst du mir über seinen Zustand sagen?«

Nasta schaute hinunter zu ihren Füßen, die von der Sitzfläche des Hockers baumelten, der eindeutig für menschliche Benutzer gedacht war. »Die Wunden sind nicht entzündet und scheinen gut zu verheilen. Aber es steht fest, dass er nie wieder wird sehen können.« Sie war selbst überrascht, dass ihr dieser Satz ohne ein Beben in der Stimme über die Lippen kam. Andererseits hatte sie wochenlang Zeit gehabt, sich an Biks

Verletzung zu gewöhnen.« »Ich möchte mir aber erlauben, eine Bitte zu äußern, Majestät.«

Jarold nickte milde. »Heraus damit.«

»Die Sommersonne erreicht sein Zimmer nur in den Morgenstunden. Wäre es möglich, auf die Südseite des Schlosses zu ziehen? Dann könnte er das Licht zumindest immer spüren.«

Der König machte eine galante Handbewegung. »Nichts einfacher als das, Nastasira. Deine Bitte ist selbstverständlich gewährt. Suche ihm einfach ein Zimmer aus. Einem Ritter, der für meinen Sieg sein Augenlicht gegeben hat, soll die bestmögliche Behandlung zuteilwerden.« Jarold lehnte sich vor. »Du besorgst diese Behandlung noch immer selbst, richtig? Ich will dich auf keinen Fall beleidigen. Nichts stünde mir ferner. Aber ich denke, andere Heilkundige könnten Biks Lage vielleicht verbessern, damit sich seine Pflege nicht mehr ganz so aufwendig gestaltet.«

Nasta machte große Augen. *Er will doch nicht etwa diese alte Quacksalberin Kreva auf ihn hetzen?* Sie sah den Hirschreiter schon mit Schröpfgläsern gespickt in einem Schlammbad liegen.

»Das wäre sicher für alle das Beste«, fuhr Jarold fort. »Galla Piparion könnte einen Blick auf ihn werfen. Du weißt, dass sie über Mittel verfügt, die weit über die gewöhnlicher Heiler hinausgehen.«

Nasta schnaufte erleichtert. Ehe sie antworten konnte, erhob sich Rutgar von seinem Hocker. Der Zwilling des Königs legte eine Hand auf die Armlehne des Throns und schüttelte den Kopf. »Erspare Bikschavost bitte dieses Schicksal, Bruder. Ich bin mir sicher, dass die Sorgsame Künstlerin hocherfreut wäre, sich um einen gerade erblindeten Halbling zu kümmern. Allerdings wäre die Freude nicht auf Biks Seite. Galla würde ihn nicht wie jemanden behandeln, den es rasch und sanft zu heilen gilt. Für sie wäre er jemand, an dem sich allerlei spannende Experimente anstellen lassen.«

Jarolds Miene verfinsterte sich. »Das würde sie niemals wagen. Es ist mein ausdrücklicher Wunsch, dass er geheilt wird.«

»Eben«, räumte Rutgar ein. »Und genau deshalb würde Galla auch an ihm experimentieren. Hilfe um jeden Preis. Dass man mit einem fühlenden und denkenden Wesen nicht umspringen sollte wie mit einem interessanten Mineral, nun, das entzieht sich leider ihrem Verständnis, fürchte ich.«

Jarold verschränkte die Arme vor der Brust und starrte seinen Bruder an.

»Ja, ich habe tatsächlich auch einen Gegenvorschlag.« Rutgar ließ die Thronlehne los, um sich Nasta zuzuwenden. »Ich kann Bikschavost zeigen, wie man sich im Dunkeln bewegt. Ich bin überzeugt, dass das seine Selbstständigkeit fördern würde. Und es wäre sicher. Nichts, was ihn womöglich noch mehr kostet als sein Augenlicht.«

Jarold schenkte ihm noch einen kurzen Seitenblick, um danach Nasta eindringlich zu mustern. »Es ist deine Entscheidung.«

Sie musste nicht lange überlegen. *Wenn Rutgar recht hat – und er kennt Galla besser als ich –, dann würden ihre Tinkturen Bik genauso sehr schaden wie Krevas Quacksalbereien.* »Es wäre wunderbar, wenn Ihr Bik anbieten könntet, ihn Eure Kunst zu lehren«, sagte sie zu Rutgar und verneigte sich dankbar vor ihm.

Jarold wollte scheinbar etwas ergänzen, doch da erschütterte ein lautes Klopfen das Portal zum Thronsaal, und eine Gardistin steckte den Kopf herein. »Majestät, die Priester der Untrennbaren sind hier.«

Rutgar runzelte die Stirn. »Na, das verspricht spannend zu werden.«

Jarold schloss die Augen und lehnte sich auf seinem Thron zurück. Er schien kurz nachzudenken, dann lächelte er dünn. »Lasst sie ein.«

Der Bruder des Königs bedachte ihn mit einem besorgten Blick, nahm dann aber wie immer neben dem Thron Aufstellung. Auch Nasta erhob sich von ihrem Hocker.

Lini und Lesch betraten im Gleichschritt den Raum. Nastasira traute ihren Augen kaum. Die beiden Halblinge sahen fürchterlich aus. Ihr Haar war dünn, die Kleidung löchrig und ausgebleicht. Ihre Augen lagen tief in den Höhlen, als hätten sie kaum geschlafen. Lesch trug einen Korb bei sich, der mit einem geflochtenen Deckel verschlossen war. Behutsam stellte er das Behältnis neben sich ab, ehe er sich zusammen mit seiner Gattin vor dem Thron verbeugte.

»Seid uns gegrüßt …«

»… Jarold der Große.«

Als die beiden ihre Köpfe wieder hoben, begrüßte Jarold sie mit eisigem Schweigen. Viel zu lange sagte er nichts, und erst als die beiden einander einen unsteten Blick zuwarfen, öffnete er den Mund. »Es ist also dringend.«

»In der Tat …«, begann Lesch.

»… Majestät«, endete Lini.

Lesch wies auf den geschlossenen Korb. »Im Haus der Sprudelnden Überfülle verdirbt und verfällt alles. Vorgestern fing es an.«

»Ungeziefer taucht in allen Speisen auf, die uns erreichen«, warnte Lini. »Und dies sind Opfergaben aus der ganzen Stadt.«

»Außerdem«, fügte Lesch hinzu, »wird das Holz in den Balken von winzigen Käfern zerfressen, und Motten hausen in jedem Raum. Als ich heute Morgen erwachte, waren sogar welche dabei, mir in den Mund zu kriechen.«

Nasta blickte zu den königlichen Zwillingen herüber. Rutgar wirkte alarmiert, doch Jarold schien die Ruhe selbst. »Und Ihr seid hier, um mir das persönlich mitzuteilen?«

Lini und Lesch nickten gleichzeitig. »Und um Euch um Gold zu ersuchen, um den wichtigsten Tempel Sunnastads wieder instand zu setzen. Im Namen unserer langen, fruchtbaren Verbindung zum erlauchten Königshaus von Westborn.«

»Man könnte meinen, Ihr wärt Euren Göttern nicht mehr gut genug.« Jarolds Stimme war gefährlich leise. »Und wer könnte es ihnen verübeln? Bettler und Hausierer machen gewiss keine guten Priester aus.« Er stand auf. »Eure Schatztruhen haben sich nicht geöffnet, als ich auf einen Feldzug ging, um die Orks ganz Westborns in ihrer Seele zu treffen. Jene Orks, von denen Ihr in Eurer himmelschreienden Dummheit annahmt, sie hätten meinen Geist beeinflusst.« Mit einem Mal brüllte er so laut, dass seine Augen hervortraten und Speichel sprühte. Nasta zuckte zusammen. »Und nun wagt Ihr es erneut, für Gold hierhergekrochen zu kommen, weil Ihr zu faul seid, Euer herzallerliebstes Häuschen selbst sauber zu halten? Und den Fraß ordentlich auszusuchen, den Ihr Euch jeden Tag in die Wänste stopft?« Der König zog seinen Degen aus der Scheide und ging langsam die Treppe vom Thron hinunter. Seine Zähne mahlten aufeinander, und in seinen Augen brannte der Hass. »Geht mir aus den Augen. Verschwindet, oder ich stecke Euch auf Spieße und brate Euch über dem Feuer wie die fetten Schweine, die Ihr seid!«

Lesch und Lini waren förmlich erstarrt, als der König die Waffe gezogen hatte. Nun, da er ihnen mit der Klinge zu Leibe rücken wollte, machten sie auf der Stelle kehrt und flüchteten im Laufschritt durch das Portal. Als ihre Schritte im Gang verklangen, bemerkte Nasta, dass Lesch den Korb auf dem Teppich hatte stehen lassen.

Jarold verfolgte die Halblinge nicht etwa, sondern steckte den Degen wieder weg. Als er sich umwandte und die Treppe erklomm, war kein Hauch des Zorns mehr auf seinen Zügen zu lesen. Er setzte sich auf den Thron und wischte sich den Speichel vom Kinn.

»Es tut mir leid, Nasta«, begann er und beugte sich zu ihr herab. »Du weißt selbst am besten, in welch tiefer Zuneigung ich euch Halblingen verbunden bin. Ich verstehe nicht, wie die wichtigsten Priester des Glaubens an die Untrennbaren derart wertlose Schmarotzer sein können. Ich hoffe inständig, dass der Tempel rasch neue Vorsteher erhält, und setze mich gerne tatkräftig dafür ein. Du musst mir nur sagen, wohin ich meine Boten senden soll. Es versteht sich von selbst, dass alle Gläubigen wieder einen Ort haben sollen, an dem gütige und emsige Priester sich ihrer Sorgen annehmen.« Er lächelte milde.

Nasta hatte keine Ahnung, auf welche Weise Priester der Untrennbaren berufen wurden. Sie war jedoch sicher, es irgendwie herausfinden zu können. Sie blinzelte den König an. *Seine Stimmung mag schneller umschlagen als das Wetter am Gipfel eines Feuerbergs, aber er hat recht. Lini und Lesch haben sich ihm gegenüber nie hilfreich oder höflich verhalten. Sie haben wohl von Anfang an beschlossen, einfach zu ignorieren, dass er nicht Orskarr ist. Ein neues Paar wird ein gesünderes Verhältnis zu ihm finden, denn was Lini und Lesch zerstört haben, können sie nicht wieder aufbauen.* »Ich verstehe Euch, Majestät. Ich bin ganz Eurer Meinung.«

Jarold nickte. »Allerdings muss Sunnastad bis dahin dennoch Seelsorger haben, deren Verdienste für den Thron nicht infrage stehen. Bruder?« Rutgar zog aufmerksam die Augenbrauen hoch. »Teile Huneg und Astrud Pungirios mit, dass sie auf dem Gebiet des verlassenen Norgerviertels einen Tempel des Nundirovil eröffnen dürfen. Ich stelle ihnen die nötigen Gelder zur Verfügung. Ein kleiner Schrein wird bald nicht mehr ausreichen, wenn sie das einzige Gotteshaus Sunnastads betreiben.« Der König schmunzelte. »Ich bin mir sicher, Huneg wird sich freuen, dies aus deinem Mund zu hören.«

Rutgar machte große Augen und nickte mit einem schwer zu ergründenden Gesichtsausdruck. Wenn Nasta es nicht besser gewusst hätte, hätte sie vermutet, er wirkte ertappt.

»Nasta.« Jarold ergriff plötzlich ihre Finger mit beiden Händen und drückte sie sacht. »Eine Sache, die die beiden Nichtsnutze vorhin erwähnt haben, bereitet mir Sorge. Bitte sieh dir an, was sie über die verdorbenen Speisegaben gesagt haben. Vielleicht haben sie auch gelogen, um mein Mitleid zu erregen. Aber wenn nicht, so will ich, dass Sunnastad vor Lieferungen mit verdorbener Nahrung geschützt wird. Ich ernenne dich deshalb zum neuen königlichen Seneschall.«

Nasta war völlig überwältigt. *Ich soll Leviko nachfolgen?* Sie versuchte, etwas zu sagen, aber Jarold hatte sie schon losgelassen und war aufgestanden. »Rutgar, komm. Ich möchte die verfügbaren Gelder für Nundirovil mit dir durchgehen.«

Wenige Augenblicke später war er aus der Tür getreten. Nur Rutgar beugte sich noch zu Nasta herab. »Berichte mir, was du herausfindest. Wir kümmern uns gemeinsam um die Sache, hörst du?« Er blickte sie ernst an und eilte dann seinem Bruder hinterher.

Nastas Gedanken waren noch immer in hellem Aufruhr, doch ihre Beine trugen sie bereits zu dem Korb hinunter, den Lesch am Fuß der Treppe hatte stehen lassen. Sie ging in die Knie, um die Kordel zu lösen, die die Klappe geschlossen hielt. Nicht, dass sie sich der Verantwortung nicht gewachsen fühlte, Seneschall zu sein, aber sie fragte sich, wie sich das mit ihrer Sorge für Bik vereinbaren ließ. Sie war Rutgar über die Maßen dankbar, dass er ihrem Schildbruder helfen würde, doch er hatte sicherlich keine Lust, dem blinden Halbling jeden Morgen Wasser aus dem Brunnen zu holen. Immerhin war er der Bruder des Königs. Nasta beschloss, dass sie sich einfach in ihrer neuen Rolle versuchen musste. Eines war jedenfalls klar: Sie würde Bik nicht sich selbst überlassen.

Sie hob den Deckel und rümpfte die Nase ob des beißenden Gestanks, der ihr entgegenwallte. Mit der Hand wedelte sie die Motten fort, die ihr aus der Öffnung entgegenkamen. Wohlweislich fasste sie nicht in das Behältnis, sondern drehte den Korb nur, um zu sehen, was das Untrennbare Paar gesammelt hatte. Offensichtlich handelte es sich um Beweise für ihre Erzählungen vom Ungezieferbefall. Ein Brot, aus dem winzige weiße Maden gepurzelt waren; ein Wollstrickstück, das derart von Motteneiern durchsetzt war, dass man die Klumpen mit bloßem Auge klar erkennen konnte. Und ein grün gestrichenes, ausgesägtes Stück Holz, in das ein Wurm zahlreiche Gänge genagt hatte. Beunruhigt betrachtete Nasta das mit Sägemehl bedeckte Teil. Sie erkannte die Musterung und die Farbe sofort, denn vor Orskarrs traurigem Verfall war sie oft im Haus der Sprudelnden Überfülle gewesen: Es handelte sich um ein Bruchstück aus dem fast hundert Jahre alten Bildnis des Untrennbaren Paares, das das Zentrum des Sunnastader Tempels bildete.

Liebevoll geschnitzt hielten sich zwei übermenschengroße Gestalten in den Armen, dem Betrachter die Seite zugewandt. Ihre Gesichtszüge waren jeweils im Haar ihres Geliebten verborgen, denn sie ruhten selig Wange an Wange. Ihre hölzerne Haut war grün bemalt und mit einem Relief aus Zweigen überzogen, aus denen junge Blätter, Blüten und Früchte trieben. Das zerfressene Stück Holz zeigte, dass dieses wunderschöne Kunstwerk nun offenbar der Vergangenheit angehörte.

Nasta seufzte und ging mit dem Korb zu einer der Feuerschalen hinüber. Notgedrungen schüttelte sie die verdorbenen Gegenstände samt Ungeziefer in die Flammen. So bedauerlich das Schicksal des Bildnisses war, die befallenen Lebensmittel waren für die Bürger von Sunnastad gefährlicher. Das war sicher auch der Grund, warum Rutgar sich so sehr für die Sache interessierte. Sie beschloss, dem Marktplatz einen raschen Besuch abzustatten, um sich dort nach ungewöhnlichen Lieferungen umzuhören.

Nachdem sie die Treppen, Rampen und Pfade vom Palast hinuntergeeilt war, um den Marktplatz aufzusuchen, fiel ihr auf, dass das Begutachten der vielen Händlerstände bestimmt nicht von Erfolg gekrönt sein würde. Es war sehr unwahrscheinlich, dass ein Verkäufer offensichtlich verdorbene Ware verkaufte. Probeweise prüfte sie einige Tuche, in der Hoffnung, zufällig auf Mottennester zu stoßen, doch das erwies sich rasch als Zeitverschwendung. Sie beschloss, mit einigen Gardisten die Lagerhäuser am Hafen zu überprüfen. Das würde bestimmt schneller zum Ziel führen, denn Ware, die vor dem Verkauf ausgebürstet oder anderweitig frisiert werden musste, um als rein durchzugehen, würde eher in verschlossenen Verschlägen aufbewahrt werden. *Ich werde mir die Kontrollen mit Rutgar teilen. Je rascher man durch alle Lager kommt, desto geringer das Risiko, dass vorgewarnte Händler ihre befallene Ware im Hafenbecken versenken.*

Sie wollte schon wieder zum Palast zurückkehren, als ihr der Menschenauflauf auffiel, der zum Hafen hinunterdrängte. Ein

Blick vom Rande des Marktplatzes auf die darunterliegenden Straßen und Kais zeigte, dass sich größere Gruppen von Sunnastadern zu den Fischerständen aufmachten. Deutlich mehr Bürger, als es für gewöhnlich der Fall war. *Was gibt es da unten zu sehen, das solche Massen von Schaulustigen anlockt?*

Nasta kannte Sunnastad gut genug, um sich auf Schleichwegen rasch bis zum Hafen durchzuschlagen, doch vor den Fischerständen hatte sie es aufgrund ihrer Statur im dichten Gedränge schwerer als die meisten anderen. Sie sah eine Weile nur Köpfe, Oberkörper und ausgestreckte Arme, als sie nach Kräften versuchte, durch die Wand aus verschwitzten Leibern zu dringen – alles nur, um einen Blick auf die Dinge zu erhaschen, die von den Fischern an den höchsten Haken aufgehängt worden waren.

Üblicherweise war die Stimmung zu solchen Gelegenheiten heiter, wenn jemand ein besonders großes Exemplar in einem Netz oder an einer Angel aus den Fluten gezogen hatte, das nun vermessen und ausgestopft werden musste. Männer, Frauen und Kinder erfreuten sich an den ungewöhnlichen Kreaturen und feierten die Fischer, die mit genügend Glück und Muskelkraft ausgestattet gewesen waren, um einen solch beeindruckenden Brocken an Bord zu hieven. Doch heute war es anders. Kinder wurden von Eltern mit großen, ängstlichen Augen von den Haken fortgeführt und nicht einmal vorgelassen. Die Reihen an Menschen, die sich um die Trophäen versammelt hatten, waren beunruhigend leise, deuteten und tuschelten verängstigt untereinander. Kein Fischer war zu hören, der sich lautstark mit seinem Fang brüstete.

Als Nasta sich endlich zu einer Stelle vorgearbeitet hatte, von der aus sie die Haken sehen konnte, wusste sie, warum. Unter herkömmlichen Umständen hätte auch nur eine einzige dieser Kreaturen den halben Kai mit Schaulustigen gefüllt. Dass es drei auf einmal waren, war ein Grund, sich schnellstens hinter geschlossenen Türen zu verkriechen und zu den Untrennbaren zu beten.

An einem der Haken war an zusammengebundenen Füßen ein besonders großer Schwan aufgehängt. Das weiße Gefieder, die Flügel und der lange Hals wiesen zumindest stark darauf hin, dass es sich ursprünglich einmal um ein solches Tier gehandelt hatte. Silbrige Schuppen steckten vereinzelt im Gefieder und bedeckten nahezu den gesamten Hals des Wesens. Dort, wo der schnabelbewehrte Kopf hätte sein müssen, klaffte jedoch ein zahnloses Fischmaul und starrten kalküberwucherte Pupillen leer zu Boden.

Daneben war ein Haken durch das wässrige Fleisch einer Kreatur getrieben worden, die am ehesten an eine riesenhafte Kaulquappe erinnerte. Neben zu vielen, länglichen Flossenkämmen war sie von Hörnern und Geweihteilen bedeckt. Sie standen aus ihrem aufgequollenen Leib hervor, als hätte sie es irgendwie geschafft, unzählige Widder, Ziegenböcke und Hirsche zu verschlingen.

Am abstoßendsten jedoch war das Wesen, das am dritten Haken hing. Ein kapitaler Plattfisch baumelte an einem Seil, ein Antlitz – glatt wie feuchter Ton, den Mund zu einem stummen Schrei aufgerissen, die lange Nase mehrfach gebrochen – zeichnete sich auf der dünnen, gefleckten Haut des Fischs ab, als hätte jemand sie fest über die menschlichen Züge gespannt.

Nasta kämpfte mit dem Würgereiz, als das schleimige Gesicht die Augen aufschlug.

26

Wenn du die Liebe führen kannst wie einen Dolch,
so stoße zu, aber sorge tunlichst dafür,
auch mitten ins Herz zu treffen. Ansonsten könntest du
derjenige sein, der durchbohrt wird.

Aus *Hundert Hinweise zur Heimlichen Kunst*

»Erzähl es mir noch mal«, verlangte Huneg, während er sich mit einem weichen Tuch die letzten Tropfen Badewasser von den Waden rubbelte. »Erzähl mir, wie dieser Baum von innen heraus verbrannte, ohne dass eine einzige Flamme zu sehen war.«

»Ich habe es dir jetzt bestimmt schon ein Dutzend Mal erzählt.« Rutgar schlüpfte in sein Hemd. »So langsam sollte es doch genug sein.«

Der Tempelmops grinste unverschämt. »Das hätte ich vorhin im Zuber auch sagen können.«

»Halt den Mund!« Die Rüge klang kein bisschen barsch, aber Rutgar erachtete sie dennoch als nötig. Huneg legte eine zunehmende Keckheit an den Tag – und Rutgar hatte die Erfahrung gemacht, dass man diesen spannenden Charakterzug noch deutlicher hervortreten lassen konnte, wenn man ihn durch eine gewisse Strenge anstachelte.

Das war ihr dritter gemeinsamer Besuch im Badehaus seit ihrer Rückkehr nach Sunnastad. Sie hätten sich auch in dem neuen Schrein treffen können, den Jarold den beiden Dienern Nundirovils nun endlich zur Verfügung gestellt hatte, doch das wollte Rutgar nicht. Dort hätte er für Hunegs Zuneigung in barer Münze zahlen müssen, da Astrud es nicht gerne sah, wenn man versuchte, bei ihrem Gott gewissermaßen anschreiben zu lassen. Außerdem genoss Rutgar die Zeit, die er allein mit Huneg verbringen durfte. Es ging ihm dabei nicht nur um die körperliche Zuneigung. Nicht, dass er dagegen etwas einzuwenden gehabt hätte, aber es waren eigentlich die Augenblicke wie dieser gerade, an denen sein Herz hing. Sich nach einem gemeinsamen Bad ankleiden und dabei so tun, als wäre man ein ganz gewöhnlicher Mann und nicht ausgerechnet der Bruder jenes Königs, der die Großtat vollbracht hatte, die wilden Norger ein für alle Mal in die Schranken zu weisen.

»Verflucht!« Rutgar schüttelte seinen Umhang aus.

»Was ist los?«, fragte Huneg.

»Ameisen.« Er ging in die Hocke, um unter die Holzbank zu spähen, auf der seine Kleidung gelegen hatte. Er entdeckte eine Straße der schwarzen Insekten, die zu einer Ritze zwischen zwei Fliesen führte. Er riss einen Streifen Stoff aus einem der Tücher zum Abtrocknen und dichtete die Stelle notdürftig ab.

Während er seinen Umhang auf besonders hartnäckige Späher der Ameisen überprüfte, fiel ihm etwas auf: Das war schon der zweite Vorfall heute, der darauf schließen ließ, dass die Betreiber des Badehauses in Sachen Sauberkeit eine gewisse Nachlässigkeit an den Tag legten. Vorhin im Zuber war ihm eine Stelle am Rand aufgefallen, wo das Holz morsch geworden war. Als er daran gekratzt hatte, quoll darunter eine modrig stinkende, zähe Flüssigkeit hervor, die verdächtig nach Eiter aussah – wenn totes Holz denn hätte eitern können.

»Hast du die Biester unschädlich gemacht?« Huneg hatte sich inzwischen in seine Unterrobe gewunden, was sein Haar in alle Richtungen abstehen ließ. Er hatte große Ähnlichkeit mit einem Igelkopf – kleinen, flugunfähigen Laufvögeln mit einem bizarren Federschopf, die in den Parks auf der Silbernen Insel als Schneckenfresser gehalten wurden.

Rutgar überspielte das Heimweh, das ihn heftig und unvermittelt packte, mit Heiterkeit. »Natürlich sind die Ungeheuer bezwungen. Ich bin ein Held. Schon vergessen?«

»Selbstverständlich nicht.« Huneg griff nach seiner schweren Oberrobe. »Du hast den Träumenden Baum vernichtet. Aber es scheint, als stünden bald neue Herausforderungen an. Wenn man den Leuten Glauben schenken darf, wird beinahe jeden Tag ein neues Monstrum geboren.«

Auch wenn er noch erhitzt vom Bad war, fuhr es Rutgar kalt durch die Glieder. »Was soll das heißen?«

»Oh, man hört so einiges.« Huneg begann mit seinen kräftigen, geschickten Fingern seine Robe zuzuschnüren. »Wir haben jetzt richtig Zulauf im Tempel. Zuerst wegen der ganzen Freudenfeiern, weil die Orks besiegt sind, und inzwischen … nun, die Leute haben sich wohl daran gewöhnt, dass es ein neues Haus am Platz gibt. *Gottes*haus, meine ich selbstredend. Aber …«

»Du hast etwas über Monstren gesagt«, erinnerte ihn Rutgar.

»Dazu wäre ich doch jetzt gekommen.« Mit prüfendem Blick sah Huneg an seiner Robe herab. »Jedenfalls gibt es anscheinend gerade eine kleine Häufung von ungewöhnlichen Missbildungen bei Neugeborenen. Gestern wurde uns von einem Mädchen erzählt mit langem braunem Fell wie ein zottiger Hund. Sogar im Gesicht sprossen angeblich die Haare. Am Tag davor war es der Erstgeborene eines Fischers. In den Armen und Beinen des Kleinen gibt es wohl keine Knochen, und sie laufen ganz spitz zu – ohne Hände oder Füße –, aber er kann sie trotzdem gut bewegen. Das Tintenfischlein nennen sie dieses Kind. Und heute, heute …«

»Huneg?«, unterbrach ihn Rutgar.

»Ja?«

»Verdirb uns diesen schönen Tag doch nicht mit noch einem entstellten Säugling, den höchstens eine Mutter lieben kann, ja?« Er strich sich rasch über die Wange. »Das sind keine Geschichten, die ich hören will.«

»Ich verstehe.« Huneg kämmte sich mit den Fingern das Haar glatt. »Aber du hast danach gefragt, wenn ich dich daran erinnern darf.«

»Das stimmt«, räumte er ein. Er setzte sich auf die Bank, um seine Stiefel anzuziehen. »Was hört man sonst noch so?«

»Im Tempel?« Huneg schlüpfte nun ebenfalls in sein Schuhwerk. »Also, Astrud sagt, es hätten sich schon mehrere neu bekehrte Frauen an sie gewandt, um ihr von Wünschen ihrer Gatten zu berichten, die eher … ungewöhnlich waren. Spielarten der fleischlichen Huldigung, wie sie Nundirovil nicht immer gerne sieht, weil sie einem, der daran beteiligt ist, mehr Schmerz als Lust bescheren. Oder weil dabei Säfte des Körpers zum Einsatz kommen, die für gewöhnlich beim Dienst an ihm nicht zwingend fließen.«

Rutgar schüttelte zur Vorsicht ein letztes Mal seinen Mantel aus. »Tritt man mit solchen Wünschen auch an dich heran?«, fragte er in der Hoffnung, dass seine Eifersucht nicht allzu deutlich herauszuhören war.

»An uns?« Huneg lachte auf. »Nein, nein. Dazu haben sie doch zu viel Respekt vor uns als Diener eines wohlmeinenden Gottes. Die Leute hier haben rasch begriffen, dass wir keine billigen Huren sind.«

Rutgar nickte stumm. *So heißt es auch daheim. Aber dort heißt es weiter, dass ihr Rotroben selbstverständlich keine billigen, sondern unverschämt teure Huren seid.*

Sie verließen das Badehaus, und Rutgar beschloss, Huneg noch ein Stück des Wegs zu begleiten. Die Leute auf den Straßen sahen ihnen unverhohlen nach, denn sie waren allein aufgrund ihrer Gewandung als Fremde aus dem Heimatland des neuen Königs zu erkennen – und Jarold Orkentöter saß noch nicht lange genug auf dem Thron, als dass sich seine Untertanen an den Anblick seines Gefolges, mit dem er übers Meer gekommen war, gewöhnt hätten. Die Blicke waren jedoch nicht mehr dieselben wie zu Zeiten ihrer Ankunft: Sie zeugten nun weniger von Neugier oder Verwunderung, sondern eher von Respekt – und manche auch von offener Furcht.

»Wie niederträchtig war eigentlich Heptisax, dieser Strolch?« Huneg schalt nun schon seit den letzten vier oder fünf Kreuzungen über den Meuchler, und er war im Begriff sich richtiggehend in Rage zu reden – wenn er so weitermachte, war sein Gesicht bald von einem kräftigeren Rot als seine Robe. »Mir war er von Anfang an verdächtig. Aber ich hatte ja auch einen kleinen Hinweis: Er hat weder Astrud noch mich je besucht. Nicht ein einziges Mal!«

»Und das allein ist schon Anlass zur Verdächtigung?« Rutgar wich einer breiten Spur von Pferdeäpfeln aus, die sich fast von einer Seite der Straße zur anderen zog. »Und Augenblick: Heißt das, alle anderen, die uns aus Taurar hierher begleitet haben, waren schon einmal bei Astrud oder dir, um Nundirovil zu ehren?«

»Was für eine ehrrührige Frage!« Huneg fasste sich an die Brust. »Nundirovil ist der Immerzu Lächelnde, nicht der Freimütig Plappernde.« Er blieb stehen und deutete die nächste Querstraße hinunter. »So! Hier müssen wir uns trennen! Zur Burg geht es dort hinunter. Ich empfehle mich.« Er verbeugte sich tief, wandte sich um und eilte in seiner ganz eigenen, leicht schwankenden Gangart, die Rutgar stets an einen jungen Tanzbären erinnerte, davon. Dann hielt der Geweihte an, um sich noch einmal umzuwenden. »Ich habe dich vermisst, als du in diesem Forst warst, Rutgar Karridakis. Wenn du nicht zurückgekommen wärst ...« Statt den Satz zu Ende zu bringen, drehte er sich wieder um und setzte seinen Weg zum Tempel fort.

Rutgars Denken drehte sich die nächsten Augenblicke, während er sich zur königlichen Residenz aufmachte, allein um Hunegs Worte. *Was hat er mir damit sagen wollen? Was erhofft er sich davon?* Zu Hause auf der Silbernen Insel hätte er ihn womöglich zu sich ins Haus Karridakis holen können, ohne einen größeren Skandal auszulösen. Es wäre letztlich nur eine Frage des Preises gewesen, denn zunächst hätte der Tempelpage aus seiner heiligen Schuld beim Immerzu Lächelnden ausgelöst werden müssen. Ansonsten hätte es keinen Menschen geschert, was der entstellte Zweitgeborene des Hauses so trieb. Man hatte auf der Silbernen Insel schon aufsehenerregendere Paarungen gesehen als einen narbengesichtigen Meuchler und einen fetten Beinahepriester. Hier in Westborn lag der Fall allerdings etwas anders. *Schwer abzuschätzen, welches Licht eine solche Vereinigung auf Jarold werfen würde, und außerdem gibt es ...*

Rutgar stutzte. Vor ihm auf der Straße herrschte lauter Tumult. Ein Zugochse war tot zusammengebrochen, und der Wagen, vor den das Tier gespannt war, blockierte nun dem nachfolgenden Fuhrwerk den Weg. Zwar war der Fahrer des ersten Wagens schon dabei, ein paar Leute als Hilfe anzuwerben, um den Ochsen beiseitezuschleifen, doch das ging jemandem aus der Eskorte des zweiten Wagens nicht schnell genug. Und diesen Jemand kannte Rutgar. Er war lange genug mit Bok und dem Beilschnabel, auf dem der Halblingsritter mit der zur Schau gestellten Orkhauersammlung ritt, im Hinterland Westborns unterwegs gewesen.

Der Wagen jedoch war ungewöhnlich. Grundsätzlich war alles vorhanden, was einen Wagen so ausmachte: Räder, ein Bock, eine Deichsel für Zugtiere. Es war die Ladefläche – oder vielmehr deren Abwesenheit –, die dem Betrachter zu denken gab. Der gesamte hintere Teil des Gefährts war ein Fass von bestimmt vier Schritt Durchmesser, von Eisenbändern umspannt und auf einer Federung aus wippenden Spiralen angebracht.

»He, Bokian!«, rief Rutgar. »Ich weiß, Ihr schätzt guten Met und behauptet, man müsse ihn gut lagern und befördern, aber ist das da nicht ein wenig übertrieben?«

Der Ritter sah sich erst empört um, lächelte dann und trabte auf Froschfresser zu Rutgar heran. »Ah, der Graue Prinz!«

Dieser Name war ihm neu. »Nennt man mich jetzt so?«

»Wundert Euch das angesichts Eurer Gewandung?«, fragte Bokian zurück. »Im Ernst. Ihr werdet zu gleichen Teilen geliebt und gefürchtet. Ach, was lüge ich Euch an? Ihr seid ein Schreckgespenst, mit dem man aufmüpfige Kinder einschüchtert. ›Sei brav, sonst holt dich der Graue Prinz, so wie er die ganzen Orkkinder geholt hat.‹«

»Und was mache ich dann mit diesen Kindern?«

»Das weiß niemand so genau.« Bokian zwinkerte ihm zu. »Aber gewiss ist es etwas furchtbar Grausames. Mindestens fresst Ihr sie bei lebendigem Leibe auf.«

»Genug von mir.« Rutgar zeigte auf den Fasswagen. »Was hat es damit auf sich?«

»Das da?« Bokian wies mit dem Daumen hinter sich, ohne sich umzudrehen. Rutgar bemerkte, dass der Ritter keinen besonderen, edelsteinbesetzten Samthandschuh trug, wie es jeder Taurarer mit einer vergleichbaren gesellschaftlichen Stellung getan hätte, wenn ihm bei einem Duell drei Finger so schrecklich verunstaltet worden wären. »Dieses Ungetüm hat Galla in Auftrag gegeben. Es ist für das rote Skaldat aus Hedskilde. Ich bin für die Lieferungen zuständig. Das hier ist die erste. Anjo, dieser alte Echsenlecker, hat sich zwar ganz schön angestellt, aber am Ende ist er damit rausgerückt. Ich freue mich schon darauf, Galla zu sehen, wenn ich gleich im Palast bin. Mal sehen, ob sie vielleicht einmal kurz ihren Schleier für mich lüftet, wenn ich sie lieb darum bitte.«

Froschfresser streckte Rutgar in einer seitlichen Drehung, wie sie nur einem Geschöpf mit einem solch langen Hals möglich war, den Kopf entgegen. Rutgar kraulte dem Vogel das Gefieder. »Gehe ich recht in der Annahme, dass es eigentlich eine andere Dame gibt, um deren Gunst Ihr ringt? Eine kleine blonde Ritterin womöglich, die bisweilen den Anschein erweckt, in einen Topf mit Duftöl gefallen zu sein?«

Boks Augen weiteten sich unter den weit vorspringenden Brauen. »Ihr könnt ja in mir lesen wie in einem Buch!«

»Ich bin der Graue Prinz«, sagte Rutgar bescheiden. »Und außerdem ragt da die Kante eines kleinen Kästchens aus Rosenholz aus Eurer Satteltasche. Ich nehme nicht an, dass Ihr viel Schmuck besitzt, den Ihr in einer schönen Schatulle verwahrt.«

»Da ist ein Anhänger für Jesche drin. Und außerdem hoffe ich sehr, dass meine neue Aufgabe sie angemessen beeindruckt. Die Beförderung von rotem Skaldat ist nicht ungefährlich.«

»Wem erzählt Ihr das?«

»Ach, richtig.« Bok senkte beschämt den Blick. »Jedenfalls fällt es mir immer schwerer, mir neue Wege in Jesches Herz auszudenken. Dass dieser aufgeblasene Ochsenfrosch Uschkar denkt, ich sei nur auf das Geld ihrer Sippe aus, macht die Sache auch nicht leichter.«

»Wie lange buhlt Ihr schon um sie?«

»Drei Sommer.«

Rutgar sog Luft durch die Zähne. »Dann wird es dringend Zeit, dass Ihr die Daumenschrauben ein wenig anzieht.«

»Wie meint Ihr das?«

»Lasst mich Euch einen kleinen Rat erteilen. Ganz umsonst, ohne Gegenleistung.« Er beugte sich vor, was Froschfresser als Einladung sah, seinen Hals an Rutgars Brust zu reiben. »Wenn Ihr nachher im Palast seid, sagt Ihr Jesche, Galla sei überglücklich über die Lieferung gewesen und sie hätte Euch auf ein Glas Branntwein in ihr Laboratorium eingeladen. Oder … halt, wartet! Besser noch: Erzählt Ihr, es gäbe in Hedskilde eine Frau, wie Ihr noch nie einer begegnet seid. Schön, klug, zärtlich …«

»Und das soll mir helfen?«

»Meiner Erfahrung nach wollen die meisten Leute immer nur das, was sie nicht haben können.« Er legte Bok die Hand auf die Schulter – vorsichtig, um sich nicht an einem Orkhauer zu stechen. »Wenn Jesche Euch danach immer noch die kalte Schulter zeigt, solltet Ihr damit aufhören, Ihr hinterherzulaufen. Dann würdet Ihr Euch nur blutige Hacken holen.«

»Man merkt, dass du der Bruder des Königs bist«, sagte der kleine Ritter. »Du kennst dich bestens mit Frauen aus.«

Rutgar nickte nur.

Inzwischen war der tote Ochse zur Seite gezerrt. Auf den geblähten Flanken flockte schaumiger Schweiß, aus dem Maul hing die geschwollene Zunge wie ein erstarrter Schwall aus purpurnem Erbrochenen. Die Fliegen, die das Tier schon zu Lebzeiten umschwirrt hatten, ließen sich auf dem Kadaver nieder, krochen über gebrochene Augen und in schlaffe Nüstern.

Als endlich ein neuer Ochse herbeigetrieben war, um den alten zu ersetzen, schloss sich Rutgar dem kleinen Tross um den Fasswagen an. Scheinbar lastete jedoch ein Fluch auf ihm, denn wieder kamen sie nicht weit. Diesmal war es eine Gruppe aufgebrachter Arbeiter, die im Schatten eines der größten Kornhäuser der Stadt mit ihrem Vormann stritten.

»Ich gehe da nicht wieder rein!«, schrie einer der Männer, nackte Panik in den Augen und bleich vor Furcht. »Und wenn die Untrennbaren es mir selbst befehlen!«

»Ich bin eure Schauermärchen satt!«, brüllte der stiernackige Vormann. »Und jetzt schafft euch wieder an die Arbeit, ihr faules Pack.«

Rutgars Neugier war geweckt. »Was ist da drin, was euch solche Angst macht?«, rief er laut.

Sämtliche Gesichter wandten sich ihm zu, und er hörte ein Raunen durch die versammelte Menge gehen. »Der Graue Prinz!«

»Ich warte auf eine Antwort.«

Der gleiche Mann, der eben noch die Untrennbaren im Mund geführt hatte, fasste sich ein Herz. »Ein Ungeheuer, Hoheit! Im Korn! Es wird uns alle fressen!«

Im Gegensatz zum Vorgesetzten des Arbeiters erkannte Rutgar echte Furcht, wenn er sie sah. »Ich werde mir das einmal ansehen.«

»Soll ich mitkommen?«, fragte Bok.

»Nein.« Rutgar schüttelte den Kopf. »Wenn da wirklich gleich ein Ungeheuer aus dem Korn hervorbricht, wäre es mir recht, wenn der Fasswagen möglichst weit weg wäre.«

»Verstanden!«

Der Ritter machte sich daran, seinem Zug einen Weg zu bahnen – eine Aufgabe, die sich dank Froschfressers bedrohlicher Erscheinung leicht bewerkstelligen ließ.

Rutgar indes ging die steile Holztreppe hinauf, die in das zweite Stockwerk des Kornhauses hochführte. Der Speicher war im Grunde nicht mehr als ein großer Steinkasten mit einem Dach darauf. Innen führte ein schmaler Laufsteg um die Mauern herum, und an einer Stelle konnte man Korn aus dem großen Sammelbecken über eine Schütte ins Freie befördern. Rutgar beschloss, genau dort nach dem Ungeheuer Ausschau zu halten. Dort mussten die Arbeiter geschuftet haben, ehe sie diese geheimnisvolle Kreatur aufgeschreckt hatte.

Womöglich waren es die feinen Erschütterungen durch seine Schritte, die das Geschöpf dazu bewegten, sich erneut zu zeigen. Als erstes sichtbares Zeichen lief raschelnd eine kleine Welle durch das Korn, ehe das Ding seinen Leib präsentierte. Erst dachte Rutgar noch, es könnte sich eine Würgeschlange, wie sie sich manche Gauklerin auf Taurar hielt, in das Kornhaus verirrt haben. Dann bemerkte er, dass der Körper, der eigentlich nicht mehr als ein einziger Muskelstrang zu sein schien, in Ringe unterteilt war. Rutgar dämmerte die Wahrheit. Das Monstrum hob seinen Kopf aus dem Korn, der aus wenig mehr als kurzen, aber kräftigen Beißwerkzeugen und einem feuchten Schlund dahinter bestand. Obwohl dem Wurm nur zwei kleine schwarze Punkte als Augen dienten, war Rutgar davon überzeugt, dass ihn das widerwärtige Vieh prüfend anstarrte.

Ein instinktiver Ekel in seinem innersten Wesenskern wollte ihn dazu drängen, es den Arbeitern gleichzutun und das Weite zu suchen. Doch er wäre nicht der Mann gewesen, der er war, wenn sein nüchterner Verstand nicht rasch die Oberhand über sein Denken zurückgewonnen hätte. Er war Rutgar Karridakis, Heimlicher Künstler, zweitgeborener Schwanensohn und neuerdings der Graue Prinz. Er hatte vor gar nicht allzu langer Zeit im Innern eines Baumes gestanden, in den sich angeblich ein verrückter Unsterblicher aus freien Stücken und eines albernen Zwists mit seinem Bruder wegen verwandelt hatte. Er würde sich nicht von einem zu groß geratenen Mehlwurm in die Flucht schlagen lassen.

Er machte seinen Dolch stoßbereit, besann sich dann allerdings eines Besseren. *Warum sich an diesem Kroppzeug die Hände schmutzig machen?*

Er trat vor das Kornhaus, hieß den Vormann und drei Arbeiter, die es nicht wagten, sich seinen Anordnungen zu widersetzen, zum nächsten Gerber zu laufen und sich einige der langen Spieße zu borgen, mit denen man Häute in Färbebecken wendete.

Er glaubte, dass dem Wurm so mühelos der Garaus zu machen war, aber es stellte sich heraus, dass selbst der Graue Prinz noch irren konnte: Es brauchte über zehn Dutzend Stiche, ehe das gigantische Ungeziefer schließlich verendet war.

27

*»Warum nur sind alle Herrscher
so anfällig für die Verderbnis ihrer Seele?«,
fragte der weise Ratgeber.
»Weil sie sonst niemals Herrscher geworden wären«,
erwiderte der Narr.*

Aus *Zwiegespräche unter Kerkerinsassen*

Die Zinnen waren noch nass vom warmen Sommerregen. Nasta setzte dennoch ein Knie auf die Brustwehr, umklammerte den feuchten Stein mit einem Arm und zog sich nach oben, um auf die Stadt hinunterzublicken. Es gab in diesen Tagen viel zu wenige Orte, an denen sie ein paar Herzschläge für sich allein sein konnte. Die Boten aus den größeren und kleineren Lehen Westborns verstopften förmlich die Gänge des Palasts, und eine Nachricht war schlimmer als die andere: Die beliebte Wolle aus Swellwaten war nicht mehr zu gebrauchen, da den Tieren nun anstelle von weichem Haar drahtharte Schlingen aus der Haut wucherten, die jede Herde binnen weniger Tage dezimierten – die armen Viecher verbluteten schlicht. Nach einem tagelangen Beben hatte sich in Skrimsligarthur eine gewaltige Erdspalte aufgetan, um die Burg des Wallfürsten zu verschlucken. In Jötunnfjall waren die Bauern aus ihren Katen geflohen, als sämtliche Kühe damit begonnen hatten, ihre eigenen Kälber totzutreten und aufzufressen. Nasta schauderte und kämpfte gegen einen plötzlichen Schwindel und ein schmerzhaftes Ziehen in ihren Eingeweiden an, indem sie ihre Wange gegen die Zinne drückte. Die

Kühle des Steins half ihr dabei, die Fassung zurückzugewinnen.

Einer bitteren Erkenntnis musste sie sich trotzdem stellen. All diese absonderlichen Phänomene hatten eines gemeinsam: Sie hatte nicht die geringste Ahnung, was man dagegen tun sollte. Nicht, dass sie das jemals laut gesagt hätte. Sie mühte sich, ihre Gesichtszüge gut im Zaum zu halten, wenn die Boten ihr üble Neuigkeiten überbrachten, und rettete sich in Floskeln. Der König würde sich der Sache annehmen, man würde sich bald melden, um eine Lösung zu finden. Nur wie sollte die aussehen? Seit der Vernichtung des riesenhaften Baumes im Orkenforst verschlechterte sich die Lage zusehends – wie ein Wundbrand, der sich unaufhaltsam in gesundes Fleisch hineinfraß. Es gelang ihr, diesen Umstand vorübergehend zu verdrängen, wenn sie sich um Bik kümmerte, doch das schaffte das Grauen, das überall ungehindert Einzug zu halten schien, nicht aus der Welt. Im Grunde wäre sie sogar fast geneigt zu glauben, die Wallfürsten hätten den Verstand verloren – wenn Rutgar ihr nicht von seiner wahnwitzigen Begegnung in den Kornspeichern von Sunnastad erzählt hätte. *Und Rutgar neigt nicht zu Übertreibungen. Steckt in den kruden Legenden der Orks, die mit ihren unzähligen »Geistern« an alle Götter und damit auch irgendwie an gar keine glauben, doch mehr als nur ein Körnchen Wahrheit? Haben wir den Zorn von Wesenheiten auf uns gezogen, deren Machtfülle auch das vermeintlich Unmögliche umfasst?*

Nasta seufzte schwermütig und ließ den Blick von der Stadt bis zu jenem nahen Turm wandern, in dem das Gemach des Königs lag. Sie stutzte, als sie Jarold bemerkte. Es machte den Eindruck, als beobachtete er sie schon länger aus dem Fenster seines Gemachs mit großer Aufmerksamkeit. Sie winkte ihm zu, doch seine Antwort bestand darin, mit leerer Miene in die Tiefe hinunterzustarren, in die einst Orskarr hinabgestürzt war. Nasta schauderte und rutschte von der Zinne auf den sicheren Boden zurück. Dann eilte sie zur Kammer des Königs und stieß die Tür zu dem Gemach auf.

Jarold stand mit verkrampft wirkenden Schultern da, beide Hände auf den Fensterrahmen gestützt. Langsam drehte er sich zu ihr um und leckte sich die Lippen. Er war nur halb angekleidet. Gedankenverloren schabte er mit bloßen Zehen über einen kleinen Läufer, in den das königliche Wappen eingewoben war. Es wirkte, als würde er versuchen, das Siegel ganz nebenbei auszulöschen.

Nasta kämpfte ihre Sorge nieder und schaffte ein dünnes Lächeln. »Soll ich dir beim Ausziehen helfen?« Wie immer, wenn sie ganz unter sich waren, fiel sie in die vertraute Anrede, die vor anderen viel zu unangemessen für einen Mann von Jarolds Stand gewesen wäre. »Oder darf ich dir wenigstens beim Ausziehen zusehen?«

Das Leben kehrte in seine Augen zurück, und ein Schmunzeln huschte über seine Züge. Es war jedoch ebenso schnell wieder fort, wie es erschienen war.

»Ich kann kaum mehr schlafen, Nasta. Und ehrlich gesagt will ich es auch nicht.« Er bat sie mit einer Geste, die Tür zu schließen. Sie kam seinem Wunsch nach und setzte sich aufs Bett. »Meine Träume. Sie sind … nun, sagen wir, an Schlaf ist für mich kaum noch zu denken.« Er kniff die Lider zusammen und massierte sich mit Daumen und Zeigefinger den Nasenrücken. »Was geschieht hier, Nasta? War es falsch, den Baum zu fällen, um die Norger zu unterwerfen? Sie frisst mich auf – diese Angst, dass ich womöglich die Schuld am Leid der Westborner trage. Ich will etwas tun. Aber was?«

Nasta schluckte schwer. Jarold sprach ihr aus der Seele. Auch sie fühlte sich unglaublich hilflos. Hilflos und so matt, wie sie es noch nie erlebt hatte. *Er braucht jetzt niemanden, der in einer lähmenden Ohnmacht gefangen ist, sondern jemanden, der ihm die schwarzen Gedanken ausredet. Jemanden, der ihn nach besten Kräften ablenkt und verhindert, dass es ihm wie Orskarr ergeht.* Sie war mit einem Mal fest entschlossen, dieser Jemand zu sein. Nicht nur um ihretwillen, sondern auch für ganz Westborn. *Wenn ich jetzt aufgebe, war alles umsonst.*

»Wir werden eine Lösung finden. Mach dir bitte keine Sorgen.« Sie zog ihre Füße zu einem Schneidersitz aufs Bett hinauf. »Was hast du denn geträumt?« Sie klopfte neben sich aufs Bett. Es war ihr ein großes Bedürfnis, ihn vom Fenster wegzubekommen.

Doch der König tat ihr den Gefallen nicht. Er ächzte, drehte sich ganz zu ihr um, lehnte sich mit dem Rücken an die Wand neben dem Fenster und begann mit seltsam tonloser Stimme zu erzählen.

»Ich träume von dem Augenblick, in dem der Baum verglüht. In meinem Traum bleibt dort, wo er stand, ein tiefes Loch zurück. In diese Grube fährt ein Wind. Wie ein Orkan, dessen Zorn niemals abflaut. Ich will mich davon abwenden, weil ich grässliche Angst habe. Aber ich bin leicht wie eine Feder, und der Luftstrom reißt mich in die Finsternis. Ich falle in die Tiefe und schreie, schreie, schreie. Das Loch hat keinen Boden, und ich falle immer schneller, bis mir der Wind die Haut vom Leib schürft und ich nur noch rohes, brüllendes Fleisch bin. Die Angst ist unerträglich stark, sie lässt nicht nach, und es gibt auch keinen Aufprall, der mir Frieden schenken würde. Ich träume ewig vom Fallen. Und wenn ich aufwache, bewegen sich Maden unter meiner Haut.« Er schluckte. »Ich habe sogar schon Rutgar nachsehen lassen, aber da ist nichts.«

»Natürlich ist da nichts, Majestät. Es ist ja schließlich nur ein Traum.« Nasta lächelte, doch in Wahrheit sah es in ihr ganz anders aus. Jarolds Schlaflosigkeit und die Dinge, die er nachts sah, wenn er doch einnickte, erinnerten sie allzu stark an das, was Orskarr ihr erzählt hatte, bevor er vollkommen dem Wahnsinn anheimgefallen war. Dennoch brachte Jarold sie auf eine Idee: Die Leute hatten gemunkelt, der alte König sei verrückt geworden, weil Kaimu Kala ihn verdorben hatte. Nasta fragte sich, was Taga Miwitu wohl dazu und zum derzeitigen Verhalten des Königs zu sagen hatte.

Jarold betrachtete mit unstetem Blick den Boden unter seinen Füßen und sah dann wieder zu Nasta auf dem Bett. »Sicher hast du recht. Ich sollte mir keine Gedanken über Träume machen. Oder über das, was schon geschehen ist. Wichtig ist, was zu tun ist, um alles wiedergutzumachen.« Er trommelte mit den Fingern seiner Rechten auf seinen linken Oberarm. »Ich muss nachdenken. Lass mich bitte allein.«

Wenige Augenblicke später war Nasta wieder auf dem Weg in tiefere Geschosse des Palasts. Ihr war zwar nicht ganz wohl dabei, Jarold allein zu lassen, andererseits hätte sie ihn niemals dazu überreden können, in Gesellschaft anderer über die unerklärlichen Vorkommnisse nachzusinnen, die sie alle plagten. Noch dazu glaubte sie – und sie hoffte inständig, keiner tragischen Fehleinschätzung aufzusitzen –, dass der König *nicht* kurz davorstand, es seinem Vorgänger gleichzutun. In voller Absicht wählte sie einen anderen Weg aus dem Palast als die breiten Hauptgänge, um neuen Boten und ihren Schreckensbotschaften zu entgehen. Sie wollte ihrem Einfall folgen, ehe sie sich die Gedanken mit weiteren Problemen verstellte.

Taga Miwitu zu finden, war leichter, als sie gedacht hätte. Sie war offenbar beileibe nicht die Einzige, die sich in diesen Tagen für den Ork interessierte. Sie fand ihn an dem Brunnen am Hafen, den die Schweineleute einst bei Jarolds Ankunft in Beschlag genommen hatten. Der große Norger hatte die kopflose, verwitterte Statue in der Mitte des Beckens mit Erde und grünem Pflanzensaft bemalt. Die ausgestreckten Arme hatte er mit zu Streifen geschnittenen Lumpen behängt, sodass aus der Ferne der Eindruck eines zerfetzten Vogels entstand. Mit etwas Einbildungskraft konnte es sich allerdings auch um einen mit Lianen behängten Baum handeln. Das Wasserbecken war vollständig ausgelassen und mit Körben, Töpfen und Eimern zugestellt, die vor Opfergaben schier überquollen. Blumen, Flaschen, aber auch Essbares hatten die Sunnastader zusammengetragen. Taga Miwitu, der sein langes rotes Tuch zu einem Gewand mit Kapuze geknotet hatte, saß als leuchtender Punkt inmitten der Opfergaben und kaute an einer Gänsekeule. Er unterbrach seine Mahlzeit auch dann nicht, als Nasta sich auf den Brunnenrand setzte. Stattdessen musterte er sie nur stumm zwischen den Bissen.

»Du scheinst auf einmal hier sehr beliebt zu sein«, stellte sie fest und strich mit dem Finger über die welken Blüten eines Blumenstraußes.

»Die Menschen glauben, mit den Norgern hat das Glück sie verlassen«, grunzte der Schweinemann kauend. Fleischstücke fielen unbeachtet auf sein Gewand.

»Und du schlägst einen Vorteil daraus?«

»Du redest, als würde ich sie blenden. Aber es ist doch so. Mein Volk ist gegangen, die Fäulnis ist gekommen. Die Menschen haben nichts falsch verstanden.« Er leckte sich das Fett von einem Hauer, ehe er einen weiteren Bissen aus der Keule nahm.

Nasta starrte in einen Opferkorb, lauschte dem Ork beim Kauen und dachte nach. »Wusstest du, dass das geschehen würde?«, fragte sie schließlich.

»Nein«, kam die Antwort flink wie ein Armbrustbolzen.

»So? Aber du kanntest doch die Legenden deines Volks. Dachtest du nicht, dass etwas Schlimmes geschehen würde, wenn wir den Baum vernichten? Und trotzdem hast du uns begleitet. Mehr noch: Du hast uns hingeführt!«

Der Ork zuckte mit den Achseln. »Ich wusste, dass etwas Großes geschieht. Ist der Baum stark, sterben wir. Ist der Baum schwach, stirbt er. Wir waren stärker als der Baum. Wir waren stärker als ein sehr, sehr mächtiger Geist. Das ist etwas Großes. Und ich war dabei. Jetzt feiere ich. So lange, wie der Wurm mich lässt.« Er griff in einen Topf neben seinem Bein, zerrte an etwas, und sogleich tauchte seine Hand wieder auf – samt einer weiteren gebratenen Keule.

»Du glaubst also, dass dieser Wurm aus deinen Legenden nun wirklich über uns kommt?« Nasta setzte sich auf ihre Hände, um zu verbergen, dass sie zitterten. *Dieses Ungeheuer darf nicht echt sein.*

»Ich glaube …« Der Ork zog ein Stück knusprige Haut von seinem Leckerbissen ab und verschlang sie schmatzend. »Ich glaube, dass wir sehen, ob wir stärker sind als der Wurm.«

»Ja«, sagte Nasta. »Das sehen wir.«

Eine Weile ruhte ihr Blick nur auf den schwarzen Augen des Orks, der sie merkwürdig unverwandt ansah, während er weiteraß.

»Aber gegen den Baum konnten wir kämpfen. Und gegen seine Beschützer«, hob Nasta wieder an. »Wo können wir gegen den Wurm kämpfen?«

»Ein mächtiger Geist, der kämpfen will, kann gefunden werden.« Taga Miwitu beschrieb mit der angenagten Keule einen weiten Kreis. »Man muss nur suchen.«

Nasta stand auf und stützte die Hände in die Hüften. »Es ist an der Zeit, dass du dir die Opfergaben, die du hier verspeist, auch wirklich verdienst.«

Der Norger hörte tatsächlich auf zu kauen, und sein Blick wurde lauernd. Er sagte nichts.

»Geh in den Wald zurück, in dem wir den Baum vernichtet haben, und sieh nach, ob der Wurm dort ist!«, forderte Nasta.

»Und warum sollte ich das tun?«, knurrte Taga Miwitu.

»Weil etwas Großes geschehen wird. Und du dabei sein willst, wenn wir erfahren, ob wir stärker sind als *zwei* mächtige Geister.«

Taga Miwitu sah zu ihr herunter und rührte sich einen Augenblick lang nicht. Dann grinste er. Er ließ die Gänsekeule fallen, stand auf und stieg über den Brunnenrand. Er ging weiter und verließ den Platz in Richtung des Stadttors, ohne sich auch nur ein einziges Mal zu Nasta umzudrehen. Fast war es, als folgte er einer Spur, die für alle anderen unsichtbar, für ihn jedoch so klar ersichtlich war wie ein rotes Band, das zwischen ihm und seinem Ziel gespannt worden war.

Nasta sah ihm nach, bis er um eine Ecke verschwunden war. Dann setzte sie sich erleichtert wieder neben die Opfergaben. Sie konnte den Quellen von Ungeziefer und verdorbenen Lieferungen in Sunnastad ewig hinterherlaufen, wenn der wahre Ursprung der Verderbnis doch eigentlich ganz woanders lag – bei dem Wurm aus den Legenden der Schweineleute. *Ich bin gespannt, ob Taga Miwitu etwas findet. Und noch gespannter bin ich, ob er überhaupt jemals zurückkehrt.*

Etwas schlug krachend gleich neben ihr in die Vase ein, die den Blumenstrauß gehalten hatte. Tonsplitter und Blut spritzten ihr ins Gesicht. Sie schrie auf und schützte ihre Augen, als klatschend weitere Geschosse auf dem ganzen Platz niedergingen. Sie sprang zur Statue in der Mitte des Brunnens und suchte Deckung unter den stoffbehängten Armen. Aus ihrer halbwegs geschützten Stellung spähte sie hinaus und musste sich an ein steinernes Bein klammern, als sie erkannte, was die grauen Regenwolken da ausspien. Frösche, Kröten und Molche, die verzweifelt mit den Beinchen ruderten, prasselten in schier endloser Zahl vom Himmel, um auf Straßenpflaster, Dächern und den Köpfen der Leute zu formlosen Klumpen aus Blut und Eingeweiden zu zerplatzen.

Nasta rang um Fassung und blickte auf die Opfergaben hinunter, die unter der Masse aus toten und sterbenden Tieren begraben wurden. Der letzte Norgerkrieger hatte Sunnastad verlassen.

28

*Oft wird von Heilern empfohlen, im Falle
einer Krankheit das faule Fleisch
einfach herauszuschneiden. Wie bedauerlich ist es da,
dass in allen Landen, die ich bereisen durfte,
die Leute so sehr an ihrem Fleisch zu hängen scheinen.*

Aus *Die zwölf großen Reisen
einer ehrenwerten Marketenderin*

Unter gewöhnlichen Umständen hätte Rutgar den süßen Duft der Rosen im alten Garten der Burg, der anlässlich von Jarolds Triumph auf Vordermann gebracht worden war, als betörend empfunden. Jetzt jedoch erinnerte er ihn nur an Verwesung.

Er richtete sich auf der Steinbank in der kleinen, rankenumwobenen Laube auf, in die er sich mit seinem Besucher zurückgezogen hatte. Es war töricht von ihm, sich diesen Abend von derlei trüben Gedanken verderben zu lassen. In Sunnastad gingen auch ohne seine Schwermut schon genug bedrückende Dinge vor sich. Erst der besorgniserregende Krötenregen, dessen letzte Spuren hier und da auf den Mauern und Dächern der Stadt noch zu erkennen waren: Dort waren die zerschmetterten Leiber der Wassertiere inzwischen unter der Sonne getrocknet und festgebacken. Dann war ihm unlängst seitens der Gardisten von einem nicht minder bizarren Vorfall berichtet worden: Ein Mann hatte auf offener Straße eine Feier abgehalten, bei der er sein Pferd zur Frau nehmen wollte – samt Brautschleier, gemeinsamem Einwickeln in ein Laken und Vollzug der Eheschließung. Die Nachbarn des verwirrten Kerls waren über diesen Frevel an allen Geboten des Untrennbaren Paares derart entsetzt gewesen, dass sie ihn – und seine neue Gattin – noch an Ort und Stelle abgestochen hatten. Und als ob das neben dem unheimlichen Auszug der Norger aus Sunnastad und der Fäulnis, die sämtliche Nahrung zu befallen schien, noch nicht genug gewesen wäre, gab es da noch die grauenhafte Seuche, die seit einigen Tagen unter den Kindern der Stadt grassierte. Ein mit Pusteln einhergehendes Fieber oder einen Husten mit Blut und Eiter als Auswurf hätte Rutgar als eine tragische, aber nicht allzu beunruhigende Entwicklung gewertet. Doch diese Seuche war anders: Sie veränderte den Körper der kranken Kinder aufs Absonderlichste – manchen bohrten sich von innen spitze, borstige Haare durch die Rückenhaut, anderen fielen auf einen Schlag alle Zähne aus, weil der Unterkiefer sich nach vorne schob und auseinanderzuklaffen drohte, und bei wieder anderen taten sich schleimige Löcher im Rumpf auf, die sich im Takt der Atemzüge öffneten und schlossen. Bei allen löste sich um die großen Gelenke an Knien und Ellenbogen die Haut ab, und darunter kamen braune oder schwarze Schuppen zum Vorschein, die an die Flügelschilde von Käfern erinnerten.

»Du bist schweigsam.« Hunegs Züge waren in der Dämmerung noch weicher als sonst, und er wirkte fülliger, als würde er erst mit einsetzender Dunkelheit seine wahren Ausmaße preisgeben. »Worüber denkst du nach?«

»Das willst du gar nicht wissen.«

Huneg fasste kurz nach seinem Arm. »Doch, will ich.«

»Na gut, wenn du darauf bestehst ...« Er seufzte. »Ich denke über die Kinder nach.«

»Die Kinder ...« Huneg war vieles, aber bestimmt nicht begriffsstutzig. »Wegen der Schuppensieche?«

Dieser Begriff war Rutgar fremd. »Es hat also schon einen Namen?«

»Im Unglück und Elend werden alle Menschen erfinderisch«, sagte Huneg. »Hast du es schon gehört?«

»Was?«

»Sie sammeln die Kinder jetzt in größeren Häusern.« Aus den Worten sprach tiefe Verachtung. »Sie hängen Fenster und Türen mit Tüchern ab, die man in Essig getränkt hat. Sie glauben, das würde die Krankheit aufhalten.«

»Kümmert sich wer um die Kleinen?«

»Ja, einige der Eltern.« Huneg machte ein Geräusch, das zwischen einem traurigen Grunzen und einem verächtlichen Lachen angesiedelt war. »Und diese alte Vettel Kreva mit ihren Einweckgläsern am Gürtel ist auch schon dort vorbeigeklimpert.«

Eines musste Rutgar Kreva lassen: Sie war zäh – ungeachtet aller bisherigen Entwicklungen hielt sie eisern an ihrem Titel als königliche Leibärztin fest, und bisher war sie auch nicht aus ihrem Zimmer in der Burg ausgezogen, das ein Stockwerk unter Jarolds Schlafgemach lag und angeblich früher einmal durch einen geheimen, aber inzwischen zugemauerten Treppenaufgang mit diesem verbunden gewesen war. Jarold selbst nahm offenbar keinerlei Notiz von ihr, und bislang hatte sie ihn ja auch in seiner Amtsführung nicht weiter gestört. *Womöglich sieht er in ihr so etwas wie einen verdienten Wachhund, den man nicht rücksichtslos vom Hof jagt, weil ihm die Zähne ausgehen.*

»Und? Was hat sie als Behandlung vorgeschlagen?«

»Schröpfen. Zur Ader lassen. Egel ansetzen«, zählte Huneg auf. »Das Übliche. Du kennst sie doch. Nicht, dass das den Kindern bis jetzt irgendeine Linderung bringen würde. Aber weißt du, was die Leute glauben, woher die Seuche kommt?«

»Nein.«

»Sie sagen, es läge am Korn. Wegen der Würmer darin.«

Rutgar dachte an seine ekelhafte Begegnung im Kornhaus zurück. »Ich habe nur einen gesehen. Und ich gehe davon aus, dass inzwischen alle Speicher einmal sauber durchgesiebt wurden. Wenn es mehr von diesem Ungeziefer geben würde, wäre das bestimmt aufgefallen.«

»Manchmal reicht schon ein Feind, damit man sich vor Tausenden zu fürchten beginnt.« Huneg kratzte sich das Grübchen am Kinn, das im trüben Licht nur noch ein kleiner schwarzer Spalt war. »Außerdem ist es doch gleich, was die Leute so glauben. Ich kenne da allerdings jemanden, der sich für all das anscheinend die Schuld gibt.«

»Tue ich doch gar nicht!«

»Ich meine nicht dich.«

»Sondern?«

Huneg zögerte. »Ich weiß, du magst ihn nicht, aber es geht um Fulmar.«

Kennt die Vermessenheit dieses Barden denn gar keine Grenzen? »Fulmar gibt sich die Schuld an der Sieche?«

»Nicht nur für die«, präzisierte Huneg. »Für jedes einzelne Unheil, das Sunnastad gerade befällt.«

Rutgar fiel etwas auf, und es regte sich etwas Rares in ihm – ein Ziehen am Herzen und eine Schwere auf der Brust –, das nur Eifersucht sein konnte. »Woher weißt du das? Wann hast du ihn gesehen?«

»Das war reiner Zufall«, beruhigte ihn Huneg. »Ich war in der Stadt unterwegs, um die Kunde Nundirovils zu verbreiten. Ich hatte dir doch erzählt, dass mich Astrud – möge Nundirovil ihre Schönheit auf ewig bewahren – durch die Gegend schickt. Da bin ich ihm begegnet. In einer Kaschemme am Hafen. Die *Durchbohrte Jungfrau*. Der Wirt meinte, er würde sich dort ständig herumtreiben. Und einmal hätte er ihn auch in der Gasse hinter seiner Schenke schlafen sehen. Ich glaube ihm das sofort. Ich meine, ich habe Fulmar ja mit eigenen Augen gesehen. Er vernachlässigt sich. Von dem ganzen Fusel, den er säuft, hat sich ihm das Gesicht vor Falten richtig gekräuselt, und er hat lauter graue Strähnen im Haar. Wusstest du, dass das Rot nur gefärbt ist?«

Rutgar schüttelte den Kopf. Ein Teil von ihm – der trotzigste, über lange Zeit im Umgang mit seiner Familie gestählte Teil – weigerte sich noch immer, die Möglichkeit in Betracht zu ziehen, dass Fulmar wirklich dem Alten Geschlecht angehörte.

Dieser Baum war unmöglich sein Bruder. Das ist doch wohl nur eine Geschichte gewesen, die er auf seinen Reisen aufgeschnappt hat. Dafür muss man noch lange kein Unsterblicher sein.
»Was schaust du so?«, fragte Huneg.
Rutgar stieß das Interesse an Fulmar ohnehin schon sauer auf. Nie im Leben würde er Huneg nun auch noch von Fulmars Behauptungen erzählen. Stattdessen wich er aus und sprach eine andere Sache an, die ihn nun schon seit einiger Zeit beschäftigte. »Es ist nichts Schlimmes. Du erinnerst mich nur an jemanden.«
Hunegs Lippen formten einen kurzen Moment ein großes O, und er blinzelte zweimal. »Tatsächlich?«
»Ja.« Rutgar musterte ihn so intensiv, wie es die Dämmerung zuließ. »Schon seit ich dich zum ersten Mal gesehen habe. Im großen Saal unseres Hauses.«
»An wen? Halt! Sag nichts!« Huneg bedeutete ihm mit ausgestreckter Hand, den Namen nicht zu vorschnell zu verraten. »Gewiss erinnere ich dich an Kalator, den unvergleichlich liebreizenden Mundschenk der Götter.«
»Fast.« Rutgar musste angesichts dieses Selbstbewusstseins lächeln. *Komisch – an Fulmar finde ich den gleichen Charakterzug unerträglich.* »Du erinnerst mich an jemanden, den ich während meiner Ausbildung kennengelernt habe.«
Das große O kehrte zurück. »In den … in den Hallen der Heimlichen Künste?«
»Ja.«
»Mochtest du ihn?«
»Ob ich ihn mochte?« Die Frage erwischte ihn auf dem falschen Fuß. »Das ist etwas, worüber man in den Hallen nicht nachdenkt. Um genau zu sein, gewöhnen das die Ausbilder einem sogar tatkräftig ab.«
»Also mochtest du ihn«, zog Huneg seine eigenen Schlüsse aus dieser Antwort. »Was soll's? Ich kenne das. In meiner Berufung ist es nichts Ungewöhnliches, dass die Leute etwas anderes in mir sehen, als ich bin, und dafür sogar manchmal das

Offensichtlichste *über*sehen.« Er bückte sich nach dem kleinen Korb, mit dem er vorhin an ihrem verabredeten Treffpunkt in der Laube erschienen war. »Aber dieses ganze Gerede macht mich hungrig.« Ein Säckchen und ein kleines Glas wurden ausgepackt. »Bitte sehr. Das teilen wir uns.«

Rutgar nahm das Säckchen, schnürte es auf und schüttete sich etwas von seinem Inhalt in die hohle Hand. »Zimtmandeln.«

Huneg tippte gegen das Glas. »Und Honig. Köstlich, köstlich.« Er bückte sich noch einmal zum Korb hinunter. »Irgendwo hier drin ist auch ein Löffelchen.«

»Woher hast du das?«

»Oh, das habe ich mir aus Astruds persönlichem Vorrat geborgt.« Huneg kicherte. »Ich habe es mir für die ganzen Blasen, die ich mir beim Bekehren laufe, redlich verdient.«

Rutgar konnte sein Glück kaum fassen, Leckereien aus der alten Heimat kosten zu dürfen. Mehr noch: Sie waren ohne jede Einschränkung genießbar. »Warum sind diese Sachen nicht verdorben wie alles andere?«

»Nun, wer weiß!«, meinte Huneg verschmitzt. »Vielleicht hängt es damit zusammen, dass diese Dinge nicht aus Westborn stammen und deshalb noch nicht mit dem, was die Fäulnis auslöst, in Berührung geraten konnten. Oder es hängt damit zusammen, dass Astrud ihren Vorrat in einer Kiste verstaut, deren Einlegearbeiten aus weißem Skaldat sind. Oder der Immerzu Lächelnde hält seine schützende Hand über seine Diener, die sich so mutig in fremde Lande vorgewagt haben, um seinen Ruhm zu mehren. Such dir doch einfach den Grund aus, der dir am besten gefällt.«

Sie genossen Zimtmandeln, Honig und verstohlene Zweisamkeit, bis die Nacht schon lange ihr schwarzes Tuch über die Welt gebreitet hatte. Nach der Verabschiedung ging Rutgar bedächtigen Schritts die Stufen des großen Turms der Burg hinauf, die feine Süße noch im Mund. Wider Erwarten hatte er diesen Abend doch noch genießen können, und es war vollkommen klar, wem er dafür zu danken hatte. In ihm reifte ein Entschluss. Falls er auch nach dem nächsten Treffen das Gefühl haben sollte, dass ihm die gemeinsam verbrachte Zeit kostbar gewesen war, würde er sich an Jarold wenden. *Ich habe viel für ihn getan. Sehr viel. Da ist es nicht unverschämt, ihn darum zu bitten, seine Schatztruhen zu öffnen, damit ich Huneg aus seinem Dienst am Immerzu Lächelnden freikaufen kann. Danach sieht man weiter.*

Er passierte die Tür zum königlichen Schlafgemach, unter der noch Licht durchschien. »Mein Bruder ist noch nicht zu Bett gegangen?«, fragte er die wachhabenden Gardisten.

»Ich glaube nicht.«

»Hm.« Er war zwar inzwischen überzeugt, dass die von ihrer Schwester gesteuerte Verschwörung gegen Jarold vereitelt worden war, doch das bedeutete noch lange nicht, dass er seine Pflichten schleifen lassen konnte. *Warum ist er noch auf? Ist es wieder wie vor ein paar Tagen, als er mich mit nacktem Oberkörper empfangen und mich gefragt hat, ob mir irgendetwas an seiner Haut auffällt?* Rutgar klopfte.

»Tretet ein«, kam es unverzüglich.

Jarold stand am Fenster, mit dem Rücken zur Tür, den Mantel mit Hermelinsaum um die Schultern. Er hielt den Kopf gesenkt, als wäre der schmale goldene Reif seiner Krone eine schier unerträgliche Last. Offenbar wartete er auf das Geräusch der schließenden Tür, denn erst danach wandte er sich quälend langsam zu Rutgar um. »Ah, der Graue Prinz.«

Wenn Rutgar sich den Spitznamen seiner Kleidung wegen verdient hatte, dann hätte es Jarold ob der Farbe seiner Wangen zugestanden, dass man ihn den Grauen König statt des Orkentöters nannte. »Du siehst furchtbar aus, Bruder.«

»Ich schlafe kaum noch«, räumte Jarold freimütig ein. »Nicht, weil ich nicht könnte. Ich will nicht mehr schlafen.«

»Hältst du das für gesund?«

»Du hättest Possenreißer werden sollen.« Jarold lächelte schwach. »Ich weiß, dass mich das umbringt. Aber ich habe Angst, dass ich eines Nachts nicht mehr aufwache. Dass ich in meinen Träumen gefangen bleibe.«

»Träumst du so schlecht?«

»Schlecht?« Nun lachte Jarold auf. »Entscheide selbst. Es ist immer der gleiche Traum. Ich falle in ein Loch. Es klafft dort, wo der große Baum der Orks stand. Ich falle und falle und falle. Endlos. Der Wind zerrt an meinem Haar, sticht mir in die Augen.« Er senkte die Stimme zu einem Flüstern und stierte Rutgar aus blutunterlaufenen Augen an. »Und dann höre ich es. Die Schreie. Das Scharren wie von einem gewaltigen Leib. Und das Donnern und Poltern, wenn er sich aufbäumt …«

Erst glaubte Rutgar, die dumpfen Schläge, die ihm an die Ohren drangen, wären von Jarolds dringlicher Schilderung der Albdrücke heraufbeschworen worden. Als sein Bruder allerdings verstummte, um sich fragend umzusehen, wurde Rutgar bewusst, dass der Lärm mehr als eine Einbildung war. Er gewann seine Sinnenschärfe zurück und erkannte, woher die Geräusche stammten.

»Kreva!«, entfuhr es ihm, und zum ersten Mal wünschte er sich tatsächlich, es gäbe den geheimen Gang zwischen diesem Gemach und dem Quartier der Leibärztin, von dem man bei Hofe munkelte, immer noch.

So jedoch mussten sie den üblichen, langen Weg nehmen. Sie hasteten ein Stockwerk tiefer.

Die Tür zu Krevas Kammer war aufgebrochen. Ein Gardist – ein junger Mann, der sich gewiss erst nach Jarolds großem Triumph dazu berufen gefühlt hatte, seinem König auf diese Weise zu dienen – wankte gerade rückwärts aus ihr heraus. Er warf seine Hellebarde beiseite, presste beide Hände auf den Mund, würgte. Dann spritzte ihm der Inhalt seines Magens zwischen den Fingern hervor, und es stank nach schalem Bier und halb verdauter Fettsuppe.

Rutgar stürmte an der überforderten Wache vorbei in das Zimmer. Ein Kamerad des Jünglings – ein Veteran des Orkenforsts, wenn Rutgar sich nicht irrte – brachte ein paar gepresste

Sätze hervor, während er sich die Schulter hielt. »Wir hatten etwas gehört. Ein ... Glitschen. Wie von einem Fisch in einem Eimer. Immer wieder. Sie antwortete nicht. Da haben wir die Tür aufgebrochen.«

Der Aufbau des Zimmers war mindestens so eigentümlich wie die Frau, die es bewohnte. Ein Bettkasten stand mitten im Raum, darin ein großer Zuber. Ringsum verliefen Regale an den Wänden entlang – vollgestellt mit Gläsern, Tiegeln, Fässchen und sonstigen Behältnissen jedweder Art sowie Ärztebesteck aus Gusseisen in unterschiedlichsten Formen, die Rutgar jedoch alle an Folterwerkzeuge erinnerten. An einer Stelle neben dem Fenster waren die Regale von der Wand gerissen und mit Blut eine Botschaft hinterlassen worden: NICHTS IST REIN. Von dort zog sich eine rote Spur zu dem Zuber, aus dem nun wieder jenes Geräusch erklang, das die Wachen alarmiert hatte.

Rutgar trat an den Bettkasten heran. Das Glitschen war erneut zu hören. Als er über den Rand des Zubers blickte, hatte er vollstes Verständnis dafür, dass der arme junge Gardist nicht hatte an sich halten können: Kreva war in diesem Zuber gestorben, und es war kein schöner Tod gewesen. Man hätte fast meinen können, die Greisin wäre mit prallen, glänzenden Würsten übersät, die ein verrückter Schlachter auf ihrem bleichen Leib angeordnet hatte – doch Würste zuckten und pulsierten nicht oder stießen leise schmatzend gegeneinander. Einer der zahllosen Egel glitt satt zwischen den Schenkeln der Greisin hervor, und Rutgar biss sich innen auf die Wange, um nicht zu schreien. Der feine Geschmack von Zimt, Mandeln und Honig erstickte in flüssigem Eisen.

29

*Die Menschen sagen, unser Rufen an die Geister
verhalle ungehört. Mag sein, aber ich
habe noch keinen der Geister zu mir sprechen hören,
die sie ihre Götter nennen.*

Aus *Gespräch mit einem Ork*

Nasta vergrub ihr Gesicht in Bluthauers Fell und wühlte in den dichten Borsten. Der auf der Seite liegende Keiler dankte ihr diese zärtliche Geste mit Quieken und rudernden Beinen. Sie lachte und atmete tief den wilden, scharfen Duft ein, den ihr Freund verströmte. In letzter Zeit war sie gerne hier im Stall. Noch viel lieber als gewöhnlich, denn überall sonst – in der Burg, in Sunnastad selbst, am Meer – stank es. Nicht zu aufdringlich. Es war ein schwacher, süßlicher Geruch wie von schimmligem Obst, doch er nistete sich in der Nase ein und machte einem den Magen flau. Und scheinbar nahm allein sie ihn wahr. Sie hatte bereits versucht, weniger oder flacher zu atmen, doch das hatte keinen Sinn. Der Geruch blieb.

So musste sie sich eben hierher in den Stall zurückziehen, wenn der Gestank zu schlimm wurde. Außerdem konnte sie mit Bluthauer über ihre Sorgen sprechen, ohne sich Gedanken darüber zu machen, jemand könnte den Umstand weitertragen, dass der Seneschall des Königs allmählich selbst an einen Fluch glaubte – ein Verhängnis, das unmittelbar mit dem Triumph über die Schweineleute zusammenhing. Auch in Biks Zimmer hätte außer Tausendender, der mit trüben Augen neben dem Bett seines Reiters lag und nicht von dessen Seite zu bringen war, niemand mithören können, was sie erzählte. Allerdings hatte Nasta beschlossen, den blinden Bik nicht mit den Schrecklichkeiten zu quälen, die das Land plagten. Auf seinem Zimmer – und auf dem gesamten Stockwerk, denn Bik übte nach Rutgars ersten Lektionen bereits seine neuen Bewegungskünste – kamen die Boten aus den Fürstentümern mit ihren immer bedrohlicher klingenden Neuigkeiten nicht an, und sämtliche Nahrung, die Nasta ihm brachte, überprüfte sie gründlich auf Fäulnis, Käfer oder Maden. Sie verschwieg ihm auch Krevas grotesken Freitod und die sonderbare Seuche, die unter den Kindern Sunnastads wütete. *Was ihm widerfahren ist, ist furchtbar genug. Ihm soll erspart bleiben, was allen anderen Albträume bereitet. Und er kann genauso wenig dagegen tun wie wir alle.*

Sie kramte einige Pflaumen aus ihrer Tasche, lehnte sich gegen Bluthauers Bauch und begann, die Früchte mit einem kleinen Messer aufzuschneiden und sorgfältig zu beschauen. Befallene Stellen schnitt sie heraus und warf sie fort. Sie hatte inzwischen damit aufgehört, ganze Früchte wegzuwerfen, wenn sie schimmlige Stellen oder kleinere Maden oder Käfer fand. *Wer so genau mit seinen Mahlzeiten ist, findet in Sunnastad wohl gar nichts Essbares mehr.*

Sie schnippte gerade eine kleine Assel von der Schale, als sie eine große Gestalt im Türrahmen bemerkte.

»Da bist du«, stellte der Schatten fest. An der Stimme erkannte sie den Ork. Es war Taga Miwitu! Doch seine Silhouette war so viel schmaler, als sie ihn in Erinnerung hatte. Sie erhob sich hastig. »Du bist zurück!«

Der Schweinemann grunzte und trat in den Stall. Er hatte tatsächlich deutlich an Gewicht verloren. Er mochte noch nicht den fiebrigen Glanz eines Hungerleiders in den Augen tragen, aber die Muskelberge an seinem Leib waren stark zusammengeschmolzen. Außerdem trug er einen Verband an der linken Hand.

»Was ist dir zugestoßen?«

»Im Wald ist mir ein Finger zu viel gewachsen«, teilte Taga Miwitu ihr sachlich mit, als erzählte er von einem dicken Pickel, den er sich heute Morgen von der Nase gekratzt hatte. »Ich habe ihn wieder weggemacht.«

Nasta wollte etwas erwidern, bemerkte jedoch die kleinere Gestalt, die nun hinter Taga Miwitu erschien und mit ihm Bluthauers Verschlag betrat. Dichter weißer Rauch, der nach brennenden Pferdeäpfeln roch, quoll aus einer langen Pfeife. Kaimu Kala löschte die Pfeife nicht, obwohl der Stall mit seinem vielen Stroh einem Brand ausreichend Nahrung geboten hätte. Stattdessen zog sie fest daran, um sie danach mit großzügigen Schwüngen herumzuschwenken, als müsste der Qualm jede Ritze erreichen. Bluthauer gab ein röchelndes Niesen von sich.

»Was machst du da?«, fragte Nasta schärfer, als vielleicht nötig gewesen wäre. Die Tatsache, dass der Späher die doch eigentlich so verhasste Schamanin vor ihr aufgesucht hatte, machte sie besorgt und wütend zugleich. *Es wird schwieriger werden, Wahrheit und Lüge auseinanderzuhalten, falls die beiden nun besser miteinander auskommen.*

»Der Wurm weiß von uns, weil wir von ihm wissen.« Die Schamanin wedelte mit der Pfeife. »Aber er soll nicht hören, was wir sagen.«

Nasta schnaubte und verdrehte die Augen. »Wenn es denn sein muss.« Sie ergriff die Pfeife, nahm einen Zug und kämpfte die Tränen nieder, die ihr in die Augen stiegen. Was immer dort im Kopf der Pfeife glomm, sonderte einen Rauch von wahrhaft widerwärtigem Geschmack ab.

Nasta reichte die Pfeife keuchend an Taga Miwitu weiter. Der hob eine Braue und machte einen kleinen Schritt rückwärts. »Nein! Davon muss man nur kotzen.«

Nasta beugte sich vor und hustete lange und eifrig, um so viel Rauch wie möglich aus ihren Lungen zu befördern. Durch einen Tränenschleier sah sie die Gesichter der Orks als halb verwaschene Schemen. Die Schamanin schaute wie immer völlig unergründlich drein, wohingegen der Krieger ein für seine

Verhältnisse schmales Grinsen zeigte. *Jetzt kann ich also nicht einmal mehr sehen, wenn sie mich gerade foppen.* Sie bekam endlich wieder genug Luft, um den Schweinemann finster anzustieren. »Und?«

Der Krieger ließ sich in aller Ruhe auf dem Boden nieder, ehe er zu sprechen begann. »Es ist kein Norger mehr in den anderen Wäldern. Nicht in den anderen Städten. Aber sie waren noch nicht lange weg. Also habe ich sie gesucht. Viele Sippen habe ich gar nicht gefunden. Aber eine habe ich entdeckt. Mit Booten am Fluss. Ein Junges hat mit mir geredet. Nicht, weil es wollte, sondern weil es musste.«

»Warum wollte das ... Kind nicht mit dir reden?«

Taga Miwitu runzelte die Stirn, aber Kaimu Kala gab bereitwillig Auskunft: »Weil er ein Ausgestoßener ist.«

Der Krieger bedachte die Schamanin mit einem bitterbösen Blick und fuhr über die Narben auf seinem haarlosen Schädel. »Mich hat jemand ausgebrannt. Du feiges Eichhorn bist so schnell freiwillig zu den Menschen gerannt, dass keiner die Zeit hatte, deine Ahnen aus dir herauszuschneiden.«

»Die Geister haben befohlen, dass ich zu den Menschen gehe. Sie beschützen mich vor meinen Ahnen«, entgegnete die Schamanin ungerührt.

»Was hast du denn getan?«, fragte Nasta, und zwar nicht nur, um den Streit zwischen den Norgern zu schüren. Sie konnte nicht leugnen, dass es sie wirklich interessierte, für welches Verbrechen man den Ork verbannt hatte.

»Ich wollte eine Frau aus einer anderen Sippe«, begann Taga Miwitu. »Aber die Sippe wollte mich nicht. Die Frau schon. Also habe ich sie mitgenommen. Ich habe sie heimlich bei mir wohnen lassen. Ich war dumm, weil ich dachte, ich wäre schlau.«

Auch Kaimu Kala nahm nun die Pfeife von den Lippen und lauschte aufmerksam.

»Dann haben sie sie gefunden«, fuhr der Krieger fort. »Sie haben sie der Sippe zurückgegeben und gesagt, sie hätten mich umgebracht dafür.«

Nasta schluckte. »Und die Frau?«

Taga Miwitu starrte zwischen seine Füße auf den Boden. »Weiß ich nicht. Ist nicht mehr wichtig.«

»Du musst vom Wurm sprechen«, unterbrach Kaimu Kala überraschend. »Deshalb sind wir hier.«

Eigenartigerweise gehorchte der Krieger und kehrte ohne Umschweife zu dem Bericht über seine Reise zurück.

»Das Junge hat gesagt, alle müssen fort, weil der Wurm kommt. Niemand lebt mehr, wenn der Wurm kommt. Und die, die noch atmen, wünschen sich den Tod, wenn der Wurm kommt. Also über den Fluss, über das Meer. Nur fort, schnell fort, bevor er kommt.« Er zog die Stirn kraus, und die Zierringe in seinem Fleisch stießen klimpernd aneinander. »Dann war ich im Wald. Das Essen war faulig. Also warf ich es weg. Der Boden war faulig. Also ging ich in die Wipfel. Die Wipfel waren faulig, später. Dann bin ich umgekehrt, denn auch ich wurde faulig.« Er hielt kurz die verbundene Hand hoch und sah Nasta an. »Deine Frage. Ich habe den Wurm nicht gesehen. Aber er muss dort sein, denn sein Traum ist dort so stark, wie ich es noch nie gesehen habe.«

Nastas Mund wurde staubtrocken. »Dann will der Wurm also im Wald kämpfen«, brachte sie mühsam hervor.

Taga Miwitu schüttelte den Kopf. »Es ist kein Wald mehr. Es ist sein Traum.«

»Aber wie sollen wir jemanden in einem Traum besiegen?«

»Der Wurm muss vergessen, dass es sein Traum ist. Er muss denken, dass er wach ist«, mischte sich Kaimu Kala ein. »Und es gibt nur einen, der ihn so täuschen kann.«

»Den Baum«, ergänzte Taga Miwitu. Er tippte mit den Fingern seiner gesunden Hand auf dem Oberschenkel herum. Das einzige Zeichen von Aufregung, das Nasta bisher an ihm gesehen hatte.

»Aber wir haben den Baum vernichtet!«

»Das stimmt«, sagte die Schamanin und sog neuen Rauch aus ihrer Pfeife. »Die Sterblichen brauchen die Geister nicht, um dem Wurm zu begegnen. Sie können es selbst tun, und sie finden einen Weg: Sie pflanzen einen Baum. Den Miti Nidoto – den Baum, der träumen kann. Mit Träumen, die fast so mächtig sind wie die des Wurms.«

Nasta dachte an den Baum zurück. Er war gewaltig gewesen, himmelhoch, uralt. »Du meinst, wir sollen einen neuen Baum pflanzen? Und der würde dem Wurm auf der Stelle Einhalt gebieten?«

Kaimu Kala nickte ungerührt.

Nasta breitete die Hände aus und machte große Augen. »Und wie sollen wir das anstellen?«

»Der unsterbliche Samen muss neu ausgebracht werden auf einem reinen Feld. Es muss ein großes Opfer gebracht werden«, antwortete die Schamanin bereitwillig.

Nasta schüttelte unwirsch den Kopf. »Und wie?«

»Ich weiß, wie. Zuerst müssen wir den Samen ausbringen.«

»Und dann?«

»Das weiß ich noch nicht. Ich träume davon, wenn es an der Zeit ist. Vielleicht.«

Nasta raufte sich die Haare. »Es reicht. Wir reden jetzt sofort mit Rutgar, bevor ich dir noch die Gurgel umdrehe, du verrücktes Weib.«

30

Wer verlernt, die Menschen zu lieben,
dessen Wanderschaft wird umso einsamer.

Aus den Lehren des Alten Geschlechts

An der Atmosphäre in der *Durchbohrten Jungfrau* – wenn man einen derart freundlichen Begriff für stickiges Halbdunkel verwenden wollte – hatte sich seit Rutgars erstem Besuch nichts verändert. Wenn überhaupt, dann war es *noch* stickiger und *noch* dunkler in der Hafenkaschemme – und der Wirt war *noch* ein Stückchen ausgezehrter. Wo er zuvor etwas von einer Gräte gehabt hatte, erinnerte er nun an eine *dünne* Gräte.

Die Schenke war derart früh am Abend noch nicht so gut besucht, dass Rutgar lange nach dem Barden hätte Ausschau halten müssen. Fulmar saß an einem Tisch in unmittelbarer Nähe zur Kellertür. Das Norgertotem von Baum und Wurm war verschwunden – vermutlich hatten die Orks es bei ihrem Auszug aus der Hauptstadt mitgenommen. *Obwohl … hätte es noch einen Sinn gehabt, es als heiliges Symbol zu begreifen, wo der Baum doch nun nicht mehr existiert?*

Rutgar stellte fest, dass Huneg die Wahrheit gesagt hatte: Fulmar gab eine höchst schäbige Erscheinung ab. Sein ehedem blauer Mantel war durch zahlreiche Flecken inzwischen so farbenfroh wie das Fell eines Mischlingsköters. Zudem hatte er sich gewiss seit Wochen weder Bart noch Haar geschnitten, und beides war von breiten grauen Strähnen durchzogen. Das entsprach den Legenden, die Rutgar über die Tegin kannte, wonach die Angehörigen des Alten Geschlechts gewissermaßen über Nacht zu altern begannen, wenn sie sich zu lange an einem Ort aufhielten. Nach dem, was Huneg erzählt hatte, beschränkten sich Fulmars Wanderungen im Augenblick von der Gasse hinter der *Durchbohrten Jungfrau* in die Taverne hinein und wieder zurück. *Aber ich will einfach immer noch nicht ausschließen, dass das alles Teil einer Rolle ist, die er spielt – um sich interessanter zu machen oder vielleicht auch, weil er nicht mehr alles Geschmeide in der Schmuckschatulle hat.*

»Ihr!« Fulmar blickte aus glasigen Augen auf und richtete einen anklagenden Finger auf ihn. »Ihr habt mich hereingelegt«, sagte er mit bierschwerer Zunge. »Und dabei wollte ich Euch meinen Mantel vermachen!«

Rutgar bedauerte in der Tat, dass der zaubermächtige Umhang nicht in seinen Besitz gelangt war. *Aber eher würde ich meine Zunge verschlucken, als das dir Trauergestalt gegenüber zuzugeben.* Er trat forsch an den Tisch des Barden. »Ihr müsst mitkommen! Ihr werdet gebraucht!«

Fulmar nahm einen tiefen Zug aus einem Steinguthumpen. »Wozu? Von wem?«

Rutgar setzte sich nun doch und begann mit leiser Stimme auf den Betrunkenen einzureden. »Wir haben doch beide diese Ahnung, dass es nicht der beste Einfall gewesen ist, den Baum zu vernichten, von dem Ihr sagt, er wäre Euer Bruder gewesen, und ...«

»Er war mein Bruder!«

»Gut, gut. Jedenfalls können wir festhalten, dass die Dinge seitdem nicht zum Besten stehen. Und so gern ich auch behaupten würde, wir beide wären die Einzigen, denen das auffällt, ist das leider nicht so. Nastasira und Kaimu Kala meinen, sie würden möglicherweise einen Weg kennen, die ganze Sache wiedergutzumachen. Irgendein orkisches Ritual, bei dem Ihr ...«

»Ich lasse mich doch von Euch nicht so einfach für irgendeinen Unfug einspannen! Ihr habt mich überlistet!«

Rutgar seufzte. Offenbar beschäftigte Fulmar diese Angelegenheit schwer, und unter Umständen wurde er etwas umgänglicher, wenn man das respektierte. »Das ist so nicht ganz richtig. Ich hatte nie vor, Euch zu überrumpeln. Das war ganz allein Levikos Entscheidung. Mir wäre es gleich gewesen, wenn Ihr Eurem Dasein so dringend ein Ende gemacht hättet. Ich wusste jedenfalls nicht, was er vorhat. Hätte ich ihn daran gehindert, wenn es anders gewesen wäre?« Rutgar zuckte mit den Schultern. »Das vermag ich beim besten Willen nicht zu sagen.«

»Schaut an, schaut an ...« Der Barde reckte den Hals vor wie eine Schildkröte, als wollte er jede einzelne Pore von Rutgars Haut inspizieren. »Aufrichtig bis zur Selbstverleugnung. Ich kannte einmal einen jungen Wilden, der ...«

»Kommt!« Rutgar hatte genug. Er stand auf, trat hinter den Schwätzer, fasste ihn um die Schultern, zog ihn von seinem Stuhl hoch und quer durch den Schankraum zum Ausgang – alles so schnell, dass Fulmar in seinem halb benebelten Zustand nicht einmal die Zeit fand, um gegen diese raue Behandlung zu protestieren.

»Wohin gehen wir?«, fragte er auf dem nun folgenden Weg dreimal – auf der Straße vor der *Durchbohrten Jungfrau*, auf dem Marktplatz mit dem Orkbrunnen und an einer Ecke mit einer Bäckerei, an der Rutgar sich neu orientieren musste, weil er befürchtete, er könnte sich verlaufen haben.

Er machte sich seinerseits einen Spaß daraus, dem Barden drei verschiedene Antworten auf seine Frage zu geben.

»Zu mir nach Hause, weil ich Euch gerne meine Sammlung an Zungen zeigen will, die ich Lügnern aus dem Maul geschnitten habe«, sagte er gleich nach dem Verlassen der Schenke.

»Wohin die Füße uns tragen – oder Euch meine tragen, falls Ihr Euch weigert weiterzugehen und ich Euch die Beine brechen muss«, entgegnete er auf dem Marktplatz womöglich etwas zu barsch.

»An einen Ort, an dem selbst ein Unsterblicher noch etwas Neues zu sehen bekommt«, erwiderte er, während er sich an der Ecke zu erinnern versuchte, ob sie zuvor irgendwo falsch abgebogen waren.

Schließlich näherten sie sich ihrem wahren Ziel – einem jener Häuser, in denen man die an der Schuppensieche erkrankten Kinder zusammenpferchte. Vor dem gedrungenen Gebäude lag ein unangenehmer Geruch in der Luft, der die Schärfe von Essig und die Fäulnis von verwesendem Fleisch in sich vereinte.

Als Rutgar das feuchte Tuch vor der Eingangstür zurückschlug und sie eintraten, umfing sie trotz der dicken Mauern eine klamme Schwüle. In der großen Halle, in der sie nun standen, waren in langen Reihen gut drei Dutzend Strohsäcke als Schlafstätten verteilt, und alle waren belegt. Zwischen den Kindern huschte im hinteren Teil des Raumes eine ganz in Schwarz gekleidete, zierliche Person umher wie ein Geist, der seine Opfer dadurch heimsuchte, dass er ihnen einen kühlen Lappen auf die Stirn legte oder tröstende Worte murmelte.

»Ist das Galla?«, fragte der Barde, den der Anblick des Leids im wahrsten Wortsinne ernüchtert hatte.

»Sieht ganz danach aus.« Es war ihm neu, dass die Sorgsame Künstlerin zu dem Entschluss gekommen war, sich der siechen Kinder anzunehmen. Bislang hatte er nur von Kreva Dravinuschs Arbeit in diesen Häusern gewusst. *Ist Galla hier, weil sie sich noch immer in Konkurrenz zur alten Leibärztin sieht? Oder handelt sie überraschenderweise im ehrwürdigen Gedenken an die Vettel?* Letztlich war es Rutgar gleich. Für ihn zählte nur, dass die Kleinen in ihrem Elend nicht allein waren.

Er führte Fulmar an einer der Reihen vorbei. Vorbei an einem Jungen, der sie aus zwei Paar Fliegenaugen anstarrte; an einem Mädchen, das von einem beständigen Summen und Surren umgeben war, weil seine gesamte Haut von winzigen, durchscheinenden Flügeln überzogen war; vorbei an einem Neugeborenen, das kein Mündchen hatte, um zu schreien, und dem stattdessen ein Saugrüssel wie von einer Stechmücke vor dem Kinn baumelte.

»Rutgar Karridakis.« Ohne jedes Geräusch hatte sich Galla Piparion genähert. »Seid Ihr gekommen, um Euch ein Bild von unserer Lage hier zu machen, damit Ihr Eurem Bruder davon berichten könnt?«

»Ich bin sicher, mein Bruder weiß bereits von der Lage.« Er warf einen Seitenblick zu Fulmar. »Ich hoffe, jemanden dazu zu bewegen, all diesem Unheil endlich die Stirn zu bieten.«

Galla lachte leise und schüttelte dabei den Kopf. »Ach, Rutgar. Wer hätte gedacht, dass Ihr der hoffnungsvolle Spross Eures Hauses seid? Wäre mir das bewusst gewesen, hätte ich nie damit begonnen, um Jarolds Gunst zu buhlen. Eure hätte mir genügt.« Sie ging in die Hocke, um nach dem Neugeborenen mit dem Saugrüssel zu sehen, das ein ersticktes Quäken von sich gab.

Ein Hauch von Lorbeeröl wehte Rutgar in die Nase. Er erkannte den Geruch sofort wieder. Das Öl war eine der wichtigsten Zutaten in der Heilsalbe gewesen, mit der man in den Hallen der Heimlichen Künste Schnittwunden behandelt hatte – und davon zog sich jeder Schüler im Verlauf der Ausbildung mehr als genug zu.

Der Säugling griff auf jene ungezielte Art, wie es Kinder seines Alters taten, nach Gallas Schleier. Seine winzigen Finger schlossen sich um den Saum, und er zerrte kräftig an dem dünnen Stoff. Dennoch blieb Gallas Gesicht verhüllt, und Rutgar brauchte ein, zwei Wimpernschläge, um zu erkennen, wo der Grund dafür lag: Eine feine Naht aus schwarzem Zwirn – in perfekt gesetzten Stichen durch Haut und Schleier – verlief über den Kieferknochen von Ohr zu Ohr. Verblüfft stellte Rutgar fest, dass ihn diese irrsinnige Tat kaum noch verstörte. Er war so abgestumpft, dass er aus diesem Anblick nur noch eine einfache Lektion ableitete: Allem Anschein nach war selbst eine Sorgsame Künstlerin nicht vor dem Wahnsinn gefeit, der sich in ganz Westborn ausbreitete.

»Schön. Schön.« Fulmar hob die Hände, als hätte Rutgar mit einer Armbrust auf sein Herz angelegt. »Ich gebe mich geschlagen. Ich habe es verstanden. Ich bin dabei. Was wird bei diesem Ritual von mir erwartet?«

»Das weiß ich selbst nicht genau«, räumte Rutgar ein. »Wenn ich Nasta richtig verstanden habe, geht es darum, dass Ihr irgendeinen Acker pflügen sollt.«

31

*Es mag einigen Geweihten nicht gefallen,
doch so manches Ritual wilder Stämme,
auf das sie voller Abscheu blicken, zeigt mehr
Wirkung als all ihr Brimborium
und ihre wohlfeilen Gebete.*

Aus den *Irrungen eines Ketzers*

Nasta schloss die Tür zu Biks Zimmer hinter sich, das leere Tablett, auf dem sie ihm sein Abendmahl gebracht hatte, so fest unter den Arm geklemmt, dass ihr die Kante unangenehm in der Achsel drückte. Sie atmete tief durch, trotz des süßlichen Fäulnisgeruchs, der sie noch immer überallhin verfolgte. Heute war es schwierig gewesen, Biks immer drängendere Nachfragen abzuwehren, was ihr auf der Seele lastete. *Er kennt mich einfach zu gut. Irgendwelche Boten oder Palastbediensteten durchschauen meine Maske der Unbedarftheit nicht. Bik sehr wohl – und das, obwohl er blind ist.* Sie war schrecklich aufgewühlt. *Ich will ihm nichts vormachen. Ich will ihn nicht belügen. Doch was hätte ich ihm sagen sollen? »Heute um Mitternacht halten wir im Tempel Nundirovils ein orkisches Ritual ab, mit dem wir verhindern wollen, dass grässliche Untiere aus den Albträumen eines uralten Ungeheuers immer tiefer in unsere Welt vordringen. Kein Grund zur Besorgnis. Welche Gefahren sollten uns denn da drohen? Eine ganz sichere Angelegenheit. Oder was meinst du?« Ich kann ja selbst kaum glauben, dass ich für bare Münze nehme, was Kaimu Kala erzählt. Es ist besser, nicht mit Bik darüber zu streiten, denn sonst halte ich mich nach ein paar bodenständigen Argumenten aus seinem Mund bald für noch verrückter als sie.*

Mit einem verzweifelten Ächzen in der Kehle machte sie sich auf den Weg durch den von Fackeln sparsam erhellten Gang in Richtung Treppe, als ein gurgelnder Schrei aus dem Schlafgemach des Königs sie zusammenfahren ließ. Polternd fiel das Tablett zu Boden. Nasta rannte den Gang hinunter und verfluchte sich innerlich für ihren Leichtsinn. *Wie konnten Rutgar und ich nur je dem Irrglauben aufsitzen, die Bedrohung durch Heptisax und orkische Attentäter wäre aus der Welt geschafft?* Der Königszwilling war den Barden aufspüren gegangen, und wie viel die Leibgardisten gegen den letzten gedungenen Mörder ausgerichtet hatten, der in den Palast vorgedrungen war, war ihr noch in bester Erinnerung. Die Rübenritter waren zwar ebenfalls in voller Kopfstärke in dieses Stockwerk gezogen, doch keiner hielt Wache.

Nasta stürzte mit gezogenen Kurzschwertern in Jarolds Quartier und sah sich gehetzt um. Im Licht einer kleinen Laterne kniete der König vor der Porzellanschale, über der er sich jeden Morgen wusch. Er hatte sie auf den Boden gestellt. Blut war den Rand der Schale hinuntergelaufen und färbte das Wasser tiefrot. Jarold drehte sich keuchend zu ihr um. Kinn, Brust und sein kostbares Hemd waren von Blut und Speichel verschmiert. Mit zitternden Händen hielt er ihr eine Kneifzange entgegen. Im Zangenkopf hing ein rot-weißer, tropfender Klumpen.

»Ich habe sie gefunden, Nasta«, lallte er, die Lippen glänzend feucht und rot. »Die Maden. Ich hole sie aus mir heraus!«

Jarold säuberte den Klumpen in der Zange von Blut und winzigen Fleischfetzen, die er achtlos zu Boden warf. Dann deutete er auf die lange Wurzel des freigelegten Schneidezahns. Er lächelte irr. Nasta konnte die Lücke sehen, die in seinem Unterkiefer klaffe. Der König deutete ihr fassungsloses Starren offenbar als Zustimmung. »Siehst du? Alles wird wieder gut. Bald habe ich sie.« Er rutschte auf Knien noch ein Stück näher an die Schüssel, ehe er versuchte, die Zange erneut anzusetzen.

Nasta war schnell genug, um ihn davon abzuhalten. Sie ließ die Kurzschwerter fallen, umschlang Mund und Unterkiefer Jarolds fest mit ihrem linken Arm und presste seinen Hinterkopf gegen ihre Brust. Mit der Rechten drehte sie seinen Daumen und hebelte ihm das Werkzeug aus der Hand. Er gab einen erstickten Wutschrei von sich und packte mit beiden Händen ihren Arm, um sich zu befreien.

»Hör auf«, keuchte sie und verstärkte den Griff mit ihrer zweiten Hand. »Da sind keine Maden! Beruhige dich!«

In Jarolds Augen vermischten sich Zorn und Panik zu einem gefährlichen Glühen. Er brüllte weiter in ihren Arm und riss verzweifelt daran.

»Hilfe!«, schrie Nasta. »Helft mir!«

Leider kam Jarold nun der schlaue Einfall, Nastas Arm loszulassen und nach ihren Beinen zu schlagen und zu greifen. Hastig drehte sie sich aus seiner Reichweite, doch letztlich war es nur eine Frage der Zeit, bis der Mensch mit seinen langen Armen Erfolg haben würde.

Die Tür flog auf und spie Jesche und Bokian in den Raum. »Hilfe!«, keuchte Nasta. »Er zieht sich die Zähne. Haltet ihn fest!«

Ohne Zögern eilten ihr die beiden Ritter zu Hilfe. Nasta ließ Jarold los und taumelte zurück, doch er schaffte es, seine Finger in ihre Kniekehle zu graben, bevor Jesche sein Handgelenk zu fassen bekam.

»Hochverrat!«, brüllte Jarold. »Mörder! Tötet sie! Tötet sie alle! Garde, zu mi…«

Eine schallende Ohrfeige schnitt ihm das Wort ab. Wieder holte er Luft, und ein zweiter klatschender Hieb warf seinen Kopf herum.

»Reißt Euch doch um des Reiches willen zusammen!«, schrie Jesche ihn an. Sie war aschfahl, weil es ihr offenkundig sämtliches Blut aus dem Gesicht sog, ihrem König gegenüber handgreiflich werden zu müssen. »Niemand will Euch töten! Ihr seid von Sinnen!«

Jarold stöhnte benommen und blickte mit halb geöffneten Augen in die blutige Waschschüssel auf dem Boden. Seine Muskeln erschlafften.

Nasta rieb sich die Kniekehle, in der der stechende Schmerz langsam abklang. Sie bebte innerlich, doch es wäre ungerecht gewesen, ihren Ärger an Jesche und Bok auszulassen. Sie mühte sich deshalb um einen gemäßigten Ton, als sie fragte: »Warum stand niemand vor der Tür Wache? Wo sind die Gardisten?«

»Ich würde meinen, er hat sie fortgeschickt, damit sie ihn nicht stören, wenn er mit seiner Zange zu Werke geht.« Bokian betrachtete den in sich zusammengesunkenen Jarold mit unverhohlenem Entsetzen. »Und wer sind sie, ihm zu widersprechen?«

»Ich habe keine Zeit für so etwas.« Es brach Nasta schier das Herz, Jarold so zu sehen, aber wenn sie ihm wirklich helfen wollte, konnte sie nicht bleiben. »Ich muss zum Tempel Nundirovils. Kaimu Kala will etwas tun, um diesem Wahnsinn Einhalt zu gebieten. Könnt ihr auf ihn aufpassen? Wo ist überhaupt Uschkar?«

Jesches Miene war plötzlich die einer Frau, die sich einer schweren Verfehlung schuldig fühlte. »Ich … wir mussten ihn heute Mittag festbinden.«

Bokian, der weiterhin Jarolds Handgelenke umklammert hielt, nickte ernst.

»Er hat nichts mehr gegessen«, fuhr Jesche fort, die Stimme von Verzweiflung gedämpft. »Jeder Bissen würde Gifte und Miasmen enthalten, hat er behauptet, ganz gleich, was ich ihm auch gebracht habe. Er ist immer weiter abgemagert. Und heute habe ich ihn dabei erwischt, wie er seine eigenen Haare aß.« Sie wischte sich über die Lippen. »Die wären als Einziges rein genug, meinte er. Da haben wir ihn an einen Stuhl gefesselt und mit Suppe gefüttert. Da sitzt er immer noch und verflucht mich. Ich hätte ihn umgebracht, und er wäre nur noch nicht tot. Wenn er mich nicht beschimpft, dann hustet und spuckt er vor sich hin.« Sie schluchzte, fing sich jedoch wieder und machte eine hilflose Geste in Jarolds Richtung. »Und nun auch noch der König. Wann sind wir wohl dran?«

Nasta setzte die zuversichtlichste Miene auf, die sie zustande brachte, und drückte Jesche tröstend die Schulter. »Wir haben eine Möglichkeit gefunden, um all das hier aufzuhalten, Jesche. Ich muss fort, und ihr beiden könntet mir etwas abnehmen. Kümmert euch um Jarold und Uschkar, bis ich zurück bin. Könnt ihr das für mich tun?«

Die beiden nickten, aber Nasta konnte die Erschöpfung und die unterdrückte Furcht in ihren Augen sehen. Sie sammelte ihre Kurzschwerter ein. »Ich beeile mich«, beteuerte sie, ehe sie aus dem Zimmer und die Treppen hinunter rannte.

Der Weg zum Nundiroviltempel war bei Nacht sehr rasch zurückzulegen, da die Straßen und Gassen Sunnastads völlig verwaist waren. Allerdings war der Tempel selbst – ein ehemaliges Wirtshaus von zweifelhafter Reputation mit großzügiger Gartenanlage – von einer Art Zeltstadt umgeben. Die völlig verängstigten Bürger drängten in großer Zahl zu den Gotteshäusern Sunnastads, um sich durch Opfer und Gebete vor den unerklärlichen Schrecken zu wappnen, die sie heimsuchten. Tagsüber hielt man sich möglichst viel auf geweihtem Boden auf, und nachts, wenn die Türen aller Schreine geschlossen waren, blieb man dennoch tunlichst in ihrer Nähe, auch wenn das bedeutete, dass man auf der Straße kampieren musste. Zu diesen begehrten Lagerplätzen zählte nun eben auch der noch junge Nundiroviltempel. *Jetzt hat Astrud bestimmt mehr Gläubige gewonnen, als ihr lieb ist.*

Es war völlig aussichtslos, auf das bunt bemalte Hauptportal zuzusteuern. Selbst wenn sie es geschafft hätte, sich an den dort lagernden Leuten, die ihren guten Platz mit Klauen und Zähnen verteidigten, vorbeizuschleichen, hätte ihr das kaum etwas genutzt. Sie wäre nämlich nur von den nachdrängenden Massen zerquetscht worden, sobald man die Tür für sie geöffnet hätte. Also drehte sie eine Runde um das Haus, bis sie den schmiedeeisernen Zaun erreichte, der den Tempelgarten umgab. Sie schob sich zwischen den Stäben hindurch, was einem Menschen unmöglich gewesen wäre, und ging die Rückwand des großen, mit verschnörkelten Säulen versehenen Gotteshauses entlang. Das einzige geöffnete Fenster, aus dem Kerzenschein nach draußen drang, war kaum zu verfehlen. Huneg half ihr beim Hineinklettern und verschloss schließlich behutsam die mit Schnitzereien von Phalli, Vulven, Münzen und Geldbörsen verzierten Fensterläden.

Nasta sah sich um – immerhin war sie noch nie in dem neu eingerichteten Tempel gewesen. Es schien sich um eine Art Vorzimmer zum eigentlichen Andachtsraum zu handeln, und überall waren Opfergaben aufgestapelt. Kostbare, aber von ihrer Machart her ganz unterschiedliche Tische standen an den Wänden, beladen mit Schalen, Körben, Truhen und Schatullen, in denen sich die vielfältigsten Geschenke an den Gott des Handels und der Liebe türmten. Münzen in zahllosen Spielarten, was Größe und Form anbelangte, schimmerten in Gold, Silber, Bronze und hauchdünner Jade neben Muscheln, länglichen Birnen und Pfirsichen mit breiter Längsfurche, die sich bei näherem Hinsehen als kunstvolle Wachswerke erwiesen. Der Boden war mit mehreren Lagen aus Teppichen bedeckt, von denen keiner in Zuschnitt, Ausmaßen oder Material dem anderen glich. Nasta kannte den neuen Kult aus Taurar nicht gut genug, um zu bestimmen, ob die unzusammenhängende Masse an Möbeln, falschen Nahrungsmitteln, Teppichen und Münzen eine Facette der Gottheit darstellte oder ob sie schlicht den unsortierten Mengen an Geschenken geschuldet war, die so rasch niemand hatte ansprechender zusammenstellen können.

Sie hatte Rutgar gar nicht kommen hören, doch als sie sich wieder zu Huneg umwandte, stand der Zwillingsbruder des Königs einfach neben dem Tempeldiener. »Da seid Ihr ja endlich«, raunte er mit gerunzelter Stirn. »Wo ist mein Bruder?«

»Es geht ihm nicht gut«, gestand Nasta und berichtete ihm von Jarolds verstörender Tat.

Rutgar knirschte mit den Zähnen und senkte den Kopf. »Ich muss sofort zu ihm«, sagte er tonlos und wandte sich an Huneg. »Bring sie zu den anderen.«

Huneg ließ die Mundwinkel hängen. »Du wirst nicht mit mir über die Ungestörtheit des Rituals wachen?«

Rutgars Miene hellte sich ein wenig auf, und er fuhr Huneg mit einem Finger über die Wange. »Du kannst auch allein schon abschreckend genug sein. Da bin ich mir sicher.«

Der Tempeldiener sog in übersteigerter Entrüstung Luft durch den Mund ein, doch Rutgar hatte das Fenster bereits wieder geöffnet und stieg in den Garten hinaus. Huneg sah ihm mit einem leisen Lächeln nach, ehe er die Läden schloss und Nasta durch eine der beiden Türen in einen Gang führte.

»Wo ist Astrud?«, fragte sie, als sie an einer Abzweigung vorbeikamen, die zum Hauptandachtsraum führen musste. »Da drin?«

Huneg schüttelte ein wenig zu hastig den Kopf. »Nein, Nastasira. Da ist niemand. Lasst uns einfach nach unten gehen, ja?«

Nasta schürzte die Lippen und lief den Gang zum Andachtsraum hinunter.

»Wartet«, schnaufte Huneg und schloss trotz seines beträchtlichen Bauchumfangs rasch zu ihr auf. »Das ist doch jetzt nicht wichtig. Ihr müsst nach unten!«

Ein durchdringender Duft nach frischem Rosenwasser schlug ihr entgegen, als sie den Raum mit der gewaltigen Statue Nundirovils betrat. Das übermannshohe Gebilde aus vergoldetem Holz stellte jedoch keine Person dar, sondern verschmolzene Ströme aus wertvollem Metall, in denen man mit viel Vorstellungskraft ineinander verschlungene menschliche Körper erahnen konnte. Unmittelbar unter der Statue stand ein gewaltiges Bett in Form einer Niere, das über und über mit Kissen bedeckt war. Die Herrin des Tempels, Astrud Pungirios, war über das Bett gebeugt und nicht allein: Eine kleine, bleiche Hand ragte hinter einem Kissen hervor und hing leblos über den Rand.

Nasta eilte näher, und Astrud hob den Kopf. Eine Mischung aus Überraschung und Bedauern erschien auf ihrem Gesicht, als sie die Ritterin erkannte. Die Priesterin versuchte, Nasta den Blick auf die Gestalt auf dem Bett mit ihrem eigenen Leib zu verstellen. »Nastasira von Zwiebelbrach, ich bitte Euch, Ihr wollt nicht ...«

Auf dem Bett lag Linis Leiche. Der Halblingsarm, der vom Eingang aus sichtbar gewesen war, wuchs aus der Brust der Untrennbaren Gattin. Die Finger einer zweiten Hand sprossen aus ihrem Bauch. Ihre verblassten Augen waren weit aufgerissen, der Mund in einem Schrei erstarrt. Die fremden Arme in ihrem Leib gehörten zu einem zweiten Halbling, den Nasta erst entdeckte, als sie auf zittrigen Knien die Leiche umrundete. Auch er war tot. Sein Gesicht war vollständig in Linis Hinterkopf verschwunden, seine Arme steckten bis zu den Ellenbogen in ihrem Rücken. Es war Lesch. Die Untrennbaren waren in einer Stellung von makabrer Zärtlichkeit miteinander verwachsen, die ihnen einen grausamen Tod beschert hatte.

Nasta würgte und wäre beinahe in die tiefe Schüssel getreten, in der das Rosenwasser schwappte, mit dem Astrud die beiden Toten wusch.

Astrud schlug die Augen nieder und rieb das duftende Tuch über ihre Finger. »Ich wollte nicht, dass jemand sie sieht. Ich habe sie so in ihrem Tempel gefunden, als ich sie heute Mittag suchte, um mich ... vorzustellen.«

»Ihr meint, um ihnen unter die Nase zu reiben, dass Nundirovil nun ebensolche Beliebtheit genießt wie sie«, sagte Nasta und fuhr sich mit beiden Händen durchs Haar.

Astrud kniff die Lippen zu einem schmalen Strich zusammen. »Meine Beweggründe für meinen Besuch im Haus der Sprudelnden Überfülle sind vollkommen unerheblich. Jedenfalls durfte niemand sehen, was ihnen widerfahren ist. Die Bürger, sie hätten ...« Sie beschrieb mit den Fingern einen Kreis neben ihrer Schläfe.

»Ja«, sagte Nasta nur. »Ja, das hätten sie wohl.«

Astrud legte das Tuch in der Schale ab und faltete die Hände. »Ich hoffe inständig, dass das, was Ihr dort unten tun werdet, uns vor diesem Schrecken behütet. Huneg und ich werden hier oben für Euch beten. Möge Nundirovil der Schutzherr Eurer Unternehmung sein.«

Nasta konnte sich ziemlich genau ausmalen, wie dieses Gebet aussehen würde. Aber hier oben, am Ende noch im gleichen Raum wie diese grausig verschmolzenen Körper, die aussahen, als wollte der Wurm die Untrennbaren im Tode verspotten? Sie warf einen letzten Blick auf die Toten, kämpfte gegen die aufsteigende Übelkeit an und wandte sich Huneg zu, der sie schließlich über eine Treppe in den Keller des Tempels führte.

Unter dem Andachtsraum befand sich ein großes Zimmer, das ursprünglich mit allerlei Bequemlichkeiten für besonders gesellige Stelldicheins versehen war. Kleinere Versionen des Betts im Andachtsraum, Kissen groß wie Kornsäcke, Schaukeln und Matten standen zwischen edlen Kerzenständern und Lampen. Allerdings schien Kaimu Kala nicht zu beabsichtigen, irgendeine dieser Annehmlichkeiten für ihr Ritual zu nutzen: Aus der Mitte des Raumes war alles an den Rand geräumt worden, und sogar der Teppich, der diesen Bereich bedeckt hatte, war hochgeschlagen. Der Fels, in den der Keller hineingehauen war, lag frei – grau, kalt und nackt. Irgendwer – höchstwahrscheinlich die Schweinefrau – hatte mit Kalk Spiralen, Kreise und Kreuzfiguren darauf gemalt.

Die Schamanin und der Barde saßen auf einer Liege und waren im Begriff, sich ihrer Kleidung zu entledigen. Fulmar schenkte Nasta ein verunsichertes Lächeln aus glasigen Augen. Die Orkin hingegen wiegte sich mit geschlossenen Lidern in einem Takt, dessen Schlag nur sie hörte.

Der unsterbliche Samen muss neu ausgebracht werden auf einem reinen Feld. Das waren Kaimu Kalas Worte gewesen. Nun wurde Nasta klar, welche Art Samen gemeint gewesen war.

Taga Miwitu, der – den Untrennbaren sei Dank! – noch vollständig bekleidet war, winkte sie zu sich. Er hatte sich am Rand des freigelegten Bereichs auf die Knie niedergelassen und bedeutete Nasta, sich neben ihn zu setzen.

»Hör mir zu, damit du verstehst«, sagte er und tippte sich auf die Zunge. Nach der eigenartigen Begrüßung fuhr er fort. »Der Baum ist ein Wesen der Lüge. Weil er lügt, um den Wurm zu täuschen, muss er aus Lüge geboren werden. Wir sind die falschen Zeugen seiner Empfängnis. Wir werden falsches Zeugnis geben über das, was hier geschieht.« Er fuhr sich über die Augen und schloss dabei die Lider. »Der Baum ist ein Wesen der Blendung. Weil er den Wurm blendet, um ihn zu täuschen, muss er aus Blendung geboren werden. Wir sind die falschen Zeugen seiner Empfängnis. Wir werden unsere Augen schließen vor dem, was hier geschieht.« Er senkte die Hand und öffnete wieder die Lider. »Hast du verstanden?«

Nasta starrte ihn einen Moment lang an. »Ganz ehrlich?«, meinte sie schließlich. »Nein. Kein Wort.«

Taga Miwitu schnaubte. »Dann mach einfach die Augen zu, wenn ich sie zumache, und sage genau das, was ich sage. Und nichts anderes. Jetzt verstanden?«

Nasta schnaubte zurück. »Ja, jetzt habe ich es verstanden.«

Sie wandte sich dem ungleichen Paar zu, das inzwischen nackt von der Liege aufgestanden war und auf den Bereich aus bemaltem Fels zuschritt. Nasta keuchte, als sie Kaimu Kala unbekleidet sah. Da waren Brüste, aber da war auch …

»Sie ist ja gar keine Frau!«, entfuhr es ihr.

Kaimu Kala nahm ungerührt mit Fulmar auf dem kalten Stein Aufstellung. Sie strich dem Barden, der sie um mehr als eine Haupteslänge überragte, zärtlich über die Brust. Er sah der Norgerin geradezu verträumt ins Gesicht.

»Das stimmt«, antwortete die Schamanin schließlich, griff Fulmar sanft in den Nacken, drängte sich an ihn. »Ich bin nicht ganz das Eine und nicht ganz das Andere. Ich bin eins und doch beides.« Sie öffnete den Mund und zog Fulmars Kopf zu ihrem herunter.

Taga Miwitu fuhr Nasta über die Lider, und sie schloss gehorsam die Augen. Deutlich konnte sie hören, wie die Norgerin und der Barde sich innig küssten. Fulmar stöhnte um die fremde Zunge in seinem Mund.

»Ich sehe den Barden und die Schamanin«, begann der Orkkrieger. »Sie sind wütend aufeinander. Sie streiten sich.«

Nein, ein Streit ist das nun wirklich nicht. Nasta brannten die Wangen, und sie dachte kurz darüber nach, sich die Ohren zuzuhalten. Das brachte ihr einen Stoß in die Seite aus Taga Miwitus Richtung ein. Sie keuchte überrascht, sprach dann aber einfach nach, was der Norger gesagt hatte. Offenbar war das Paar dabei, sich auf den Boden zu legen. Nackte Haut schabte über rauen Fels.

»Ich höre, wie sie sich zanken. Ich sehe, wie sie sich schlagen.«

Nasta wiederholte ohne weiteres Nachdenken, was Taga Miwitu sagte, und versuchte gleichzeitig, die eindeutigen Geräusche zu überhören, die nun durch den Kellerraum hallten. Ihre Ohren glühten vor Scham.

»Fulmar ist größer und stärker als sie. Er schlägt sie. Kaimu Kala verliert den Zwist. Sie blutet. Doch auch er bekommt seine Schrammen ab.«

Es war schneller vorbei, als Nasta befürchtet hatte. Nachdem das Stöhnen und Keuchen seinen Höhepunkt erreicht hatte und zu schwerem Atmen abgeklungen war, stieß Taga Miwitu sie erneut an. »Du kannst jetzt aufmachen, Halbling.«

Fulmar und Kaimu Kala knieten halb übereinander auf dem Fels, Beine und Rücken weiß von abgeriebenem Kalk. Frisches Blut lief innen an den Schenkeln der Schamanin – des Schamanen? – hinunter, und Nasta verstand, was das reine Feld für den verlogenen, blendenden Samen gewesen war.

32

Wen das Untrennbare Paar hasst, den schickt
es an den Königshof.

Westborner Sprichwort

Rutgar hatte keine Ahnung, was der stinkende Haufen aus Fell und verwesendem Fleisch am Straßenrand zu Lebzeiten einmal gewesen war. Ein junges Rind, vielleicht ein groß gewachsener Hammel, ein Waldbüffel – all das lag im Bereich des Möglichen. Vielleicht hätte jemand aus dem Tross sogar darum gebeten, dass der Zug kurz anhielt, um den Kadaver näher in Augenschein zu nehmen, wenn der Bereich des Möglichen an diesen Grenzen geendet hätte. Doch wie es schien, kannte der Bereich des Möglichen dank des Wirkens des Wurms in Westborn nur noch durchlässige Grenzen. Rutgar konnte bestens verstehen, dass keiner der Gardisten Lust hatte, ein wenig mit seiner Lanze in dem Aas zu stochern. Am Ende stieg nur ein Schwarm blutverschmierter Vögel mit menschlichen Mündern statt Schnäbeln aus dem von Faulgasen angeschwollenen Bauch des Tiers auf. Oder was auch immer der Wurm in seinen Träumen ersann, um die Welt nach und nach so zu formen, wie es ihm gefiel.

Doch genau um das Treiben dieses Geists oder Dämons – wer vermochte schon zu sagen, was diese Wesenheit war? – zu beenden, waren sie ja aus Sunnastad in Richtung des Orkenforsts aufgebrochen. Der Anlass war eine Verkündung Kaimu Kalas gewesen.

»Es wächst in mir«, hatte sie gesagt, als sie wenige Tage nach dem Ritual im Nundiroviltempel vor Jarolds versammelten Hofstaat getreten war. Die Federn ihres Mantels hatte sie offenbar eigens für diesen Anlass weiß gebleicht, und sie trug nun einen schwarzen Ring aus Vulkanglas durch die Nasenwurzel. »Der Samen ist aufgegangen.«

Nastasira hatte ausgesprochen, was wohl viele dachten, und hatte leise Zweifel an den Worten der Schweinefrau angemeldet. »Wie willst du da Gewissheit haben? Noch wölbt sich dein Bauch doch gar nicht.«

Die Ritterin war darauf mit einem langen, prüfenden Blick der Schamanin bedacht worden. »Nicht jeder Bauch, der sich nicht wölbt, birgt kein Leben«, war schließlich Kaimu Kalas Antwort gewesen – und Rutgar hatte sich des Eindrucks nicht erwehren können, dass sie sich diesmal in voller Absicht kryptisch äußerte.

So oder so hatte Kaimu Kalas Auftritt den König davon überzeugt, dass es Zeit für einen Aufbruch ins Ungewisse war. Und so hatten sie sich noch am gleichen Tag aus Sunnastad aufgemacht – in wesentlich kleinerer Zahl als damals nach Jarolds Krönung, was nun schon eine halbe Ewigkeit her schien, und auch in wesentlich niedergeschlagenerer Stimmung. Einer der Gründe war sicherlich, dass jenen Gardisten und Rittern, die den ersten Gang in den Orkenforst unversehrt überlebt hatten, nun von ihrem König befohlen worden war, ihn ein weiteres Mal ins Herz der Finsternis zu begleiten. Sie waren darüber ebenso wenig begeistert wie die Handvoll Veteranen des Baumbrands, die sie in Hedskilde aufsammelten. Einzig Fulmar wirkte, als würde ihm die Reise guttun: Im Haar des Barden hatte das Rot begonnen, das Grau wieder zu verdrängen.

Rutgar hätte sich gewünscht, Ähnliches über das Verhältnis zwischen Jarolds üblicher Unbedarftheit und seiner ungewöhnlichen Schwermut sagen zu können. Doch sein Bruder war so fest im Griff einer aussichtslosen Verzweiflung gefangen, dass er sogar darauf verzichtet hatte, die Reise auf dem Rücken seines Wallachs anzutreten. Stattdessen trottete Diggur nun Tag für Tag gesattelt, aber ohne Reiter hinter dem Prunkwagen her, in dem Jarold bei zugezogenen Vorhängen dumpf vor sich hin brütete und sich nur von Wein und einem gelegentlichen Kanten Brot ernährte. Die einzigen Besucher, die er empfing, waren Rutgar, Nasta und Kaimu Kala. Nasta tat das, was Rutgar schon lange aufgegeben hatte: Sie versuchte, Jarold zur Vernunft und an die frische Luft zu bringen. Die Schamanin wiederum lauschte Jarolds Schilderungen seines immer gleichen Traums, und er hörte sich im Gegenzug an, was die Geister ihr an nächtlichen Visionen schickten.

Rutgar mied den Prunkwagen, so gut es ging. Ganz wollte er die Pflichten als Leibwächter allerdings auch nicht vernachlässigen. Er hatte sich für einen Kompromiss entschieden: Er fuhr oben auf der Ladefläche des Proviantwagens mit. Er bedauerte jetzt schon, dass sie den Wagen in Skogarjathar würden zurücklassen müssen, um den Rest des Wegs auf Schusters Rappen zurückzulegen. Am liebsten saß Rutgar auf den Fässern mit Salzgurken, behielt die Umgebung im Auge und achtete darauf, ob sich irgendjemand oder irgendetwas Verdächtiges dem Zug näherte. Keine allzu schwierige Aufgabe, denn der Zug bestand ja nur aus diesen zwei Gefährten, einer Handvoll berittener Gardisten und den armen Seelen, die die Strecke zum Orkenforst zu Fuß zurücklegen mussten. Und dann waren da selbstverständlich noch die Halblingsritter, doch die taten das, was sie auch bei der ersten Reise getan hatten: Sie hockten auf ihren absonderlichen Reittieren und spielten Vorhut, Nachhut und Flankenschutz für den geschrumpften Tross.

Überhaupt beschlich Rutgar ab und an das unheimliche Gefühl, in einer beständigen Wiederholung derselben Vorgänge und Ereignisse gefangen zu sein. Im Augenblick trug auch die Landschaft maßgeblich zu dieser Empfindung bei: Sie waren in jenem Flusstal unterwegs, in dem er zum ersten Mal Näheres über den Wurm und den Träumenden Baum erfahren hatte. Damals, im Ritualkreis, den Kaimu Kala angelegt hatte. *Ob die Geschichte wohl anders verlaufen wäre, wenn mein Bruder nie etwas über den Wurm gehört hätte? Oder wenn ich mich ganz zu Anfang auf Nastas Seite geschlagen hätte, um die ungeliebte Schamanin vom Hof zu vertreiben?*

Gerade sah er Nasta auf ihrem Wildschwein zum Ufer hinunterreiten. Hastig sprang sie vom Rücken des Tiers, krümmte sich und erbrach sich in das schäumende Wasser des Flusses. Es war nicht das erste Mal, und es würde bestimmt auch nicht das letzte Mal auf dieser Reise sein, dass er Zeuge wurde, wie die Ritterin ihren Mageninhalt von sich gab. Der Anblick gab ihm dennoch zu denken.

»Woran liegt es wohl, dass ich vom Einfluss des Wurms verschont bleibe?«, fragte er Huneg, der neben ihm auf einem Sack Mehl hockte.

»Wie meinen?« Der Tempelmops sah auf von dem reichlich bebilderten Brevier mit Sinnsprüchlein für den tatkräftigen Nundirovilgeweihten, in dem er dauernd las.

»Nasta speit wie ein Reiher, Jarold will sich die eigenen Zähne ziehen, Uschkar hungert sich aus Furcht vor allem Verdorbenen fast zu Tode und so weiter und so fort.« Rutgar senkte die Stimme, als er merkte, dass sich die Fuhrfrau vom Kutschbock zu ihnen umdrehte. Auf ihrer Wange wuchs ein dickes Geschwür, das verdächtige Ähnlichkeit mit einer winzigen geballten Faust besaß, die ihre Haut zu durchstoßen drohte. »Nahezu alle Leute sind von einer schrecklichen Auswirkung dieses dämonischen Treibens befallen. Ich nicht. Warum ist das so?«

Huneg schlug das Büchlein zu. »Du willst wissen, warum es manchen Leuten derzeit schlechter ergeht als anderen?«

»Ja.«

»Nun, dann habe ich eine Antwort für dich.« Huneg räusperte sich. »Doch es könnte sein, dass sie dir nicht gefällt.«

»Ich möchte sie trotzdem hören.«

»Na schön, Rutgar Karridakis.« Huneg steckte das Brevier ganz weg und straffte die runden Schultern. »Du bist kein gewöhnlicher Mensch. Du hast die Hallen der Heimlichen Künste besucht. Man hat dich über Jahre hinweg dazu ausgebildet, anderen das Leben zu nehmen.« Er holte tief Luft, als bräuchte es besonders viel Mut für seine nächsten Worte. »Du bist bereits ein fleischgewordener Albtraum. Ein grauer Schemen in der Nacht. Und mehr noch: In jeder Verkleidung, die du wählen würdest, um deinen Pflichten gegenüber deinem Bruder nachzukommen, bliebest du doch im Kern immer derselbe. Ein Werkzeug der Vernichtung. Menschen wie du sind bereits Teil jener Welt, wie der Wurm sie sich erträumt.«

Rutgar glaubte, eine Schwäche in dieser Argumentation erkannt zu haben. »Die Rübenritter lernen auch, wie man tötet, genau wie die Gardisten. Warum werden sie dann nicht verschont?«

»Ich nehme an, weil sie in der Regel für eine Sache eintreten, die größer ist als sie selbst. Für sie ist das Töten ein Mittel zum Zweck. Für einen Meuchler muss es zum Selbstzweck werden, wenn er sein Handwerk gut machen will.«

Rutgar musterte ihn misstrauisch. »Und was ist mit dir?«

»Ich verstehe die Frage nicht.«

»Wenn ich so ein verkommenes Geschöpf bin, dass ich dem Wurm so gefalle, weshalb lässt er dich dann als Vertreter einer dem Menschen zugetanen Gottheit in Ruhe?«

»Was soll ich sagen?« Huneg grinste. »Das lässt eigentlich nur zwei Schlüsse zu. Entweder hält Nundirovil seine schützende Hand über mich – so wie über Astruds Vorrat an Zimtmandeln und Honig.«

»Oder?«

Huneg packte seinen Bauch links und rechts und ließ ihn zweimal auf und nieder hüpfen. »Oder ich bin so ein fetter Brocken, dass der Wurm Angst davor hat, sich an mir zu verschlucken.«

»Ich bin froh, dass du da bist«, sagte Rutgar, einer plötzlichen Eingebung folgend. Seit er aus seiner Heimat aufgebrochen war, hatte er Stillschweigen über seine Gefühle bewahrt – aus Rücksicht auf Jarold, auf sein neues Amt, auf die Mission, die Orks zu befrieden. *Nein. Falsch. Warum mache ich mir etwas* vor? Ich nehme schon mein ganzes Leben Rücksicht. Mir wurde beigebracht, dass ich dankbar dafür zu sein habe, noch am Leben zu sein, denn eine weniger gnädige Familie hätte ein entstelltes Balg wie mich gleich nach der Geburt diskret im nächsten Kanal beseitigt. Doch was zählt das jetzt noch? Lifara hat unser Haus verraten, und ob Kaimu Kalas Ritual wirklich etwas dazu beitragen kann, Westborn und Jarolds geistige Gesundheit zu retten, steht in den Sternen. Warum also soll ich mich noch länger an die alten Regeln halten, die offensichtlich nicht mehr gelten? »Wenn wir schon sterben müssen, dann können wir es auch Seite an Seite tun.«

Huneg machte ein Geräusch, als würde er zwei Kätzchen beim Balgen zuschauen. »Das hast du sehr schön gesagt. Mir wäre es allerdings lieber, wenn wir das mit dem Sterben noch etwas aufschieben könnten.«

Rutgar wusste nicht, was er von dieser Äußerung halten sollte. *Ist das nur verharmlosender Spott, oder will er mir sagen, dass er ähnlich empfindet wie ich?* Er beschloss, schnell eine andere Sache anzusprechen. »Wie kommt es überhaupt, dass Astrud dich hat gehen lassen, wo doch im Tempel so reger Betrieb herrscht?«

»Habe ich dir das nicht erzählt?«

»Nein.«

»Dann muss ich das ja schleunigst nachholen.« Huneg rieb sich kichernd die Hände. »Ich hatte ein langes Gespräch mit ihr über das wahre Ausmaß der Tiefe meines Glaubens an den Immerzu Lächelnden. Dass es ungerecht von ihr ist, mich in Sunnastad festzuhalten, wo ich doch ein ganzes Land bereisen könnte, um Nundirovils Lehren weiterzutragen.« Er klopfte durch seine Robe auf sein weggestecktes Brevier. »Ich habe sie mit ihren eigenen Waffen geschlagen. Denn heißt es nicht: ›Wo ein Markt für die Waren des Immerzu Lächelnden ist, dort müssen diese Waren beworben werden?‹«

Die Kutschfrau schnalzte mit der Zunge, um die Ochsen zu zügeln, und das Gefährt kam langsam zum Stehen.

»Warum halten wir an?«, fragte Rutgar.

Sie deutete mit ihrer langen Peitsche nach vorn zum Prunkwagen. »Das müsst Ihr Seine Majestät fragen.«

Jarold winkte aus einem Seitenfenster.

»Mal sehen, was er möchte.« Rutgar sprang vom Proviantwagen und schlenderte zu seinem Bruder.

»Steig ein«, verlangte Jarold und öffnete ihm die Tür.

Im weich gepolsterten Innern des Prunkwagens roch es, wie Rutgar es vom Schlafgemach seines Vaters her kannte – nach alter, verbrauchter Luft, Weinfürzen und jämmerlich verendeten Träumen. Er hatte Mühe, eine Stelle zum Sitzen zu finden, die keine verdächtigen Flecken aufwies.

»Hast du es vorhin gesehen?«, fragte Jarold, und sein Blick war so wach wie lange nicht mehr.

»An der Kreuzung, an der sie Orskarrs Opfer vom Pfosten geholt hatten?« Rutgar erinnerte sich zwar gut an diesen Vorfall auf der ersten Reise, aber beim zweiten Passieren der Wegkreuzung war ihm nichts weiter aufgefallen. »Was war da?«

»Auf der Brücke über den Fluss stand ein Kind«, sagte Jarold. »Ein Junge. Acht oder neun vielleicht. Weißt du, was er getan hat, als er meinen Wagen vorüberfahren sah?«

»Nein.«

»Er spie aus.« Jarold legte sich die Hand über die Augen. »So schnell ist es also gegangen, dass mein Volk mich hasst. Eben war ich noch der Orkentöter, jetzt bin ich der Pestbringer. Sei's drum.« Er ließ die Hand sinken und sah Rutgar in die Augen. »Das Schlimmste ist, was ich fühlte, als ich diesen Jungen sah. Unbändigen Zorn. Abgründigen Zorn. Ich wollte ihn ausgepeitscht sehen. Gehäutet. Von Hunden in Stücke gerissen. An Bluthauer verfüttert. Was ist nur aus mir geworden?«

»Das ist der Wurm, der aus dir spricht, Bruder«, versuchte Rutgar ihn zu beruhigen. »Sobald der Wurm nicht mehr ist, geht es dir besser.«

»So?« Jarold schürzte die Lippen. »Was, wenn das nicht stimmt? Was, wenn mir der Wurm gar nichts einflüstert? Was, wenn er mich nur dazu anstachelt, auf das zu hören, was auch ohne ihn schon in mir ist?« Er winkte ab. »Darauf kann es keine vernünftige Antwort geben. Ich möchte aber, dass du etwas weißt, Rutgar.«

Der sah ihn erwartungsvoll an.

»Du hattest von Anfang an recht.« Jarold legte ein Geständnis ab, bei dem keine Reue, sondern nur bittere Erkenntnis in seiner Stimme mitschwang. »Ich hätte niemals hierherkommen dürfen. Ich hätte nach Hause zurückkehren müssen, als wir vom Komplott unserer Schwester erfuhren. Ich hätte nicht versuchen sollen, die Orks zu unterwerfen. All das und vieles mehr weiß ich jetzt. Aber nur Kinder und Narren weinen über Eierschalen.« Er fasste nach Rutgars Hand, seine Finger feucht und eiskalt. »Versprichst du mir etwas, Bruder?«

»Ja.« Rutgar zögerte keinen Wimpernschlag. Er war zu froh und gleichzeitig zu erschüttert darüber, ausgerechnet in dieser stinkenden, engen Kutsche seinen Bruder zurückzubekommen – und sei es auch nur für einen flüchtigen Moment. Der Bruder, der seine Meinung achtete und respektierte, auch wenn er es sich nicht immer anmerken ließ. Der Bruder, der immer einen Weg fand, ihn zu trösten, wenn ihr Vater besonders grausam gegenüber seinem missgestalteten Kind gewesen war. Der Bruder, den Rutgar von Kindesbeinen an liebte und für immer lieben würde, mochte er auch noch so ein eitler, leichtsinniger, selbstversessener Geck sein. »Ich verspreche dir, was immer du willst.«

Jarold lächelte, und mit einem Mal sah er wieder aus wie der Junge, der im Garten ihres Hauses Blindschleichen aussetzte, um Angst und Schrecken unter dem Gesinde zu verbreiten. »Dann hör mir jetzt gut zu.«

33

*Immer wieder hört man Warnungen davor,
seine Gedanken irgendwo niederzuschreiben, da dies
zahlreichen Dämonen die Möglichkeit
eröffnen soll, unser Denken und Fühlen zu ergründen.
Welch törichte Behauptungen!*

Aus *Schweflige Fundstücke:
Betrachtungen eines vermissten Dämonologen*

Mit weit aufgerissenen Augen prüfte Nasta die Unterlage aus eng gewebter Wolle, mit der sie den Boden ihres Zelts bedeckt hatte. Ihre Hände zitterten immer noch, und sie rieb über die frischen Bisse. Schon hatten sich rote Pusteln auf der Haut gebildet. Sie hatte nicht damit gerechnet, dass Schaben in ihr Zelt eindringen würden – schon gar nicht Schaben, deren Schuppenpanzer aus schartigen menschlichen Fingernägeln bestanden. Was auch immer als Nächstes kommen würde, sollte es nicht so einfach haben, sie zu stören. Mit bebenden Fingern griff sie erneut nach dem Schreibgriffel und drehte nach kurzem Nachdenken die kleine Laterne etwas herunter, bis sie die Buchstaben auf dem Papier vor sich gerade noch erkennen konnte. Je weniger gut ihr Licht von draußen zu erkennen war, desto weniger ungebetene Besucher würde sie vielleicht ertragen müssen. Sie warf einen letzten Blick zur Seite, um sich zu vergewissern, dass das Kurzschwert noch immer griffbereit neben ihr lag. Dann machte sie sich daran, den Brief an Bik fortzusetzen.

*Ich bereue es nicht im Mindesten, Dir nie gesagt zu
haben, welches Grauen über Westborn gekommen ist.
Sämtliche Leiber werden von schrecklichen Veränderungen
heimgesucht, doch es scheint, als würde zumindest der
Verstand all jener, die nichts über den Wurm wissen,
weniger schnell aufgezehrt. Falls ich Dir mit meinem
Schweigen auch nur einen einzigen Wimpernschlag klaren
Geistes geschenkt haben sollte, gibt es nichts, was mich
dauern müsste. Es tröstet mich, darauf hoffen zu dürfen,
dass es noch Schönes in dieser Welt gibt.*

Sie krümmte sich im letzten Moment zusammen, um das Papier nicht zu treffen, und erbrach sich in die nächste Ecke ihres Zelts. Kaum war der saure Strom versiegt, zog sie einen Kanten Speck aus ihrem Rucksack und stopfte ihn sich in den Mund. Sie spürte, wie winzige Beinchen und Panzer unter ihren Zähnen zermalmt wurden, aber sie hatte aufgehört, sich darum zu scheren. Sie dachte an Uschkar, der inzwischen aussah wie etwas, das man auf einem Kornfeld aufstellte, um die Krähen von der Saat fernzuhalten. Vielleicht war sie noch besser dran als er. Sie konnte nicht aufhören zu essen, obwohl der Schimmel und die Kleintiere ihren Magen in ein wundes, krampfendes Etwas verwandelt hatten.

*Mir geht es ausgezeichnet, also mach Dir bitte keine Sorgen.
Ich schicke dies voraus, weil ich zu den wenigen zähle, die
ungeschoren davongekommen sind. Bisher. Der Wald ist
ein fleischgewordener Albdruck. Alles, was hier noch lebt,
muss leiden. Wir ahnten bereits, was uns erwartet, als wir
unser erstes Ungeheuer zwischen den Bäumen erlegten. Es
war so spindeldürr, dass wir es zunächst kaum erkannten,
doch als es am Boden lag, konnte man an den Ohren und
an der Fellfarbe sehen, dass es wohl einmal eine Hirschkuh
gewesen war. Sein Maul hatte sich in die Kauwerkzeuge
eines Insekts verwandelt. Damit war es ihm völlig unmöglich,*

etwas zu fressen, was es auch verdauen konnte. Wenigstens hatte Uschkars Pfeil seinem Leid ein Ende gemacht.

Die Vorräte sind schon wenige Schritte hinter dem Waldrand dermaßen verdorben, dass kaum jemand mehr etwas davon essen will. Manchmal gerät uns im Wald etwas in die Finger, das erst vor Kurzem gestorben ist und noch so etwas wie Fleisch auf den Knochen hat. Alles, was genießbar erscheint, wird sofort aufgegessen. Das ist der einzige Grund, aus dem wir noch einigermaßen bei Kräften sind. Gestern habe ich einen Hasen gefunden, der noch im Gebüsch zappelte. Aus der Seite war ihm ein einzelner Hautflügel gewachsen, den er sich im Unterholz blutig gerissen hatte. Ein Dornenzweig hatte die Schwinge so durchbohrt, dass er nicht mehr davonkam.

Bei der Erinnerung an den Geschmack des Tieres leckte sie sich über die Lippen. Es hatte sie einiges an Anstrengung gekostet, den Hasen noch zu braten, anstatt ihn auf der Stelle roh hinunterzuschlingen.

Was mich am meisten schmerzt, ist Bluthauers Leiden. Sein Maul und seine Augen wachsen ihm zu – jedes Mal, wenn er schläft. Ich habe ihn angefleht, mich zu vergessen und den Wald zu verlassen. Ich habe ihn sogar mit Schlägen davongejagt, aber er kommt immer wieder zurück. Und so schneide ich ihn jeden Morgen mit meinem schärfsten Messer, und er schreit dabei wie ein Frischling. Wenn ich fertig bin, wiege ich seinen Kopf in meinen Armen wie früher, als er noch viel kleiner war. Es zerreißt mir das Herz, aber ich glaube, ich habe nur deshalb noch nicht den Verstand verloren, weil er da ist.

Nasta wischte sich über die Wangen. Dann fasste sie den Griffel fester. Sie musste nun auch das Schlimmste aufschreiben. Es nutzte nichts, sich weiter davor zu drücken.

Wir verlieren jeden Tag jemanden aus dem Tross. Vorgestern hat eine Gardistin versucht, einen dicken roten Apfel zu pflücken, der auf Kopfhöhe an einem Ast hing. Leicht zu greifen, ein köstlicher Anblick. Wir hätten ahnen müssen, dass es so etwas hier nicht geben kann. Sie hätte es ahnen müssen. Spitze Äste bohrten sich ihr in den Rücken und zogen sie in die Krone hoch. Einige ihrer besonders tapferen Kameraden kletterten ihr hinterher. Als sie sie erreichten, war sie vollkommen blutleer. Ein zweiter roter Apfel war am Baum gewachsen.

Und gestern ist ein Hedskilder im Boden seines Zelts erstickt. Eine Hand und eine Ecke seines Schlafsacks ragten noch hervor, ganz so, als wäre die Erde erst flüssig und über ihm wieder fest geworden. Niemand hat etwas gehört, obwohl ein Wachposten ganz in der Nähe stand. Ich glaube, es ist nur noch niemand desertiert, weil in diesem verfluchten Wald niemand allein unterwegs sein will.

Das Schlimmste ist, dass es nichts gibt, dem man sich im Kampf stellen könnte. Manchmal wünsche ich mir geradezu, ein haushoher Wurm würde durch die Bäume brechen, damit ich ihm wenigstens noch ein-, zweimal in den Leib stechen kann, ehe er mich zermalmt. Aber so stirbt man oder wird verrückt, ohne seinen Gegner auch nur gesehen zu haben.

Ich weiß nicht, wie ich es beschönigen soll, also schreibe ich es auf, wie es geschehen ist: Bokian ist heute gestorben. Er ist einfach von Froschfresser heruntergefallen, hat geschrien und gezuckt, und das Blut lief unter seiner Rüstung hervor, doch da war nichts, was ihn hätte aufspießen können. Er ist bei Jesche gestorben, mit seinem Kopf in ihrem Schoß. Wir haben erst gemerkt, was es war, als wir ihn zum Waschen entkleidet haben. Die Orkhauer, mit denen er seine Rüstung verziert hat, sind nach innen gewachsen. Sie waren ganz scharfkantig. Wir haben einen Hauer aus seiner Hüfte gegraben; er war in den Knochen gewuchert wie ein viel verzweigter Ast. Wir haben die Hauer dann oberhalb seines Fleischs zertrümmert, damit wir ihm die Rüstung abnehmen konnten. Ich glaube, wenn wir alle Zähne aus ihm hätten herausholen wollen, wäre nichts mehr von ihm übrig geblieben.

Jesche war untröstlich. Sie meinte, wir hätten schon zu viele Tote einfach verscharrt. Und sie hat ja recht. Sie wird zurückreiten, mit Boks Leiche und mit Froschfresser. Es war leicht, Jarold davon zu überzeugen. Jetzt, wo Bok tot ist, würde sie uns sicher nicht mehr lange erhalten bleiben. Sie hat eine der verstörendsten körperlichen Veränderungen davongetragen. Die Augen, die ihr auf den Unterarmen gewachsen sind, sind heute zum ersten Mal aufgegangen – und auch sie haben um Bok geweint.

Ich weiß nicht, ob Jesche es schafft und du diesen Brief jemals in Händen halten wirst. Oder ob er irgendwo neben ihrem Leichnam in diesem garstigen Wald verrottet. Ich hoffe, er erreicht Dich. Ich hoffe es, damit Du etwas weißt, falls ich nicht zurückkehren sollte: Du bist es, der mir die Kraft gibt, das hier alles durchzustehen. Wenn ich daran denke, Dich in die Arme zu schließen, vergesse ich für einen Augenblick alles, was hier geschieht. Vergiss mich nicht, Bik. Mögen die Untrennbaren geben, dass wir uns wiedersehen, in dieser Welt oder der nächsten.

Nasta unterschrieb mit dem Namen, den er ihr früher immer gegeben hatte. Früher, als alles noch so viel einfacher gewesen war.

Dein Zwiebelchen.

Dann rollte sie sich in ihrem Zelt zusammen und weinte.

34

*Die Menschen sagen, sie wüssten eine feste Grenze
zwischen Wachen und Träumen zu ziehen.
Damit ist entschieden,
wer von unseren beiden Völkern das dümmere ist.*

Aus *Gespräch mit einem Ork*

»Es ist nicht wie in meinem Traum.« Jarold klang erleichtert. »Es gibt ein Loch, aber es scheint nicht so unergründlich tief, und es weht auch kein Wind.«

Rutgar empfand die Windstille als Geschenk der Götter, denn der gesamte Boden des Kraters, aus dem sich einst der Träumende Baum erhoben hatte, war mit einer dicken Schicht Asche bedeckt. Wäre sie aufgewirbelt worden, hätte man vermutlich selbst hier oben am Rand des Talkessels kaum noch die Hand vor Augen gesehen. Überhaupt war der Krater, der ob der Asche wie eine schwarze Felswüste wirkte, trotz seiner Trostlosigkeit so etwas wie das Auge im Sturm all des Wahnsinns, den der Wurm über Westborn entfesselt hatte. Rutgar wollte sich nicht darüber beschweren. Er sah etwas, was er in den Gesichtern um sich herum schon lange nicht mehr gesehen hatte: Hoffnung. Und überraschenderweise stellte er fest, dass auch ein Teil seines Verstands sich mit der unwahrscheinlichen Möglichkeit anzufreunden begann, dass alle, die es bis hierher geschafft hatten, am Ende doch noch mit dem Leben davonkommen würden.

Zu dieser Einschätzung trug auch Jarolds Befinden bei. Der König wirkte wacher und frischer als zu Beginn ihrer Reise, auch wenn ihr letzter Teil durch einen Wald geführt hatte, in dem kaum noch Nahrung zu finden war. Doch offenbar hatte es Jarold gutgetan, seine selbstgewählte Verbannung in den Prunkwagen aufgeben zu müssen – die Vorstellung, den Orkenforst in diesem Gefährt zu durchqueren, wäre nämlich ungefähr so abwegig gewesen, wie auf Schuhen aus Eis sicher über einen Lavastrom zu gelangen.

Rutgar wünschte, Uschkar würde eine ähnliche Genesung durchlaufen, doch der Kohlfelder war nach wie vor in einer jämmerlichen Verfassung. Seine Arme wirkten so dürr, dass Rutgar sich ernsthaft fragte, ob es ihm im Ernstfall denn gelänge, seinen Bogen zu spannen. Selbst Zwingpracht war dann womöglich eher eine zweifelhafte Verstärkung, denn der stolze Kanisch hatte auf dem Weg durch den Wald büschelweise Fell und jeden Tag Zähne verloren.

»Was jetzt?«, wandte sich Jarold an Kaimu Kala.

Die Schamanin stand leicht vornübergebeugt, beide Hände knapp oberhalb der Scham auf den Bauch gelegt. Taga Miwitu war an ihrer Seite, und der Späher stützte sie mit einer Zärtlichkeit, die angesichts seines grobschlächtigen Äußeren besonders rührend war. Es wäre eine verständliche Haltung gewesen, hätte Kaimu Kalas Bauch bereits eine Rundung angenommen, wie sie entstand, wenn eine Frau ein Kind unter dem Herzen trug. Der Leib der Orkin jedoch war ebenso ausgezehrt wie der jedes anderen Angehörigen ihres Zugs – wenn nicht mehr. »Jetzt, Orkentöter, gehen wir ...«

»Dort! Dort!«, rief einer Gardisten, der sich ganz an den Kraterrand vorgewagt hatte, und deutete aufgeregt in die Tiefe. »Da sind Leute von uns!«

Rutgar wollte diese Behauptung als eine Einflüsterung des Wurms verbuchen, spähte aber dennoch nach der Stelle, auf die der Gardist zeigte. *Tatsächlich!* Auf einem größeren Skaldatbrocken, unter dessen Ascheschicht es grün schimmerte, waren zwei Gestalten in den weiß-blauen Uniformen und den klobigen Topfhelmen der Garde zu erkennen. Die beiden hielten ihre Hellebarden stoßbereit in Richtung des großen Lochs, das unmittelbar hinter dem Felsen dort entstanden war, wo zuvor der Stamm des Träumenden Baums den Himmel selbst herausgefordert hatte. »Da dreh mir einer eine Schlange am Spieß!«, murmelte Rutgar. »Aber bitte, bis sie schön knusprig ist. Wie kann das sein?«

»Das sind Hunden und Katt!«, sagte der Gardist aufgeregt, und auch unter seinen Kameraden breitete sich nun unruhiges Gemurmel aus. »Ich erkenne Hunden an seinem Bauch, und Katt wich nie von seiner Seite. Wir dachten, sie wären bei der Schlacht gegen die Orks gefallen. Von den Spinnenkriegern in die Bäume hinaufgezogen oder in eine Grube gestoßen und dort erschlagen worden. Aber sie müssen überlebt haben und waren nur zu weit versprengt, um sich uns anzuschließen, als wir von hier abgezogen sind. Sie müssen hier ausgeharrt haben, in der Hoffnung, dass wir zurückkehren.«

Rutgar räumte gerne ein, dass ihr Aufbruch aus dem Orkenforst etwas überhastet vonstattengegangen war – ein verglimmender Baum von der Größe eines Berges bot nicht unbedingt Anlass für einen geordneten Rückzug. Dennoch traute er dem Braten nicht. »Glaubt Ihr wirklich, dass sie hier so lange ausgehalten haben?«

Der Gardist antwortete ihm gar nicht erst, sondern machte sich umgehend an den Abstieg, gefolgt von so gut wie allen anderen Soldaten ihres Zugs – mit Ausnahme der Verstärkungen, die sie in Hedskilde aufgelesen hatten und die nun unschlüssig zu ihrem König blickten.

Kaimu Kala klammerte sich kurz an Taga Miwitus Schulter, als erlitte sie einen heftigen Krampf in ihrer Leibesmitte. Dann winkte sie in den Krater hinunter. »Wir folgen ihnen. Hier oben können wir nichts bewegen.«

So begeistert die Gardisten voraneilten, so zögerlich stieß der Rest des Zugs in den Krater vor. Die Vorsicht zahlte sich aus: Mehrere der Gardisten kamen zu Fall und schürften sich die Hände auf, weil die Asche das Geröll am Hang noch trügerischer machte. Sie verbarg so manche Spalte, in der man sich leicht vertreten oder den Knöchel stauchen konnte.

Am Fuß des Hangs angekommen, wurde die Aufgabe, die vor ihnen lag, nicht einfacher. Bei ihrem letzten Vorstoß hatte der Baum einen ausgezeichneten Orientierungspunkt geboten, auf den man zuhalten konnte. Jetzt jedoch fühlte sich Rutgar, als wären sie in einen Irrgarten vorgedrungen, entworfen und angelegt von einem Verrückten mit einer Vorliebe für krude Gesteinsbrocken und Freiflächen, auf denen knietief die Asche lag.

Je näher sie dem Loch in der Mitte des Kraters kamen, desto unruhiger wurde Rutgar. Er wischte sich mit der Linken unablässig Asche von der Stirn, während er mit der Rechten seinen Dolch aus der Unterarmscheide gleiten ließ, nur um ihn sofort wieder darin zu versenken.

Nachdem sie einen der größten Skaldatfelsen umrundet hatten – schwarz, denn die Asche passte auf makabre Weise bestens zu seinem Schimmern –, trat ihnen ein Geschöpf aus den wirren, bösartigen Träumen des Wurms gegenüber. Denn wer sonst hätte eine Kreatur geschaffen, die sich aus den Teilen mehrerer anderer Wesen zusammensetzte? Der Leib hatte einmal einem Reh gehört, der Kopf war augenscheinlich der eines Wolfs, und vom Bauch baumelten dem Tier – so man es denn noch als solches bezeichnen wollte – Ranken wie von einer Kletterpflanze. Aus dem Nacken wuchs ein daumendicker, fleischiger Strang aus ineinander gewundenen Adern und Muskeln. Er verlief über den aschebedeckten Boden und verlor sich um die Ecke des nächsten Felsens.

Als das Geschöpf den Trupp bemerkte, lief ein Zittern durch seine Ranken, und es stieß ein seltsam blökendes Geheul aus. Nasta knurrte und trieb Bluthauer in vollem Galopp auf die Bestie zu. Blutstropfen sprühten von der wunden Schnauze des Keilers, doch sie waren nur ein kleines Rinnsal verglichen mit dem Strom, der aus dem Strang hervorschoss, als Nasta ihn mit einem beherzten Schwerthieb durchtrennte. Das Geheul erstarb, die Kreatur brach in sich zusammen, der Strom versiegte, und der Strang verdorrte binnen weniger Wimpernschläge.

»Ich will so etwas nicht mehr sehen«, erklärte Nasta ihr Tun, als sie zu den anderen zurückkehrte.

Sie stießen auf keine weitere Spur jenes Lebens, wie es der Wurm verstand, bis sie zu dem vier Schritt hohen Klumpen grünen Skaldats gelangten, auf dem zuvor die vermissten und anscheinend auf wundersame Weise erretteten Gardisten gesichtet worden waren. Deren Kameraden standen nun unten vor dem Felsen, die Hände zu Trichtern am Mund geformt, um immer wieder »Hunden« und »Katt« zu rufen.

Rutgar fühlte den Drang, sie zum Schweigen zu bringen. *Ihr Lärmen wird noch das heraufbeschwören, was in Jarolds Traum tief unten in diesem Loch auf der Lauer liegt.* Dann traten die beiden Gerufenen an die Kante des Felsens – wankend, mit schlurfenden Schritten –, und es konnte kein Zweifel mehr bestehen, dass die anderen Gardisten einer Täuschung aufgesessen waren.

Hunden und Katt waren lange tot und zu Spielzeugen des Wurms geworden – auf dem voluminösen Rumpf von Hunden saß der topfhelmbewehrte Kopf eines Orks, und in Katts Hosen steckten keine Beine, sondern die langen Arme eines anderen Schweinemanns.

Rutgar war noch zu gleichen Teilen fasziniert und angewidert, als er spürte, wie sich überall um ihn herum der Boden zu bewegen begann. Asche rieselte von den Schergen des Wurms, die sich mit dem Geräusch knackender Knochen und schmatzender Wunden aufrichteten. Der Dämon aus dem Krater hatte sich sämtlichen Materials bedient, dessen er in seiner näheren Umgebung hatte habhaft werden können, um seine unheimliche Armee zu bauen. Rutgar sah die aus Federn, Bein und Geweihen gefertigten Kopfbedeckungen von Orkschamanen, die Reißzähne von Raubkatzen, Kettenhemden westbornscher Machart, die von Schnitten überzogenen Rümpfe von Menschen und

Schweineleuten, in Hufen oder Krallen endende Läufe, schwere Stiefel, Vulkanglassplitter und winzige Skaldatstücke, geschmiedete Lanzen, geschnitzte Keulen. All das hatte der Wurm zu einer Schar Krieger zusammengesetzt, die so von keiner Mutter geboren worden waren. Über widerliche Stränge, wie zuvor auch der Rehwolf einen besessen hatte, waren sie wie über Nabelschnüre, die in das große Loch mündeten, noch immer mit ihrem Schöpfer verbunden. Tief unten in der Erde erwachte ein Scharren und Schaben unzähliger aneinanderreibender, schuppiger Windungen.

»Rauf! Rauf!«, rief Rutgar, während die Kreaturen des Wurms drohend ihre Reihen schlossen. »Rauf auf den Felsen!«

Er selbst zögerte keinen Wimpernschlag. Das Skaldat bot genügend Kanten und Spalten, um Händen und Füßen Halt zu geben, und noch dazu war die zu erklimmende Strecke sehr überschaubar. Mit etwas Glück würde er nur zwei-, dreimal umgreifen müssen. Es hatte etwas unergründlich Beruhigendes, als er den festen Stein unter seinen Fingern spürte.

»Was ist mit Zwingpracht und Bluthauer?«, kam es in weinerlichem Ton von Uschkar.

»Schickt das Viehzeug fort, wenn Euch sein Leben lieb ist!«, blaffte Rutgar über die Schulter.

»Sie werden nicht gehen«, jammerte der Ritter.

»Ich glaube schon«, sagte eine Stimme, die Rutgar lange nicht mehr so vor Selbstsicherheit strotzend gehört hatte. Ein grässlicher Missklang übel malträtierter Lautensaiten übertönte sogar die Schreie der ersten Gardisten, die von den vorrückenden Gegnern niedergemacht wurden. »*Sproga!*«, donnerte Fulmar, worauf ein Quieken und ein Jaulen folgten.

Selbst Rutgar empfand ein Ziehen an einem Teil seiner Seele, der noch die uralten Gebote von Angst und Flucht achtete, an denen sich auch die Menschen orientiert hatten, ehe sie ihre Instinkte für die Vernunft verrieten. Er fluchte stumm.

Verdammt, dieser Bastard ist wirklich ein Tegin! Ein Unsterblicher! Oder doch nur ein Barde von bescheidenem Talent, der auf seinen Reisen durch die Welt irgendwo eine magische Verwünschung aufgeschnappt hat?

Rutgar blieb nicht die Zeit, sich weitere Gedanken um die wahre Natur Fulmars zu machen. Er war als Erster oben auf dem Felsen, und nun lag es an ihm, sich den beiden Gardisten zu stellen, die keine Gardisten waren und mit ihren Hellebarden nach den langsameren Kletterern zu stechen begannen. Rutgar scheute diese Begegnung nicht. Er hatte nicht vergessen, wie Nasta mit dem Rehwolf umgesprungen war.

Mit gezücktem Dolch stürmte er auf die beiden Wesen zu, packte das eine, das anstelle von Beinen ein zweites Paar Arme hatte, an seinem Nackenstrang und setzte zum Schnitt an. Blut spritzte ihm in die Brauen, sein Gegner wurde starr wie Stein und kippte hinunter ins Schlachtgetümmel. Das zweite Geschöpf wollte sich noch zu ihm umwenden, doch es war bereits zu spät. Er versetzte der fetten Kreatur mit dem Orkkopf einen Stoß, sie stürzte und baumelte einen kurzen Moment frei in der Luft, gehalten von ihrem Nackenstrang, der sich über der Kante des Felsens straffte wie ein Henkersstrick. Rutgar zerquetschte den Strang zwischen seiner Stiefelsohle und dem Skaldat und schaute zu, wie das Wurmgezücht von der Lanze eines Hedskilder Soldaten aufgespießt wurde.

Er nahm aus den Augenwinkeln eine huschende Bewegung wahr, da krachte ihm eine Faust in einem halb geschmolzenen Panzerhandschuh gegen die Schläfe. Die Welt wurde hell und dunkel und wieder hell, als ob sich ein zu Späßen aufgelegter Gott einen Scherz mit der Sonne erlaubte. Dann stellte Rutgar fest, dass er auf der Seite lag, seine rechte Kopfhälfte sich klebrig anfühlte und er mit jedem keuchenden Atemzug Asche in seinen Mund sog. Der Schatten eines Wurmgeschöpfs, das über und über mit Asche bedeckt war, fiel auf ihn. Er wollte sich nicht eingestehen, dass ihm die Statur dieses Wesens vertraut war – in ganz Westborn war er nur einem Mann von solchen Ausmaßen begegnet. Und selbst der Wurm konnte nicht so grausam sein, den Überresten des Mannes falsches Leben einzuhauchen, der ihn durch sein Opfer erst von den Fesseln der Lüge befreit hatte, die ihm seit Orkgedenken vom Träumenden Baum angelegt worden waren.

»Leviko ...«, hörte sich Rutgar murmeln, als kämen die Worte aus dem Mund eines anderen Menschen.

Er wappnete sich innerlich, in den kalten Armen der Strengen Mutter zu erwachen, wenn ihm der nächste Hieb mit dem Panzerhandschuh endgültig den Schädel zerschmetterte. Dann bohrte sich mit einem Mal ein Dolch in den verkohlten Schädel des Seneschalls – ungefähr an der Stelle, wo früher die Ohrmuschel gewesen war –, und ein Mann in roten Roben riss dem Riesen den Strang mit der bloßen Hand aus dem Nacken. Danach zerrte Huneg die Waffe aus dem Schädel seines Gegners.

Rutgar erkannte den Dolch sofort. Es war die Sorte Klinge, in deren Umgang man in den Hallen der Heimlichen Künste geschult wurde. Er wälzte sich auf den Rücken und starrte zu Huneg hinauf, der dank seiner Leibesfülle noch immer am gesündesten von ihnen allen aussah. Wie um ihn im Moment des Todes zu verspotten, spülte sein Gedächtnis nun Worte Hunegs nach oben, mit denen sich ihm der andere Meuchler bereits in spielerischer Weise offenbart hatte. »*In meiner Berufung ist es nichts Ungewöhnliches, dass die Leute etwas anderes in mir sehen, als ich bin, und dafür sogar manchmal das Offensichtlichste übersehen.*« Wieso habe ich nicht durchschaut, welche Berufung er in Wahrheit meinte? Weil ich mich von Honig und Zimtmandeln zur Leichtgläubigkeit habe verführen lassen. »*Du bist bereits ein fleischgewordener Albtraum. Ein grauer Schemen in der Nacht. Und mehr noch: In jeder Verkleidung, die du wählen würdest, um deinen Pflichten gegenüber deinem Bruder nachzukommen, bliebest du doch im Kern immer derselbe. Ein Werkzeug der Vernichtung. Menschen wie du sind bereits Teil jener Welt, wie der Wurm sie sich erträumt.*« Er hat nicht nur über mich gesprochen, sondern auch über sich selbst. Er hat mir den wahren Grund genannt, warum unser beider Leiber *vom Wurm verschont geblieben sind.* »Was zögerst du so lange?« Rutgar gab sich kaltblütig, auch wenn ihm das waidwunde Herz bis zum Hals schlug. Es schmerzte ihn, dass er seine Schwester derart unterschätzt hatte. Noch mehr schmerzte ihn jedoch, dass es ihrem zweiten gedungenen Mörder gelungen war, einen Narren aus ihm zu machen. Huneg hatte ihm die Möglichkeit vorgegaukelt, dass irgendwo in dieser Welt ein anderes Wesen existierte, das ihn aufrichtig liebte, ohne vor seinem Äußeren und seinem blutigen Handwerk zurückzuschrecken. »Warum bringst du deinen Auftrag nicht zu Ende?«

»Weil ich in etwas anderem eine größere Erfüllung gefunden habe«, erwiderte Huneg und säuberte die besudelte Dolchklinge an seiner Robe.

Rutgar zögerte, als Huneg anschließend die Hand ausstreckte, um ihm aufzuhelfen. *Spielt er immer noch mit mir?*

»Nimm sie!«, verlangte Huneg.

Rutgar tat es, Huneg zog ihn auf die Beine und wischte ihm mit dem Ärmel Asche und Blut von der Stirn.

»Und nun?« Das war alles, was Rutgar über die Lippen brachte.

»Nun, mein Bester …« Huneg klopfte ihm aufmunternd auf die Schultern. »Nun besiegen wir diesen verdammten Wurm, und dann gehen wir nach Hause. Ich habe gehört, sie wollen in unserem Badehaus einen neuen Zuber aufstellen, und ich hätte nicht übel Lust, ihn mit dir auszuprobieren.«

Wer es aus dem Tross auf den Felsen geschafft hatte, ohne vorher der Armee des Wurms zum Opfer zu fallen, war nun oben. Mit dumpfer Zufriedenheit – die Wahrheit über Huneg dämpfte nach wie vor sein gesamtes Empfinden – stellte Rutgar fest, dass Uschkar doch noch einen Bogen spannen konnte. Der Ritter jagte Pfeil um Pfeil in die Geschöpfe, die von unten zu ihnen heraufdrängen wollten. Nasta war mit ihren Wurfmessern verständlicherweise etwas sparsamer, während die Spießgesellen aus Hedskilde und die Sunnastader Gardisten zustachen, als gälte es, den ganzen Kratergrund zu durchlöchern.

»Ich werde sehen, wie ich dort helfen kann«, kündigte Huneg an. »Geh du los und sieh nach deinem Bruder!«

Jarold! Da war er, in der Mitte des Felsens, bei Kaimu Kala und Taga Miwitu. Die Schamanin hockte in einer Mulde, die Hände um die Fußknöchel, das Gesicht schmerzverzerrt und schweißüberströmt, die Lippen um die Hauer blutig gekaut.

»Was hat sie?«, fragte Jarold, während Rutgar schwankend auf die kleine Gruppe zuging.

»Was hat sie wohl? Hat dir etwas in die Augen geschissen?«, erwiderte der Orkspäher ohne jeden Respekt vor Jarolds Königswürde. »Gleich ist es so weit.«

Fulmar tauchte aus dem Nichts hinter Jarold auf, die Hand noch an der Kapuze seines Umhangs. »Gleich finde ich meine Bestimmung. Gleich tue ich Buße für das, was ich meinem Bruder widerfahren ließ.«

Kaimu Kala legte den Kopf in den Nacken und brüllte wie ein wildes Tier, das in die Fangschlinge eines Jägers getappt war und dem nun der Lauf abgeschnürt wurde. Sie schob eine Hand zwischen ihre Beine, brüllte noch lauter und erschlaffte dann plötzlich. Taga Miwitu fing sie auf und murmelte beruhigend auf sie ein. Ihre Hand kam zum Vorschein, rot von Blut, und sie barg etwas Winziges darin. »Der Keim«, hauchte sie. »Der Keim.«

Die Orkin öffnete die Finger, und Rutgar fragte sich, ob sie vielleicht das richtige Wort für das, was sie da in Händen hielt, in der Sprache Westborns nicht kannte. Oder womöglich gab es dafür nur in der Sprache der Norger das richtige Wort. In jedem Fall sah das Ding auf ihrer Handfläche weniger wie ein Keim und mehr wie eine kleine Walnuss aus.

Fulmar trat neben sie und hielt ihr das Handgelenk hin. »Ich bin bereit! Schneidet mich!«

Taga Miwitu reichte ihr aus einer Tasche, die er für sie an einem perlenbestickten Gurt um die Schulter bis hierher getragen hatte, ihr Opfermesser.

Kaimu Kala nahm das Messer, aber sie schüttelte dabei den Kopf. »Nein, nein. Nicht du, Tegin. Nicht du. Belüg dich nicht selbst. Dein Tod ist keine Buße. Es ist nicht deine Bestimmung.«

»Wessen dann?«, fragte Fulmar.

Rutgar kannte die Antwort, doch sie wäre ihm nie über die Lippen gekommen. Niemals.

»Die Wolke, aus der der brennende Blitz niederfährt, spendet kühlenden Regen«, sagte Kaimu Kala. »Der, der das Unheil gebracht hat, kann es wieder fortnehmen.«

Jarold suchte Rutgars Blick.

Rutgar schüttelte den Kopf. *Nein. Nein. Warum solltest du dich opfern, wenn der aufgeblasene Barde sich dermaßen aufdrängt?*

Jarold nickte. »Denk daran, was du mir versprochen hast.« Er schob Fulmar beiseite und streckte den Arm aus. »Tu es!«

Kaimu Kala zog die Klinge quer über seine Pulsadern, Blut quoll aus dem Schnitt. Sie presste die Hand mit dem Keim darauf.

Wegen der Bestürzung über Jarolds Entscheidung zu keiner Regung fähig, sah Rutgar zu, was dann geschah: Der Keim wanderte als kleine Beule unter der Haut Jarolds Arm hinauf, um schließlich im Ärmel zu verschwinden.

Jarold verzog das Gesicht, aber nicht in Qual, sondern in tiefer Verwunderung. »Ich kann ihn hören«, sagte er über den anhaltenden Kampflärm von der Kante des Felsens hinweg. »Er spricht mit mir. Er hat Angst.«

»Jarold!«, gellte ein entsetzter Ruf.

Rutgar fuhr herum. Nasta rannte auf sie zu, beide Kurzschwerter zum Schlag erhoben. »Warum blutet er? Was tut Ihr da?«

In einer der vielen Bewegungen, die ihm während seiner Zeit in den Hallen der Heimlichen Künste in Fleisch und Blut übergegangen waren, wich Rutgar der heranstürmenden Halblingsritterin erst mit einem Wiegeschritt aus, um sie danach von hinten um die Oberarme zu packen. »Er will es so!«

Sie wand sich in seinem Griff. »Es ist mir gleich, was er will!«

»Das war es nie, und das wird es auch nie sein«, widersprach er mit allem Nachdruck. Er ahnte, dass es ohnehin zu spät war, um Jarolds Schicksal noch irgendwie zu ändern, und er fügte sich in das, was unverrückbar war. Er fand Trost in dem Gedanken, dass diese Tat eine Bestätigung für all das Vertrauen war, das er immer in Jarold gesetzt hatte: dass sein Bruder letzten Endes nicht so verkommen war wie der Rest seiner Familie und alle großen und kleinen Häuser der Silbernen Insel. »Achte seinen Wunsch!«

Nasta schluchzte, aber er spürte ihre Abwehrversuche schwächer werden.

Kaimu Kala hatte sich inzwischen von Taga Miwitu aufhelfen lassen, und die beiden Orks und der Barde hatten einige Schritte Abstand zu Jarold genommen.

»Du brauchst keine Angst zu haben.« Der König von Westborn richtete sich in einer Stellung auf, in der er Arme und Beine weit voneinander spreizte. Für einen Moment glaubte Rutgar zu sehen, wie der Keim durch den Hals seines Bruders wanderte. »Die Welt ist nicht so, wie du denkst. Sie ist viel schöner. Ich will sie dir zeigen.«

Die Verwandlung, die sich nun vollzog, setzte an Jarolds Haupt ein. Seine Stirn wölbte sich nach außen, um den Reif der Krone herum. Sein Haar teilte sich wie von Geisterhand in einzelne Strähnen, die wie von einem feinen Windhauch angehoben wurden, bis sie seinen Kopf umflorten. Dann wurden sie stetig länger und fester, um sich dabei zu einem Gespinst von Zweigen zu verästeln, an denen es grün zu knospen begann. Danach wuchs sein gesamter Leib in einer Art und Weise, als wäre er aus weichem Ton und jemand würde oben und unten an ihm ziehen. Die Lücke zwischen Hals und Oberkörper schloss sich, sein Kopf sank tief in den Rumpf hinein, seine Gesichtszüge wurden flacher. Als er alle anderen auf dem Felsen um mehr als das Doppelte überragte, gemahnte Jarolds Haut an dicke Borke, und aus seinen Füßen war munter wucherndes Wurzelwerk geworden, mit dem er sich ins grüne Skaldat klammerte.

Rutgar war zu keiner Regung mehr fähig – überzeugt, er würde aus einem Traum erwachen, der ebenso schön wie schrecklich war, wenn er den Blick von dem Baum abwandte, der eben noch sein Bruder gewesen war. Die Ritterin in seinen Armen weinte stumm, aber er vermochte nicht mehr zu sagen, ob nun aus Trauer oder aus Freude.

Die Wurzeln krochen langen dünnen Zehen gleich über den Fels, zur Kante und darüber hinweg. Teils hatten die Verteidiger nicht einmal bemerkt, was sich in ihrem Rücken abspielte, teils machten sie den tastenden Wurzeln ehrfürchtig Platz. Das grausige Lärmen der Streitmacht des Wurms verstummte. Ungläubig, aber erleichtert ließen die Überlebenden des zweiten Zugs in den Orkenforst die Waffen sinken.

Rutgar sah eine einzelne Wurzel zur anderen Seite wuchern – in das Loch hinein, in dessen Tiefen der Wurm wartete. »Du bist nicht mehr allein«, hörte er Jarolds Stimme in seinem Kopf. Er roch den Duft der Haut ihrer Mutter, hörte die Pfauen in den Gärten ihres Hauses schreien. »Du wirst nie mehr allein sein.«

Die Erde erzitterte ein letztes Mal, dann fand der Wurm zur Ruhe.

Es war Nasta, die das Schweigen brach. »Er ist so viel kleiner als der alte Baum«, flüsterte sie erstickt.

Rutgar setzte sie ab. Die Orks schritten auf sie zu.

»Er wird wachsen«, sagte Taga Miwitu.

»Wir werden seine Hüter sein.« Kaimu Kala ging in die Hocke, um Nasta zu umarmen, doch es war Rutgar, dem die Schamanin über die bebende Schulter der Ritterin hinweg fest in die Augen sah. »So wie ein Bruder der Hüter dessen sein wird, was der König hinterlässt.«

35

Wenn du eine Chance siehst, ergreife sie.
Zauderer sind schlechte Künstler.

Aus *Hundert Hinweise zur Heimlichen Kunst*

»Ihr wolltet mich sprechen, Majestät.« Nasta kniete unbequem vor dem Schwanenthron und spürte das wachsende Leben in sich protestieren.

Der König nickte. »In der Tat, das wollte ich.«

Sie hatte immer noch Mühe zu begreifen, wie schnell Rutgar in seine neue Rolle hineingewachsen war. Sie hatte nie daran gezweifelt, dass Jarolds Bruder ein guter Mann war, aber sie hatte ihn immer nur als schweigsam und hart erlebt. Doch nach seiner Krönung – eine auf Rutgars Wunsch nüchterne Zeremonie ohne großen Aufwand – hatte eine Verwandlung mit ihm stattgefunden, nicht so wundersam wie die des Vaters ihres ungeborenen Kindes, aber nichtsdestominder eine bemerkenswerte. Erst vorhin, im Speisesaal, hatte sie ihn mit dem ehemaligen Vorkoster Jidolo Jid scherzen hören, der die Pflichten seiner verstorbenen Geliebten als Koch bei Hofe übernommen hatte. Wenn sie so darüber nachdachte, war es fast, als wäre die ganze Welt auf den Kopf gestellt worden, seit sie die Fremden nach Westborn geholt hatte.

»Ich will es kurz machen«, kündigte Rutgar an. »Zum einen möchte ich, dass du dir diesen Firlefanz von wegen Majestät und diesen ganzen Unfug sparst. Wir sind jetzt Familie, denn ich nehme an, es ist Jarolds Kind, mit dem du niederkommen wirst, richtig?«

Sie nickte und wurde rot. *Woher weiß er das? Ich habe doch niemandem erzählt, dass ich und Jarold in dieser Nacht im Orkenforst – Halt! Das kann ich gar nicht mit Gewissheit sagen. Alles, woran ich mich noch halbwegs erinnere, ist, wie ich sturzbetrunken von der Lichtung, auf der wir unser Stelldichein hatten, ins Lager zurückgekehrt bin.* »Ihr … du musst verstehen … ich dachte, wir würden alle sterben und es würde keine Rolle mehr spielen.«

Rutgar winkte ab. »Ich kenne das Gefühl. Jedenfalls habe ich meinem Bruder vor seinem … Weggang zwei Dinge versprochen. Eines davon ist, dass für dich und euren gemeinsamen Nachkommen gesorgt ist. Ich habe vor, dieses Versprechen zu halten. Ich möchte, dass du Bik zum Gatten nimmst.«

Sie schluckte. »Rutgar, ich weiß nicht, ob er mich noch will, so wie ich jetzt bin.«

»Mach dich nicht lächerlich mit dieser kleinlichen Denkweise, die dir eure Untrennbaren aufgezwungen haben.« Rutgar lächelte schief. »Natürlich will Bik dich noch. Er wäre ein Trottel, wenn er dich nicht wollen würde – da er durch seine Blindheit das Ritteramt eingebüßt hat, steht das euch auch nicht mehr im Wege. Aber wichtiger noch: Dieses Kind braucht einen Vater. Dazu bin ich beim besten Willen nicht geeignet.«

»Manch einer hätte im Vorfeld gesagt, du wärst auch nicht zum König geeignet«, wandte sie ein. »Und du schlägst dich ganz hervorragend.«

»Genau deshalb solltest du jetzt besser meinen weisen Entscheidungen lauschen, anstatt mir Honig ums Maul zu schmieren.« Er deutete auf ihren Bauch. »Ich werde keinen eigenen Nachwuchs haben. Damit ist dieses Kind der nächste König oder die nächste Königin von Westborn. Ich bin mir sicher, du wirst dieser Verantwortung gerecht.« Er lachte. »Für den Fall, dass mir etwas zustoßen sollte, bevor dieses Kind reif an Jahren ist – sagen wir, ich mache eine Fahrt in meine alte Heimat, von der ich nicht zurückkehre –, dann wirst du an meiner statt auf dem Thron sitzen und die Geschicke des Reiches leiten.«

»Ich soll Königin sein, falls dir …« Sie schüttelte den Kopf. »Nein, das will ich nicht. Das kann ich nicht.«

»Meine Entscheidung steht«, bekräftigte er. »Es ist alles abgesprochen. Jesche und Uschkar haben mir nachdrücklich versichert, dass ihr Haus mehr als genug Einfluss auf die anderen Wallfürsten hat, damit niemand versuchen wird, dir Steine in den Weg zu legen. Jetzt umso mehr, da zwei Bezwinger des Wurms aus Kohlfeld kommen. Du brauchst dich nicht zu bedanken. All das ist mir eine Freude und eine Ehre. Und keine Sorge, ich habe fest vor zurückzukehren.«

Sie sahen sich einen Augenblick schweigend an. Nasta nahm sich vor, sowohl Jesche als auch Uschkar ordentlich Bescheid zu stoßen, sobald sie sie das nächste Mal sah. *Mich so zu hintergehen und mir nichts von dieser Abmachung mit ihm zu berichten! Aber was will man auch erwarten von einem Geck, der sich um ein Haar zu Tode gehungert hätte, und einer eingebildeten Kuh mit ein paar absonderlichen Narben an den Unterarmen, die aus einer Familie von Hundezüchtern stammen?* Das Kind trat sie in die Seite, wie es das immer tat, wenn es sich eingeengt fühlte. Sie erhob sich. »Ist das alles?«

»Eine Sache noch«, verlangte Rutgar. »Wie geht es Bluthauer?«

Nun war es an ihr zu lächeln. »Oh, es ist alles bestens verheilt.« Und das war auch gut so – sie hätte nicht gewusst, ob sie weiter Ritterin hätte bleiben wollen, wenn Bluthauer nicht zusammen mit Zwingpracht aus dem Orkenforst zurückgekehrt wäre. »Er frisst sich fett und rund.«

»Nicht der schlechteste Plan.« Er sah ihr in die Augen, und sie nahm darin einen sonderbaren Ausdruck wahr, den er in den letzten Tagen immer wieder gezeigt hatte. »Nasta?«

»Ja?«

»Hätten wir es verhindern können?«

Sie schüttelte den Kopf. »Er war, was er war.«

»Ja, aber welche Geschichte trägt Fulmar wohl in die Welt hinaus?«, fragte der neue König. »Was war Jarold? Ein Held? Ein Narr?«

»Ein bisschen von beidem«, antwortete sie und wandte sich rasch ab, damit er die Tränen nicht sah, die ihr über die Wangen rannen.

Rutgar sah der Ritterin nach, wie sie den Thronsaal verließ. Sie wirkte noch kleiner als sonst – vielleicht weil er die ganzen alten, muffigen Trophäen hatte entfernen lassen. Einzig die Laubschrecke, die Jarold zur Strecke gebracht hatte, war verschont geblieben. Rutgar musterte die präparierte Bestie. Sie erinnerte ihn daran, dass jeder Tag auf dem Thron eine Herausforderung war. Er hatte das entwürdigende Krönungszeremoniell über sich ergehen lassen. Die Westborner glaubten, dass der König die Verkörperung ihres Landes war. Dementsprechend musste der König sich an drei Stellen salben lassen. Auf der Stirn, damit das Land nicht in der See versank. An den Lenden, damit das Land fruchtbar blieb. An den Füßen, damit das Land vom Tag in die Nacht und wieder zurückgetragen werden konnte. *Was für Albernheiten!* Er tat das alles nicht für sich. Er tat es für Jarold. Er vermisste ihn, doch die Erfüllung seiner Königspflichten linderte diesen Schmerz. *Und dabei habe ich ihn früher so oft in die Niederhöllen gewünscht.* Womöglich war an einem Sprüchlein aus Hunegs Brevier doch etwas dran: »Wünsche sind die Schlingen des Schicksals, die die Unvorsichtigen einfangen.« Nun, immerhin war es ihm gelungen, ein Mitglied der ursprünglichen Delegation aus Taurar glücklich zu machen. Er hatte veranlasst, dass neben den zahlreichen Verweisen an den Glauben an das Untrennbare Paar auch die Lehren des Immerzu Lächelnden Eingang ins höfische Protokoll fanden. Astrid hatte sich mit einem Kuss auf die Stirn bedankt – auf der Silbernen Insel wäre dies einem Wunder gleichgekommen.

Er nahm seine Krone ab und drehte den goldenen Reif in den Händen. Er hatte oft gehört, Kronen würden schwer auf Häuptern lasten. Er empfand das genaue Gegenteil. Dieses Ding erschien ihm leicht, flüchtig – wie etwas, das sich rasch in die nächste Ecke schleudern ließ, wenn man es nicht länger tragen wollte. *Wann wird es bei mir so weit sein?*

»Und nun zum zweiten Versprechen, das ich meinem Bruder gegeben habe: Hat Galla erledigt, worum ich sie gebeten hatte?«

»Sie ist noch nicht wieder ganz die Alte«, antwortete ihm eine Stimme aus den Schatten hinter dem Thronbaldachin. »Du wirst dich noch etwas gedulden müssen.«

»Warten war noch nie meine Stärke«, sagte Rutgar. Er spürte eine Hand auf der Schulter und schmiegte die Wange an die Finger. »Hilfst du mir dabei, Huneg? Oder Krassio? Oder Grandius? Oder wie immer dein Name auch lautete, als wir uns das erste Mal begegneten.«

»Ja«, sagte der Anker, der ihn noch in dieser Welt hielt. »So lange es auch dauern mag.«

Epilog

Wie beinahe jeden Abend, wenn Lifara Karridakis die sechs Treppenabsätze hinauf in das Stockwerk mit ihrem Schlafgemach zu bewältigen hatte, plagte sie ein drückender Kopfschmerz und das Gefühl, anstelle von Füßen hingen nur zwei rohe Fleischbrocken unten an ihren bleischweren Beinen. Heute kam auch noch ein gemeines Brennen und Ziehen in ihrem Magen hinzu. *Eine der Muscheln vom Bankett muss schlecht gewesen sein.* Entgegen allen anderslautenden Vermutungen seitens der ewigen Besserwisser war es kein Feenstaubschnupfen, einem der Großen Häuser der Silbernen Insel vorzustehen. *Gut, dass Perodepsis auf mich wartet.* Öl und seine geschickten Finger würden ihr wenigstens einen kleinen Teil ihrer Kraft zurückgeben.

Sie erreichte die elfenbeinbeschlagene Tür zu ihren Gemächern, drehte den Knauf in Form eines Schwanenkopfs zweimal nach links, dreimal nach rechts und drückte ihn zum Schluss nach oben, um die Falle zu entschärfen, die ihr ansonsten wie einem schnöden Eindringling die Hand in Fetzen gerissen hätte.

Lifara hatte nicht viel an der Einrichtung des Zimmers geändert, seit sie es nach dem Tod ihres Vaters übernommen hatte. Man hatte dem alten Berengir so einiges vorwerfen können, aber sicher keinen Mangel an Stil und Geschmack. Die Statuen, die die Arkaden zu der großzügigen Dachterrasse säumten, stellten wohlgeformte, aber nicht zu übertrieben muskelbepackte Menschen dar. Die Schränke und Truhen waren aus seltenen Hölzern, die gleich zwei Sinne erfreuten – die Augen ob ihrer kräftigen Farben, die Nase ob ihres feinen Dufts. Die auf den marmornen Fliesen ausgelegten Teppiche waren so weich, dass man bis zu den Knöcheln darin versank, und das große, runde Bett mit dem goldenen Kopfteil …

Lifara erstarrte. Perodepsis lag quer über das Bett ausgestreckt. Allerdings nicht in einer einladenden Pose, wie er es manchmal tat, wenn er sie überraschen wollte. Seine Pose war zwar durchaus überraschend, aber er hatte sie nicht selbst eingenommen – das musste die Person für ihn besorgt haben, die ihm das Genick gebrochen hatte.

»Ich nehme an, dein kleines Spielzeug war von Beginn an in all deine Pläne eingeweiht.« Ein Schemen löste sich aus den Schatten eines der Stützpfeiler rings um das Bett. »Falls dem nicht so sein sollte ... nun, die Strenge Mutter wird mich zu gegebener Zeit dafür rügen.«

Lifara wich zwei Schritte vor dem Eindringling zurück. *Das kann nicht sein. Das darf nicht sein. Ich muss träumen.* »Rutgar!«

»Schwester ...« Ihr entstellter Bruder schaffte es, das Wort zu einer üblen Beleidigung zu machen. »Du würdest nicht glauben, wie sehr ich mich auf diese Begegnung gefreut habe.«

»Du lebst!« Lifara ahnte, dass sie alles auf eine Karte setzen musste. Es lohnte sich nicht, nach den Wachen zu rufen. Sie würden nie rechtzeitig eintreffen – wenn sie nicht schon längst tot waren. Rutgar war ein gründlicher Planer. Trotz des Brennens in ihrem Magen rang sie sich ein Lächeln ab und breitete die Arme aus. »Gut! Darauf hatte ich gebaut. Mein Groll galt allein Jarold und Berengir, und sicher teilst du ihn mit mir. Ich freue mich, dass du zurück bist. Für dich muss sich nichts ändern. Du darfst dieselben Pflichten für mich übernehmen, wie du sie für Jarold übernommen hast.«

»Was für ein verlockendes Angebot!« Rutgar setzte sich neben die Leiche aufs Bett und fuhr mit der Spitze seines Dolchs die Konturen von Perodepsis' Oberschenkel nach. »Ich wäre beinahe gewillt, dir zu verzeihen, dass du mir gleich zwei Meuchler auf den Hals gehetzt hast.«

»Und sie waren beide nicht gut genug, um dich zu überlisten«, sagte Lifara rasch, eine Hand auf ihrem Bauch. »Woran für mich nie der geringste Zweifel bestand.«

»*Du lebst!*«, äffte er sie nach. »Du musst glauben, ich hätte das Gedächtnis einer Mücke.«

»Die letzten Schiffe, die aus Westborn eintrafen, berichteten vom Tod gleich zweier neuer Könige«, verteidigte sich Lifara. »Erst Jarold Orkentöter und dann Rutgar der Zwilling. Jetzt sitzt angeblich ein gewisser Girarr auf dem Thron.«

»Du hast nur zu hören bekommen, was du hören solltest«, klärte er sie auf. »Und dieser Girarr, das bin ich. Kunnigirr Girarr, um genau zu sein. Es ist aus der Sprache der ersten Siedler. Es heißt der Graue König.« Er lächelte. »Hier auf Taurar gilt Grau nicht einmal als richtige Farbe, aber in Westborn liebt man sie. Man sagt, es wäre die Farbe des Himmels.« Er winkte ab. »Ich will dir nicht die Zeit stehlen, und schon gar nicht mit irgendwelchen Geschichten aus der Fremde. Aber ich kann dir sagen, dass Astrud alles andere als begeistert darüber war, dass der Mann, den du als Huneg kennst, eigens einen jungen Geweihten aus dem Weihekloster ermordete, um dessen Platz an ihrer Seite einnehmen zu können. Man könnte sogar sagen, sie war regelrecht erbost. Ihm hat sie auf meine Bitte hin verziehen, bei dir hingegen schien sie mir eher unversöhnlich.«

Lifara hustete und würgte den bitteren metallischen Geschmack hinunter, der sich in ihrem Mund auszubreiten drohte. »Du hast ihn nicht umgebracht?«

»Wen? Huneg? Ich?« Rutgar tippte sich mit dem Dolch gegen die Brust. »Bin ich denn wahnsinnig? Es wird dich freuen, das zu hören: Ich glaube, ich habe jemanden gefunden, mit dem ich mein Leben teilen kann. Wir verstehen uns bestens. Wir haben sehr ähnliche Erfahrungen gemacht.«

Lifara begann an ihrem Verstand zu zweifeln. Wäre das Brennen nicht gewesen, das sich nun durch ihren gesamten Rumpf fraß, hätte sie die ganze Szene tatsächlich doch für einen Traum gehalten. »Du lässt ihn am Leben? Und mir trachtest du danach?«

»Weißt du, er hat aus kühler Feindschaft zu tiefer Treue zu mir gefunden.« Rutgar wies mit seiner Klinge auf sie. »Bei dir, Schwester, verhält es sich leider genau umgekehrt.«

Der Schmerz zwang sie nun schier in die Knie, doch sie war zu stolz, sich vor diesem Ungeheuer eine solche Blöße zu geben. *Ich werde im Stehen sterben. Falls ich ihn nicht doch noch irgendwie auf meine Seite ziehen kann.* »Du musst mich nicht töten. Wir können das Haus gemeinsam leiten. Ich kann deine Vasallin hier sein, während du Westborn regierst. Denk an all den Reichtum und all die Macht, die daraus erwachsen könnte. Wenn du mich jetzt tötest, dann ...«

»Was soll ich mit noch mehr Reichtum und noch mehr Macht? Ich bin König über ein Reich mit Vorkommen an Skaldat, wie sie wohl nirgends sonst auf der Welt zu finden sind. Doch keine unnötige Aufregung an dieser Stelle: Ich habe allerdings nicht vor, dich jetzt zu töten.« Er erhob sich vom Bett und schlenderte sehr zu ihrer Verblüffung in Richtung Dachterrasse. »Doch bedauerlicherweise bin ich an einen Schwur gebunden, den ich unserem Bruder gegenüber geleistet habe. Jarold ... du erinnerst dich vielleicht? An den Mann, den du umbringen lassen wolltest, nachdem du unseren Vater aus dem Weg geschafft hattest?« Er blieb stehen, um an einer langstieligen Blume zu schnuppern, die aus einer hohen Vase herausragte. »Ich muss dir mitteilen, dass ich Schwüre sehr, sehr ernst nehme, wenn ich sie erst einmal geleistet habe.«

»Ich verstehe das nicht«, keuchte Lifara. »Du meintest doch, du würdest mich nicht umbringen.«

»Du musst lernen, besser zuzuhören«, rügte sie Rutgar. »Obwohl ... das lohnt sich nicht mehr. Ich sagte, ich würde dich *jetzt* nicht umbringen. Weil ich dich nämlich schon umgebracht habe. Dein Körper weigert sich nur, das einzusehen.«

Die Welt drehte sich um Lifara. Sie blinzelte und fand sich nun doch auf dem Boden wieder. Sie versuchte, den Kopf zu heben, wurde aber sofort von einem Krampf geschüttelt, und sie spürte eine warme Nässe zwischen ihren Beinen. Rutgars graue Lederstiefel tauchten in ihrem Sichtfeld auf.

»Es ist das gleiche Gift, mit dem Heptisax mich beseitigen wollte«, hörte sie ihn sagen. »Allerdings in einer passenderen

Dosis. Was das Giftmischen anbelangte, war der Mann offenkundig ein Stümper. Ich habe es dir beim Bankett verabreicht. In einem Kelch Wein. Ich fand das nur angemessen.«

Lifara schluchzte trocken. Ihre Gedanken rasten. *Es darf nicht so enden.* »Bitte!«, flüsterte sie. »Tu das nicht! Ich gebe dir alles, was du willst. Alles!«

»Alles?« Stoff raschelte, dann strich sein Atem über ihr Ohr. »Kannst du mir auch meinen Bruder zurückgeben?«

Nachwort

So, nun ist er also vorbei, der dritte größere Ausflug in die Welt des Skaldat. Wie immer hoffe ich, Sie hatten dabei mindestens ebenso viel Vergnügen wie ich.

Dieses Buch wäre ohne die Hilfe einiger tapferer Mitstreiter nicht entstanden: Ralf Reiter, Carsten Polzin, Sabrina Lorenz aufseiten des Verlags, Roman Hocke als Agent mit viel Verständnis für allerlei Seelennöte und die rote Wölfin als in allen Belangen unfassbar begabte und größere Unterstützerin, als sie es womöglich selbst auch nur ahnt.

Verbotene Liebe, die Frage nach der Verantwortung der Macht, blinder Hass auf Unbekanntes und Fremdes: *Heldenblut* behandelt einige heikle Themen, von denen manch einer sagt, sie hätten in einem Roman, der in erster Linie Unterhaltungszwecken dienen soll, nichts verloren. Ich erlaube mir, dies anders zu sehen. Nicht zuletzt deshalb, weil ich es so unendlich leid bin, mich immer wieder mit dem Vorwurf konfrontiert zu sehen, die Fantasy – ein Genre, für das mein Herz seit Langem schlägt und das mir so viele schöne spannende, aber auch nachdenkliche Stunden beschert hat – sei nichts als reine Weltflucht. Unter Umständen ist es an der Zeit, dass alle Freunde der Fantasy in Zukunft etwas kräftiger an solchen Meinungssäulen rütteln. Schaden könnte es jedenfalls nicht.

Was ich neben einem weiteren Sachbuch mit dem bescheidenen Titel *Alles über Zwerge* als Nächstes vorhabe, ist eine kleine Abrechnung mit den Göttern. Und zwar dort, wo diese abgehobenen Gestalten am wenigsten damit rechnen – in ihrer ureigenen Stadt, in der sie Entspannung von ihrem gar so strapaziösen Wirken suchen. Oder anders gesagt: Ich werde es ein paar alteingesessenen, selbstverliebten Granden so richtig hart und dreckig besorgen. Versprochen ...

Jonas Wolf
Hamburg, im Frühjahr 2014

(PS: Ich freue mich über jeden Kommentar zu *Heldenblut*. Schicken Sie mir doch einfach eine E-Mail an jonas@im-plischke.de oder besuchen Sie mich auf meiner Facebook-Seite unter https://www.facebook.com/JonasWolfAuthor)

Dramatis Personae

AUS TAURAR

Berengir Karridakis: Oberhaupt des gleichnamigen Hohen Hauses, der Schwan von Taurar
Jarold Karridakis: erstgeborener Zwillingssohn des Berengir Karridakis und dessen auserkorener Nachfolger
Rutgar Karridakis: zweitgeborener Zwillingssohn des Berengir Karridakis und Heimlicher Künstler
Lifara Karridakis: Tochter und jüngstes Kind des Berengir Karridakis
Brekk Sokatteris: Spross des gleichnamigen Hohen Hauses und passionierter Genießer aller erdenklichen Freuden
Heptisax: Flüchtling aus dem Dominum und Kammerdiener des Brekk Sokatteris
Astrud Pungirios: treue Dienerin Nundirovils und Hohepriesterin des Immerzu Lächelnden
Huneg: Page aus dem Tempel des Immerzu Lächelnden
Fulmar der Jüngere: ein Barde
Galla Piparion: eine Sorgsame Künstlerin
Hausvater Fuga Karridakis: mythischer Gründer des gleichnamigen Hohen Hauses
Perodepsis: Muskelkneter in Diensten des Hauses Karridakis

AUS WESTBORN

Orskarr: letzter König aus jener Linie von Thronräubern, die dereinst das Geschlecht der Karridakis aus Westborn vertrieben, und unlängst von den Untrennbaren ins Haus der Fülle gerufen; oft der Verblendete, der Wahnsinnige oder der Traurige geheißen

Primo: letzter König Westborns aus dem Geschlecht der Karridakis
Kaimu Kala: lahmes Kitz, Norgerschamanin und königliche Wahrsagerin
Nastasira von Zwiebelbrach: Ritterin in Diensten des Throns von Westborn und Keilerreiterin
Leviko Ruva: Seneschall des Königs von Westborn
Telo Stiraz: Hauptmann der königlichen Garde in Sunnastad
Wiborna Kuscharka: königliche Leibköchin
Jidolo Jid: königlicher Vorkoster
Kreva Dravinusch: königliche Leibärztin
Lini: die Nährende Gattin des Untrennbaren Paares in Sunnastad
Lesch: der Wachsame Gatte des Untrennbaren Paares in Sunnastad
Arator: ein Bauer aus dem Umland von Sunnastad
Klev Domonovik: königlicher Stallmeister
Bikschavost von Möhrenberg: Ritter in Diensten des Throns von Westborn und Hirschreiter
Anjosiva von Lauchhag: Wallfürst von Hedskilde und Echsenreiter
Uschkar von Kohlfeld: Ritter in Diensten des Throns von Westborn und Hundereiter
Bokian von Rübengrund: Ritter in Diensten des Throns von Westborn und Vogelreiter
Jeschevikka von Kohlfeld: Ritterin in Diensten des Throns von Westborn und Hundereiterin
Taga Miwitu: ein Orkspäher
Hunden und Katt: zwei Sunnastader Gardisten

Glossar

Alte Geschlecht, das: mythisches Urvolk, das lange vor der Ankunft der ersten Siedler in *Tristborn* bereits ein prächtiges Reich erschaffen haben soll, ehe sein eigener Hochmut es zu Fall brachte.

Bandika Ufu: hochgiftige Echse aus dem *Orkenforst* in *Westborn*, die in der Sprache der einheimischen Menschen der Klebrige Tod genannt wird.

Dilabia: Totengöttin auf *Taurar*.

Dimidian: alte Bezeichnung der *Halblinge* auf *Taurar*.

Dominum, das: ein ehedem ungemein mächtiges Reich im Osten, das unlängst an Barbaren fiel.

Ehrwürdige Geliebte, die: Hohepriesterin *Nundirovils* auf *Taurar*.

Eier des Wurms, die: siehe *Najoka Majaji*.

Feuerstaub, der: gefährliche Hervorbringung der *Sorgsamen Kunst* – ein Pulver, das bereits in geringen Mengen genügend zerstörerische Kraft in sich birgt, um mit einem lauten Knall Stein in Schutt zu verwandeln (daher oft auch Sprengpulver genannt).

Flucht in den fauligen Traum, die: siehe *Utoroni Nedoto Bovu*.

Früheste Tag, der: dem Glauben der *Norger* nach der Anbeginn der Zeit.

Götterzacken, die: schroffes Gebirgsmassiv im Nordwesten *Tristborns*.

Grasläufer, die: siehe *Majani Toroka*.

Großer Karoblosch, der: bedeutendster Prophet der *Halblinge*, der einst eine kleine Schar von ihnen fort von den *Immergrünen Almen* führte, auf dass sie zu ihrer wahren Bestimmung fänden.

Halblinge, die: ein Volk, dessen Angehörige von auffällig kleinem Wuchs sind und die Eigenart pflegen, sommers wie winters barfuß zu gehen.

Hallen der Heimlichen Künste, die: Ausbildungsstätte der Meuchlergilde auf *Taurar*.

Hauerlosen, die: Bezeichnung der *Norger* für alle, die nicht ihrem Volk angehören.

Häuptlingskriege, die: eine lange Reihe von Waffengängen in *Westborn*, an deren Ende der Rückzug der meisten *Norger* in die tiefsten Wäldern des Inselkontinents stand.

Haus der Sprudelnden Überfülle, das: Bezeichnung für einen Tempel des *Untrennbaren Paares*.

Hedskilde: Stadt in *Westborn*, die für ihre heißen Quellen und ihre ergiebigen Vorkommen an rotem *Skaldat* bekannt ist.

Heimlichen Künstler, die: Meuchlergilde auf Taurar.

Hohen Häuser, die: wichtigste und einflussreichste Familienclans auf *Taurar*.

Immergrünen Almen, die: in den *Götterzacken* geborgene ursprüngliche Heimat der *Halblinge*.

Immerzu Lächelnde, der: Beiname *Nundirovils*.

Kalator: Mundschenk der Götter auf *Taurar*.

Kanisch: stattliche Hunderasse aus *Westborn*, von einigen Rittern dort als Reittier genutzt.

Klebrige Tod, der: siehe *Bandika Ufu*.

Kondobandia: ein Brauch der *Norger*, bei dem bei einem Konflikt zwischen zwei oder mehr Stämmen anstelle sämtlicher Krieger nur ausgewählte Vorkämpfer gegeneinander antreten.

Kreis des Schweigens, der: siehe *Misingo Unjamawo*.

Leisen Klauen, die: siehe *Ukimja Ukwato*.

Majani Toroka: ein Stamm der *Norger*, der in der Sprache der Menschen *Westborns* die Grasläufer genannt wird.

Markt der Tränen, der: Sklavenmarkt auf *Taurar*.

Mawimba Mawawa: ein Stamm der *Norger*, der in der Sprache der Menschen *Westborns* die Sumpfsänger genannt wird.

Mibingo Mawe: Bezeichnung der *Norger* für *Skaldat*.

Misingo Unjamawo: ein Schutzkreis, in dem es *Norgern* gestattet ist, über das Wesen der Geisterwelt zu sprechen, und der in der Sprache der Menschen *Westborns* Kreis des Schweigens genannt wird.

Miti Nidoto: jener gewaltige Baum aus den Glaubensvorstellungen der *Norger*, der den Wurmgeist *Seboto* im Zaum hält und der in der Sprache der Menschen *Westborns* der *Träumende Baum* genannt wird.

Miti Ulimwengu: der Weltenbaum der Norger (siehe *Miti Nidoto*).

Mutunusu: Bezeichnung der *Norger* für *Halblinge*.

Mysterien des Willfährigen Fleisches, die: große und bedeutende kultische Handlung zu Ehren *Nundirovils*, an der nur dessen Geweihte teilnehmen dürfen.

Najoka Majaji: ein unter den *Norgern* weitverbreitetes Rauschmittel in Form eines Schwammpilzes, das in der Sprache der Menschen *Westborns* die Eier des Wurms genannt wird.

Norger, die: Eigenbezeichnung der *Orks*.

Nundirovil: Gott der Liebe und des Handels auf *Taurar*.

Orkenforst: ausgedehntes Waldgebiet im Norden *Westborns*.

Orks, die: grobschlächtiges, vorwiegend in den wilden Wäldern *Westborns* beheimatetes Volk, dessen Angehörige große Hauer im Maul tragen.

Satiridios: unbedeutender Kriegsgott auf *Taurar*.

Schweineleute, die: Schmähbezeichnung für die *Norger* in *Westborn*.

Sebeko: ein mächtiger Wurmgeist aus den Glaubensvorstellungen der *Norger*.

Silberne Insel, die: Beiname des Eilands *Taurar* aufgrund dessen immensen Reichtums.

Skaldat, das: zaubermächtiges Mineral, das in vielen Farben vorkommt und das es bei kundiger Verarbeitung ermöglicht, flüchtigem Willen fassbare Gestalt zu verleihen.

Skogarjathar: größere Stadt am Rand des *Orkenforsts* in *Westborn*.

Sorgsame Kunst, die: die geheime Wissenschaft der Alchimie, die vielerorts ausschließlich von Frauen praktiziert wird, weil es heißt, die damit verbundenen Stoffe könnten den männlichen Samen unwiderruflich verderben.

Sternenschwinge: eine Drachin und die Geliebte Nundirovils.
Strahlende Bucht, die: Bucht auf *Taurar*, die für ein Naturschauspiel berühmt ist, bei dem sich leuchtende Tintenfische in Massen zur Paarung einfinden.
Strenge Mutter, die: Beiname der *Dilabia*.
Stumme Barde, der: bekanntester Poet *Tristborns*, der all seine zahllosen Werke ohne Nennung seines wahren Namens niederschrieb und daher den Chronisten bis heute Rätsel aufgibt.
Sturmvogel, der: Bezeichnung der *Norger* für Angehörige des *Alten Geschlechts*.
Sumpfsänger: siehe *Mawimba Mawawa*.
Sunnastad: Hauptstadt *Westborns*.
Tag der Drängenden Bitten, der: ein Tag, an dem Bittsteller sich in einer eigenen Audienz mit ihren Sorgen und Nöten an den König *Westborns* wenden können.
Taurar: kleines, aber für seinen Reichtum weithin gerühmtes Eiland in den westlichsten Ausläufern der Tausend Inseln. Von seinen Bewohnern als Hort, Ursprungsort und einziger Maßstab für menschliche Zivilisation und Kultiviertheit erachtet. Auch die *Silberne Insel* genannt.
Tegin: Eigenbezeichnung der Angehörigen des *Alten Geschlechts*.
Tempel der Tausend Freuden, der: Hauptverehrungsstätte *Nundirovils* auf *Taurar*.
Träumende Baum, der: siehe *Miti Nidoto*.
Tristborn: mächtiges Reich im Nordosten der bekannten Welt, aus dem die ersten Siedler stammten, die sich in *Westborn* niederließen.
Ukimja Ukwato: ein Stamm der *Norger*, der in der Sprache der Menschen *Westborns* die Leisen Klauen genannt wird.
Untrennbare Paar, das: zwei miteinander vermählte, wohlmeinende Götter. Der Glaube an sie wurde von den *Halblingen* nach *Westborn* gebracht und im Nachgang von weiten Teilen der menschlichen Siedler angenommen.
Utoroni Nedoto Bovu: ein Ritual der *Norger*, bei dem gemeinschaftlich *Najoka Majaji* verzehrt werden und das in der Sprache

der Menschen *Westborns* die Flucht in den fauligen Traum genannt wird.

Venustus: blauhäutiger Dämon aus den Legenden *Taurars*, der dem *Vertrauenswürdigen Betrüger* dient und seinen Opfern so lange ein und dieselbe Geschichte erzählt, bis ihnen der Schädel platzt.

Vertrauenswürdiger Betrüger: Gott der Niedertracht auf *Taurar*.

Wachsame Gatte, der: männliche Hälfte des *Untrennbaren Paares*.

Wallfürst, der: Adelstitel in *Westborn* für die Verteidiger des *Winterwalls*.

Westborn: ein Königreich auf dem gleichnamigen Inselkontinent am äußersten westlichen Rand der bekannten Welt.

Winterwall, der: gewaltige Wehranlage im Norden *Westborns* zur Abwehr marodierender *Orks*.

Zopf des Abudakar, der: magisches Schutzzeichen der *Norger*.